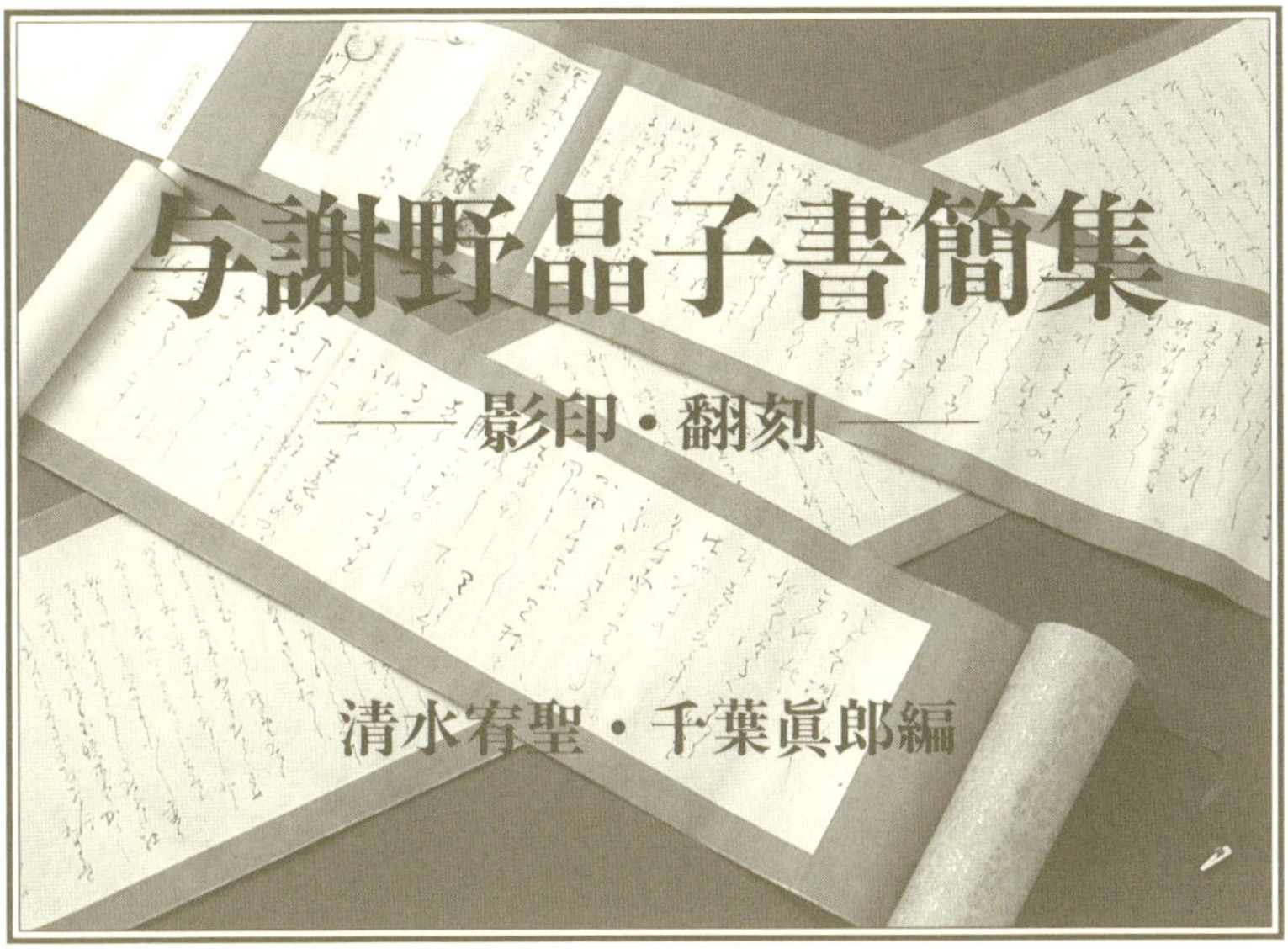

与謝野晶子書簡集

―― 影印・翻刻 ――

清水宥聖・千葉眞郎編

大正大学出版会

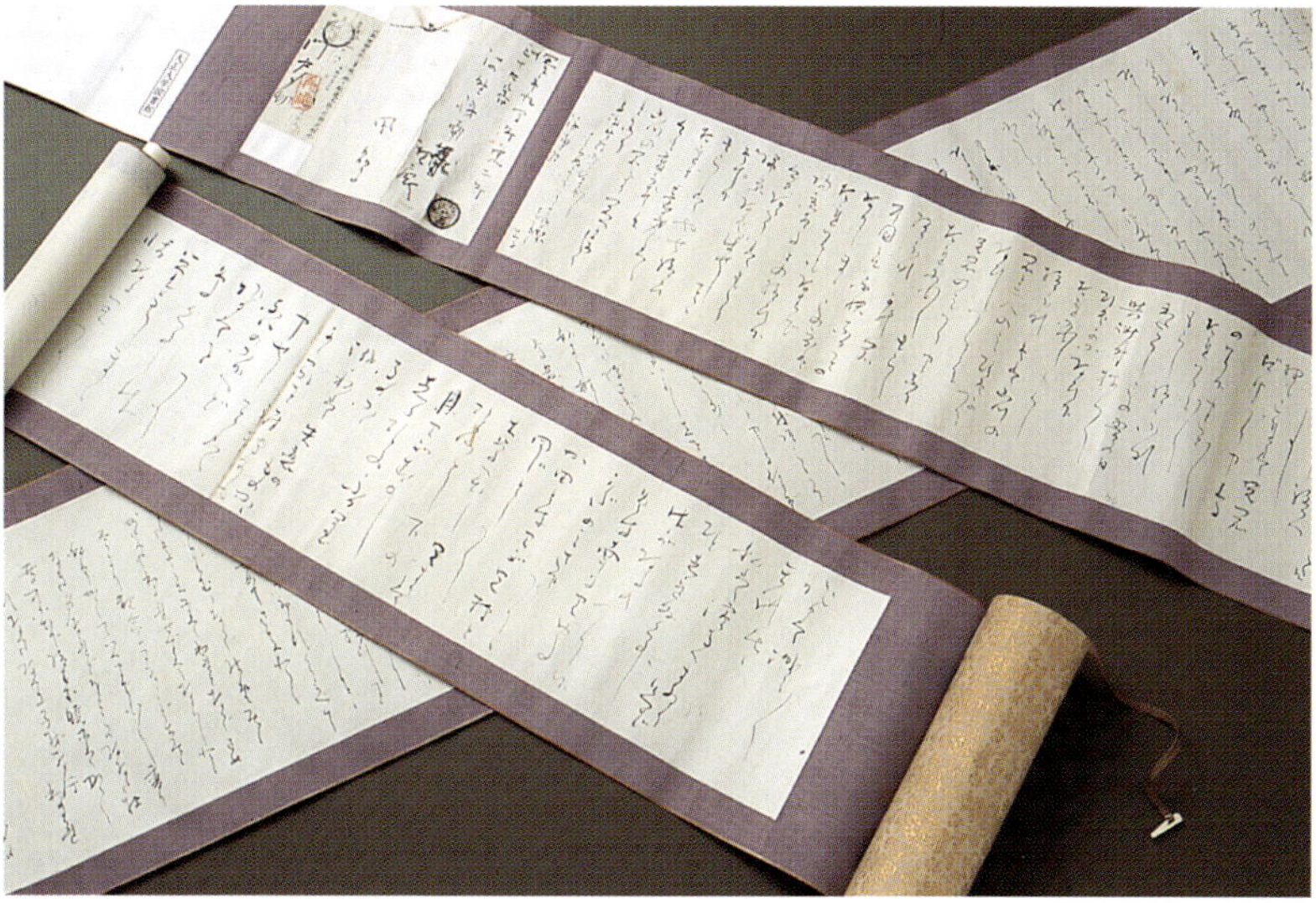

与謝野晶子書簡

大正大学図書館蔵

与謝野晶子書簡

①与謝野晶子書簡　河野鉄南宛〈明治33年1月6日〉

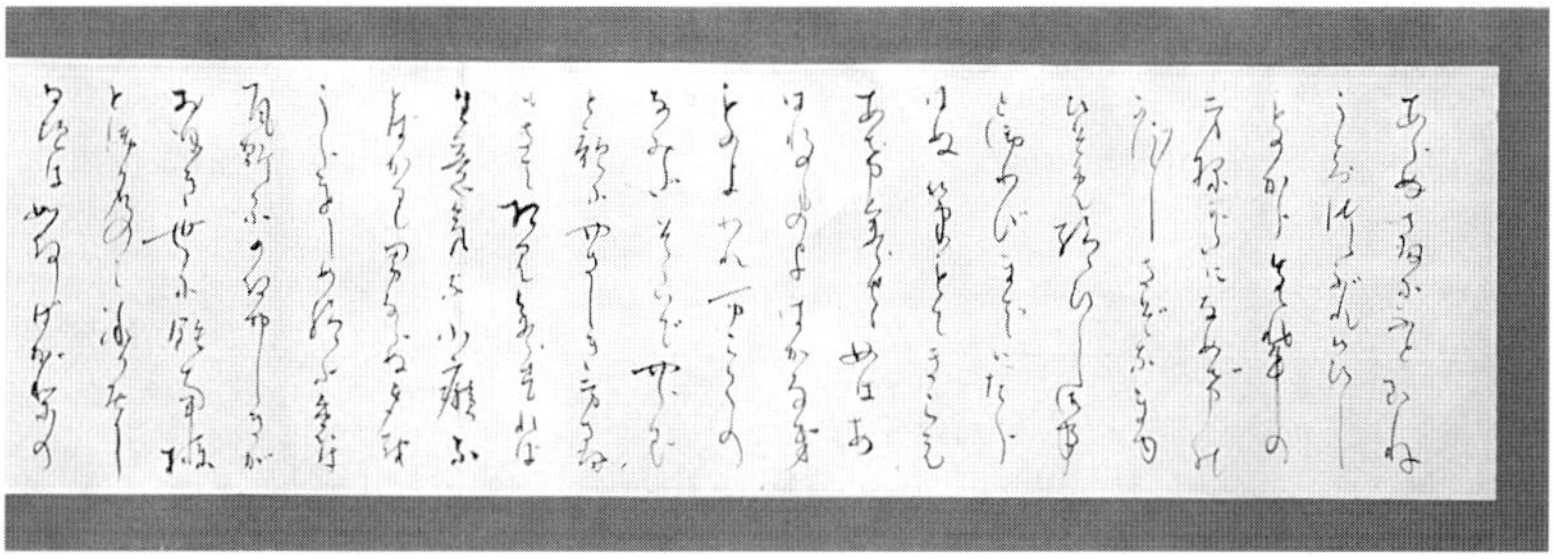

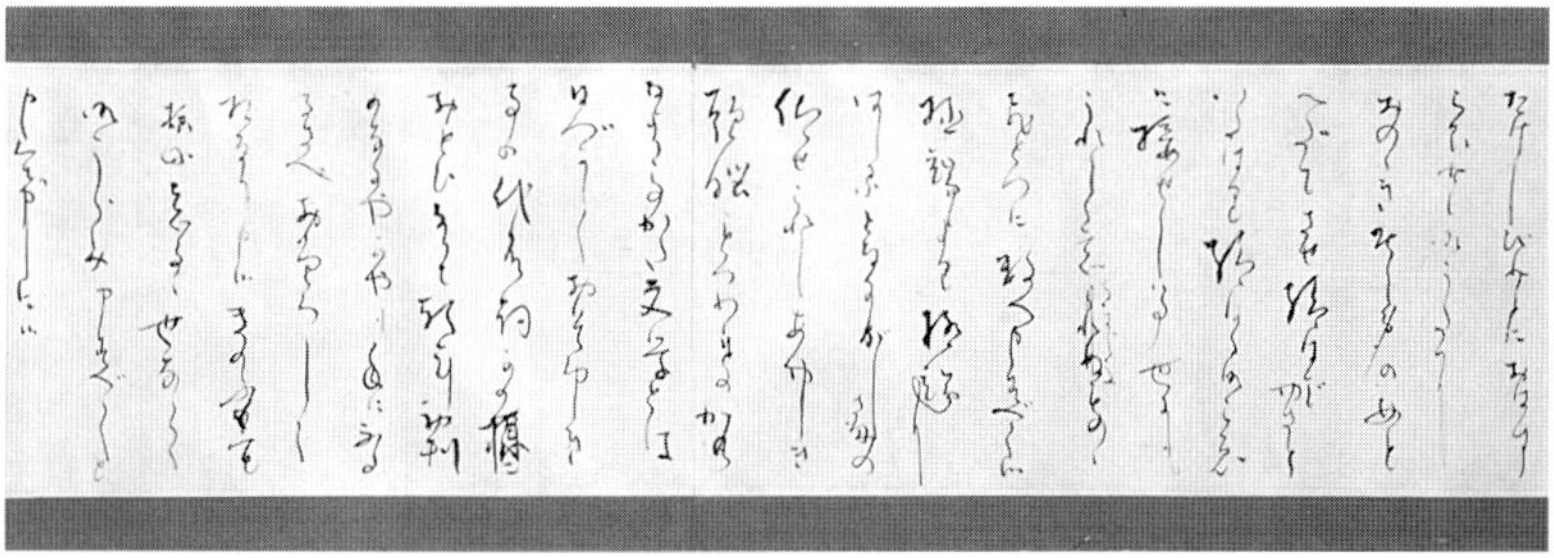

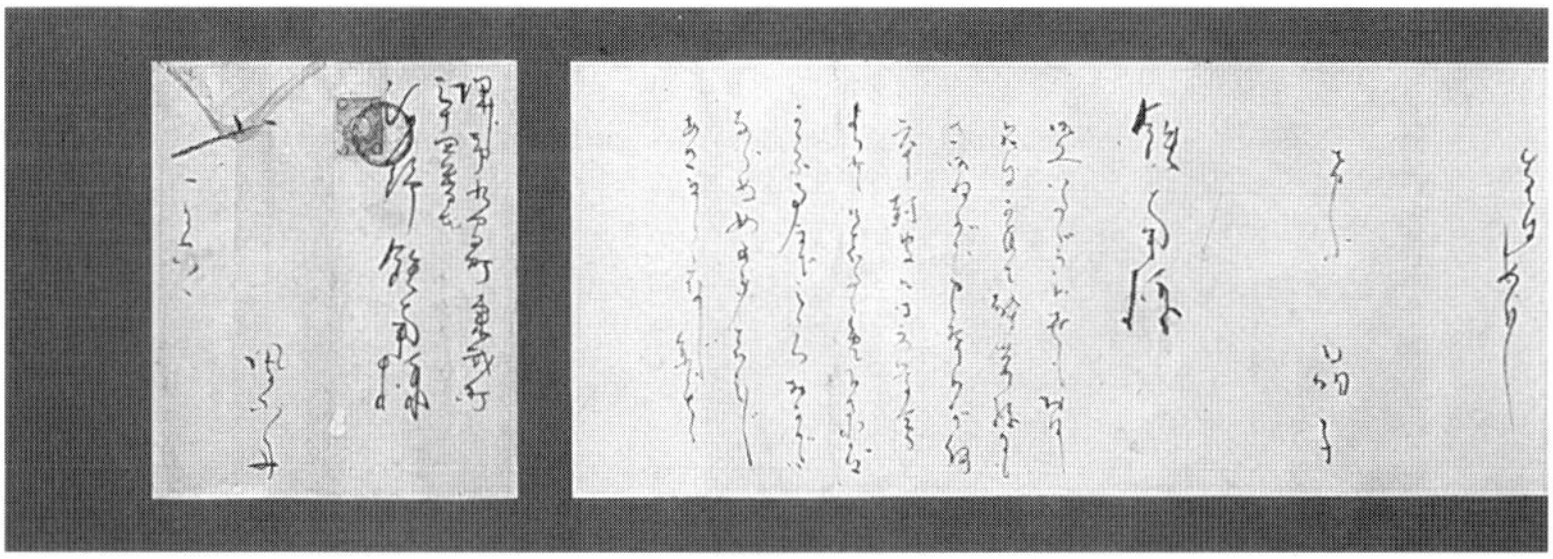

与謝野晶子書簡

㊱与謝野晶子書簡　河野鉄南宛〈明治33年11月8日〉

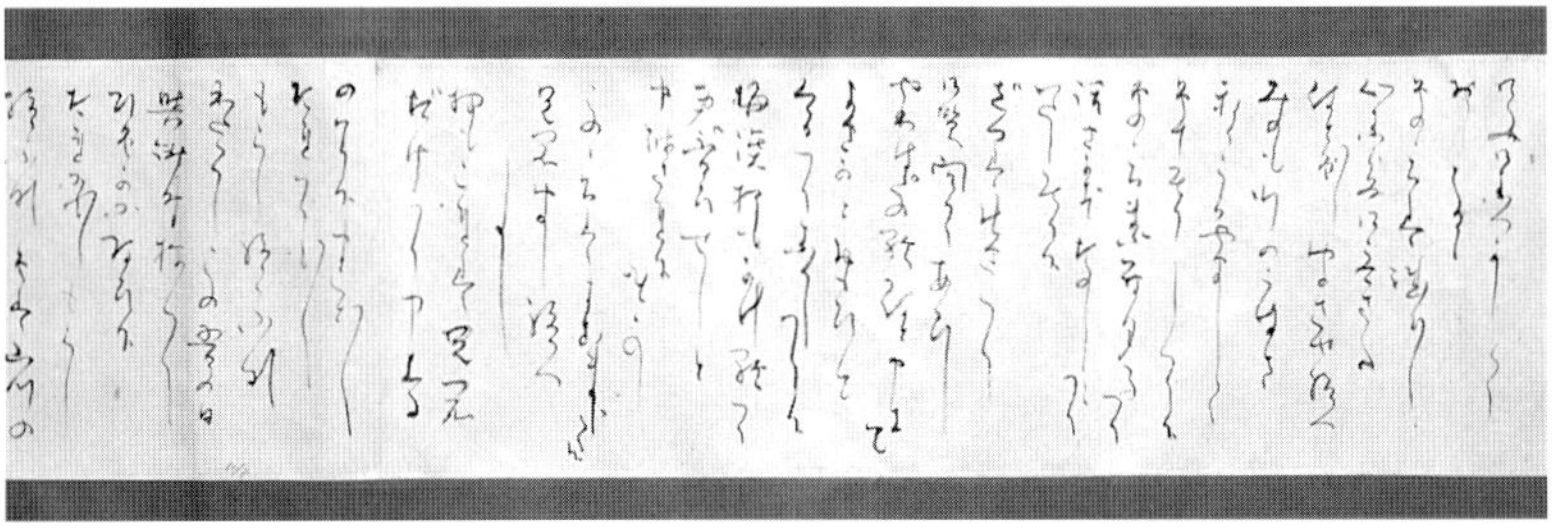

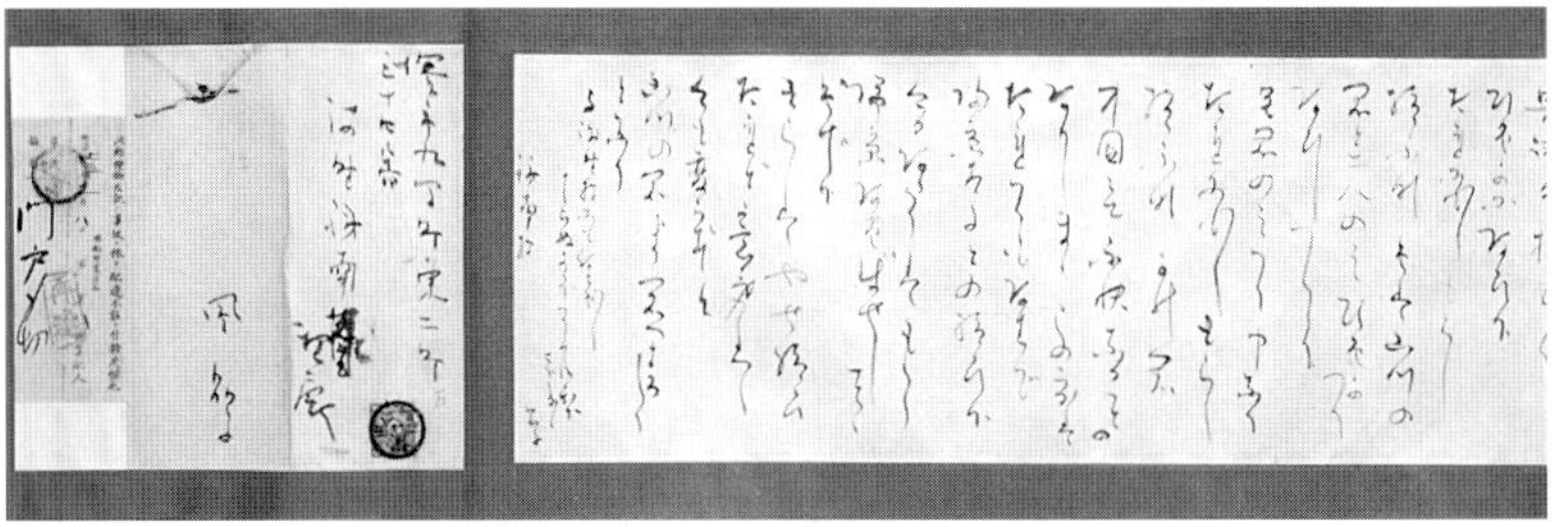

序

本書簡集は与謝野晶子の河野鉄南宛書簡二十八通（内、一通は推定）、宅雁月宛書簡十二通（内、一通は推定）、広江酒骨宛書簡一通、及び与謝野鉄幹の河野鉄南宛書簡一通、宅雁月宛書簡一通、合計四十三通を収めている。いずれも大正大学図書館所蔵の書簡で、一括して公表するのは初めてである。

これらの発掘は塩田良平「知られざる晶子の恋文と一葉の歌」（昭和三十年十月『婦人公論』、のち改題・改訂して桜楓社刊『明治文学論考』と寧楽書房刊『明治女流作家論』に再録）によると、昭和二十七年に堺市覚応寺の元住職河野正伸氏（鉄南の甥）と大正大学の元教授佐藤亮雄先生との尽力によってなされたという。その経緯は今日詳らかでないが、佐藤亮雄『みだれ髪攷』（昭和三十一年四月、修道社刊）は翌二十八年に大正大学図書館が購入し所蔵した旨を記している。と同時に塩田先生ともども、その著書において所蔵書簡の一部を翻刻して、晶子の処女歌集『みだれ髪』（明治三十四年八月、東京新詩社・伊藤文友館刊）成立の背景究明に援用した。また塩田先生を通していち早く閲読していた逸見久美先生も、その大著『評傳・與謝野鐵幹　晶子』（昭和五十年四月、八木書店刊）に活用して解明に努めている。爾来、塩田・佐藤・逸見翻刻書簡は晶子の堺時代を伝記的に補填するばかりでなく、近代詩歌史上に世評の高い『みだれ髪』本文の研究に貴重な資料として扱われてきた。

それだけに所蔵書簡全貌の公開は、早くから斯界の待たれるところであった。本書簡集が書簡本文の翻刻に止まらずに、原書簡を写真版にして載せた理由はここにある。

なお原書簡は散逸を防ぐ目的からか、一通毎に封筒とともに紫色の縁取りで表装され、巻物になって桐箱に収納されていた（未表装一通あり）。この表装のために書簡用紙の原採寸表記に難が生じ、凡例に従って表装形態をも書簡掲載の冒頭に記すことになった。また翻刻は塩田・佐藤・逸見翻刻を参照しつつも、改めて原文通りの翻刻に努めた。判読可能な限り見せ消ち等の箇所にも触れた謂である。

本書簡集が新たな研究の助力になれば幸いである。

平成十四年十月

編者識

凡　例

一、本書簡集は表装されてある巻物一巻を一項目とし、原書簡の写真版と書簡本文及び封筒の翻刻とを写真版掲載の都合で大正大学図書館の整理番号順に従って載せた。

表装されていない一通も同様に扱い、合計三十九項目とした。

一項目に複数の書簡が表装されている場合は、書簡数に換算して掲げ、該当すると推定される封筒を見出し【備考】に示した。

一、一項目毎の見出しは、大正大学図書館の整理番号を便宜的に丸中数字で示し、本文または封筒表書きから特定できた宛先人、本文または封筒の裏書きや消印から特定できた差出年月日を掲げ、次の事項を併記した。

書簡形態・用紙・筆具・消印

日付を特定できない場合は□に止め、推定される年月日は〔　〕内に示した。

用紙に関しては巻紙・半紙等が判明できたものを示し、表装されてある本文部分と表装との縦横の寸法をセンチメートルの単位で（　）内に示した。

消印等で欠落および判読困難のものは□に止め、その字数分を当てた。

二重に書き込みのある文字は判読できた限り、該当する翻字の下に活字号数を下げて〈　〉内に示した。判読できない場合は〈□〉に止めた。

一項目内に封筒がない場合は〔封筒なし〕と示し、本文がない場合も〔本文なし〕と示した。封筒の裏書きに記載がない場合は〔記載なし〕と示した。

一、原書簡と封筒からの翻刻は改行・字配り・句読点等を含め、原文通りに翻字した。判読できない場合は□に止め、その字数分を当てた。差出人が抹消した、いわゆる見せ消ちの箇所は判読できた限り、該当する翻字の下に活字号数を下げて〈 〉内に示した。二重の書き込みも同様で、判読できない場合は〈□〉に止めた。踊り字が右側に付けられている場合は、現行通りに付けた。挿入のある場合はその都度 ⎨ に示した。

一、筆跡から他筆が明らかな場合や、色彩のある用紙等の特記事項は見出し【備考】に示した。

一、翻字は原則として現在通行の字体を用いたが、該当する文字のない場合は本文を生かした。

一、翻刻にあたっては下原稿を清水が作成し、最終的に両者で協議して確定した。書誌的事項等は千葉が担当した。

もくじ

与謝野晶子書簡集

①

与謝野晶子書簡　河野鉄南宛〈明治三十三年一月六日〉

〔形態〕封書　巻紙（本文 16.7×239.2cm
表装 21.1×268.7cm）毛筆
〔封筒〕和封筒（16.6×7.2cm）毛筆
〔消印〕和泉／堺／卅三年一月／六日／
口便

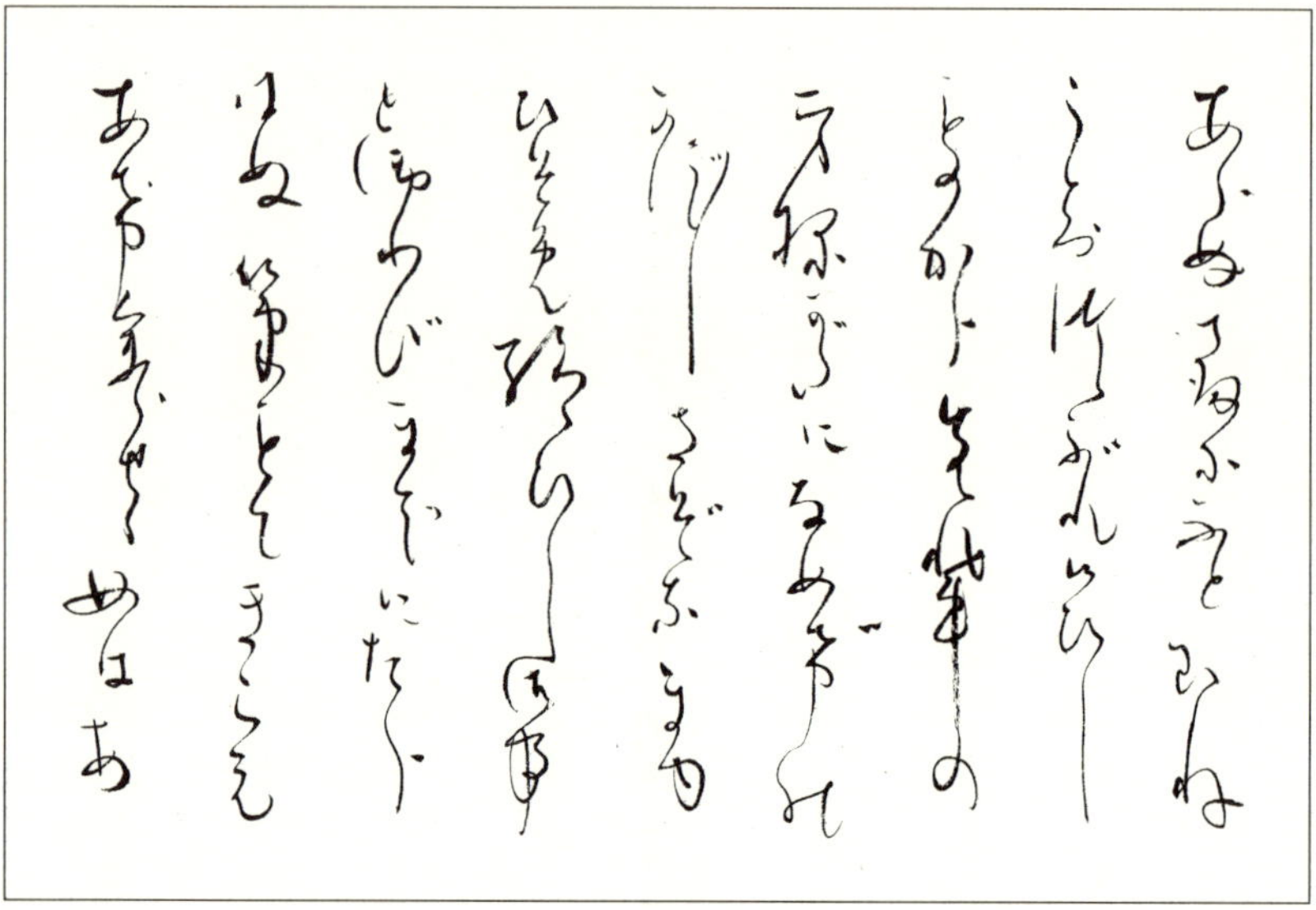

あらぬさまにふとむね
うちつぶれ候ひし
ものから先輩の
方様がたになめげの
かず〳〵さぞなまゆ
ひそめ給ひし御事
と御わびまでにたら
はぬ筆もてきこえ
あげ参らせ候女はあ

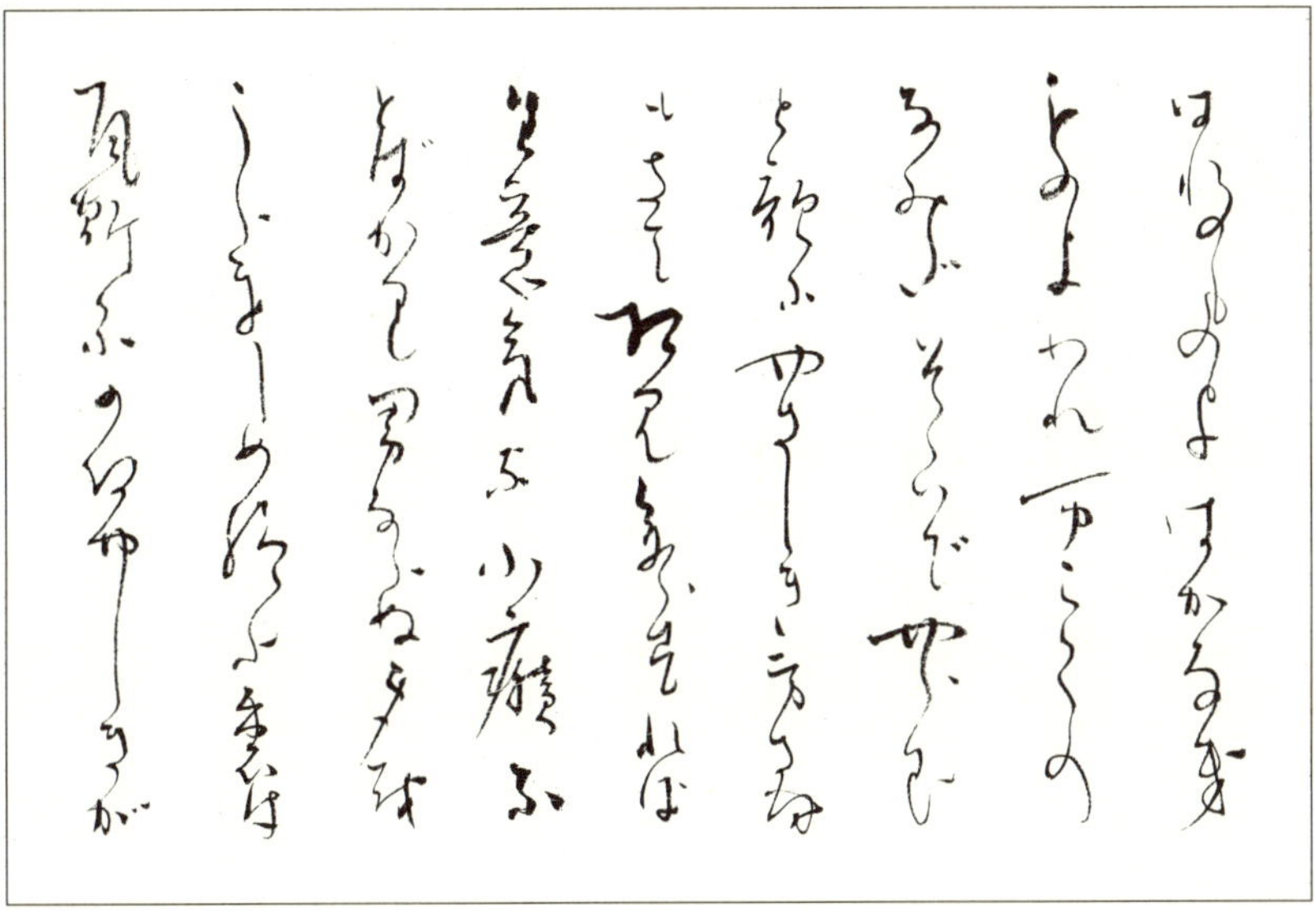

はれのものよはかなき
ものよわれ万こくの
なみだそゝいでやらむ
と歌ふやさしき方さま
もさて相見参らすれば
生意気な小癪な
とばかり男ならぬ身を
うらましめ給ふ裏は
瓦斯糸のあやしきが

河野鉄南宛〈明治33年1月6日〉

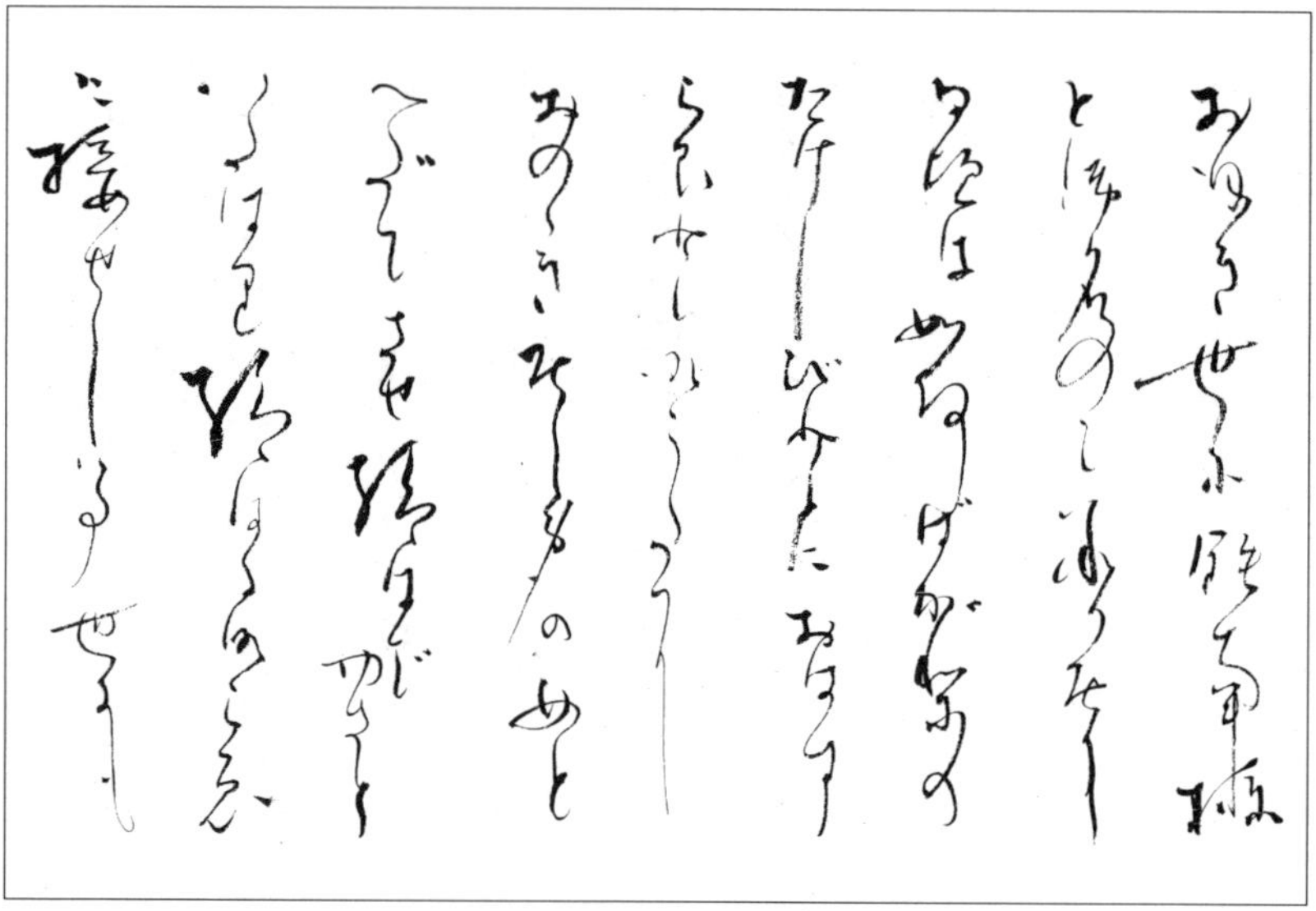

おほき世に鉄南様
と御名のみ承り居りし
日頃は如何ばかりの
たけしびとにおはす
らむと御うたに
おの、き居し身の女と
へだてさせ給はで
　　　　やさしく
いたはり給はる御こゑ
に接せし御事世にも

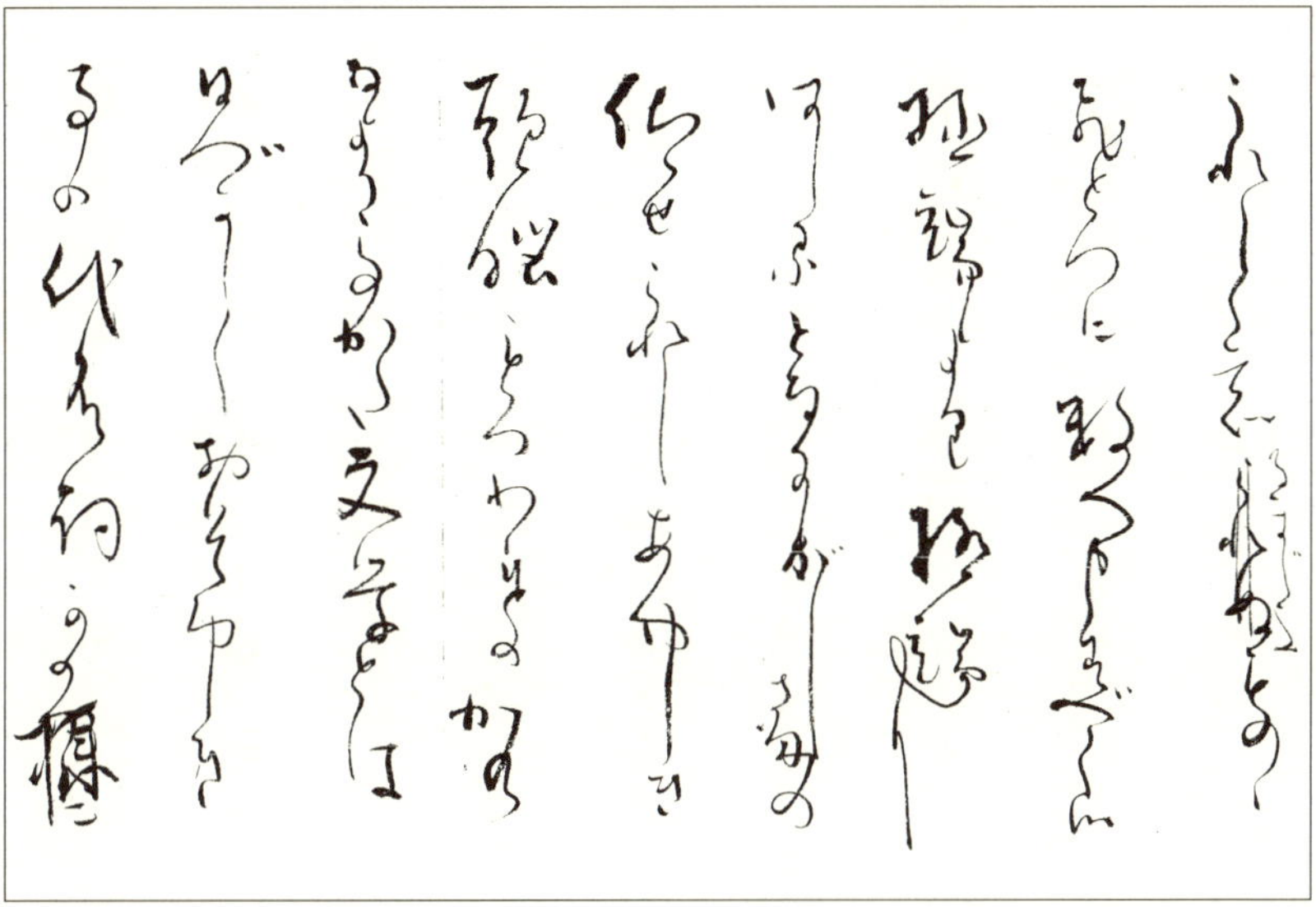

うれしく忘るまじき〈られぬ〉もの、
ひとつに数へ申すべく候
極端より極端
に
はしるとなにがしさまの
仰せられしあやしき
頭脳もつわれのかの
日よりこのかた文学とは
はづかしくおそろしき
事の代名詞かの様〈□〉に

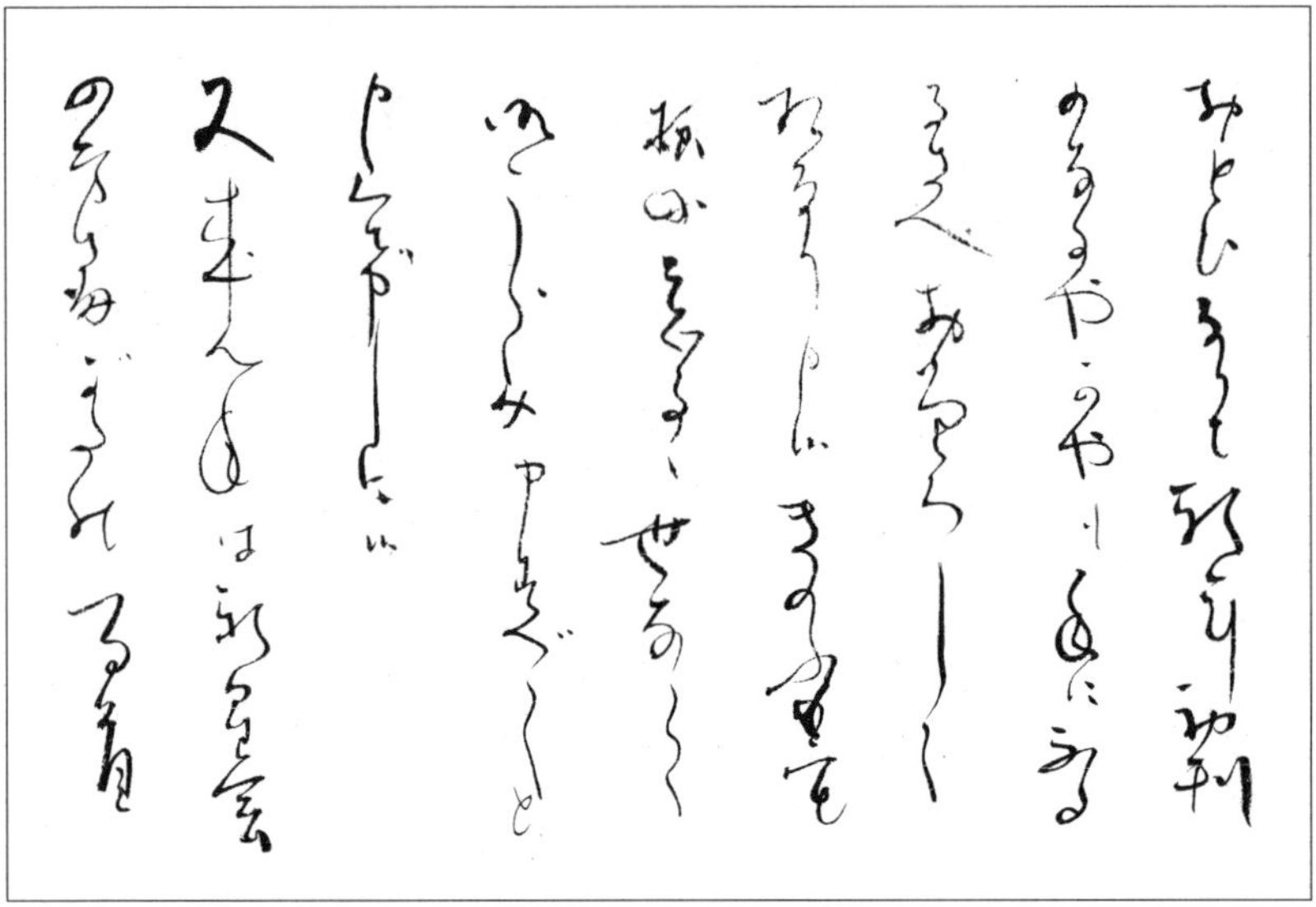

おもひなりて新年初刊
のなにやかやも手にふる
るさへおそろしく
相なり申候きのふも宅
様に忘るゝ世なく
御うらみ申すべくと
申上げしに候
又来ん年は新星会
の方さまがたの百首

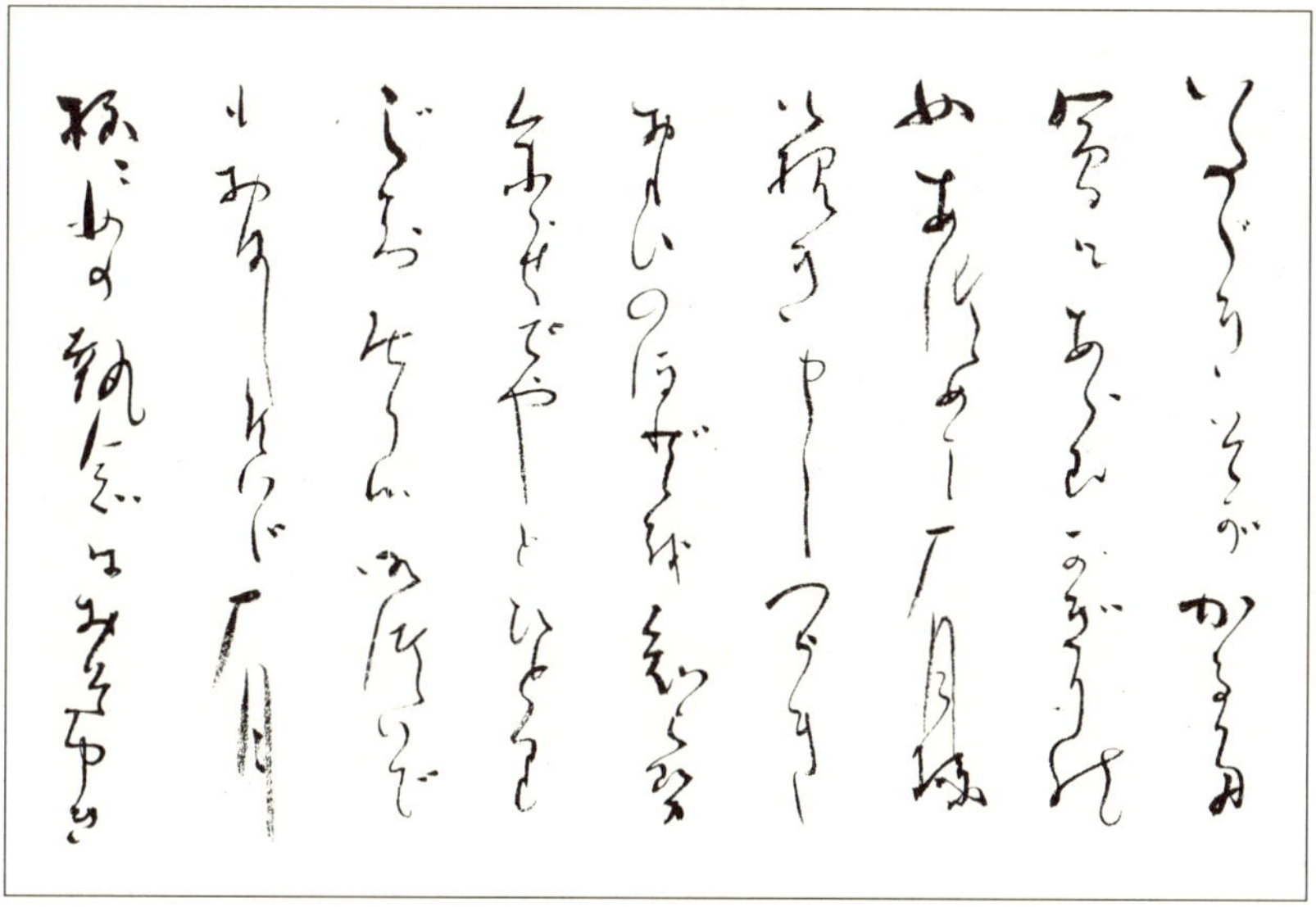

いたゞきそがかるた
會にあらむかぎりの
女あつめて雁月様
御招き申しつらき
おもひのほどを知らせ
参らせでやとひとり
ごち居り候御ついで
もおはし候はゞ雁月
様に女の執念はおそろしき

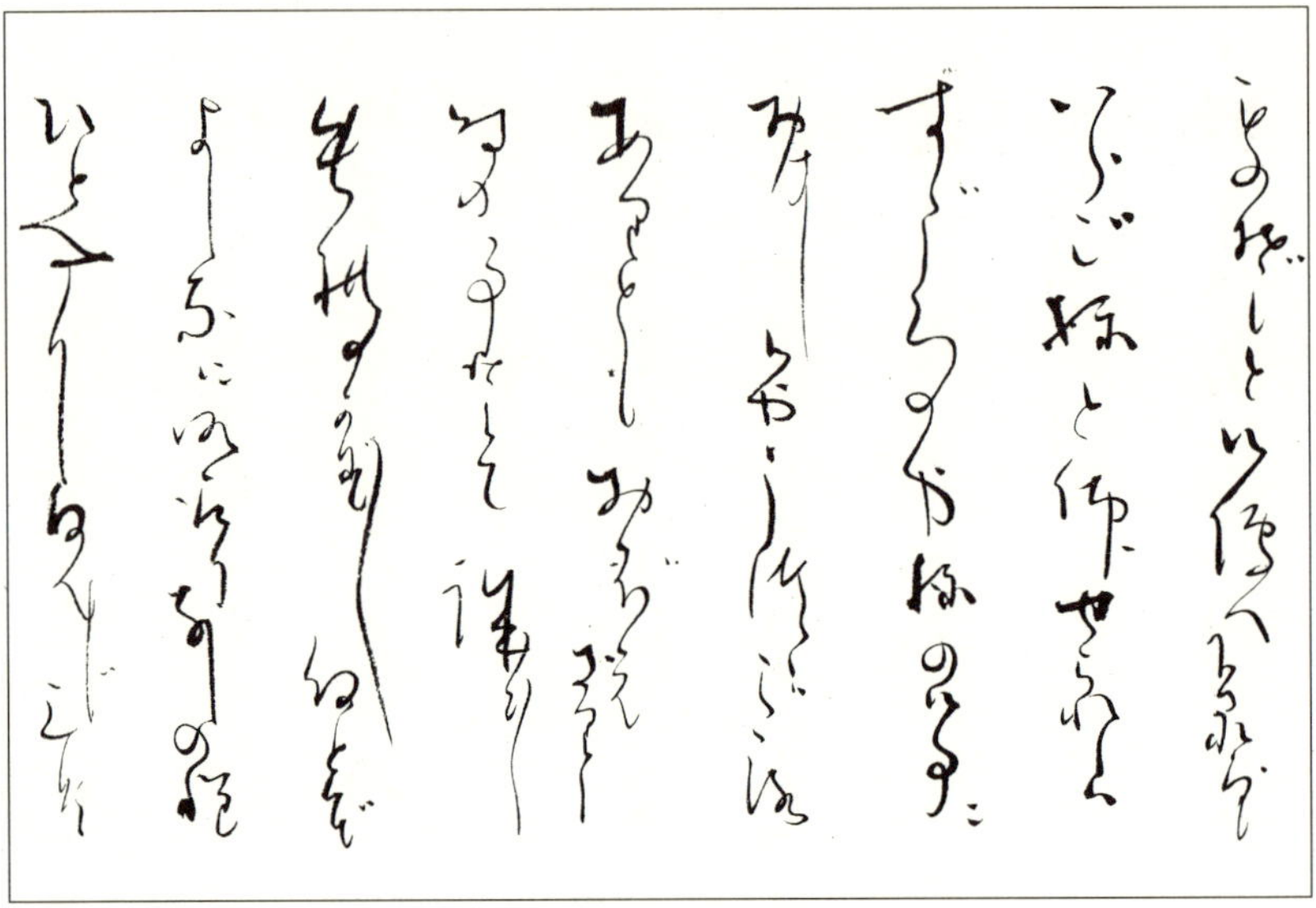

ものぞと御傳へ下され度候
いらご様と仰せられしは
すゞしろの方様の御事に
おはし候やうつゝごゝろ
ありともおぼえ
ざりし
時の事とて誠に〳〵
失禮のかず〳〵
何とぞ
よしなに御取りなしの程
ひとへにねんじ上候

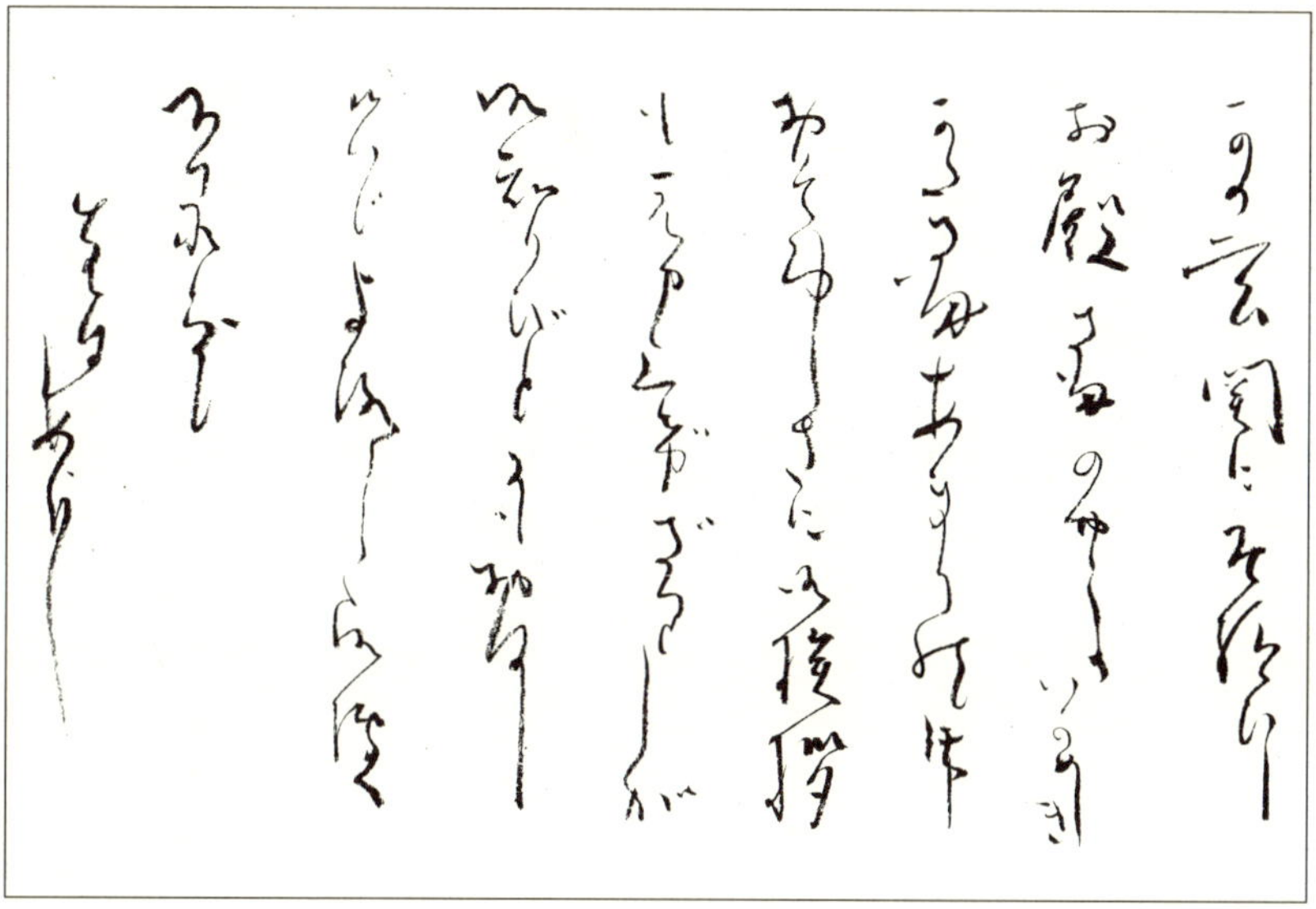

かの玄関に居給ひし
お殿さまのやうの
　　いかめしき
かたさまあまりの御
おそろしさに御挨拶
もえ申上げざりしが
御知りびとにもおはし
候はゞよろしく御傳へ
下され度候
　先は
　　あら〳〵

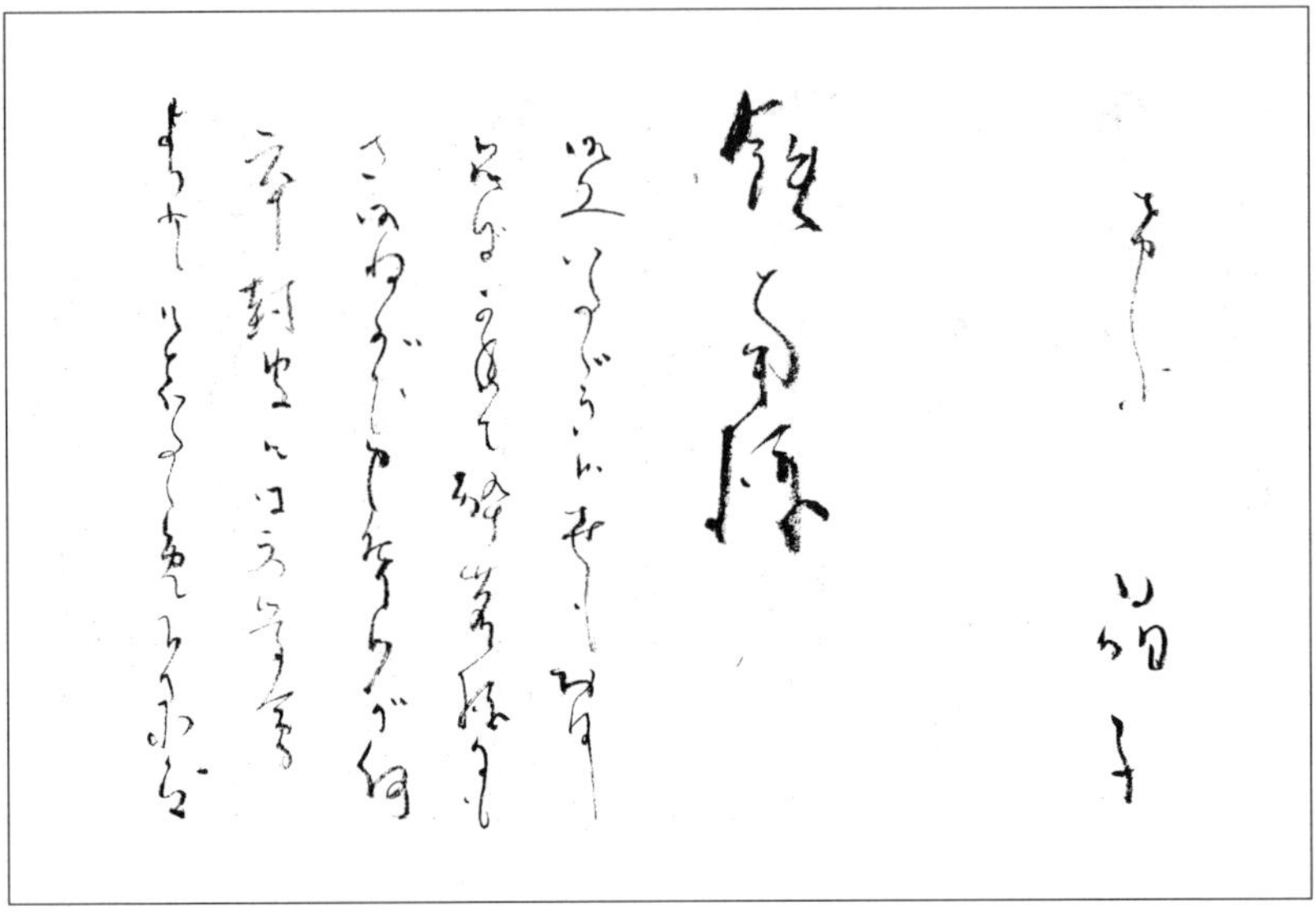

けふ　　晶子

鉄南様

御文いたゞき候世もおはし
候はばかねて酔茗様にも
さ御ねがひ申居り候が何
卒封皮には文学會
よりと御したゝめ下され度

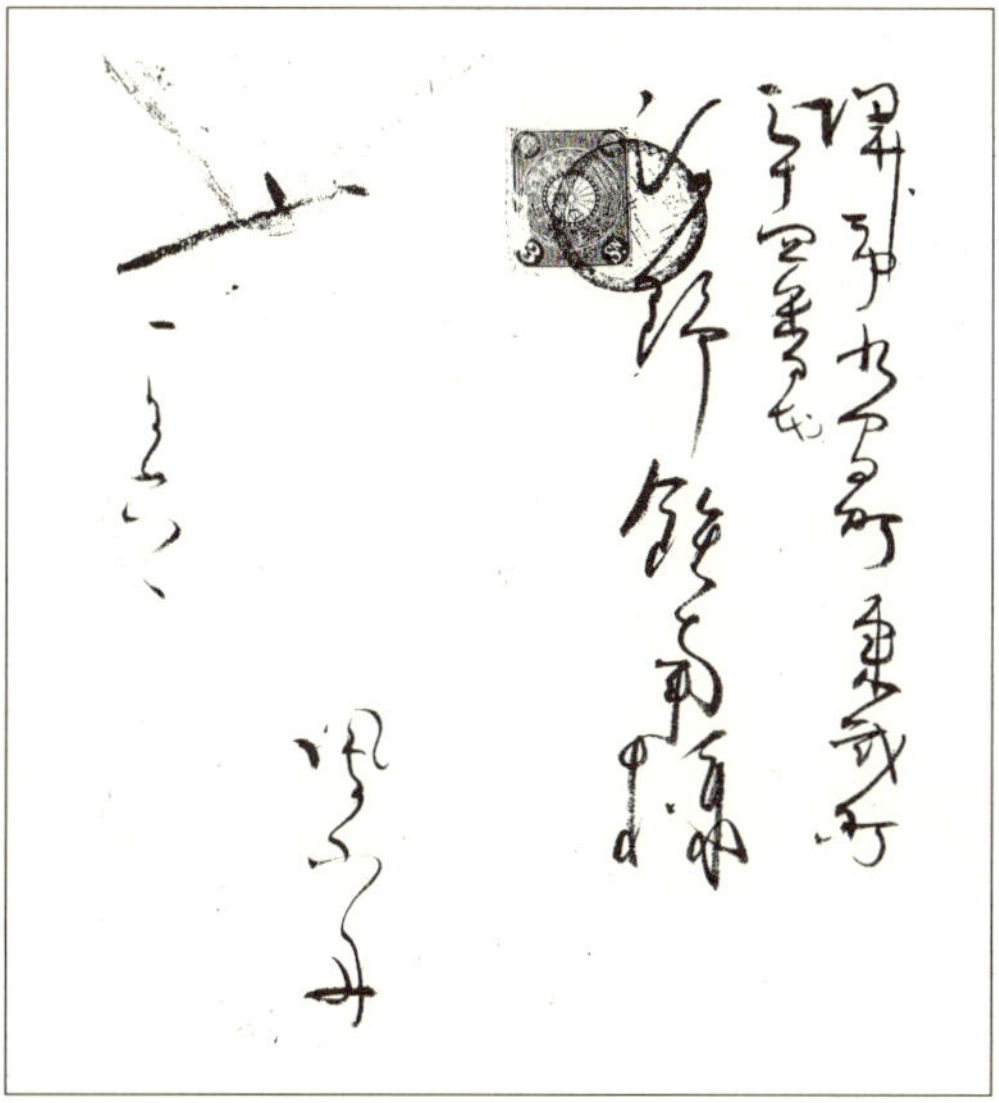

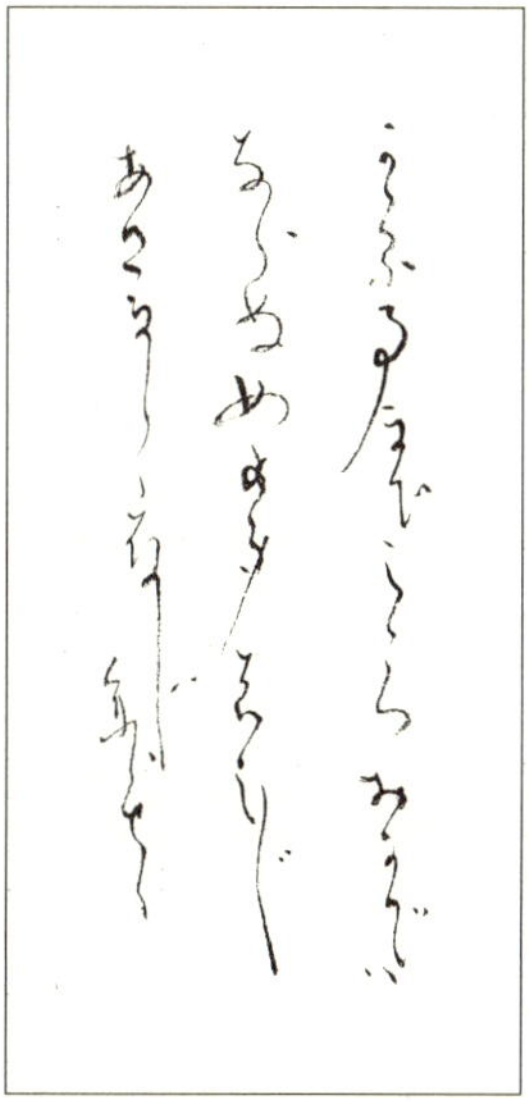

かゝる事までこゝろおかでは
ならぬ女の身しみぐく
あさましく存じ
参らせ候

《封筒》

【表】堺市九間町東弐町
三十四番地
河野鉄南様

【裏】
鳳小舟

一月六日

②　与謝野晶子書簡　河野鉄南宛　〈明治三十三年二月□二日〉

〔形態〕封書　巻紙（本文 17.3×287.0cm
表装 21.1×316.4cm）　毛筆
〔封筒〕和封筒（17.2×7.2cm）　毛筆
〔消印〕和泉／堺／卅三年二月／□二日
／□便
【備考】封筒は他筆。

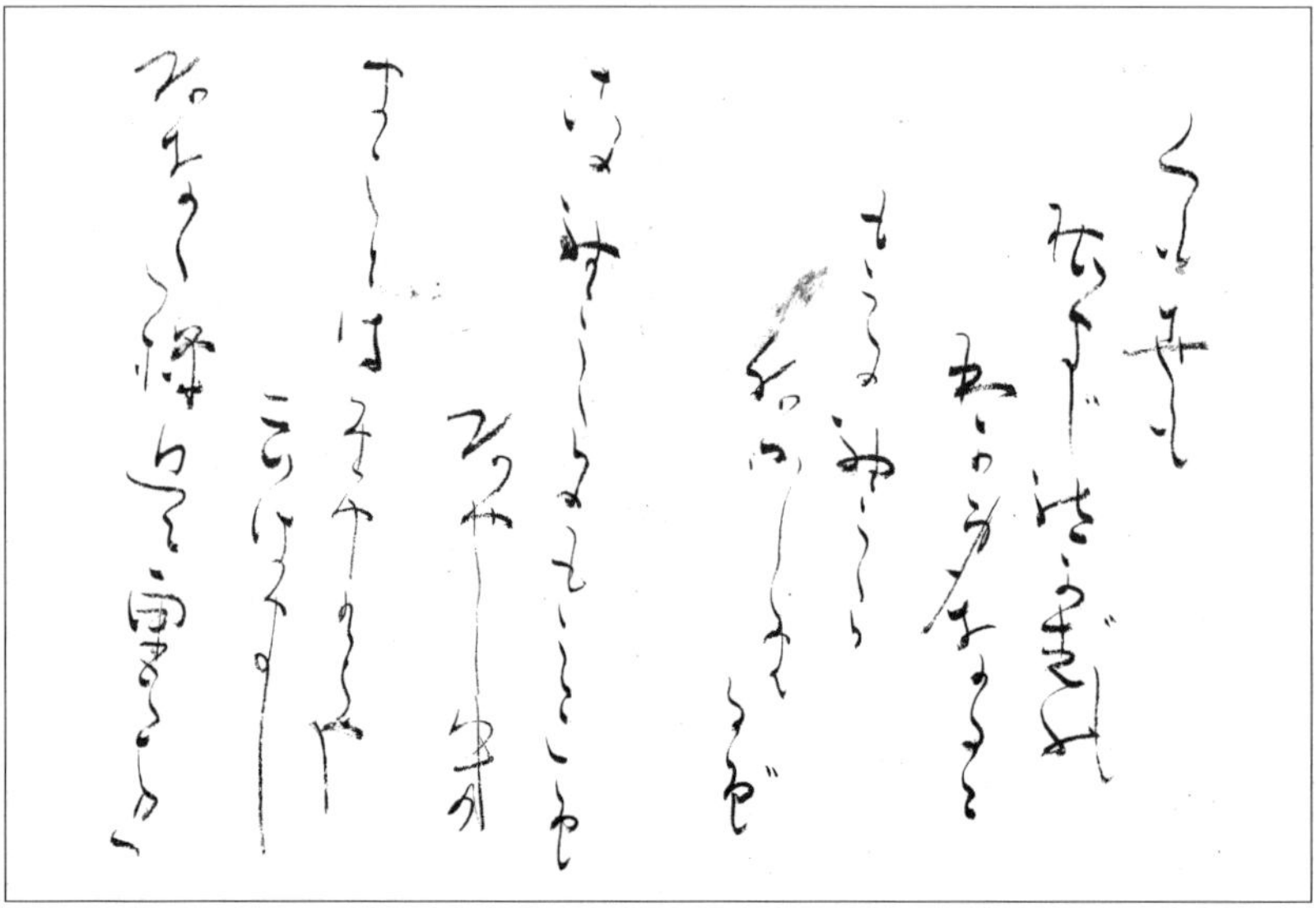

人も世も
恨まじ泣かじの
わか身なるに
もみの袖うら
何にしめ
るぞ

この袖うらのもみこそ
あやしき

まことは居申候とや
云はまし

あなた様近々東の方へ

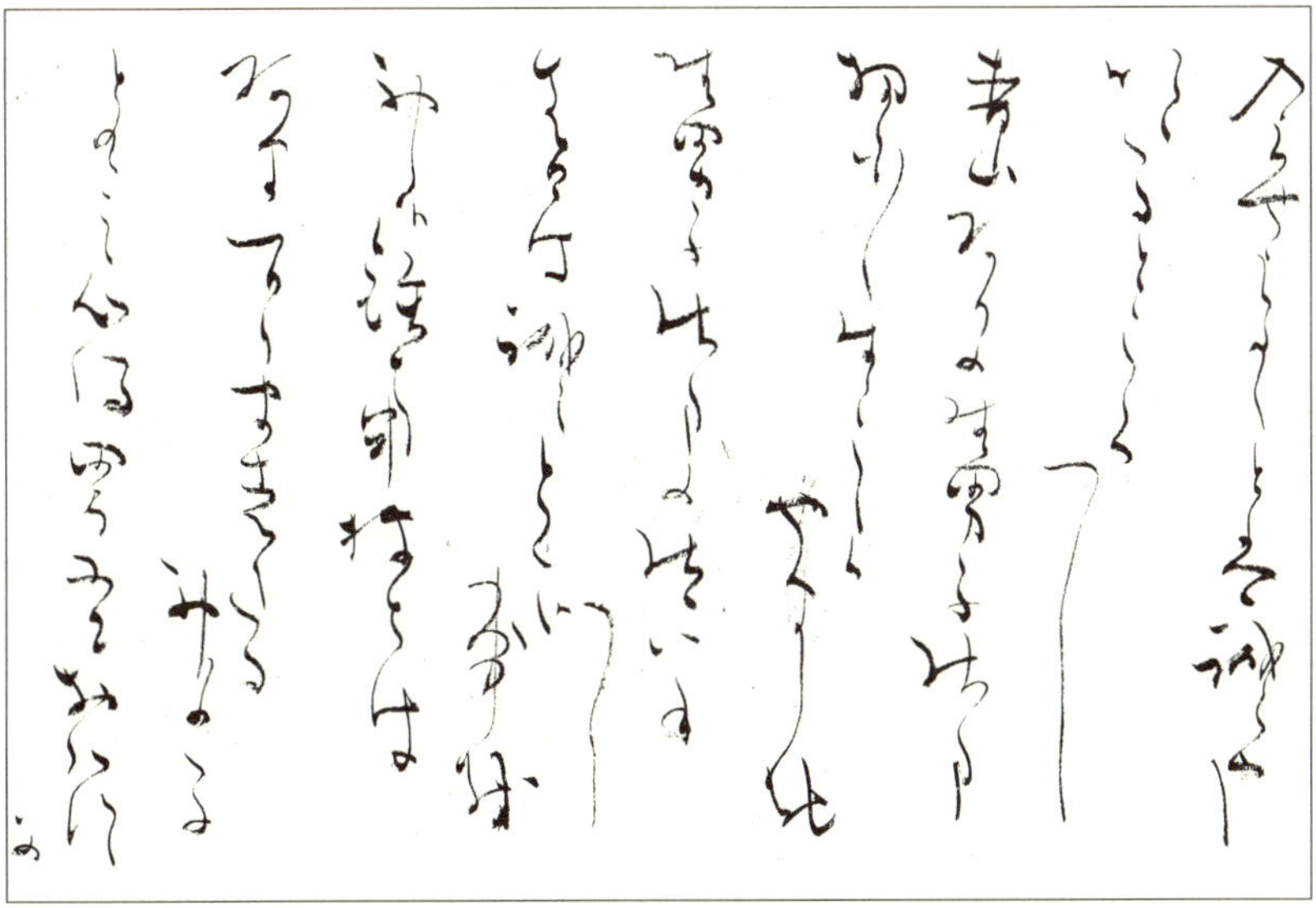

入らせらるゝとは誠にや
いたるところ
に
青山ありの御男子さま
扨も〳〵御うら
やましき
御男子さまの御筆
に
先日は誠にとんだ
事を
致候鉄南様とは
あま下りましたる
神の子
とのみ心得男にておはす
か

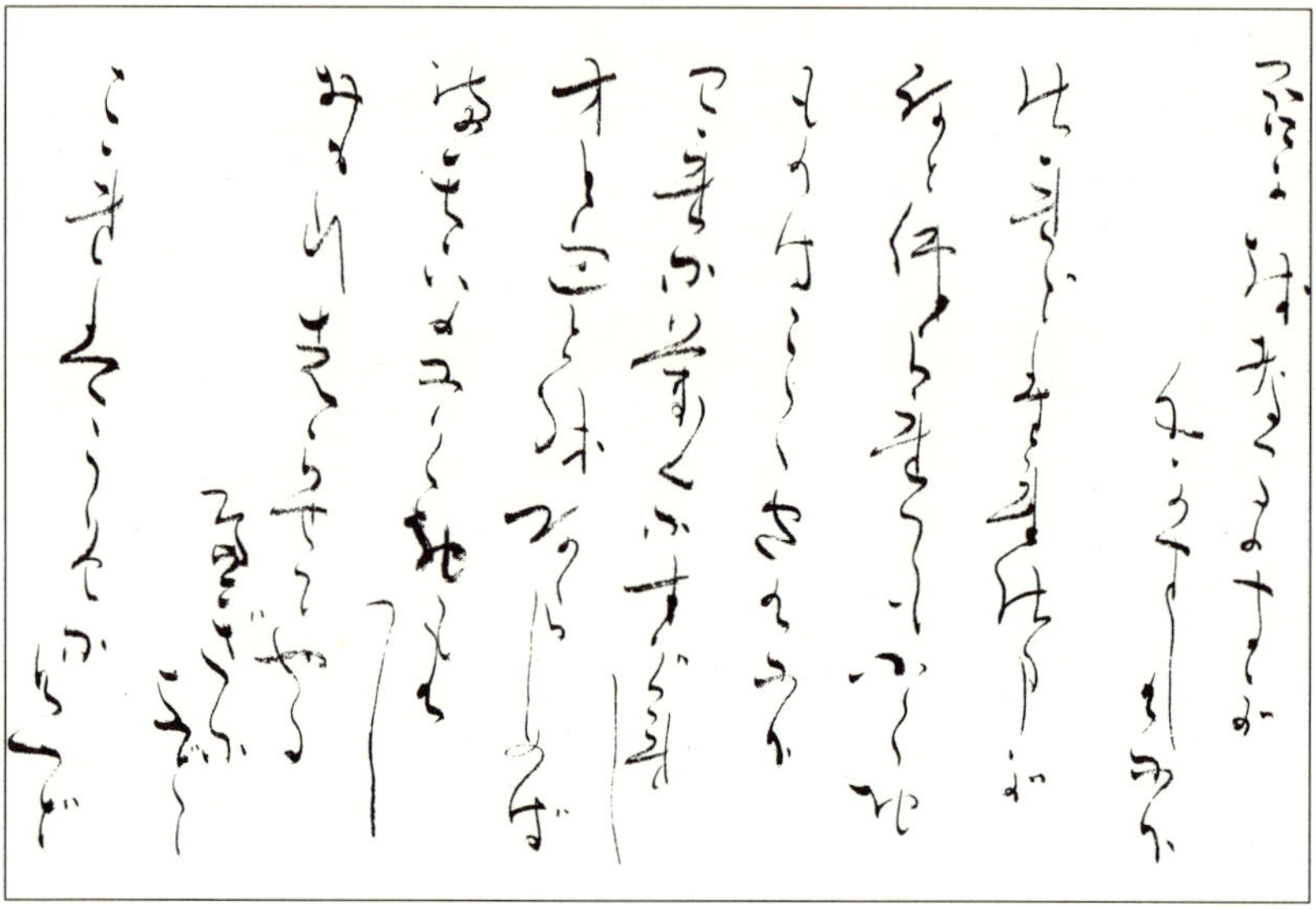

否かを考へるのまゝが
なかりしのに候
されどたれさまが
何と仰られてもにくき
ものはにくきのに候
われに萬人にすぐれ
し
才と運とをあらしめば
満天下のにくきもの
に
おもひしらせてやる
へぎに
など、
これはうそに候へど

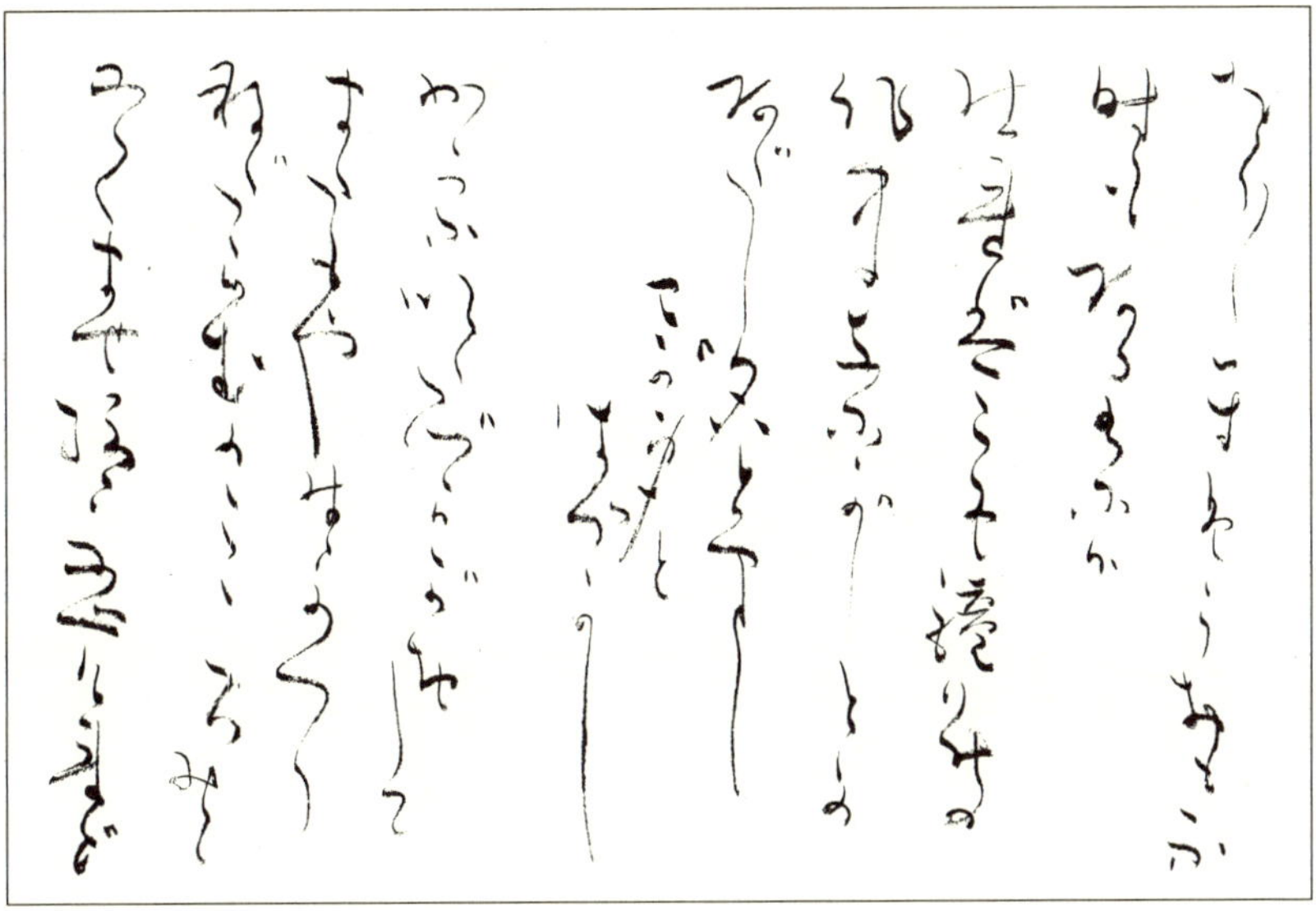

をり〳〵一寸そうおもふ
時もあるのに候
さればこそ鏡花の
作中のなにがしとか
あだし名とりし
わが身と
はづかし
かゝるいたづらがき
して
またもや御かへり
ねだらむのこゝろと
にくませ給ふべけれど

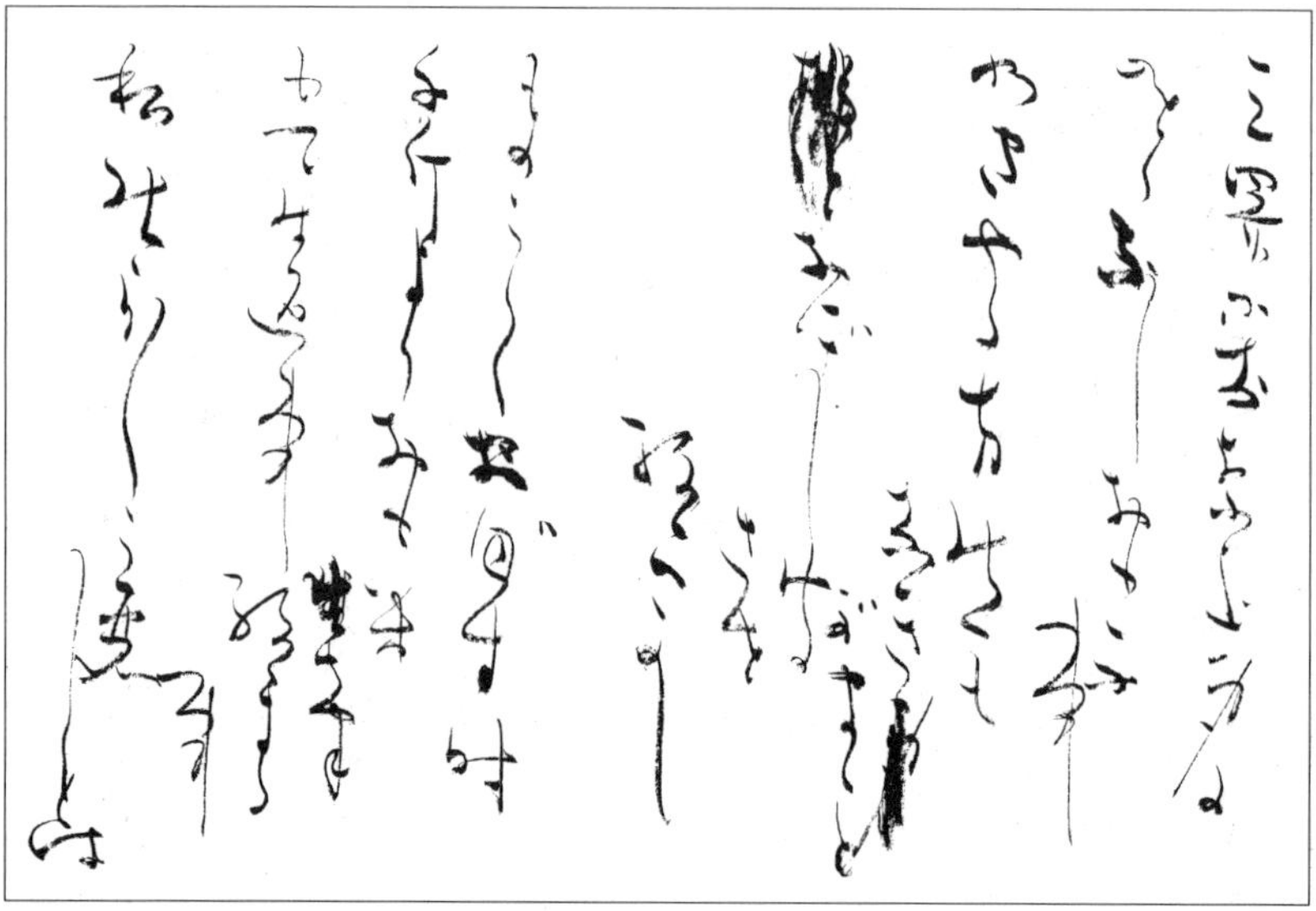

三界に友なき身の
をりふしおもふ
事
かきやる方さへも
なき〈身〉
がまゝと
〈故を〉おぼしゆる
させ
給へかし
ものうくおぼす時
千斤よりおもき
〈□〉御筆
もて御返事給はる
事
私さら〳〵うれ
しとは

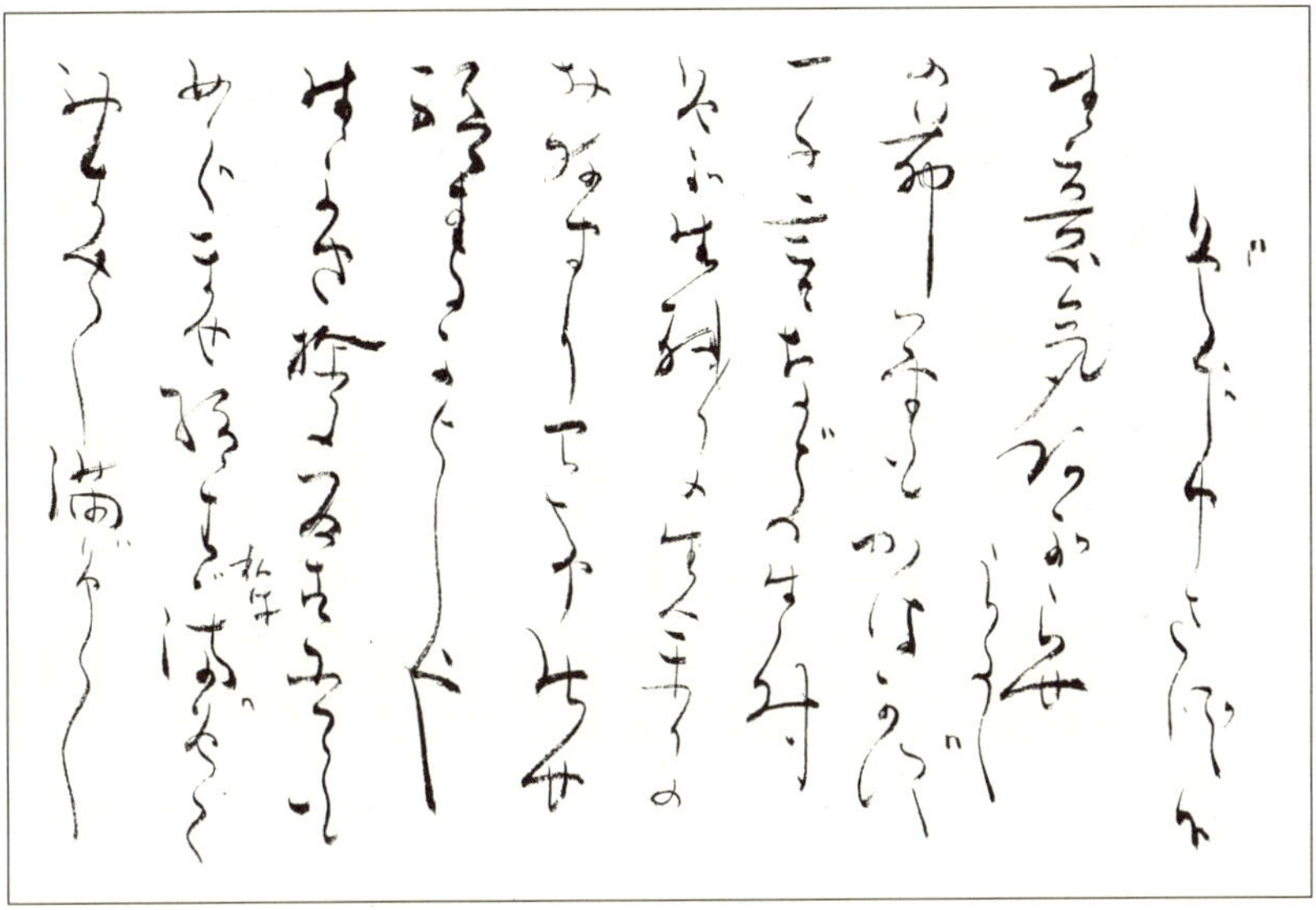

ぞんじ申さず候
御意気あがらせ
らる、
の節筆もかはかず
一千言などの御時
そが御残りの御余りの
おあまりわけさせ
給はるかよしや
御かき捨る反古にても
めぐませ給はゞ私は満ぞく
致すべく満ぞく

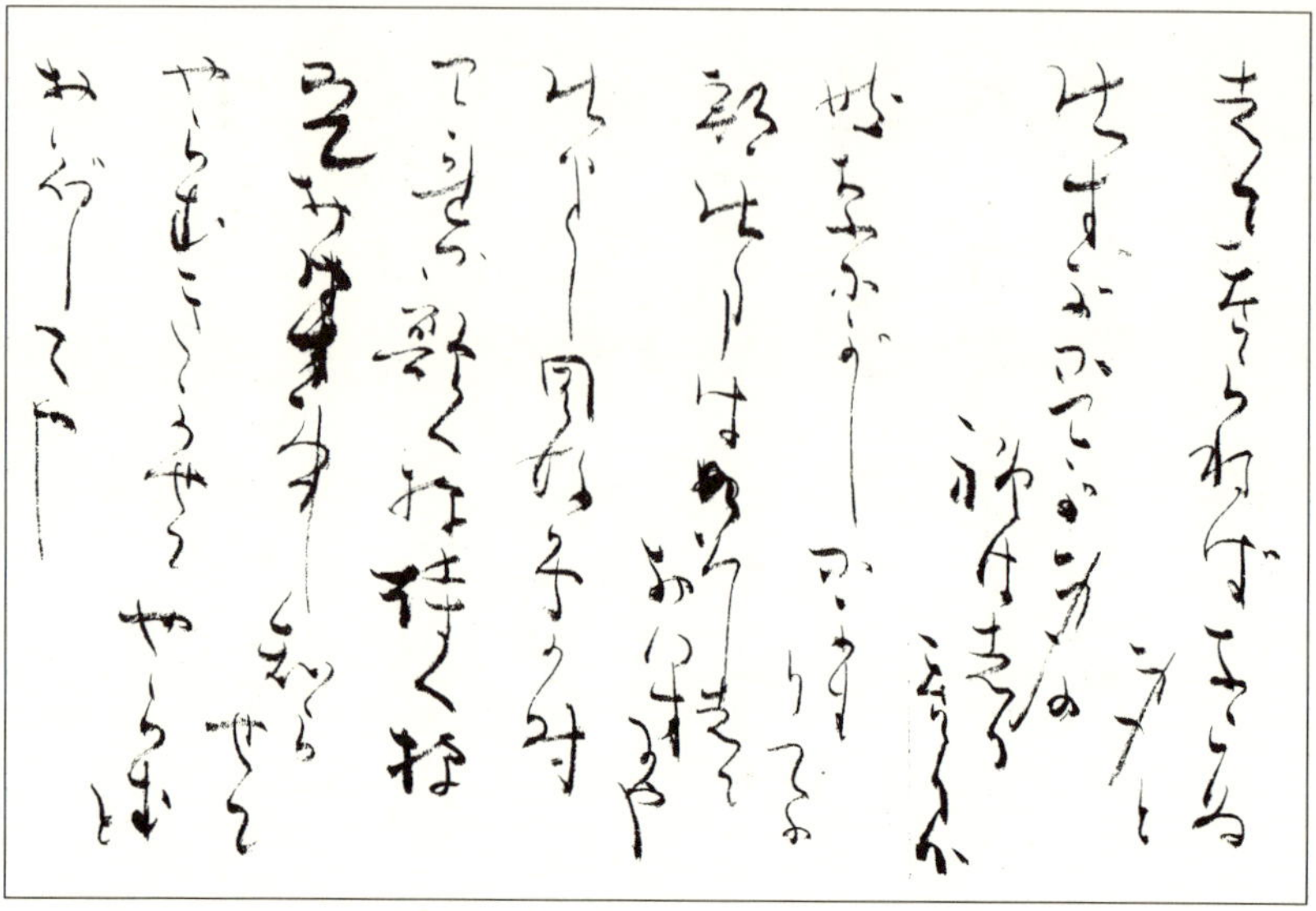

して居らねばならぬ
身と
さすがにわが身の
程はしり
居り候
妓なにがしにかは
りての
歌さまは如〈□〉何して
おはすにや
さりし同好會の時
われに歌人様詩人様
にておはす〈□□〉事知ら
せて
やらむきかせてやらむ
と
おぼしてや

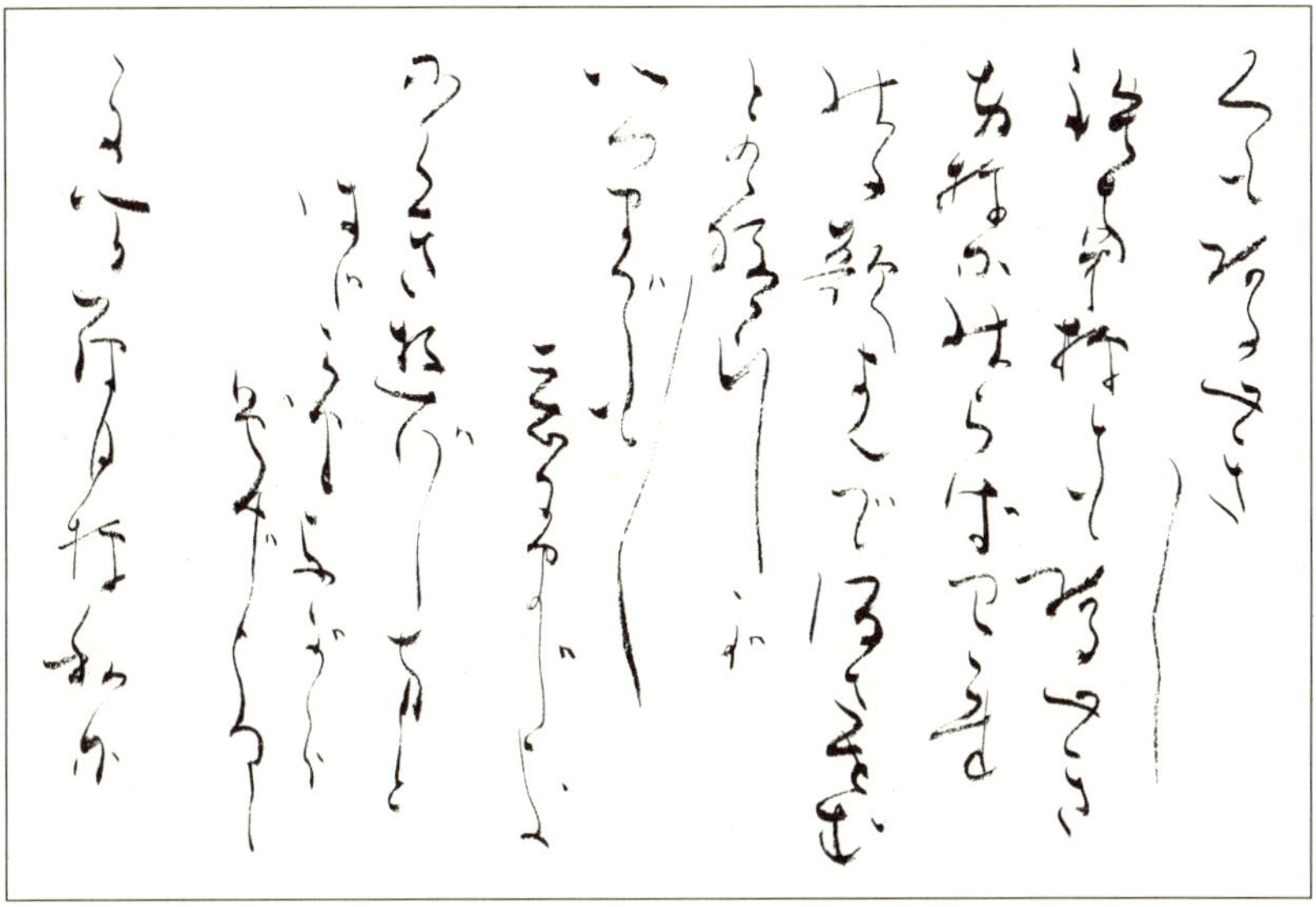

人もあるべき
に
鉄南様ともあるべき
方様にさらばわれ
さる歌よんで帰させむ
との給ひしが
いつまでも〳〵
忘るまじき
にくき遊ばし方と
はゞかりながら
ぞんじ参候
この間雁月様私に

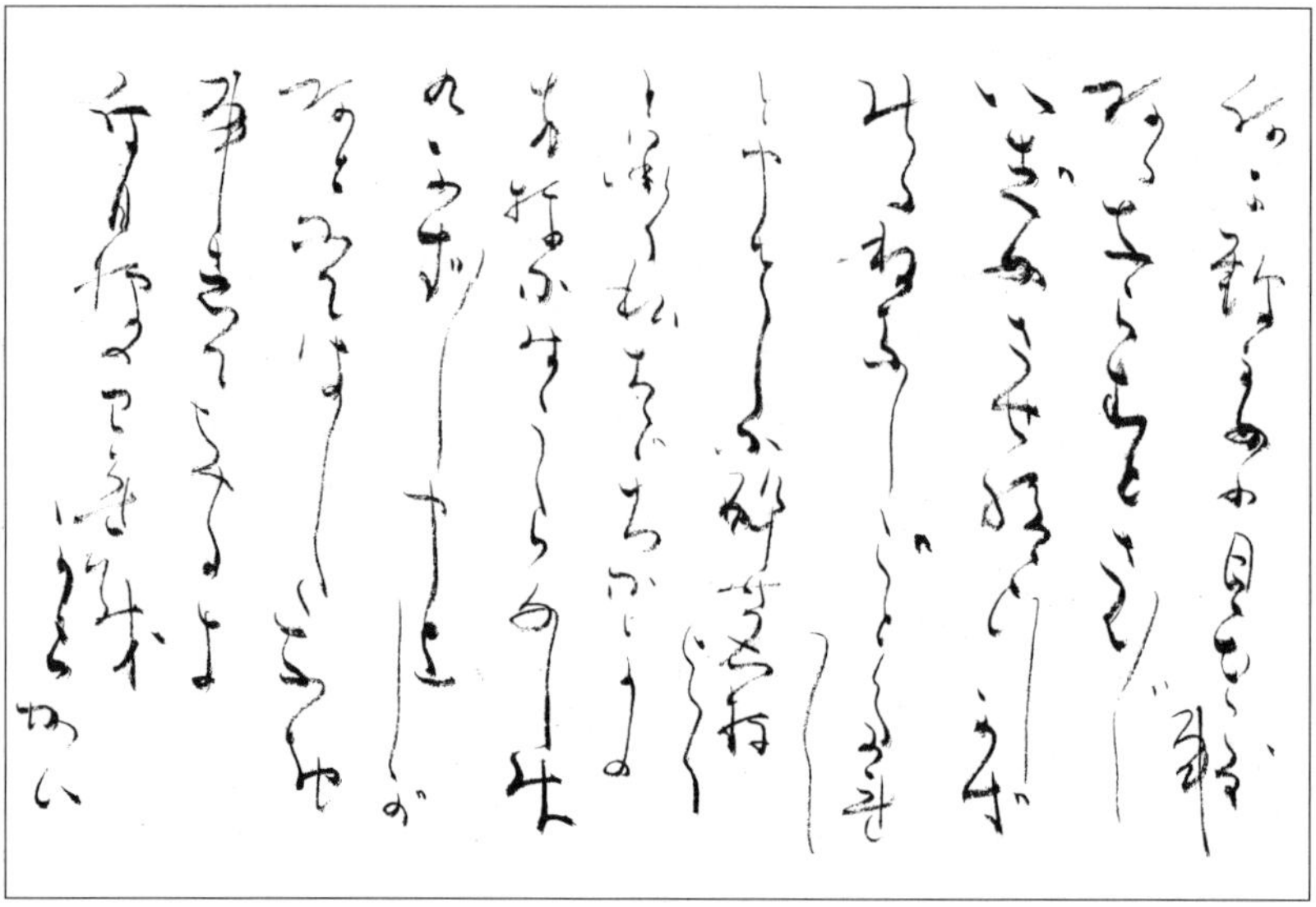

何か鶴かめの目出度
事
あるならむとさん〱
いじめさせ給ひしかば
さるねなしごとたれ
に
と申せしに酔茗様
より
と承り私たゞちにかの
方様に御うらめしさ
のかず〱申上
しが
あとにてはしたなき
事してけるよ
雁月様のわれを
からかひ

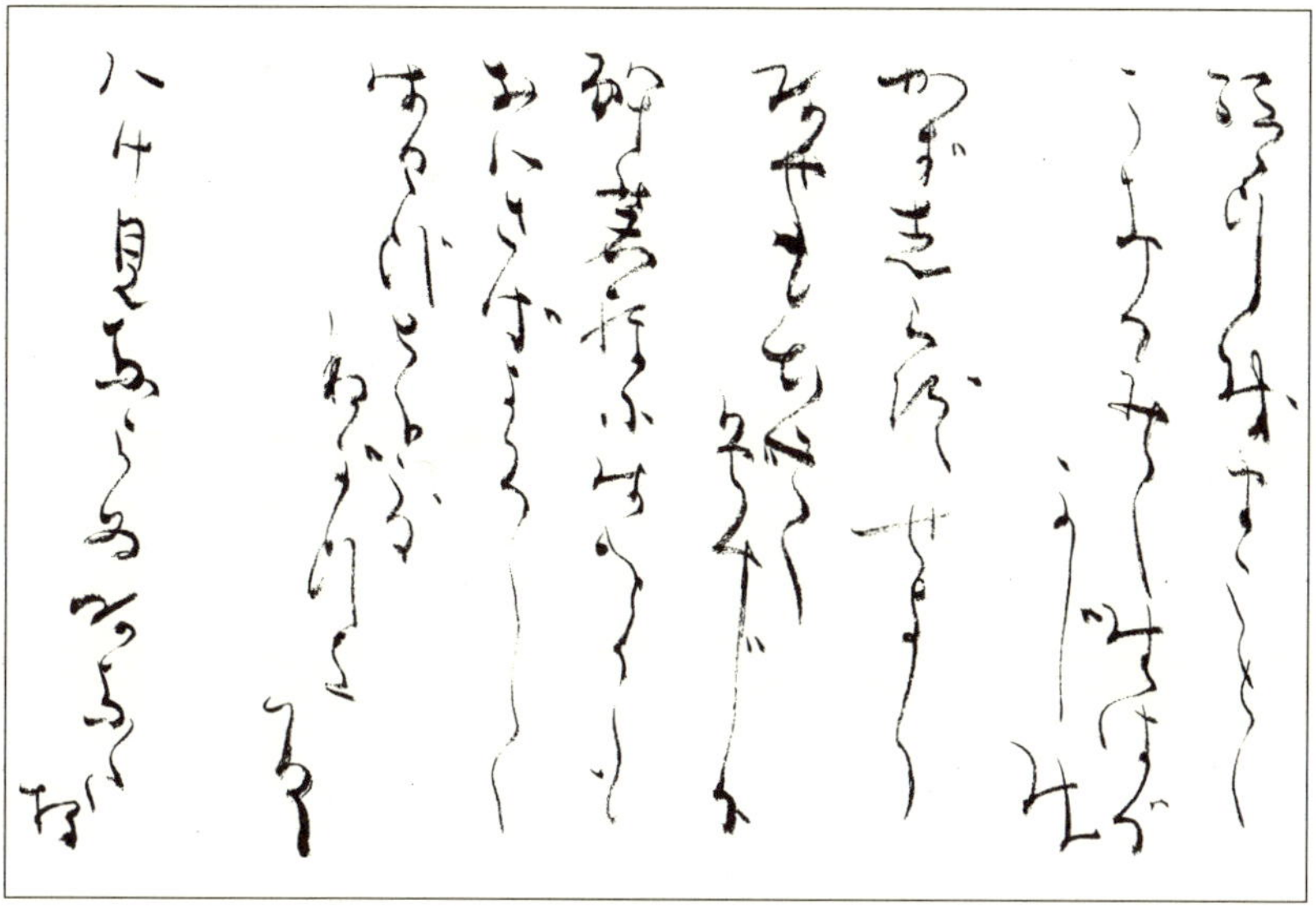

給ひしをまこと、
うけてと御はづ
かじさ
かずしらずせより
あせも出べく
ぞんじ候
酔茗様に御をりも
おはさばよろしく
御わび被下度
ねがひ上
参候
八け見ならぬあなた
様

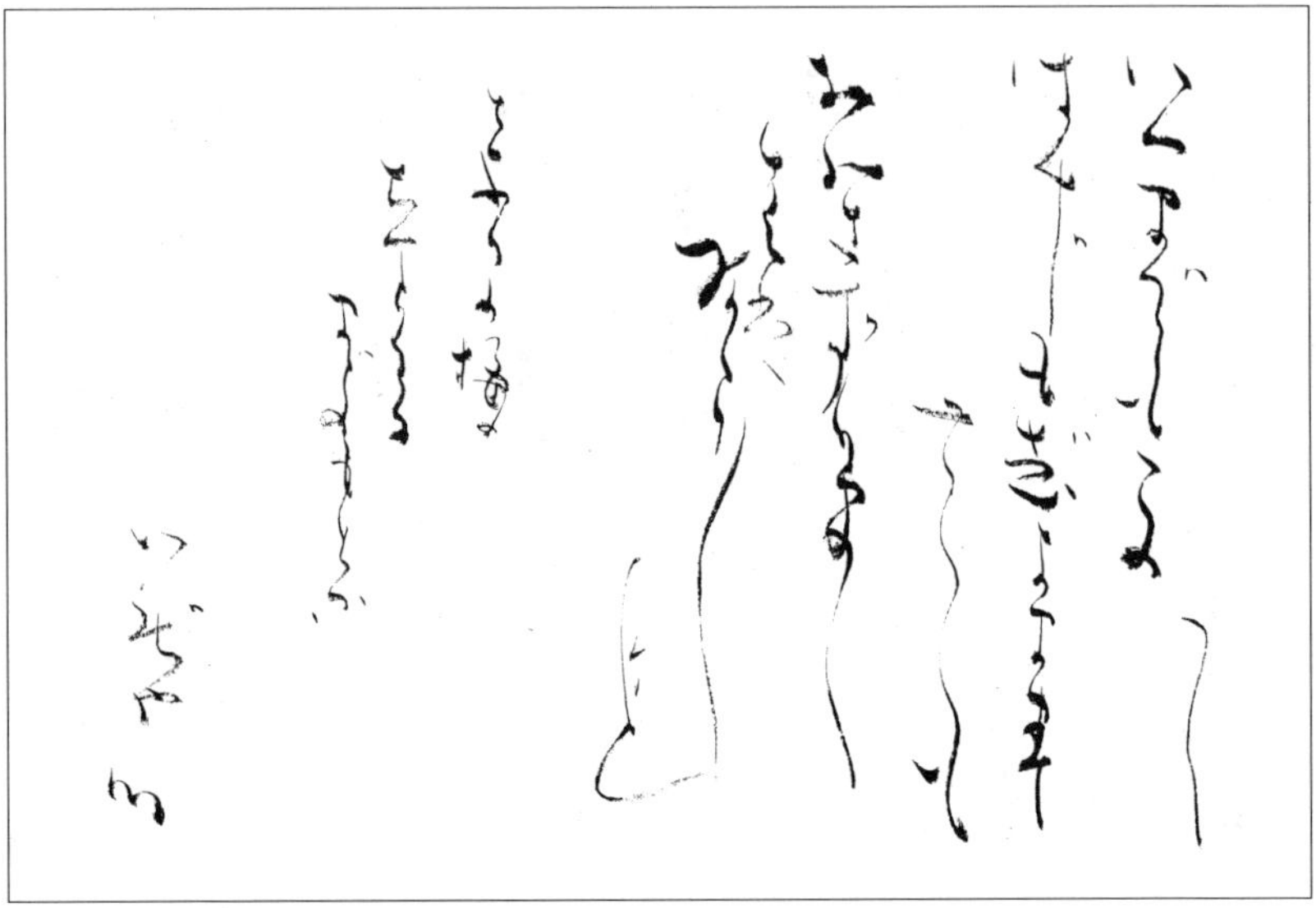

に

いつまでこの

はんじもじよます

べくも

おはさず候まゝ

先は

あら〳〵

かしこ

となりの梅の

ちりくる

まどのもとに

いざや川

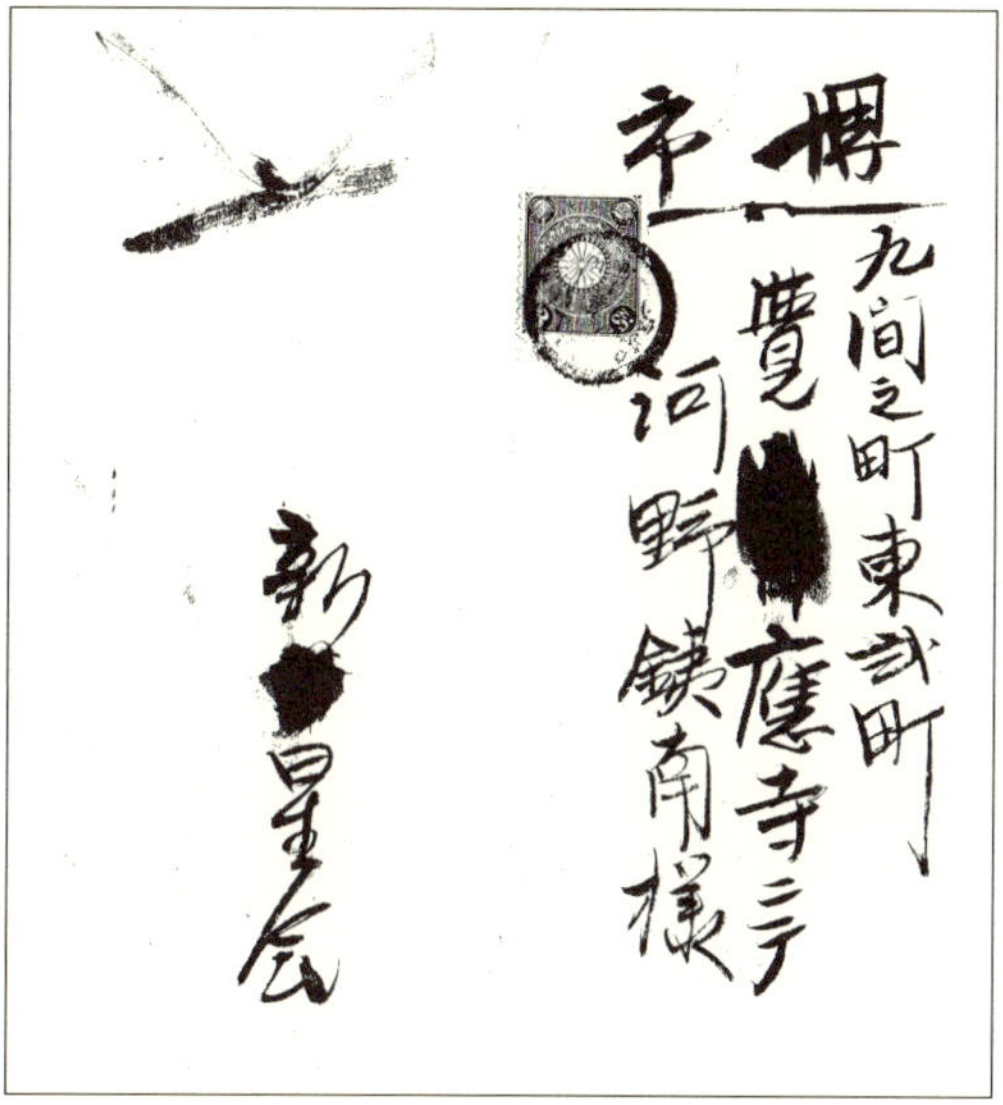

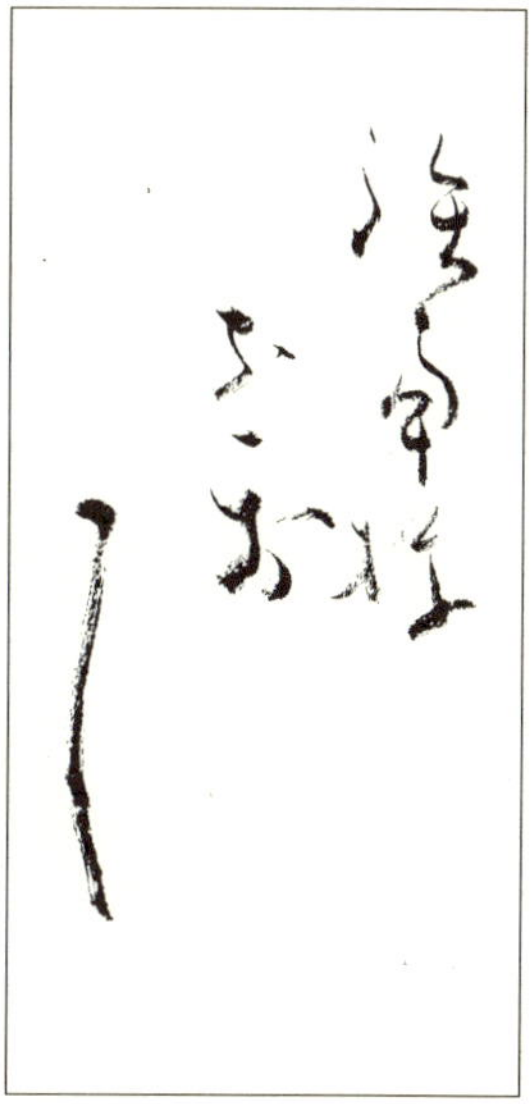

鉄南様
お前
に

《封筒》

【表】堺　九間之町東弐町
覺〈□〉應寺ニテ
市　河野鋏南様

【裏】新〈□〉星会

③

与謝野晶子書簡　河野鉄南宛〈明治三十三年三月三日〉

〔形態〕封書巻紙（本文 17.2×289.3cm
　　表装 20.2×318.7cm）　毛筆
〔封筒〕和封筒（17.2×7.4cm）　毛筆
〔消印〕和泉／堺／卅三年三月／三日／
　　□便
【備考】封筒は他筆。

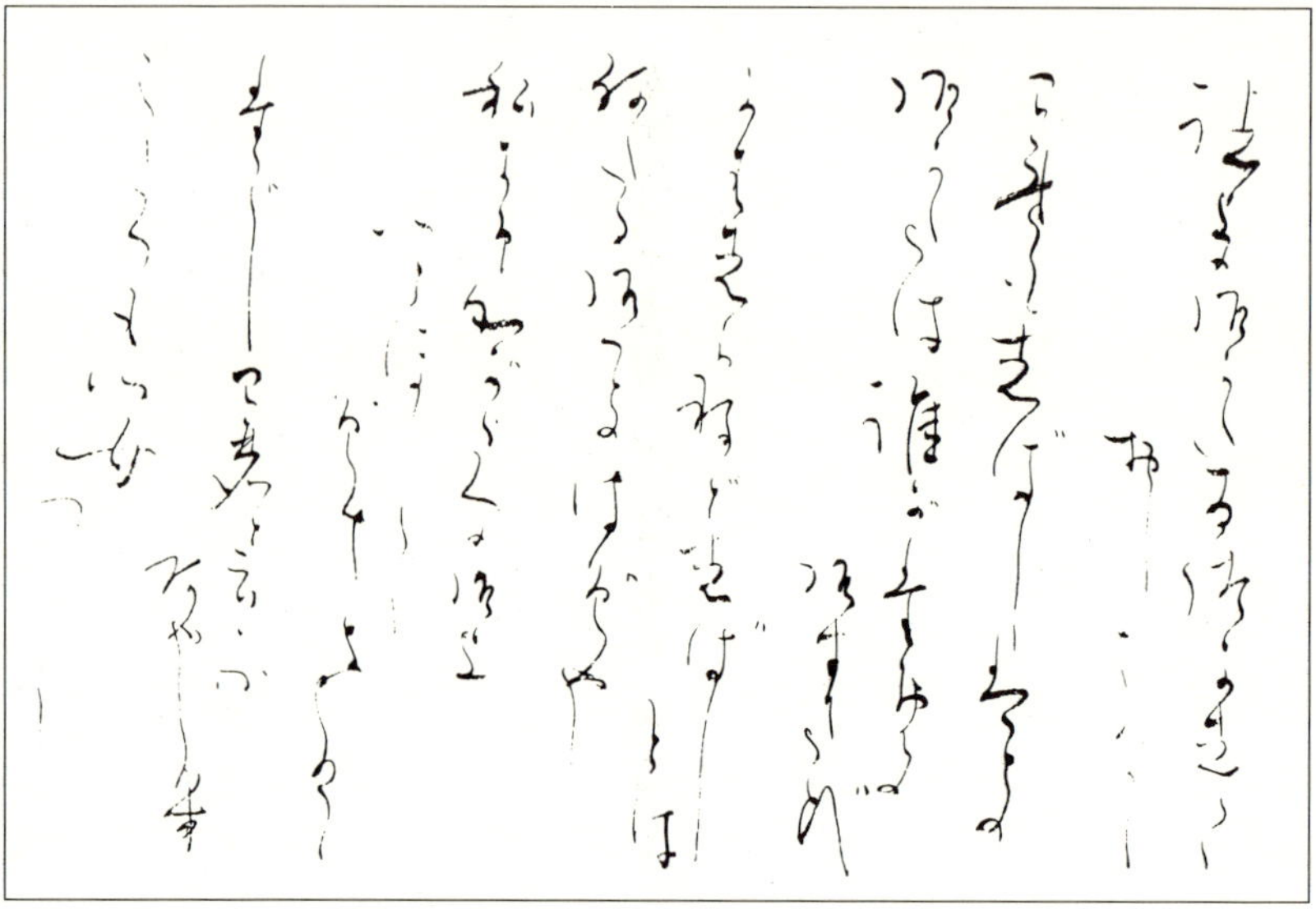

誌上の御うたなつかしく
拝し参候
われもしばしはとの
御うたは誰がための
御すさび
かはしらねどしばし
とは
何たる御ことのはぞや
私よそながら人の御上
いとほしく
ぞんじ上参候
たゞしわれと云ふ
あやしき
こゝろもつ女
に

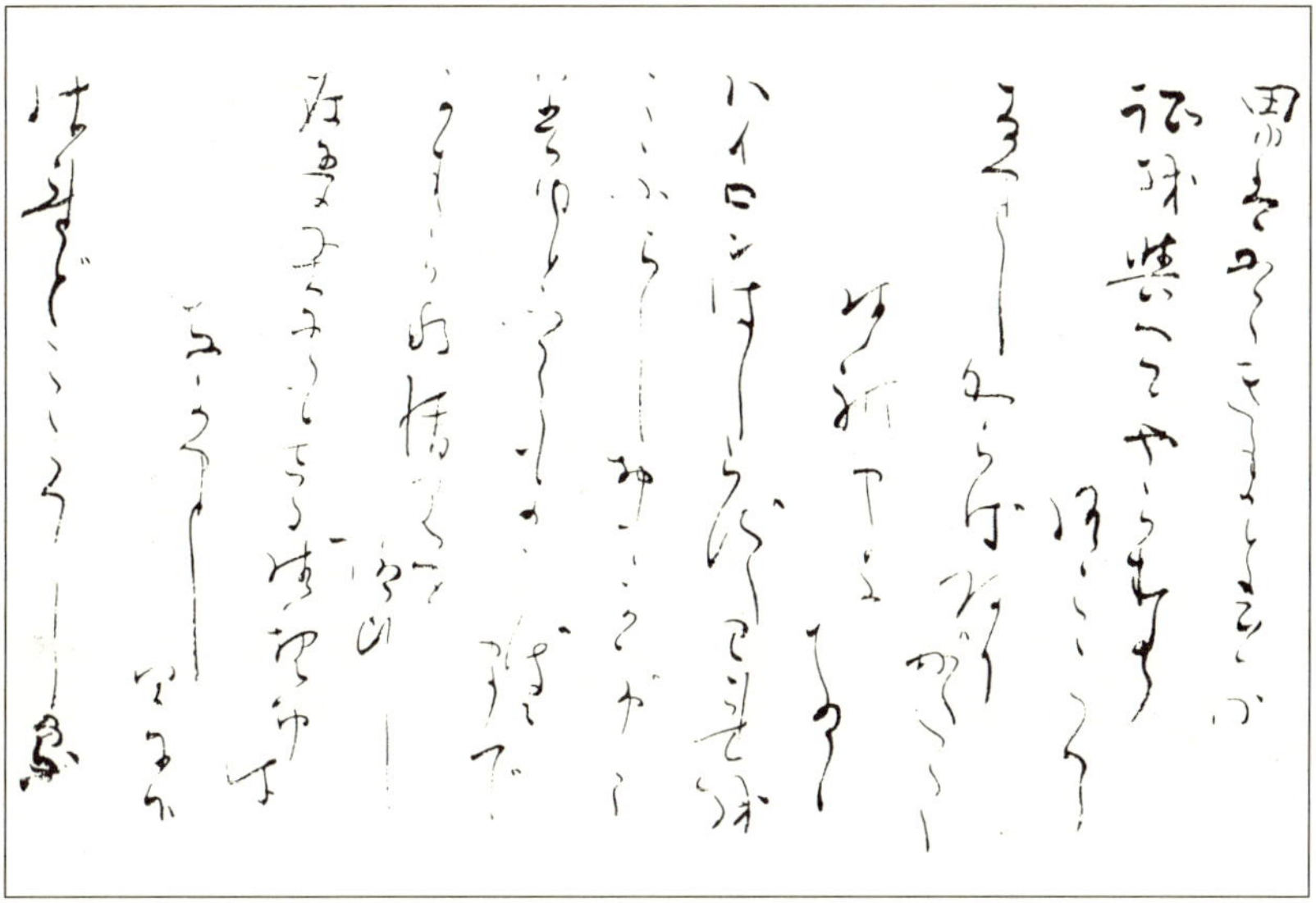

男はにくきものと云ふ
証を與へてやらむの
御こゝろ
なりしならばあり
がたく
御禮申上
参候
ハイロンはしらずわれを
こふらしおもかけに
みゆとつくものうばに
まで
かはらぬ情見せ
給ひし
在五の君にもさる御親切
は
なかりし
由に候
されどこゝろしる

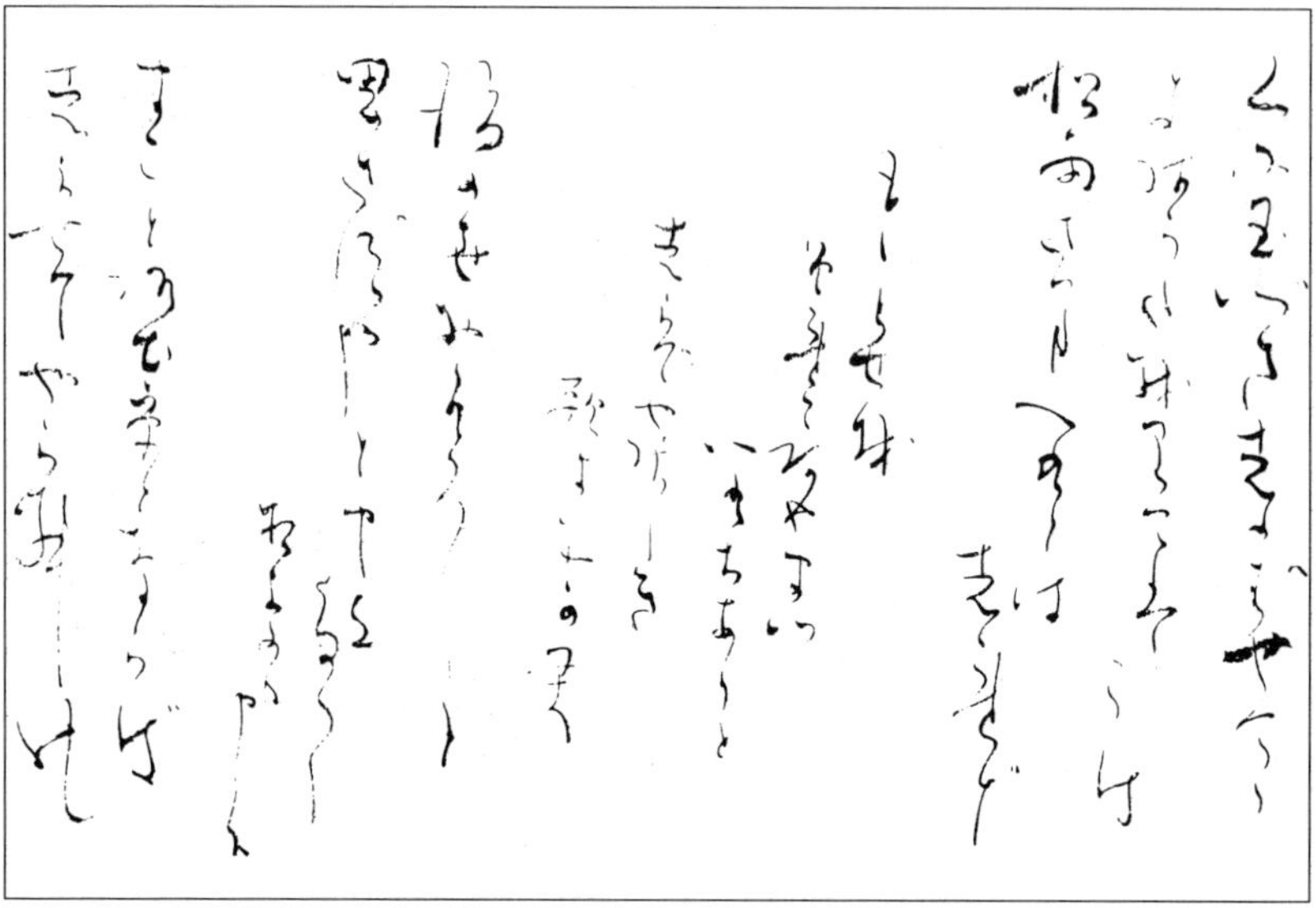

人に玉づさしのばせけり
との御うたを見てはこは
松雨さまへのとは
しれど

も丶とせを
それにあやまつ
いのちありと
しらでやさしき
歌よむか君

後の世おそろしと
思さずやと申上
参候
夜なかに
申候
まこと御出京とならば
しらせてやらむの

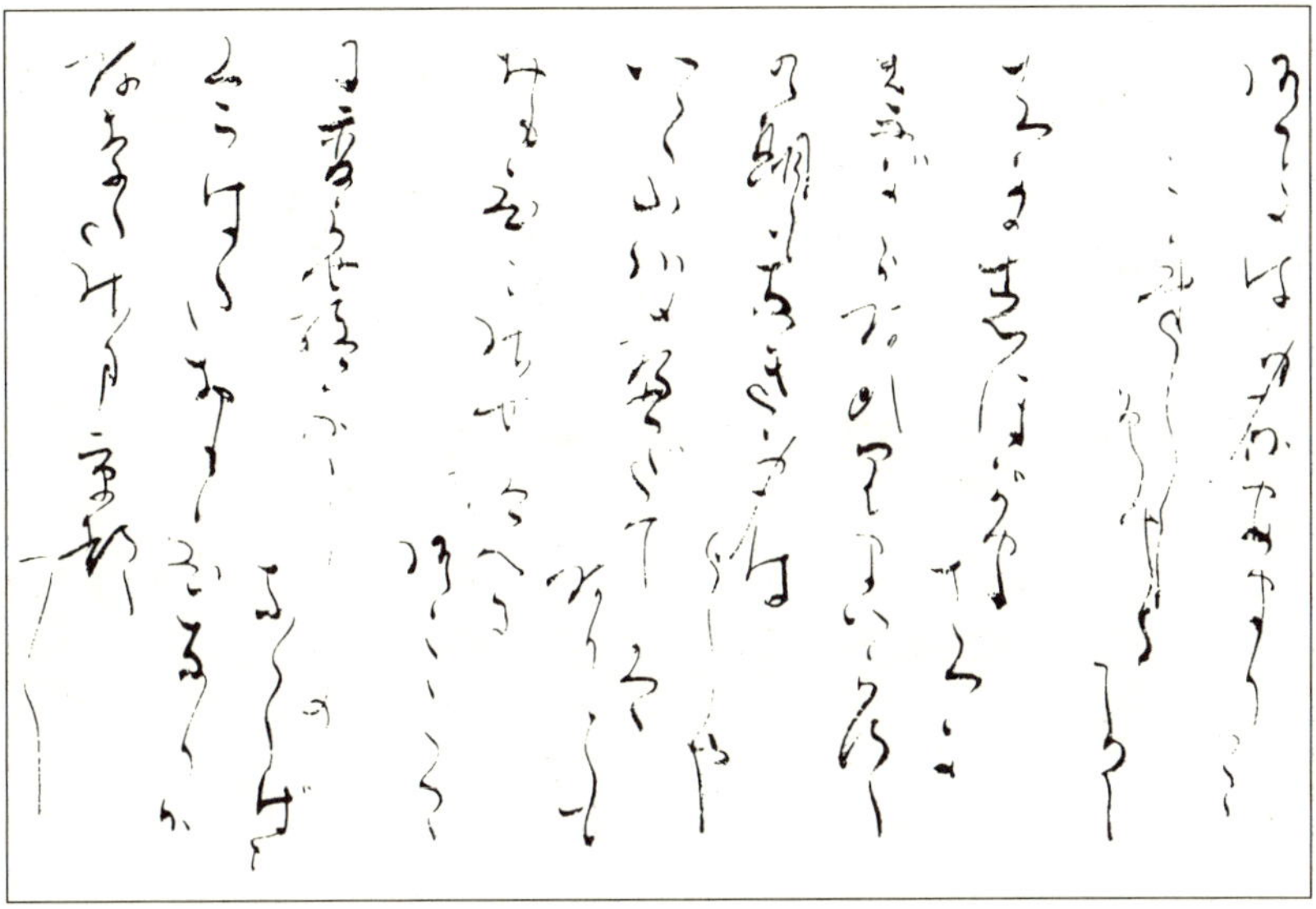

御ことのは身にあまりて
うれしく
ぞんじ上参候
ちかのしほがま
さくか
見ながらあひ見まいらす
の期もなき身は
よしや
いく山川のへだては
ありとも
おもひこさせ給へる
御こゝろ
に変らせ給ふしの
なくばと
今はたおもひなり候
あなたさま京都
に

河野鉄南宛〈明治33年3月3日〉

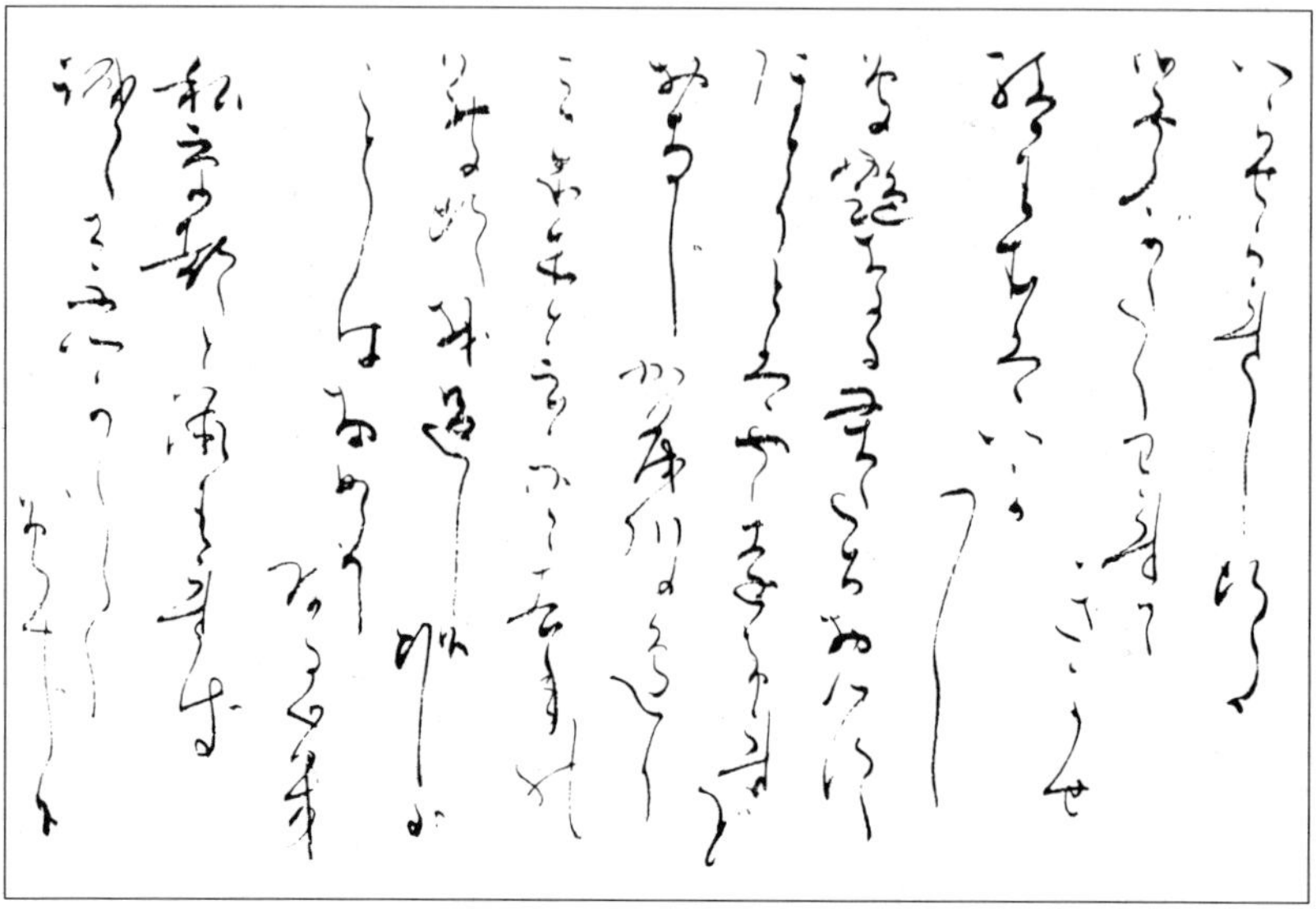

いらせられし頃の
御夢がたりわれに
きかせ
給はむはいか
に
その艶なる君たちおはす
ほとりとはやゝ遠けれ
ど
おなじ加茂川の邊り
三本木と云ふに去年の
花の頃を過し候ひしが
ことしは扨如何
あるべき
私京都と承はれば
誠にさなつかしく
ぞんじ候

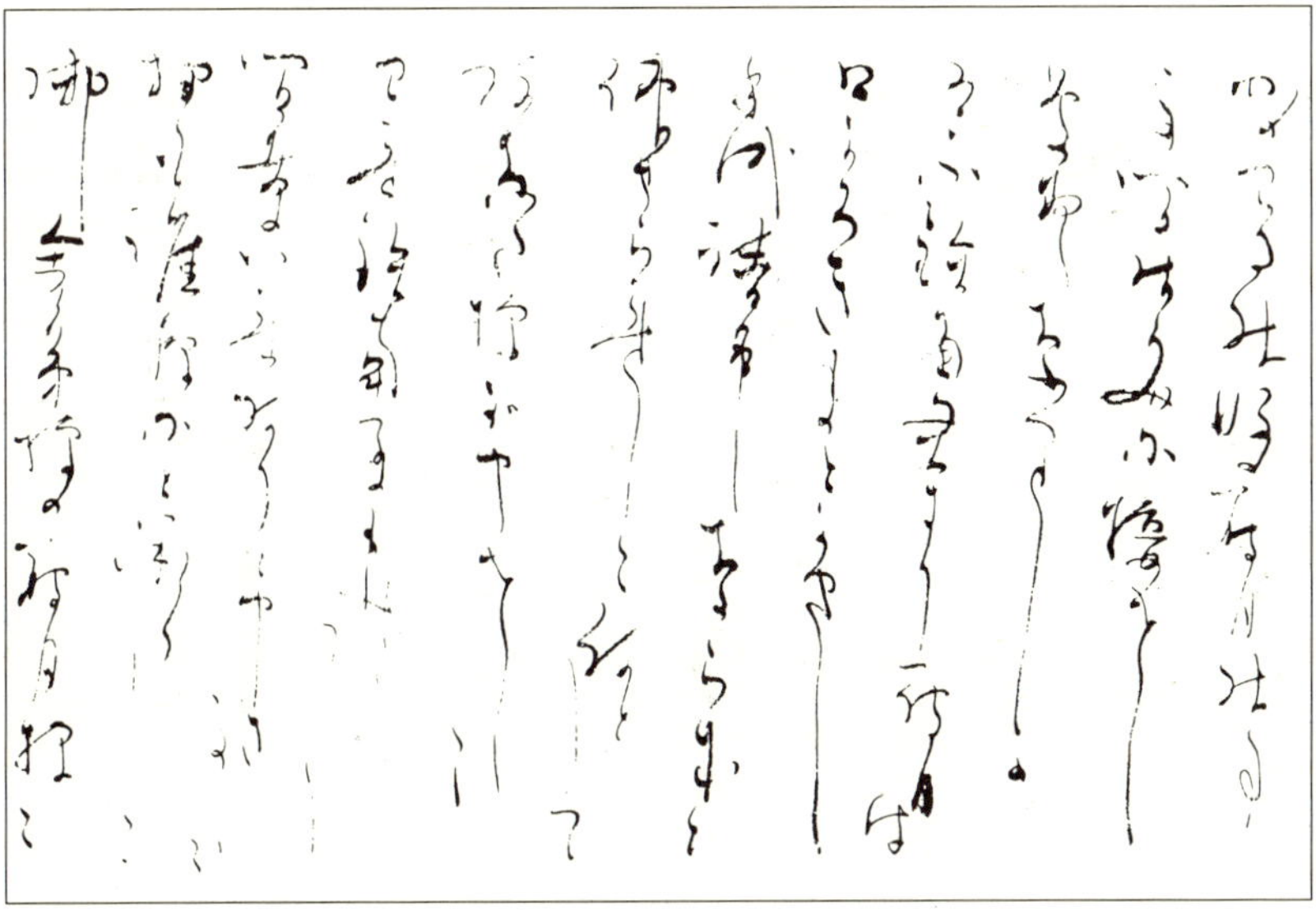

かのわるさ好の雁月さま
この間御文に接せし
その夜なりしか
けふ鉄南君より雁月
は
口かろきものとかきし
手紙請けしならむと
仰せられしと何と
して
あなた様が申せし
に
われ鉄南子のもと
に
間者のいれありと申さ
る、に
扱も誰様にと承りしに
御舎弟様の雁月様に

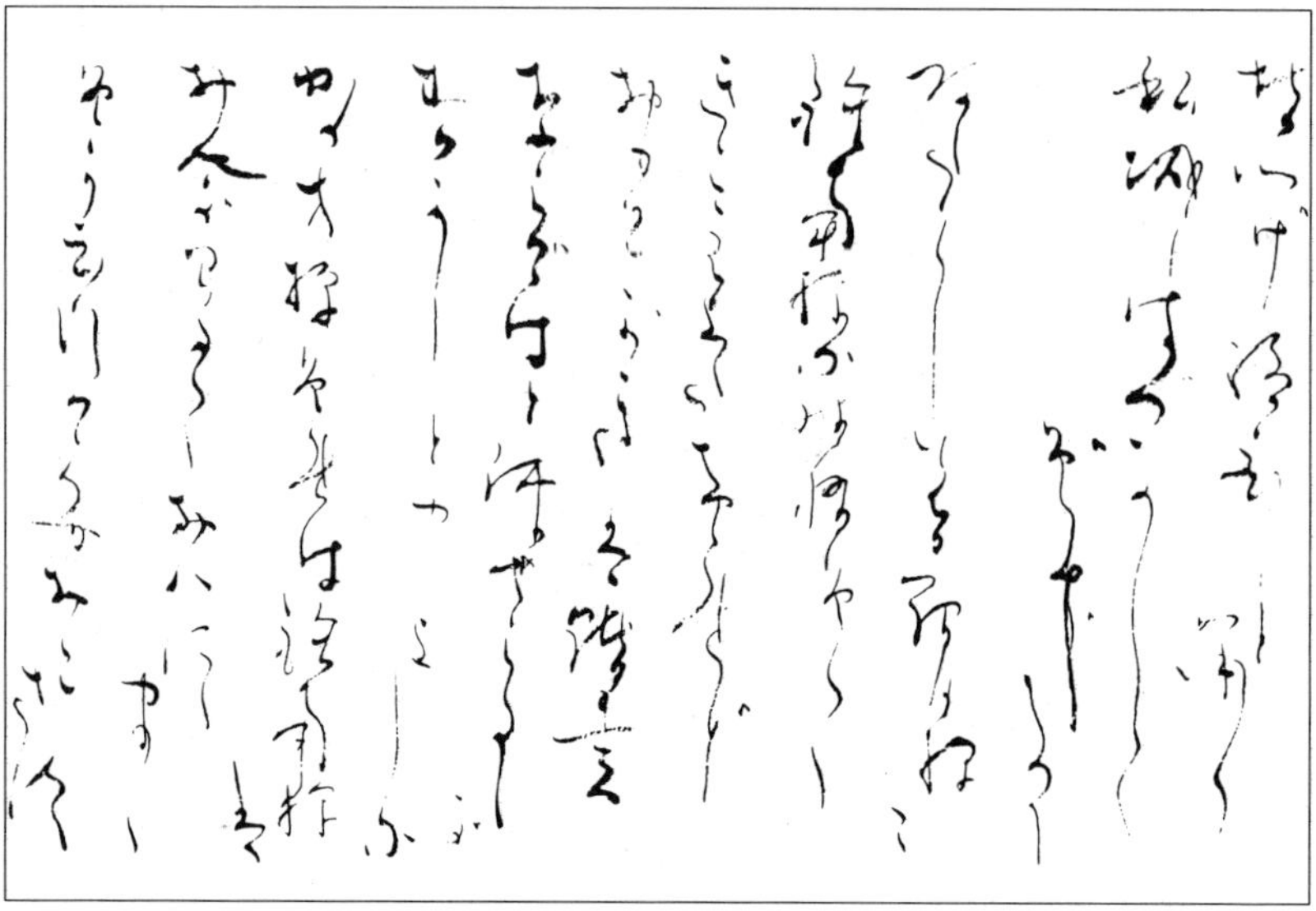

皆つげ給ひしと承り
私誠にはづかしく
ぞんじ
参候
あたくし先日雁月様
に
鉄南様に御消そく
きこえ上たけれど
おもてがきは楷書
ならではと仰せらるゝ
が
むつかしと申上
しに
かの方様それは鉄南様
は
お人がわるくおはす
まゝ
そう云ひて文おこさす

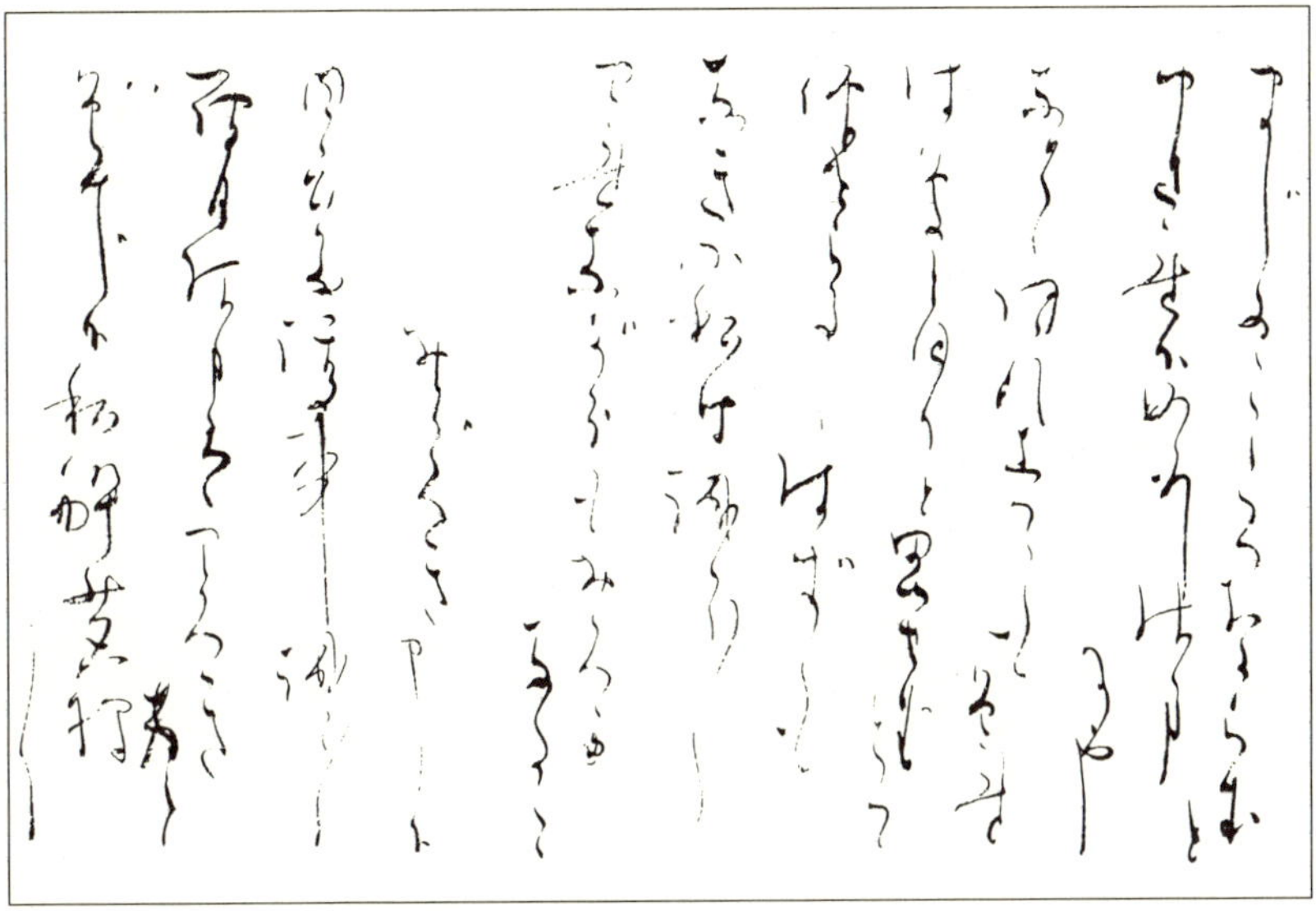

まじのこゝろならむ
と
申され候如何さま
にや
など、伺ひ上ても
それ
はそのとほりと思せば
とて
仰せらるゝはずも
なきに私は誠に〱
われながらもおろか
なるに
おどろき申候
目出度話の事誠に〱
雁月様はわろき
方と
ぞんじ候私酔茗様
に

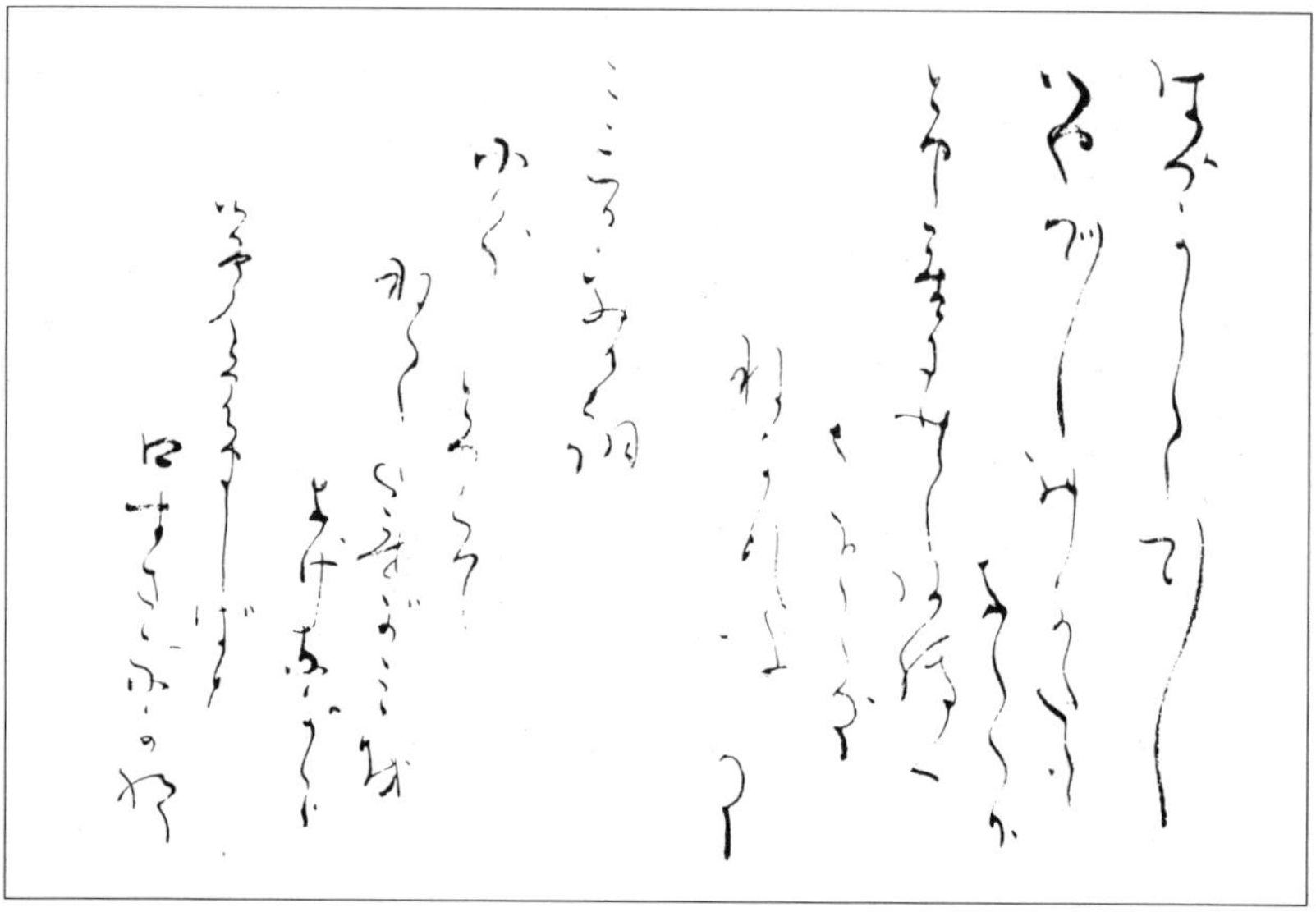

はづかしくて〱
いやで〱致しかたも
なく候
と申居ると御傳へ
被下度候
ねかひ上
参候

二三日前の朝
小ぐしとりて
ねくたれがみを
上げながら
夢と見ましばと
口すさぶかな

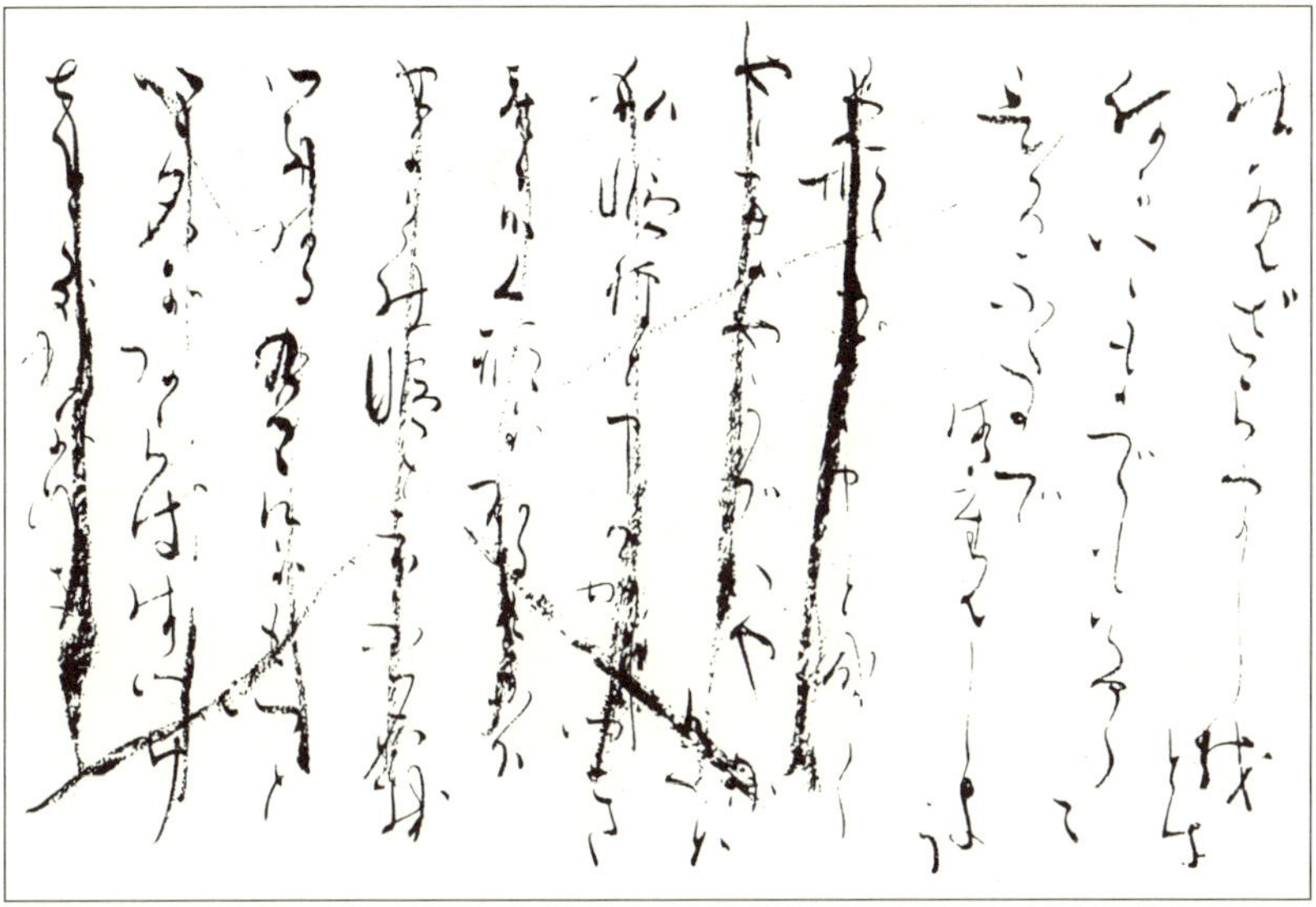

さめざらましを
とは
何かい、ものでも夢
に
ひろふたので
御座んしよ
う

〈人形など、申と誠に
や、子がやうでいやに候へど
私姫様と申てかしづき
居り候人形があるのに候
わかくさ姫と言う名を
つけあるのに候がもつと
い、名があらばおつけ
被下度ねがひ上〉

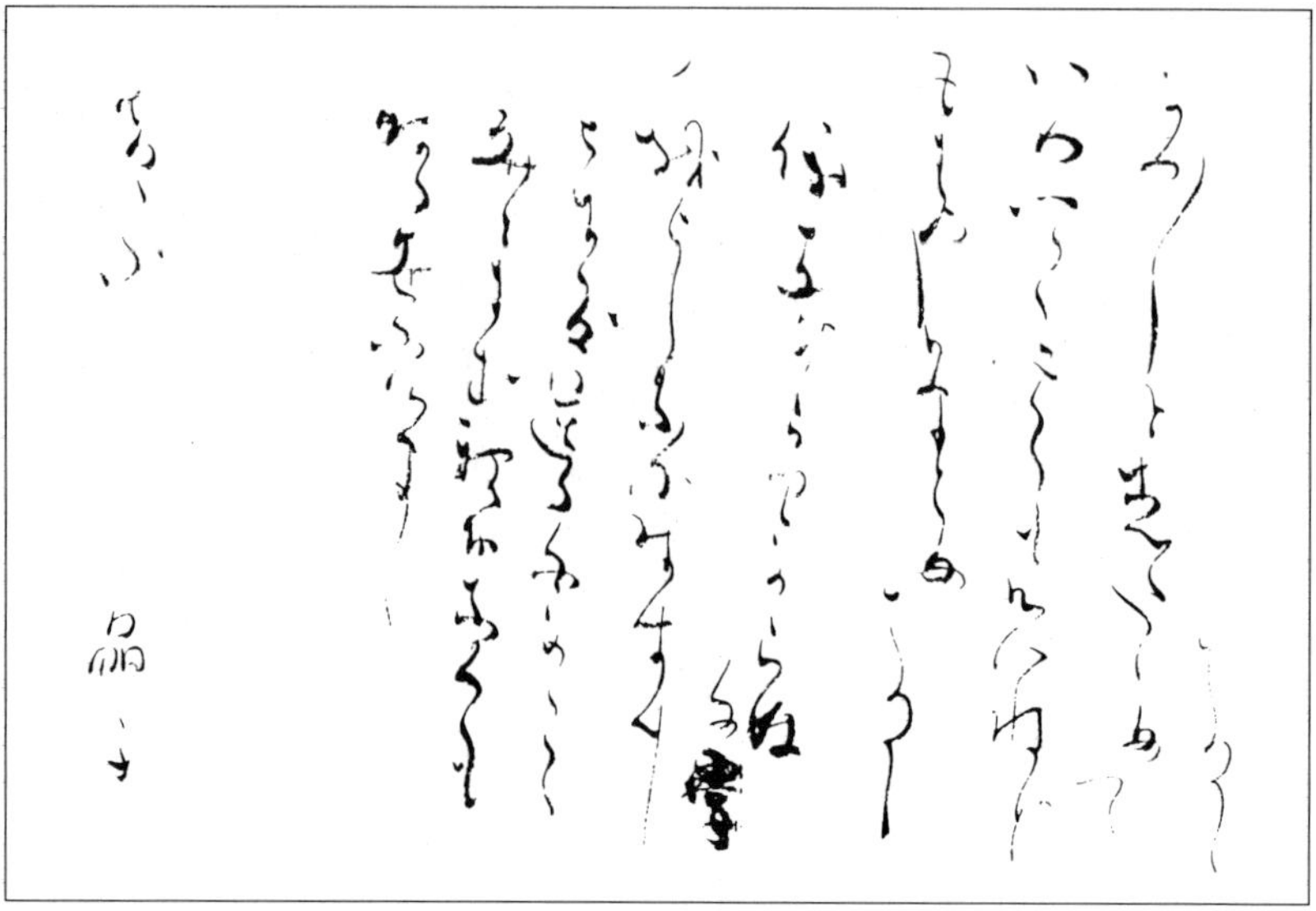

参候
かづ〱としたゝめ
て
いつつくべくも候はねど
もはや筆とめ
参候
例ながらわからぬ
文字〈□〉
をよしなに御はんじ
被下度送るにかゝる
文とよむ親切なくも
ある世に候まゝ
けふ
晶子

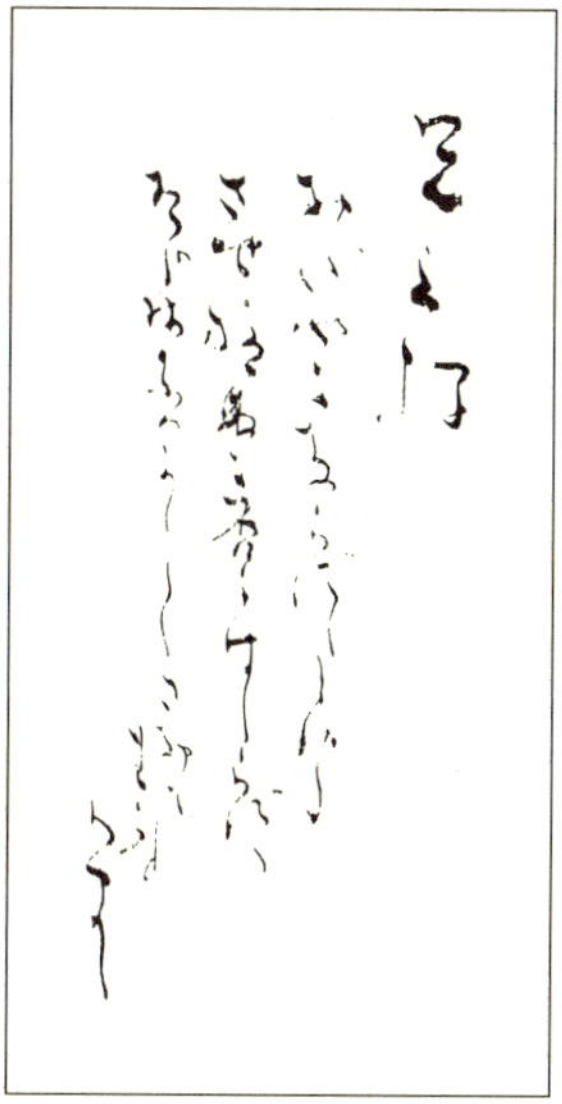

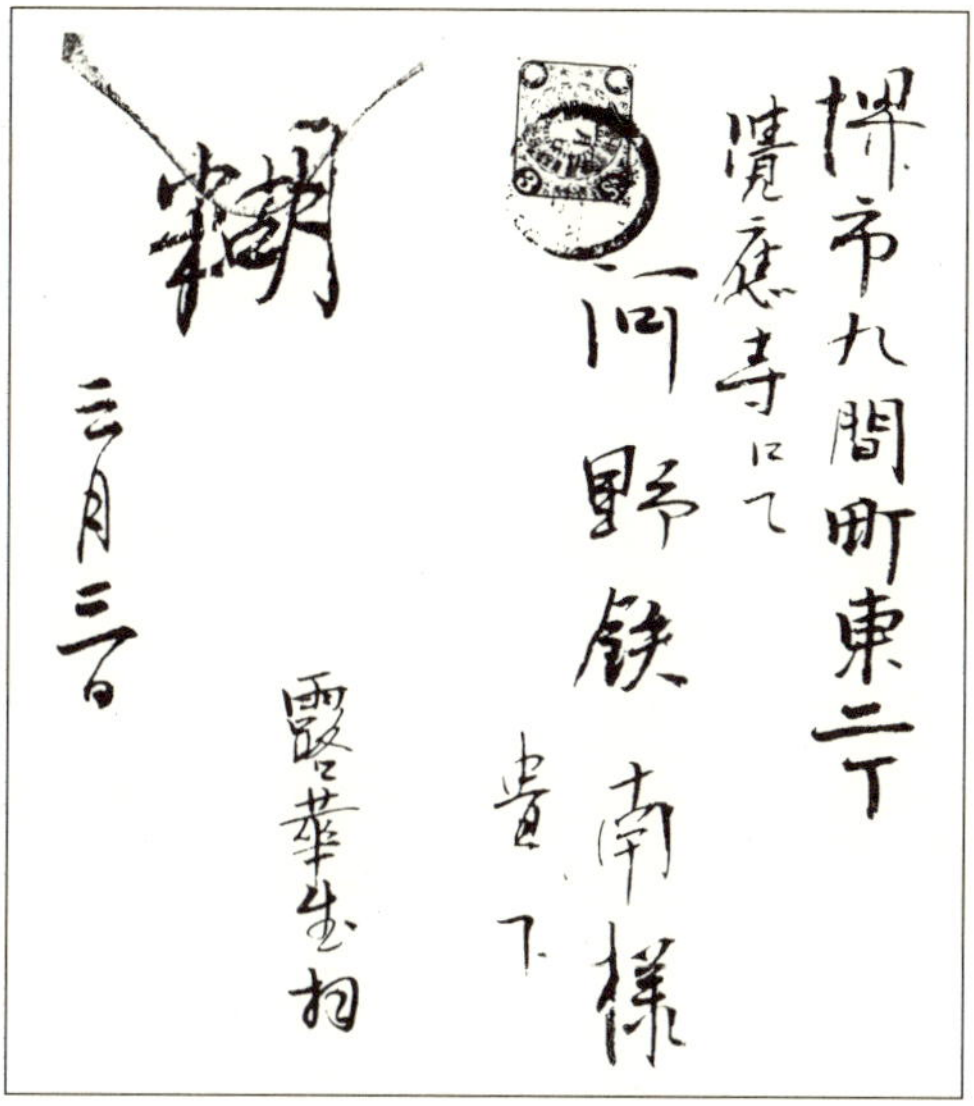

兄上様
おだやかならずとゆる
させ給ふか否かはしらず
たゞ御なつかしくさおも
はれ
候まゝ

《封筒》

【表】
堺市九間町東二丁
覺應寺にて
河野鉄南様
貴下

【裏】
露華生拝
三月三日

④

与謝野晶子書簡　河野鉄南宛〈明治三十三年三月二十九日〉

〔形態〕封書　巻紙（本文 17.1×481.5cm
表装 21.0×510.9cm）　毛筆

〔封筒〕和封筒（18.0×7.5cm）　毛筆

〔消印〕和泉／堺／卅三年三月／二十九
日／二便

【備考】封筒は他筆。

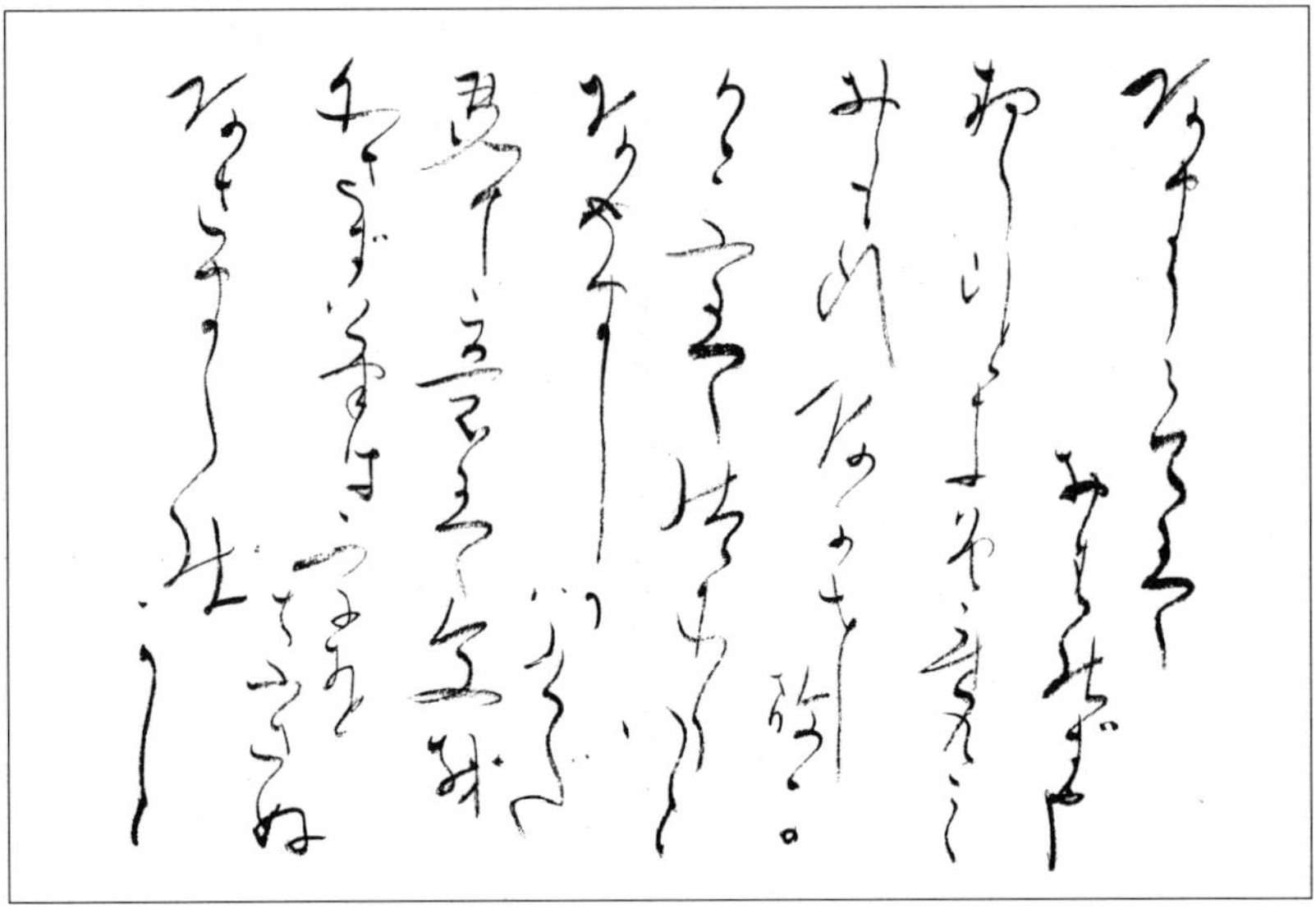

あまりにては
おはさずや
夜ひとよそれのみ
おもひあかせし
故か
けふはつむり
いと
なやましう
みだ
れて意は文を
なさず筆は字を
なさぬ
あさましさ
かと

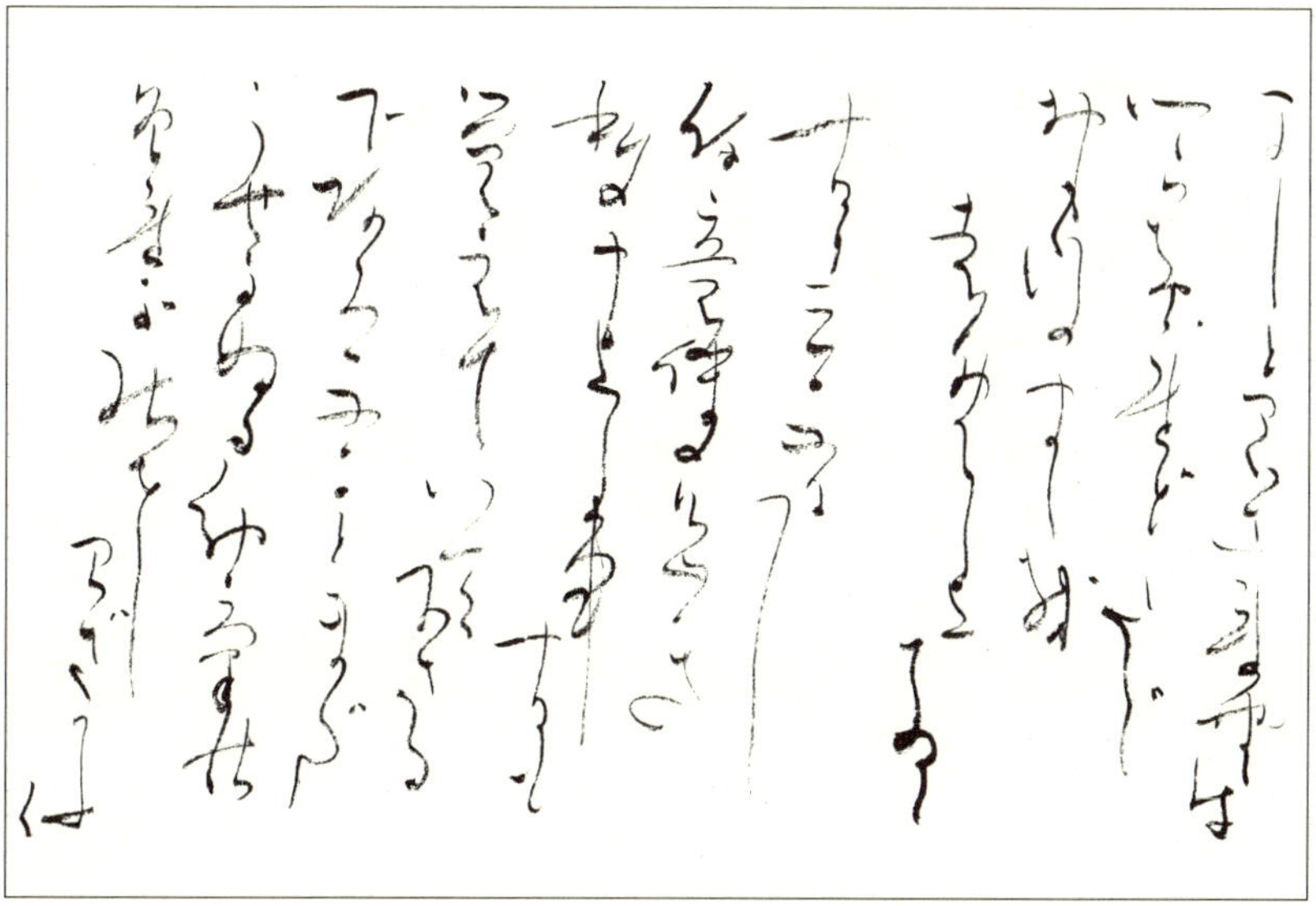

うしと思されむは
つらけれどたゞ
おもひのまゝを
しめし上
参候
十日と云ふ日に
何意味の候べき
私の申上し事
十日も
覚えていて下さる
であろふかとまだ
うせかぬる動気の
それがさせし
わざに
候

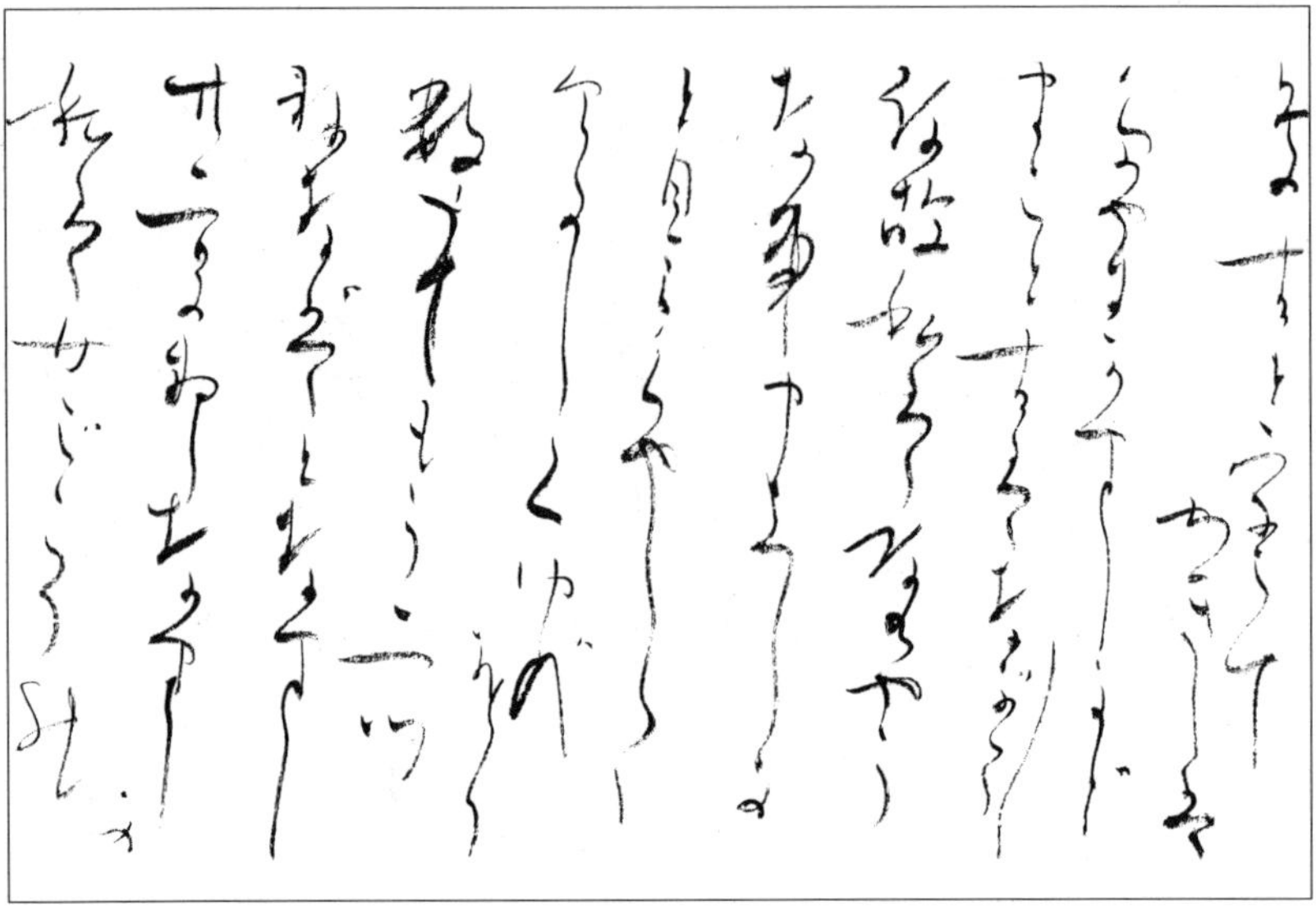

その十日と字にて
かきしは
たやすかりしかど
まこと十日はながく
〱
何故私はあのやう
な事申上しか
と自らくやしく候
くるしくゆび
をり
数へてもう二つ
ねなばとなりし
廿二日の夜なりし
か
私は女ごゝろの

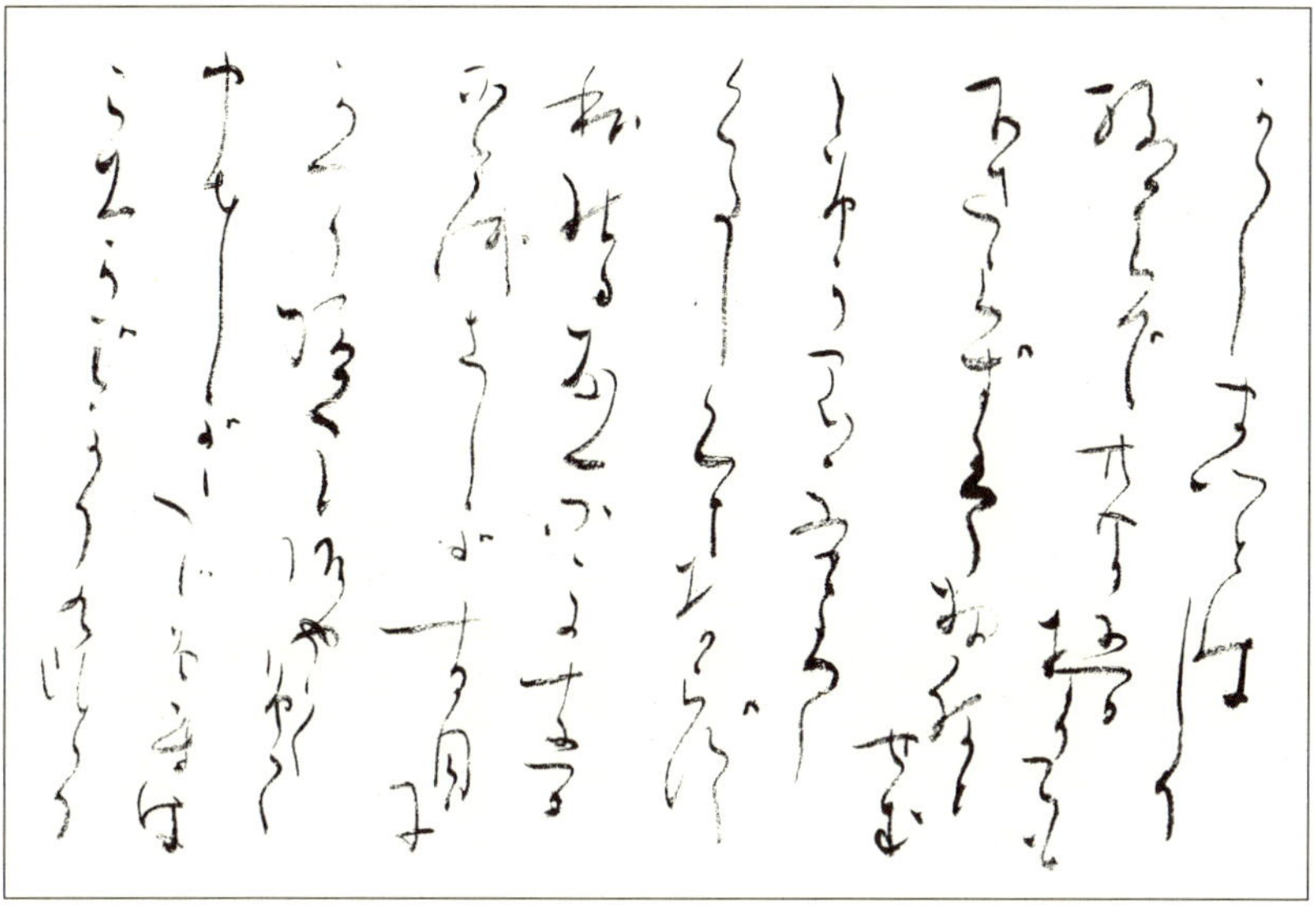

かくまつとは
しり
給はで廿四日五日
なりても
下さらずは扨何と
せむ
とそう思ふては
くるしくてならず
私さる友人にこの十五日
に手紙上し候が十日目
に
かへり給へと御やく
そく
申せしがたゞそれは
こちらばかりのひとり

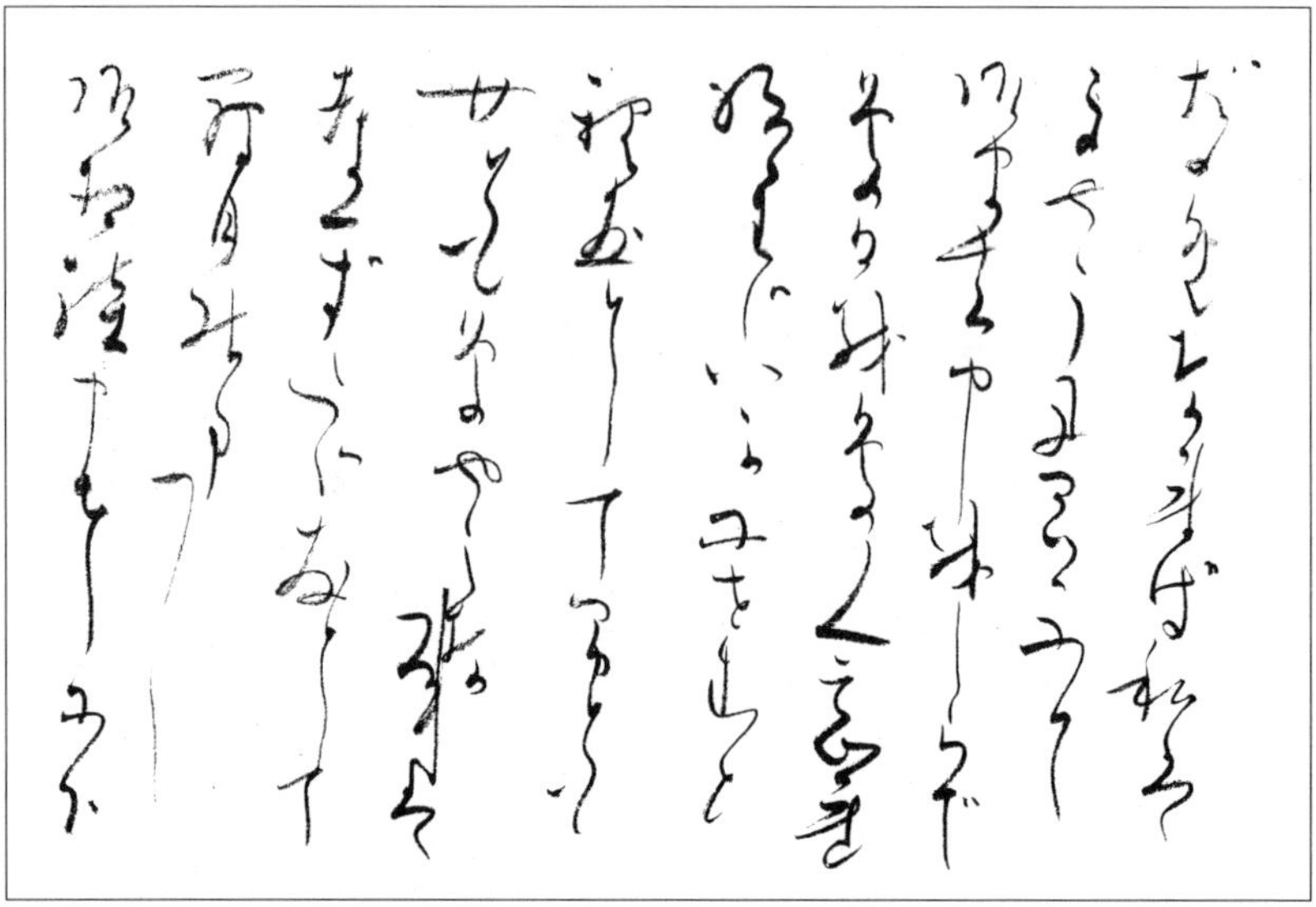

だのめなれば私は
このやうに思ふて
御まち申をしらで
その日をその人忘れ
給はじいかにせむと
親友として男とも
女ともそのやうな
事は
考へずたゞ友として
雁月さま
に
御相談申せしに候

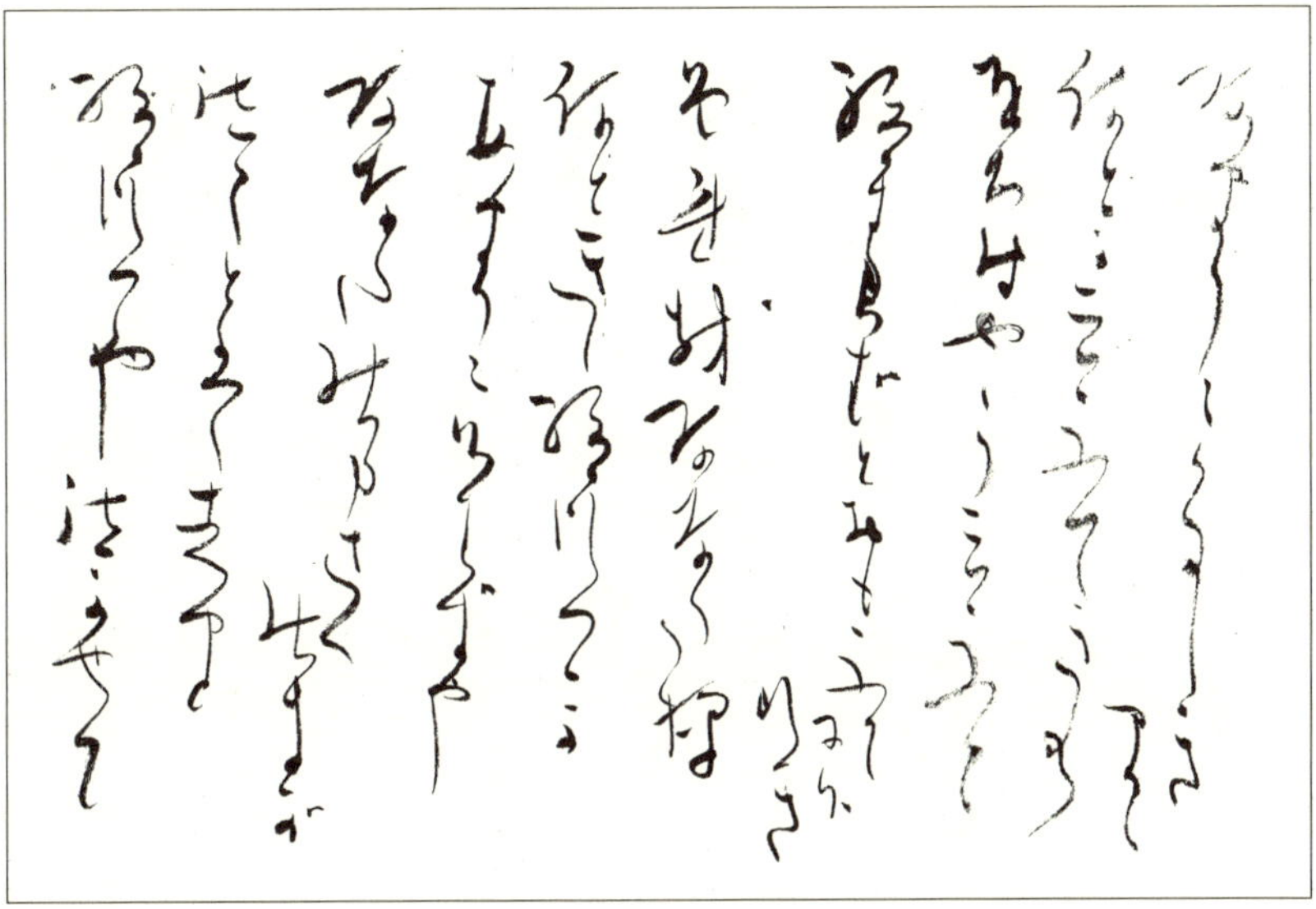

あまりにくるしき
ま、
何とか云ふてきの
をち付やう云ふと
給はらばとおもふて
に候
ひき
それをあなた様
何とき、給ひてか
あまりに候はずや
あなたさまさへ
さすが
泣くとはしり
給ひてや泣かせて

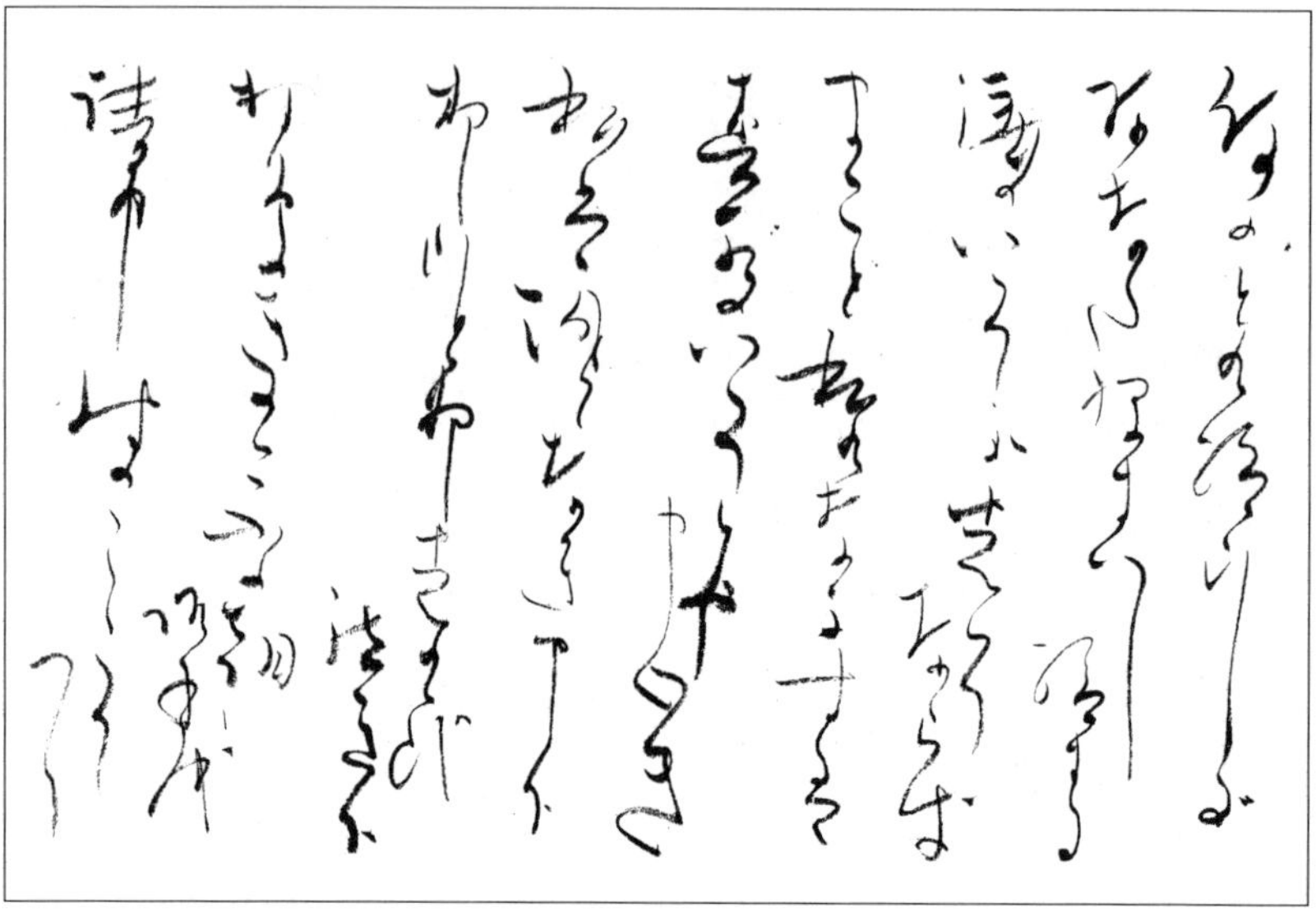

何のとの給ひしが
あなた様すいし
給はる
涙のいろがしろ
ならば
まこと私のなかすは
真紅のいろとや
申べき
私は誠になき申候
夜ひと夜しのび
泣き候
扨そのきのふの朝
御手紙
請申時のこゝろ
に

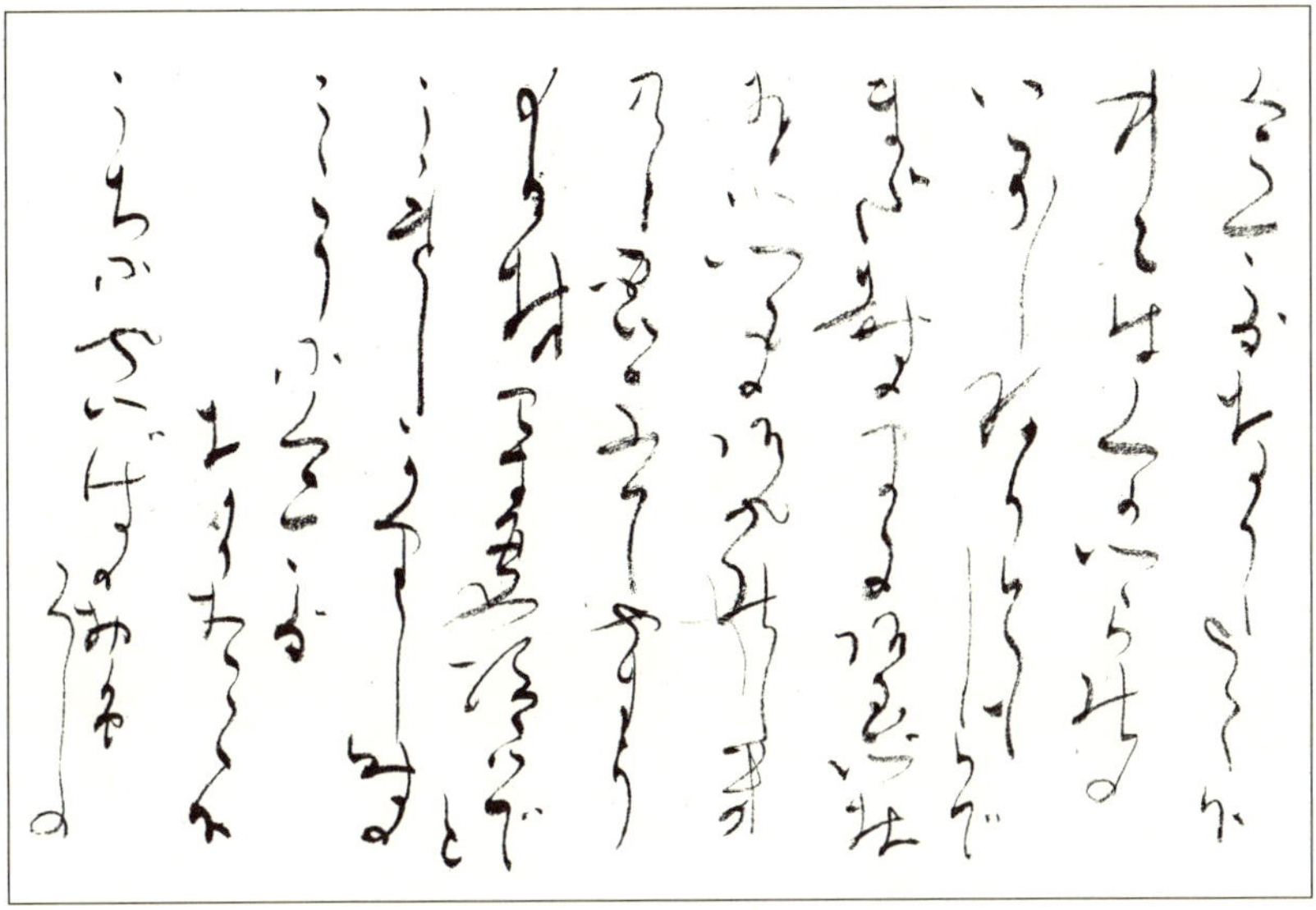

今一度なりたく候
中には人のつらさの
いろ〳〵ありとも
しらで
まだ封のまゝの御玉づさ
をいつもの御やさしき
のと思ふてやはり
十日をわすれ給はで
と
うれしかりし時の
こゝろに今一度
なりたく候
うちにやいばのおそ
ろしの

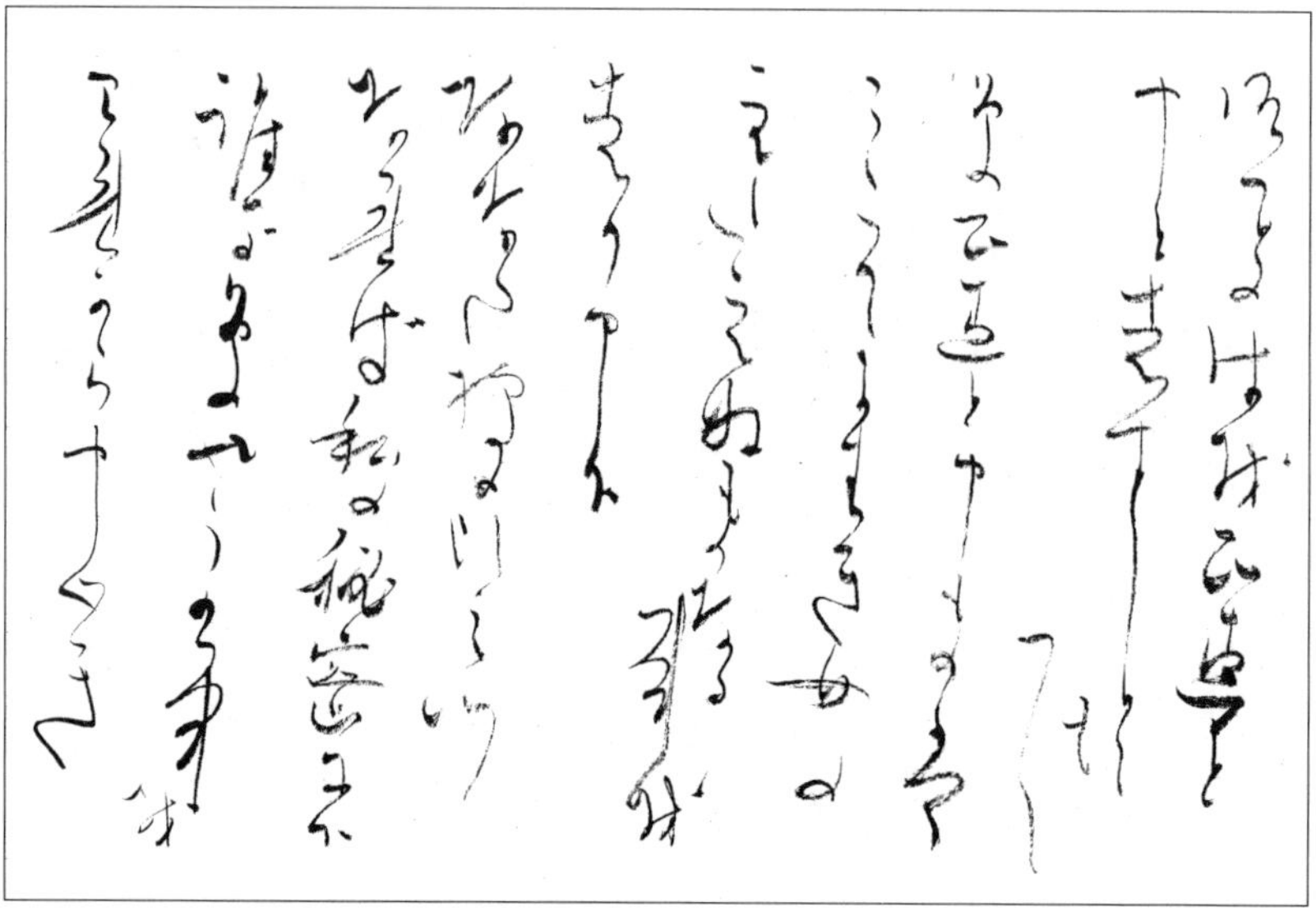

御ことのはを正直と
申としりし頃
　　　　　　に
その正直と申ものは
こゝろよはき女の
えたえぬものなる
　　　　　事を
しり申候
あなた様のひみつ
なれば私の秘密に候
誰がそのやうの事
　　　　　　を
われから申すべき

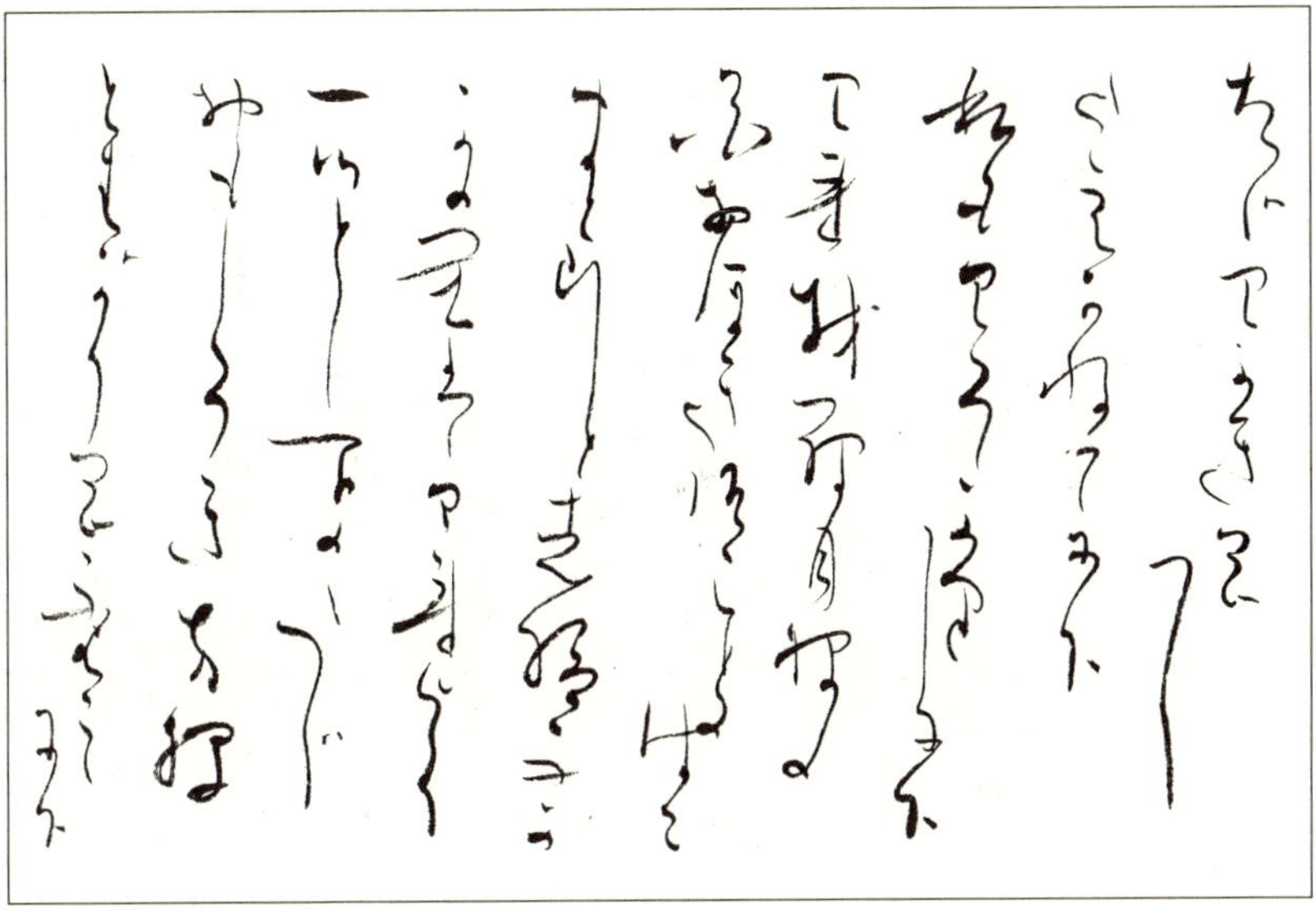

たゞわかき思
に
たえかねてに候
私もわろかり
しに候
われを雁月様の
花おほき御ことの
はに
まとひしとし給ふか
かの君はわれより
一つとし下のたゞ
おもしろき方様
とはがり思ふのみ
に候

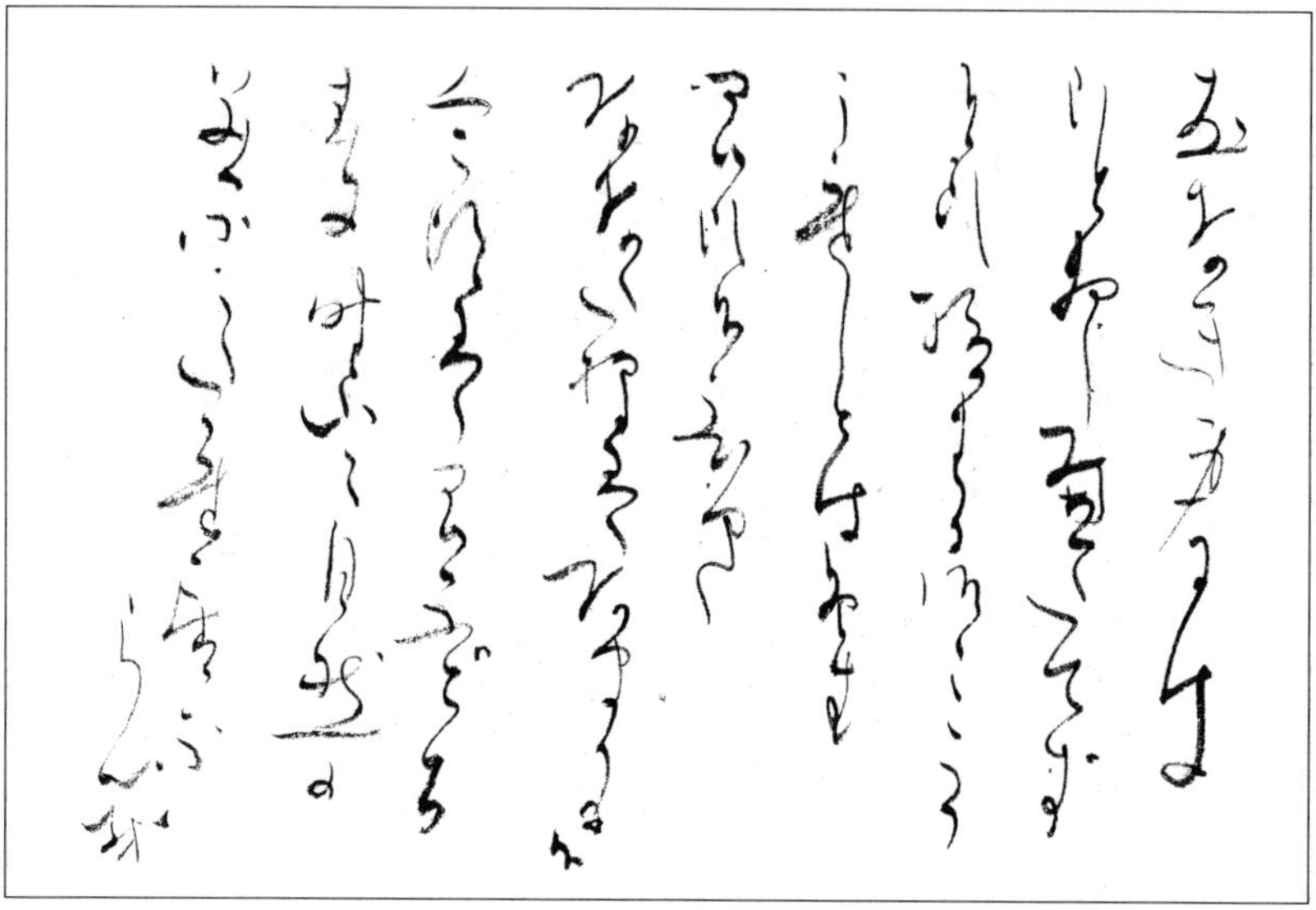

友なき身には
ひと夜へたてず
とひ給はる御こゝろ
うれしとはそは
思ひ候ひき
あなた様はあまりに
候

今頃は思ふどち
春の野山に自然の
美にうたれ居候
らんを

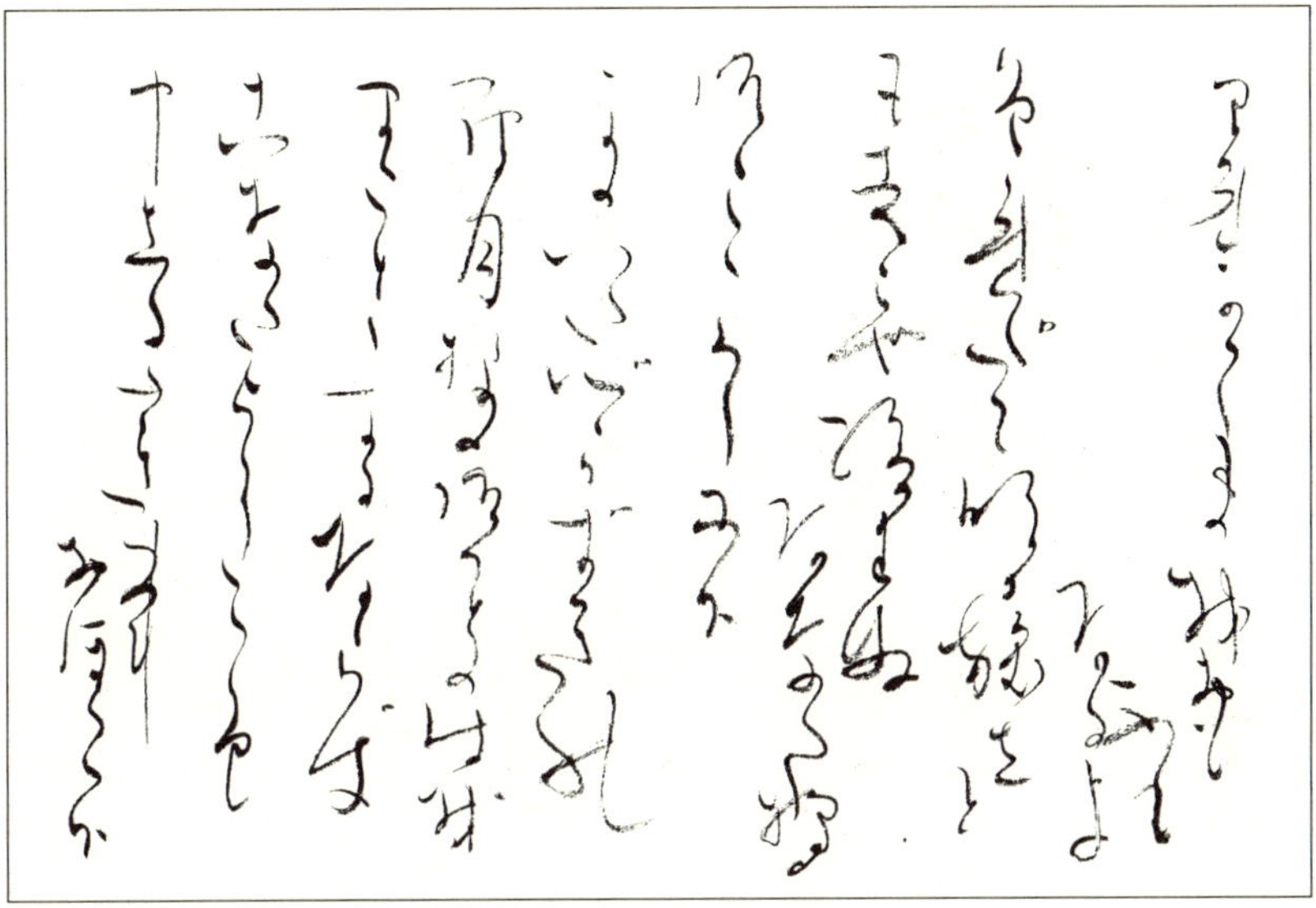

われかくものをおも
ふて
あるに
それだに明日旅立
と
もしらせ給はぬ
あなた様の
御こゝろに候
かのいたづらずきの
雁月様の御ことのはを
まことゝするならば
こなたよりこそ
申上るべき事
おほく候

河野鉄南宛〈明治33年３月29日〉

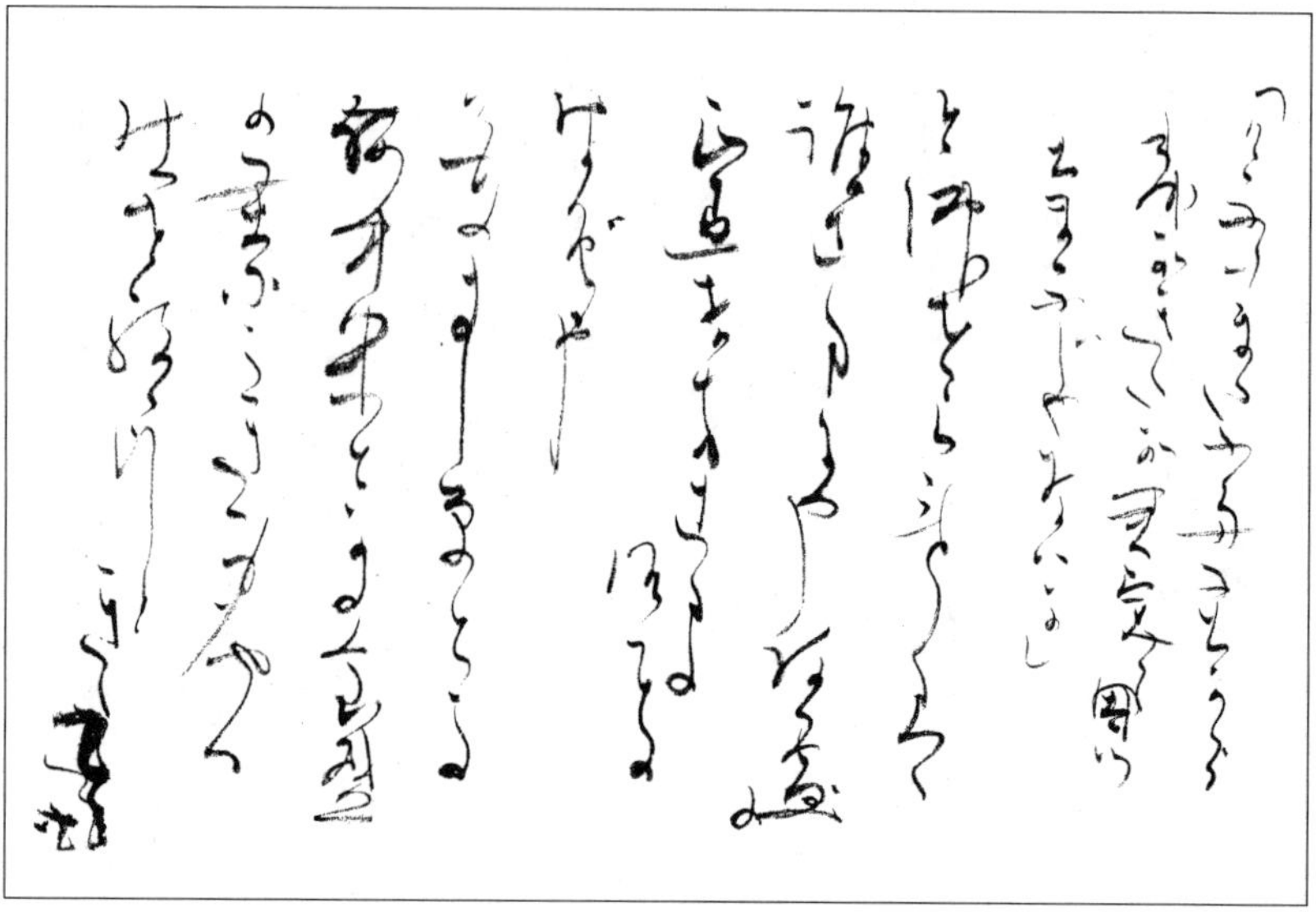

「けふもまた小舟君から
手紙がきたが君実に困つ
ちまふじやないか」
と仰せられしは
誰さまにや何處
の
正直な方さまの
御ことの
はぞや
花のよし原とか
何中米とかの全盛
の君にうき身やつ
させ給ひしと
きゝても 〈□□□〉

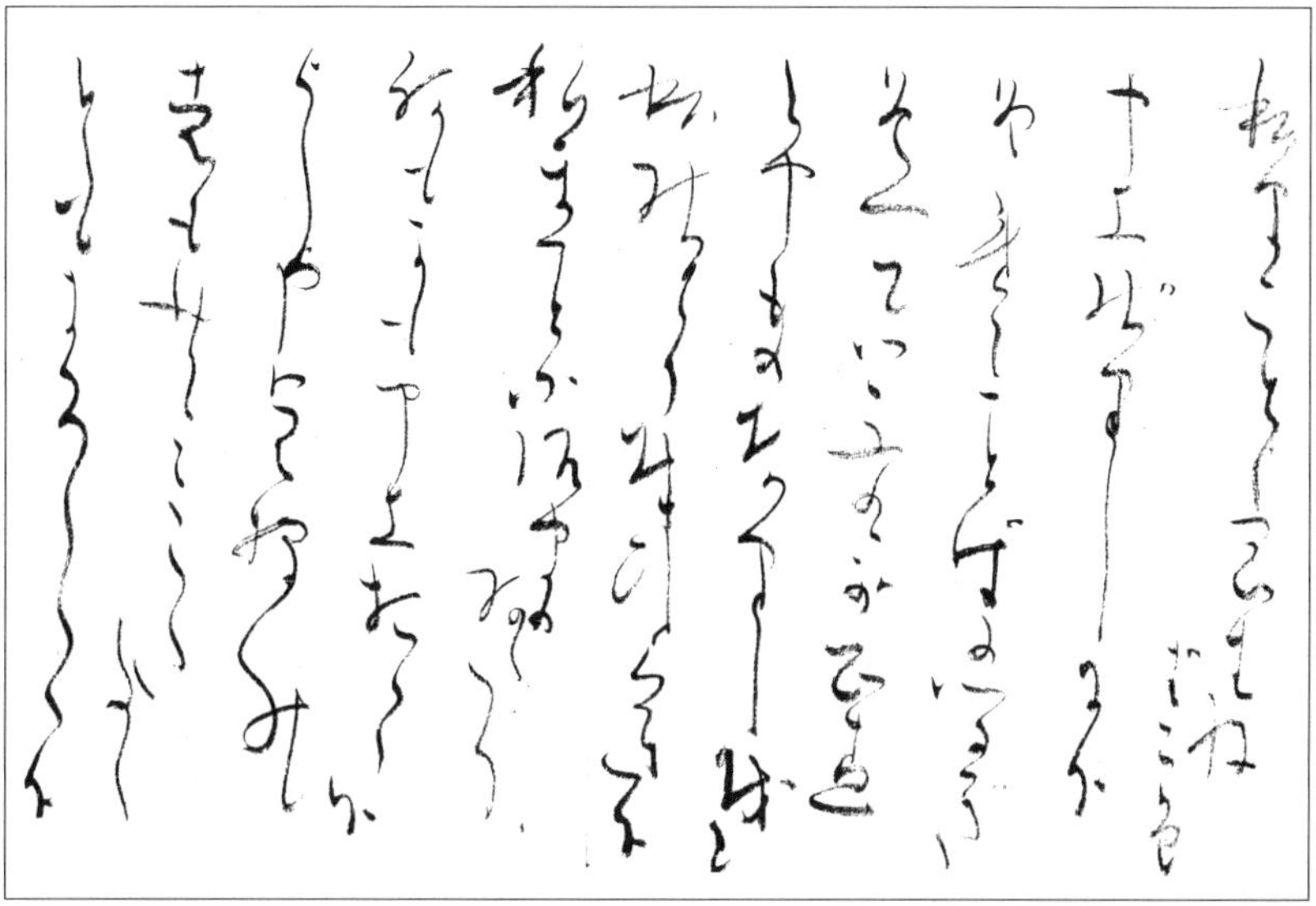

私まこと丶思はね
ばこそ
申上ざりしに候
それにことばにつるぎ
そへていふのが正直
と申ものなりしを
と
私さとりをひらき候
私まことに御まのあたり
何もかも申上たく
候
よしや兄様の
しもと丶みた
る丶
ともよろしく候

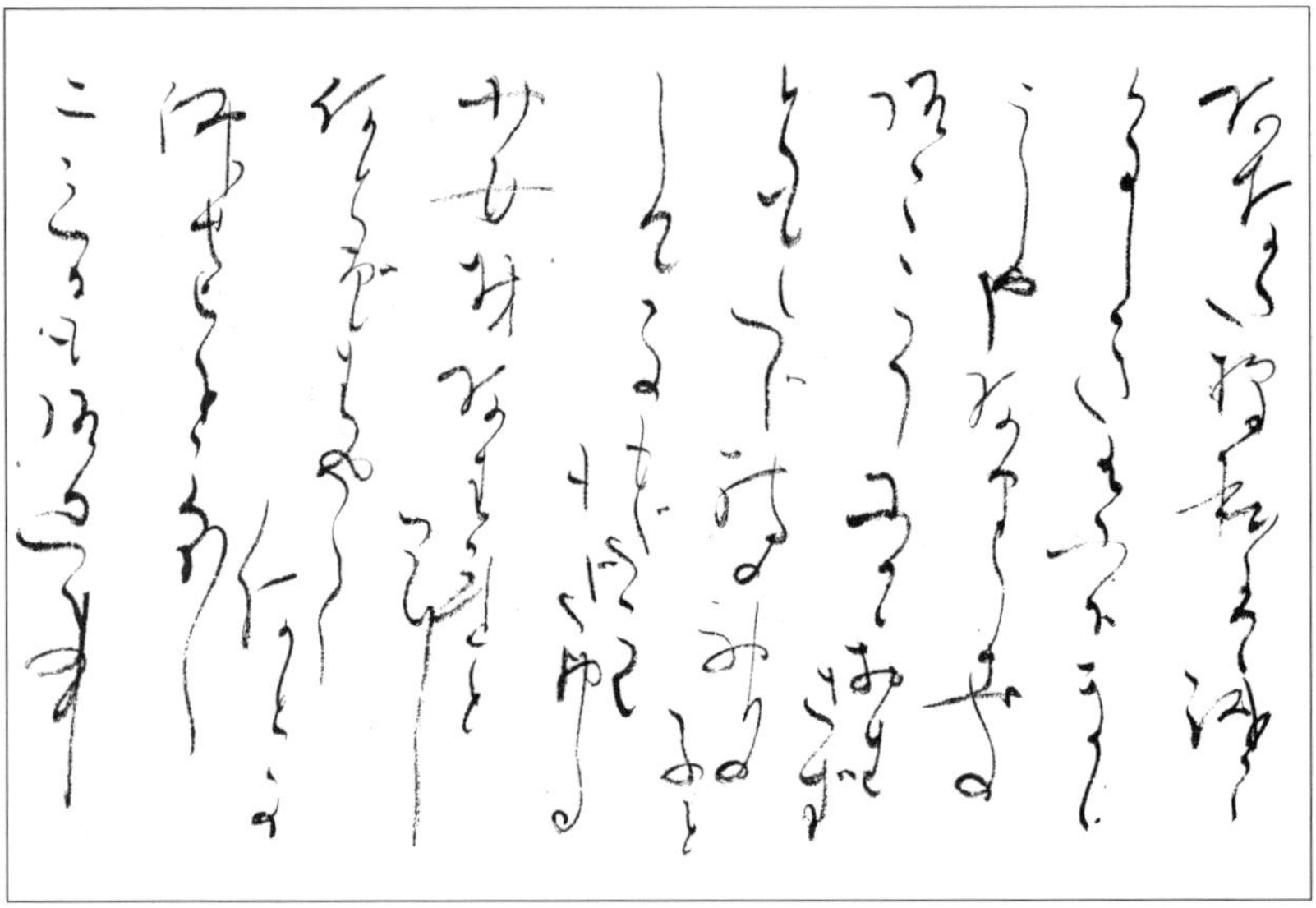

あなた様私は誠に
くるしきのに候まゝ
うしやありし世の
御こゝろにておは
さず
ともたゞ時の神の
子と
してこのもだえ
もだゆる
少女をあはれと
思し
何とぞはやく
何とか
仰せ被下度候
二三日も御返事

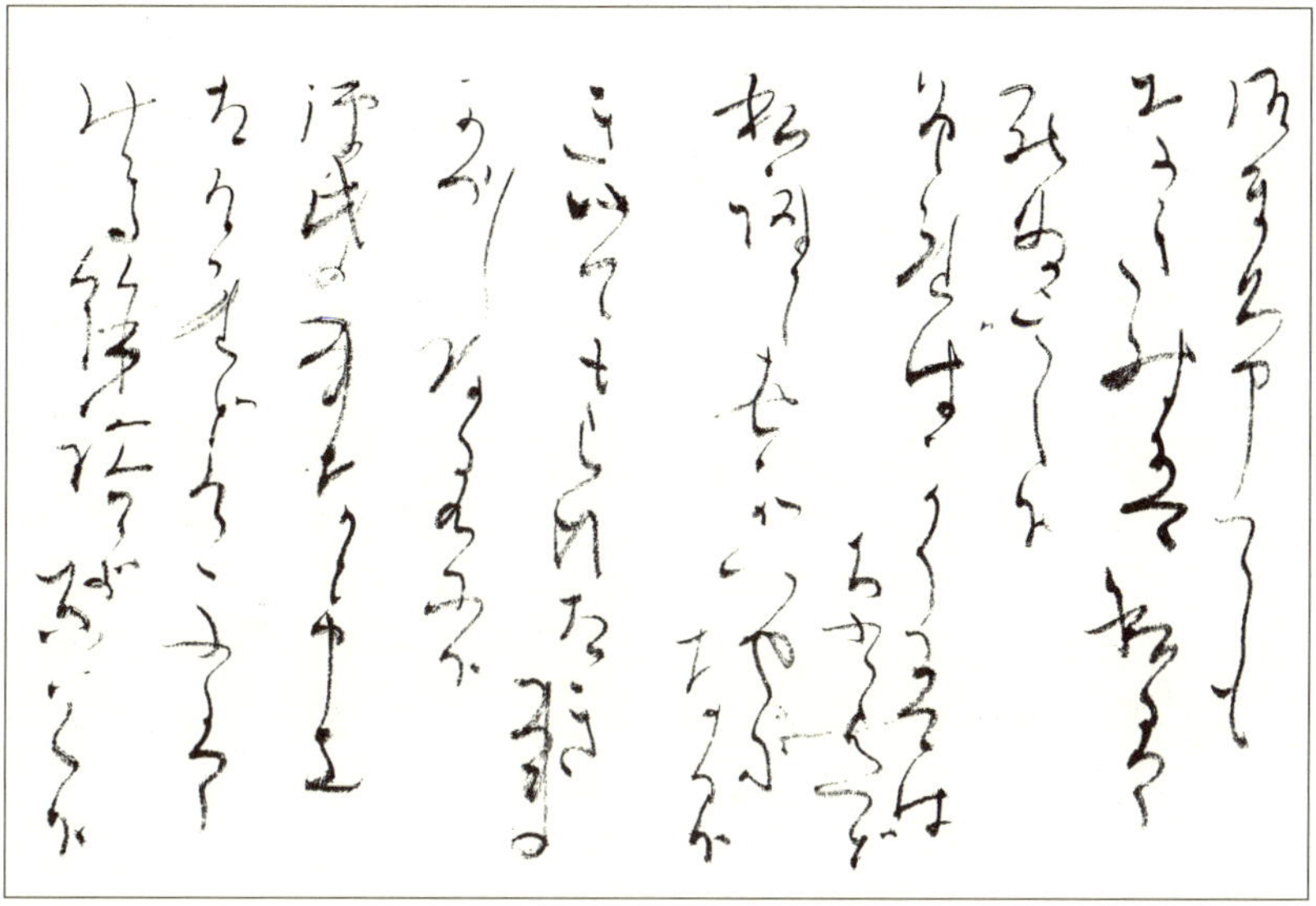

御まち申ても
なき時は私は
死ぬべく候
そればかりにては
　なく候へど
私誠に世がいやに
　なり候
きいてもらひたき
　事の
かづ〳〵あるのに候
源氏の事など申上
たけれどけふは
さる餘裕が
　なく候

河野鉄南宛〈明治33年３月29日〉

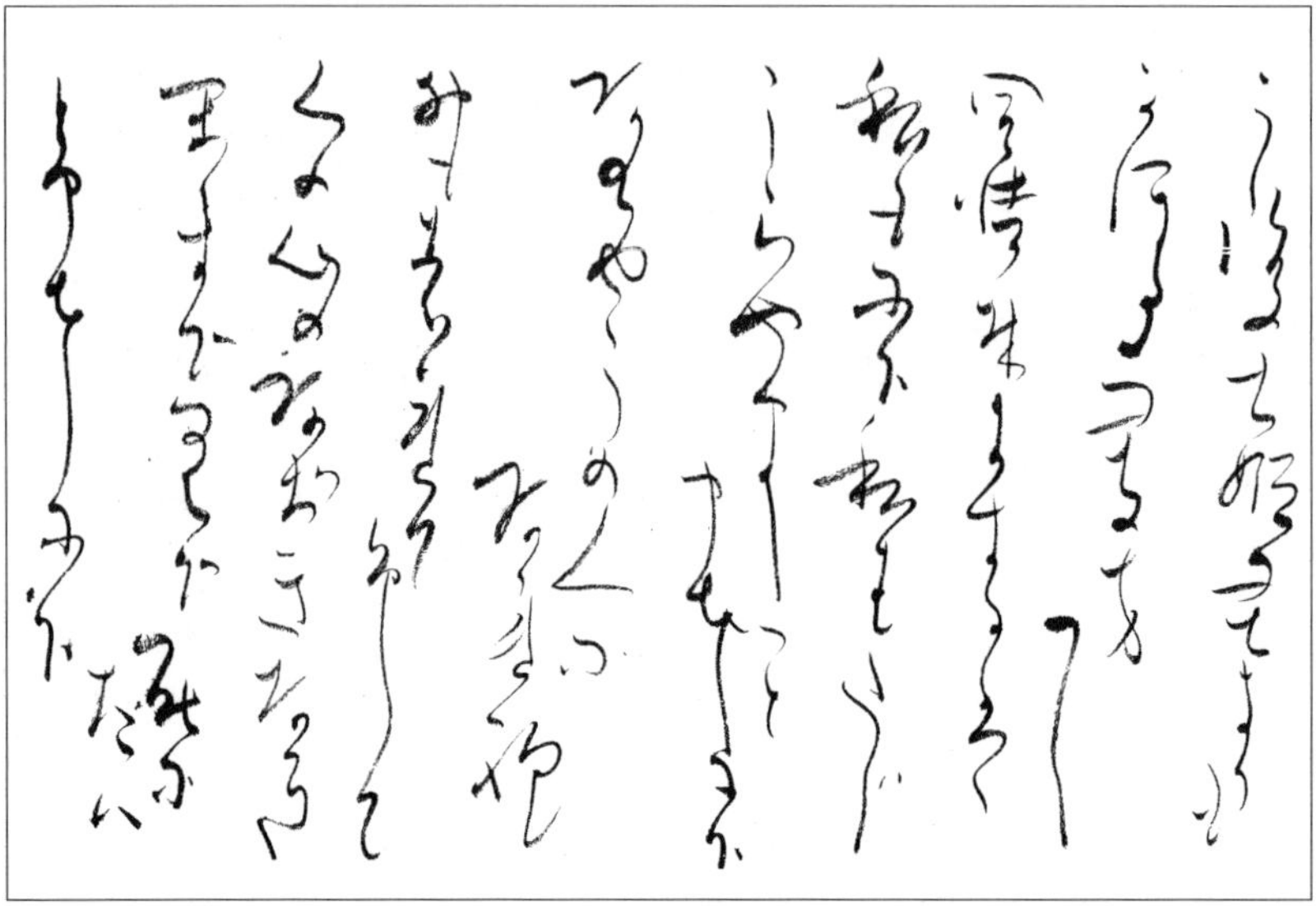

う治の大姫君より
も
かほるの君の方
に
同情をよするは
私もに候私はたゞ
うらやましいと
申上しに候
あのやうの人に
あれ程
おもはれてそして
人の心のあぢきなき
末まで見で死に
たい
と申せしに候

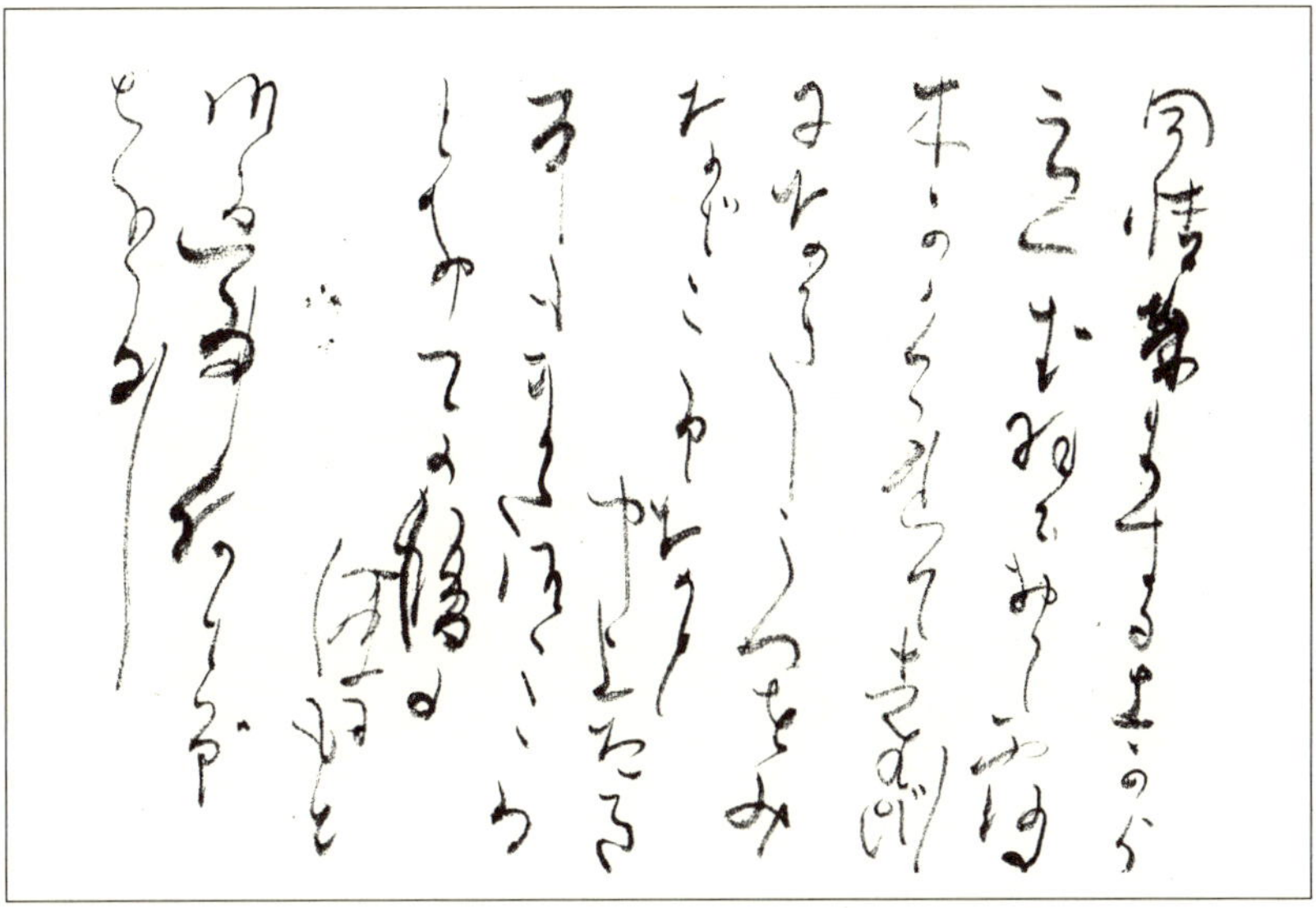

同情を〈□〉よする上から
云へば羽におく露の
木かくれてしのび
〱
になきしうつせみ
などこそなと
申上たき
事もまた御こゝろ
とけての後の
便にもと
御返事何とぞ
被下度候

河野鉄南宛〈明治33年３月29日〉

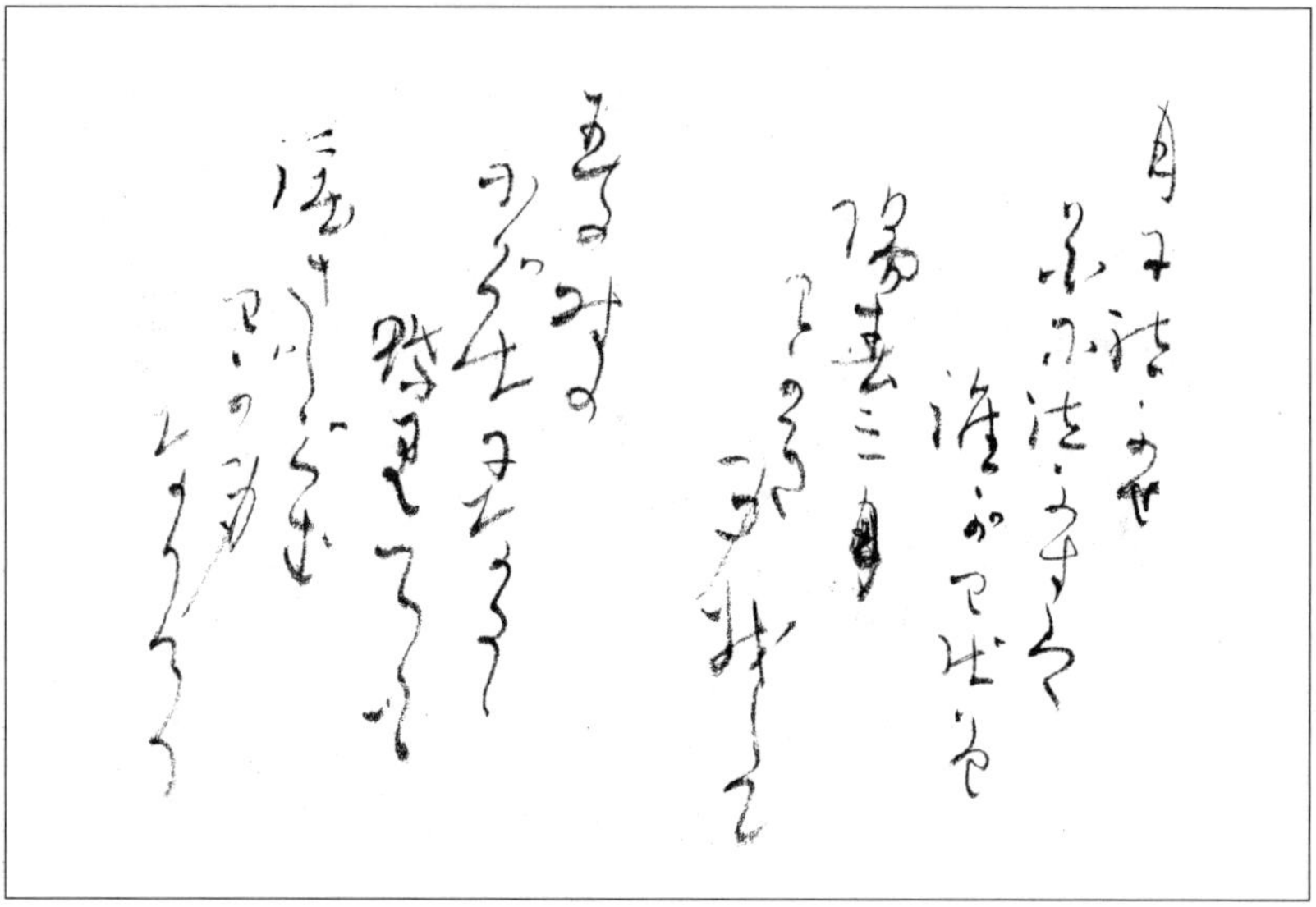

月に泣かせ
花に泣かすは
誰がわざぞ
陽春三月
わかき
身をして

春の野の
小ぐさになる、
蝶見ても
涙さしぐむ
わが身
なりけり

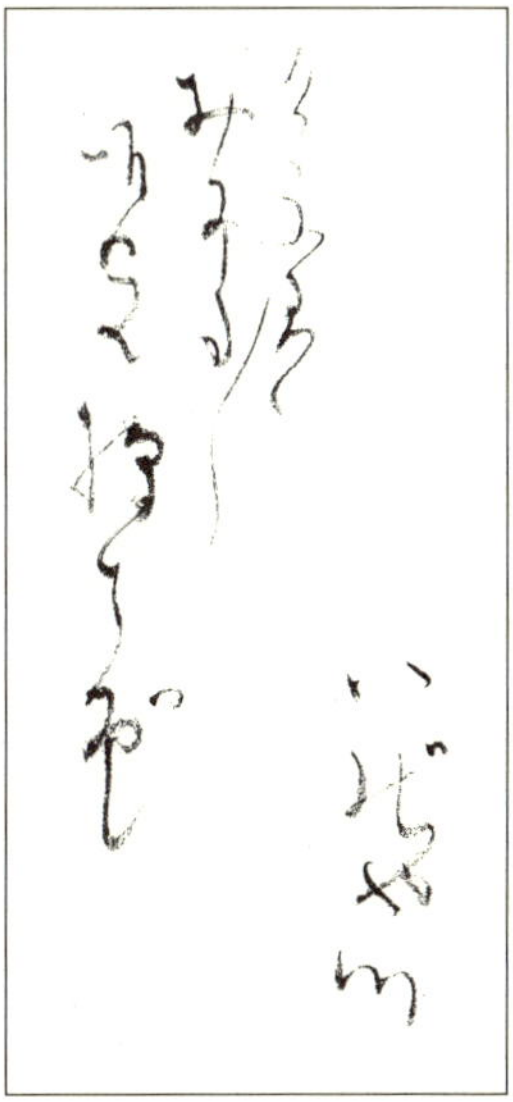

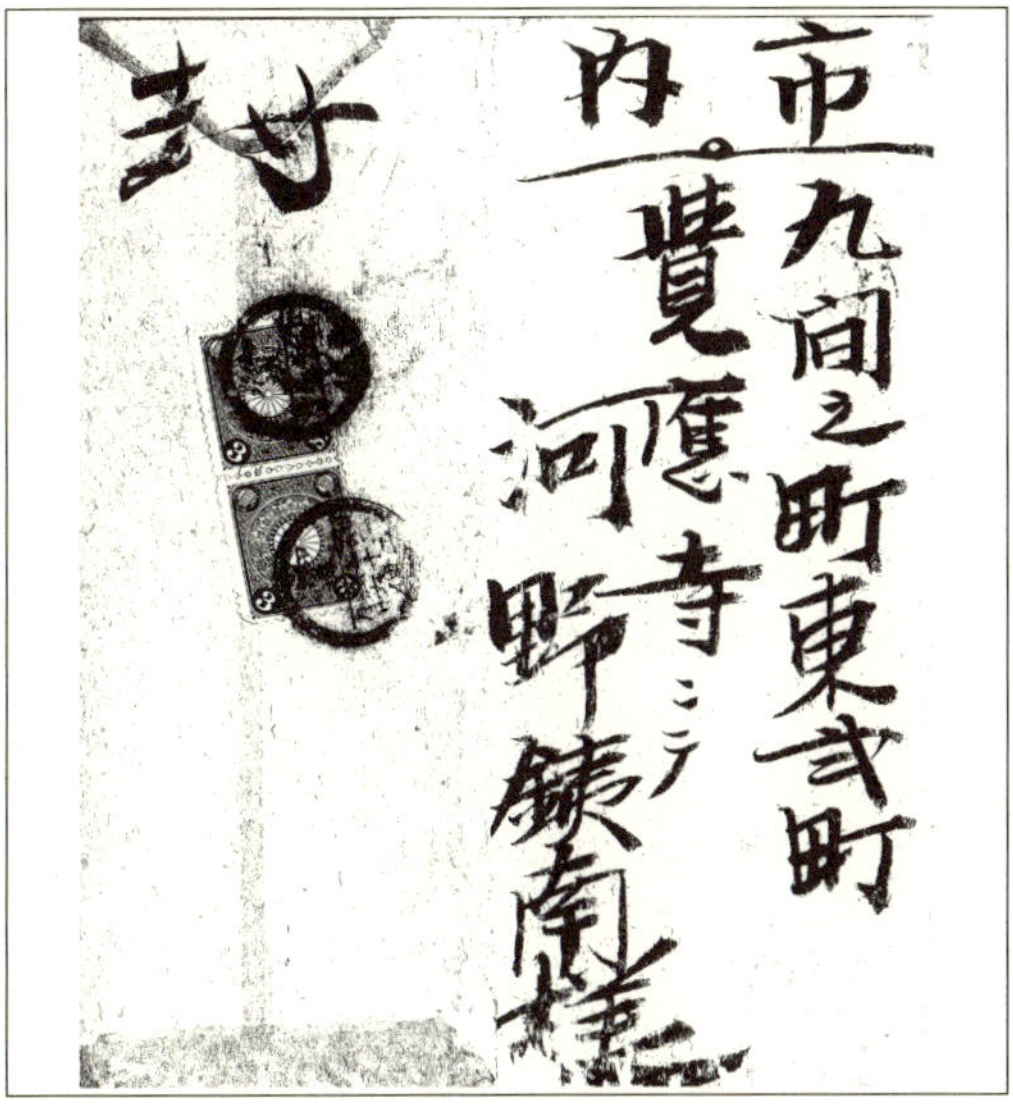

いざや川
けふは
おそるく
御兄様とぞ

《封　筒》

【表】　市　九間之町東弐町
　　　　　　覺應寺ニテ
　　　　内　河野銕南様

【裏】　（記載なし）

⑤

与謝野晶子書簡　河野鉄南宛〈明治三十三年三月三十日〉

〔形態〕封書　巻紙（本文 17.2×341.8cm
表装 21.1×371.1cm）毛筆
〔封筒〕和封筒（17.2×7.2cm）毛筆
〔消印〕和泉／堺／卅三年三月／三十日
／□便

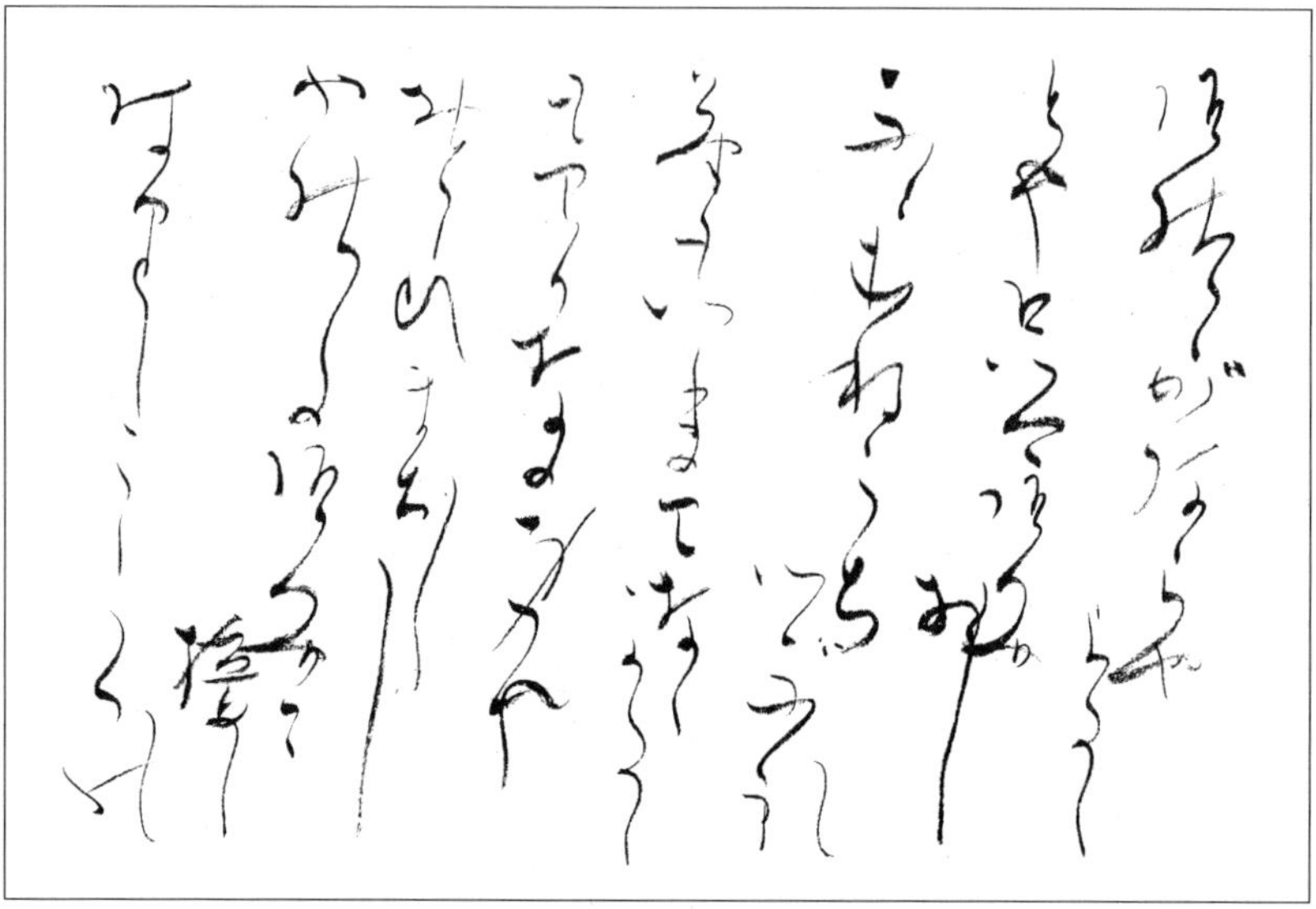

御つゝがあらせ
らるゝ
とや只今御文
拝し
ふとむねうち
つぶれ
筆もいまのてなく
かくて
もわりなの身や
おとゝひまち〱
し
やさしの御文に
接し
ありしこゝろの

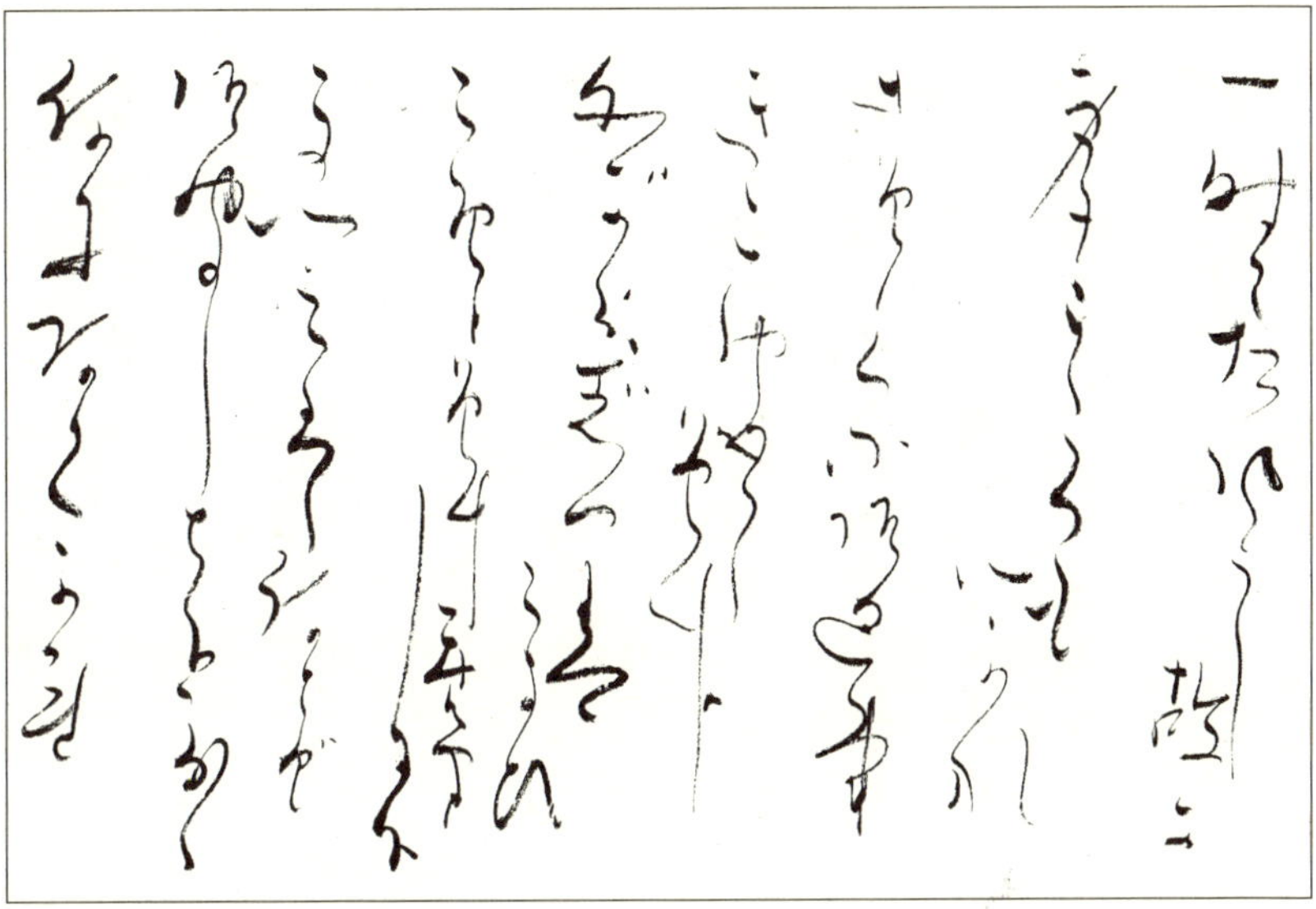

一時にたゆみし
故か
身もこゝろも
つかれ
さそくに御返事
きこゆべく
ぞんじ
ながらじつは
こよひ
こそとそんし居り
しに候
このつみは何とぞ
御ゆるし被下度候
何にあくかれ

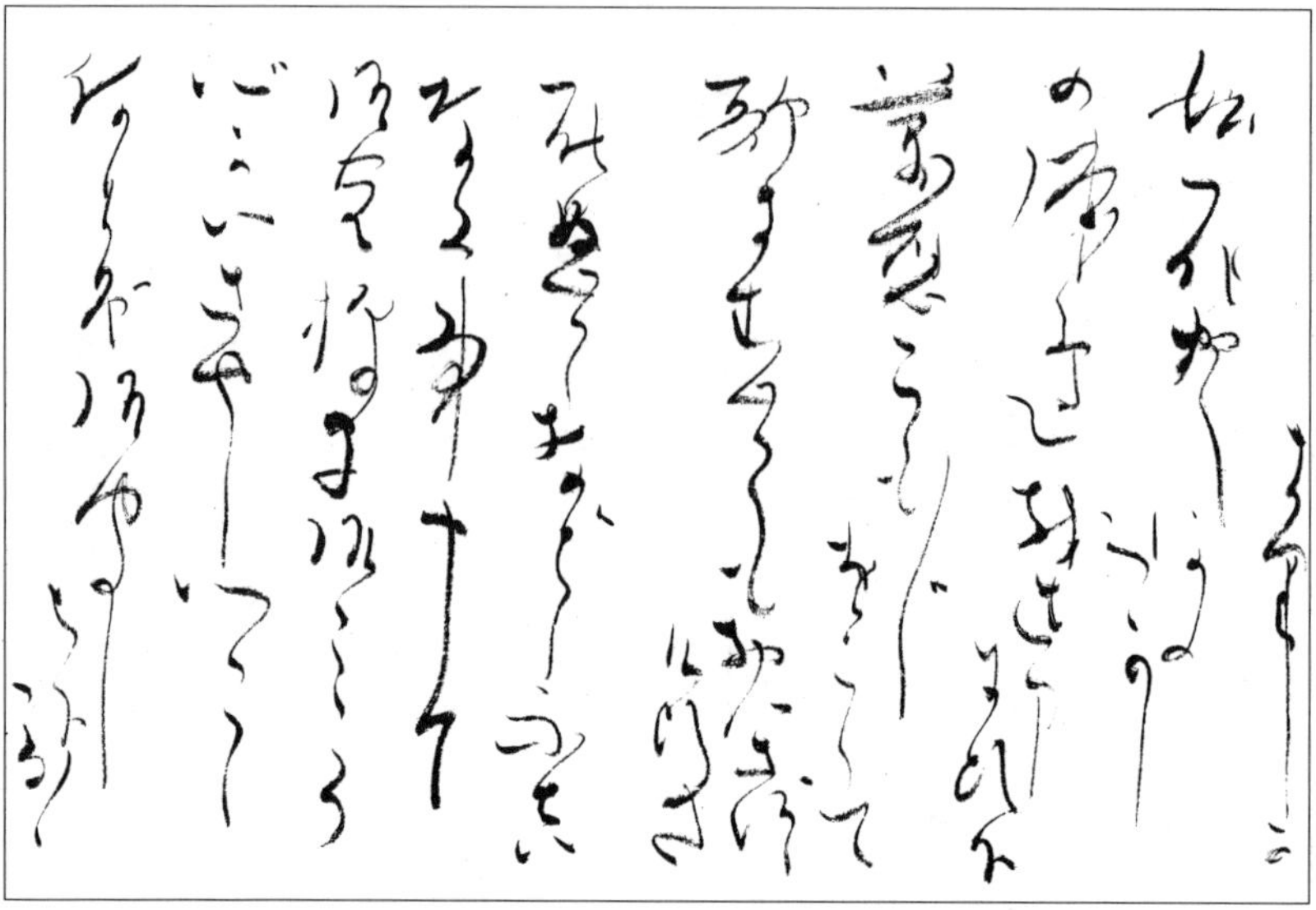

よりしか
私一昨夜かの
たかし
の浦邊をさま
よひ候
萬感こも〴〵
をこりて
歌よむべくもおはさず
候ひき
死ぬべくなど、ふ吉
なる事申て
御兄様に御こゝろ
づかいさせしつみ
何とぞ御ゆるし
被下度候

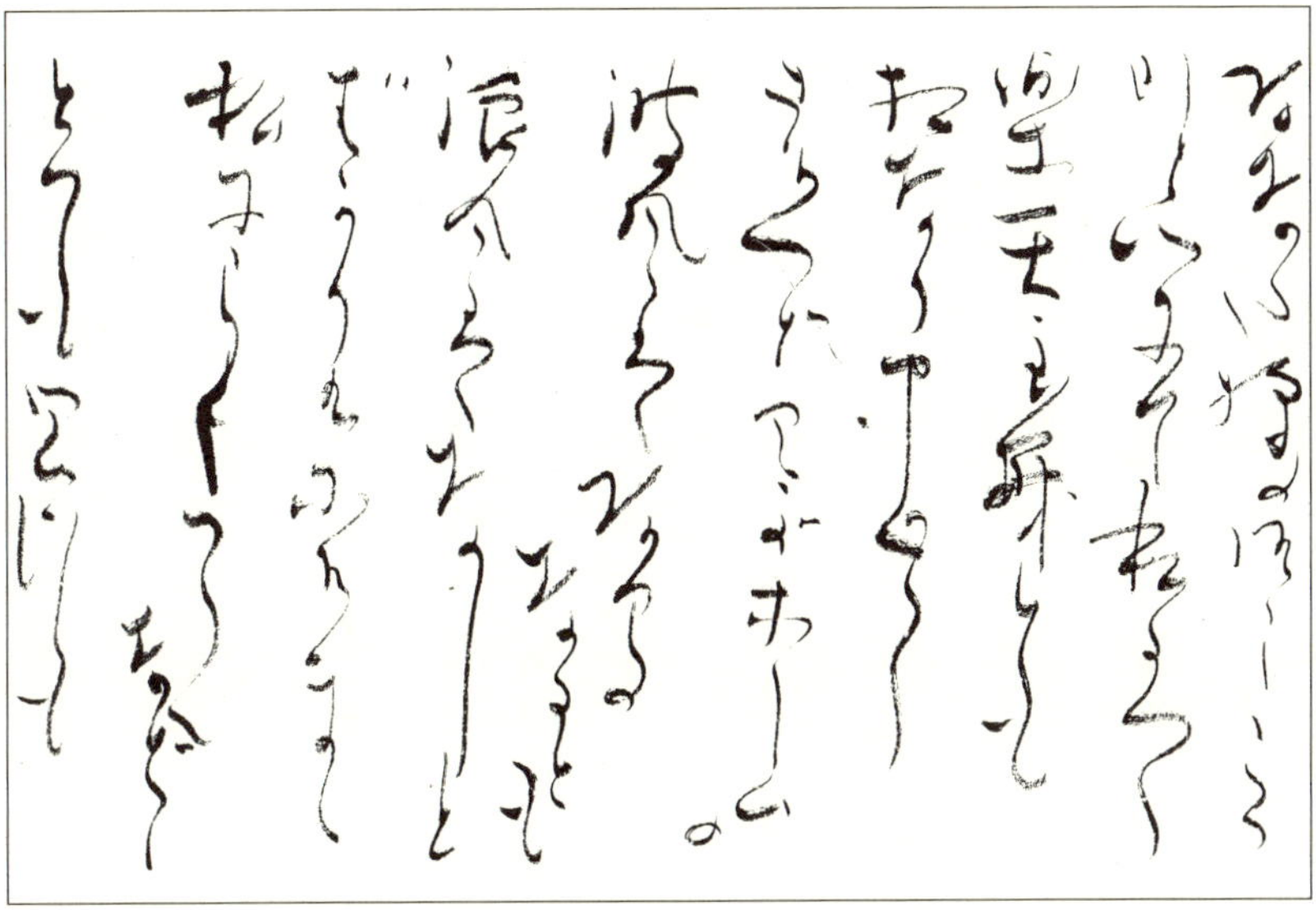

あなた様の御こゝろ
ひとつにて私は
楽天主義とも
相なり申べく
さ候へどわがホーム
の
波風はあわの
なると
も
浪風はなし
と
ばかりのに候まゝ
私にらくてん
など、
とても思ひも

河野鉄南宛〈明治33年３月30日〉

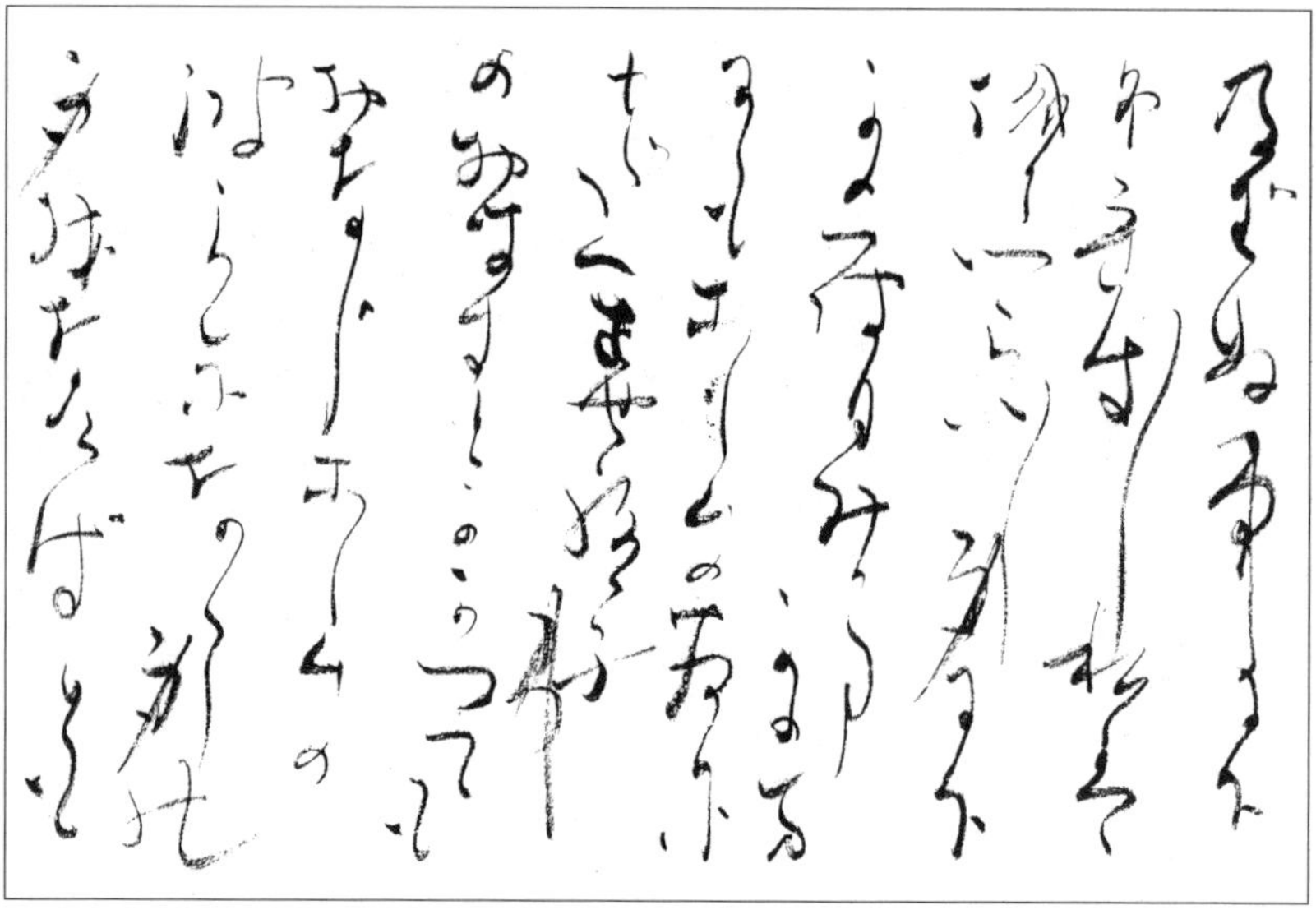

及ばぬ事に候
それは〱私は
誠につらい〱身に候
かの雁月さま
かの方
にもホームの為に
もだへさせ給ふ
事
のおはすとかかつて
も
おなじホームの
波らんになく
身の
身をなけばとも

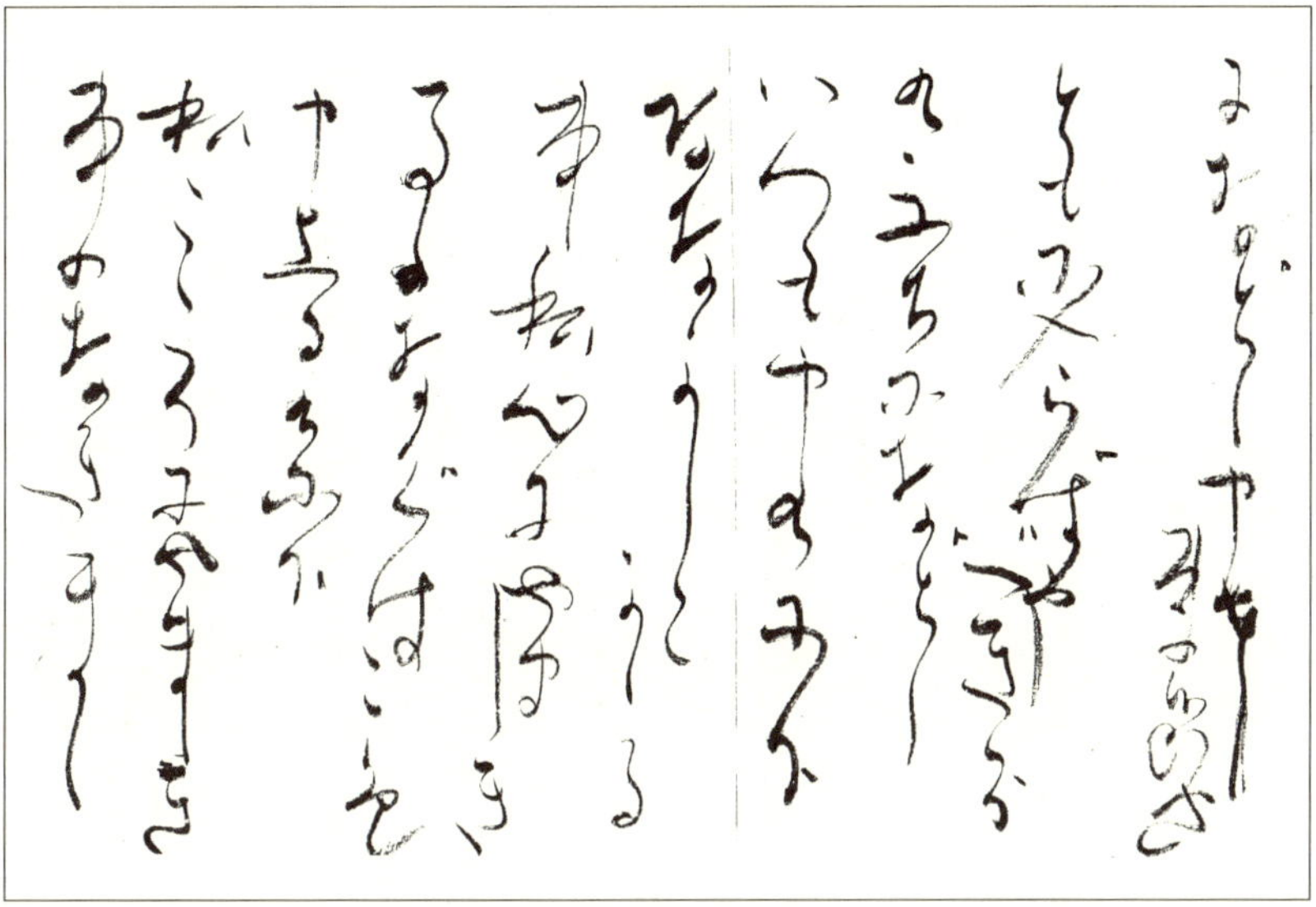

になど、申せし
事の候ひき
ともに入らばや
べき候
のふちになど、
いつも申のに候
あなかしこ
か、る
事私心にやま
しき
事のなぐはこそ
申上るのに候
私こ、ろにやましき
事のなきま、

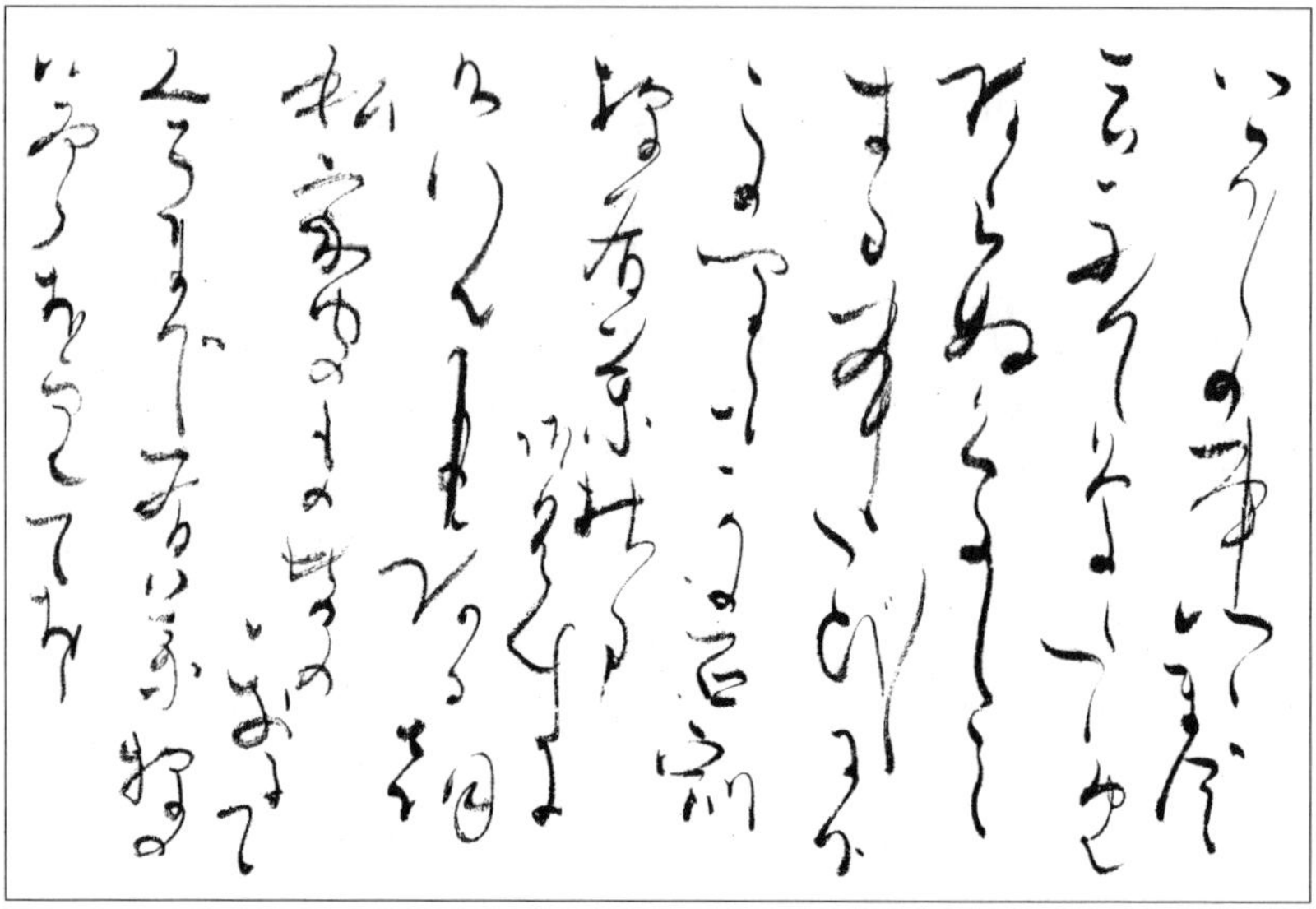

いろ〳〵の事つゝ
まず
云ふてそのため
あらぬくるしみ
する事たび〳〵に候
この間もかの石割
様眉葉さま
御そんしに
候はん〈□□〉ある朝
私家内のもの皆の
前にて
今まで眉葉様の
夢を見てを

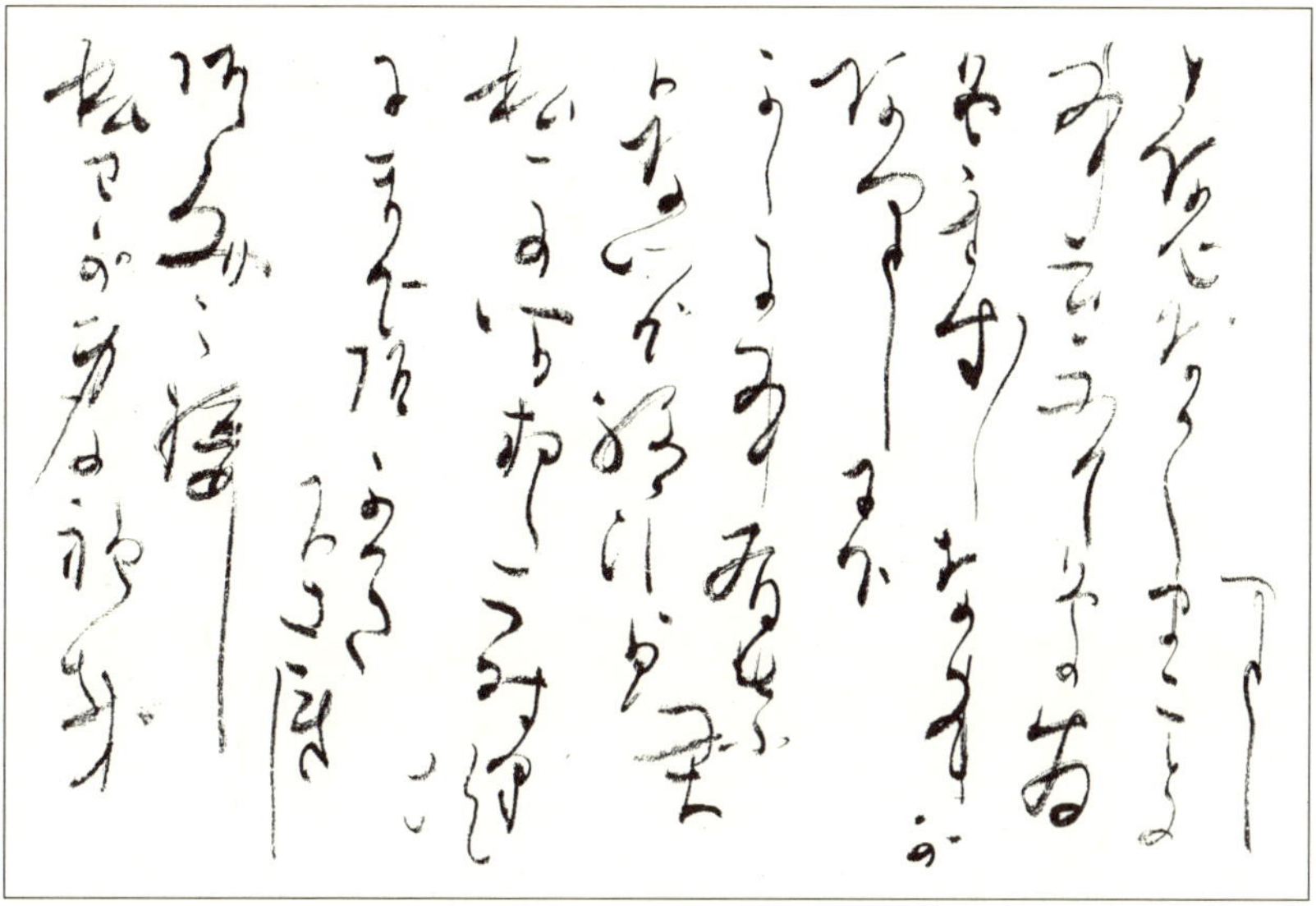

りし
と何心なくまことの
事云ふてその為
それは〳〵何事が
ありしに候
か丶る事眉葉
君
になつげ給ひぞ
私この間夜二時半
頃
にまで御かき
下され
し
御文に接し
私わが身の程を

河野鉄南宛〈明治33年３月30日〉

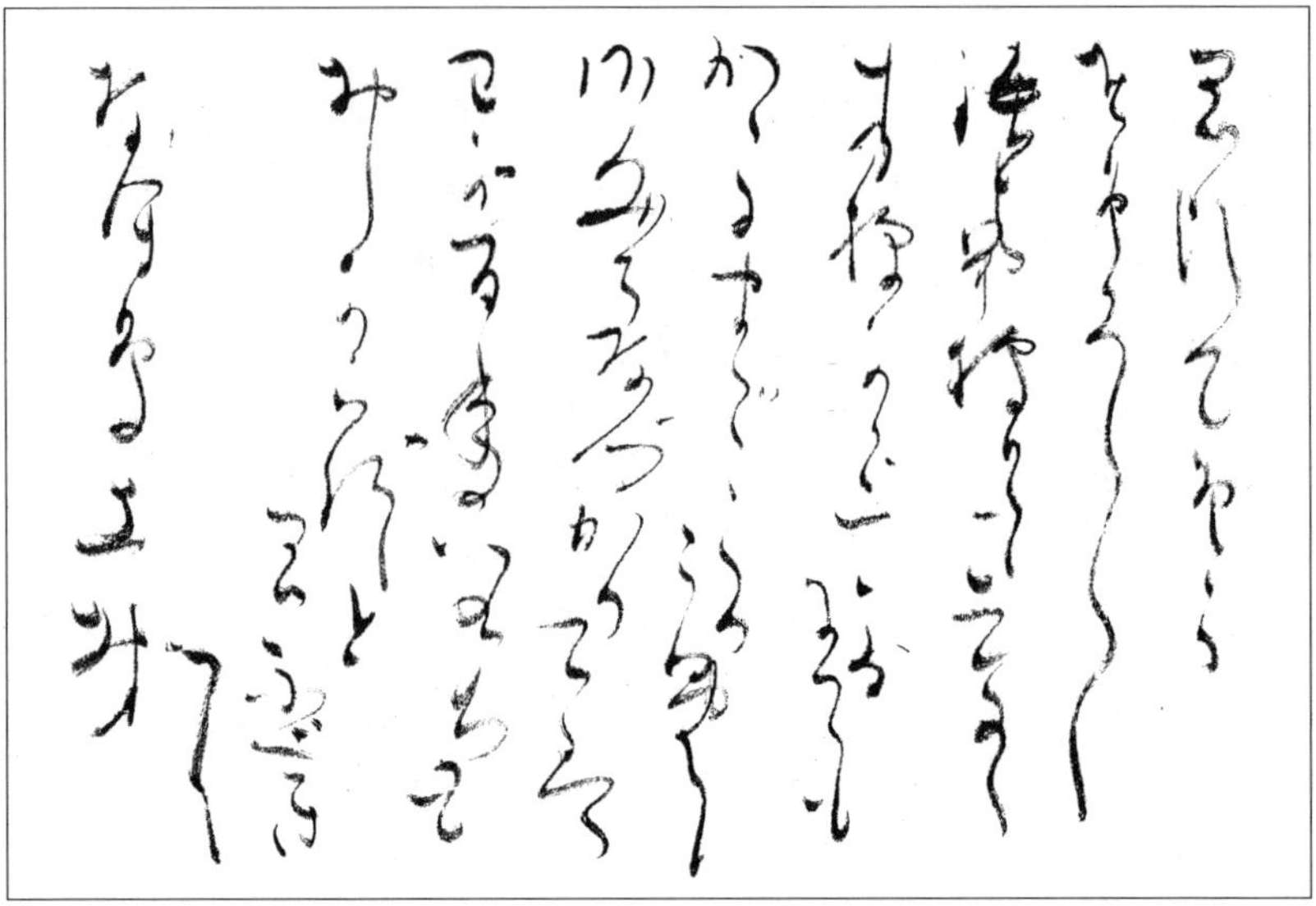

思ひてそら
をそろしく〱
鉄南様とも云る、
方様から一度
にても
か丶るまご丶ろ
こめし
御文にあづかりては
わが百年のいのちも
おしからずと
思ふべき
に
なほその上を

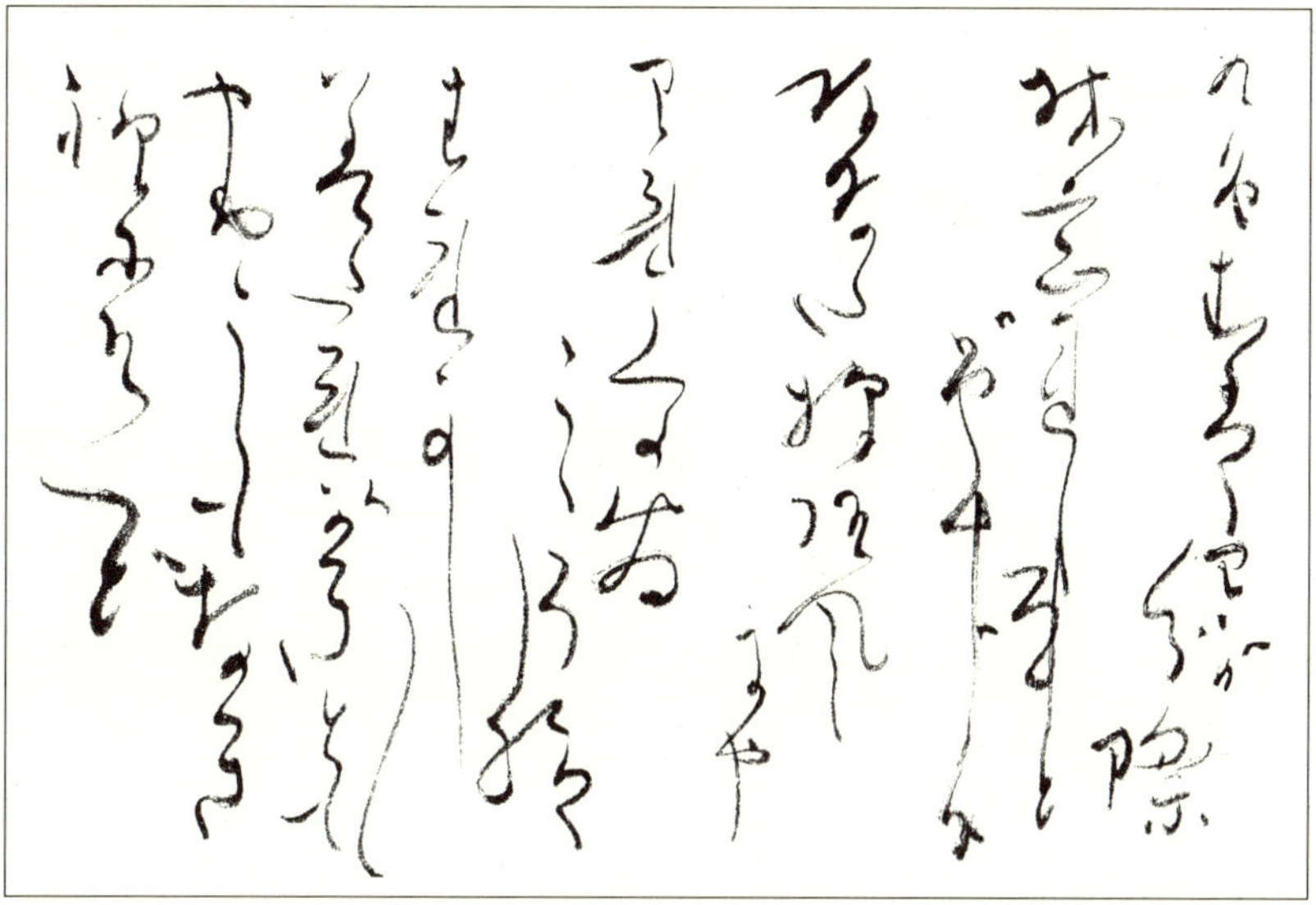

のそむはわが
分際
を忘れし事と
ぞんじ候
あなた様御風
にや
われ人の為
こゝろ
し給
はれかし
みたれがきとも
〱
申やうもなき
程に候へど

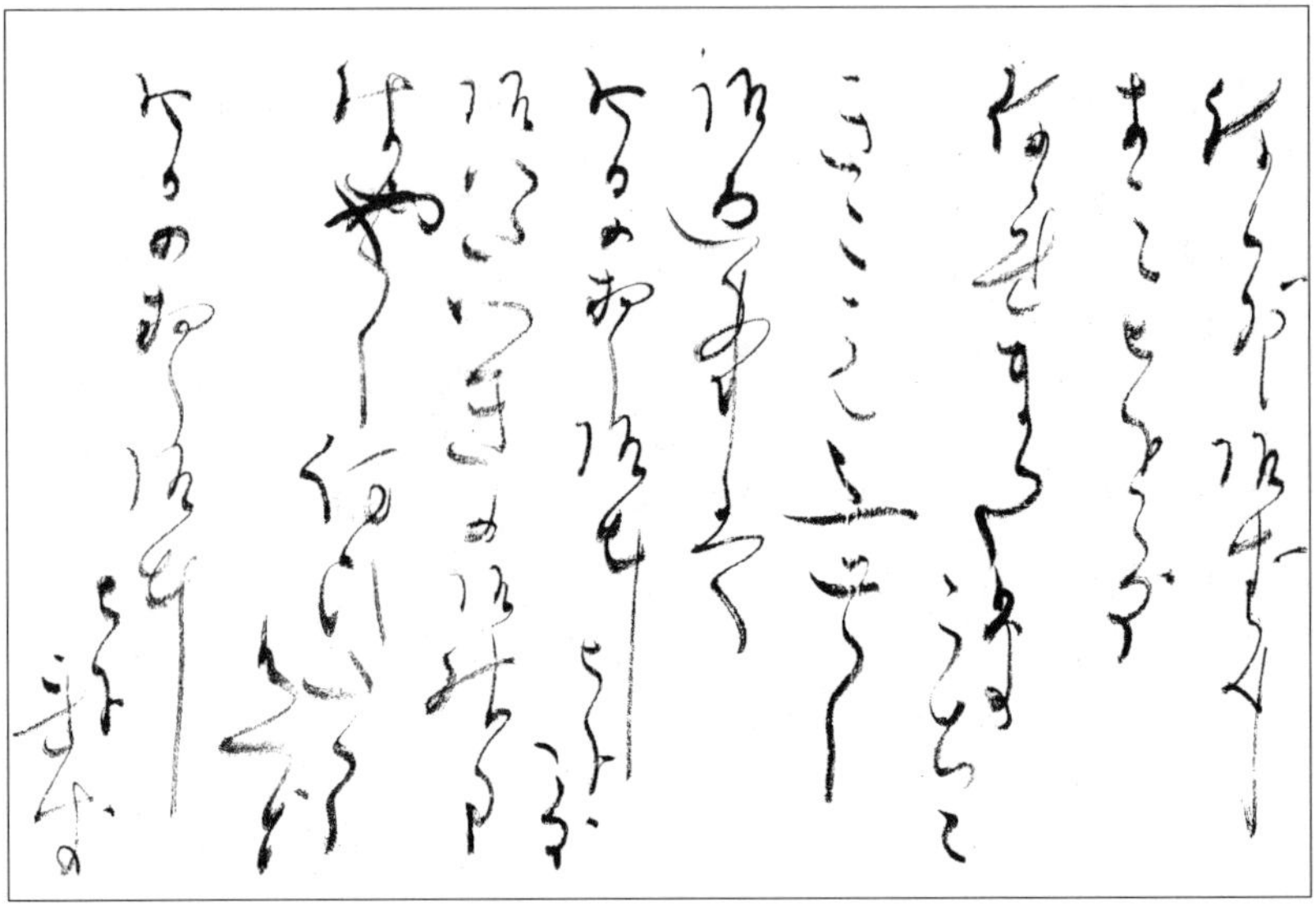

何とぞ御ばんし
よみ被下度
何れまたその
うちに
きこえ上べく
御返事は
四日の夜御出し
被下度
御いたつきの御さま
はや〈□〉く伺ひたく
候へど
四日の夜御出し
被下
れば

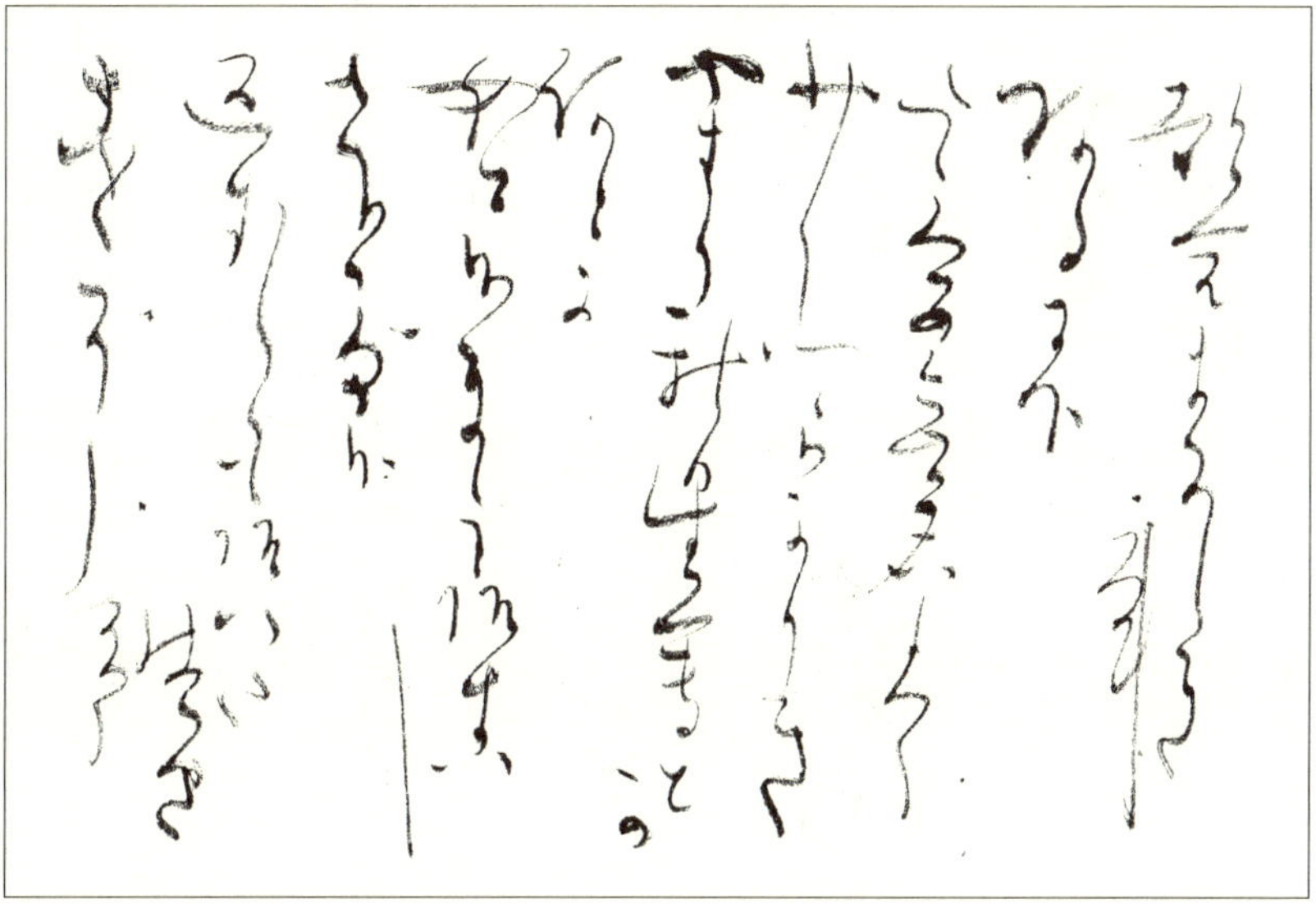

都合よろしき
事
あるに候
たゝ今の無名は
少しつらかりき
やはり新星會と
か
何とか
女に候まこと御すい
し
被下度候
返す〱も御いた
つき
こゝろし給

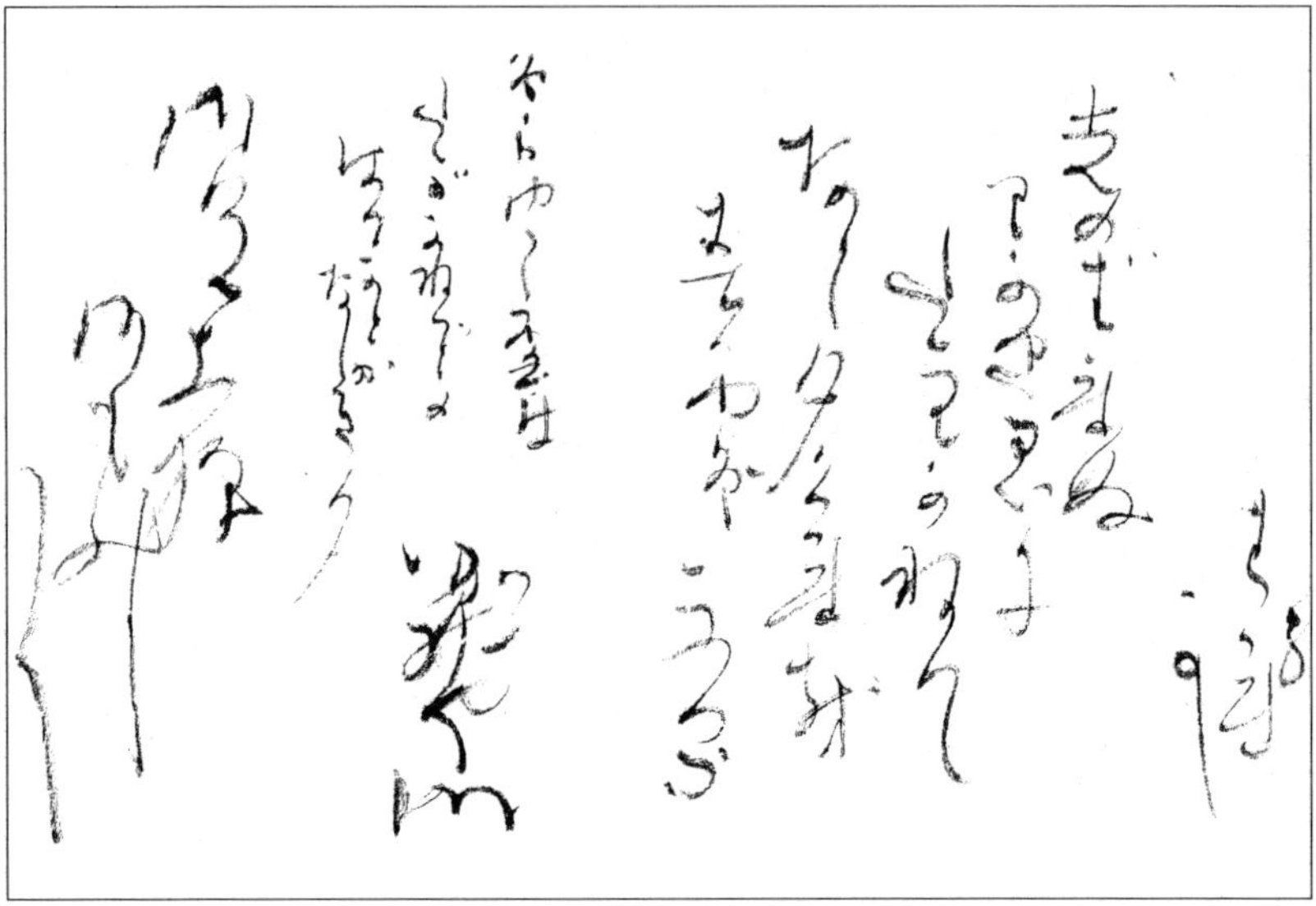

はれ
かし
しのばれぬ
わかき思に
たえかねて
なく夕くれを
春雨ぞふる

そらゆく雲は
たがかねごとの　〈いざや川〉
はてかとか
なしき夕

御兄上様
御もと
に

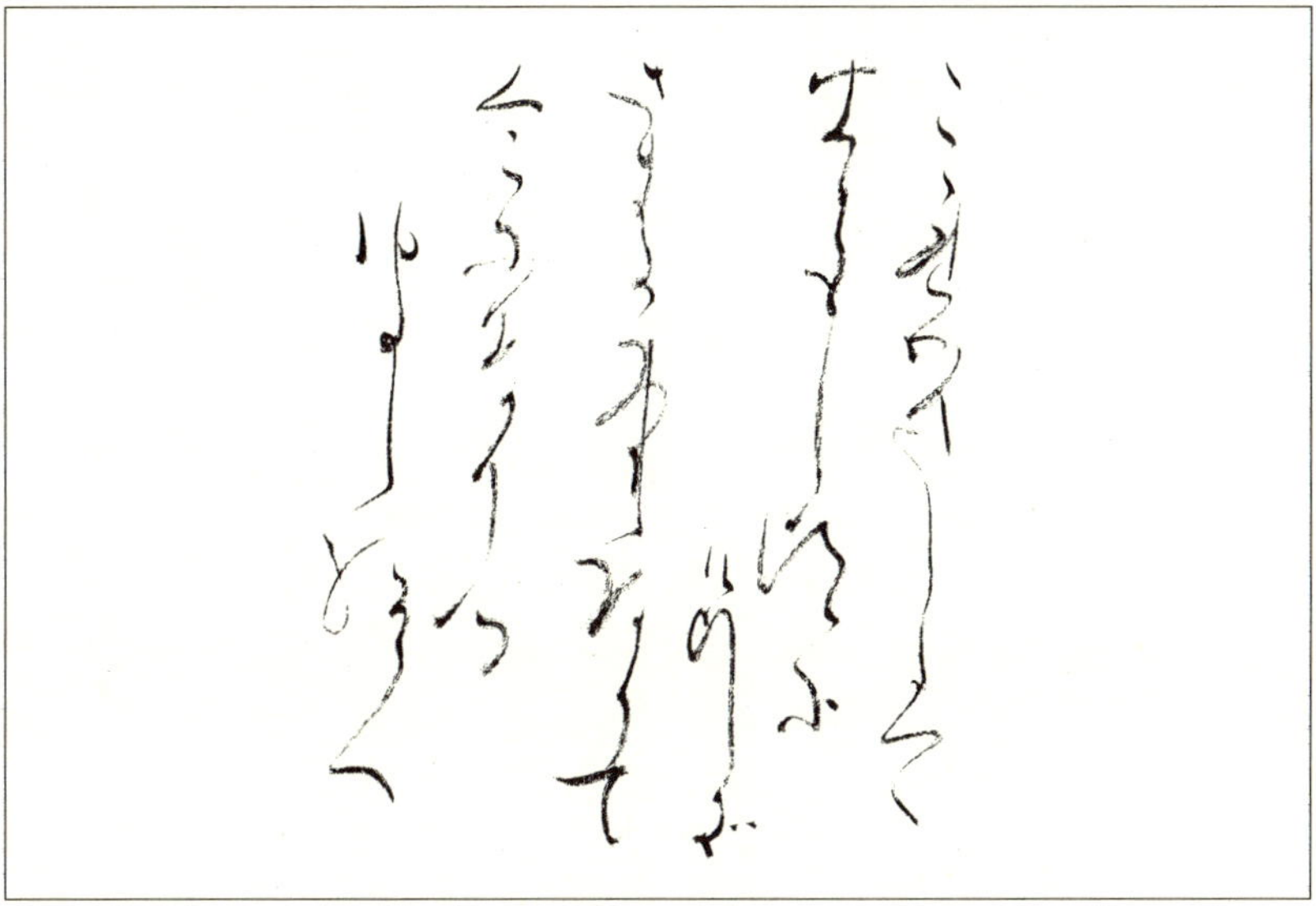

これかきしは
火ともし頃に
候ひしが
さはる事ありて
今になり候
ゆるし給へ

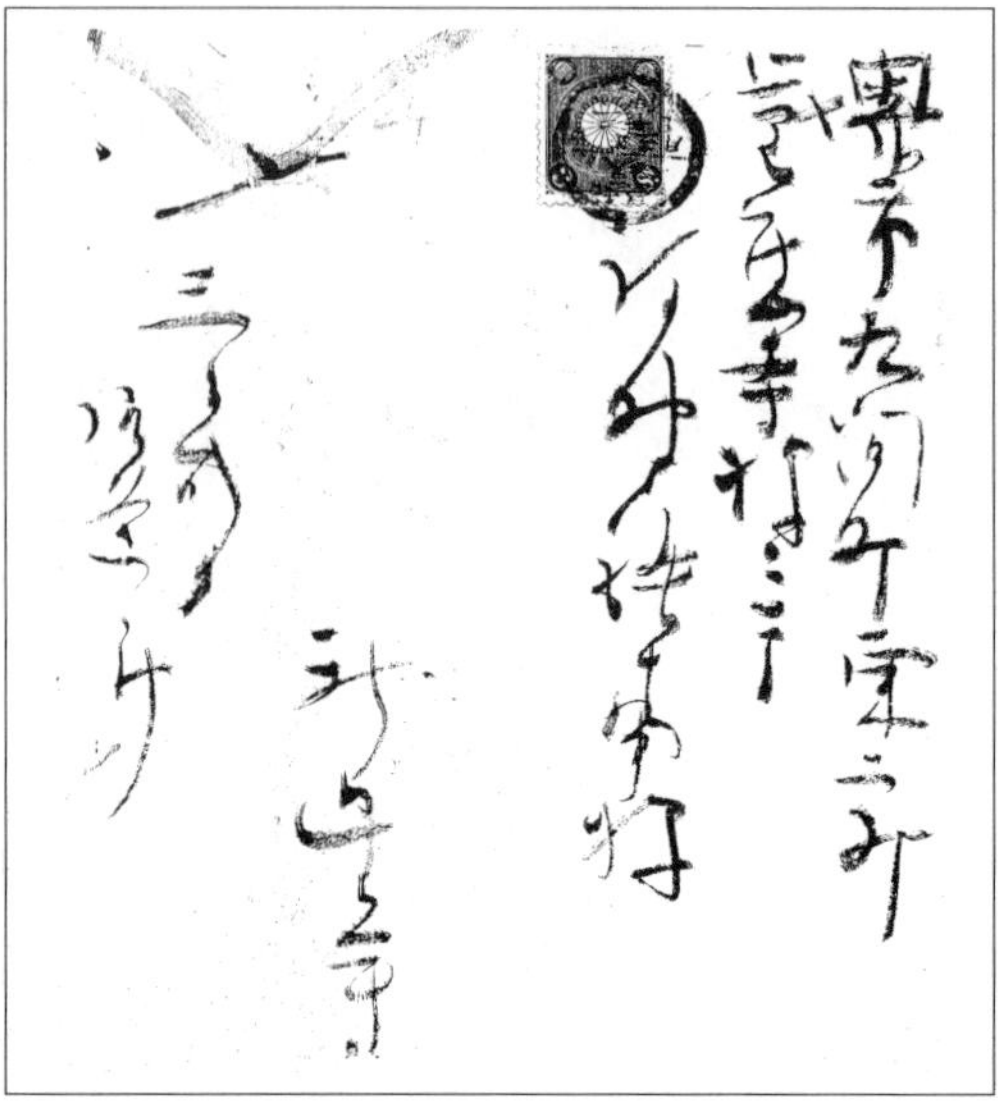

《封　筒》

【表】　堺市九間町東二町
覚應寺様ニテ
河野鉄南様

【裏】　新星會
三月卅日
御送付

⑥ 与謝野晶子書簡　河野鉄南宛〈明治三十三年四月五日〉

〔形態〕封書　巻紙（本文前半 17.1×304.7cm　本文後半 16.3×105.6cm　別紙 17.1×14.1cm　表装 21.1×456.9cm）　毛筆
〔封筒〕和封筒（18.3×7.4cm）　毛筆
〔消印〕和泉／堺／卅三年四月／五日／□便
【備考】封筒は他筆。
本文前半「まことかの日は」（八〇頁一行以降）と後半「親なき子には」（九二頁四行以降）とは紙質が異なり、内容上からも二通の書簡が一巻として表装されたと推定される。いずれが本項目の封筒か特定できないが、前半で吉野遊覧に触れ、後半の誤記「桃谷」を後出書簡⑦で触れ、また別紙（九六頁）にある歌が『明星』第二号に載っていることから、二通とも四月初旬の書簡と思われる。
別紙（透かしの和紙）の裏面には朱と墨でひなげしの絵が描かれてある。

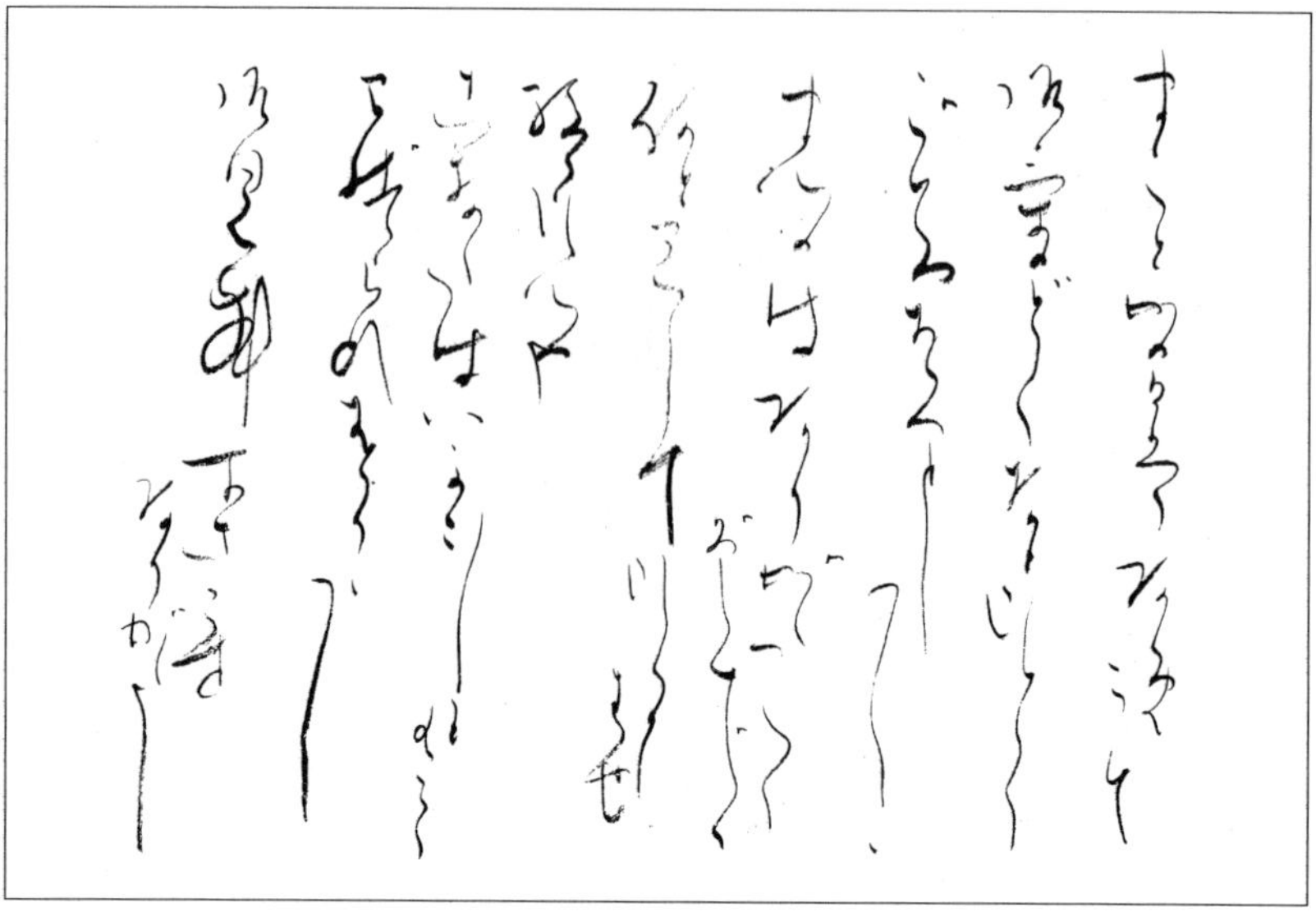

まことかの日はあめ
にて
御気のどくなとひとり
ごちをりし
に候
まつのはありがたく
ぞんじ候
何と思してつか
はせ
給ひつや
こなたはいかに〳〵と
のみ
わづらひをり候
に
御見舞下され
ありがたし

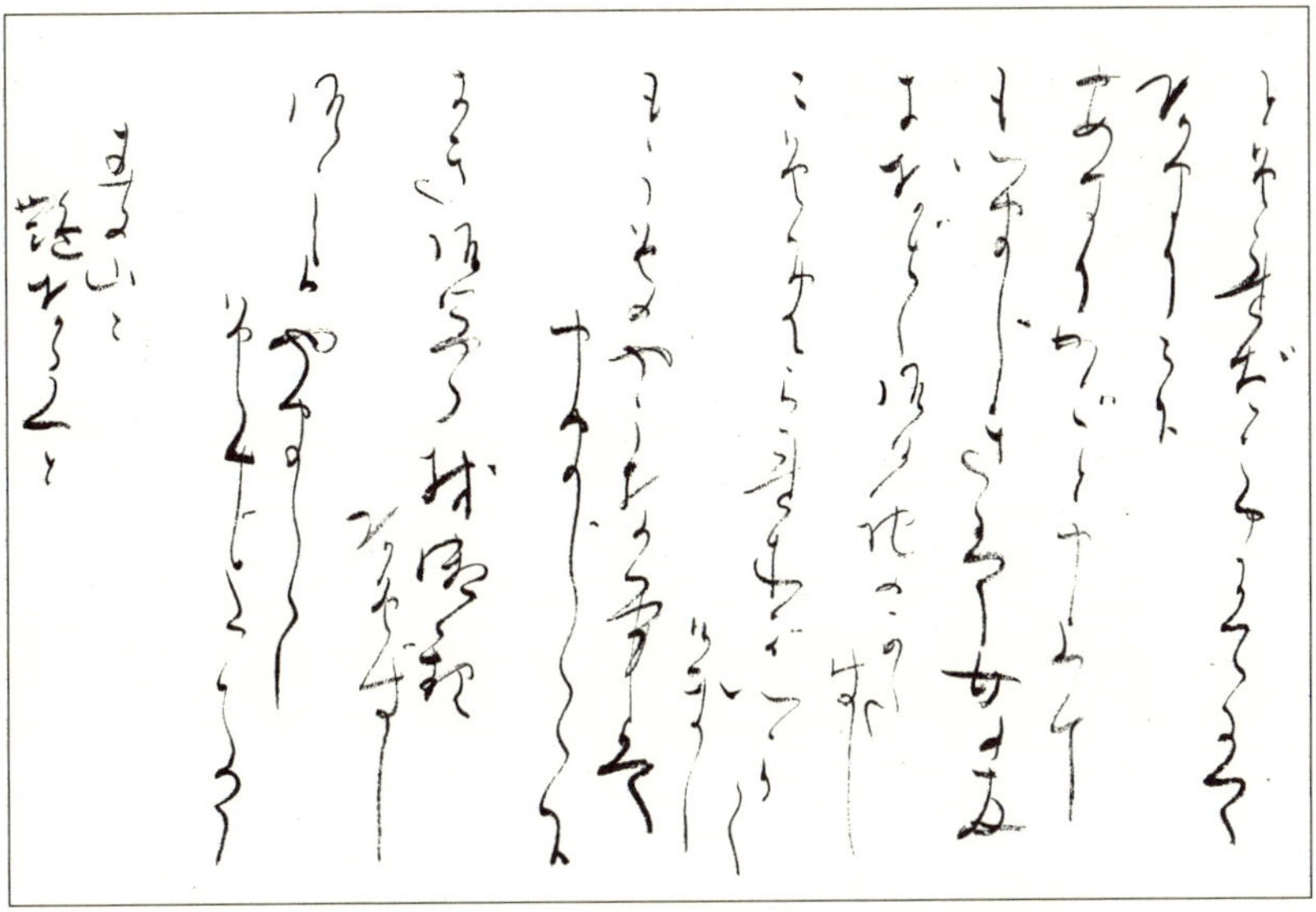

とそれだけにては
あまりに候
あまりかごと申上て
もつまじきは女の友
よなど、御日記のかた
はし
にそめられむがつら
く
候まゝ
もうそのやうな事は
申まじく候
よき御夢を御観
あそばし
御うらやましく
そんじ上参候
春の山に
艶なる人と

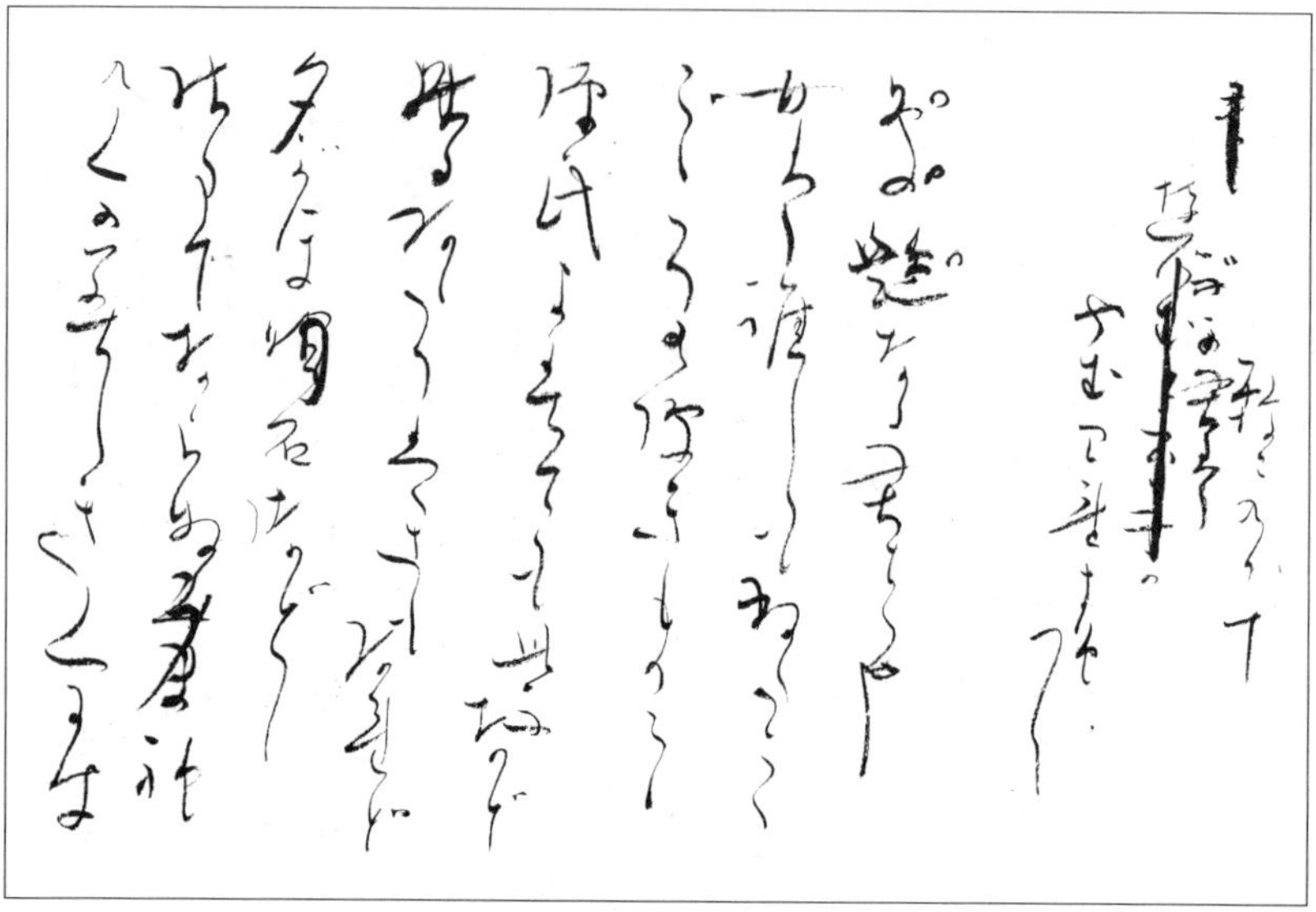

鶴にのりて
〈□□□〉
遊ぶか君は〈□□□□□〉
やむわれよそ
に
その艶なる君をや
女は誰しもねたみ
ごゝろの深きものに候
源氏よみても紫
など
さるあたりはさも
あれど
夕がほ明石など、
さまでならぬ身の程
の人の美しき人には

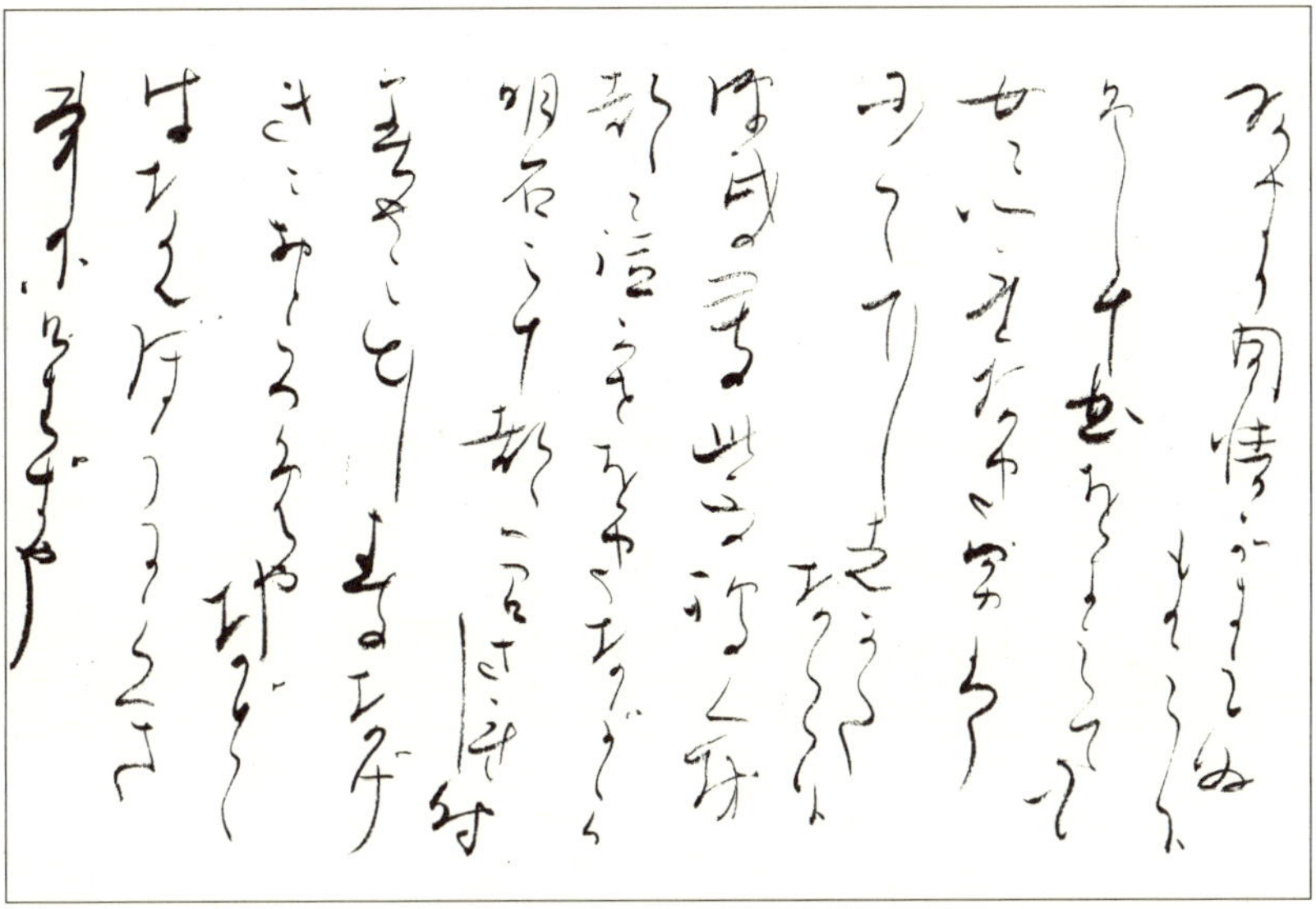

あまり同情がもてぬ
ものに候
そして書をよみて
も
女につれなき男は
にくゝて〳〵しかた
なく候
源氏の君の紫の程の人を
都に泣かせをきながら
明石にて都へ召され
し時
みやこ出し春のなげ
きにおとろめや
などゝ
はなんぼうにゝくき
事に候はずや

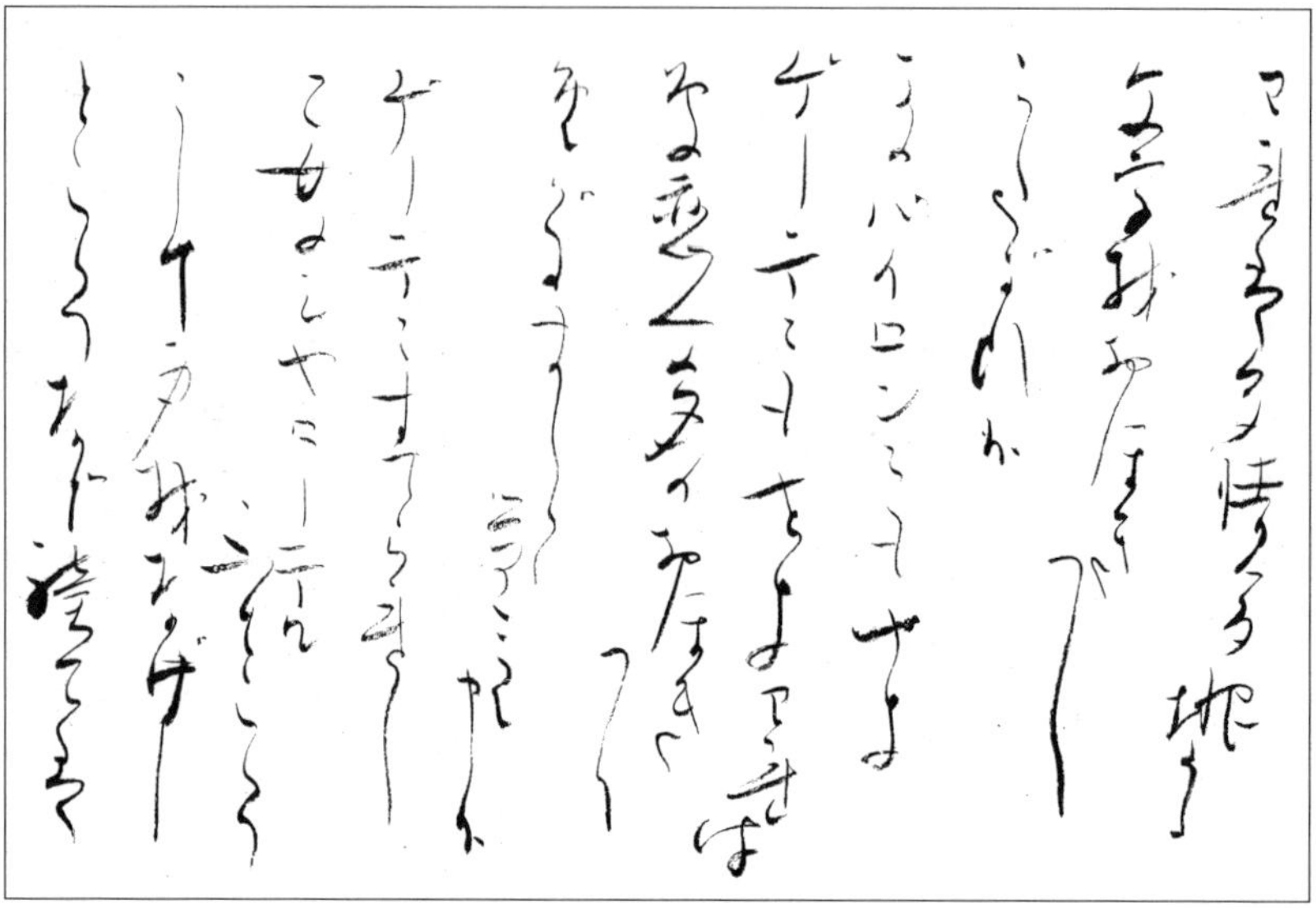

われは多情多恨
なる
文字をおほき
に
うたがひ候
かのバイロンにもせよ
ゲーテにもせよわれ
は
その恋人の名のおほき
に
めぐるましく覚え
申候
ゲーテにすてられし
乙女のシヤローテル
ふところ
にして身をなげし
ところなど讀ては

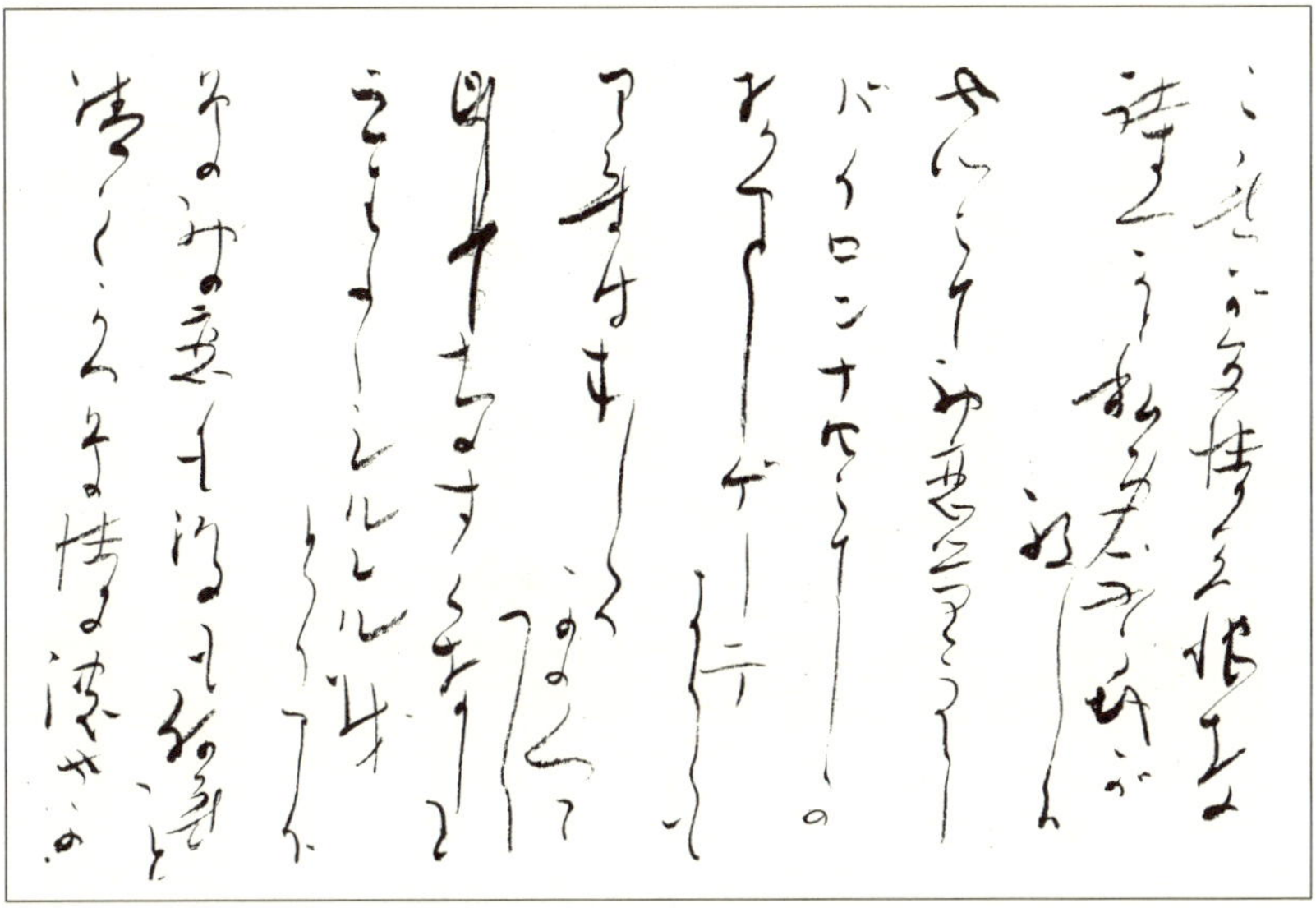

これが多情多恨な
詩人かと私身ふるひが
致し候
やつにて初恋覚えし
バイロン十四にてしか
なりしゲーテ
よりも
われはむしろ
かの人々
に
ひ〈□〉してちのすくなしと
云はる、シルレルを
とり申候
その初の恋も後のも何れ
こと
清くかつその情の濃やか

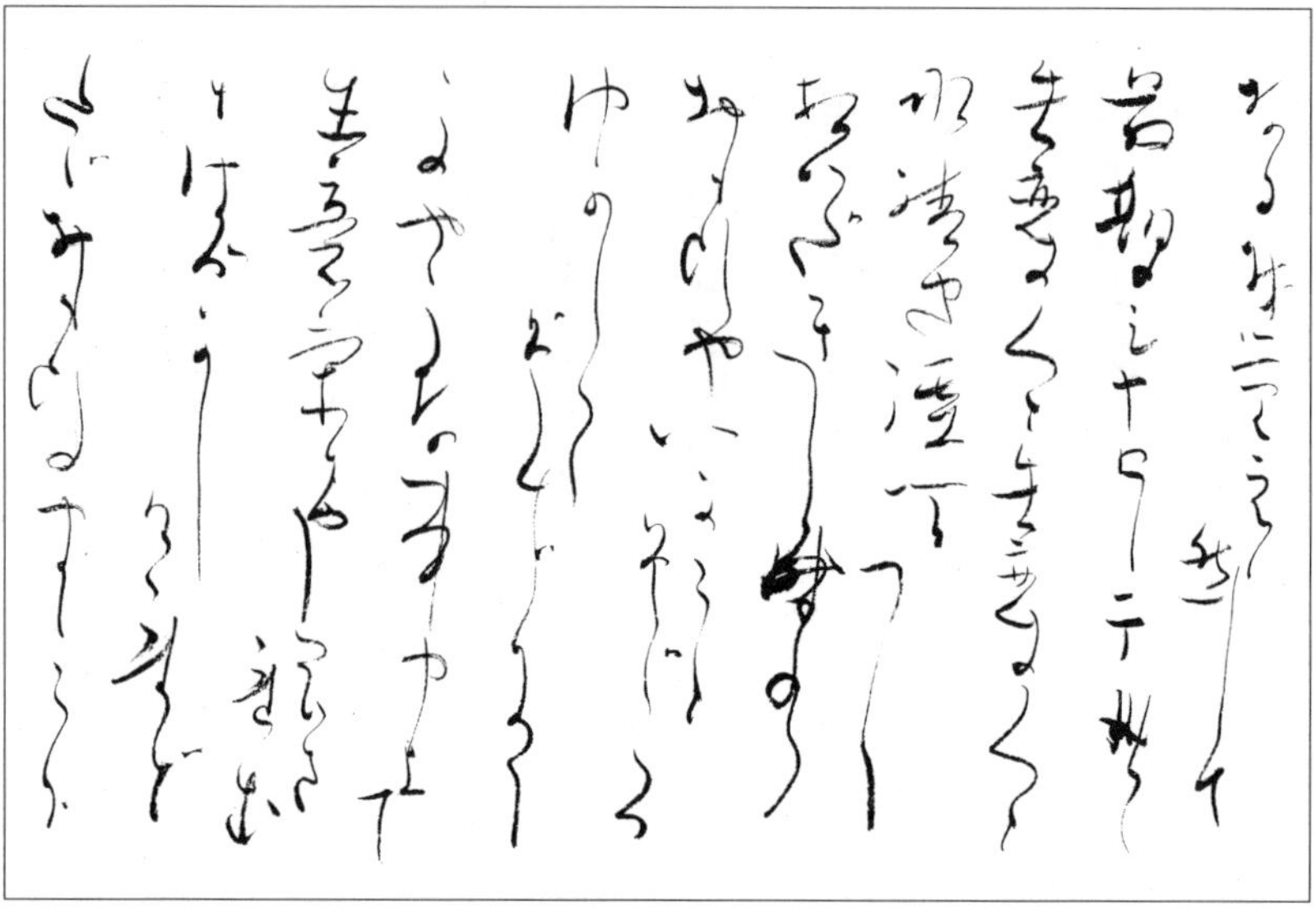

なるを覚え候
然して
最期のシヤローテル〈□〉と
失恋の人と失恋の人と
水清き渓間
に
相いだきし時〈□〉の
おもひやいかにと
そゞろ
ゆかしく
ぞんじ参候
このやうな事申上て
生意氣とや思さ
れむ
とはづかし
けれど
たゞおもひのまゝに候

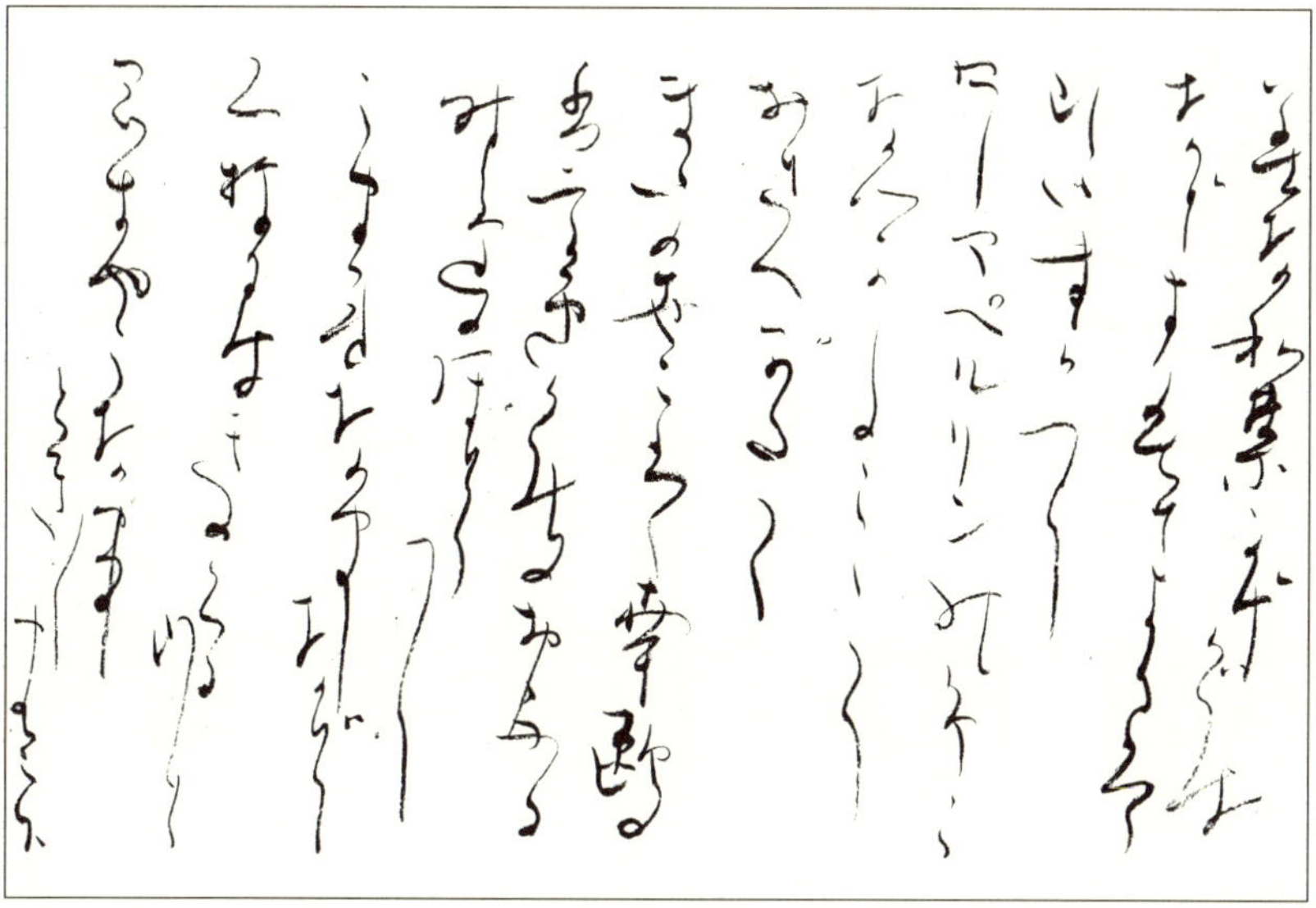

みなわ集かげ
ぐさ
などよみてよりは
ひたすらに
ローマペルリンのそら
なつかしのこゝろ
おさへがたく
またの世には南欧の
香高きくさのおふる
野邊のほとり
に
うまれなまし
など、
人様にはきのくる
ひしと
思すやうな事
とき〲申のに候

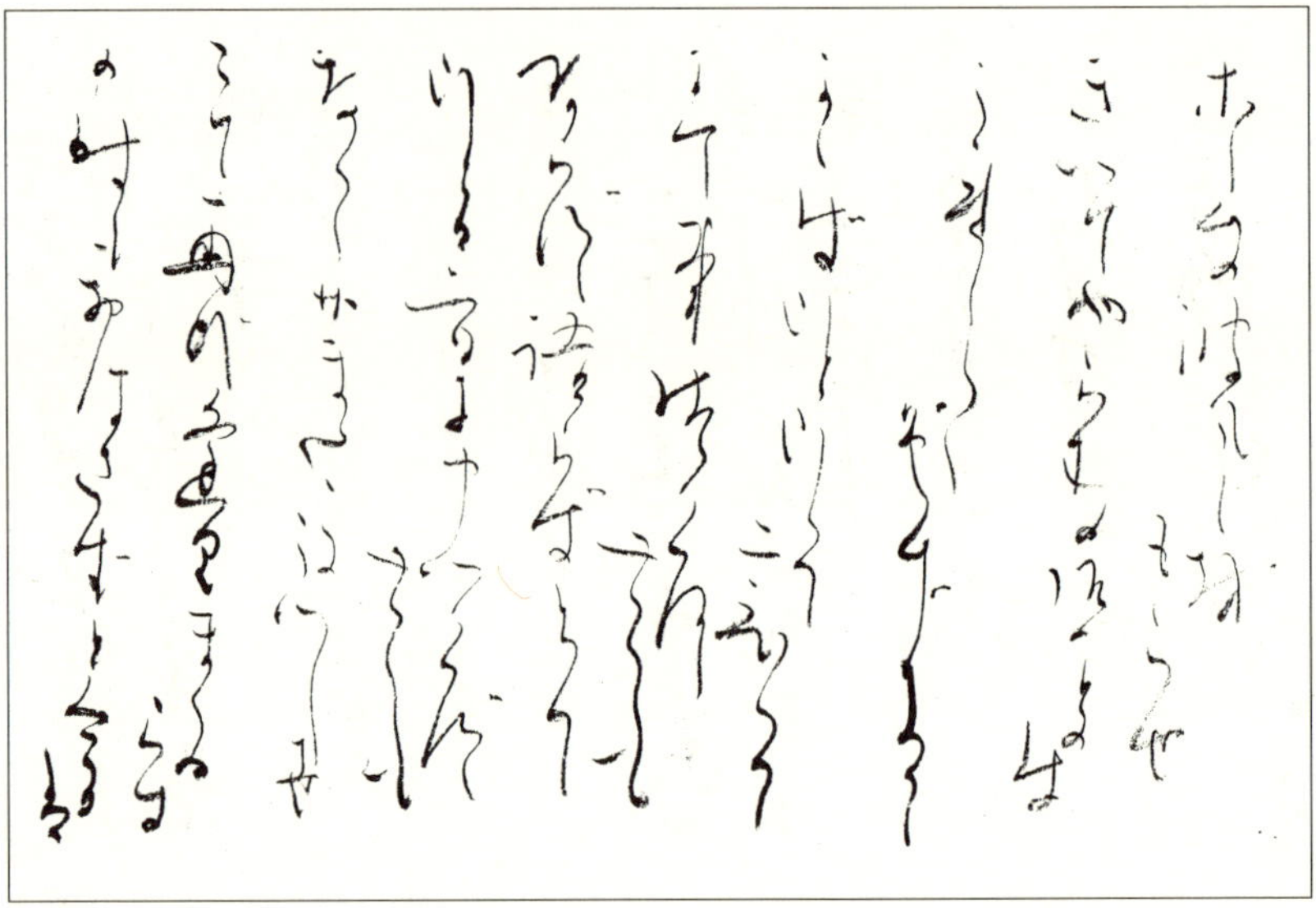

ホームの波風を
もらせ
きいてやらむの御ことの
は
うれしくぞんじ参候
か丶ばひとひろ
二ひろ
にて事つく得
べくも
あらず語らばとて
ひと日二日に申つくす
べくも
なく候またこのうつし世
にて再び逢見まゐ
らす
の時もおはさばと今日
は

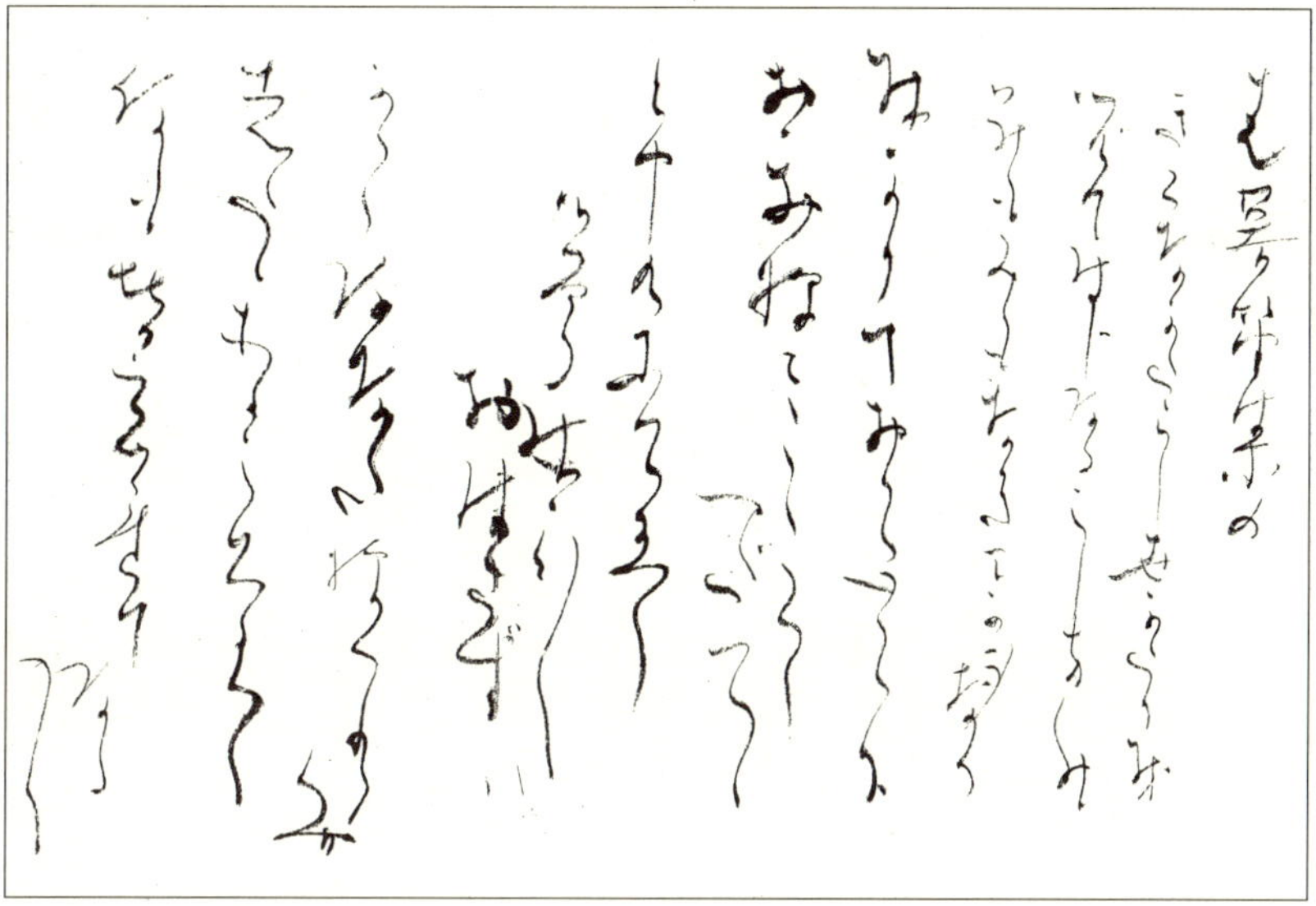

先暮笛集の
きくなかたらし世かたりを
つげてはじあるこし方の
つみもみもなきわか身
なり
をかりておくべく候
お前様にこゝろ
へだて候
と申のにては
夢さら〳〵
おはさず候
かくあなた様への
文
したゝむるころは
何も皆忘れて
ある
に

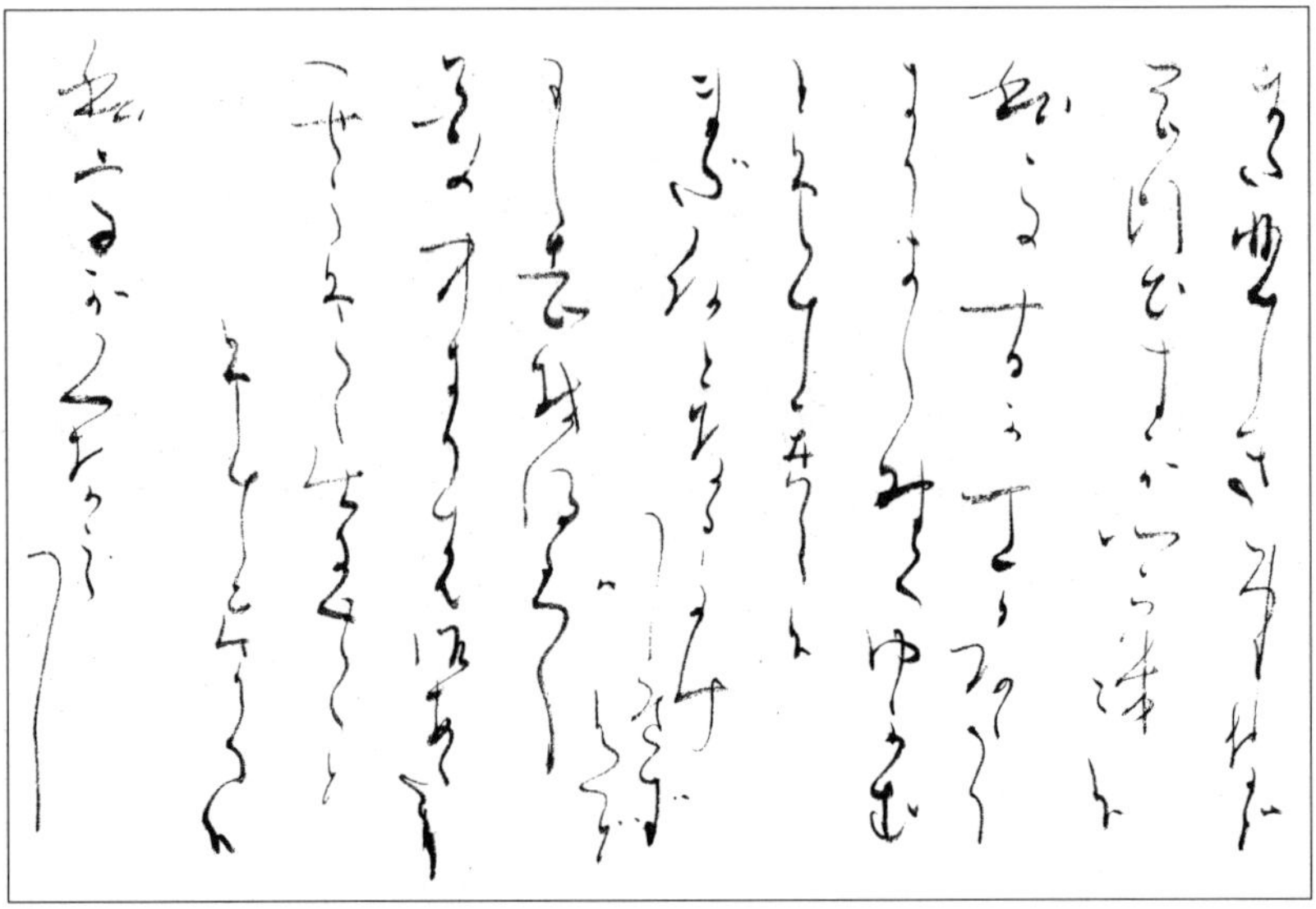

また悲しき事など
思ひ出すがつらき
に候
私この十日か十一日あたり
よりよし野へゆかむ
とそんし居り候
まだ何となるかは
しれず
候へど
もし志を得ば
花の中より先御あたり
へせうそく仕るべくと
そんし居り候
私字が人なみ
に

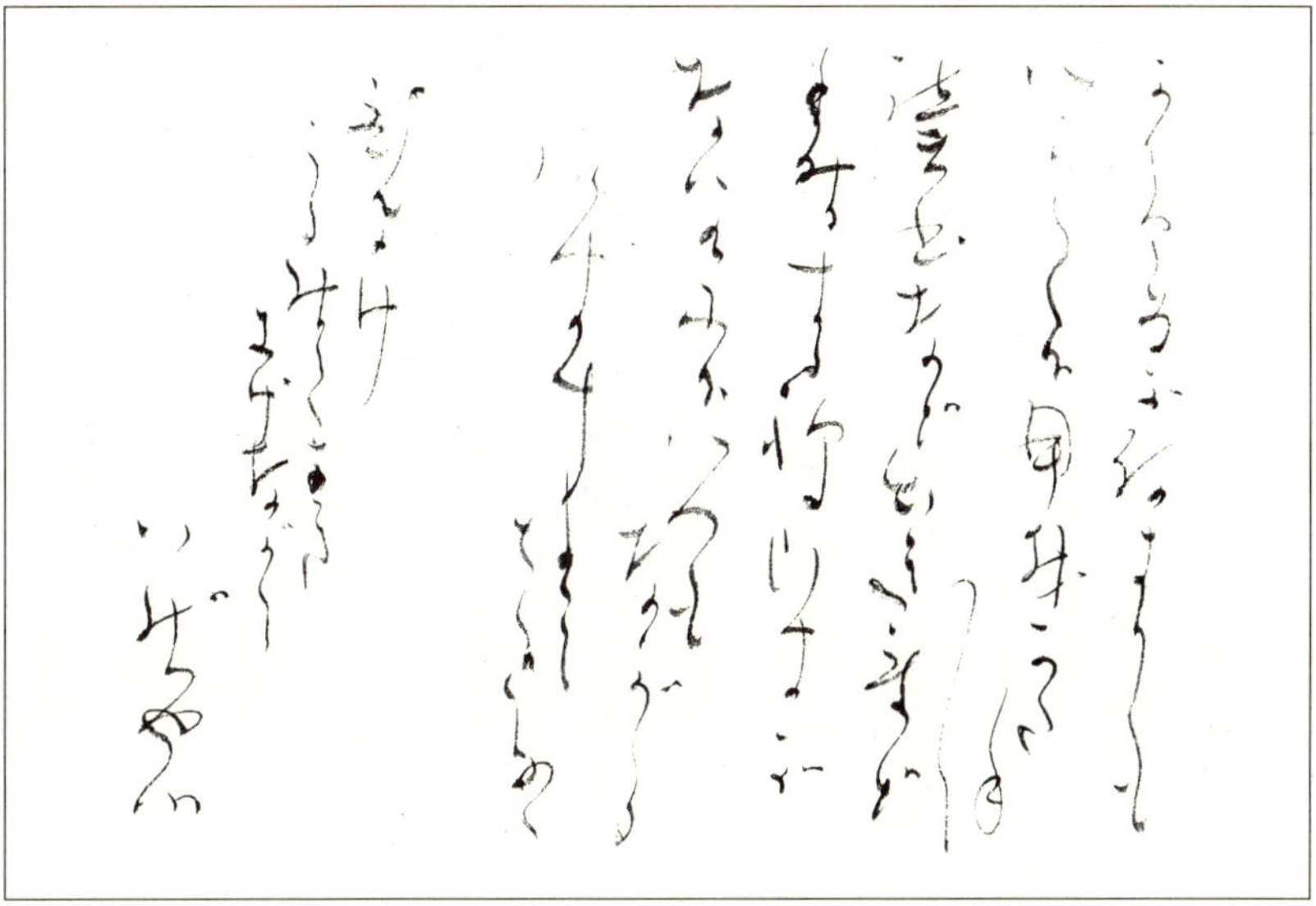

かけぬが何よりも
つらく候用をかた
手
に
讀書など出きれど
手習する程のひまが
ないのに候いつも
ながら
御はんしよみ
被下度候
びんのけ
うるさくかき
上げながら
いざや川

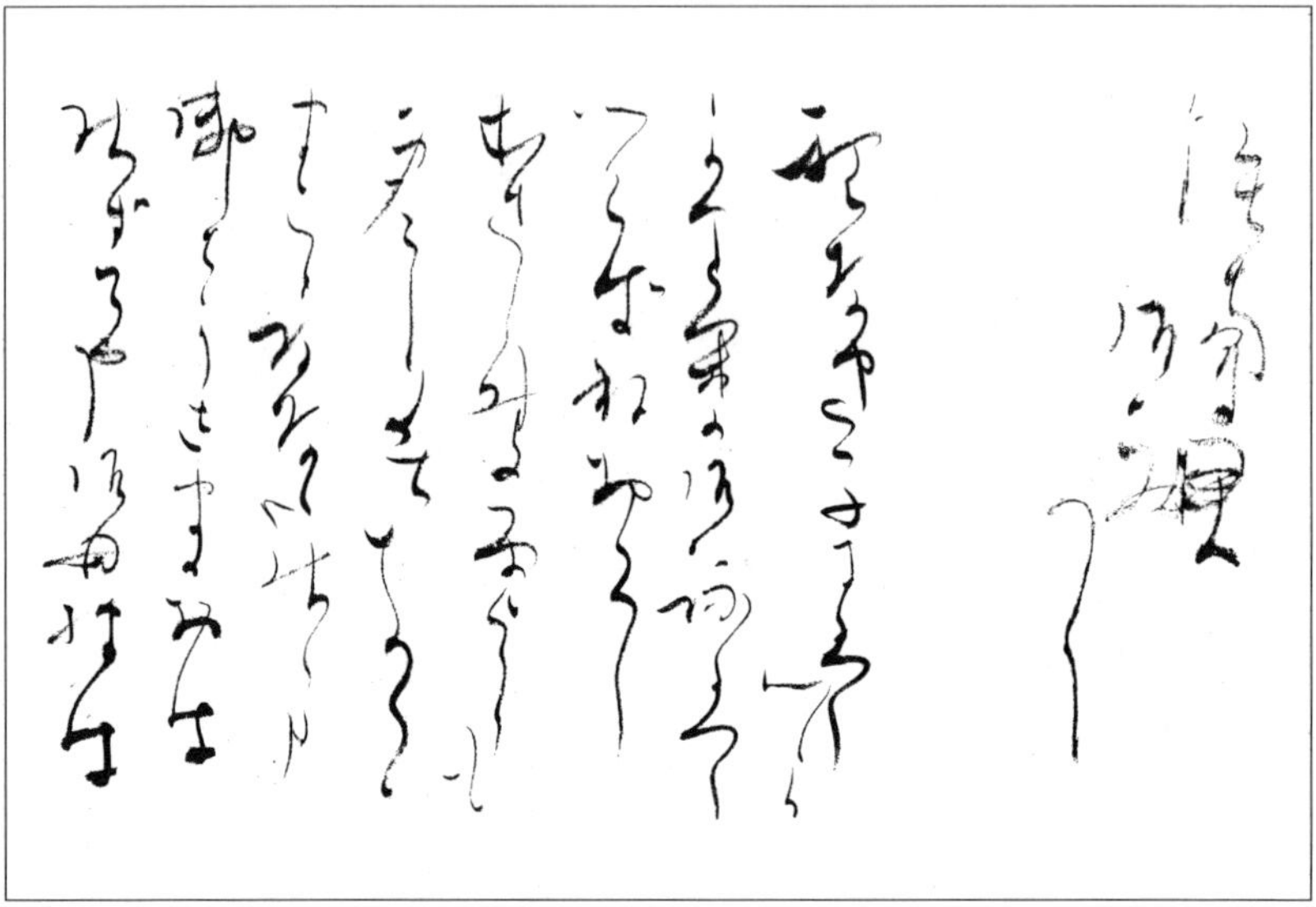

鉄南様
御前
に
親なき子には
つら
かりきの御詠は
つくばねおろし
むさし野の雨より
も
身にしみ参候
まことあなたさま
御とうさまのおは
さずてや御母様は

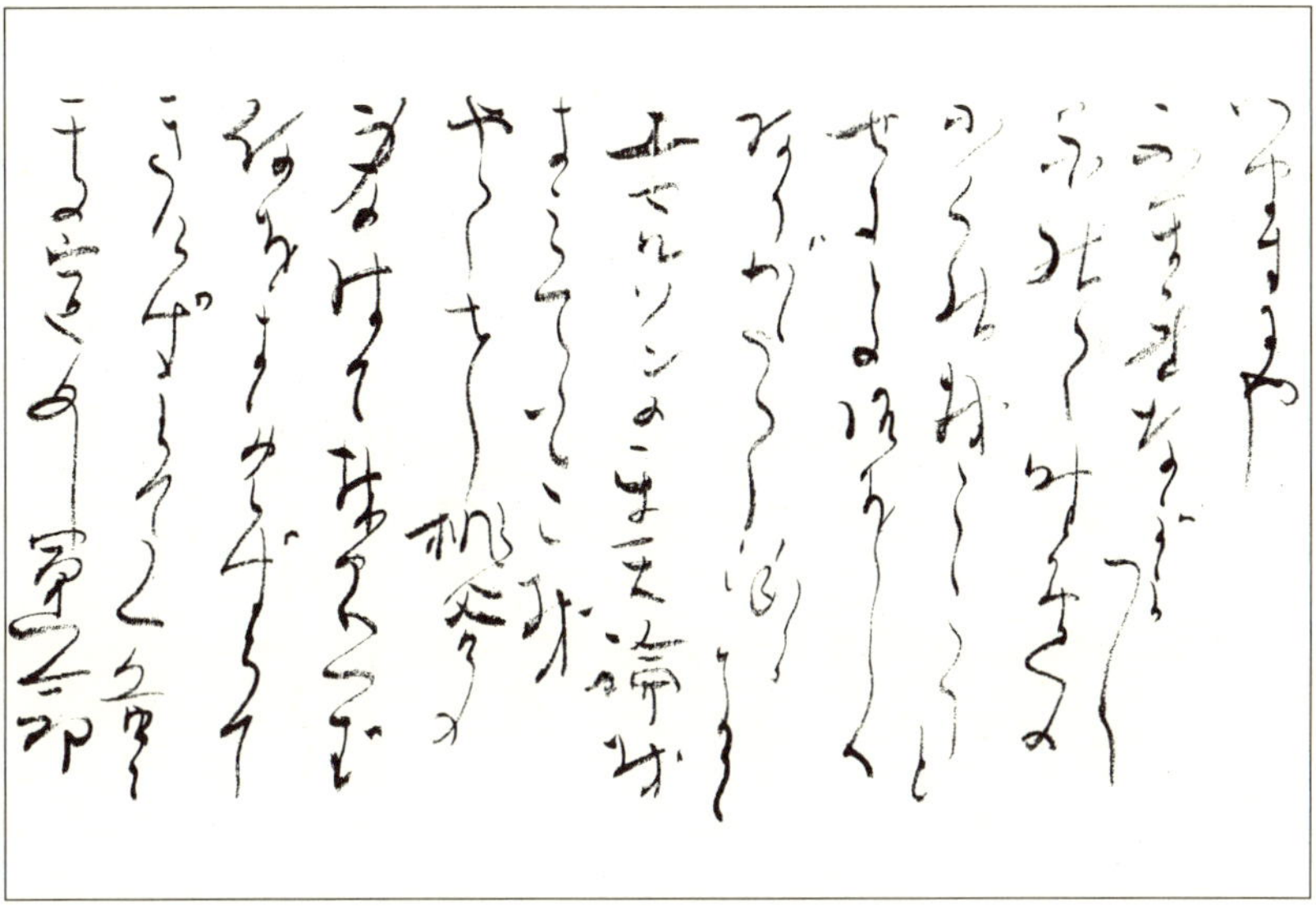

いますにや
ふまれながら
　　に
花さく野邊の
小くさをこゝろ
　　　　と
せよとの御をしへ
ありがたく承り
　　参候
エマルソンの楽天論を
よみてもこを
やくせし桃谷の
身のはてを思へば
何をよめばとて
きけばとて人各々
天の定めし運命

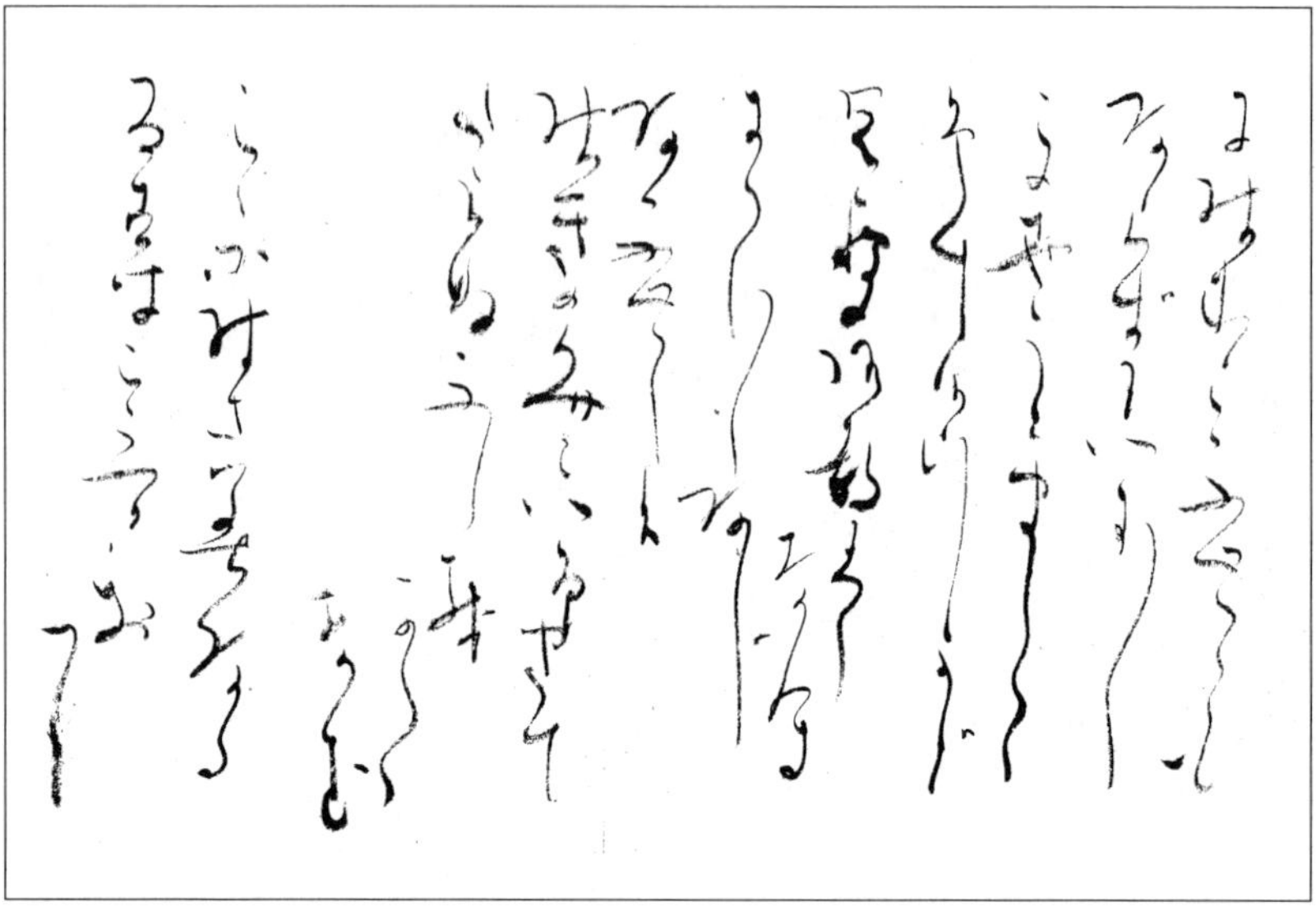

にはむこふべくも
あらずといよ〳〵
この世うとましく
そんし候ひしかど
兄様の御教は
なほ
よく〳〵あじ
あふべく候
さきの文にいそ
きて
たらぬふしを
かく
なむ
こゝにはさみある
反古は二三日前
に

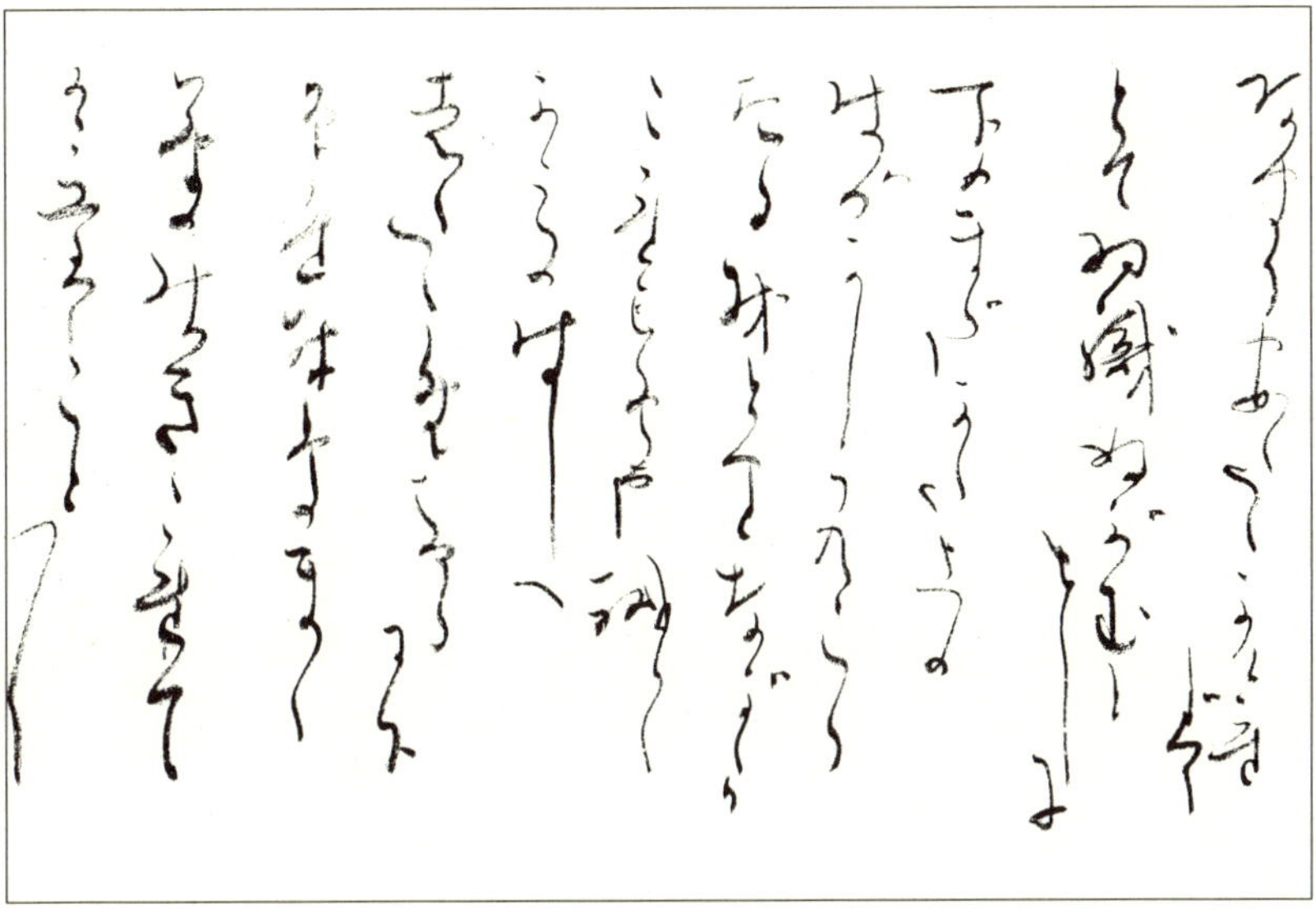

あまりあたゝかけれ
ば
とて羽織ぬがむと
せしに
下のまだかた上の
はづかしうのこり
たるをとりながら
これこそや誠に
かみのはしへ
したゝめける
に候
それをそのまゝ
筆のさきゝれて
けふはこと
に

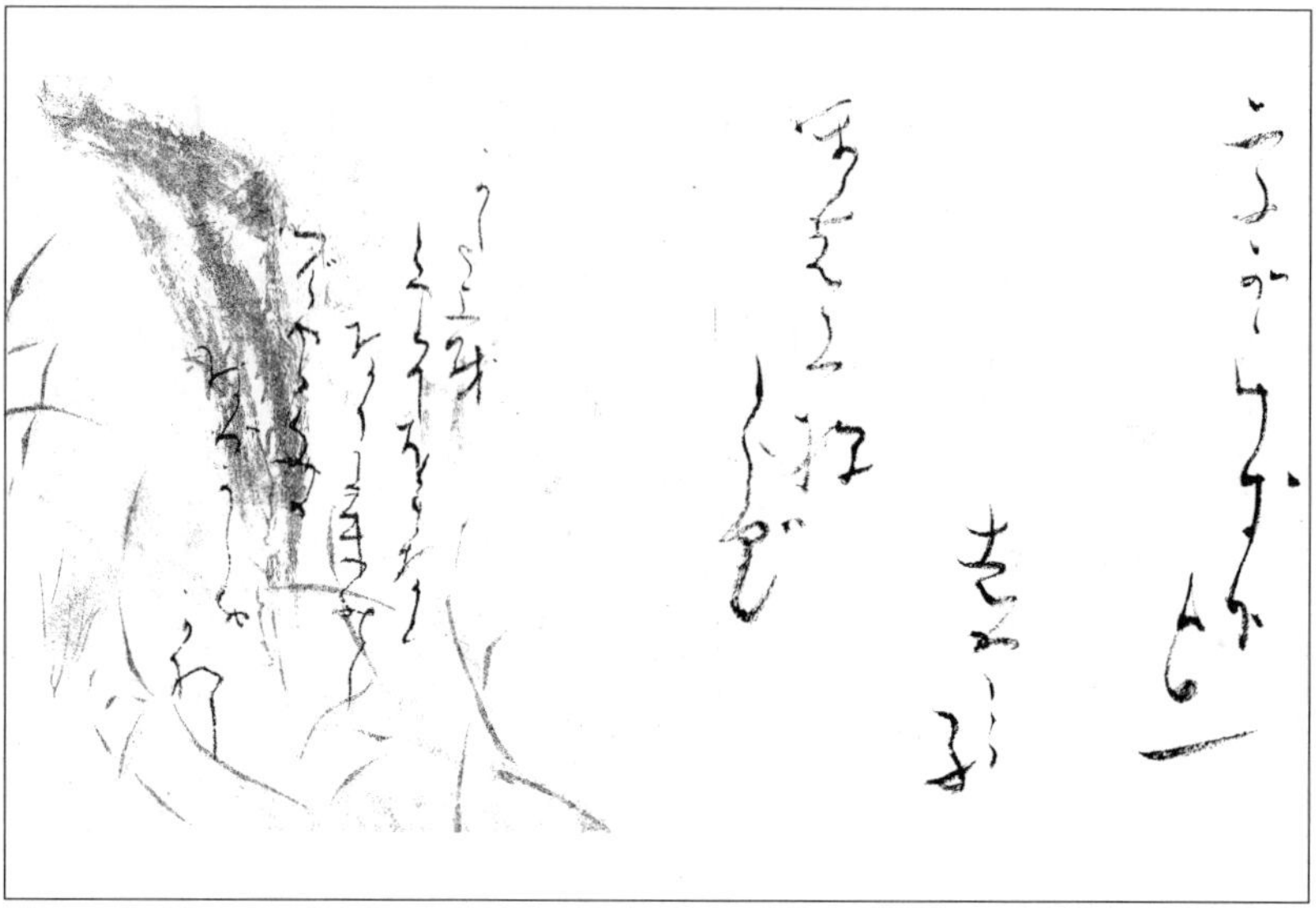

字がゝけず候
かしこ
しやう
子
御兄上様
とぞ

《別 紙》
かた上を
とりてをとなと
なりにきと
つげやる文の
はづかしき
かな

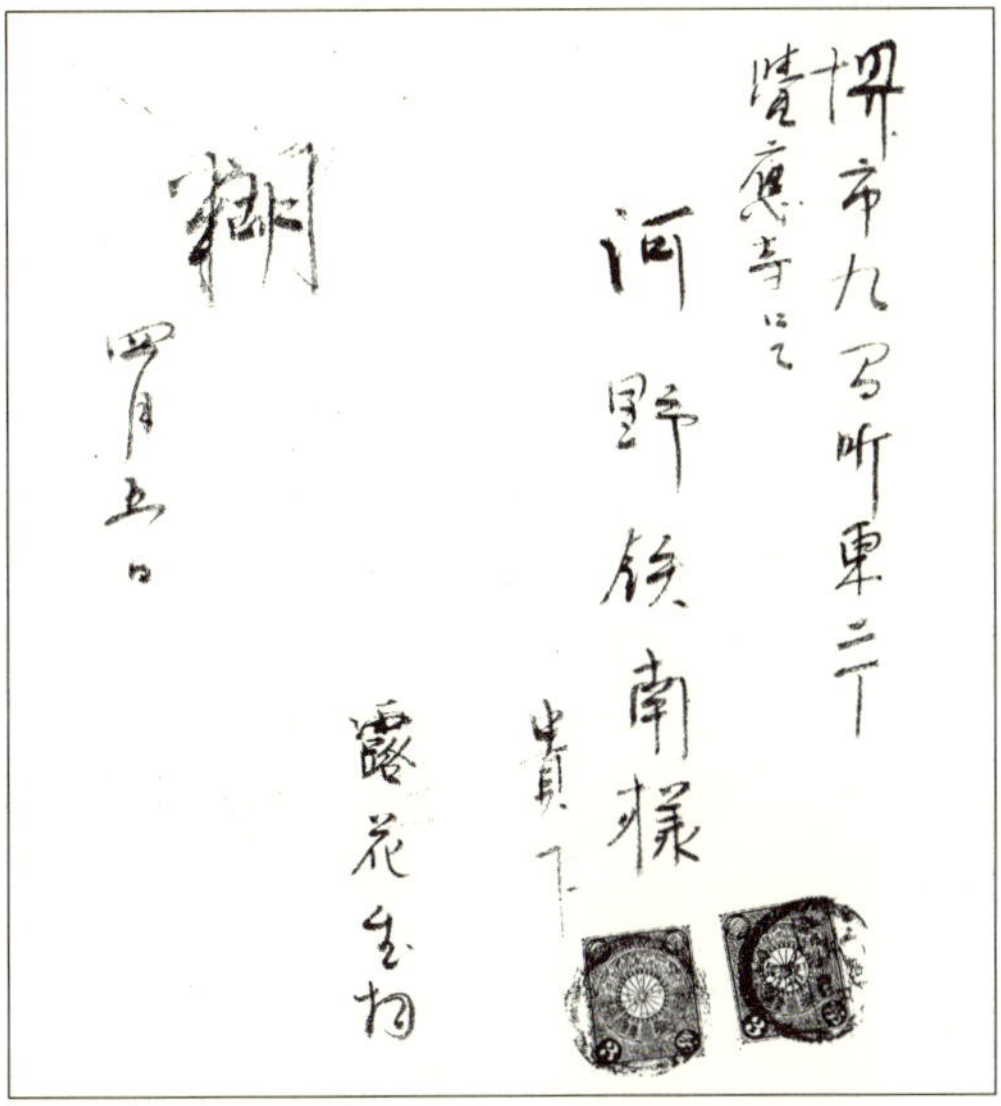

《封筒》

【表】 堺市九間町東二丁
覺應寺にて
河野鉄南様
貴下

【裏】 露花生拝

四月五日

⑦　与謝野晶子書簡　河野鉄南宛〈明治三十三年四月七日〉

〔形態〕封書　巻紙（本文 17.2×140.7cm
表装 21.1×169.7cm）　毛筆
〔封筒〕和封筒（17.1×7.4cm）　毛筆
〔消印〕和泉／堺／卅三年四月／七日／
二便
【備考】封筒は他筆。

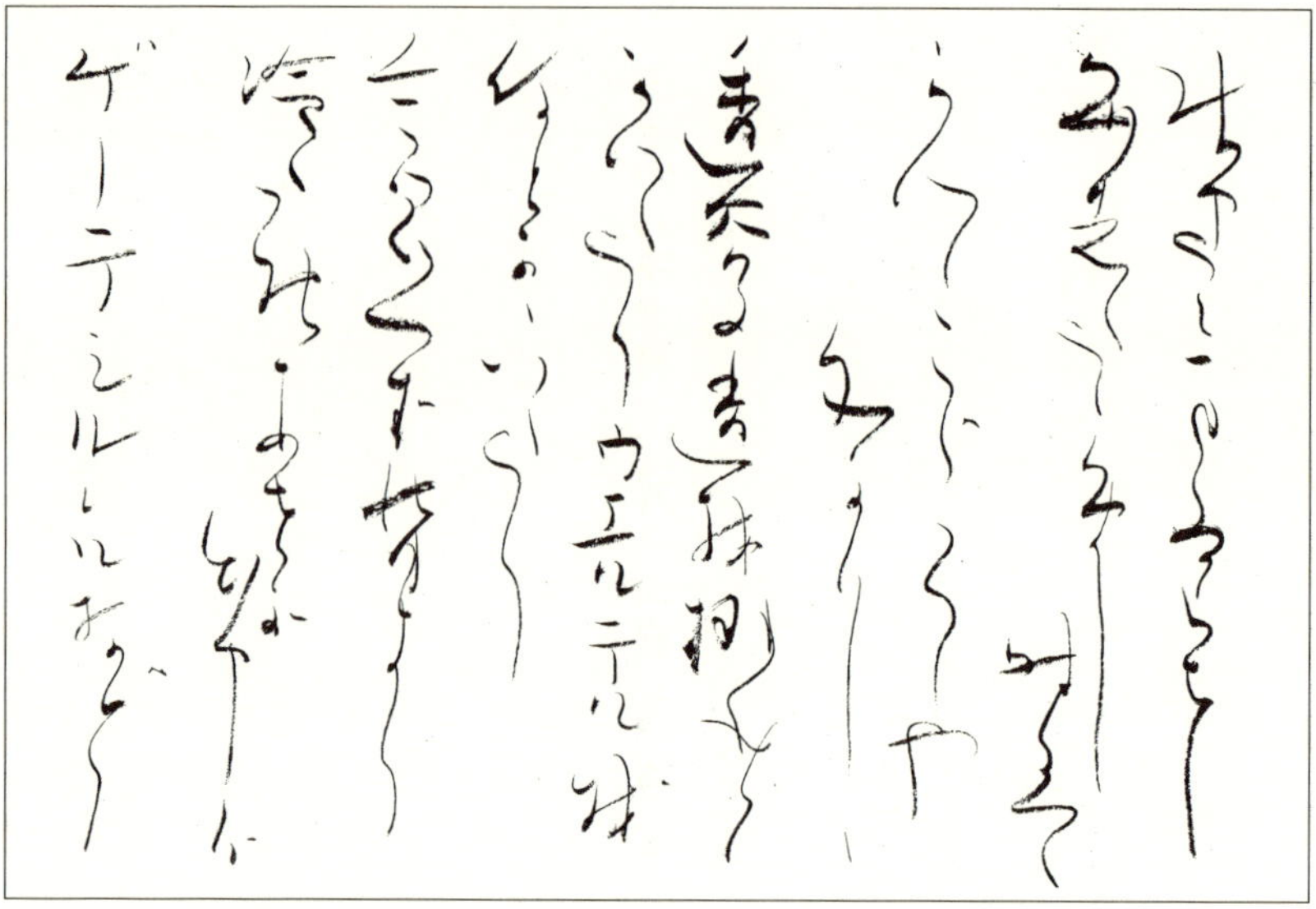

さきにまゐらせし
文したゝめし
時は
うつゝごゝろや
なかりし
透谷の透を桃と
かいたりウエルテルを
何とかゝいたり
今思へば背より
冷たきあせが
出申候
ゲーテシルレルなど、

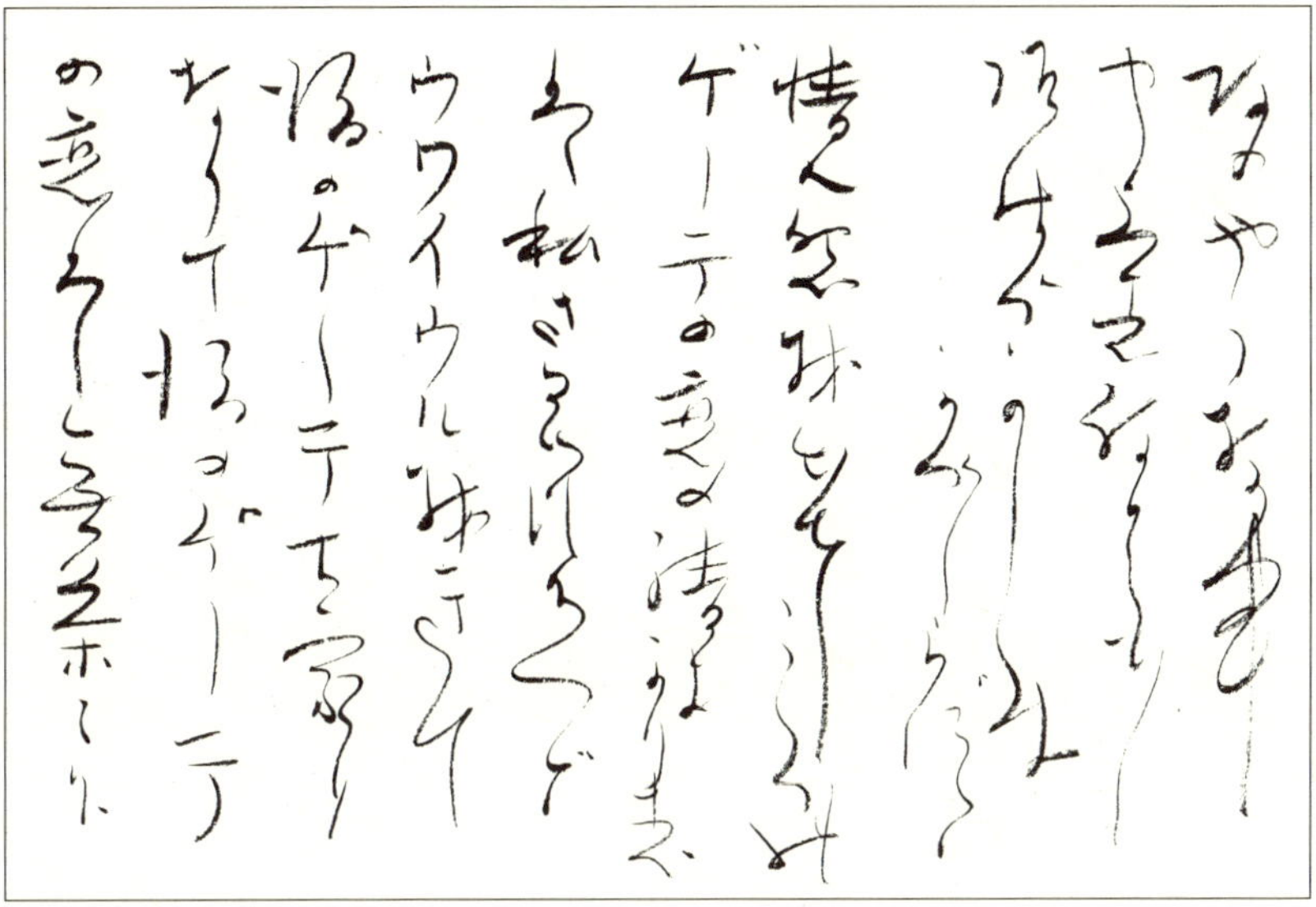

あのやうな事
申上し何とも〳〵
御はづかしさ
かづしらず候
情人怨を出せし
ころの
ゲーテの恋の清よ
かりし
は私さ思ひ候へど
ウワイウルをきて
後のゲーテ大家と
なりて後のゲーテ
の恋は無茶に候

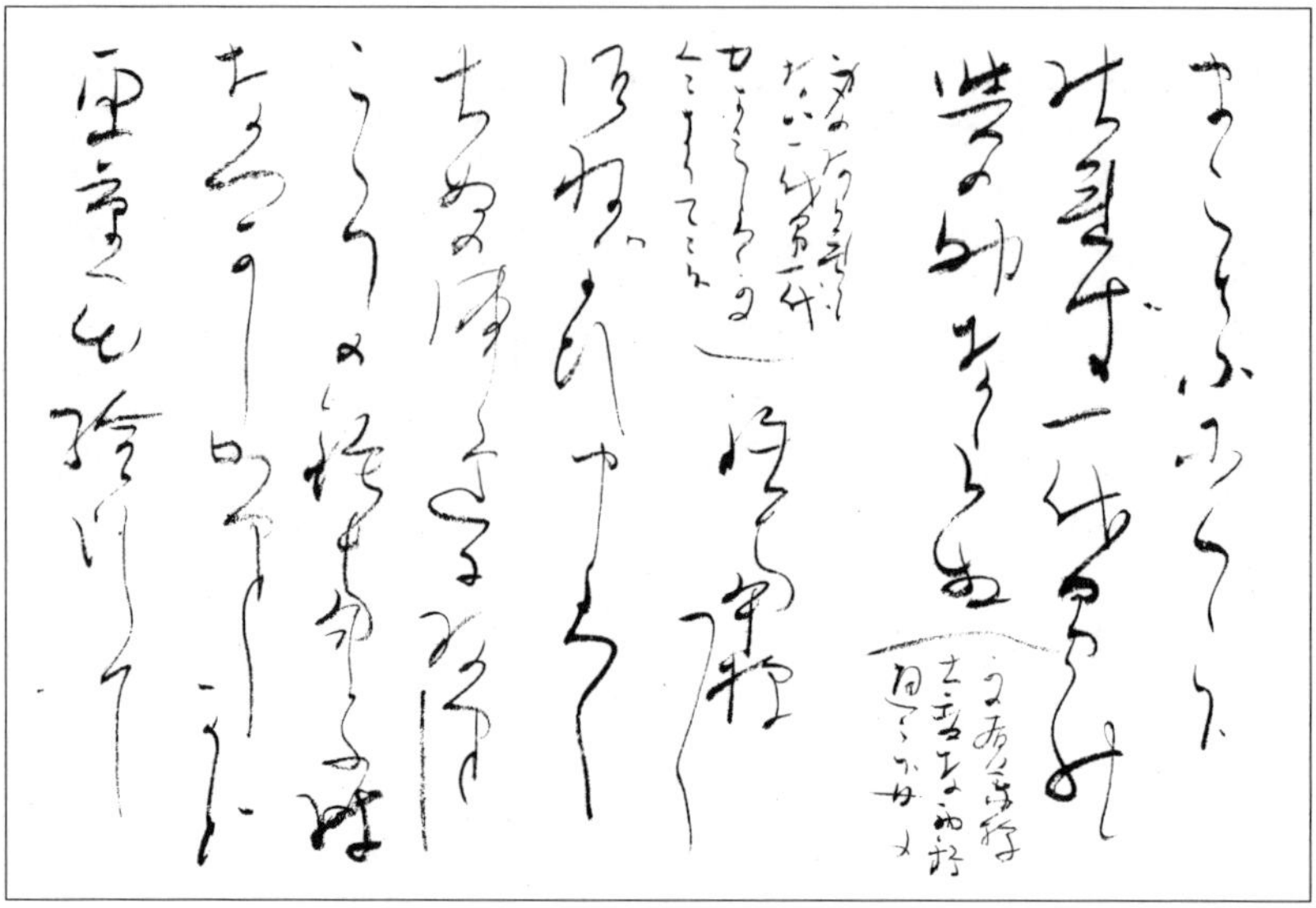

まことにく、候
されば一代男の
與の助ならぬ
かの眉葉様
大変な西鶴
通に候女の
身のあられも
ない一代男一代
女よみしはかの
人によりてに候
鉄南様
に
御ねがひ申は
ちぬの浦邊にあり
し
ころの鉄南子は
なつかしかりし
かど
東京へ出給ひて

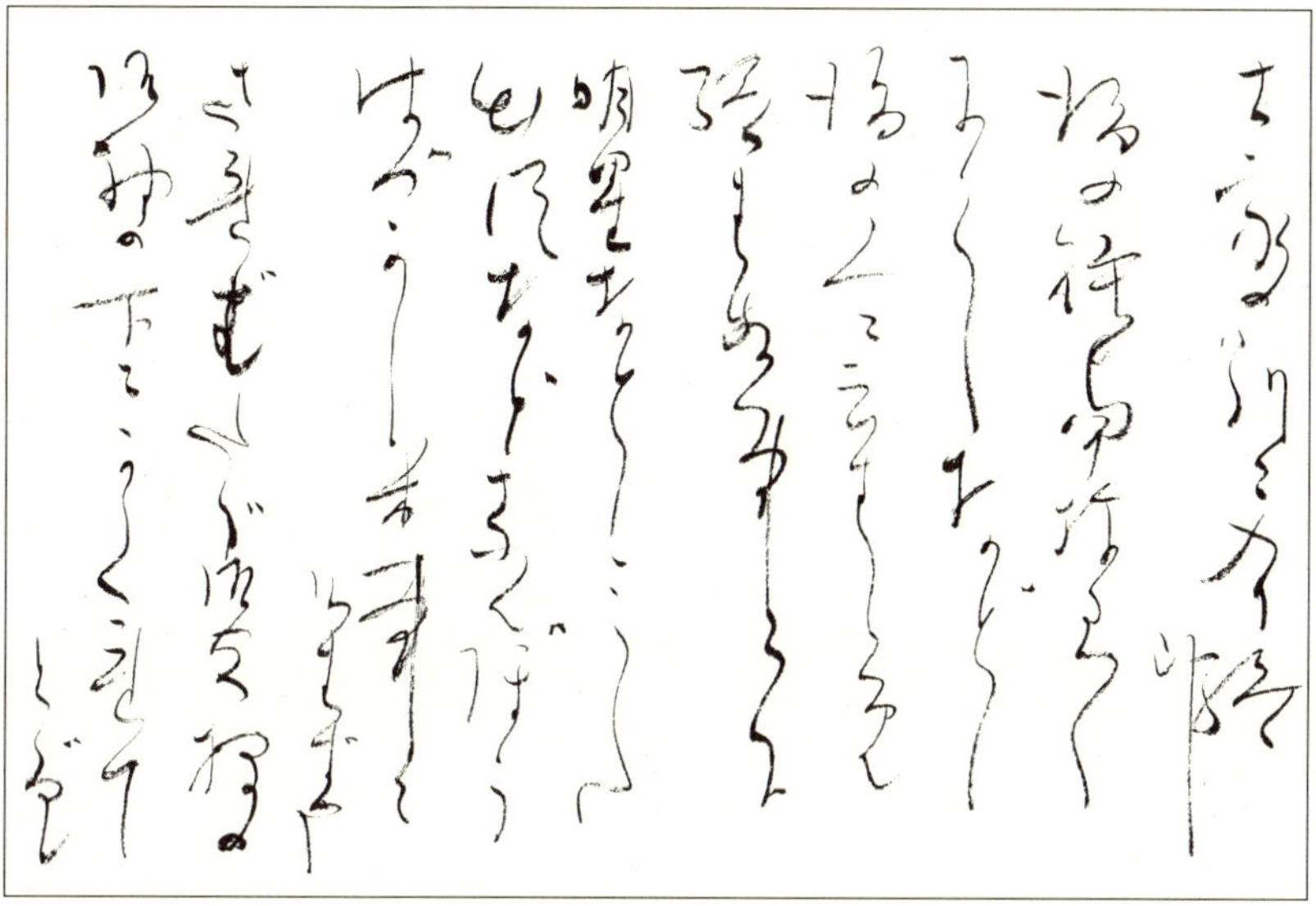

大家の列に入り給
ひし
後の鉄南様は
にくしなど、
後の人に云はしめ
給はぬ事に候

明星などにうた
出すなどなんぼう
はづかしき事に
候はずや
さればたゞ御兄様の
御袖の下にかくれて
とぞ

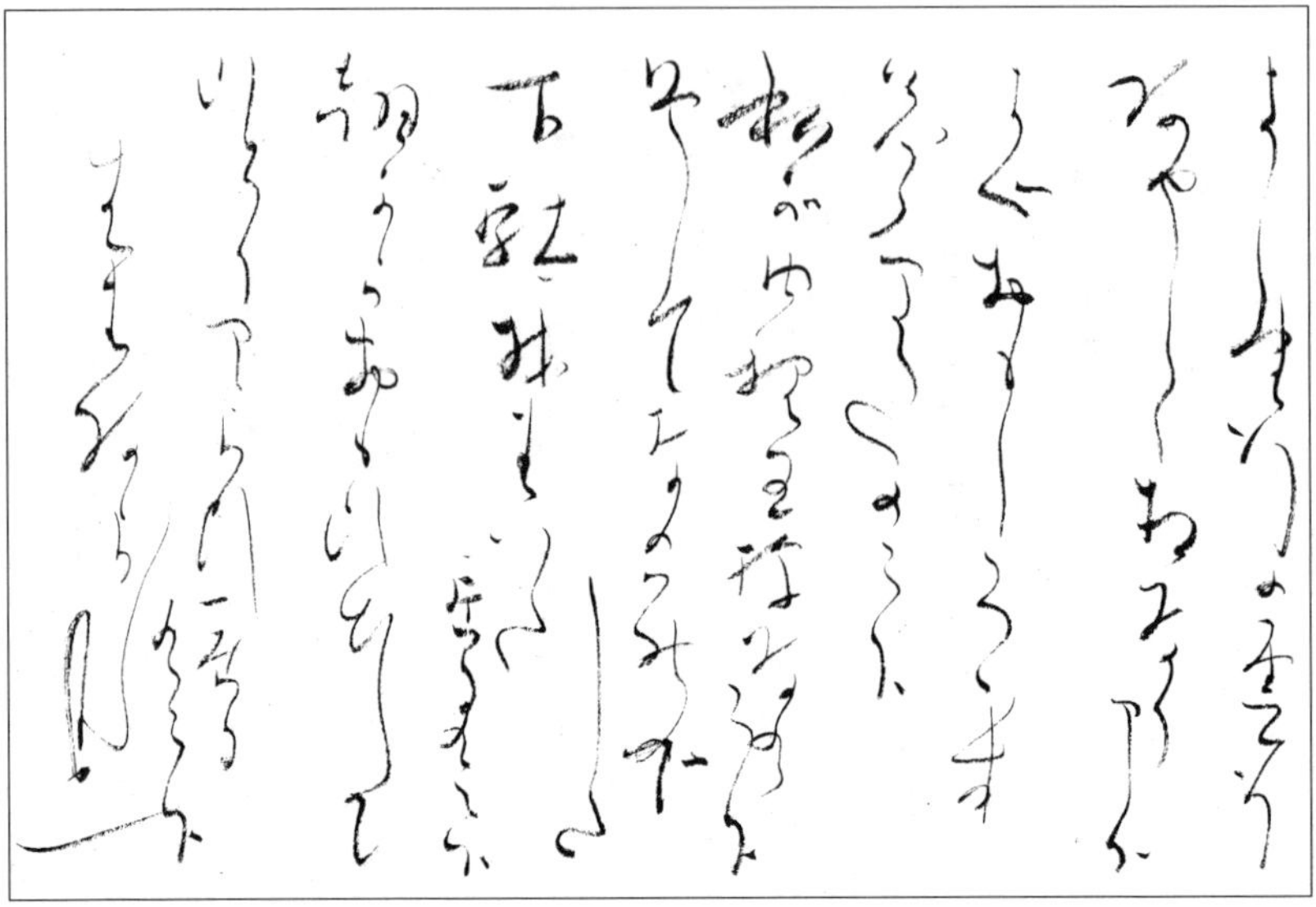

よし野行の雲行
あやしく相なり
　申候
よべもおもしろき
夢見たのに候
私が内親王様なの
　に候
そしてなの花で
　した

下駄をはいた
　居るのに候
朝からおもひ出して
ひとりわらひ居る
　のに候
先はあら〳〵かしこ

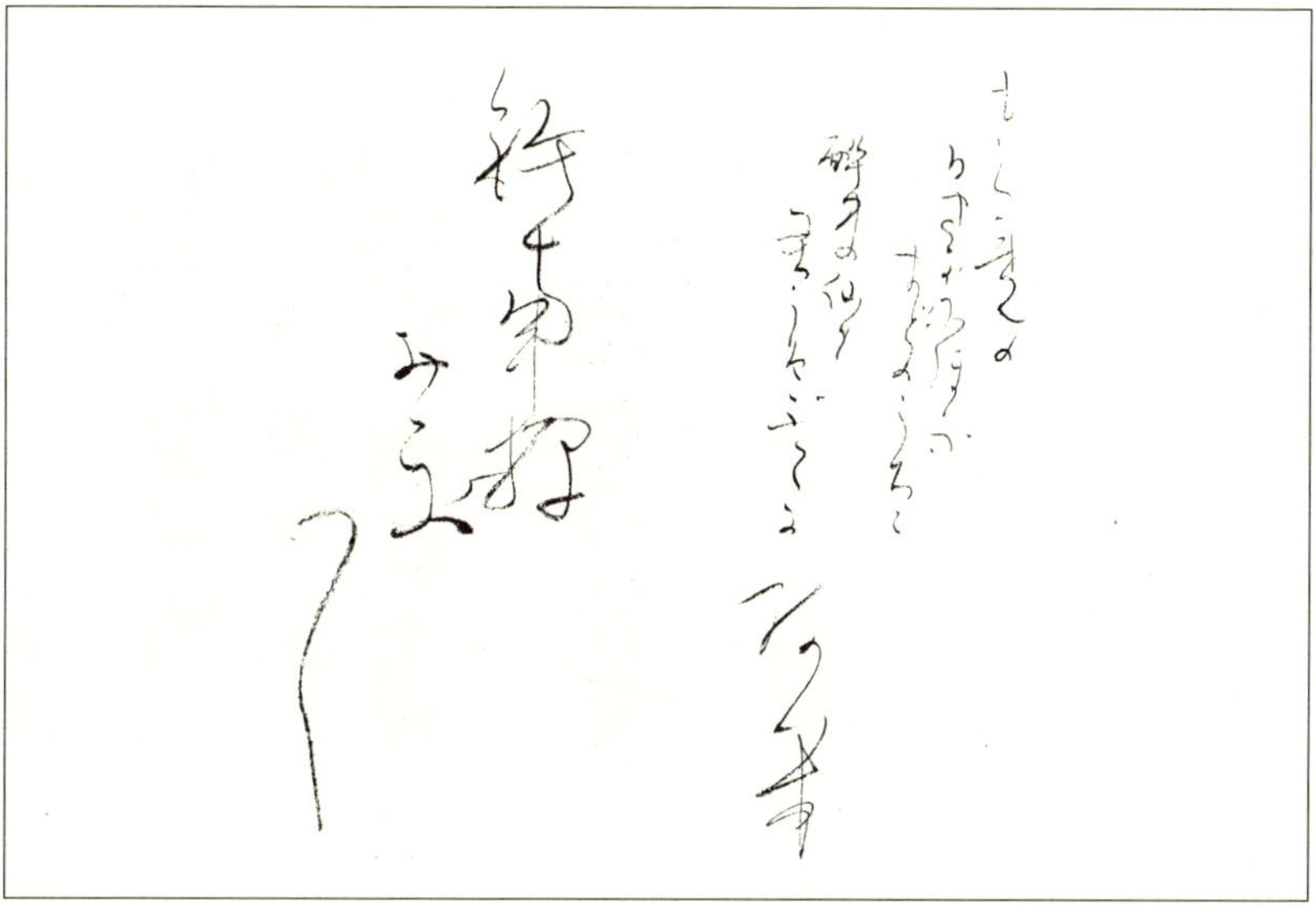

もくれんの
白きがにほふ
まどのうちに
酔中の仙と
君うそぶくか　あき

鉄南様
お前
に

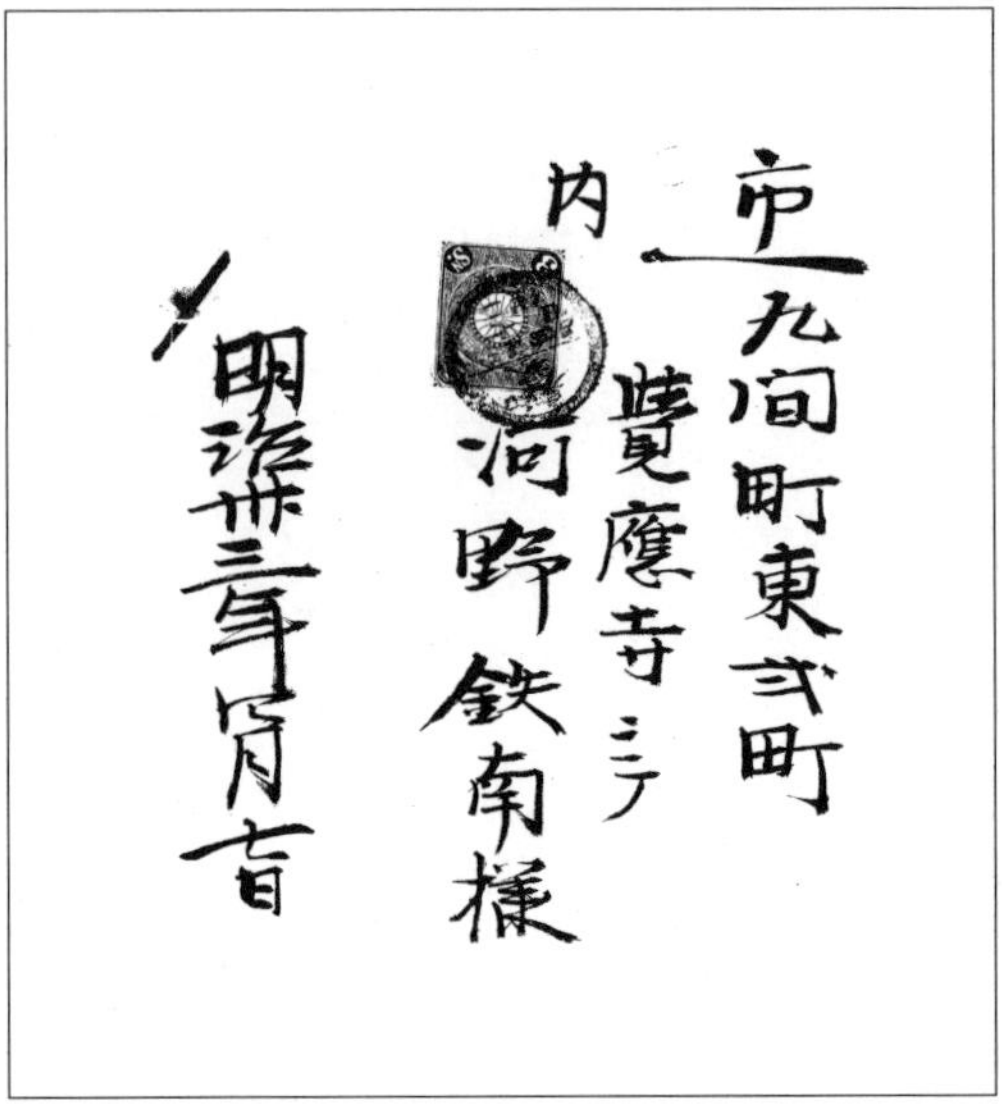

《封筒》

【表】市　九間町東弐町
内
應應寺ニテ
河野鉄南様

【裏】明治卅三年四月七日

⑧

与謝野晶子書簡　河野鉄南宛〈明治三十三年四月十六日〉

〔形態〕封書　巻紙（本文16.7×290.0cm）
表装　21.0×319.0cm）　毛筆
〔封筒〕和封筒（17.9×7.0cm）　毛筆
〔消印〕大和／□市／卅三年四月／十六日／ロ便
□□／□／卅三年四月／十七日／イ便

河野鉄南宛〈明治33年４月16日〉

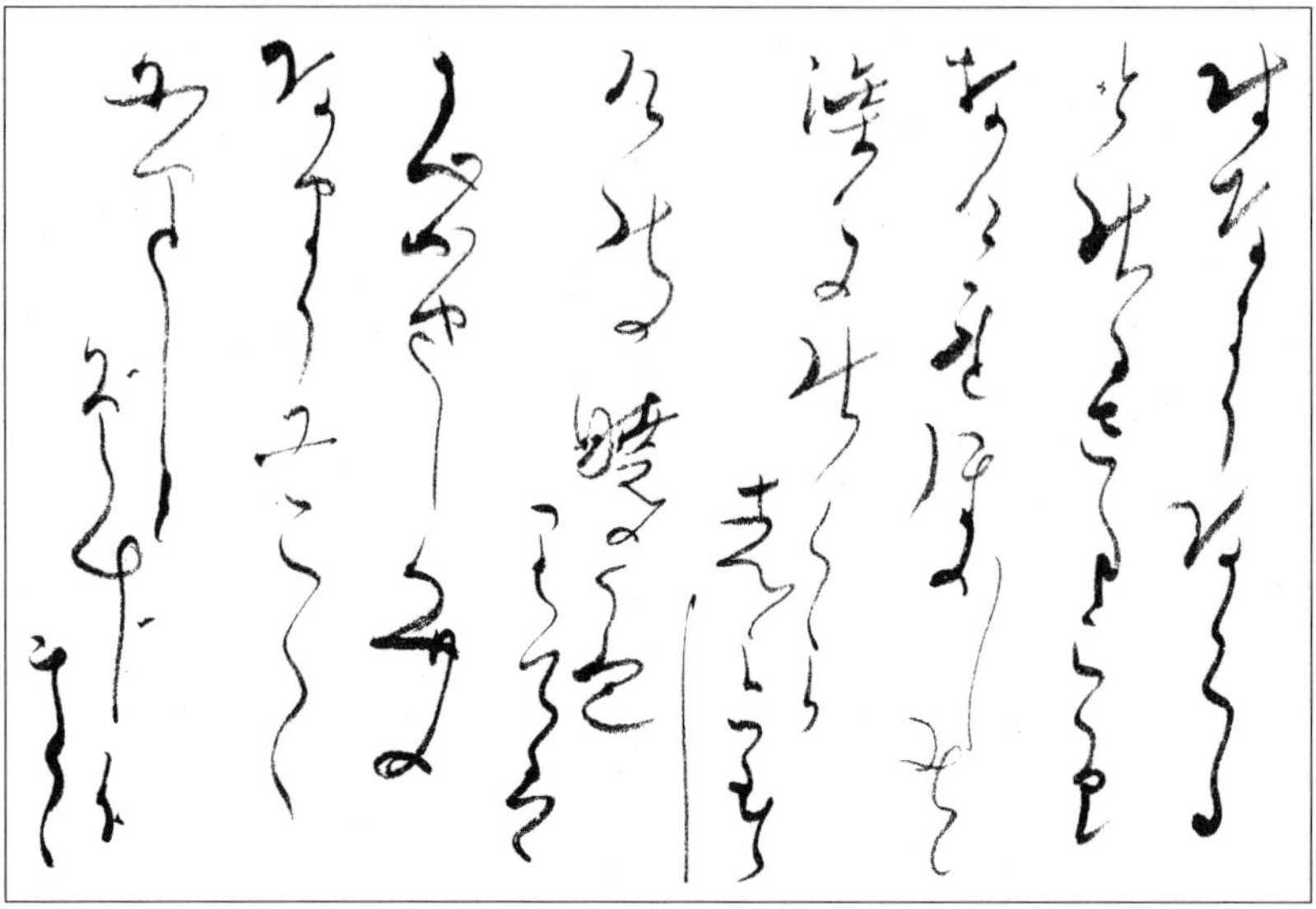

はなよりあくる
とさるさまこそ
なけれほの〳〵と
溪にさくら
しらみ
し
けさの暁の色
見ては
よべかきし文の
あまりにこく
なりしと
ぞんじ候
ま、

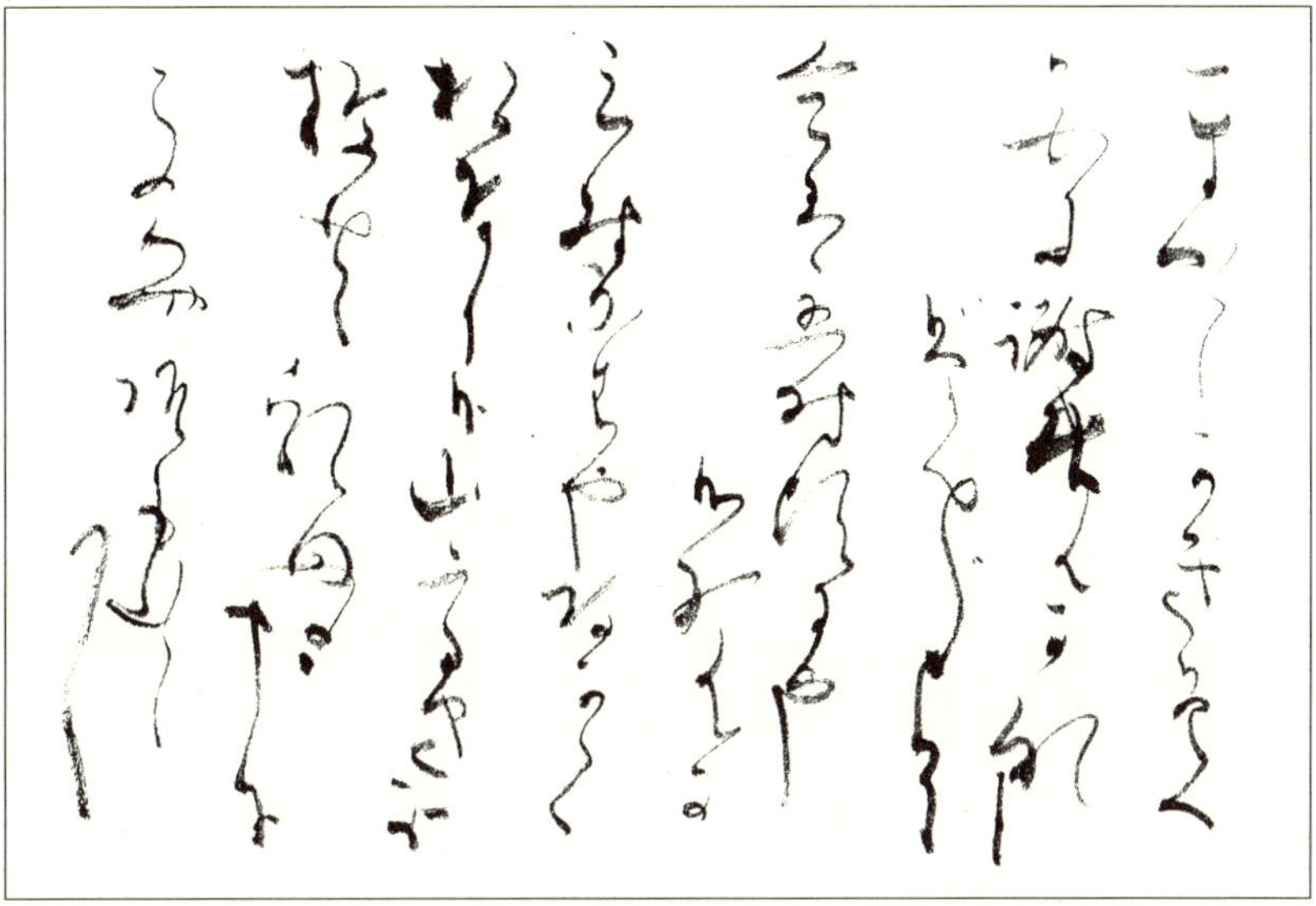

一寸かくかきそへ
花に謝さんかなと
ぞんじ参候
今は五時頃にや
候はんか
三時にはやあかく
相なり候山高きが
故と乳母が
申候
この文御もと
に

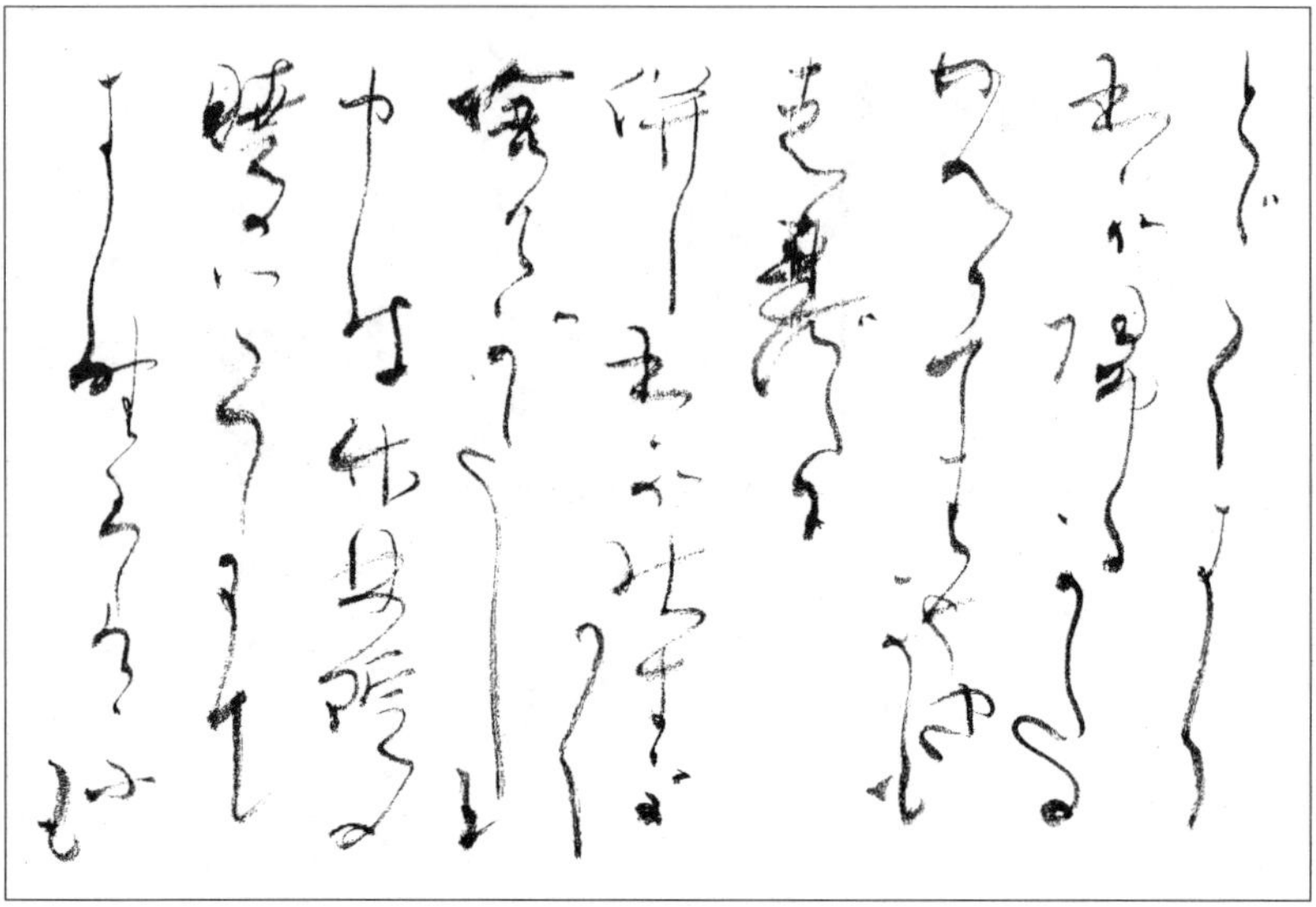

とゞくより
わが帰る
かたの
かへりてはやき
かも
しれず候

併しわがさすが
に
捨てがたしと
申は竹林院の
暁のいろにて
よし野はけふ
も

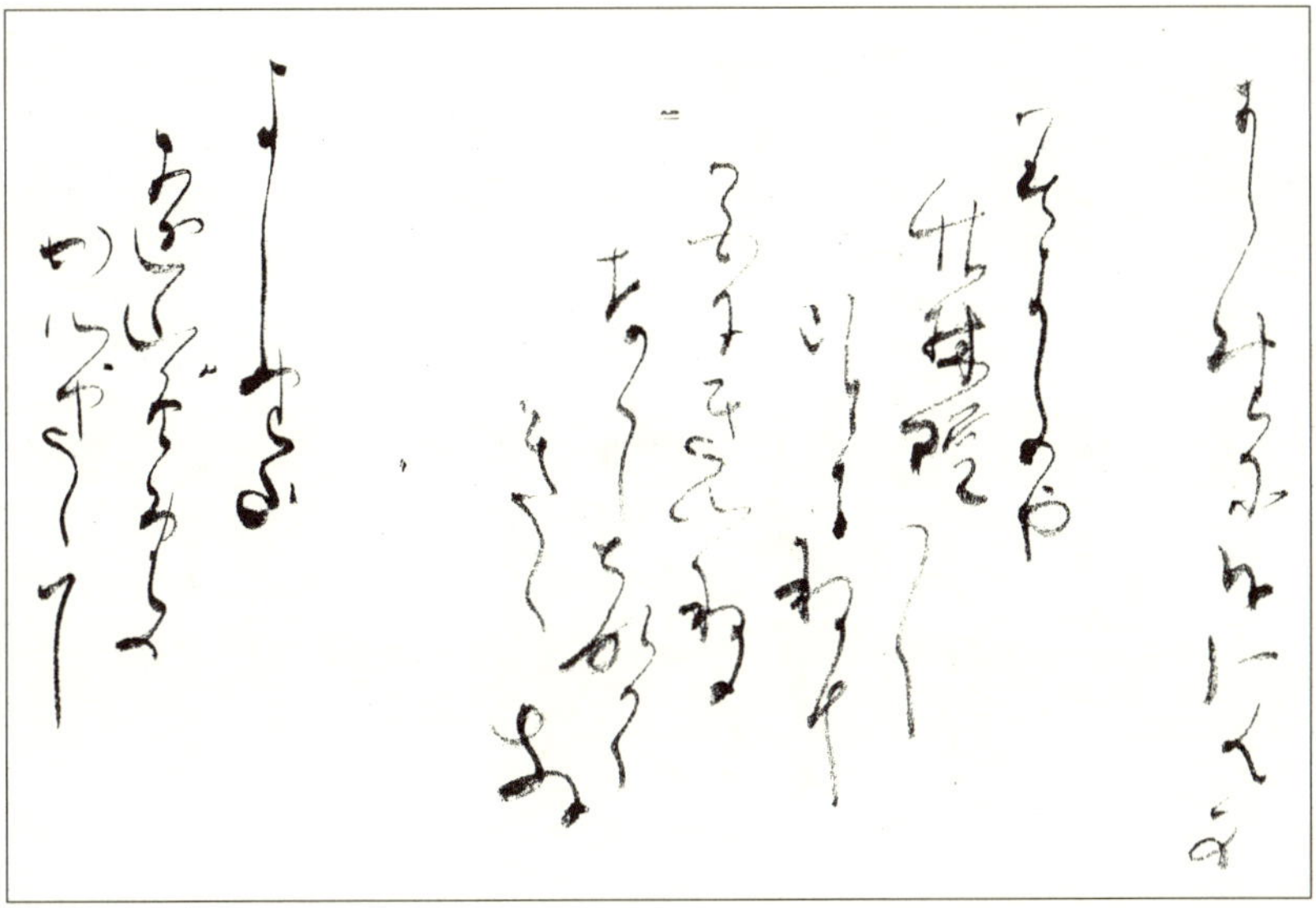

よし野に候はんか

みよしのや
竹林院に
ひとよねて
花にきつねの
なく聲
きく朝

よし野山
遠山ぞめの
かつぎゝて

河野鉄南宛〈明治33年４月16日〉

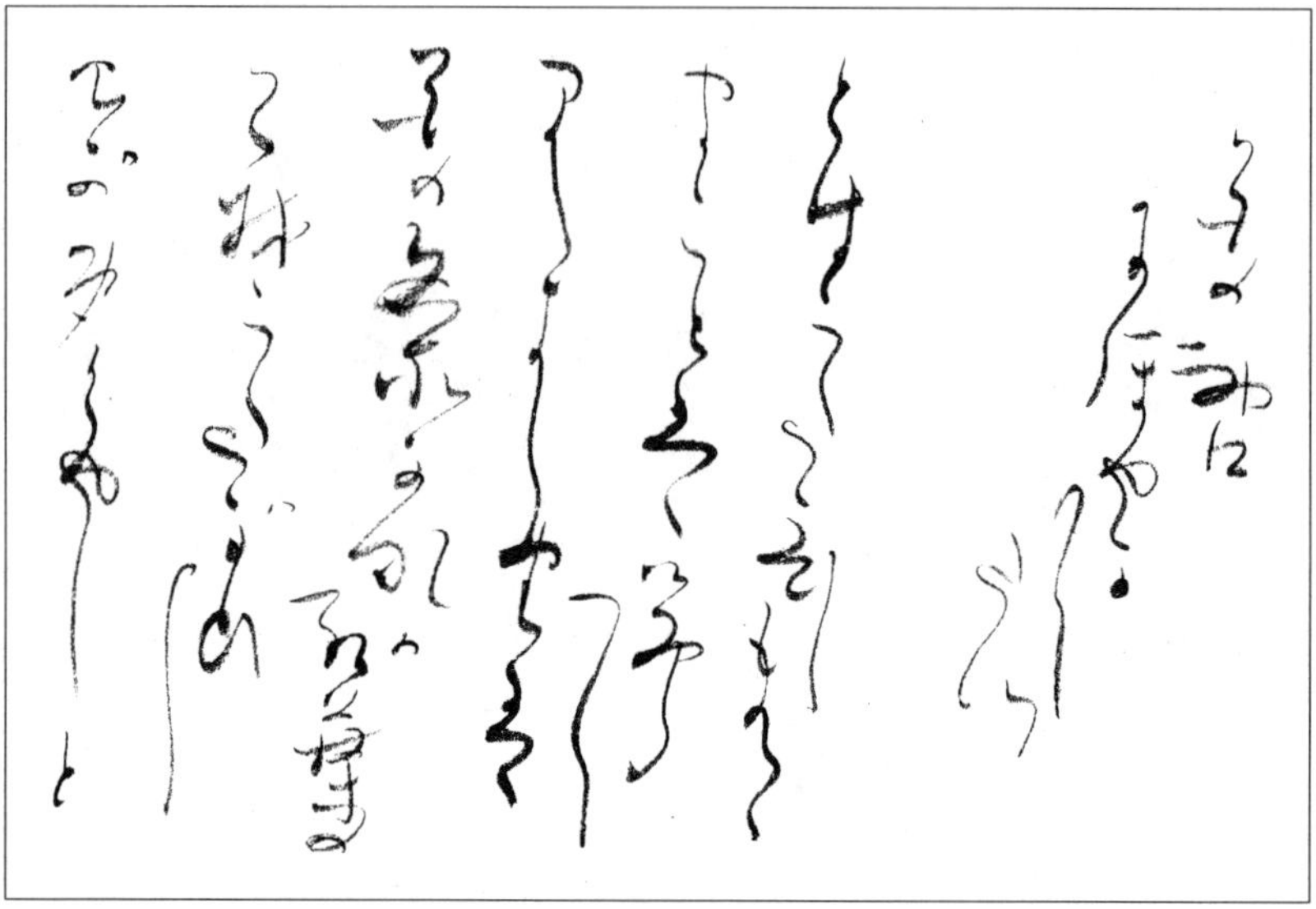

花の袖口
にほやか
に
たつ
とはうたひし
もの、
まことは夢
に
見しよし野は
花の名所かなの
紅葉の
くをうたがひ
し
わが身くやしと

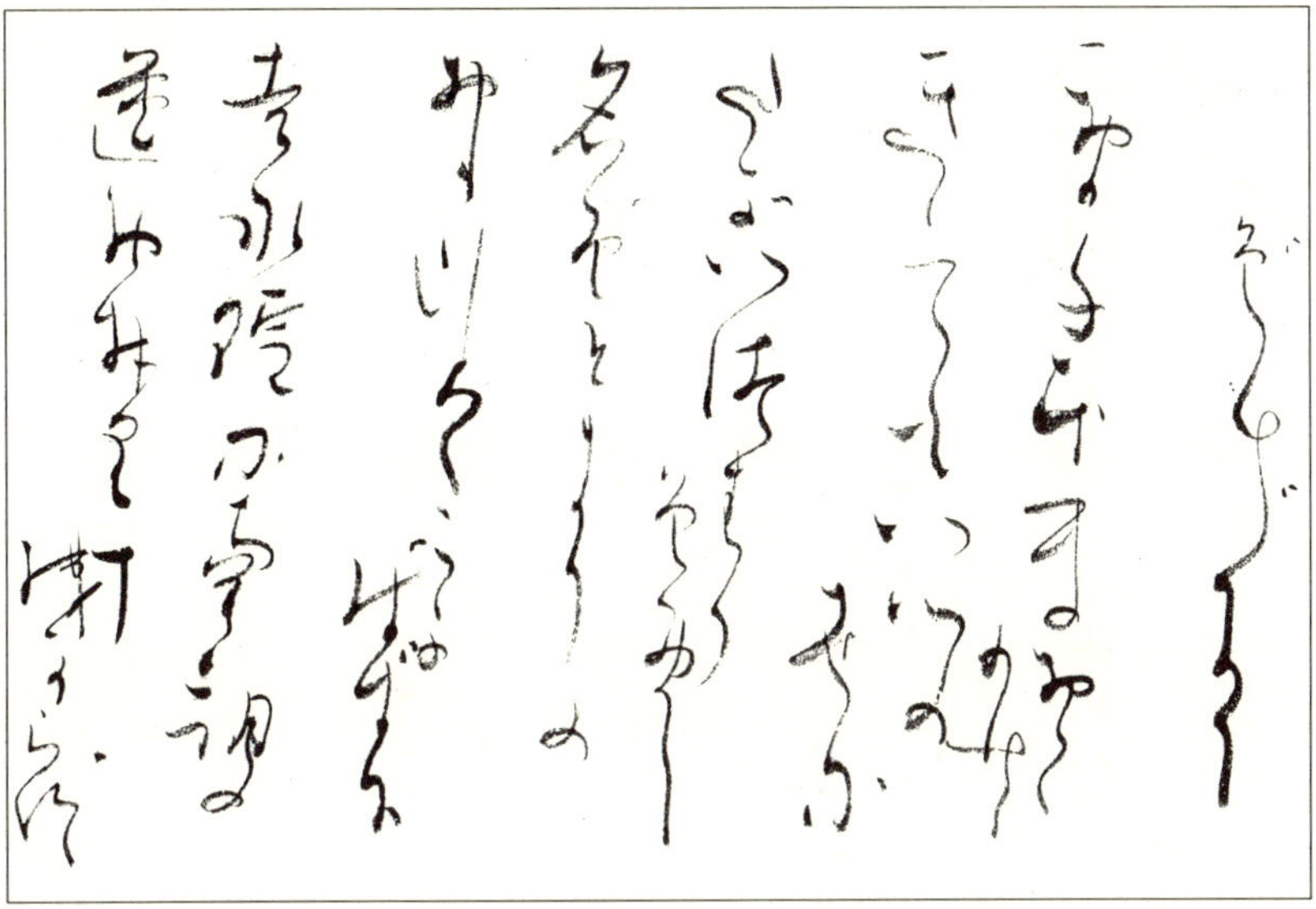

ぞんじ参候
初の千本中のおく
のと
き、てもいつの
世に
たがいつはり
そめし
名ぞとよりの
おもひはたか
ばず候

吉水院に南朝の
遺物を見て
浅からず

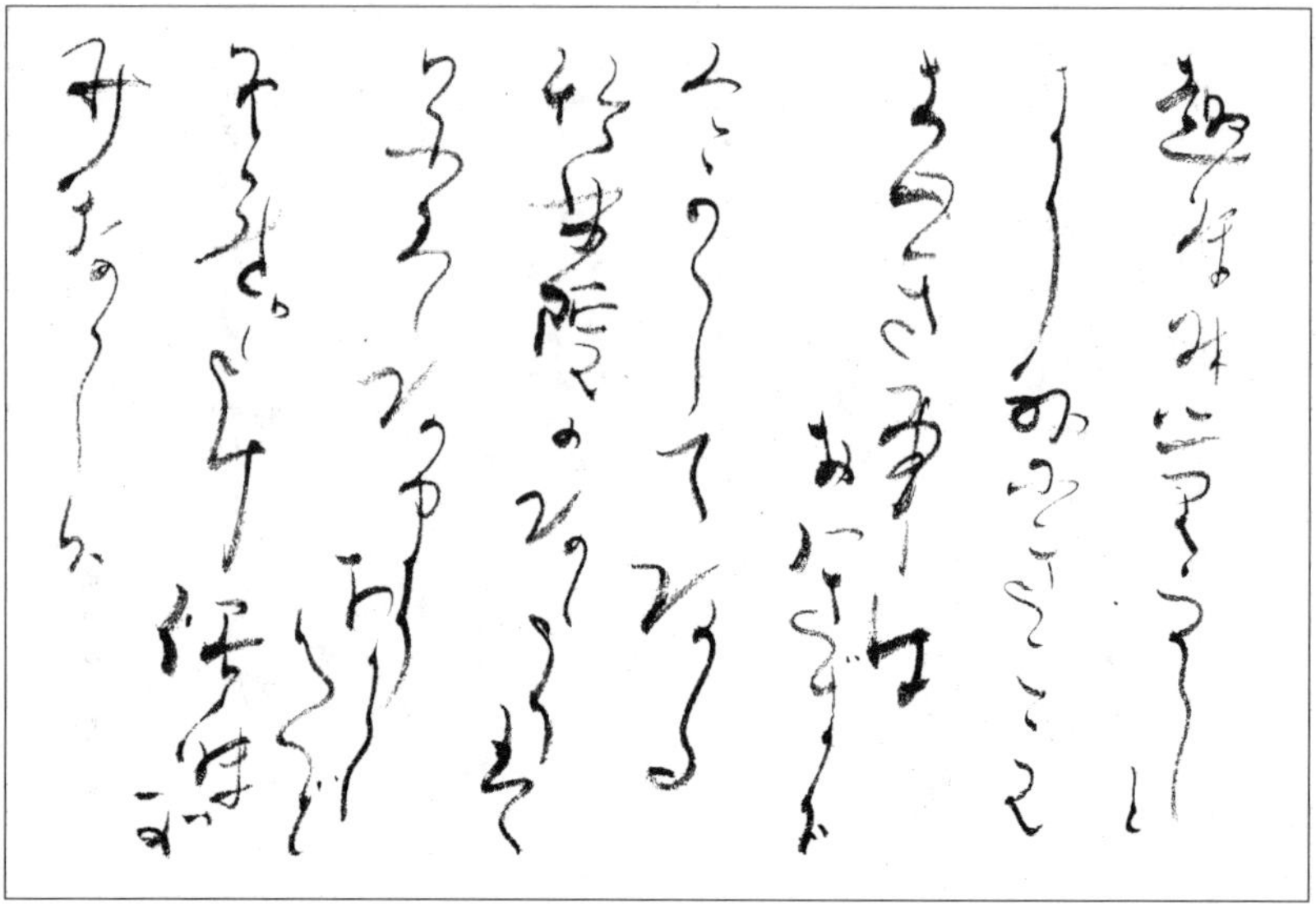

趣味を覚えし
と
より外にきこえ
上べき事は
おはさず候
今かくしてある
竹林院のあたりは
花はあまり
なく
候へど
それだけ俗味
が
少なく候

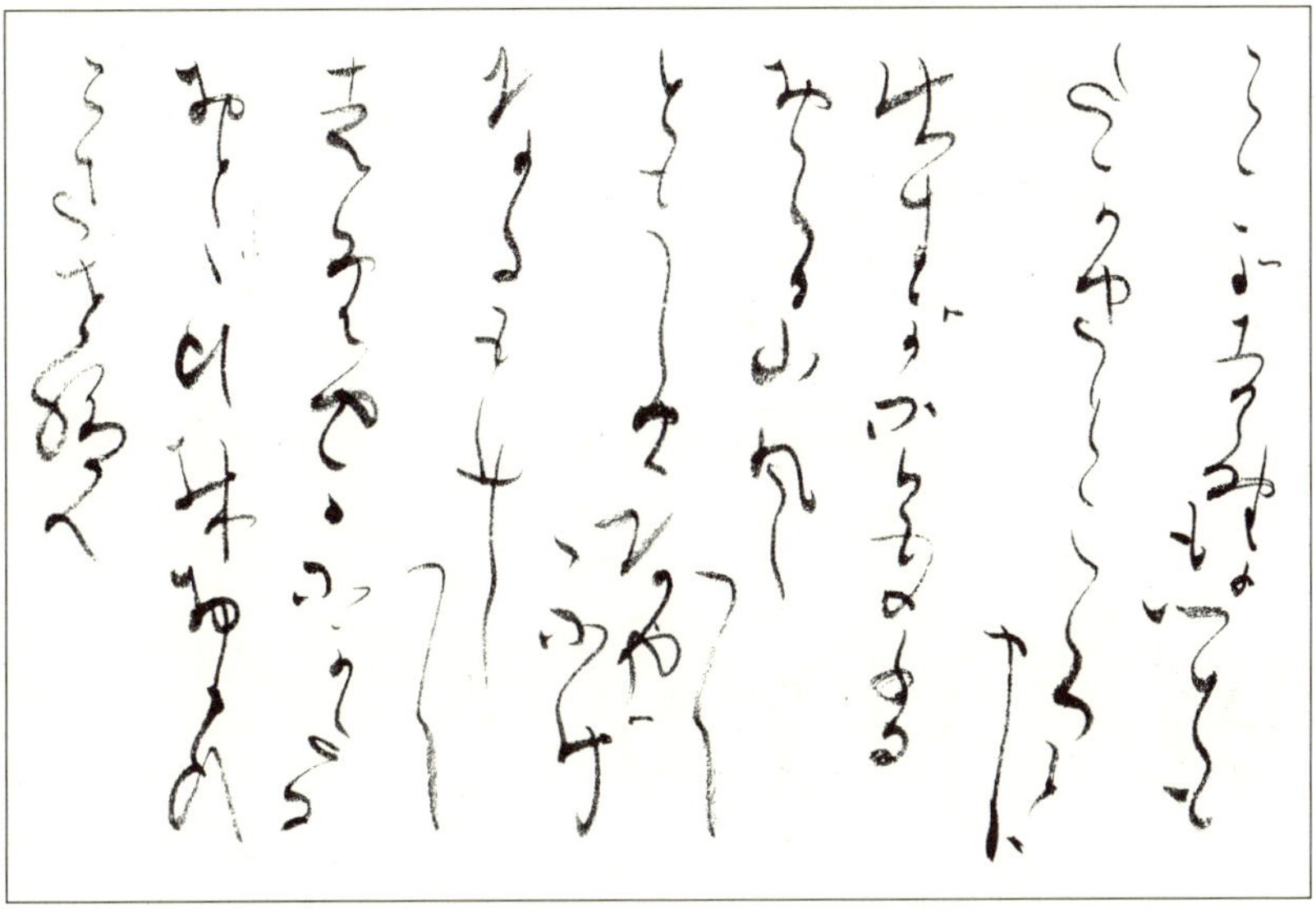

こゝが吉野の
もつとも
たかきところと
申候
さすがに花の香
おくる山風
に
ともし火あや
ふげ
なるもと
に
しめやかにかたる
おとゞひをおもひ
こさせ給へ

河野鉄南宛〈明治33年4月16日〉

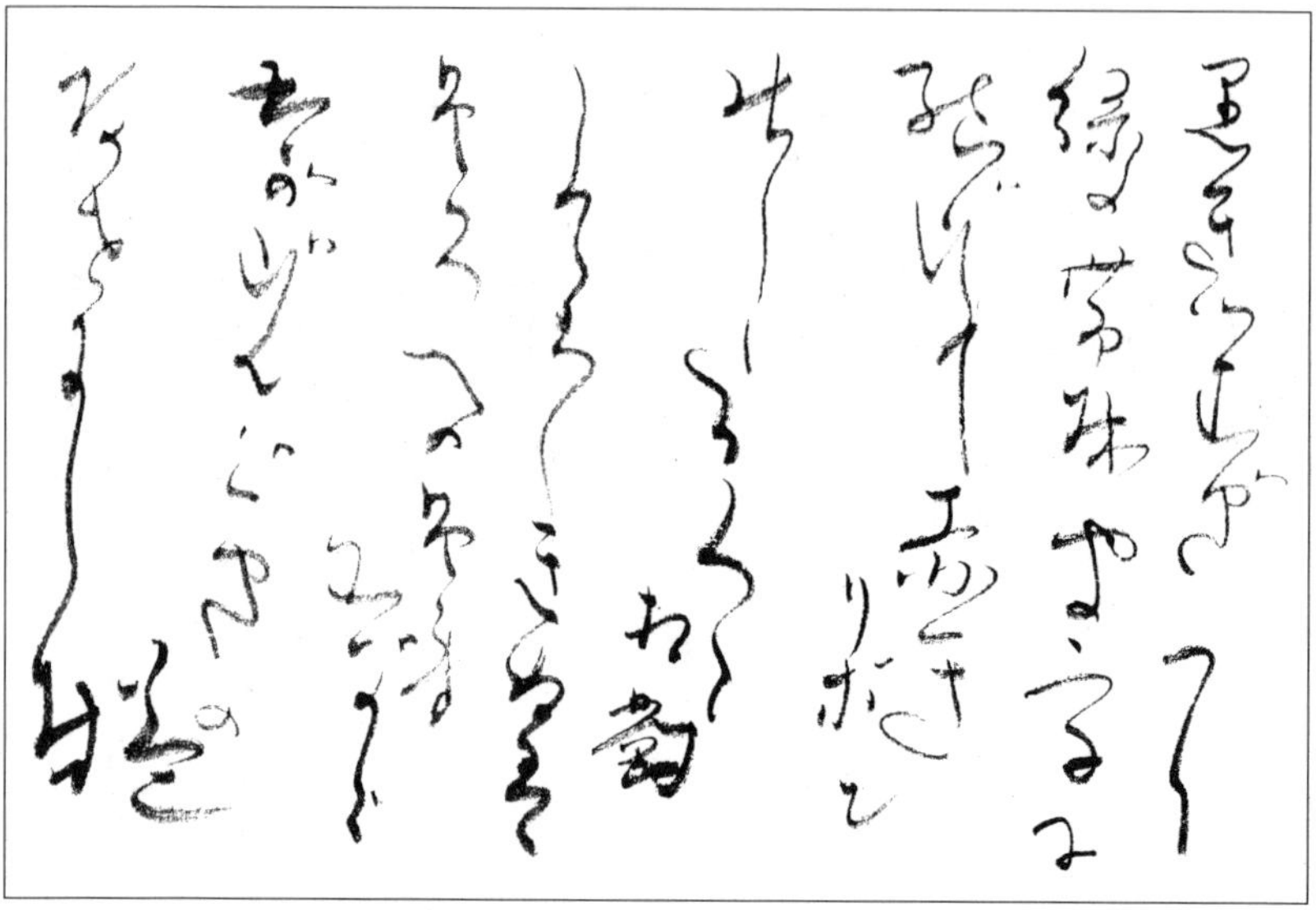

黒きつむぎに
緑の帯をやの字に
結びて赤き
　リボン
さしたる人と
　相對
してはきぬは
そろへのそれ
　ながら
わがびんぐきの
　色
あせにしを

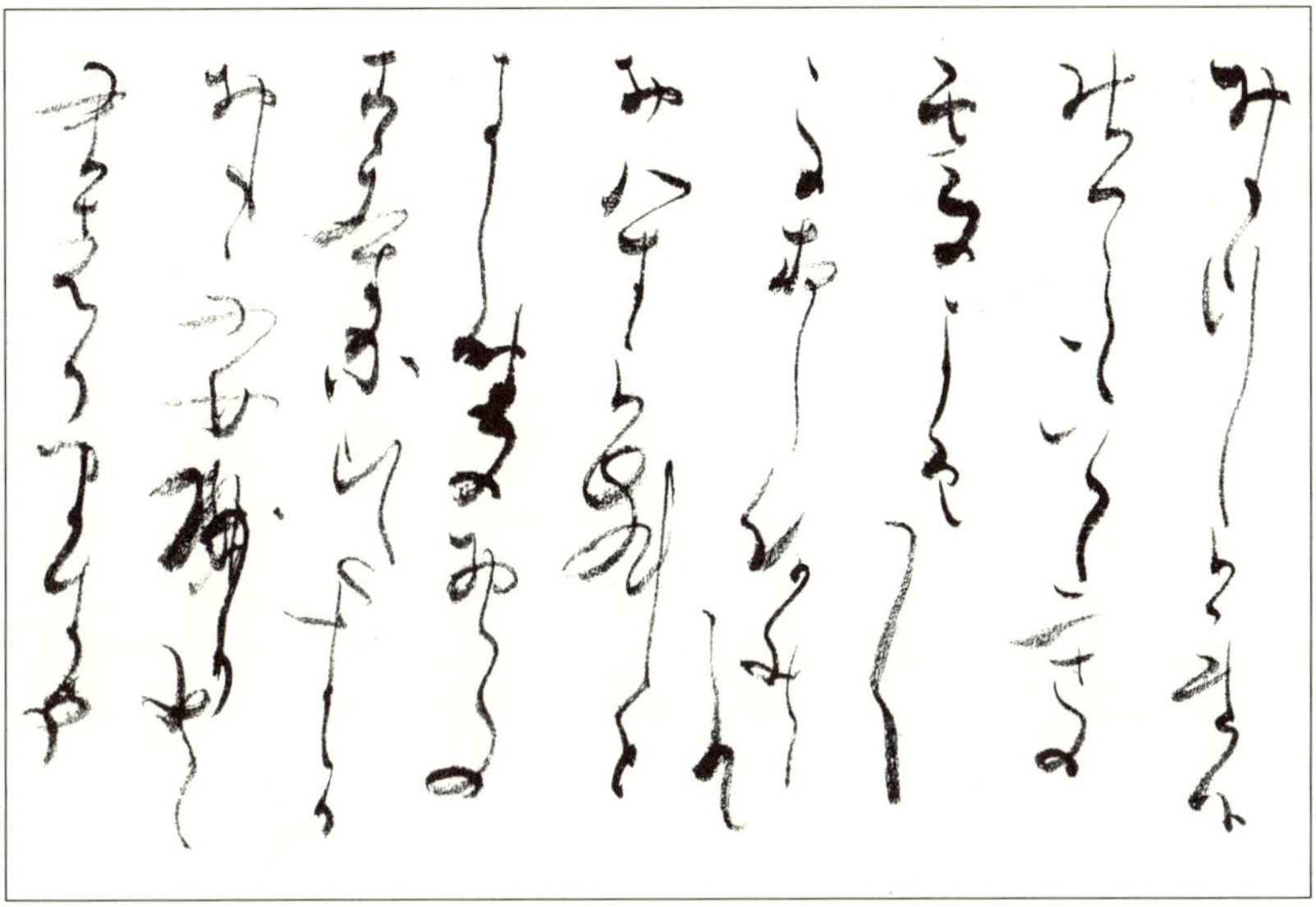

おもひしられ候
さてもいく重の
雲のよそ
　に
この夜何と
　して
おはすらむと

よし野のおくの
古寺にひたすら
おもふ女居〈□〉りと
君しりますや

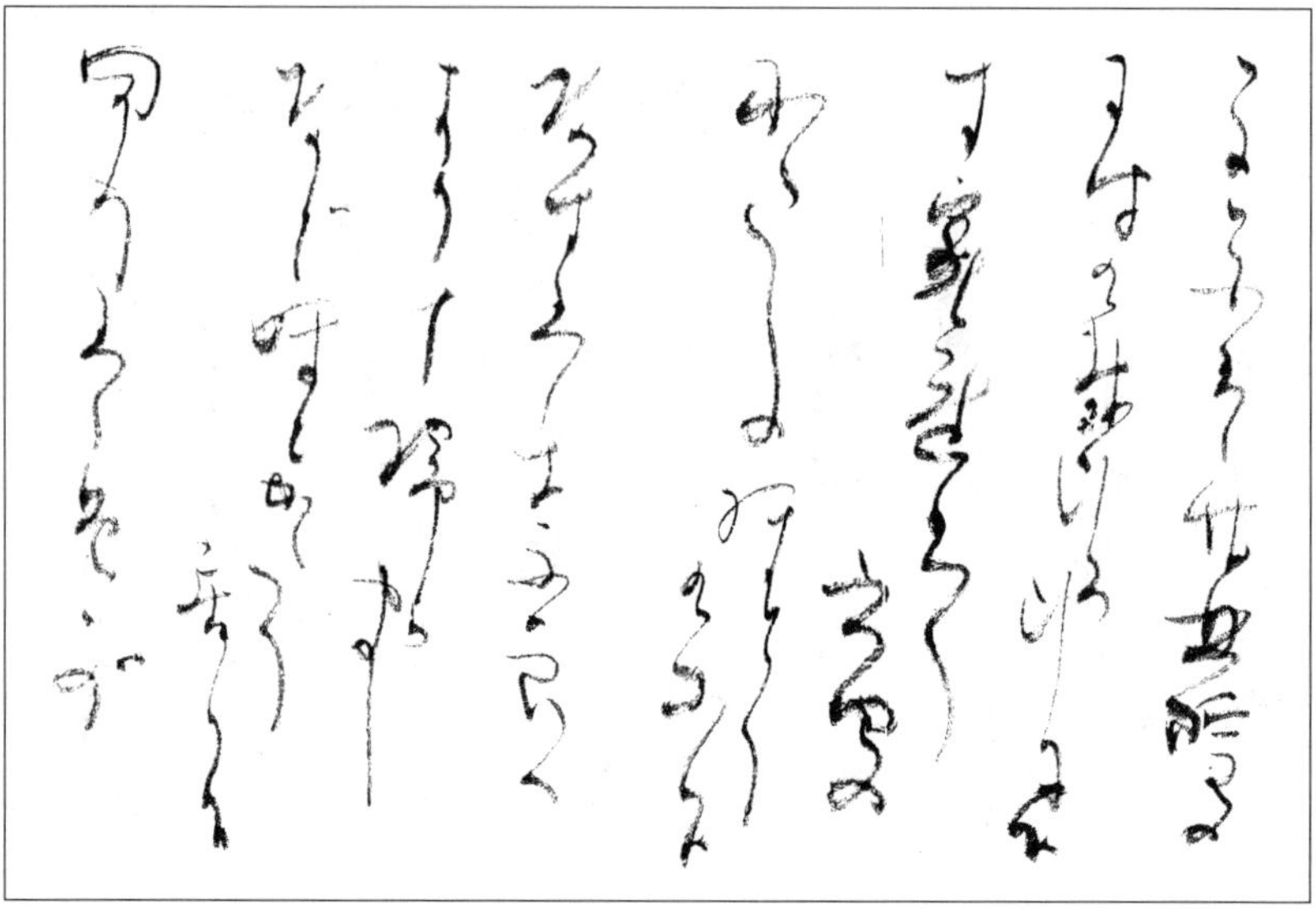

この花は竹林院の
にはのをひろ
ひしに候
すみれは
六田の
わたしのほとり
のに候
あすは奈良へ
よりて帰ら
まし
など妹とかたり
居り候
同行はそが

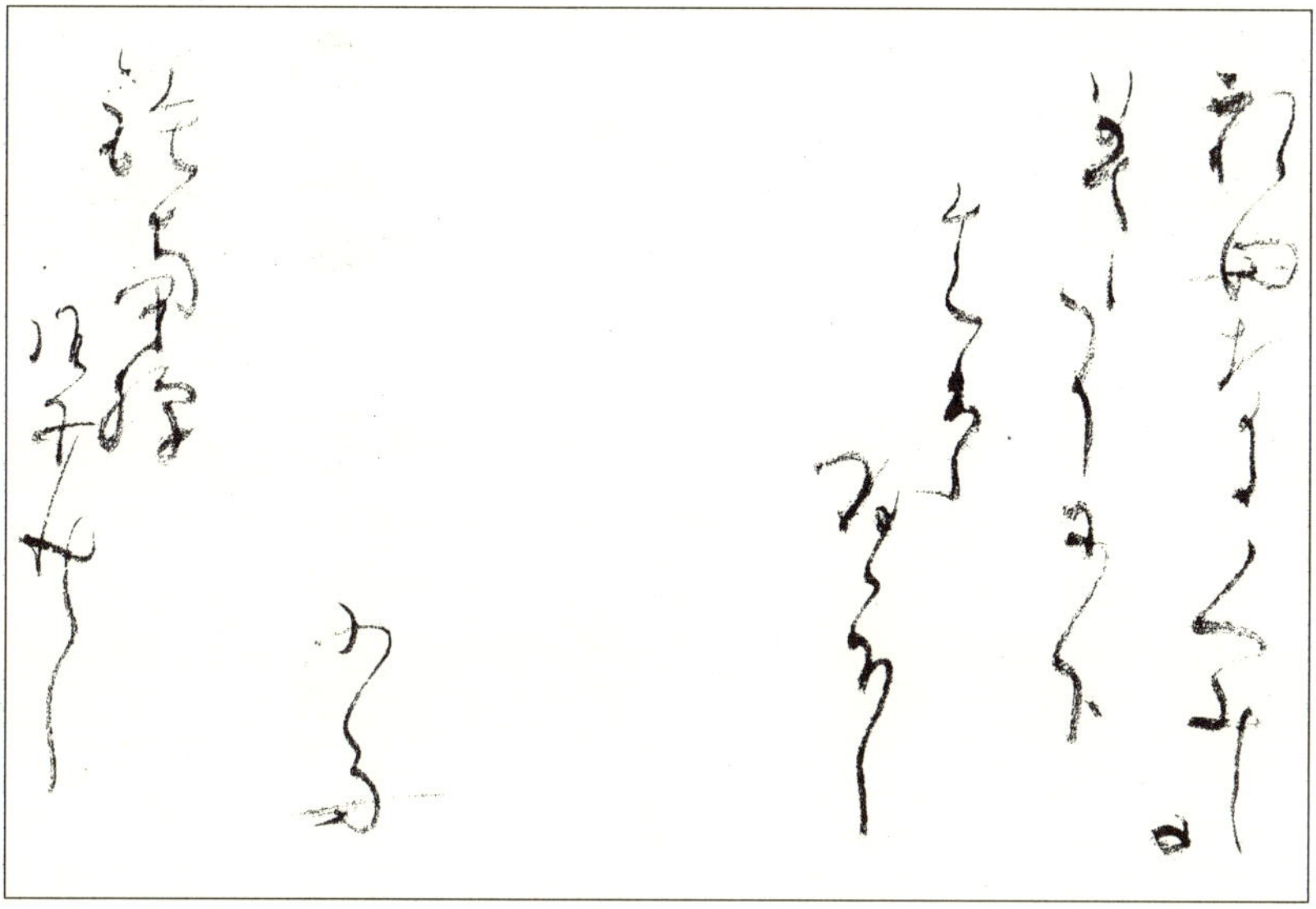

乳母なる人との
みたりに候
先は
あら〳〵

小舟

鉄南様
御もと

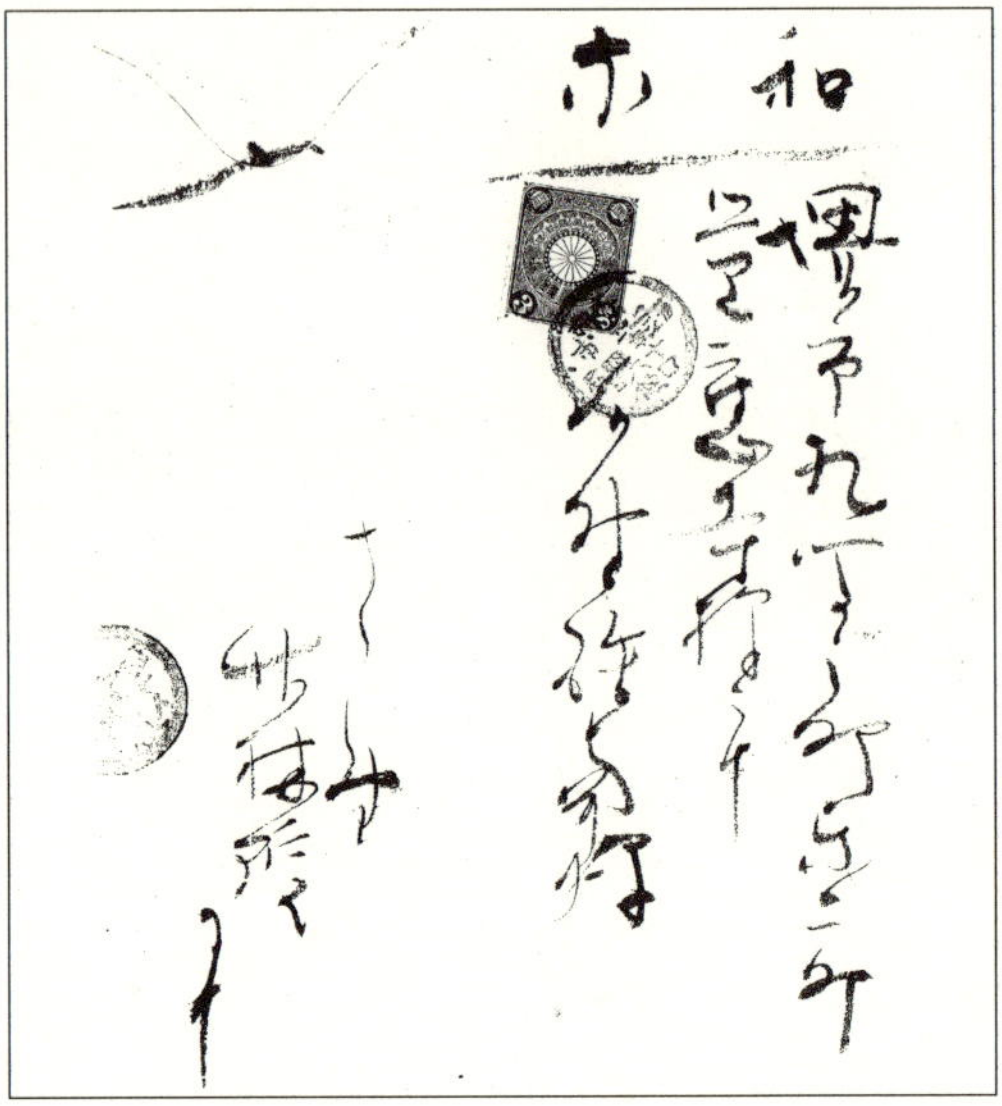

《封　筒》

【表】　和　堺市九間之町東二町
　　　　　　覚應寺様にて
　　　　泉　河野鉄南様

【裏】　よし野
　　　　竹林院
　　　　　　にて

⑨　与謝野晶子書簡　宅雁月宛〈明治三十三年四月十六日〉

〔形態〕封書　巻紙（本文前半 17.2×181.5cm　本文後半 17.3×78.7cm　表装 21.1×291.1cm）　毛筆
〔封筒〕和封筒（17.4×7.3cm）　毛筆
〔消印〕大和／口市／卅三年四月／十六日／ロ便
□□／堺／卅三年四月／十七日／イ便
【備考】本文前半「見やる雲ゐの」（一二二頁一行以降）と後半「ほの〳〵と渓の」（一二九頁五行以降）とは紙質が異なる。

前半は本文用紙と本項目封筒とが前掲書簡⑧と同質であることから、四月十六日の投函と推定される。また前半の翌朝に書かれたと思われる後半の封筒は、筆運びと染みの位置及び封筒裏書きの日付から後出㉛—Ⅶと推定される。

宅雁月宛〈明治33年4月16日〉

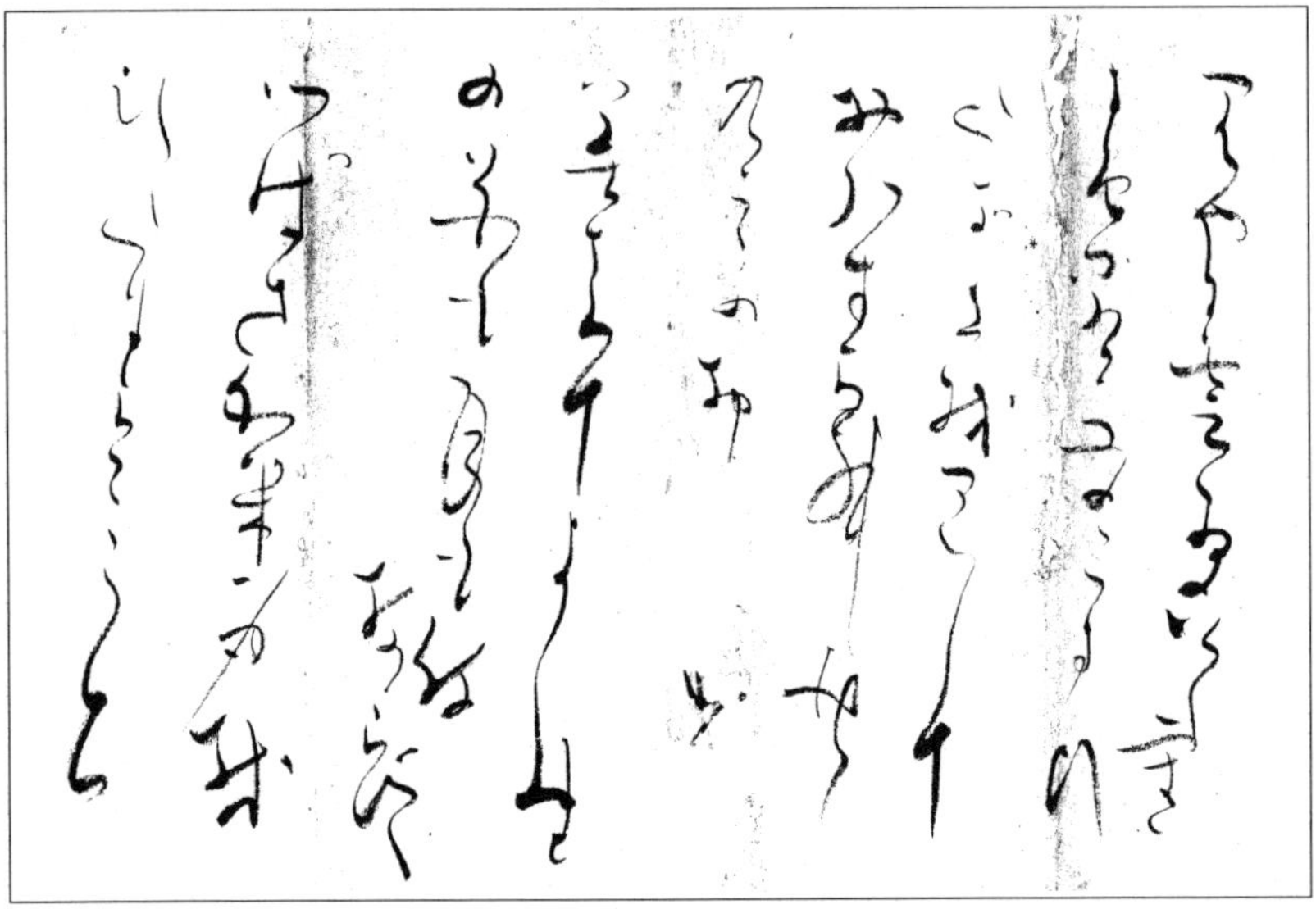

見やる雲ゐのいく重
よそにけふのこよひ
たが上を思して
おはすらむと
のみのお〈□□□〉
みちてよし野
の花も月も何
　　ならず
つばさなき身を
ひたすらにうち

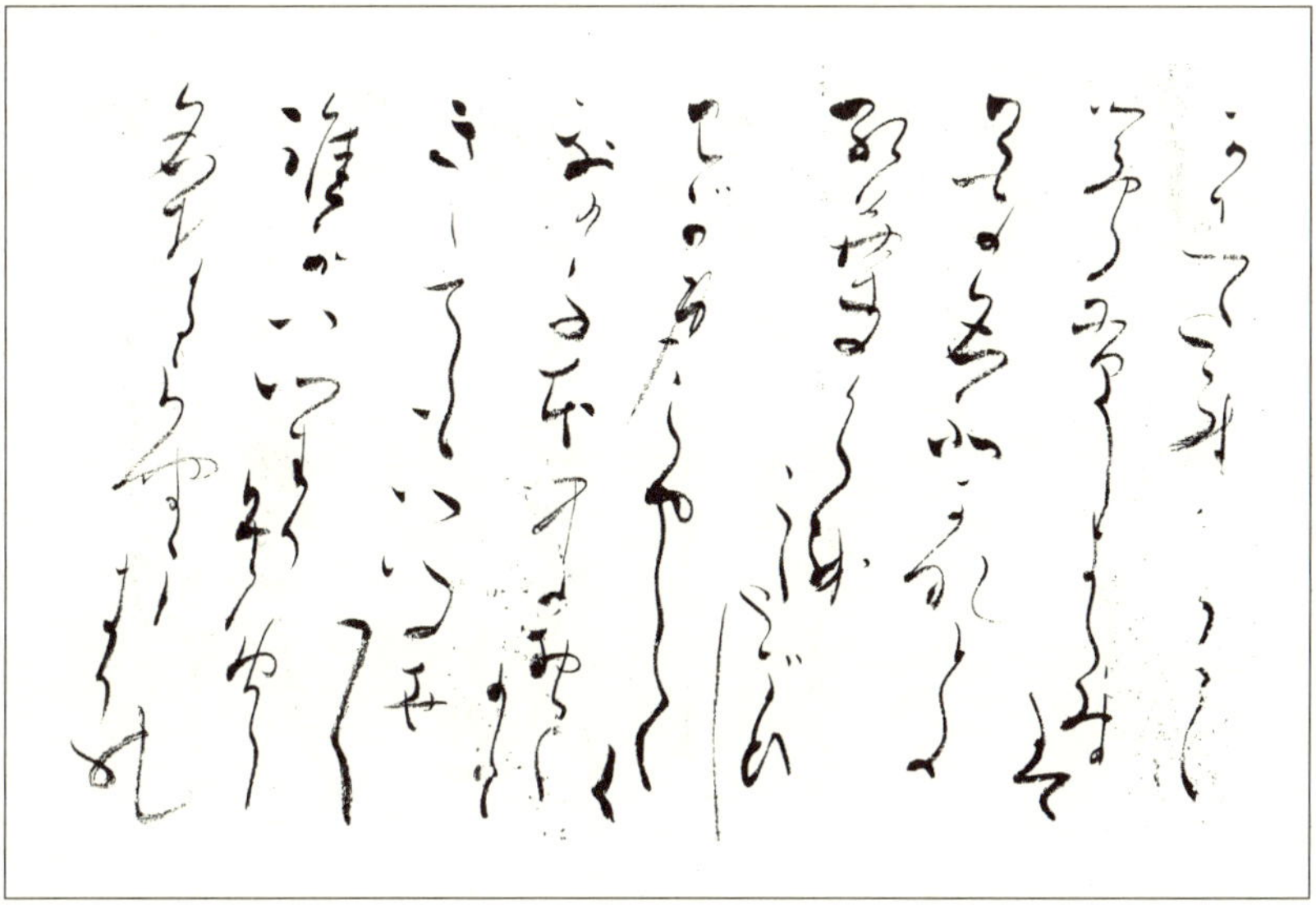

かこたれ〈□〉かく
夢にみしよし野　は
花の名所かなとの
紅葉のくを
　　うたがひ
　　　し
わが身くやしく
　　　候
前の千本中のおく
　　　のと
きゝてもいつの世
　　　に
誰がいつはり
　　そめし
名なるらむと
　　よりの

宅雁月宛〈明治33年４月16日〉

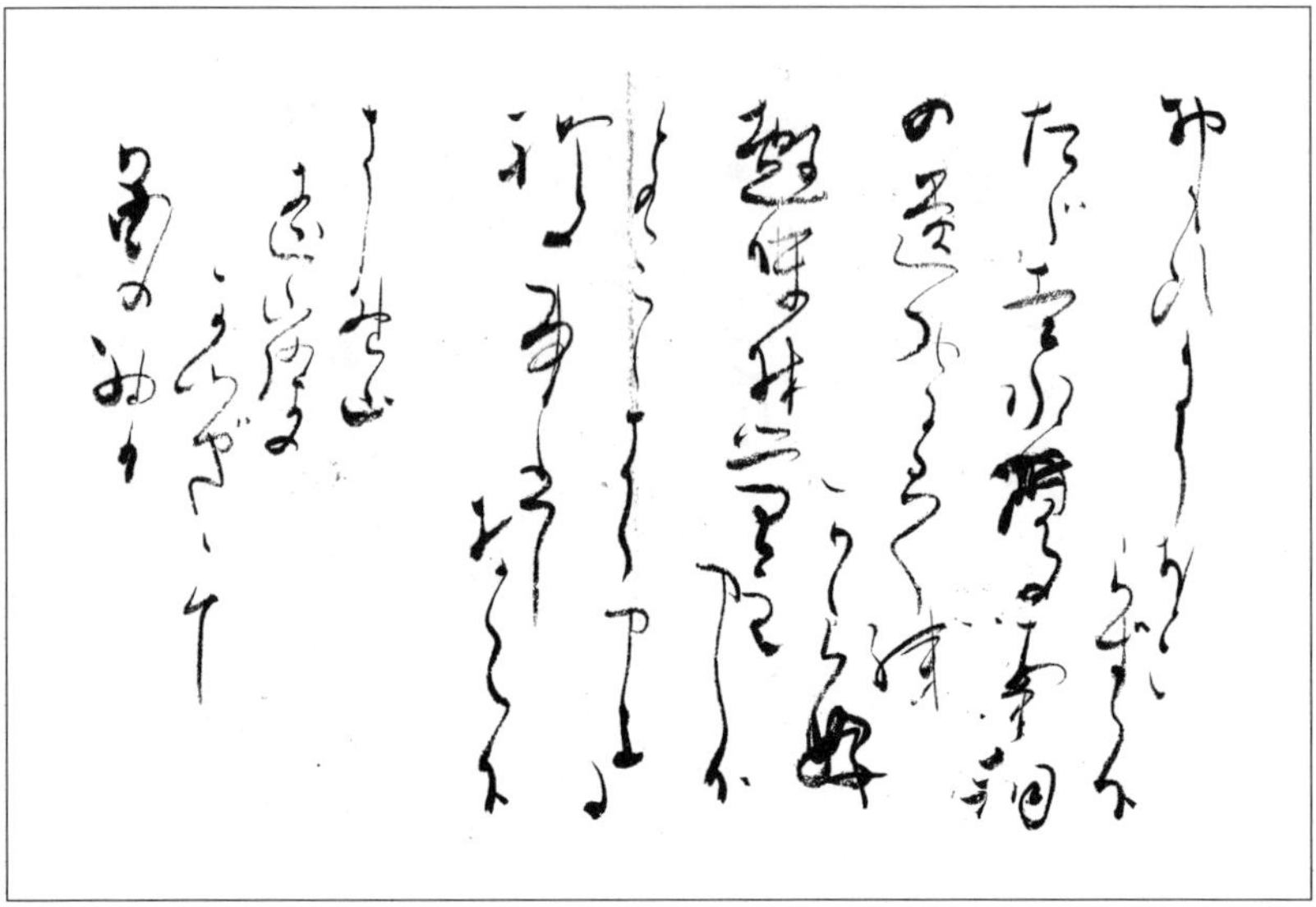

おもひよりをこ
らず候
たゞ吉水院〈□〉の南朝
の遺作には浅
からぬ〈□〉
趣味を覚え
申候
とのみより申上
る
程の事は
なく候

よし野山
遠山染の
かつぎゝて
花の袖口

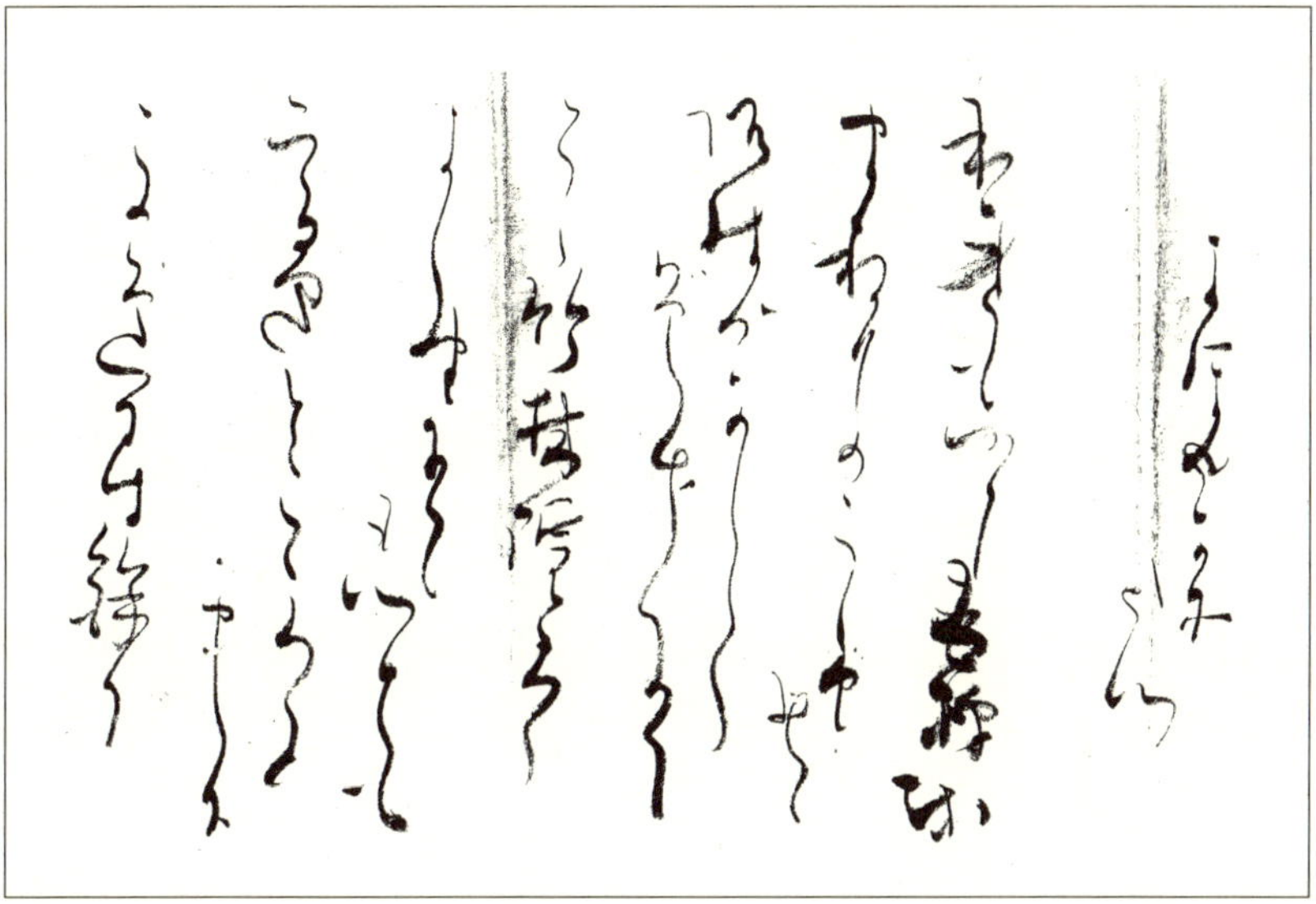

にほやかに
たつ
われもか丶る有様〈□□〉を
まねてのこす
と
御はづかしく
ぞんじ参候
こ丶竹林院は
よし野にて
もつとも
高きところと
申候
この邊には餘り

宅雁月宛〈明治33年４月16日〉

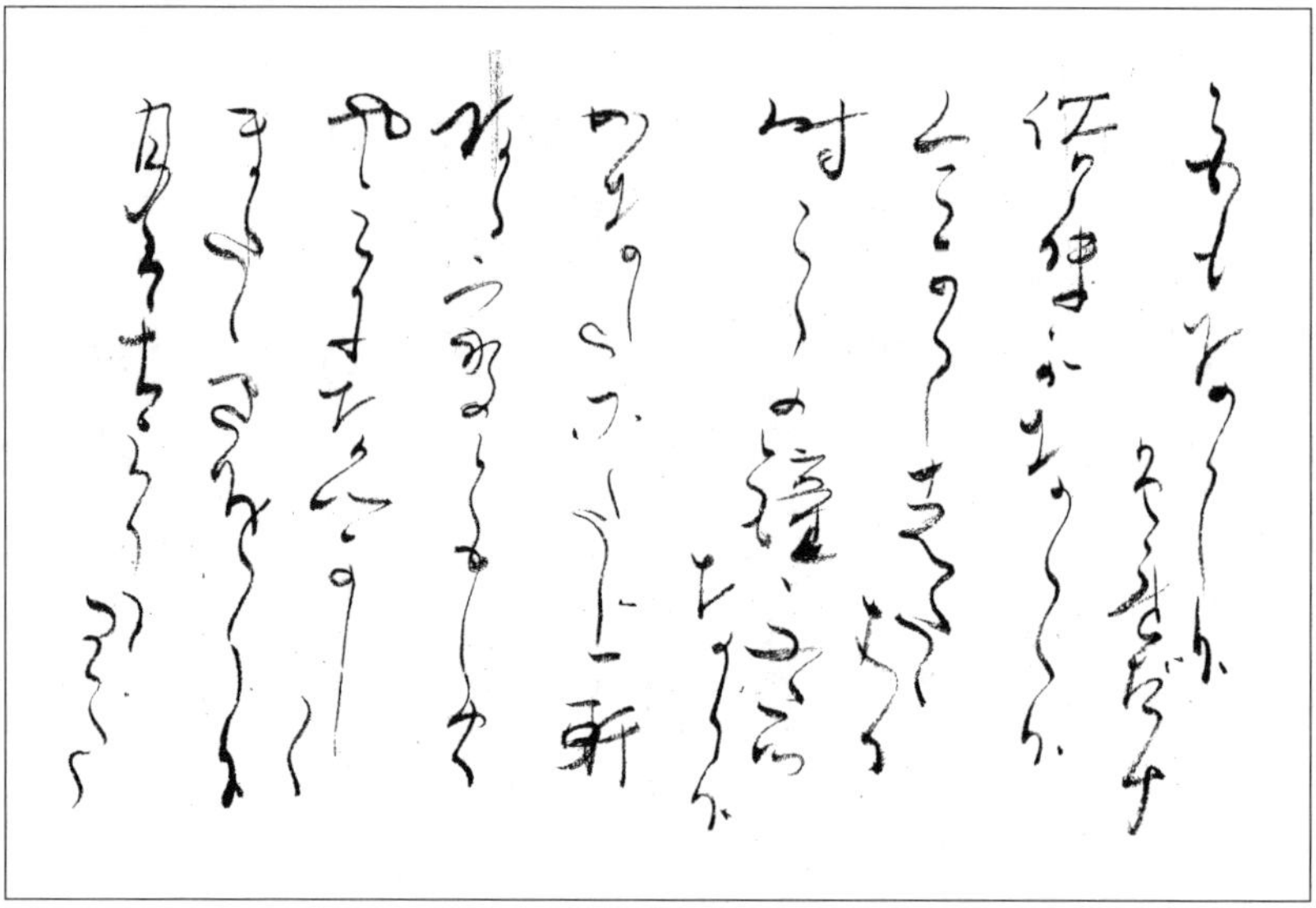

花もなく候
それだけ
俗味がなく候
今かくしたゝ
むる
時こゝの鐘ふたつ
なり候
かなたにたゞ一軒
ある家のともし火
やみになつかし
く
またゝきをり候
月はちらりと
見た

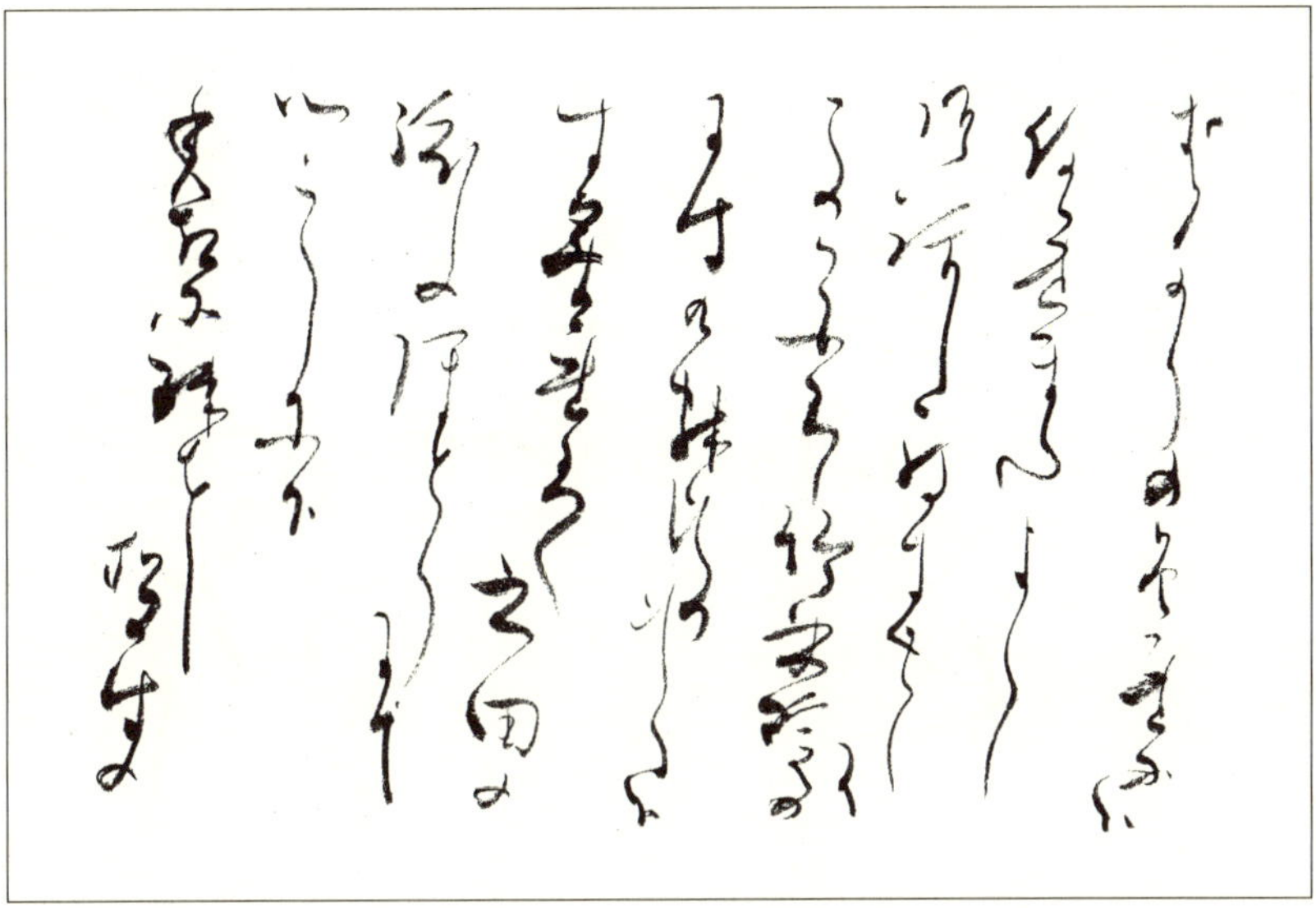

ばかりのそれに
候
何れまたよく
御話し致すべく
候
この花は竹林院の
にはのをひろ
ひしに候
すみれは
六田の
渡しのほとり
にて
つみしに候
青葉残せし
松のはの

かくしてあるま
　に
色やかへむと
　たゞそれ
　　のみ

花にみし
よし野の
やどの
　ともし火の
小くらき
かげに
君をおもふ
　かな

ちひ筆
かみつ、

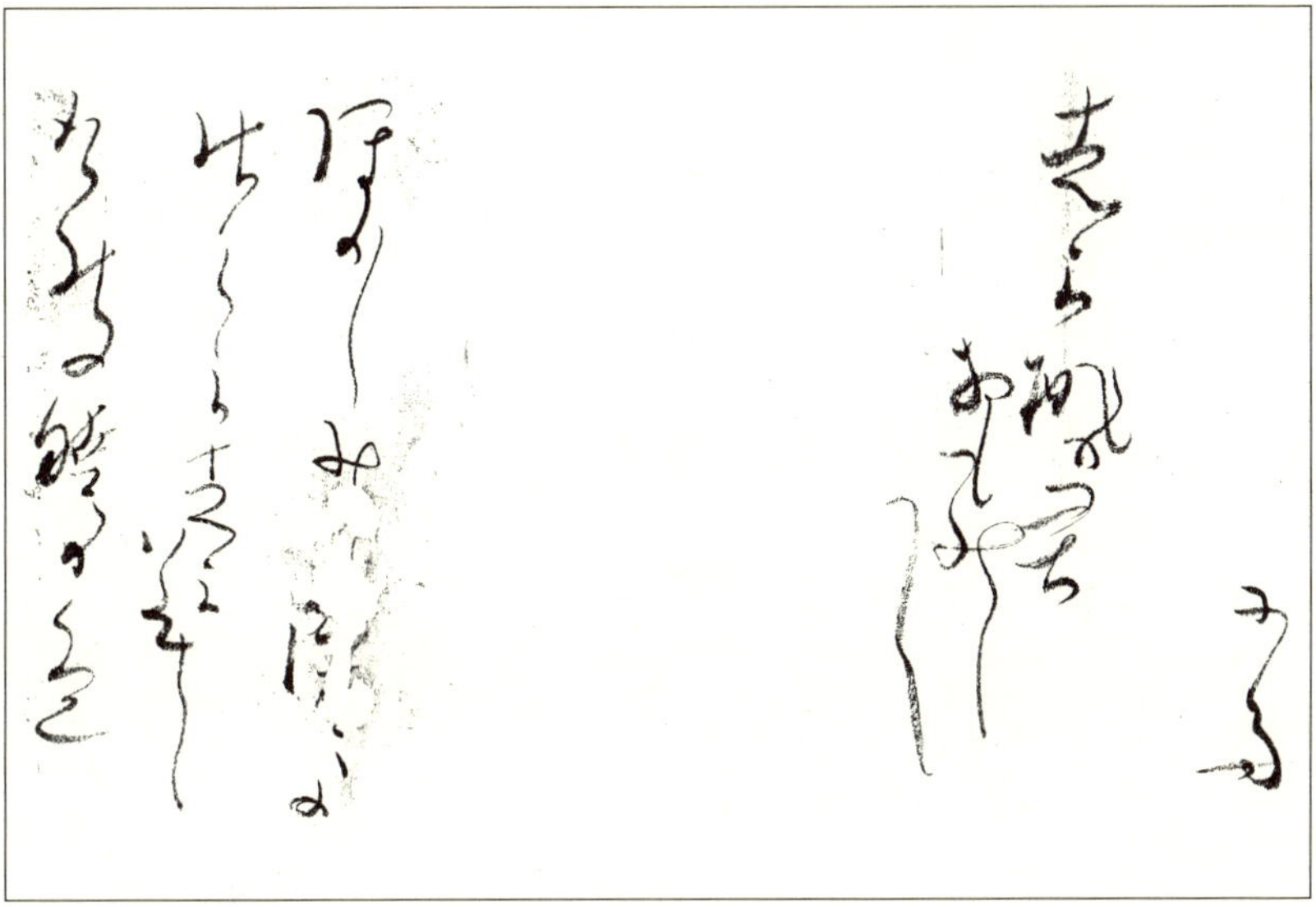

小舟

しら桃の君
おもと
に

ほの〳〵と渓〈□〉の
さくらしら
み
けさの暁の色

宅雁月宛〈明治33年4月16日〉

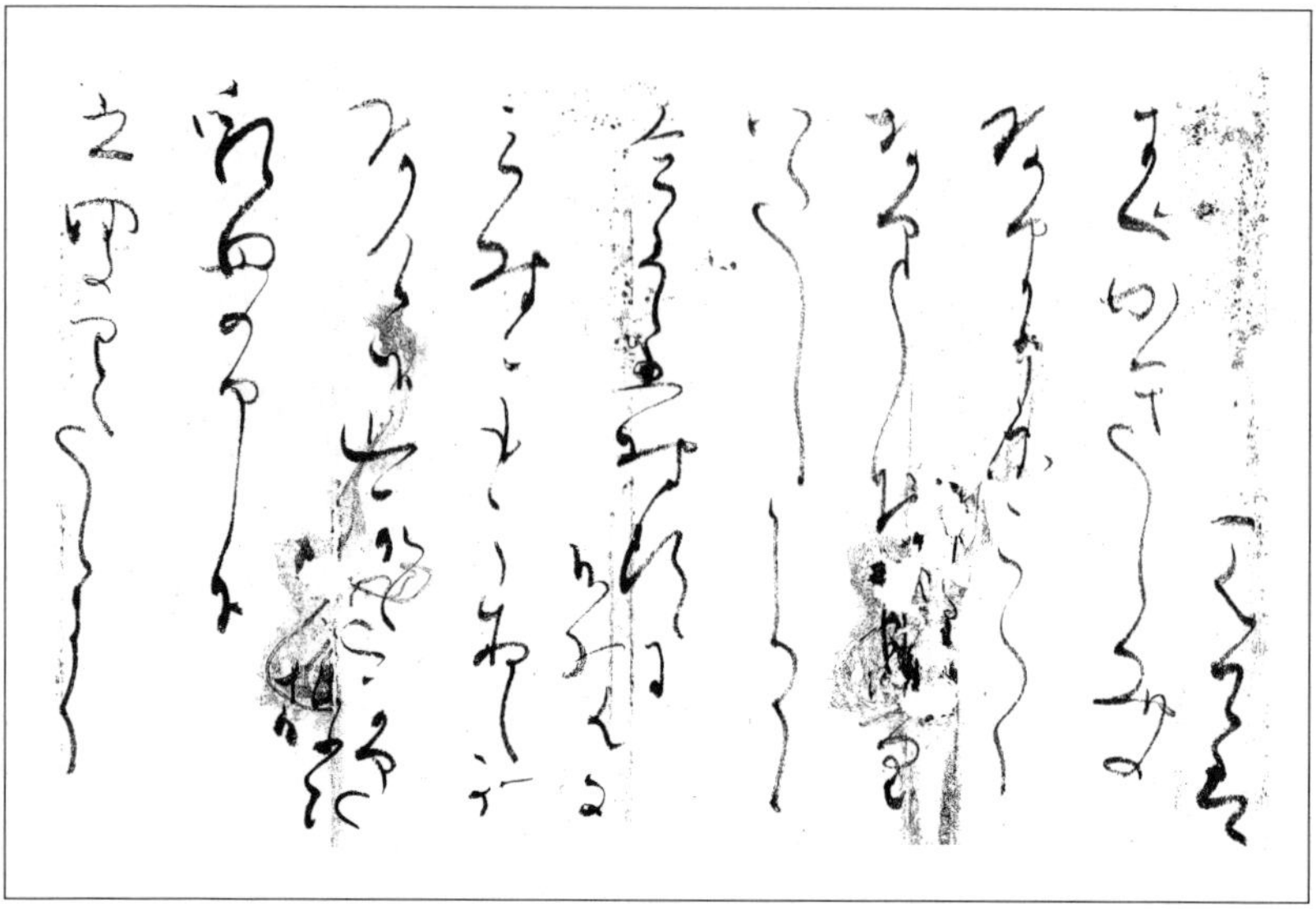

見ては
よべかきし文の
あまりにこく
ありしを〈□□〉り
いたし参候
今は五時頃に
候はんか
三時にもう夜が
あけ候山がたかき
故と
乳母の申候
六田のわたしより

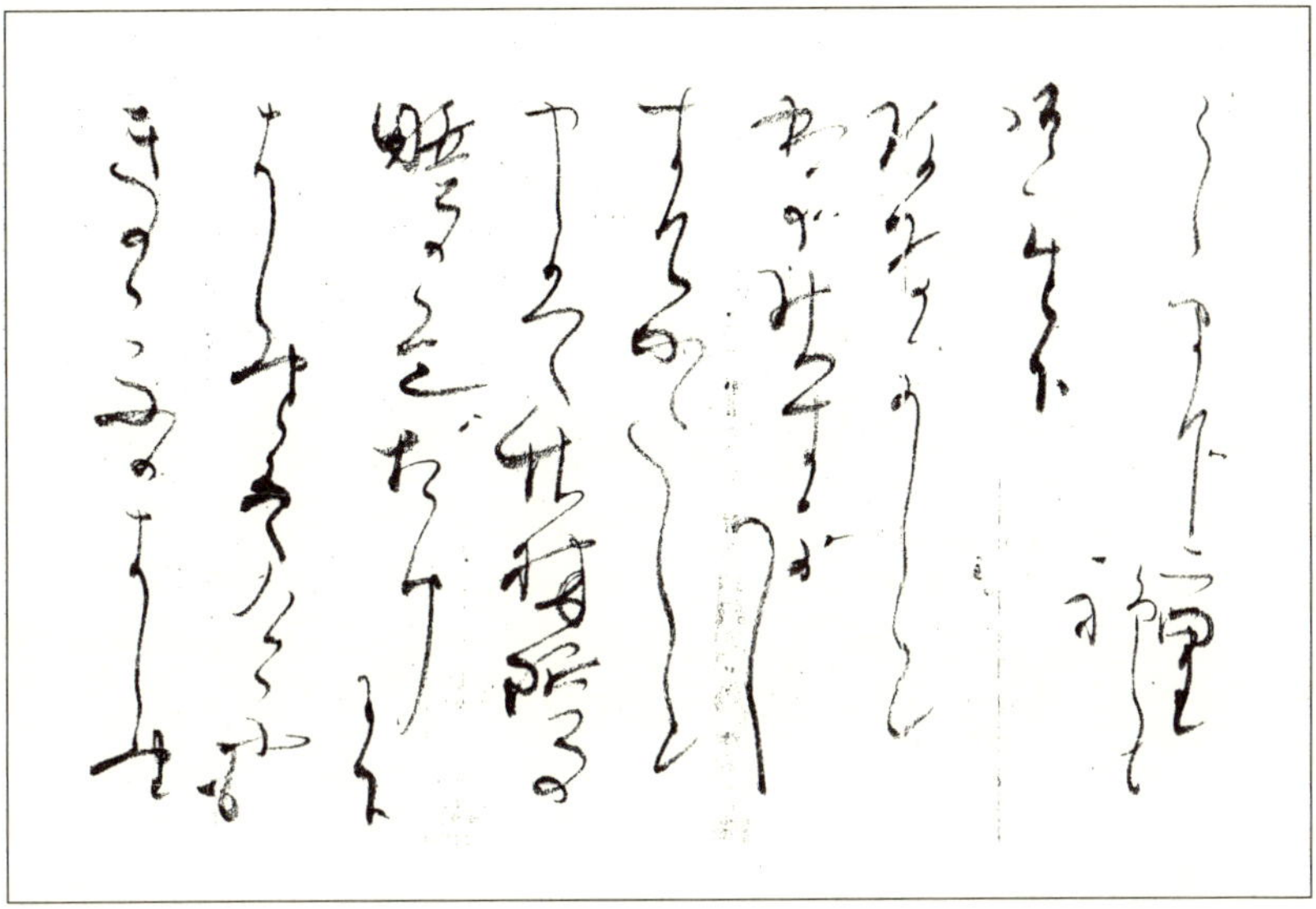

こゝまで二里
程にて
御坐候
あなかしこ
わがさすが
に
すてかたしと
申は竹林院の
暁の色だけ
に候
よし野はけふ
も
きのふのよし野

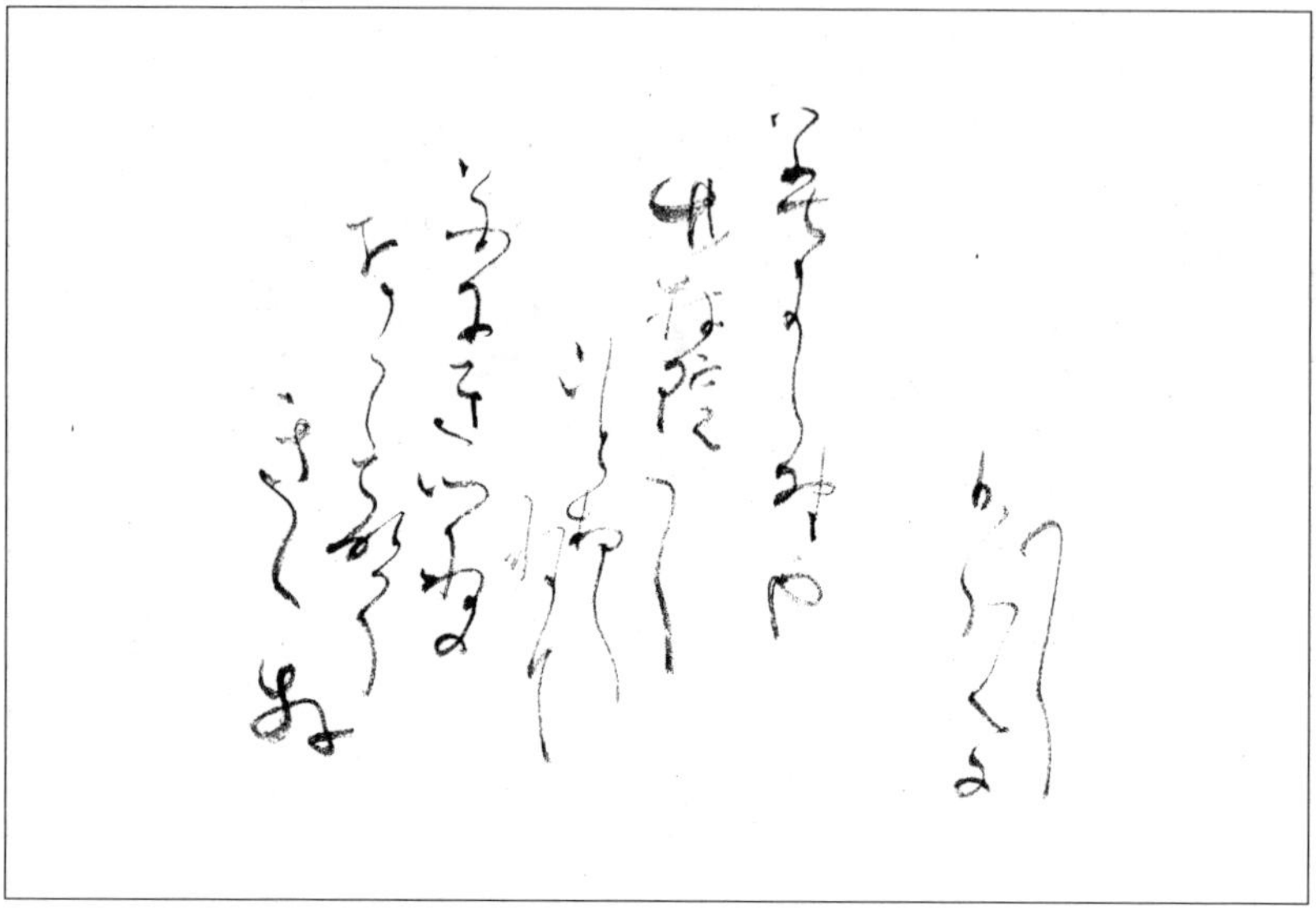

に
候はんか
美よし野や
竹林院に
ひと夜
ねて
花にきつねの
なく聲
き、ぬ

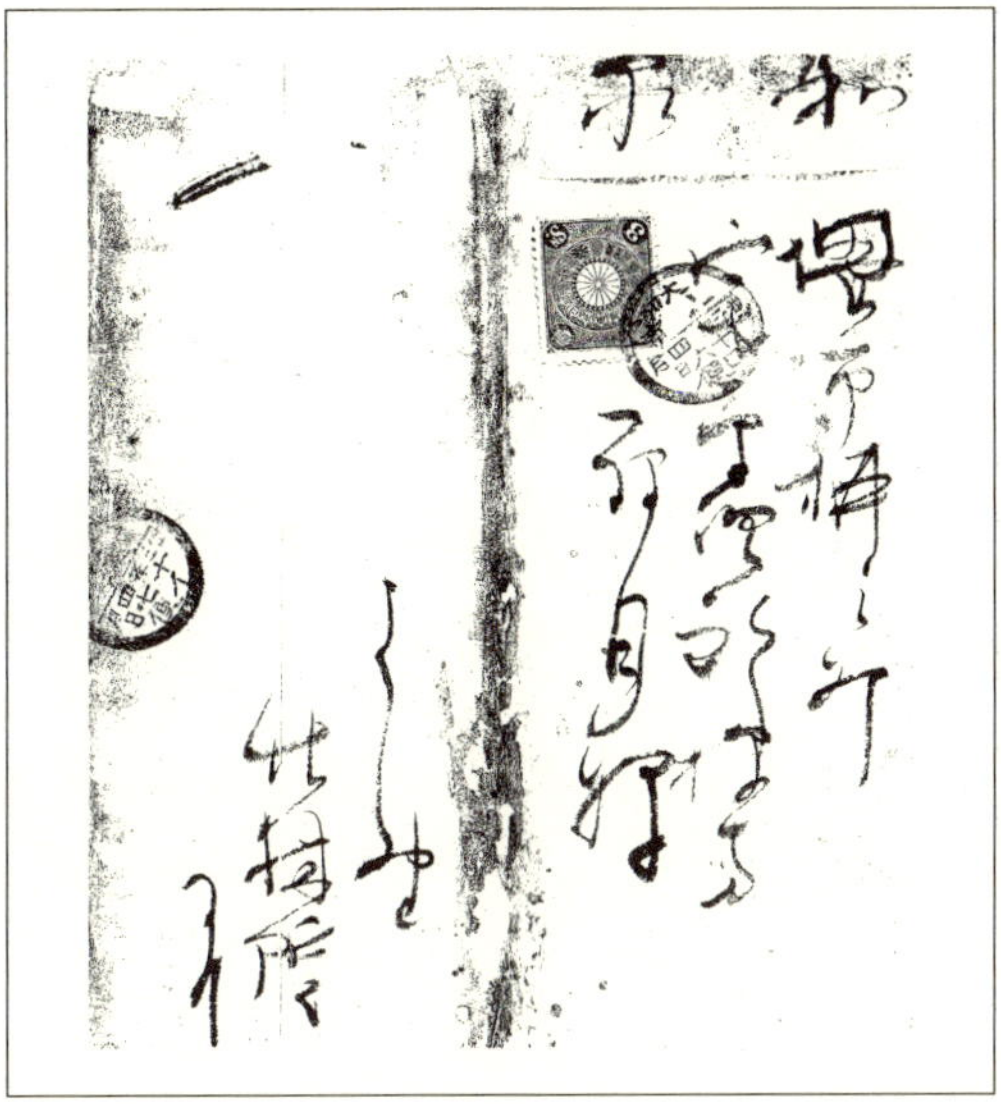

《封筒》

【表】
和泉　堺市柳之町
宅平次郎様方
雁月様

【裏】
よし野
竹林院
にて

⑩

与謝野晶子書簡　河野鉄南宛〈明治三十三年四月二十五日〉

〔形態〕封書　巻紙（本文 17.1×362.9cm　表装 20.9×395.8cm）　毛筆
〔封筒〕和封筒（17.6×7.4cm）　毛筆
〔消印〕和泉／堺／卅三年四月／二十五日／二便
【備考】封筒末尾に徴収票（11.2×4.0cm）が貼付されてある。

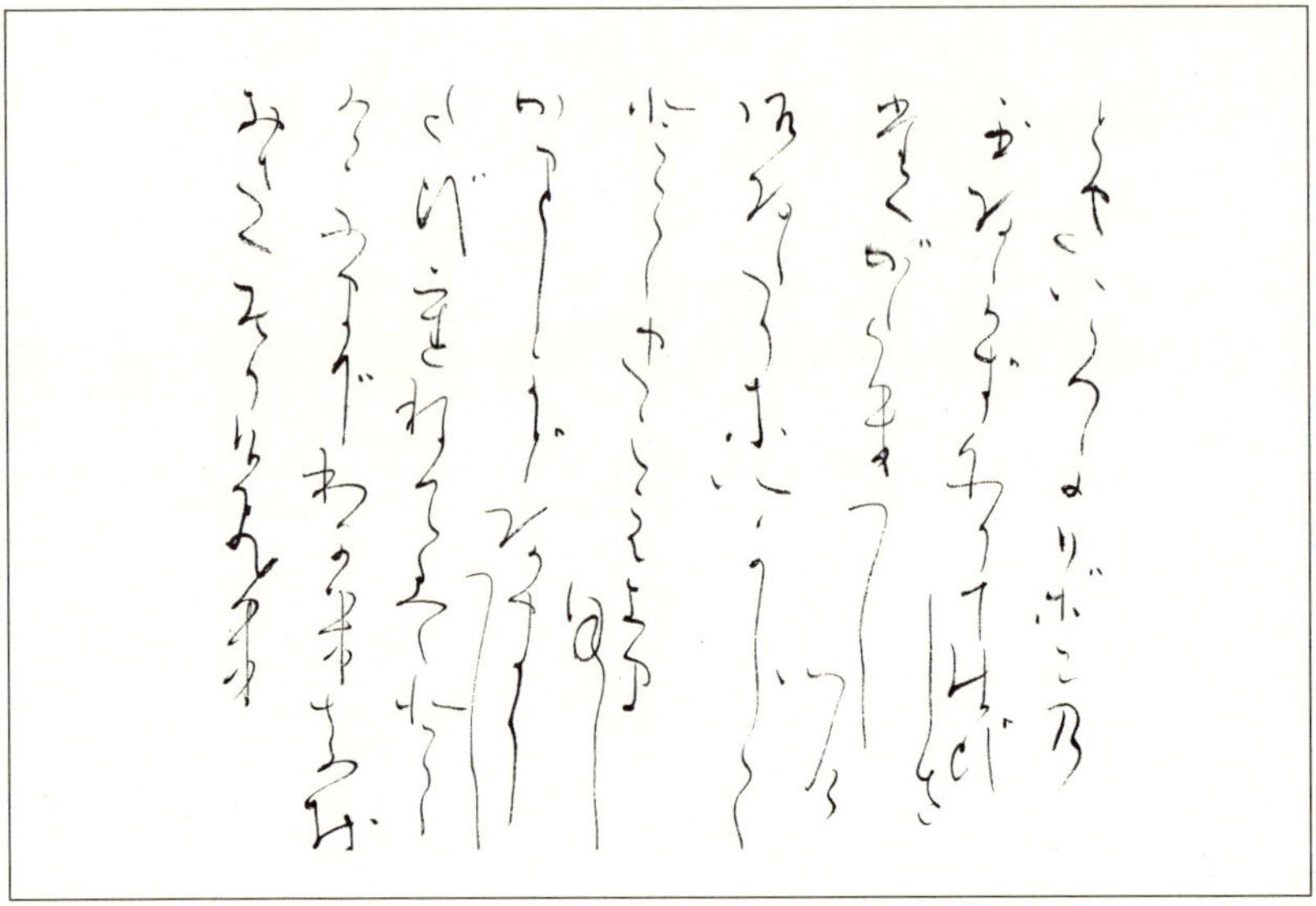

ときいろのリボンの
玉あらずなりてさび
しさ
たへがたきに
つけ
御あたりなつかしく
とくきこえ上ま
ほし
かりしかどあまり
に
たび重ねてはと
けふまでわかきちを
おさへ居り候ひき

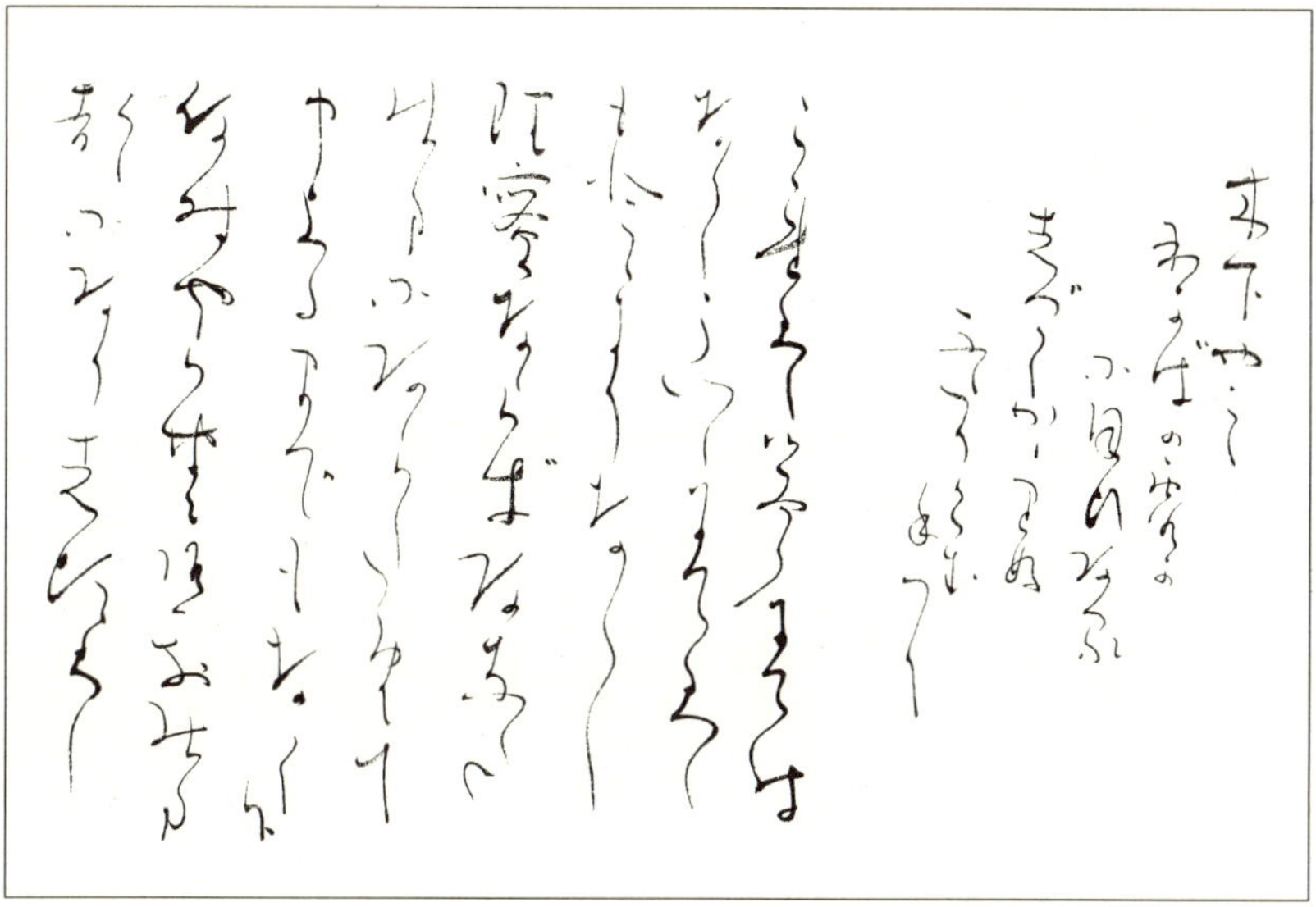

木下やみ
わかばの露か
にほひある
しづくか、りぬ
ふたりくむ
手に

これは夢にては
なくうつ、にては
もとよりなく
現實ならばあなた
さまにあらためて
申上るまでもなく
候
何時やらむ御前さま
都にありし頃は

河野鉄南宛〈明治33年4月25日〉

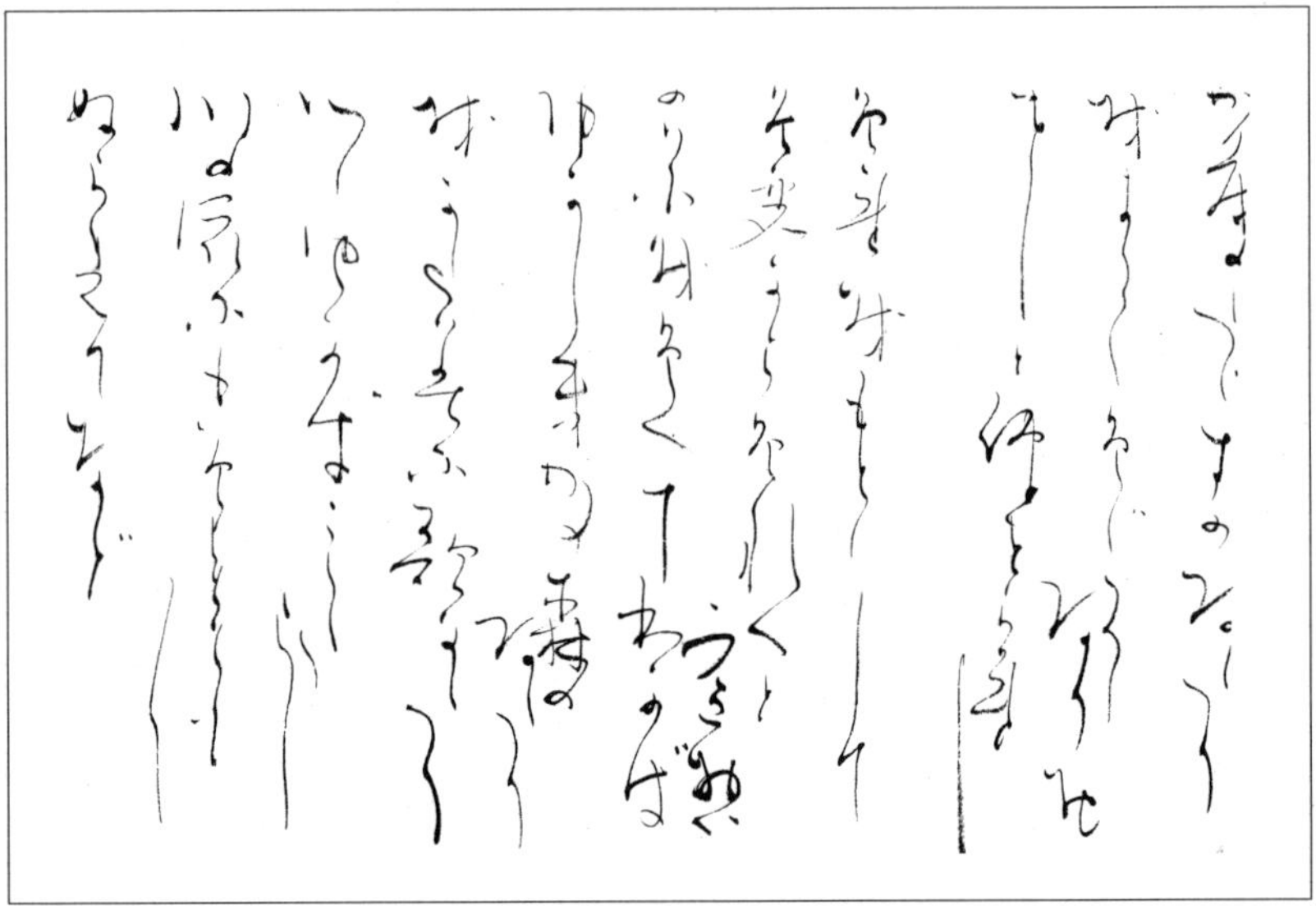

加茂のたゞすのあたり
をよくそゞろ
ありき
せしと仰せられ
し
それをもと、して
それからそれへと
空想
の花をそへてわかば
ゆかしきかの森の
あたり
をかたみに歌かたり
つ、ゆかばみた
らし
川の流にもそれとも
に
ぬらしてなど

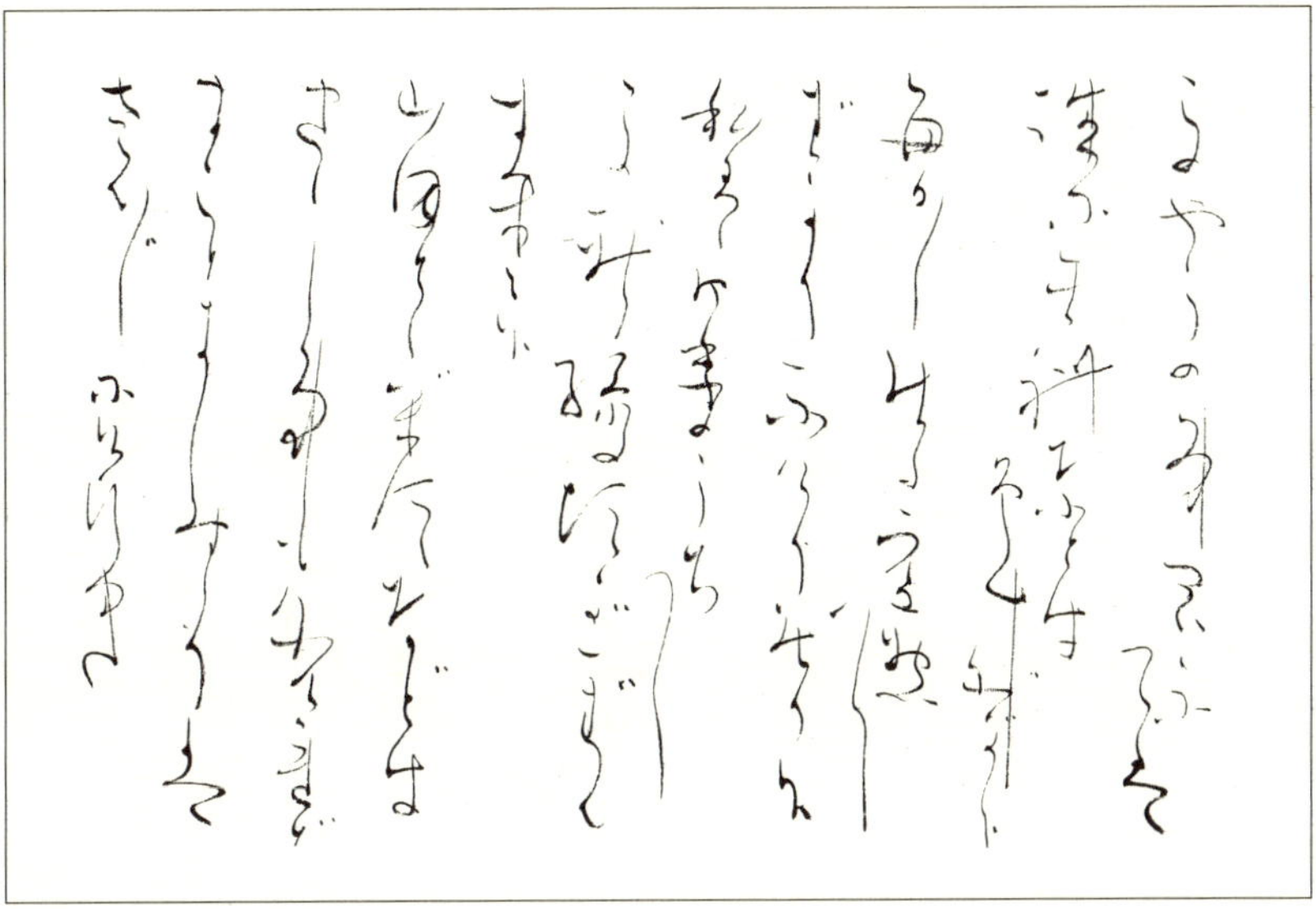

このやうの事思ふ
ては
誠に失禮なとは
ぞんじながら
毎日〳〵さる空想
に
ばかりふけり居り候
私は四季のうち
に
この新緑の頃が一ばん
すきに候
山ほとゝぎすなどは
きゝし事もなけれど
まことよし野行は
さん〴〵に候ひき

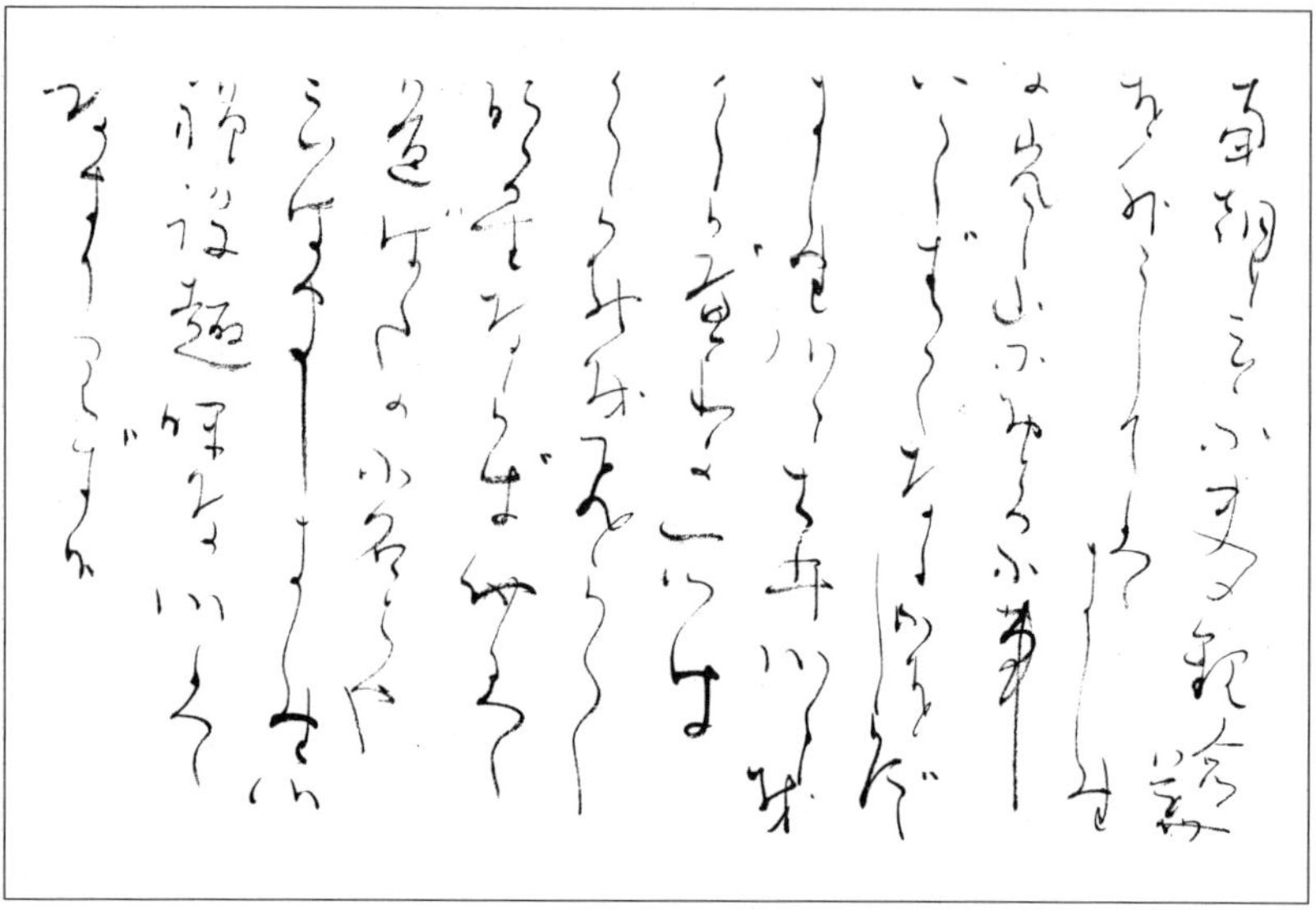

南朝と云ふ史の観念
美
を外にしては
よし野
の嵐山におとる事
いくばくなるかを
しらず
よし野川と大井川とを
くらべむか一つは
くらきをひらく
明星ならば他は
道ばたの小石とや
云はましよし野川
程没趣味な川は
あまり見ず候

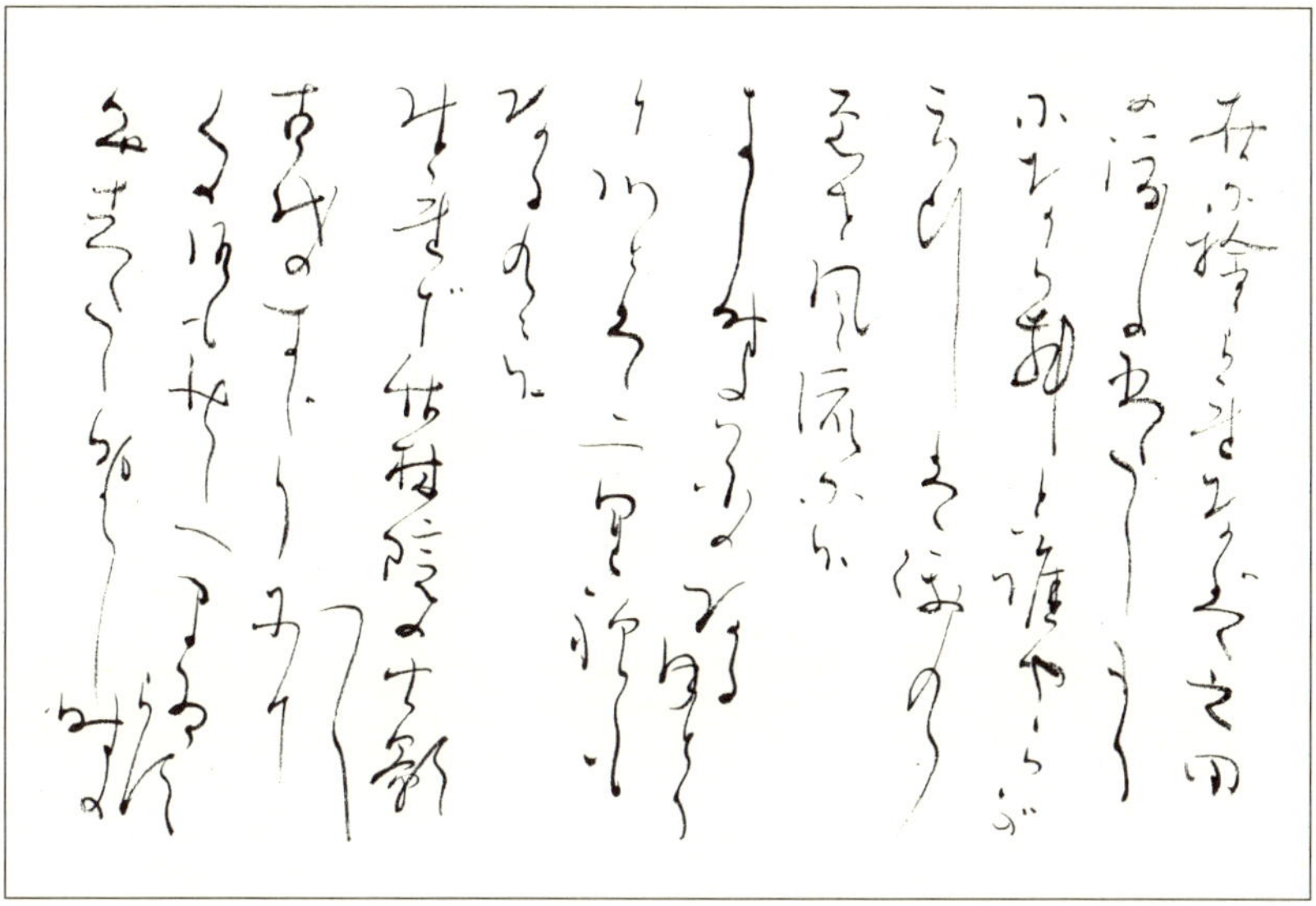

世に捨られなば六田
の渡しのわたしもり
にならむと誰やら
が
云ひしは例の
ゑせ風流に候
よし野の花のある
ほとり
と川とは二里程も
あるのに候
されど竹林院の火影
に
古代のすゞりにて
人の御もとへまゐ
らす
文したゝめし時の

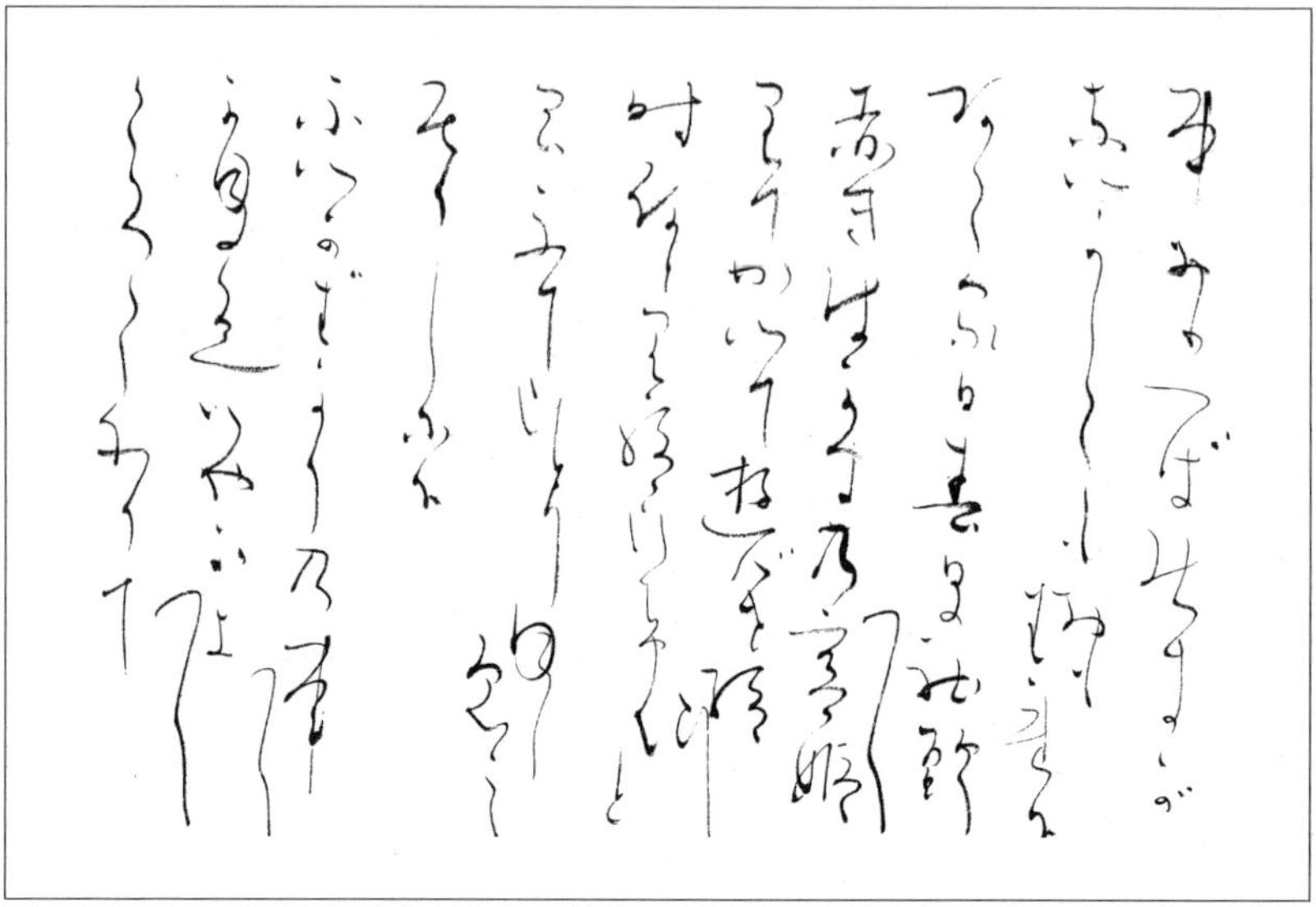

事おもへばさすが
なつかしくおも
はれ候
あくる日春日の社頭
に
赤きはかまの宮姫
見てかつて遊ばせ給
ひし
時何と見給ひけんと
思ふてひとりほゝ
ゑみ
居りしに候
ふつかばかりの事
に
かほの色いやが上
に
くろくなりて

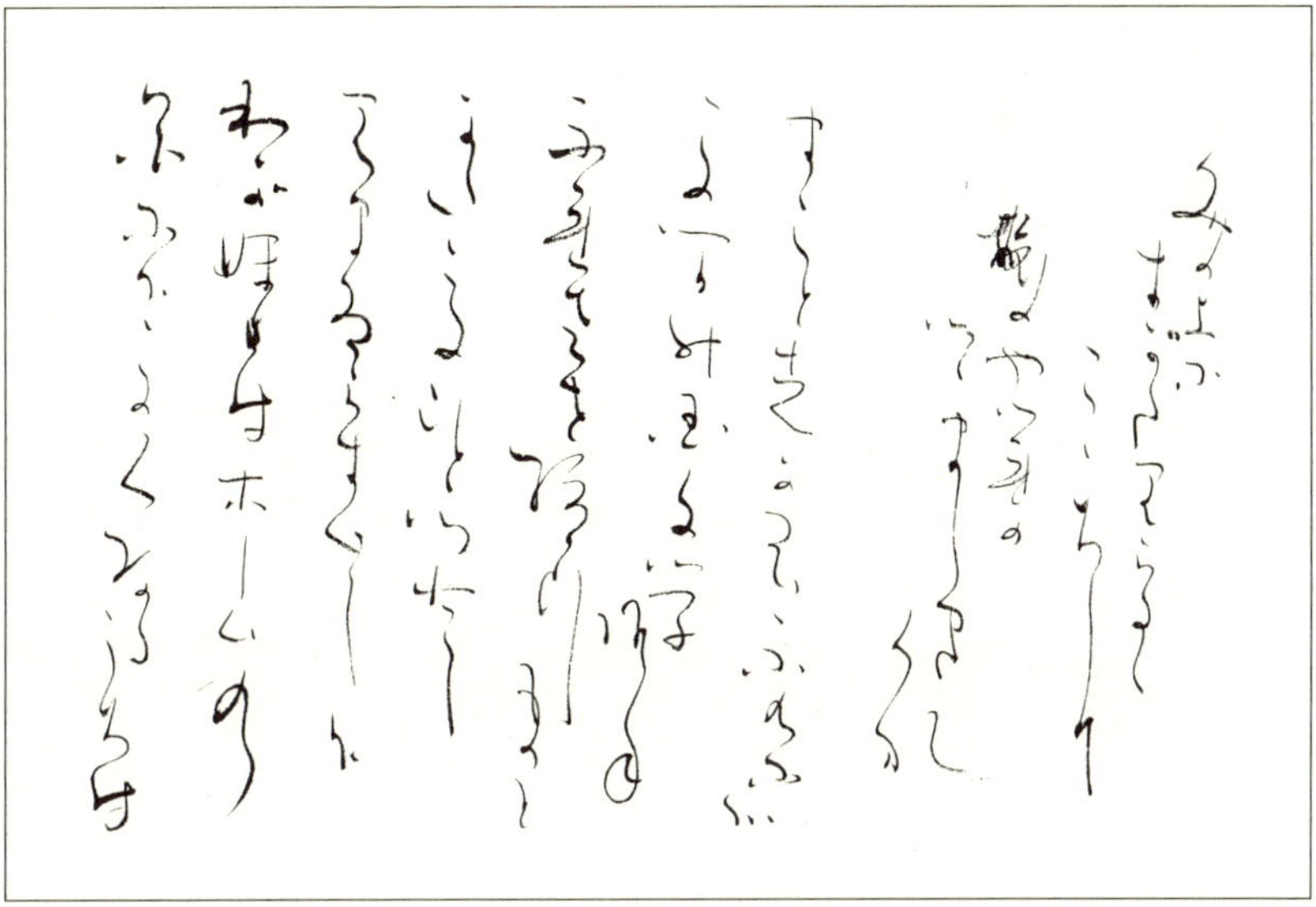

文の上に
すがた見らる、
こゝちして
旅〈□〉のやつれの
つゝましき
かな
まことしか思ふのに候
この間の国文学
御手
ふれさせ給ひし
ものと
かたみのひとつと
見まゐらすべく候
わが妹〈□〉はホームの
花に候この人ある
うちは

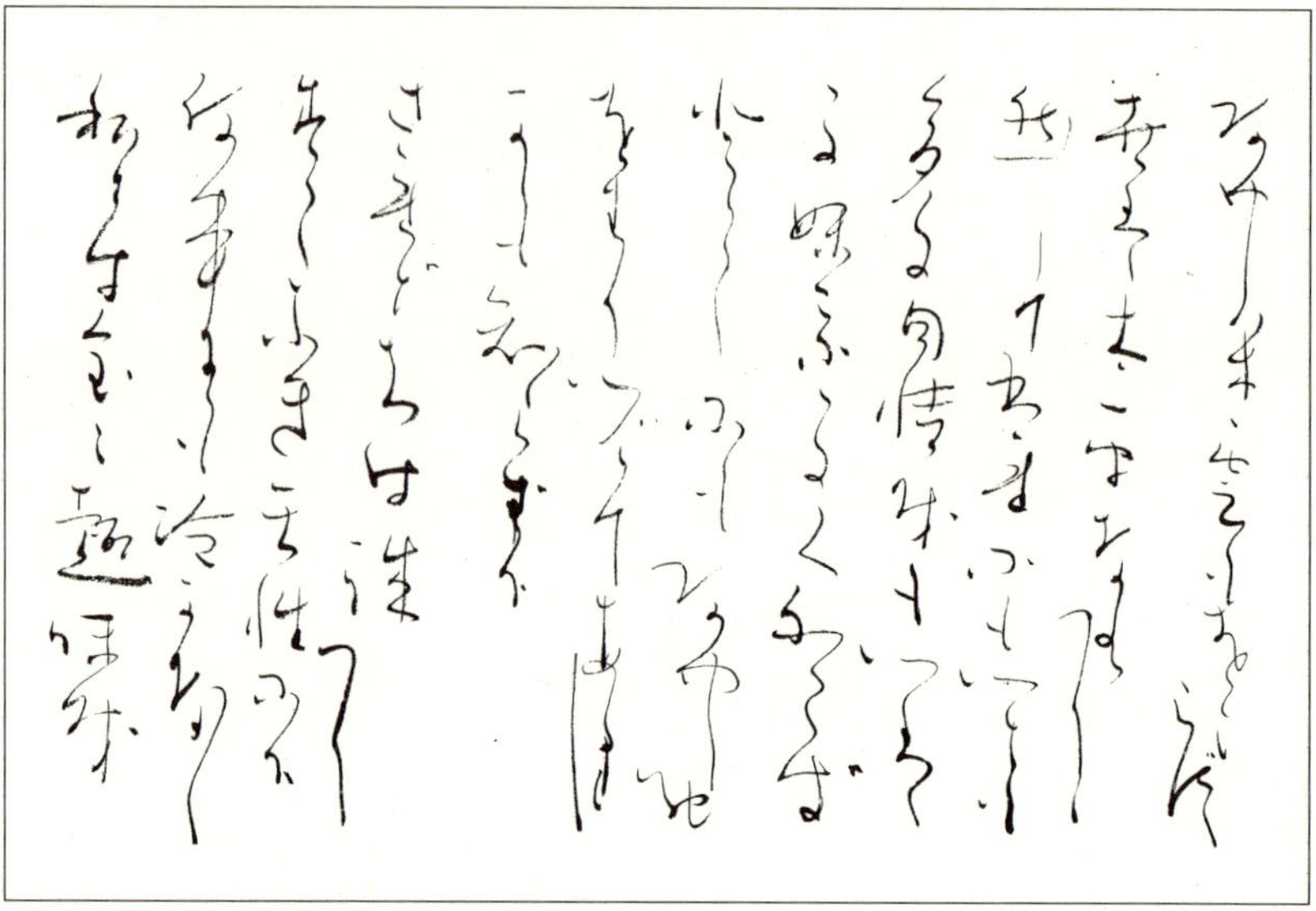

あやしき雲もをこ
らず
世は太平なの
に候
然してわれにもつとも
多くの同情をもつは
この妹に候この人なくば
とくにもあやしき
をはりつげてあり
し
かも知らず候
されどちは誠
に
すくなき天性に候
何事にも冷かなく
私とは全々趣味を

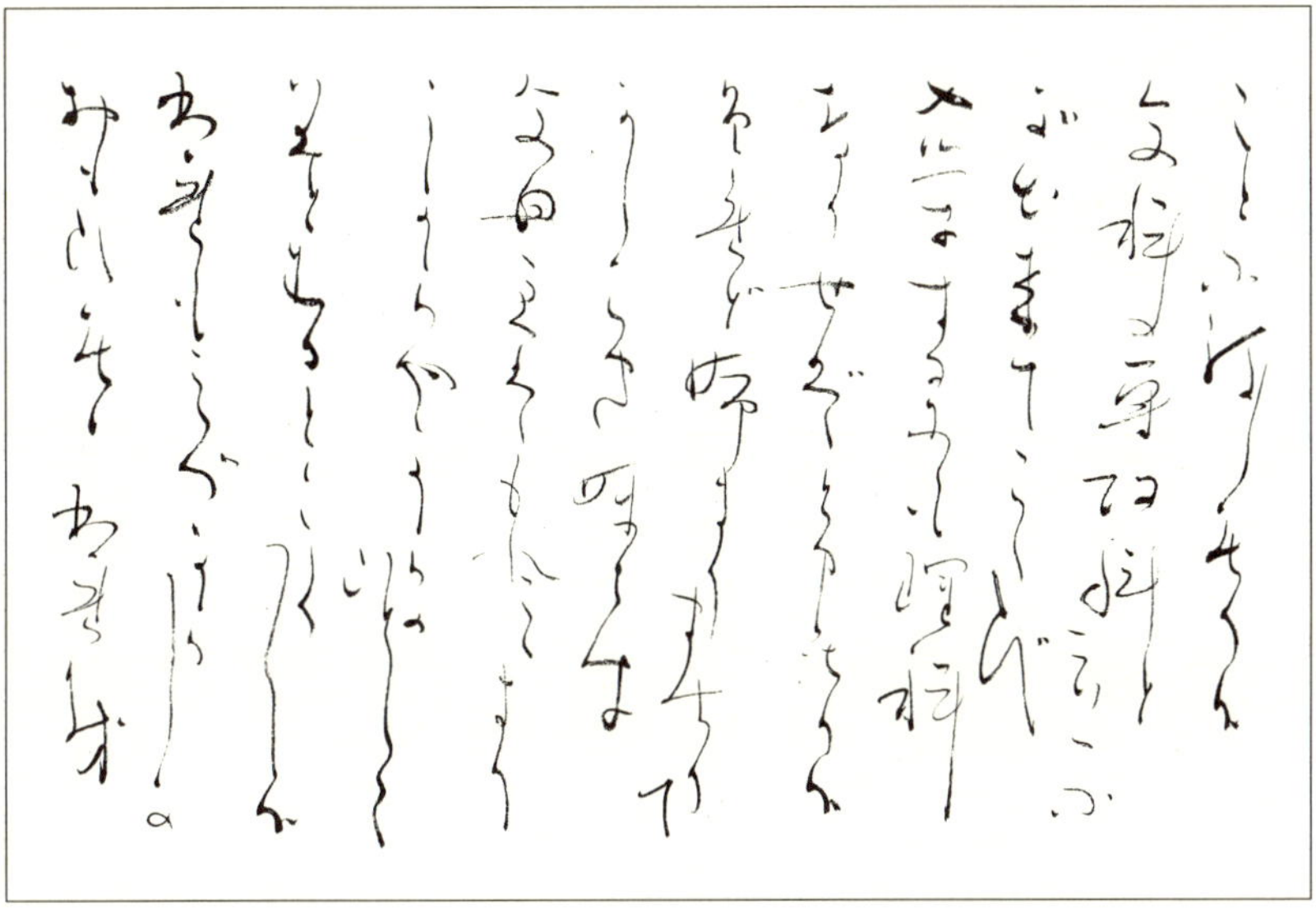

ことに致し居り候
文科の専攻科と
云ふ
が出来てこたび
入学するにも理科
なりせばと申居り候
されど姉よりまさり
て
かしこき妹とは
父母君はもとより
うからやからの
ひとしく
みとむるところ
に候
われもみづから
しか
おもひ居候われを

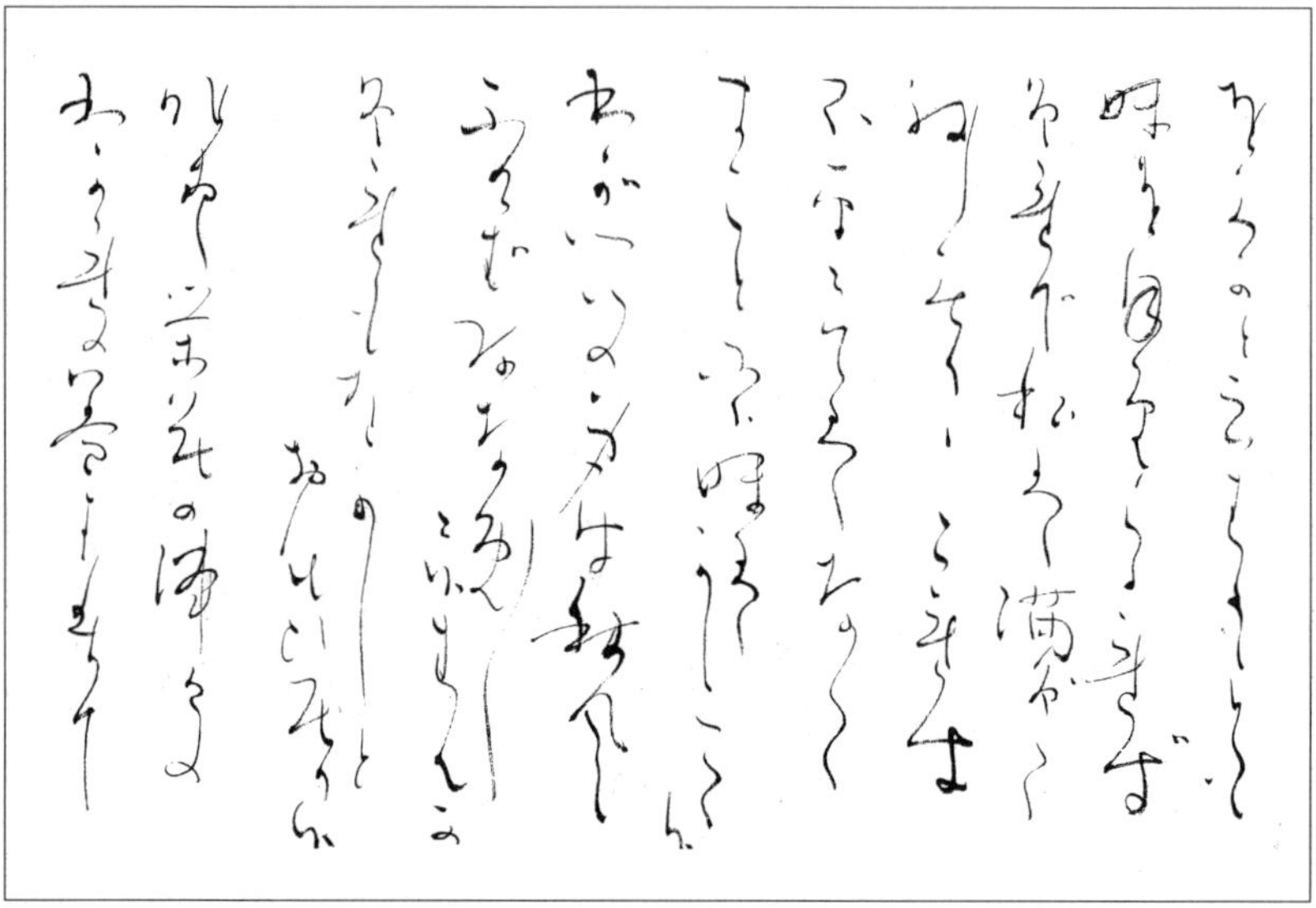

をろかと云はるゝとも
妹をほむらるれば
それで私は満ぞく
致し居り候これは
不平にてはなく
まことに候妹は
　かしこく候
わがついの身は秋風
ふけばあなめ〳〵
　と候はんか
それもをかしと
　おもひ居り候
昨夜栄花の浦々の
わかれの巻よみて

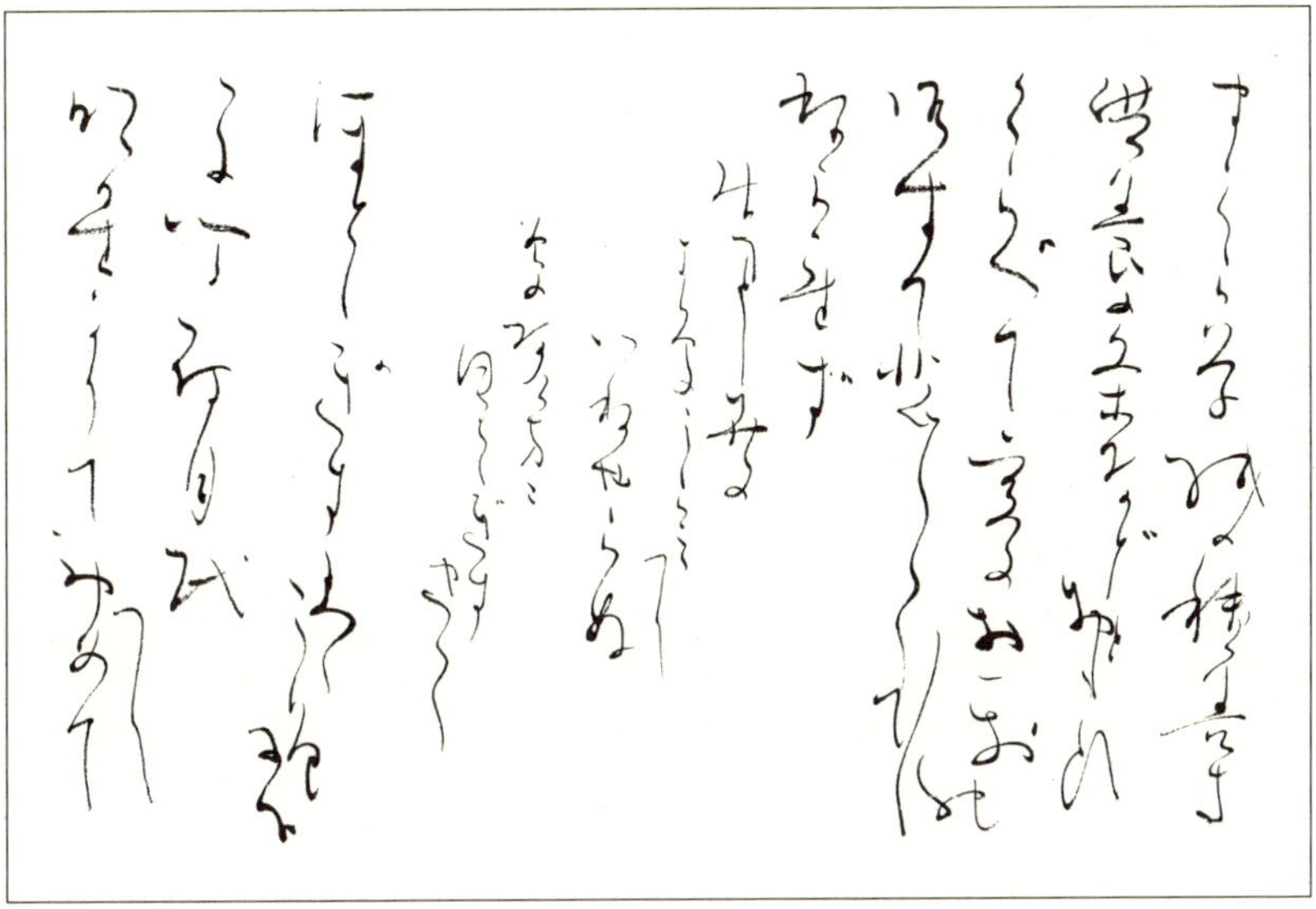

まくら草紙の積善寺
供養の条などと
おもひ
くらべて宮のお前の
御はて悲しくて〳〵
ねられず
さりし世の
よそのうらみに
いねやらぬ
そのあけ方に
ほと、ぎす
きく
ほと、ぎすは
うそ
に候
この間雁月氏
に
明星かりて初めて

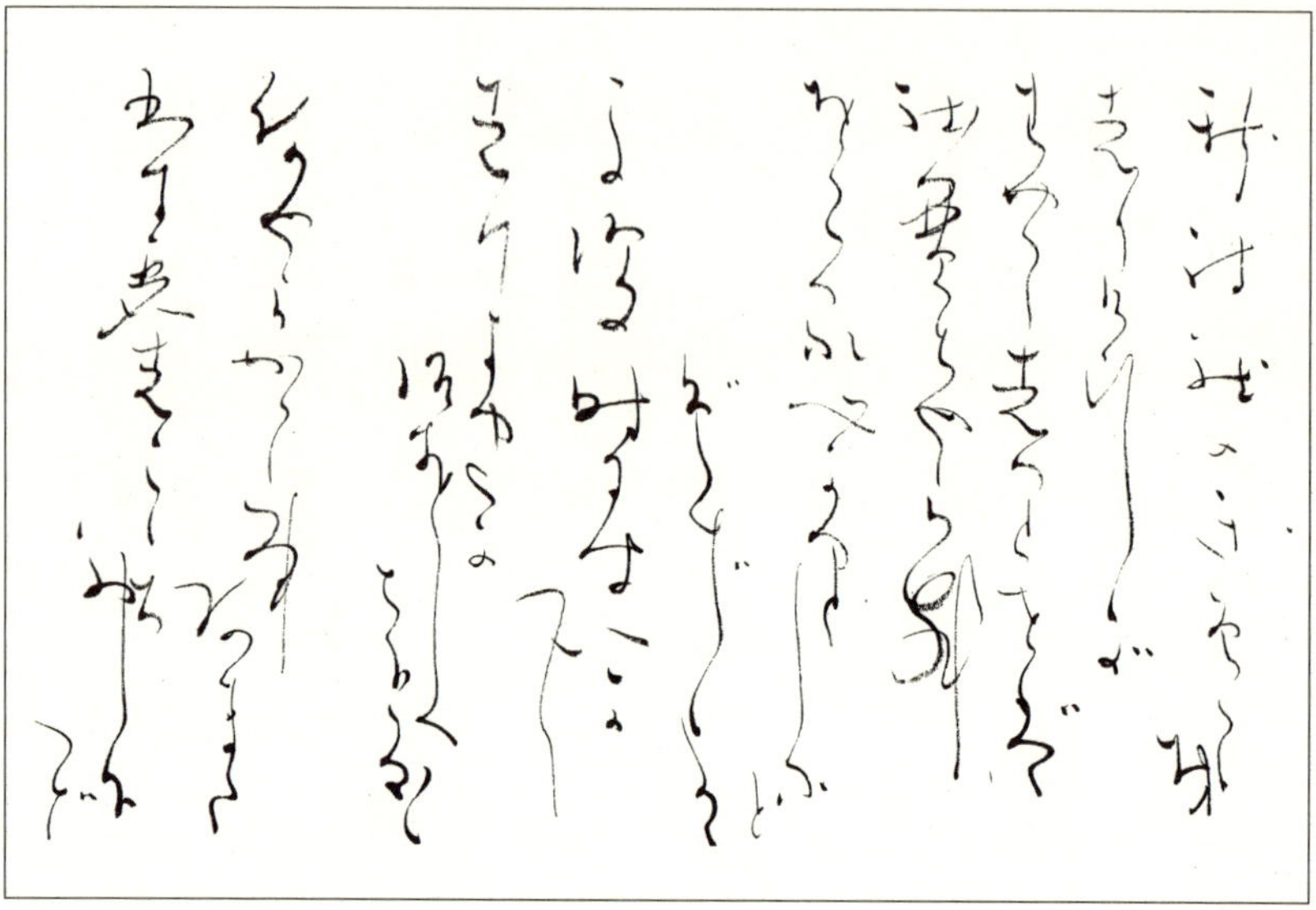

新詩社のきそく
を
しり候ひしが
はやくしりせば
社費とやらむ
をくるべかりしに
と
ぞんじ参候
この次の時にはいか
に
してよきか
御をしへ
被下度候
何やらかく事
あまた
わすれしこゝち
致し候
へど

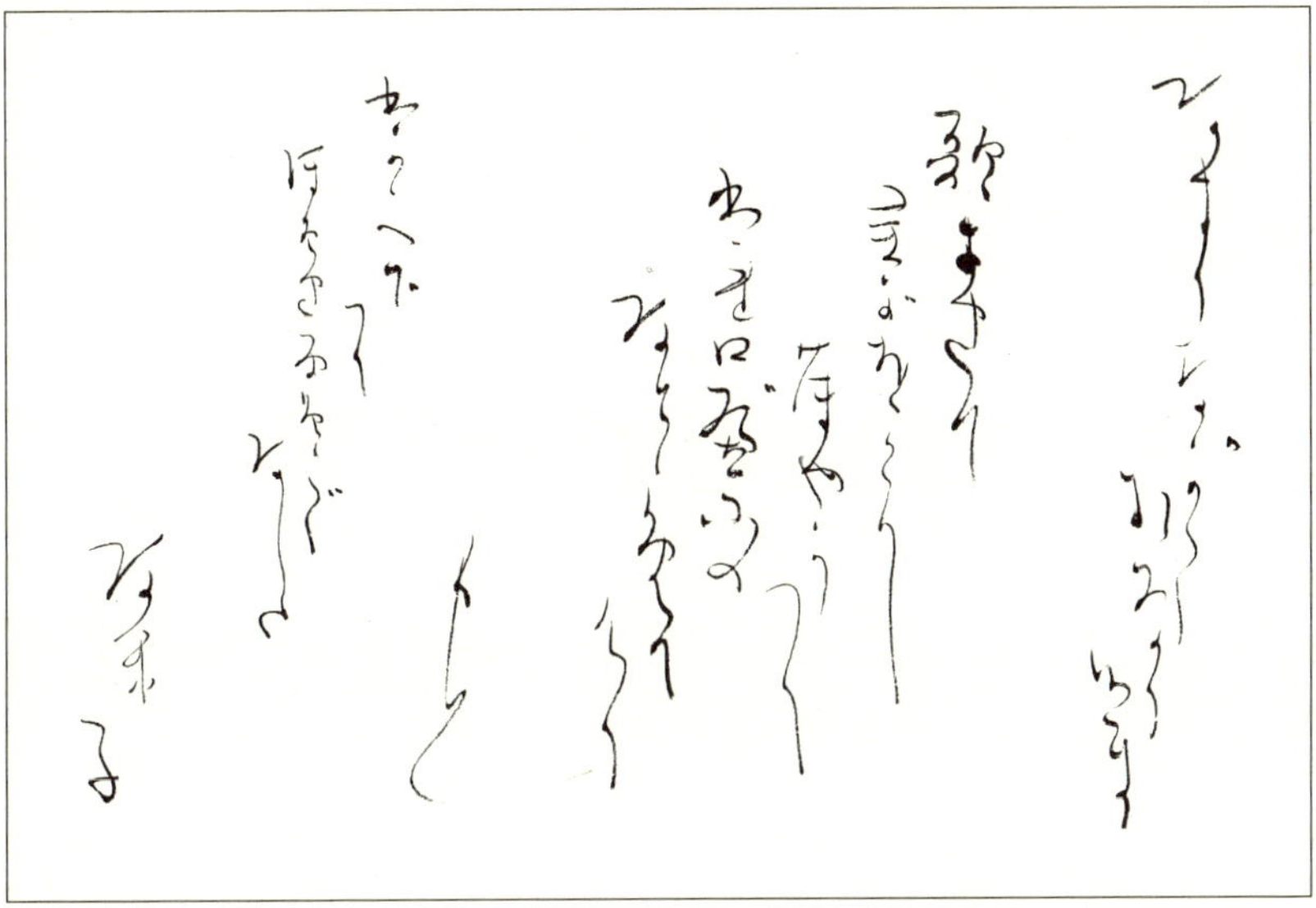

あまりながく
相なり
候まゝ
歌かきて
君がをくりし
薄やう
に
われ口べにの
あとゝめて
けり
かしこ
わかゝへで
に
ほそき雨そゝぐ
あした
あき
子

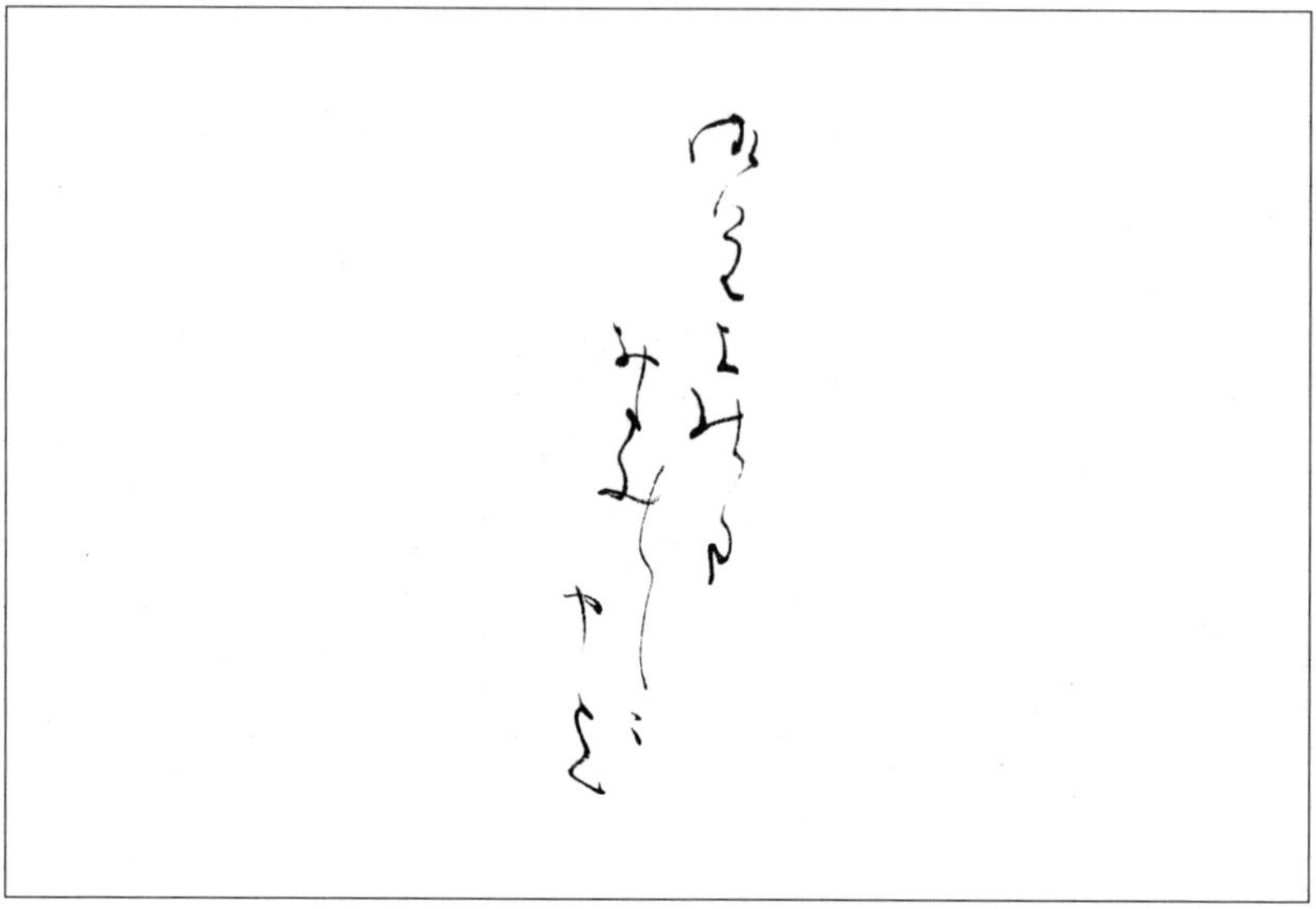

御兄上さま
おもとに
申上

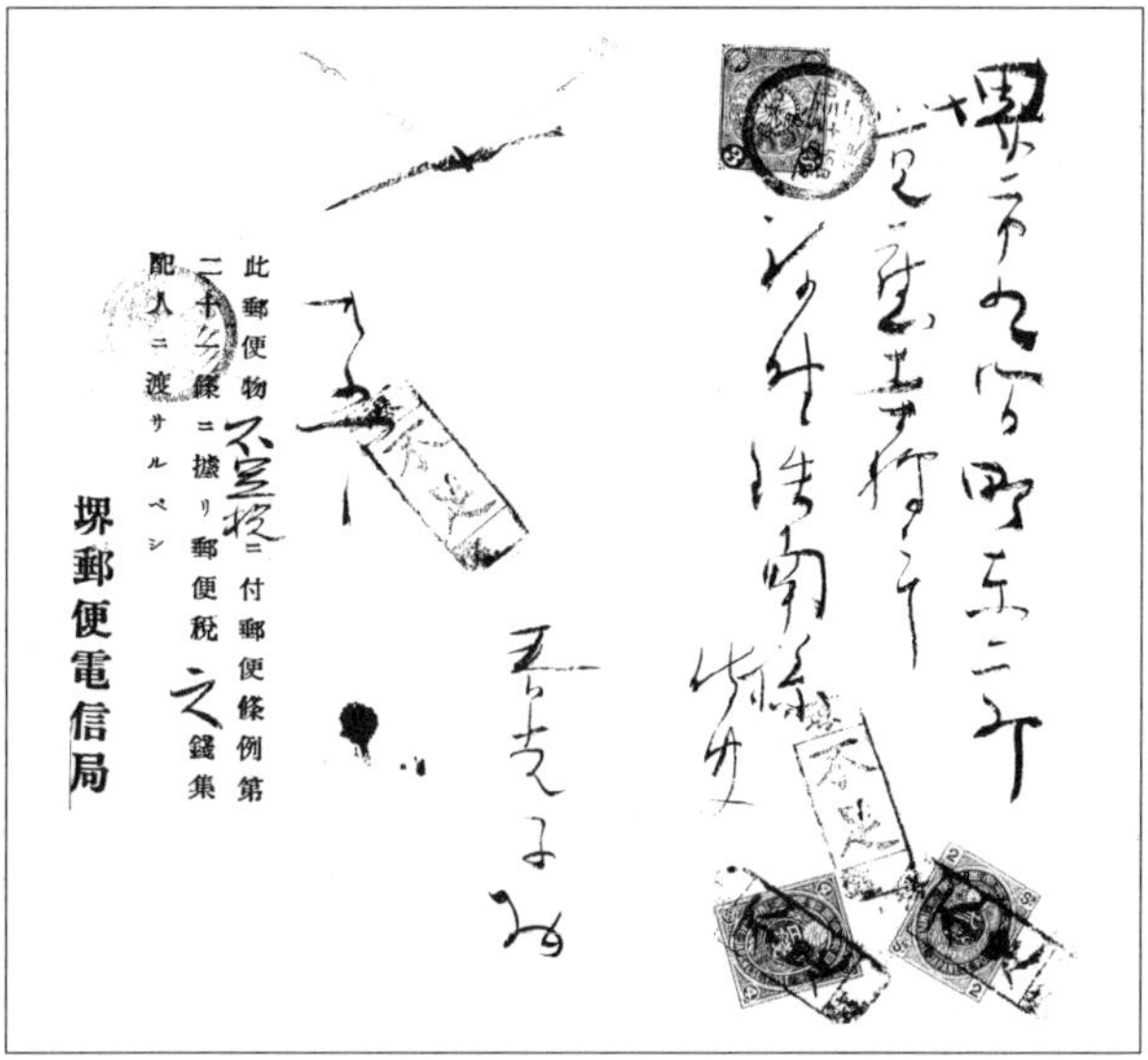

《封　筒》

【表】

堺市九間町東二町
覚應寺様にて
河野鉄南様
侍史

【裏】

廿五日

春光子拝

《徴収票》

此郵便物不足税ニ付郵便條例第
二十一條ニ據リ郵便税六銭集
配人ニ渡サルベシ

堺郵便電信局

⑪　与謝野晶子書簡　河野鉄南宛〈明治三十三年五月四日〉

〔形態〕封書　巻紙（本文 17.2×316.3cm　表装 21.0×345.1cm）　毛筆

〔封筒〕和封筒（17.7×7.2cm）　毛筆

〔消印〕和泉／堺／卅三年五月／四日／へ便

河野鉄南宛〈明治33年5月4日〉

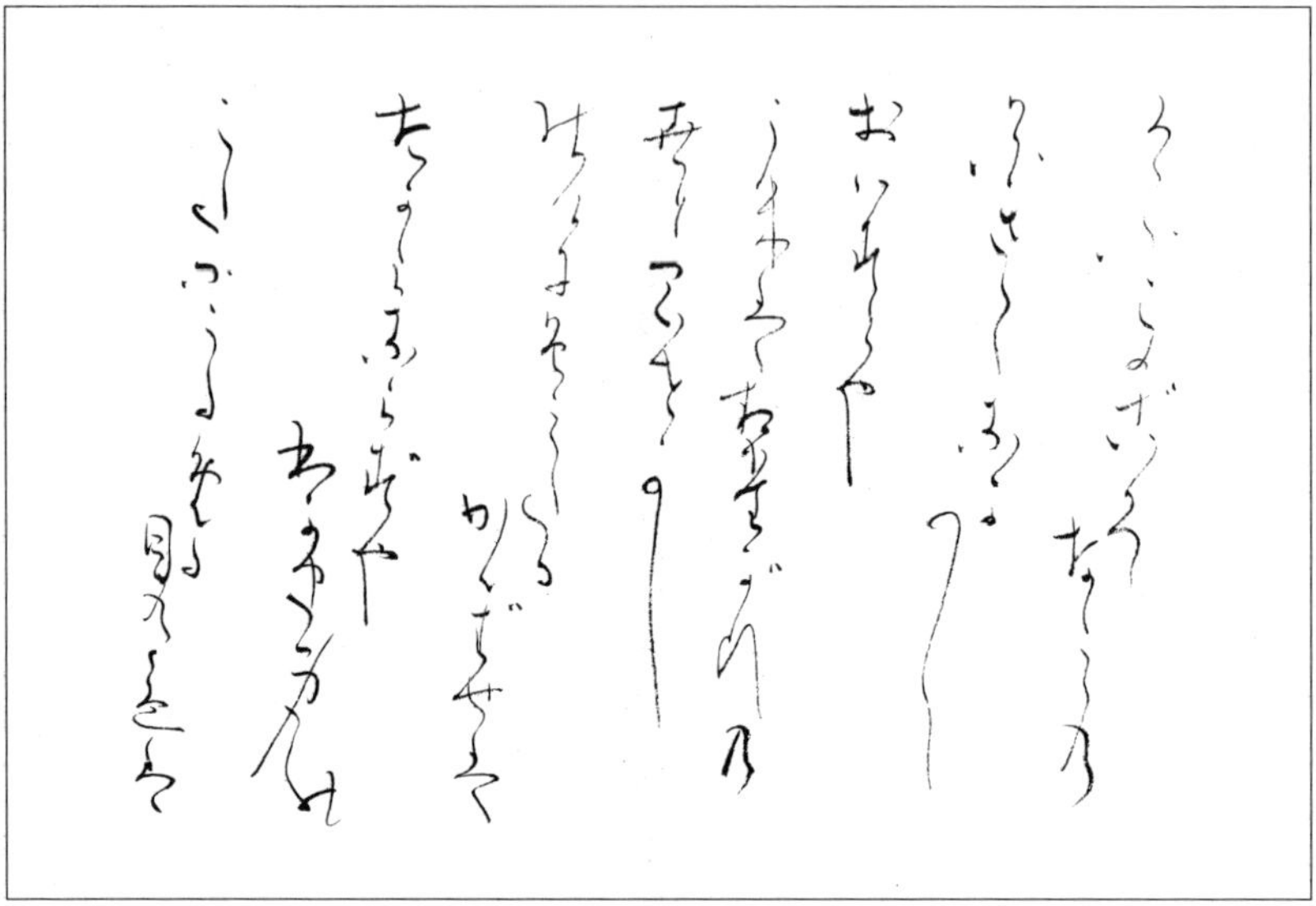

けふこのごろ
　　なみの
花さくなか
　　に
おはすにや
うきは相たがひの
世と思せかし
さけにそみたる
　　かんばせは
たからならずや
　　わかき身の
うたにうるめる
　　目の色は

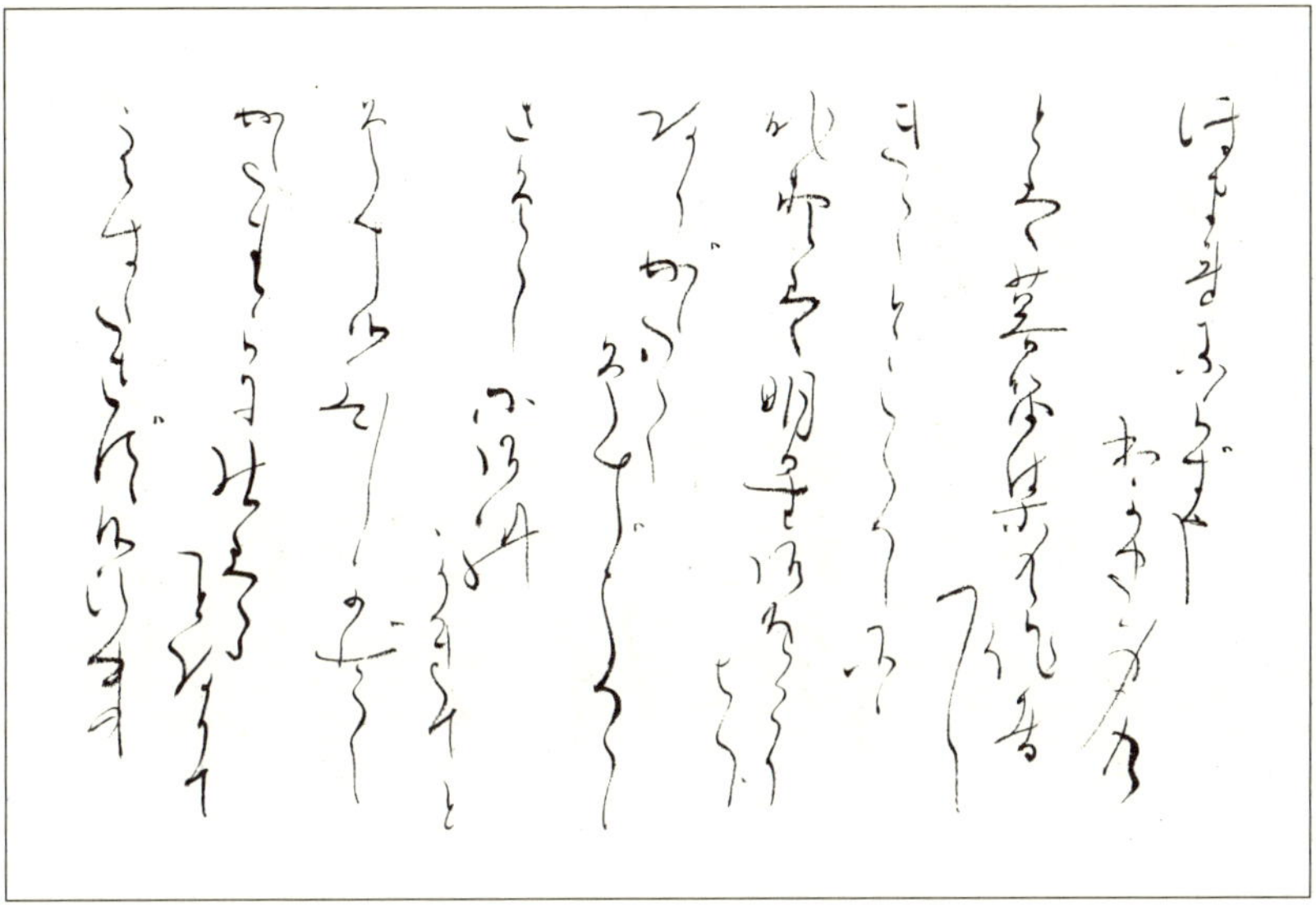

ほまれならずや
わかき身の
とは暮笛集の作者
に
きくところに候
昨夜は明星御をくり
被下
ありがたく
ぞんじ参候
さそくに御禮
かきてと
そんし候ひしかど
かたはらにさはる
ことありて
えはたさず候ひき

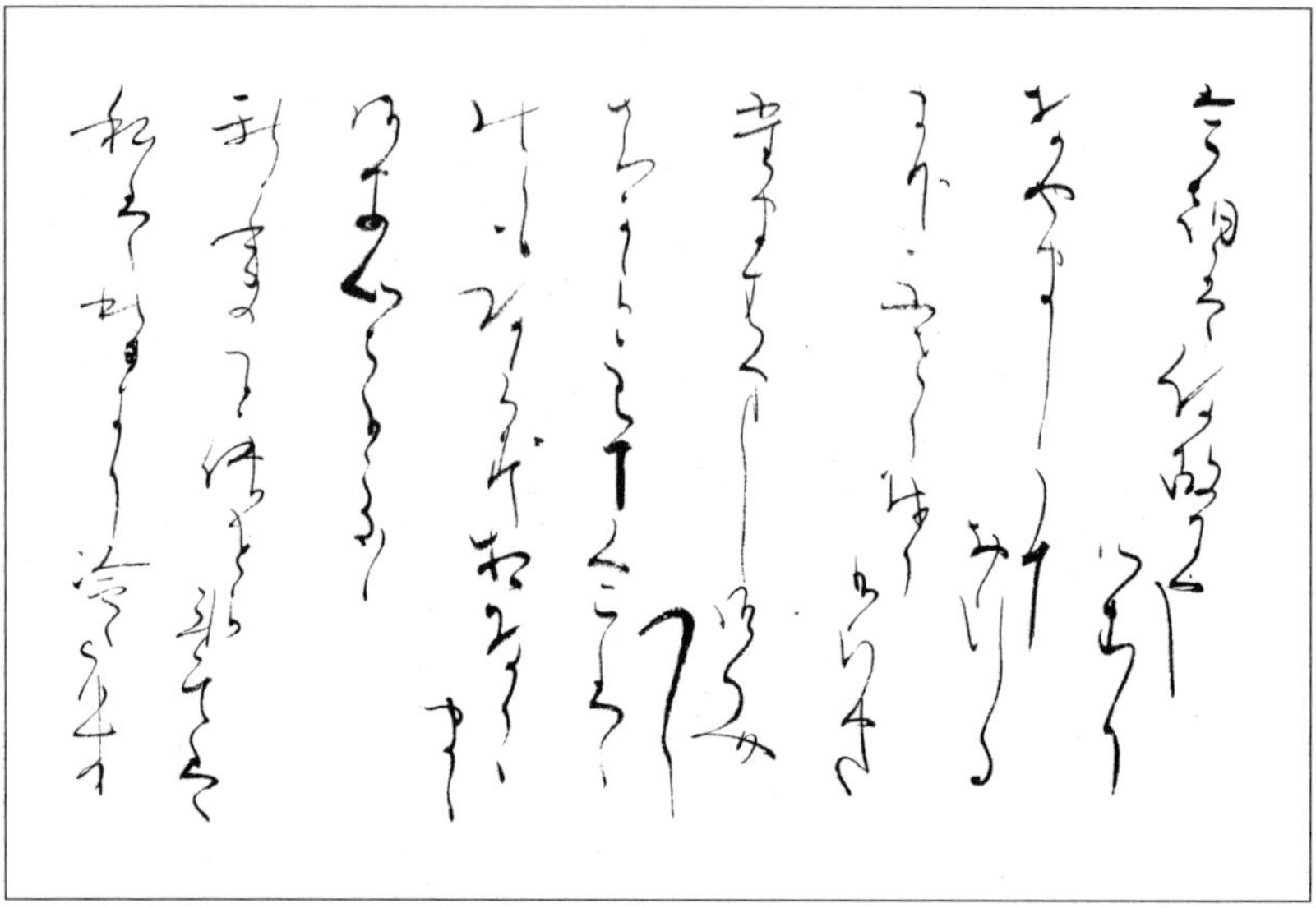

今朝は何故にや
つむり
なやましうして
おひる
までふせりをり
候ひき
たまはりし御文
に
ちからえて今は
さもあらず相なり候
まゝ
御安心被下度候
新年のこと仰せら
れては
私は背より冷たき

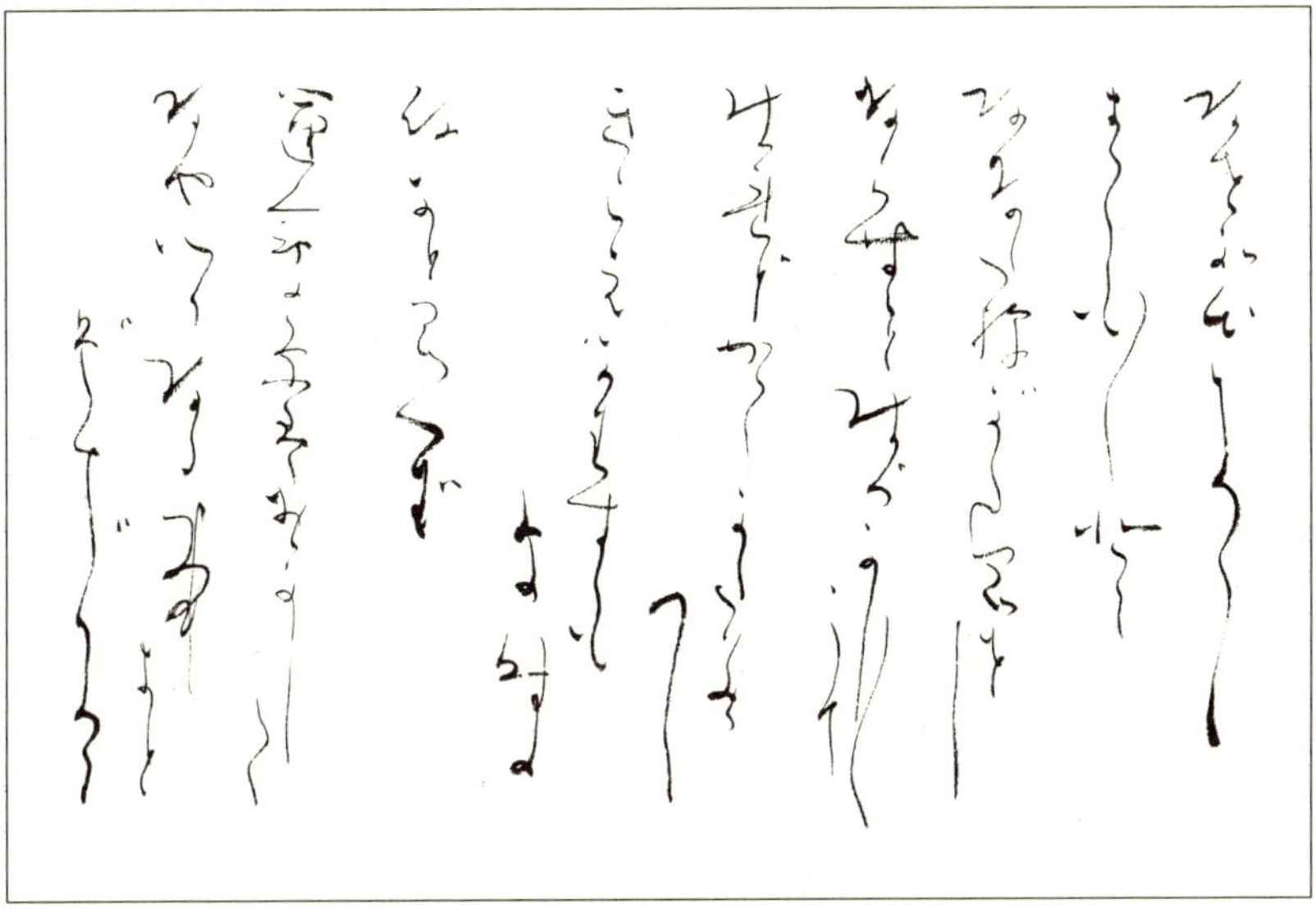

あせが出参候
よくも〳〵と
あなた様がた思せ
し
ならむとはづかし
うて〳〵
されどかくかたみ
に
きこえかはすも
その時の
故かと思へば
運命の糸はおかし
く
あやつりある事
よと
ぞんじ参候

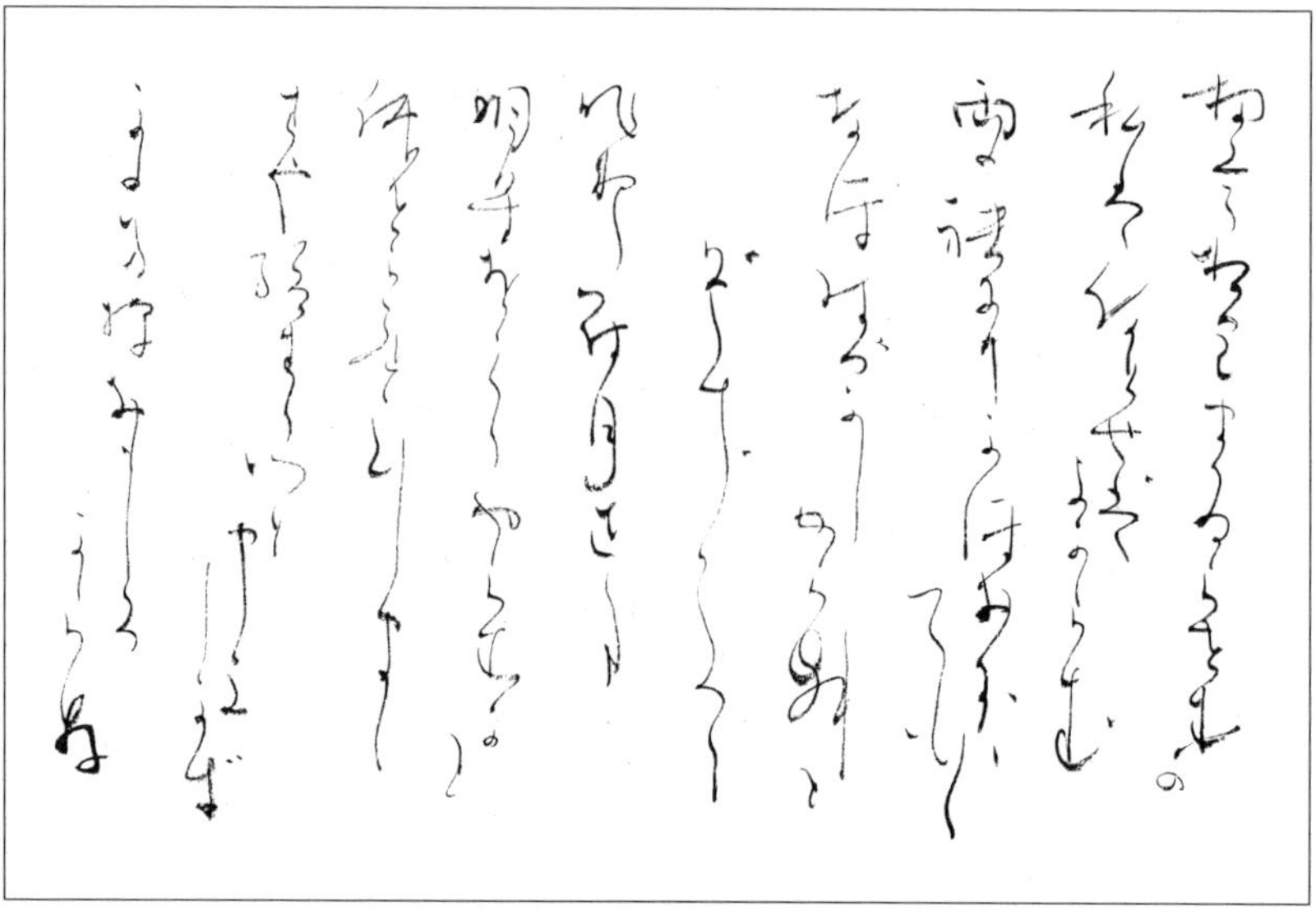

扨今相見まゐらせむ
か
私は何とせば
よからむ
両の袖にてかほおほゝ
ても〳〵
なほはづかしからむと
ぞんじ参候
昨夜雁月さま
明星をくりやらむか
と
仰せられ候ひしまゝ
はや給はりつと
申上
しかば
かの方様おもしろ
からぬ

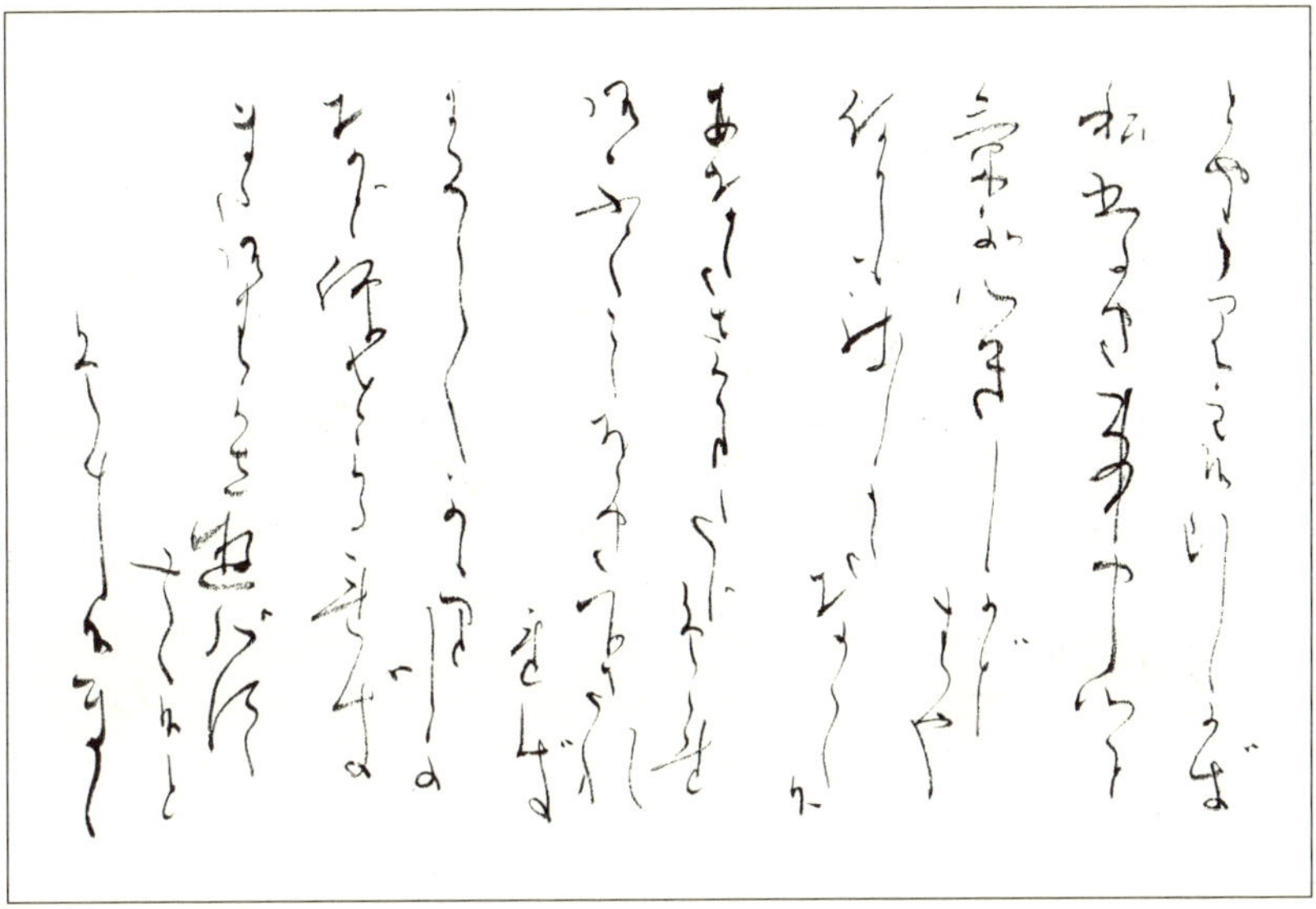

とやう見え候ひしかば
私わるき事申つと
氣がつきしかど
はや
何とも致しかたなく
候
あなたさまたゞ
それ
御ふくみをき下され
れば
よろしくか丶り
しか
など仰せらるれば
また御はら立遊ばす
べく候と
そんし候ま丶

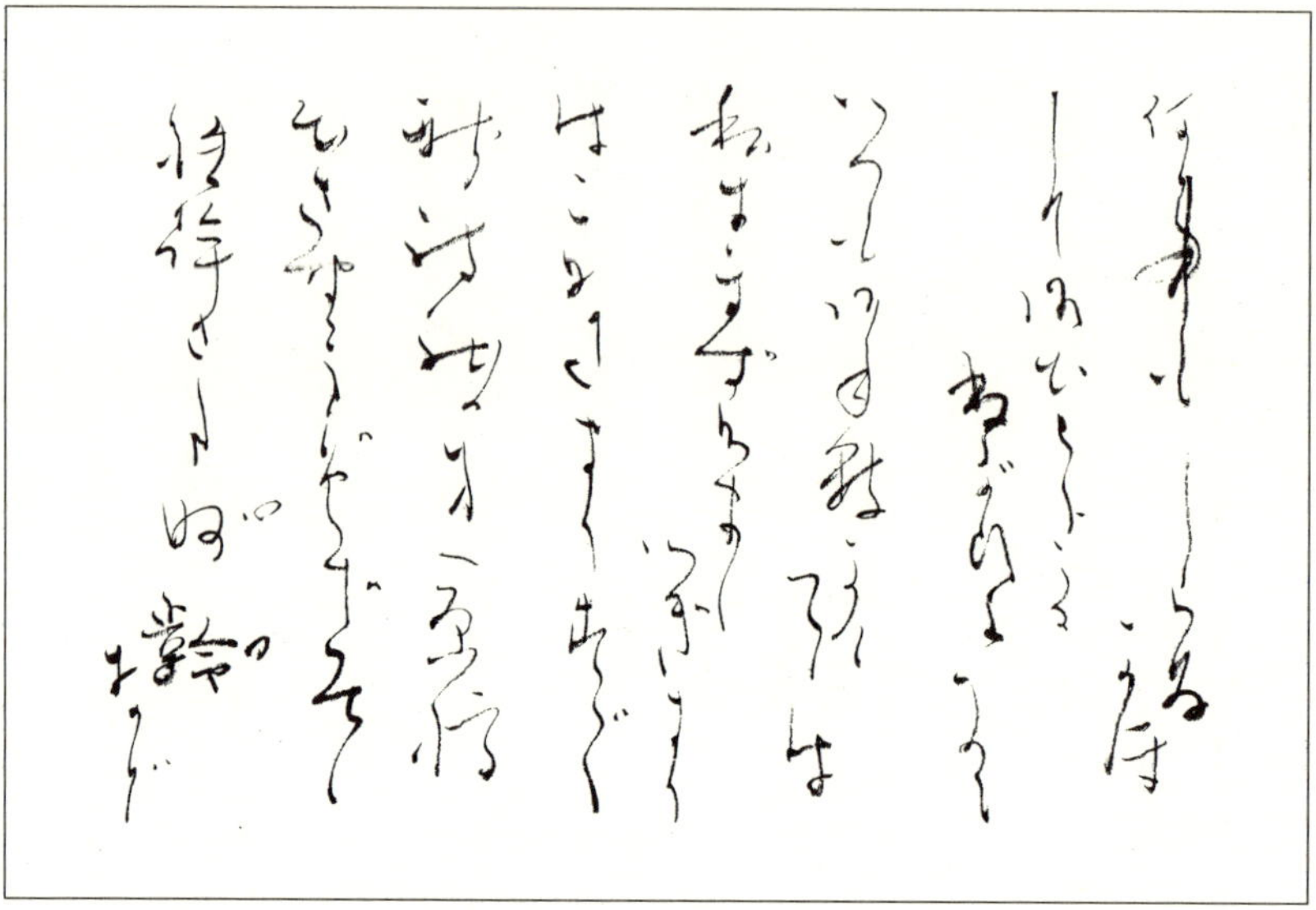

何事もしらぬ
かほ
して御出被下度
ねがひ上参候
いつも御手数かけ
ては
私すまず候まゝ
つぎより
はこなたよりすぐ
新詩社の方へ原稿
出さむとぞんじ居候
鉄幹さま妙齢
など

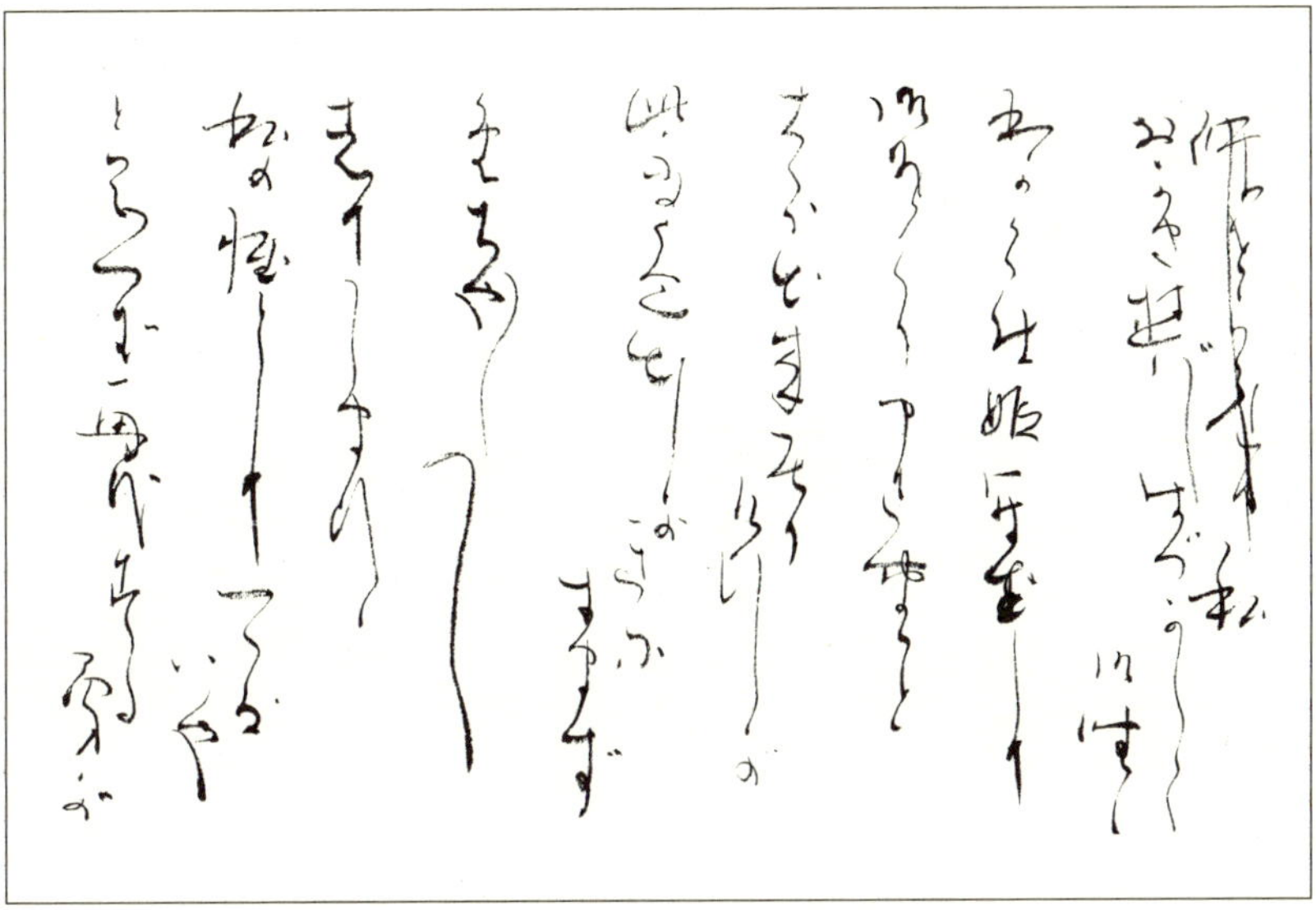

〈仰せられて〉私
おかき遊ばしはづかしく
御坐候
わかくさ姫寫生して
御をくり申さむと
大分出来居り
候ひしが
紫の色出しが
きに
すまず
めちや〳〵に
してしまひ候
私の性として一度
いや
と思へば再びする
勇が

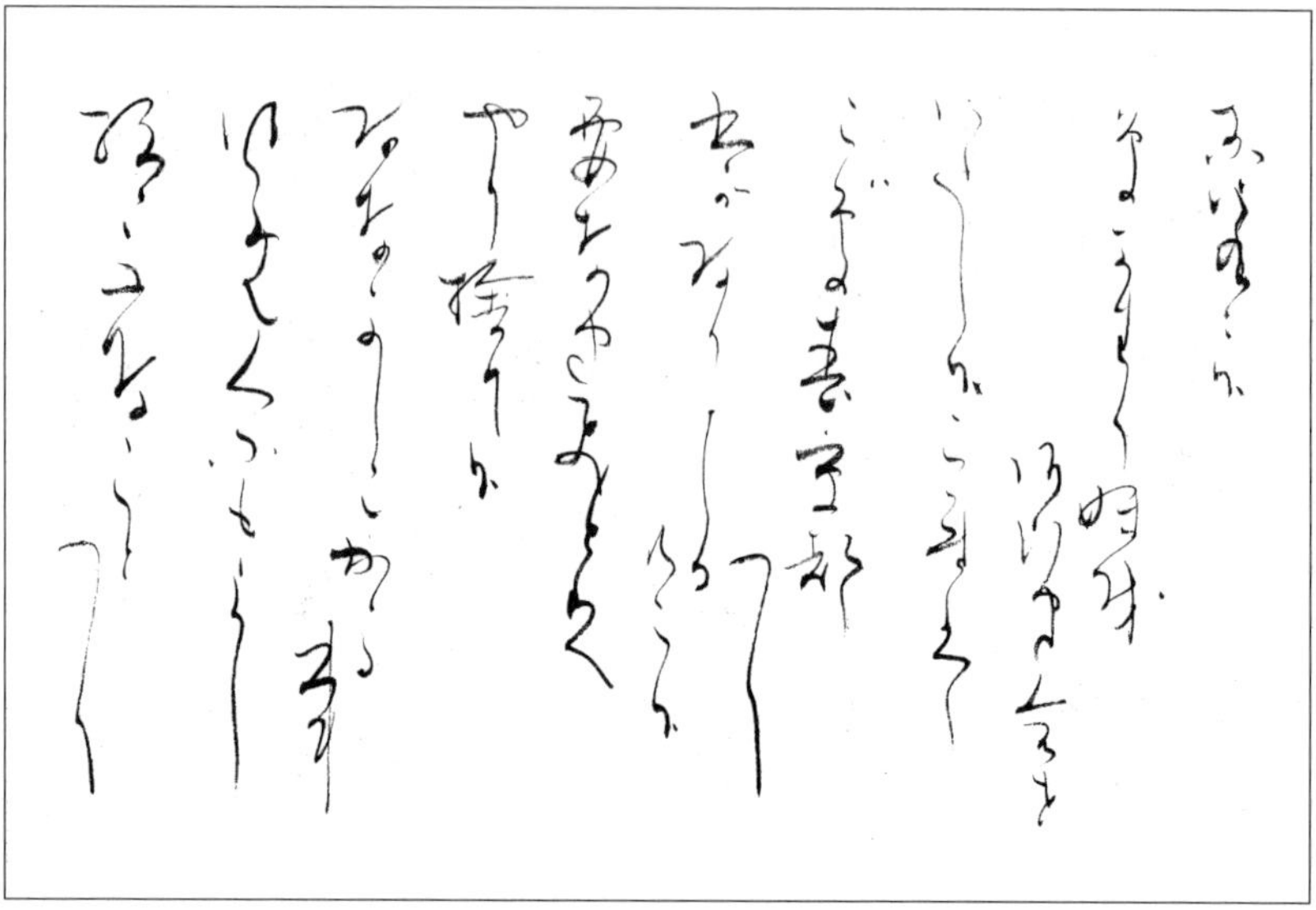

ないのに候
そのかはり妹を
御ひき合せ
いたし候これは
こその春京都
に
わがありし日
のに候
要なきものとて
やり捨て候
あなかしこかゝる
事
ゆめ人にもらし
給ふなこと
に

雁月様なとに
ゆめ〳〵
つげ給ひぞ
いく重にも
ねがひ上
参候
御文たまはるやと
いつとなき日を
まつは
まことつらきもの
に
候まゝ
この十貳日頃に御志
あらば
御文給へかし

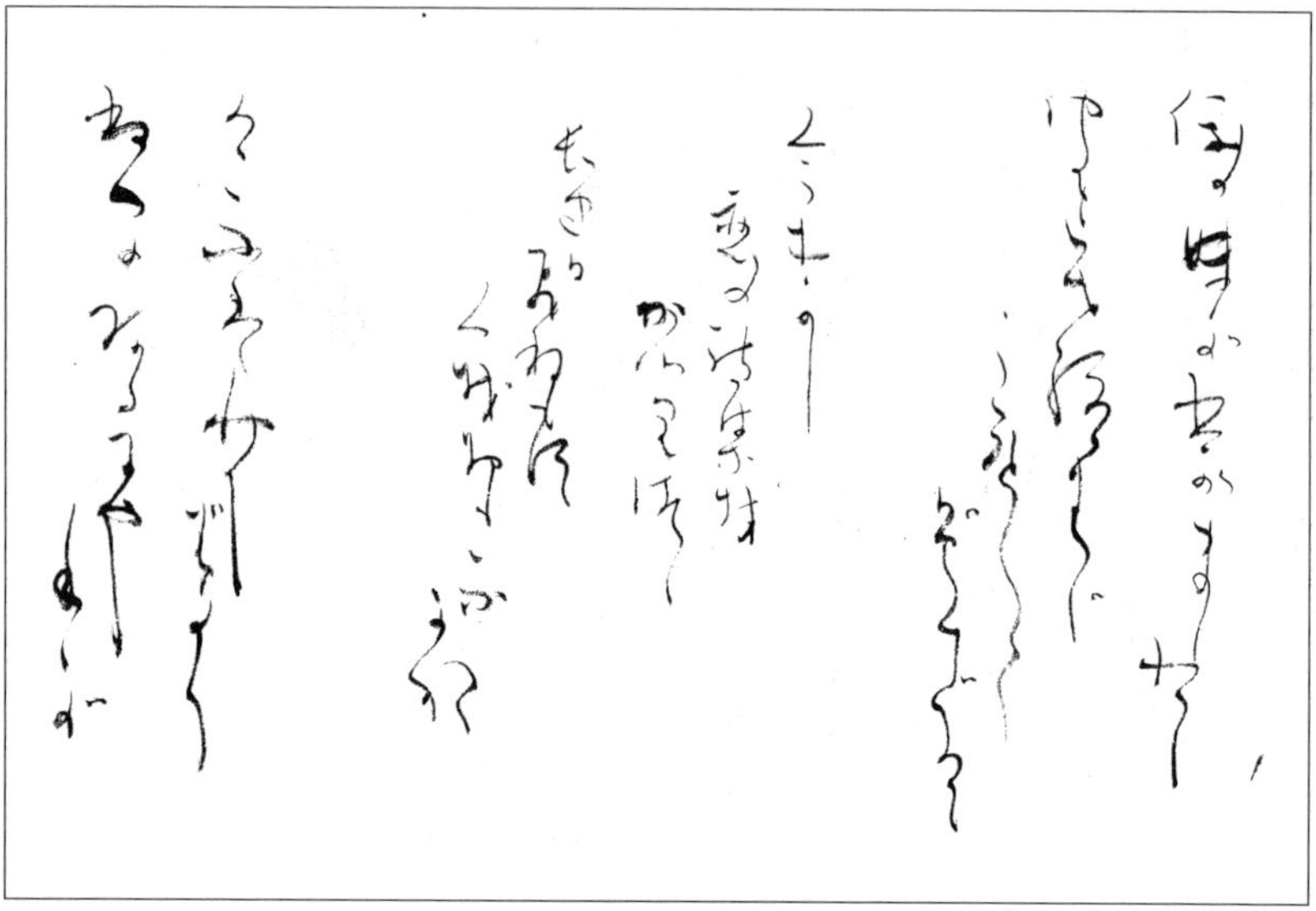

例の妹がわがまゝと
ゆるさせ給はゞ
うれしく
ぞんじ参候

今むかし
恋の詩集を
かつ見つゝ
長き日
ひねもす
人をおもふ
かな

けふは少し
ばかり
ねつのあるにや
手が

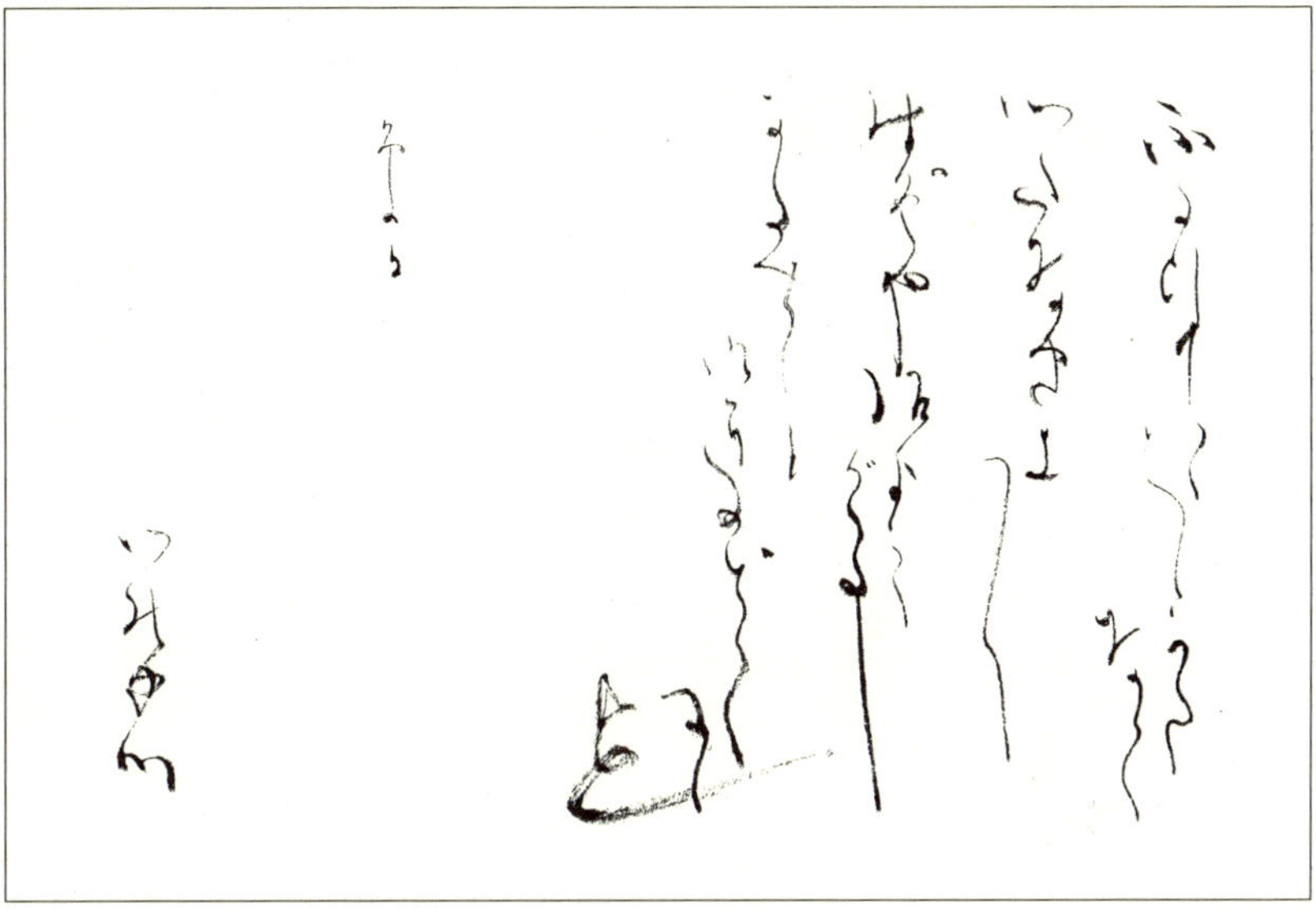

ふるひていたしかた
なく
つたなき上
に
さぞや御よみ
ぐるし
かるべしと
御きのどく
に候
かしこ
その日
いさや川

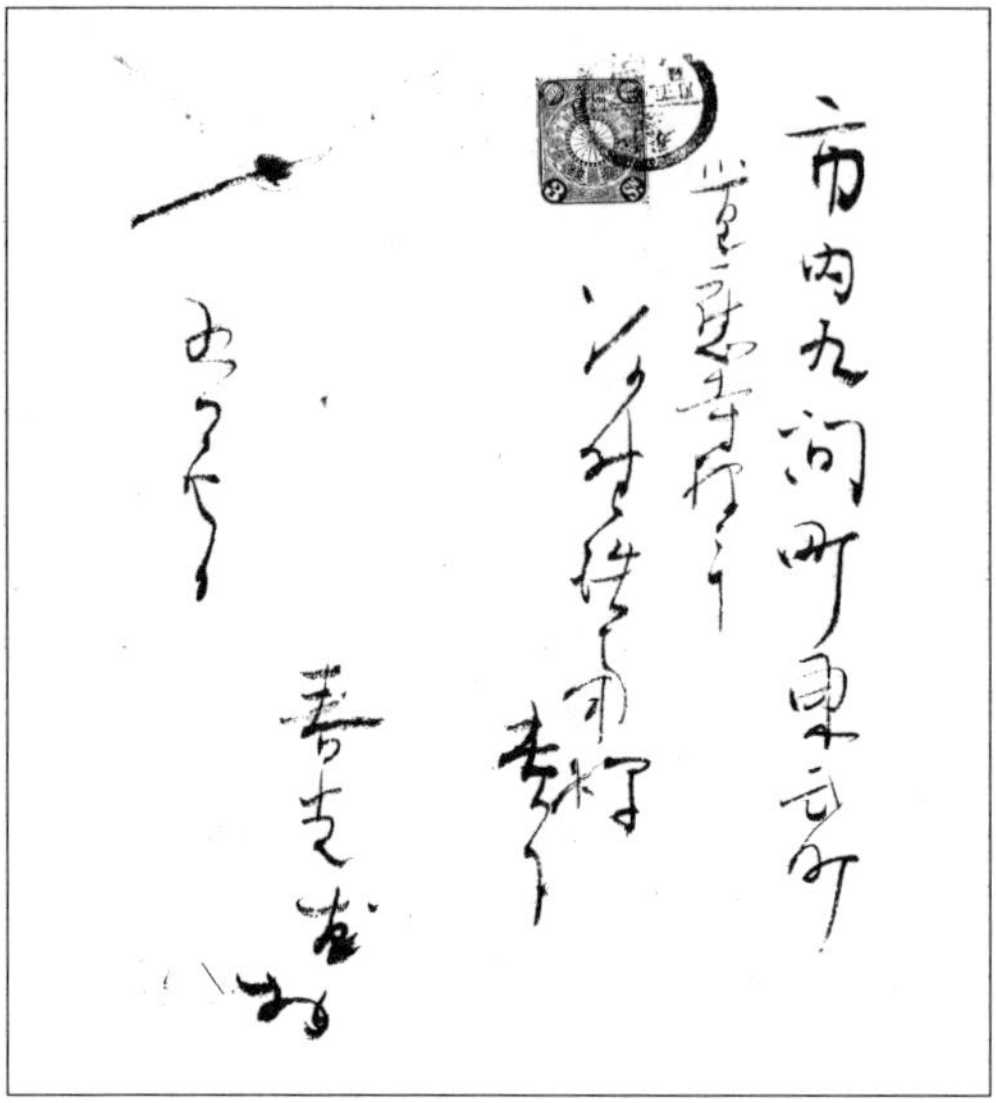

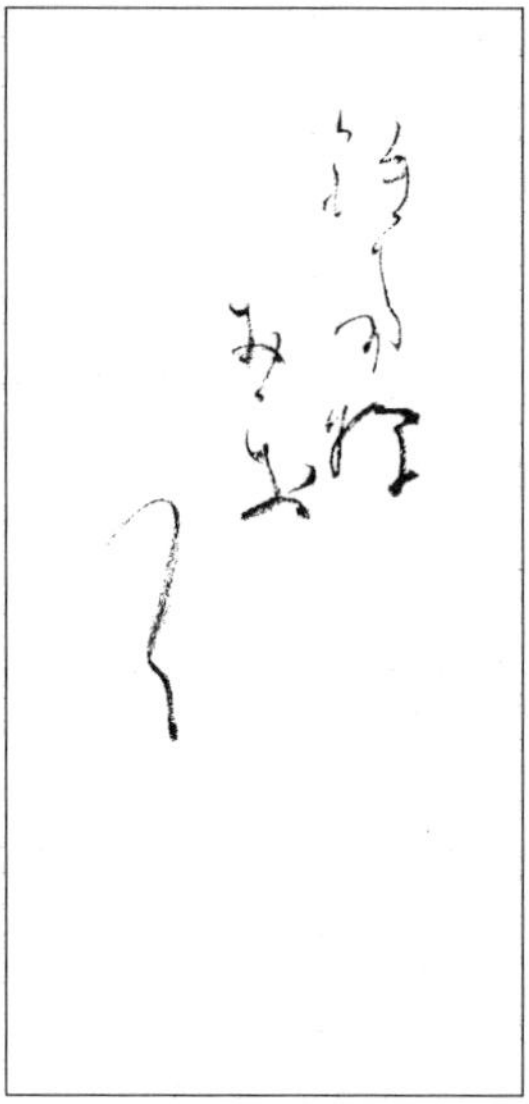

鉄南様
お前
に

《封　筒》

【表】　市内九間町東弐町
覚應寺様にて
河野鉄南様
貴下

【裏】
五月四日
春光生拝

⑫

与謝野晶子書簡　河野鉄南宛〈明治三十三年五月十八日〉

〔形態〕封書　表紙(本文 17.2×147.2cm

表装 20.9×177.1cm)　毛筆

〔封筒〕和封筒(18.6×7.5cm)　毛筆

〔消印〕和泉／堺／卅三年五月／十八日

／ホ便

【備考】封筒は他筆。

記念切手「東宮御婚儀祝典」を

使用。

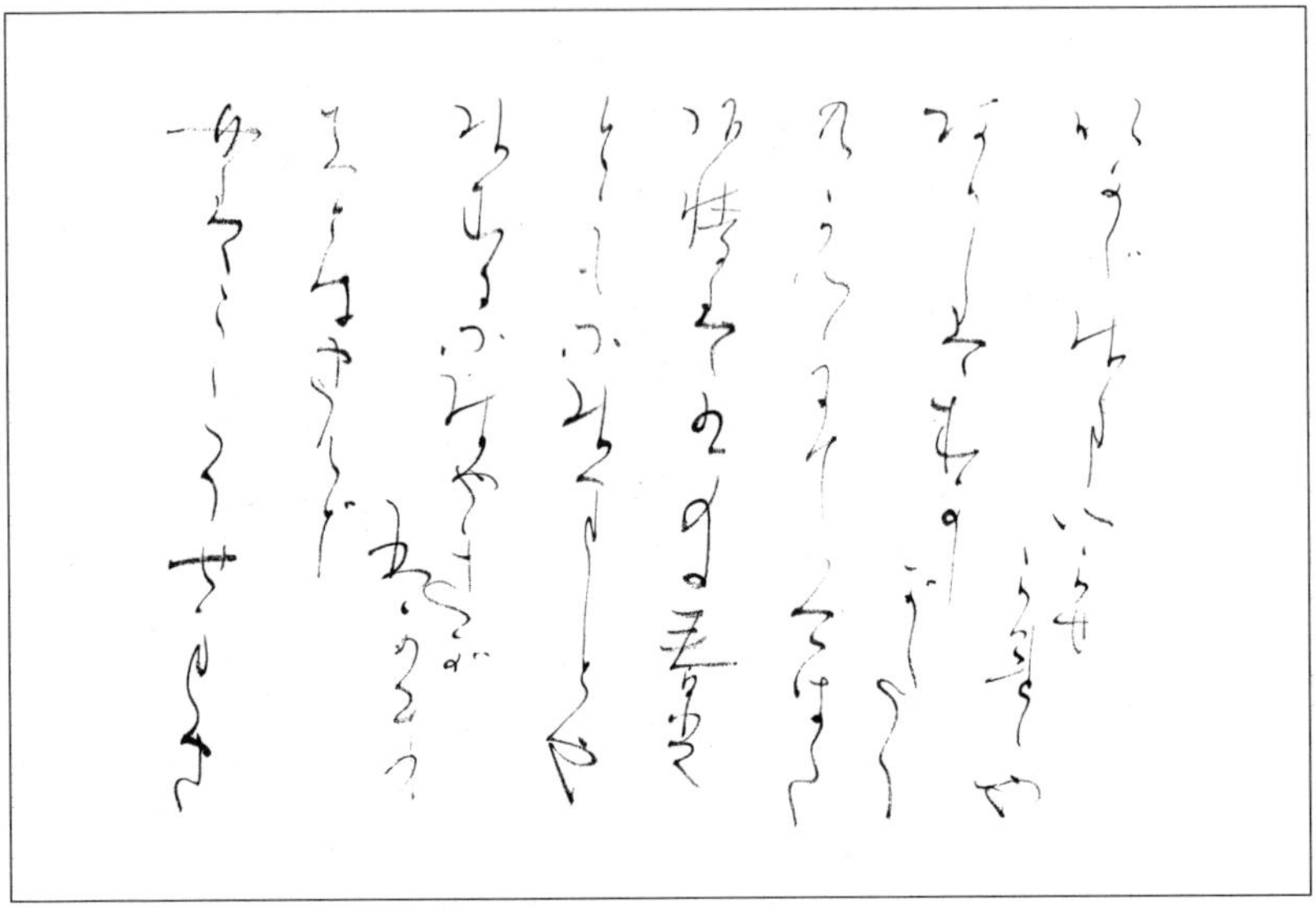

いかゞさまいらせ
　られ候や
ありしはむかし
　がたり
のうつゝにて今はた
御情は九十の春光
とゝもにさりしとや
さむるにはやきが
　わかき
ちとはきけど
女はこゝろせまき

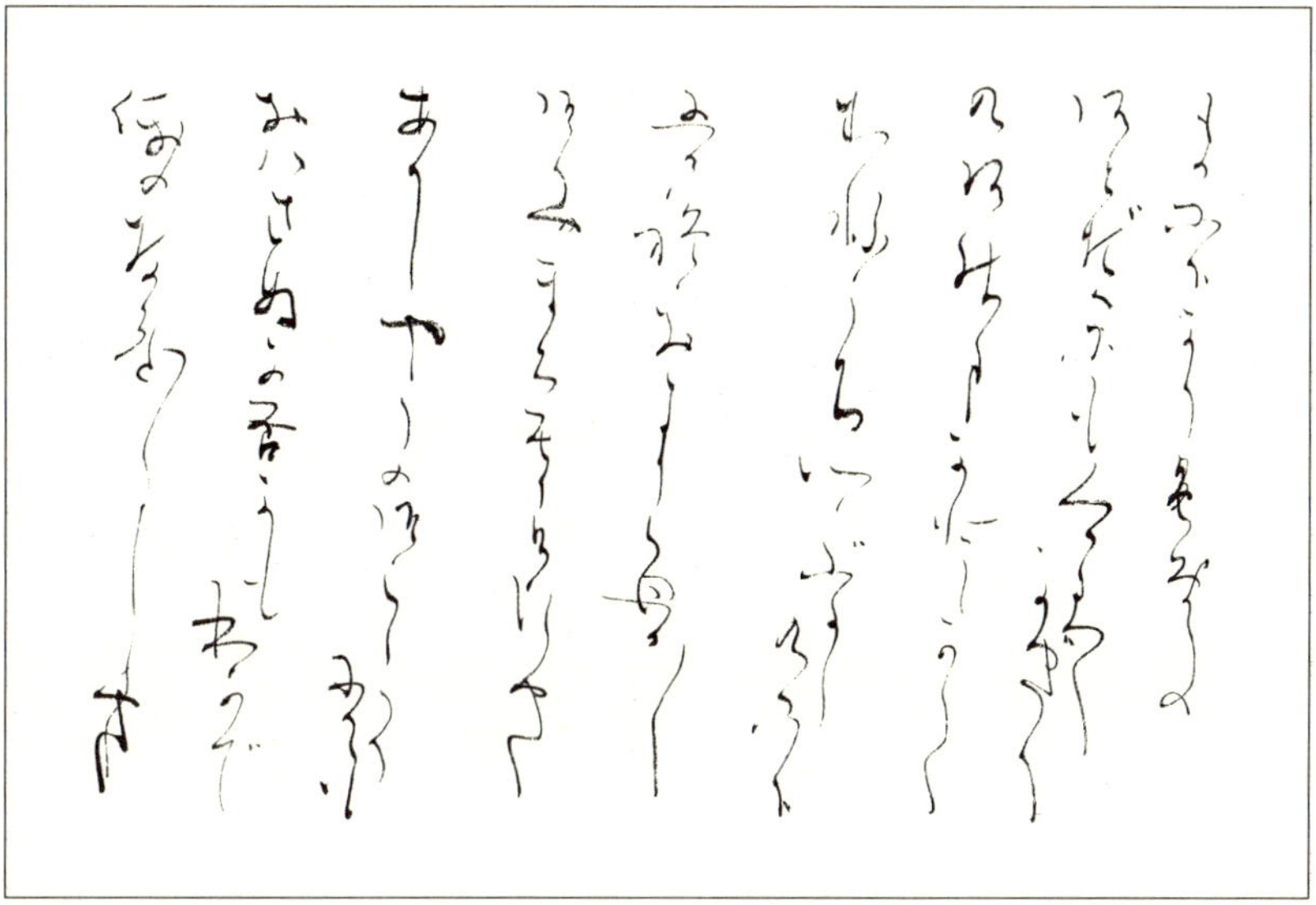

ものに候かりそめの
御とだへにも今は
かぎり
の御さまかとかく
むねうちつぶるゝ
のに候
五日程前より毎日〳〵
御文まち居り候ひき
ありしやうの御こゝろ
にても
おはさぬか否かも
わかで
例のなれ〳〵しき〈〳〵〉

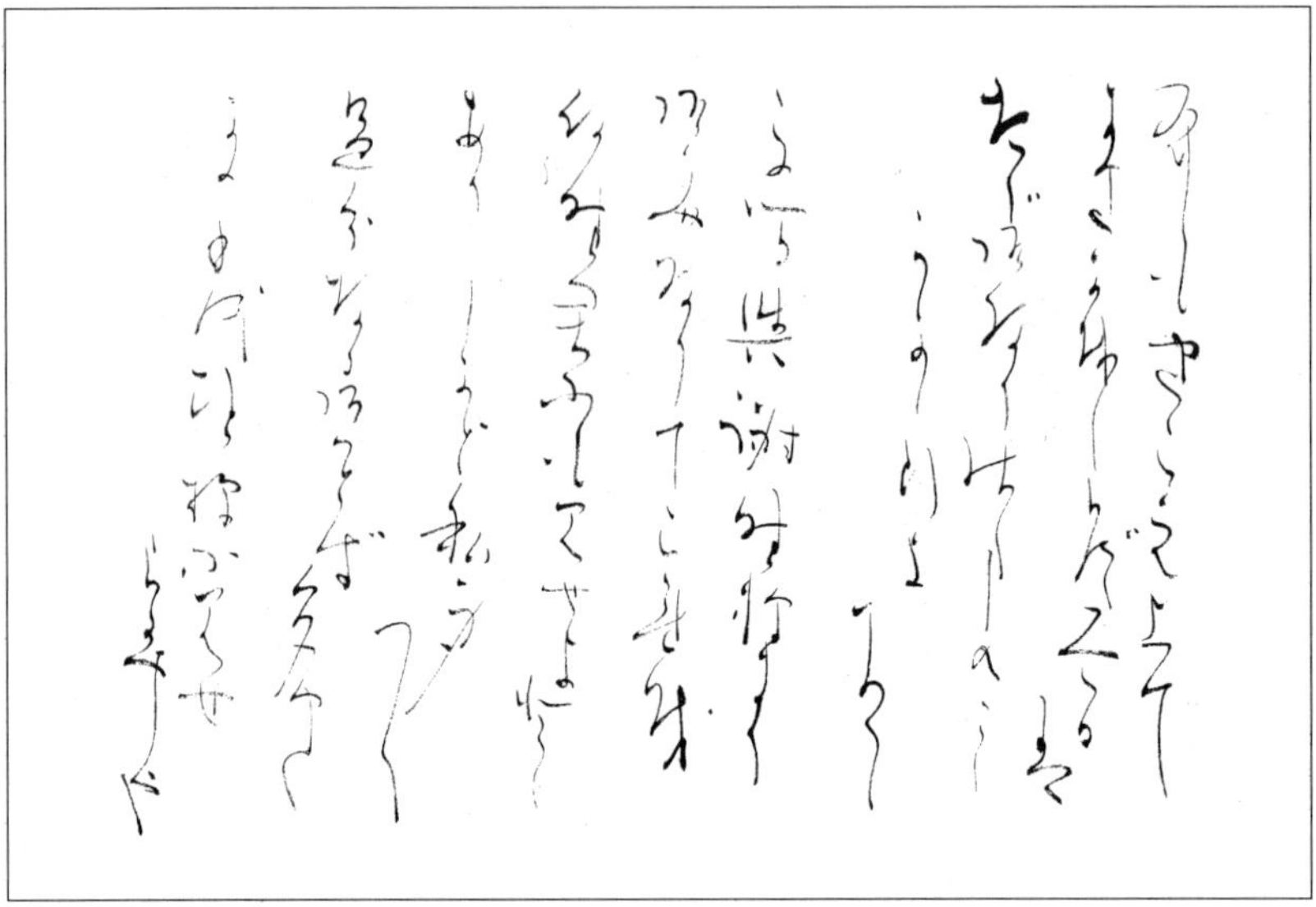

事もきこえ上て
よきかをしらず今日
は
たゞ御ありさまのみ
うかゝひ上
参候
この間與謝野様より
御文ありてこれを
河野君にも見せよと
ありしかど私身
に
過分なる御ことば多き
かの手紙ひと様に見せ
らるべしや

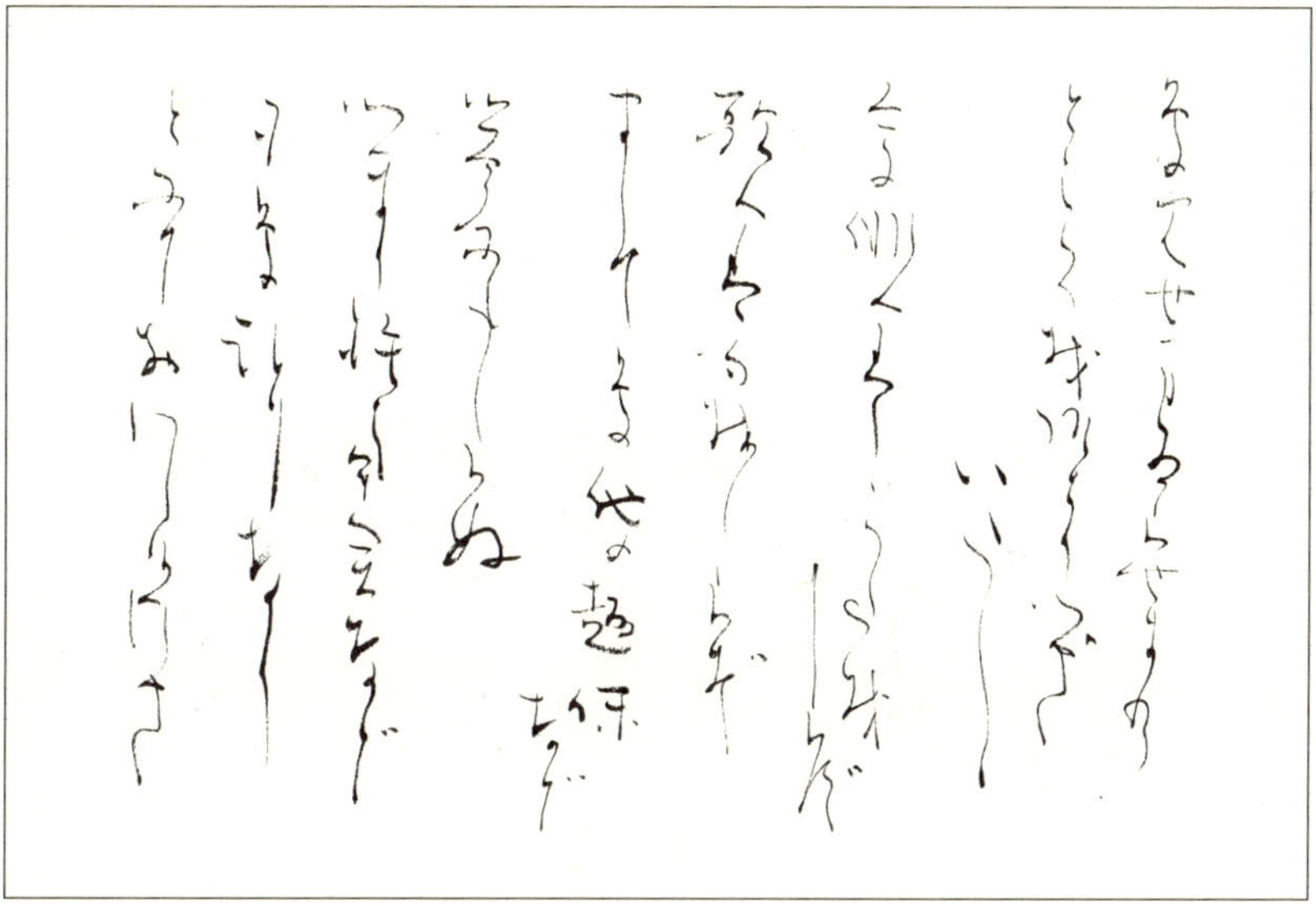

その見せまゐらせよの
ところを御とりつぎ
いたし候
今の俳人はうたを
しらず
歌人は句をしらず
ましてその他の趣味
など
夢にもしらぬ
つまり鉄南君など
もそのひとりなり
とにておはし候ひき

河野鉄南宛〈明治33年5月18日〉

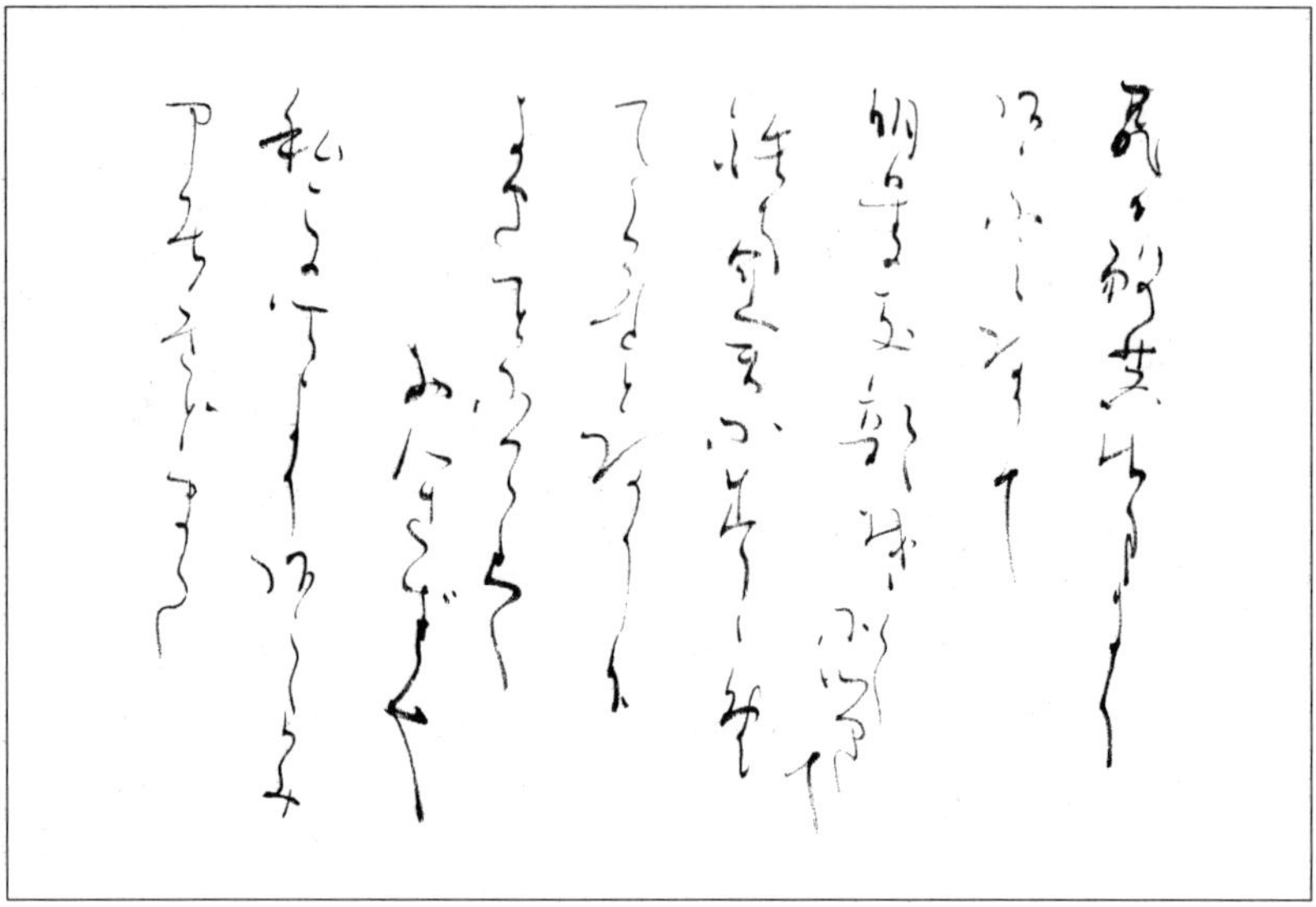

一〈□〉昨日酔茗さまより
御ふみありて
明星の支部を丶く
につきて
鉄南君にす丶め
てくれとあり候
よきことにては
おはさずや
私この間より御うらみ
申居れどまた

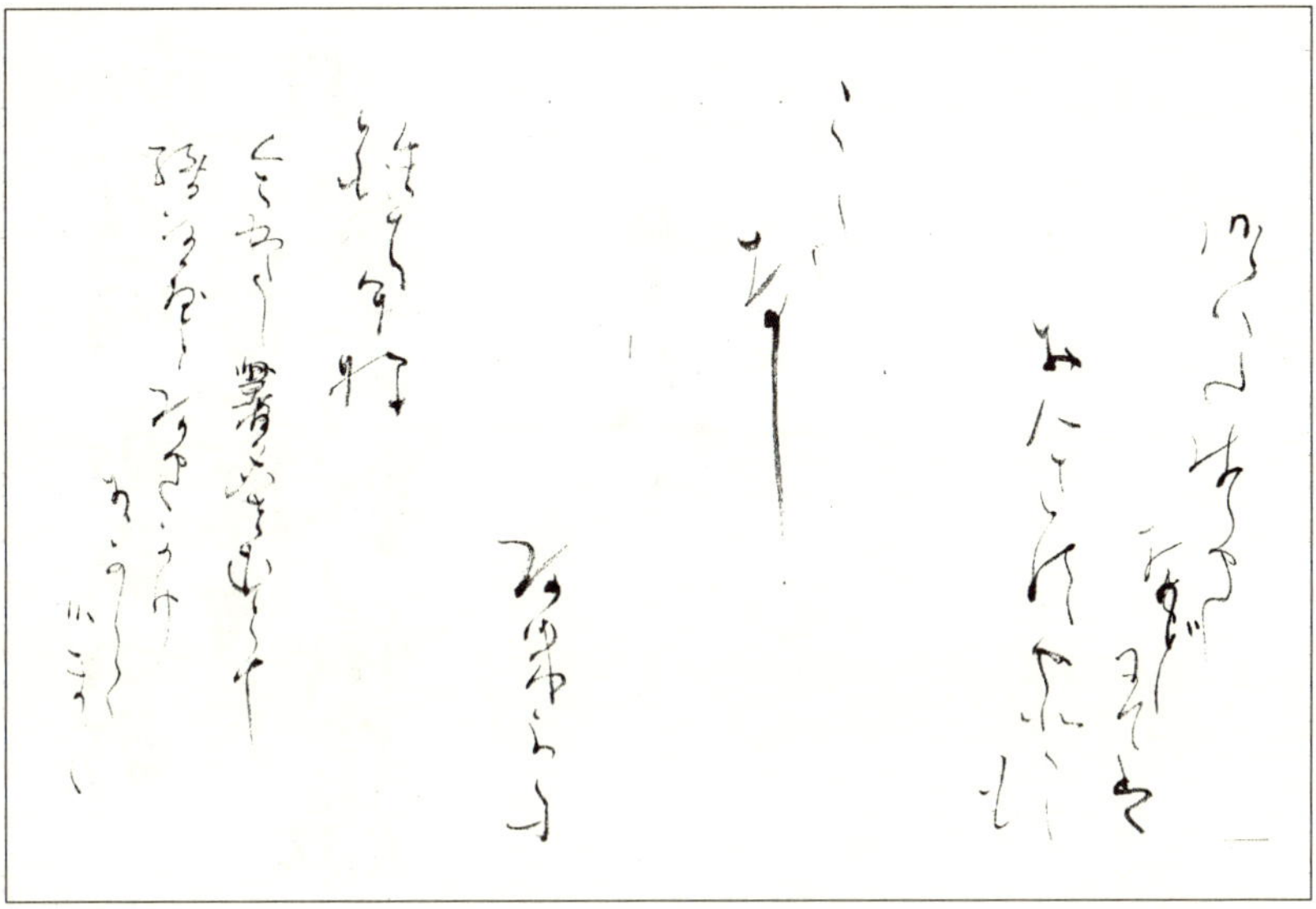

御いたつき
な〈□〉ど
にては
おはさすやと
も
うた
なし
あきら子
鉄南様
今わたし署〈□〉名せむとて
駿河屋とあきかけ
をかしく
候まゝ

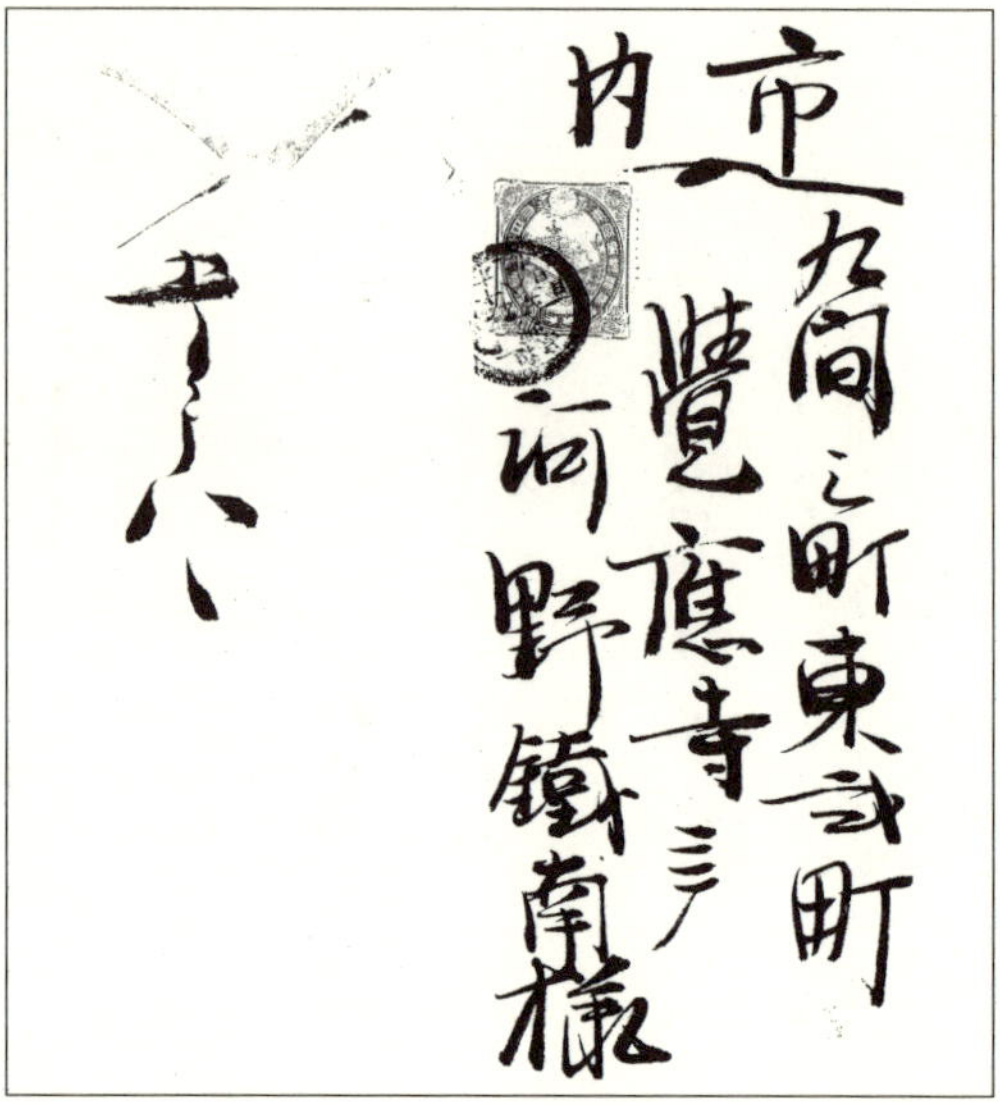

《封　筒》

【表】

市
内
九間之町東弐町
覺應応寺ニテ
河野鐵南様

【裏】

五月十八日

⑬

与謝野晶子書簡　河野鉄南宛〈明治三十三年五月二十六日〉

〔形態〕封書　巻紙（本文 16.6×220.5cm
表装 20.0×250.5cm）　毛筆

〔封筒〕和封筒（18.4×8.7cm）　毛筆

〔消印〕和泉／堺／卅三年五月／二十六
日／ヘ便

【備考】封筒は他筆。
前掲書簡⑫と同様の記念切手を
使用。

河野鉄南宛〈明治33年5月26日〉

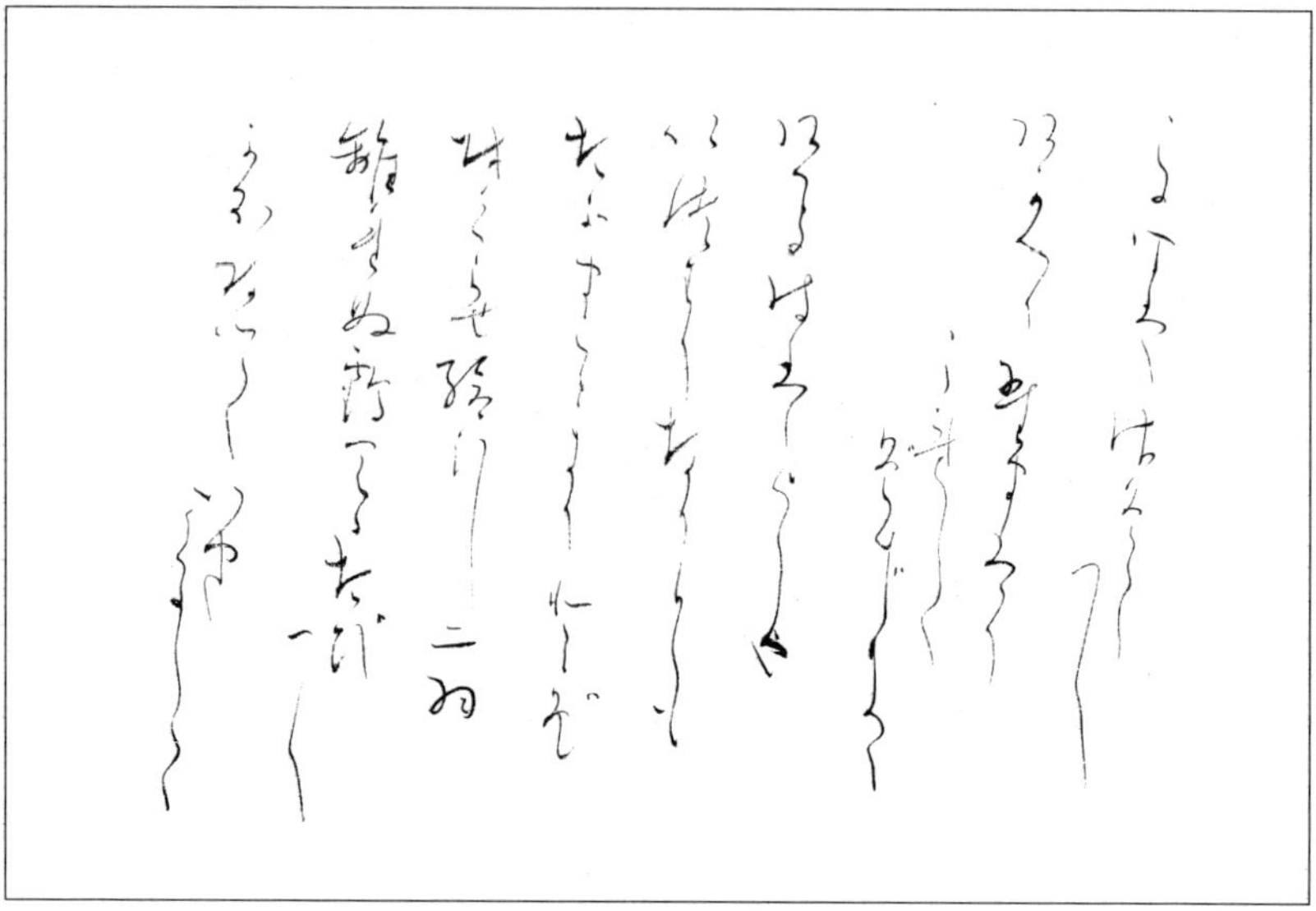

この間はさそく
に
御かへりたまはり
うれしく
ぞんじ参候
御ことのははよしや
いつはりなりとも
たがまことよりとぞ
をくらせ給ひし二羽
離れぬ鶴見るたび
に
かほあつくいき
くるしく

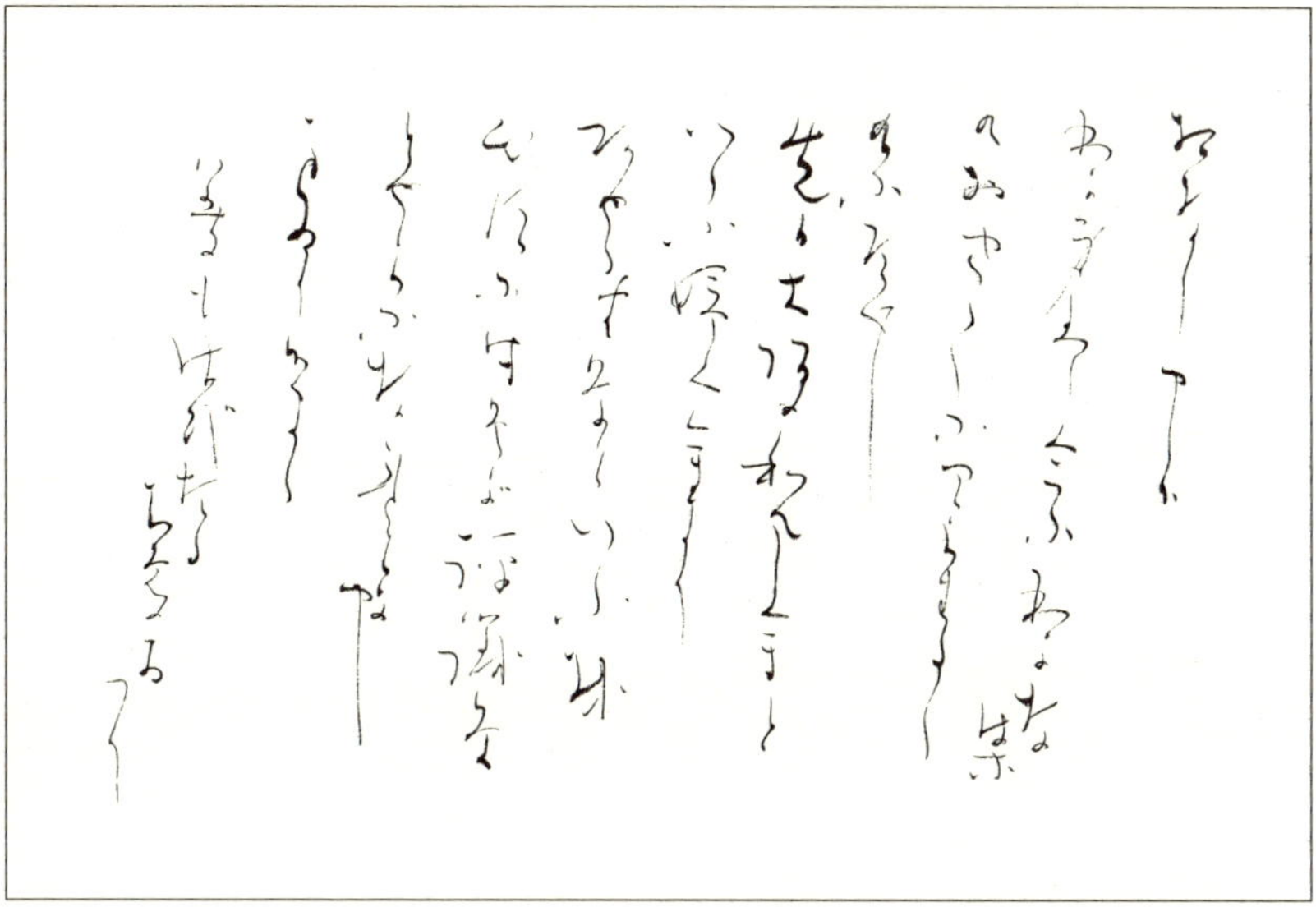

相なり申候
わか身はけふわかな
集
のおきくにわらはる、
のに候べし
先日大阪の和風會と
いふ婦人會より
あやめ草といふを
出すに付そが評議員
とやらになれとか
申
まゐり候まゝ
夢もさびたる
ちゑの子
に

河野鉄南宛〈明治33年5月26日〉

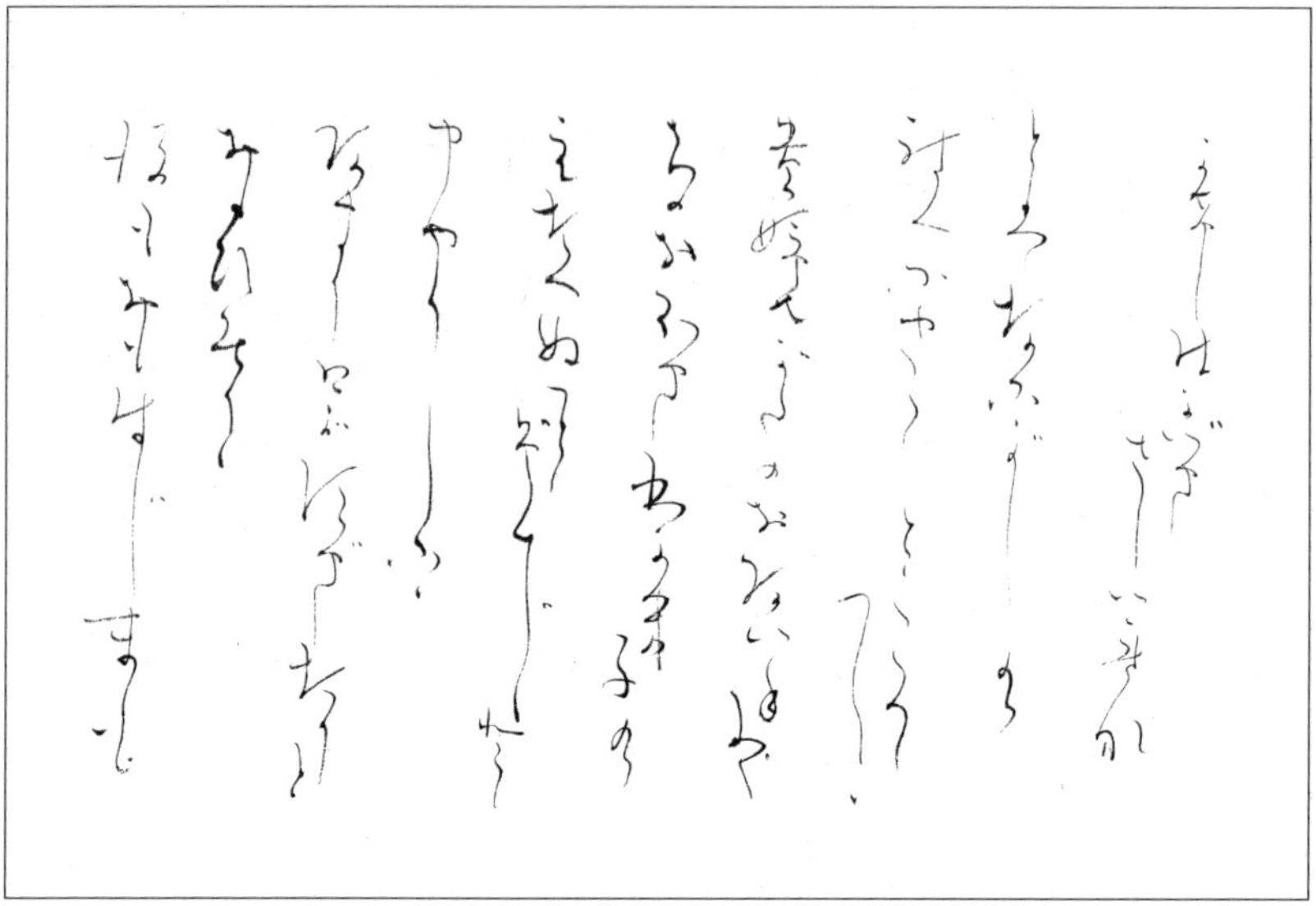

かけしさかづき
さしいれな
とはなにがしの
詩人にきゝしところ
に候
貴婦人がたのおあいては
ちのおほきわかき
子の
えたへぬことゝ
ぞんじ候と
申やりしに候
あまり口がすぎたりと
おもひ居り候
後もおもはじ末も

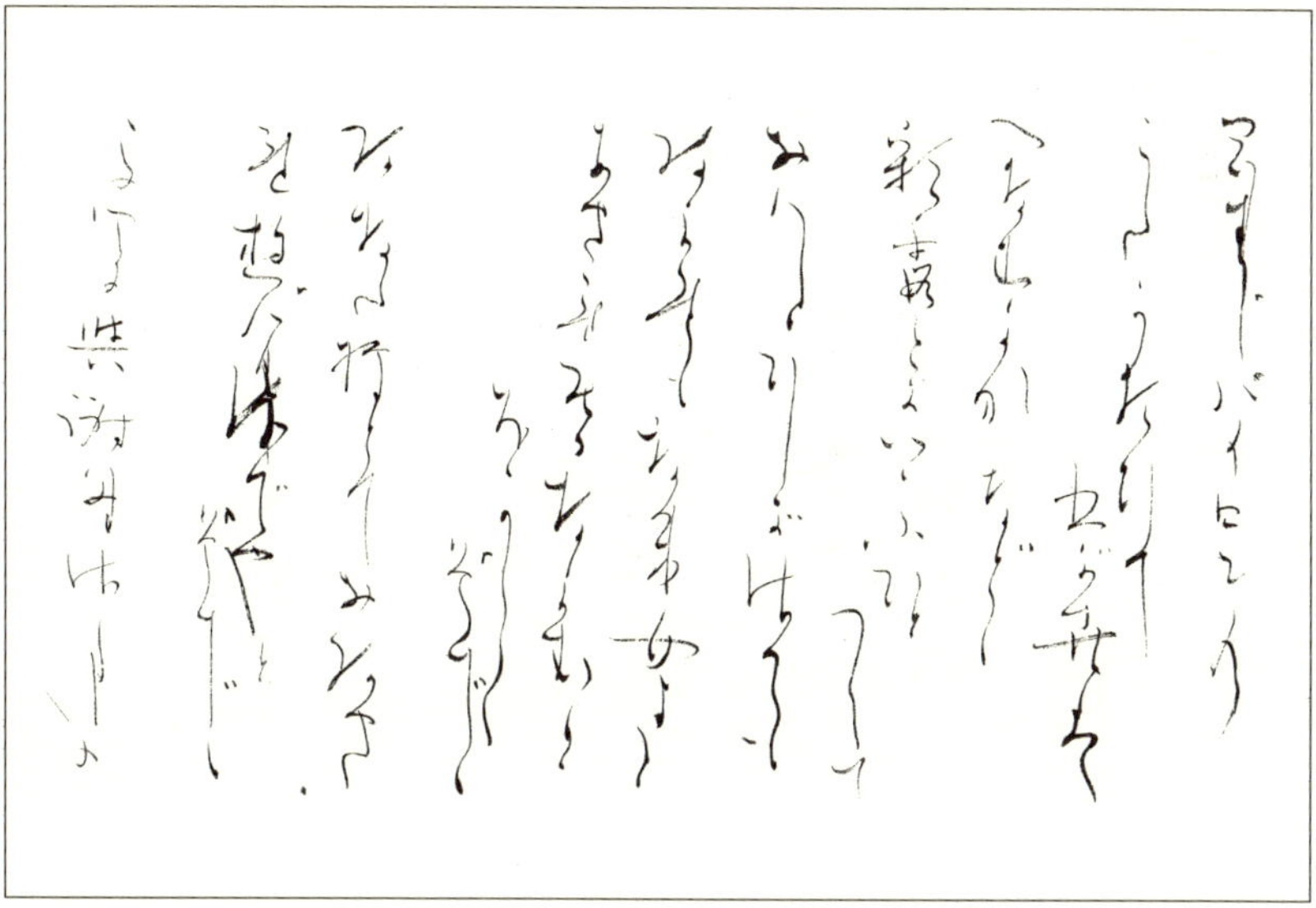

思はじバイロンの
うたうたひて
わが世は
へなむかななど、
彩霞とかいふひと
にて
おはし候ひしがさても
あられもなき女よと
あきれ居るならむと
をかしく
ぞんじ候
あなた様とておあき
れ遊ばさでやと
ぞんじ候
この間の與謝野さまの

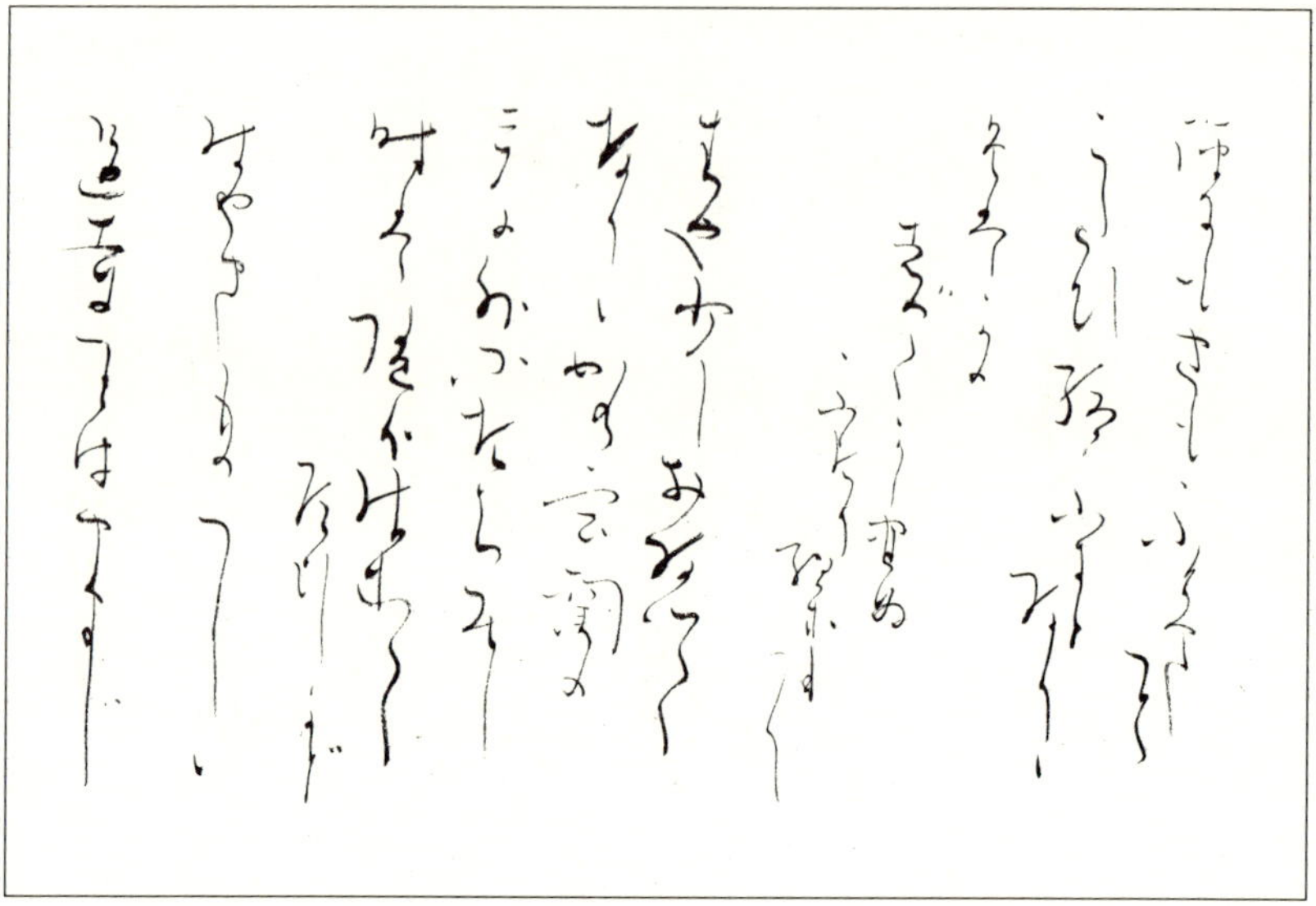

評にもきもふとき
こと
うたひ給ふよと
あり候
そはかの
しずくか丶りぬ
ふたり
組む手
に
はや少しおあつく
なり候かの玄関の
戸の外にたち居し
時は随分さむく
候ひしかど
はやきものに候
過去のことは申まじ

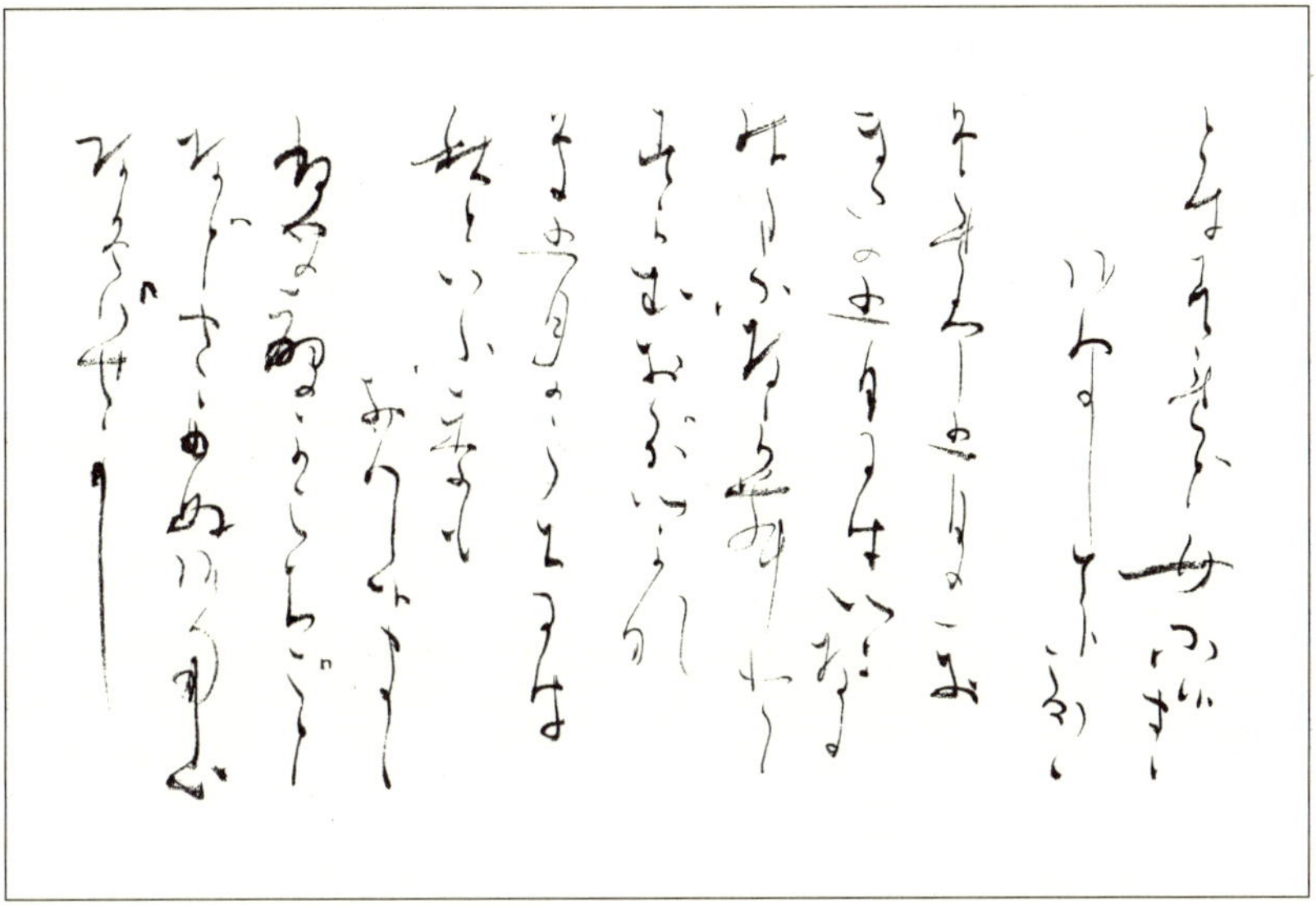

とはすれど女に候
まゝ
御ゆるし被下度候
それは五月の前
またの五月にはいか
なる
さまにならむと
すらむおぼつかな
その五月のうちには
秋といふ季も
おはし候まゝ
ねやの扇のかこちごと
などきかぬ御用心
あそばせかし

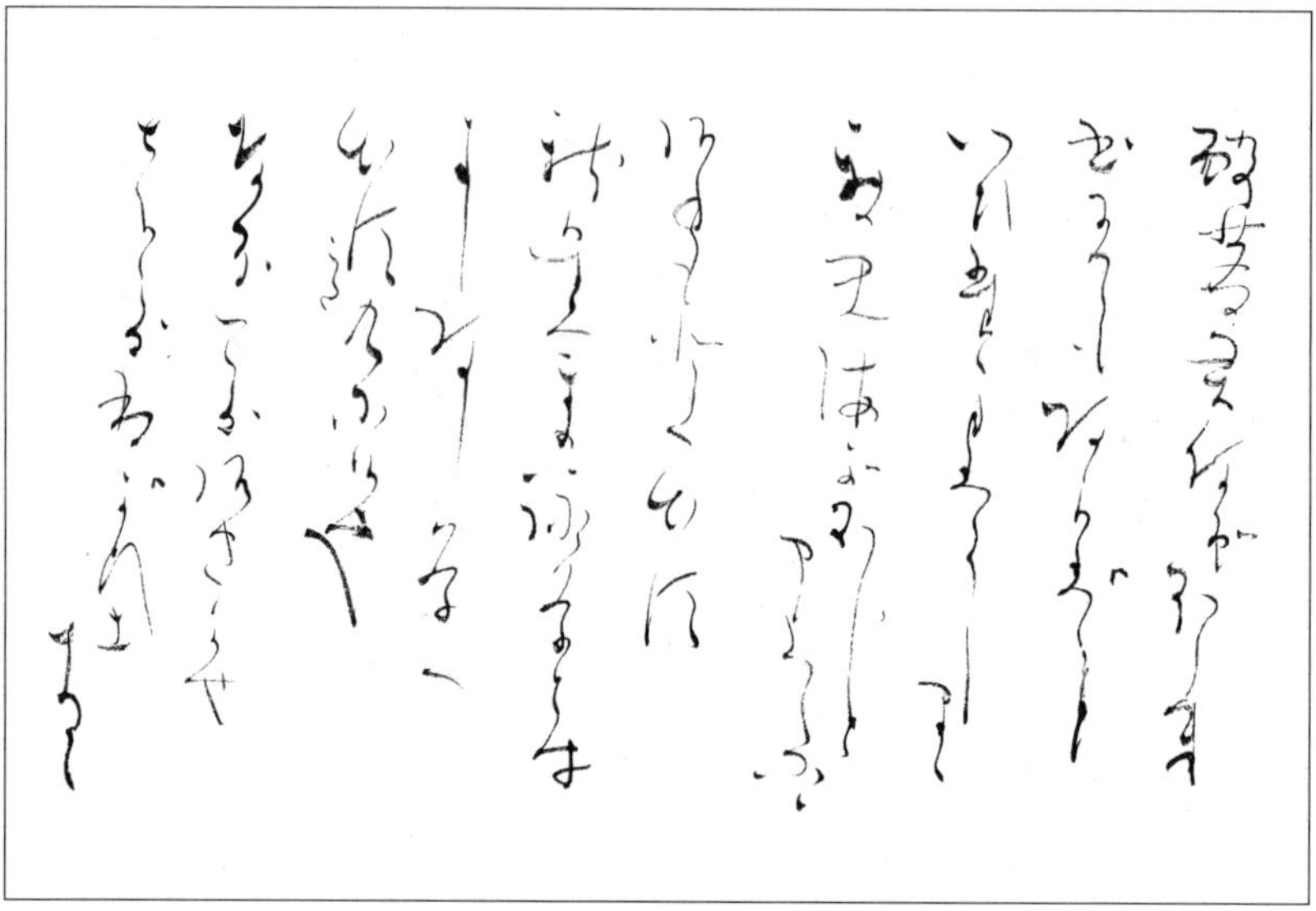

酔茗の君何ぞほしき
書にてもあらばと
いひたまはりし
まゝ
前の史海がほしと
申上しに候

御手もとへ出す

新星會の詠草とは
よしあし草へ
出すのに候や
うた
なほ一度御きかせ
被下度ねがひ上げ
参候

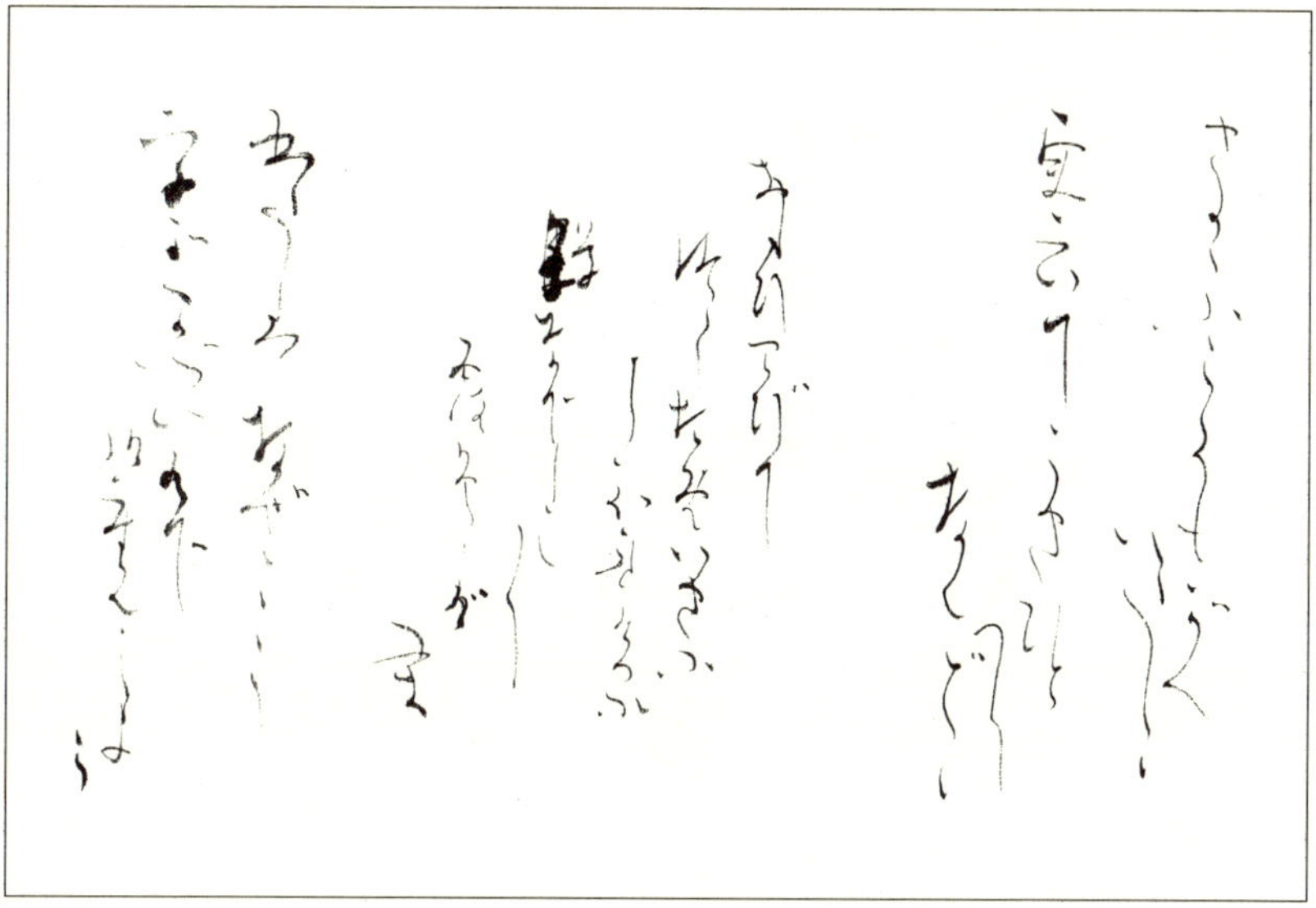

きのふころもがへ
いたし候
更云てうきひと
に
なんど、

おもひわびて
つくためいきに
しほれける
草〈□〉なでしこ
に
露そゝげ
君

わたしはなぜこう
字がまづいので
御座んしよ
う

河野鉄南宛〈明治33年５月26日〉

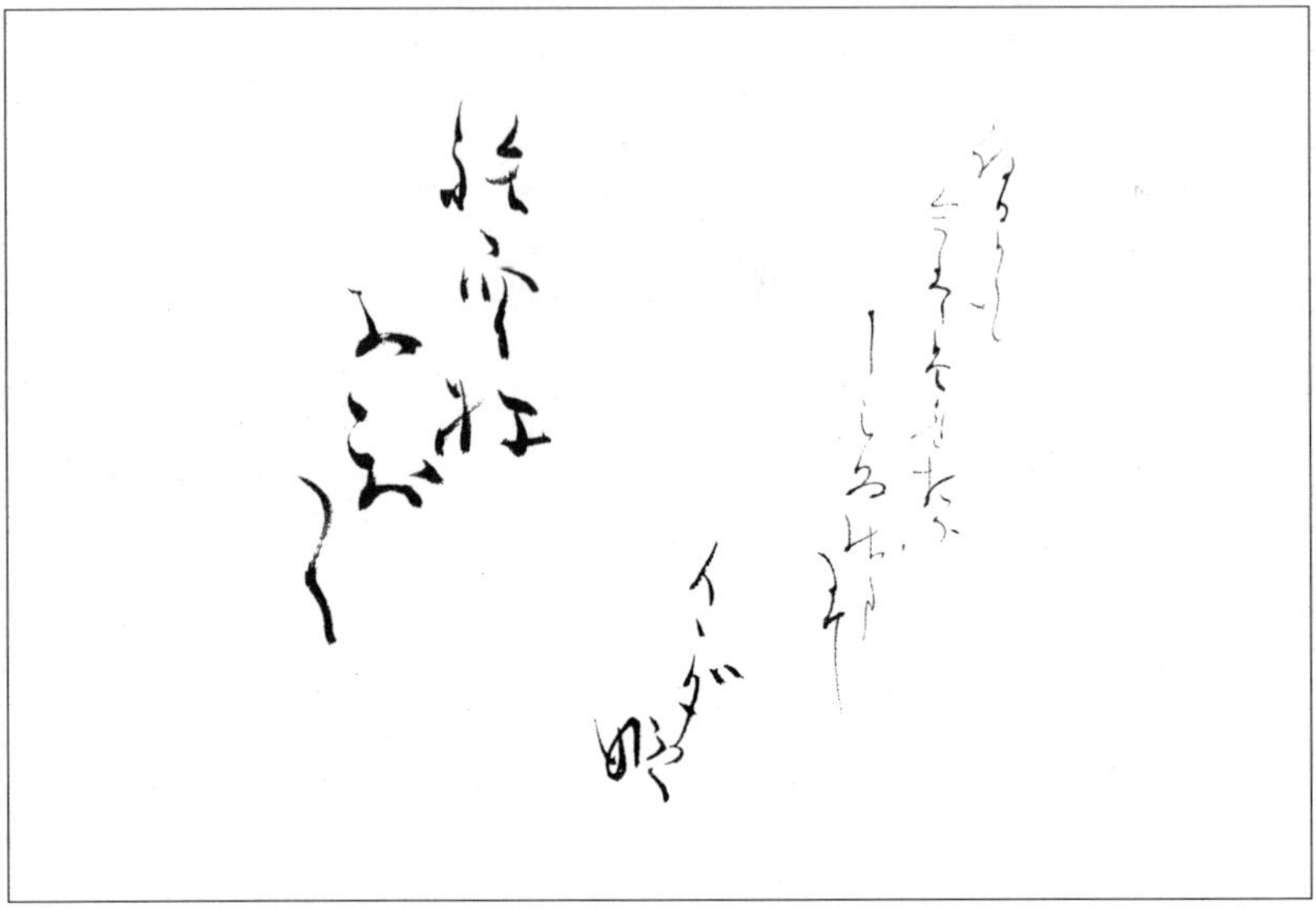

何日かも
今はそれたに
しらぬさま
にて
イヽダ
姫

鉄南様
お前
に

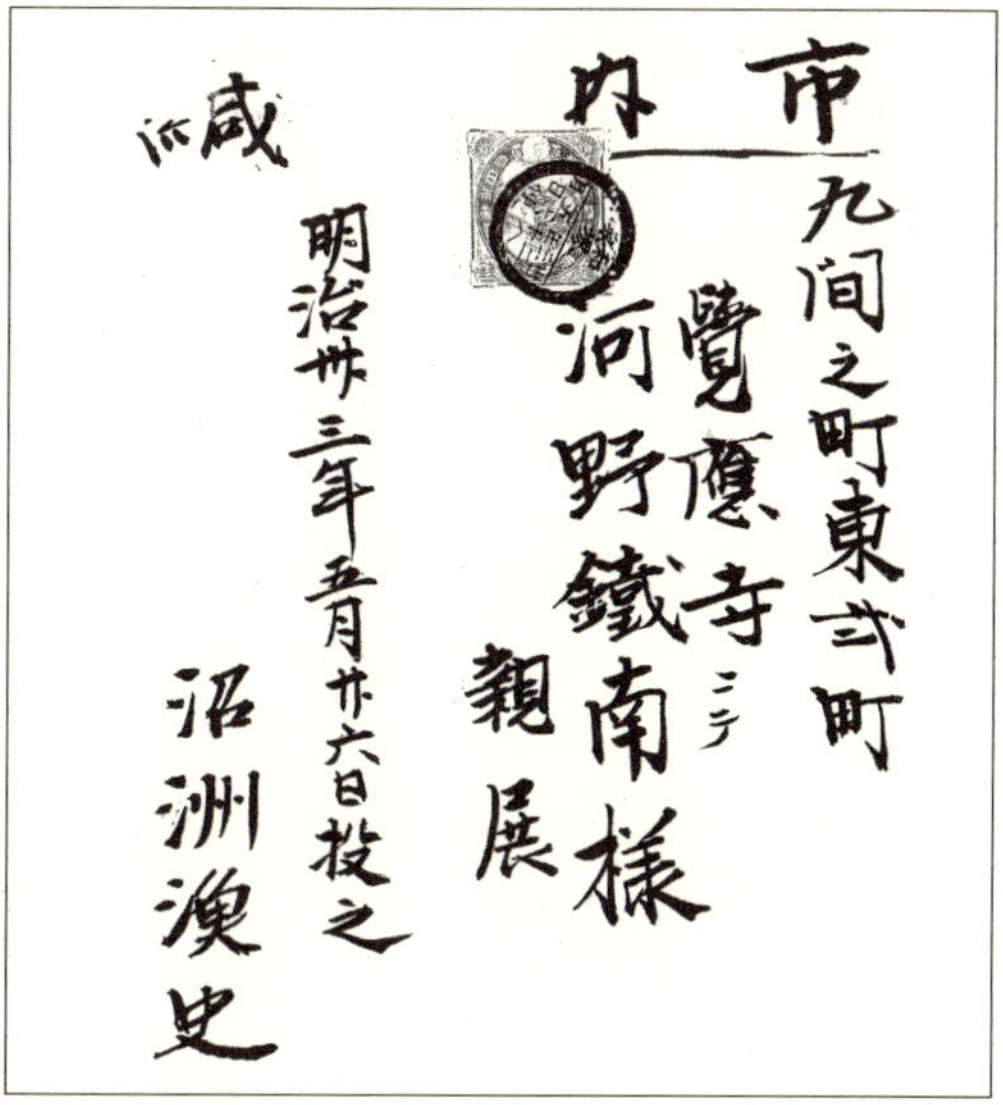

《封筒》

【表】

市　九間之町東弐町

覺應寺ニテ

内　河野鐵南様

親展

【裏】

明治卅三年五月廿六日投之

沼洲漁史

⑭

与謝野晶子書簡　河野鉄南宛〈明治三十三年六月十三日〉

〔形態〕封書　巻紙（本文 17.6×214.2cm
表装 20.1×243.6cm）　毛筆

〔封筒〕和封筒（17.6×7.2cm）　毛筆

〔消印〕和泉／堺／卅三年六月／十三日
／へ便

【備考】前掲書簡⑫と同様の記念切手を
使用。

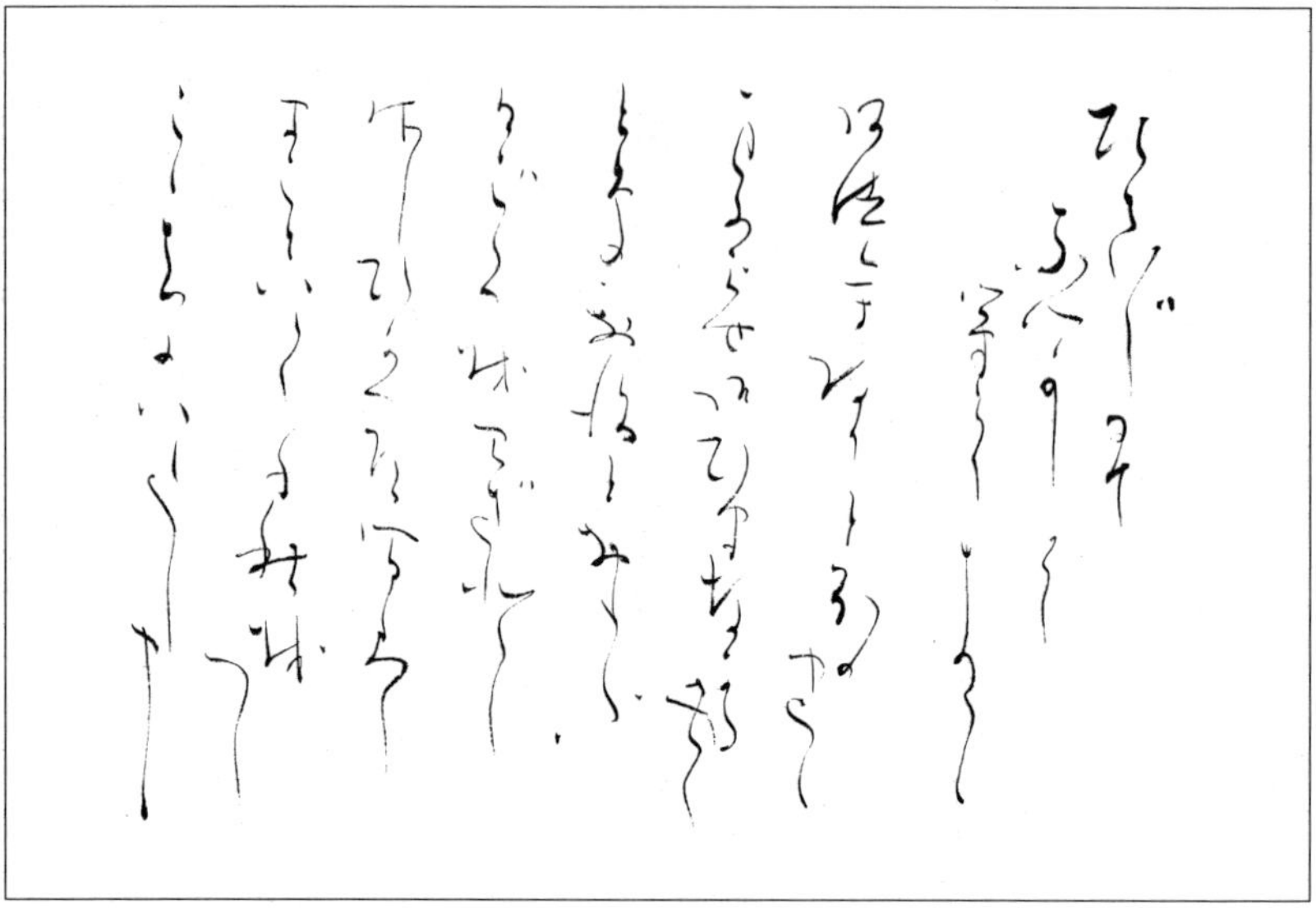

ひさぐ〱にて
なつかしく
筆とり参候
御法會ありとほの
きゝ
まゐらせ御ひまなかる
べく
とその前後とおもふ
日ごろをわざと
さしひかへ居候間は
まことといく千秋を
へし
こゝちのいたし申候

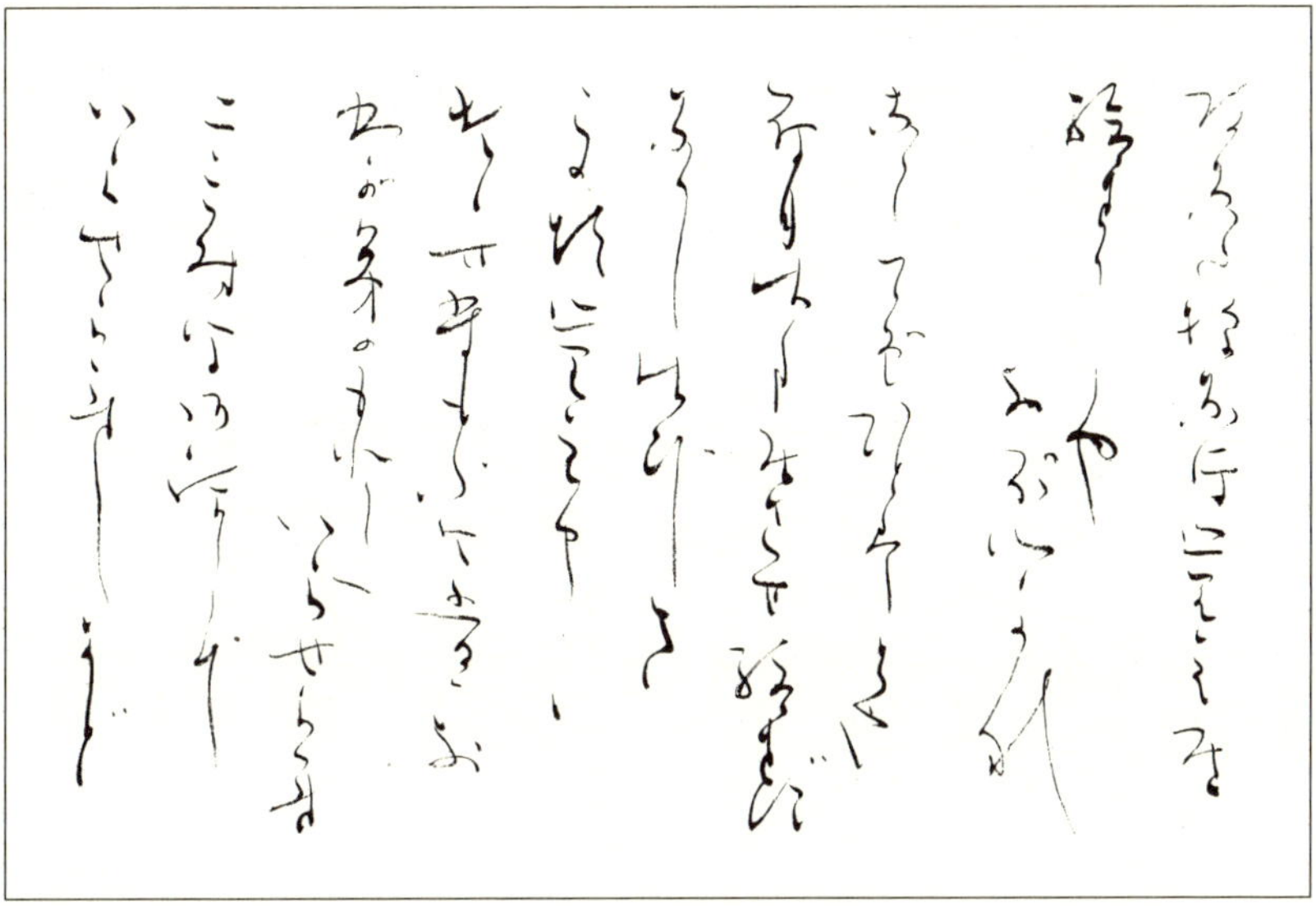

あなた様なほ覚え居
給はりしや
おぼつかな
なくてぞひとはとや
雁月さま居させ給はず
なりしさびしさ
この頃覚え申候
たゝせたもふ四五日前
わが弟のもとへ
いらせられ
二三時間御話して
いらせられしかど

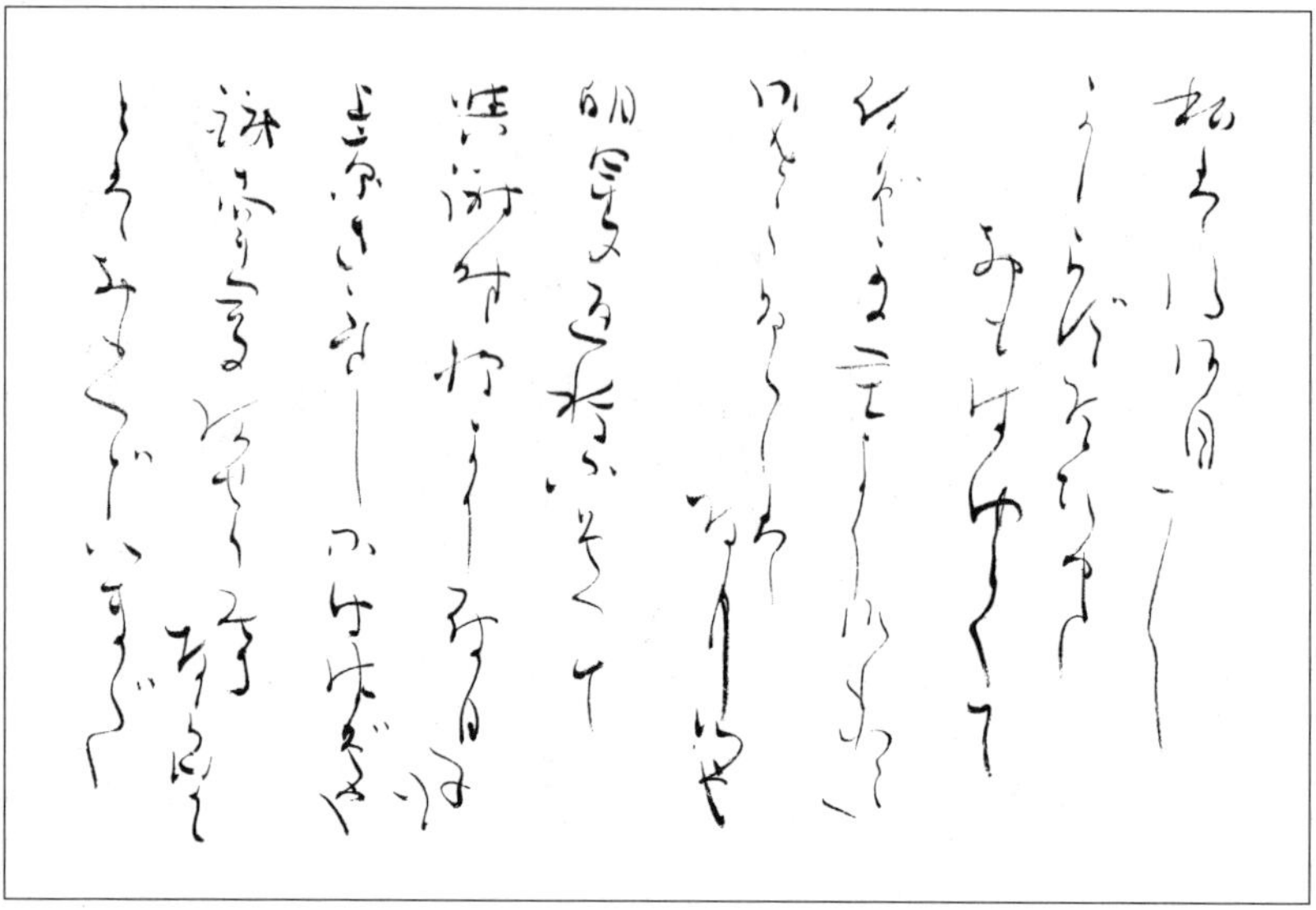

私は後御目
に
かゝらず候ひき
おもはゆくて
何ぞかの君より御もとへ
御せうそくは
ありつや
明星の返稿にそへて
與謝野様より雁月子
も
上京されしに付さぞや
鉄南君のあせり居る
ならむ
とはおもへどいまだ

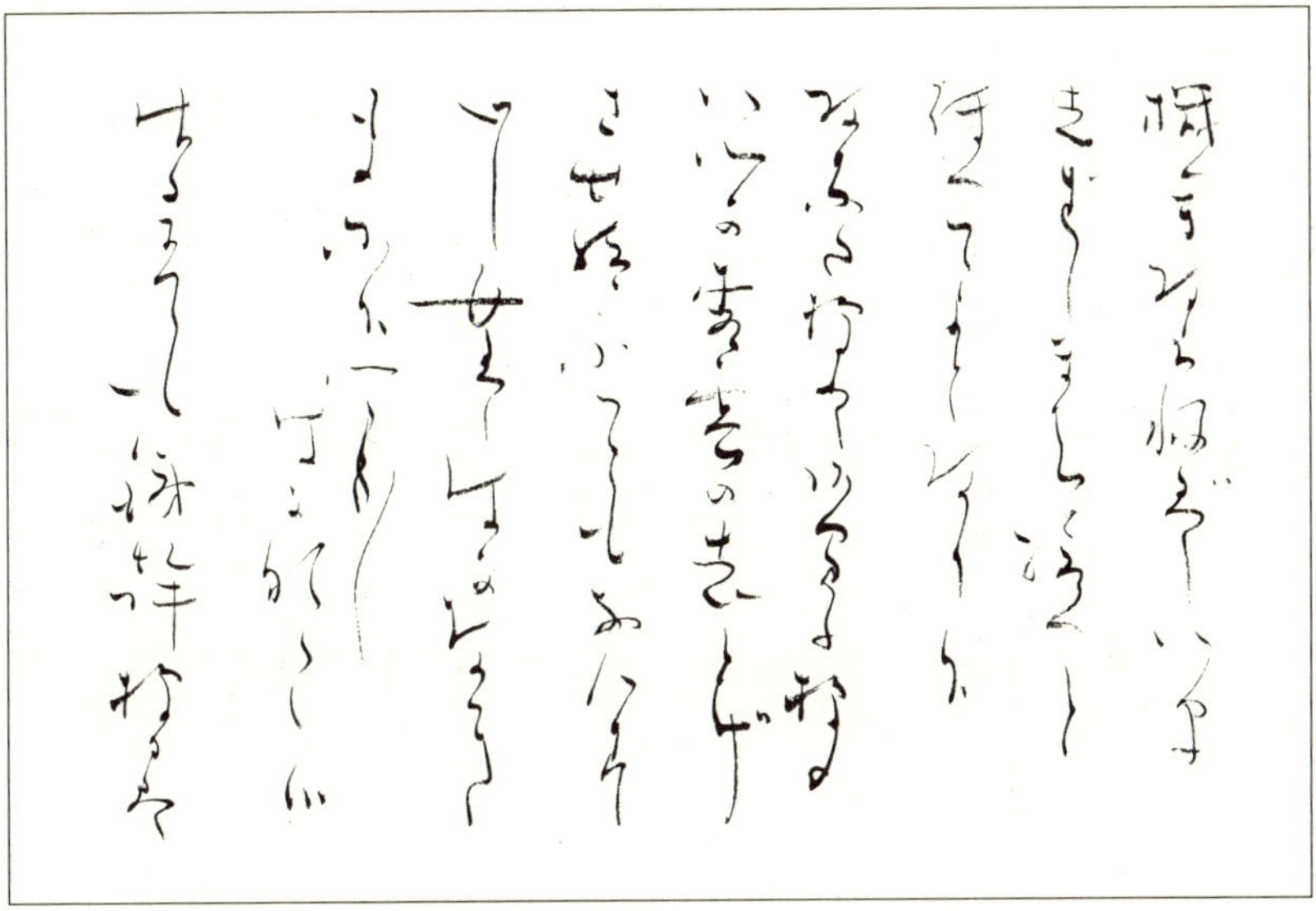

機會あらねばいま
しばしまち給へと
傳へてよとあり候
あなた様は御男子様の
いつか青雲の志とげ
させ給ふこともおはす
べし女ははかなき
ものに候つら〈□〉く
はかなく候
さるにても鉄南様には

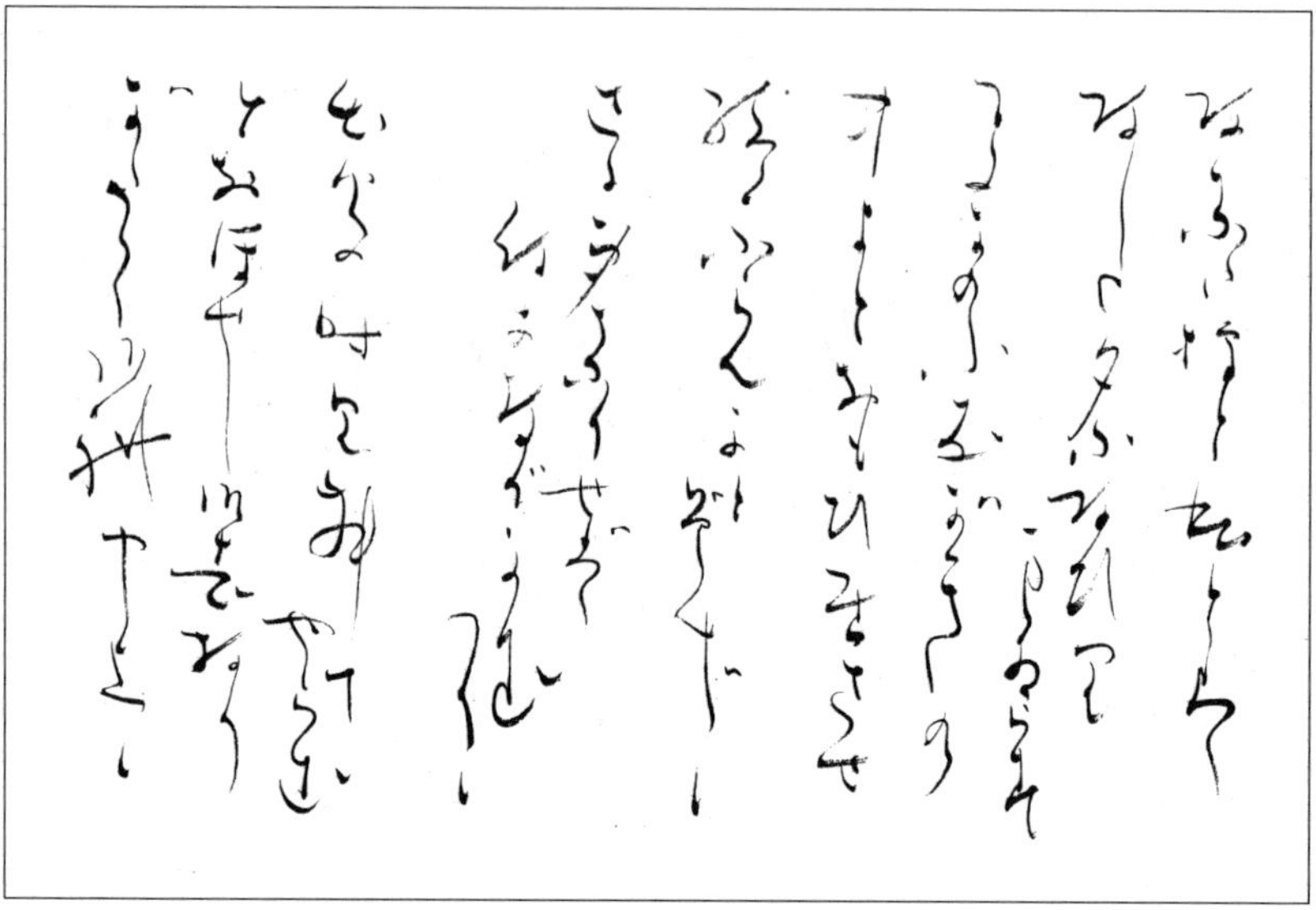

あなた様と私とは
あした夕にあひ見
まゐらす
ことのかなふ友がきの
中よとおもひ居させ
給ふらんかと
ぞんじ候
さる身なりせば
何かなげかむ
に候
出火の時見舞て
やらむ
とおほせし御志あり
がたく御禮申上候

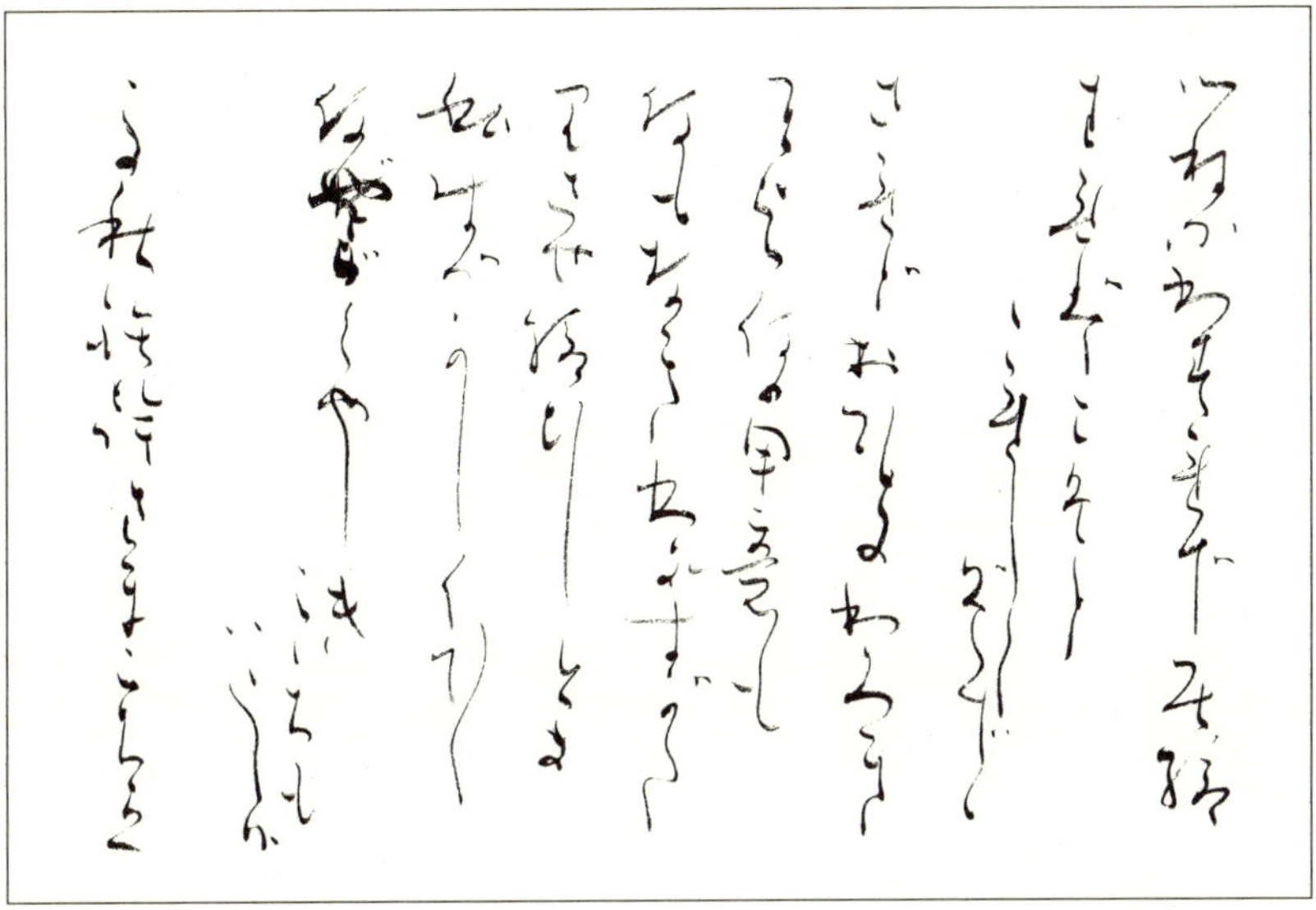

つねにわすれで居給
はればこそと
うれしく
ぞんじ候
されどおひとのわろき
ことよ何の用意も
何もなきわがすがた
見させ給ひしとか
私はづかしくて〳〵
何やら〈□□〉くやしき
こゝちも
いたし候
この秋鉄幹さまこちらへ

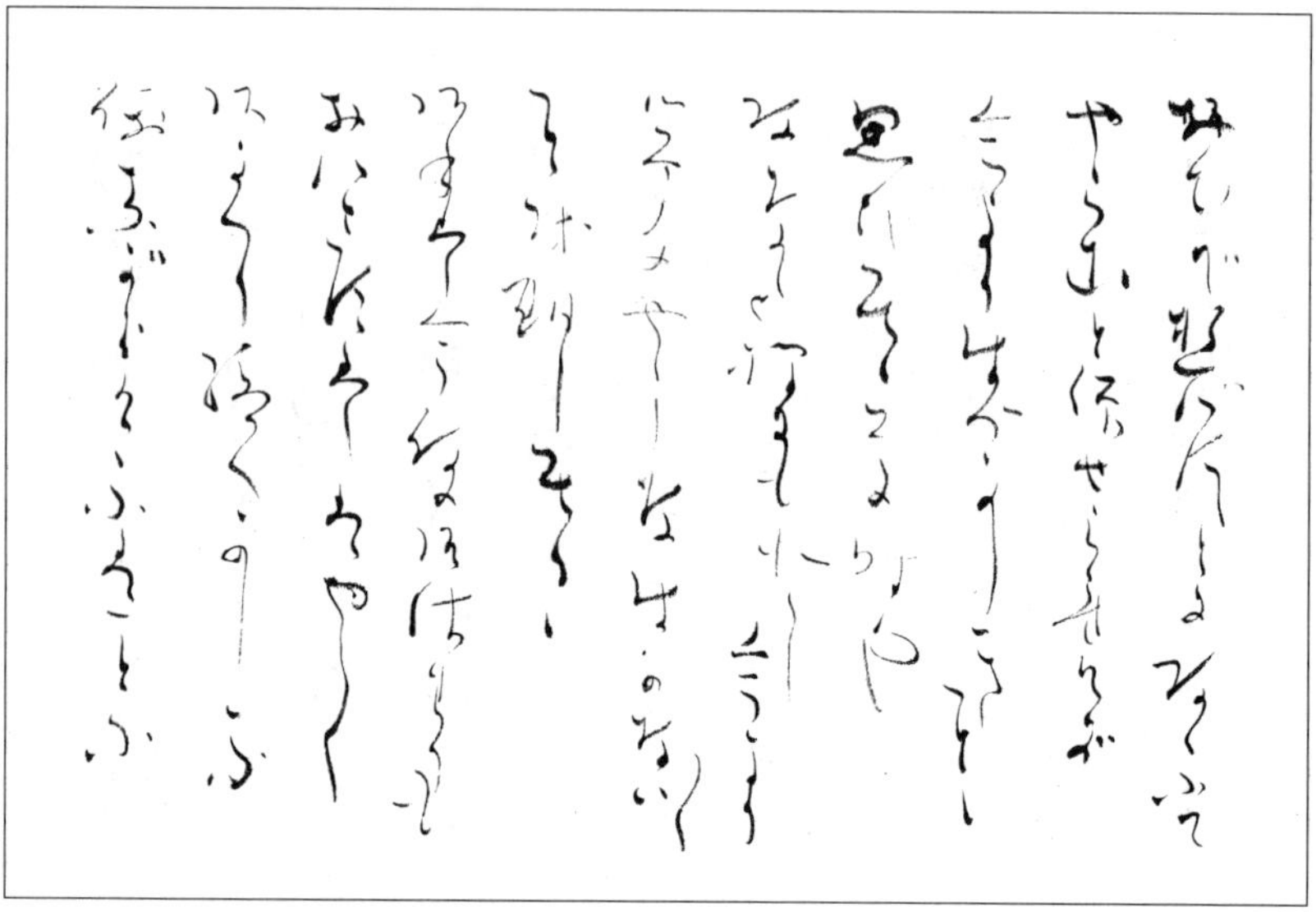

お〈□〉出で遊ばすとかあふて
やらむと仰せられ候が
今よりはづかしき
こと、
思ひ居候その時や
あなた様にもと
今より
夢のやうなはかない〱
ことを期し居り候
御手は今何の御さわりも
おはさすははやく
御かへり給へかしな
例ながらけふはことに

ちび筆のみだれ書
御ゆるし被下度候
この頃
しらさぎの
上羽の色を
見ずや君
あくた
ながる、
にごり江
にして
き（□）のふ
御法會終らせ
給ひつらむとおもふ日

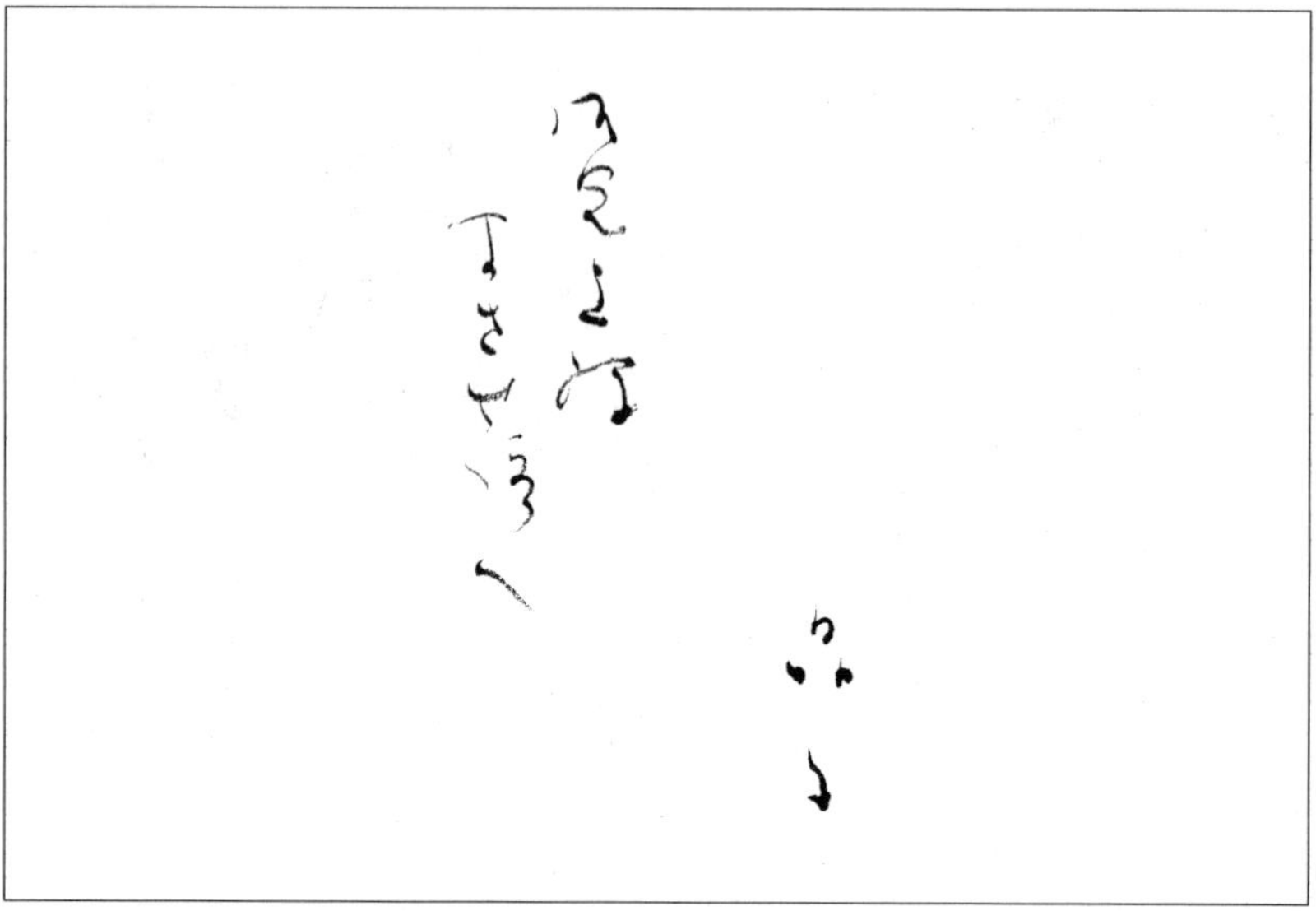
晶子
御兄上様
ゆるさせ給へ

晶子

御兄上様

ゆるさせ給へ

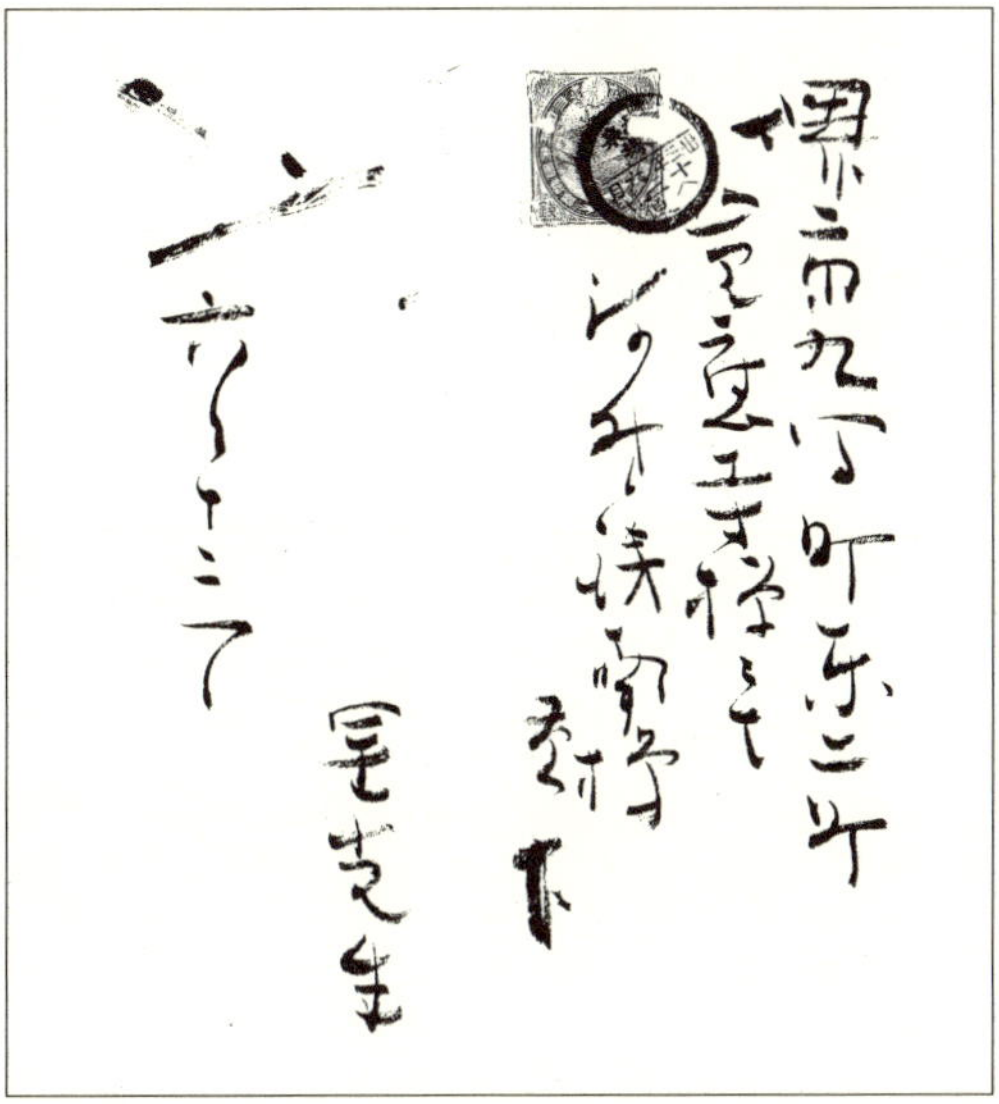

《封　筒》

【表】　堺市九間町東二町
覚應寺様にて
河野鋨南様
貴下

【裏】
星光生
六月十三日

⑮

与謝野晶子書簡　河野鉄南宛〈明治三十三年六月二十二日〉

〔形態〕封書　巻紙（本文 17.1×207.9cm
表装 20.1×237.2cm）　毛筆

〔封筒〕和封筒（17.0×7.3cm）　毛筆

〔消印〕和泉／堺／卅三年六月／二十二
日／へ便

【備考】前掲書簡⑫と同様の記念切手を
使用。

河野鉄南宛〈明治33年6月22日〉

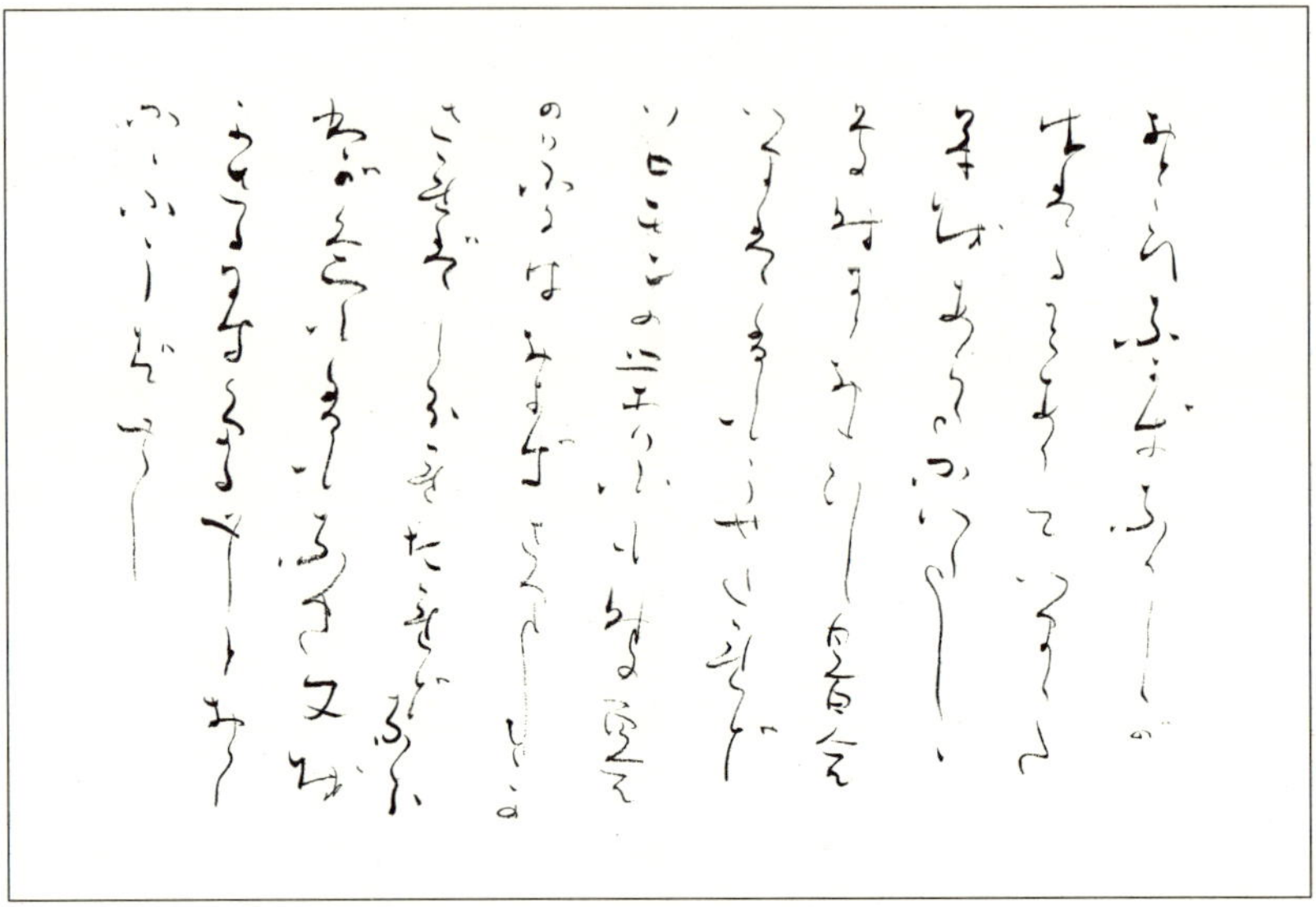

おとゝひなかばなりしが
さはることありていまゝた
筆をあらたにいたし候
その時にとおもひし白百合
いまは香もうせたれど
ソロモンの栄花も野の百合
の花にはおよばさりしとか
さればしほれたれど
なほ
わが色も香もなき文を
かさるにはたるべしとおく
にふうずべし

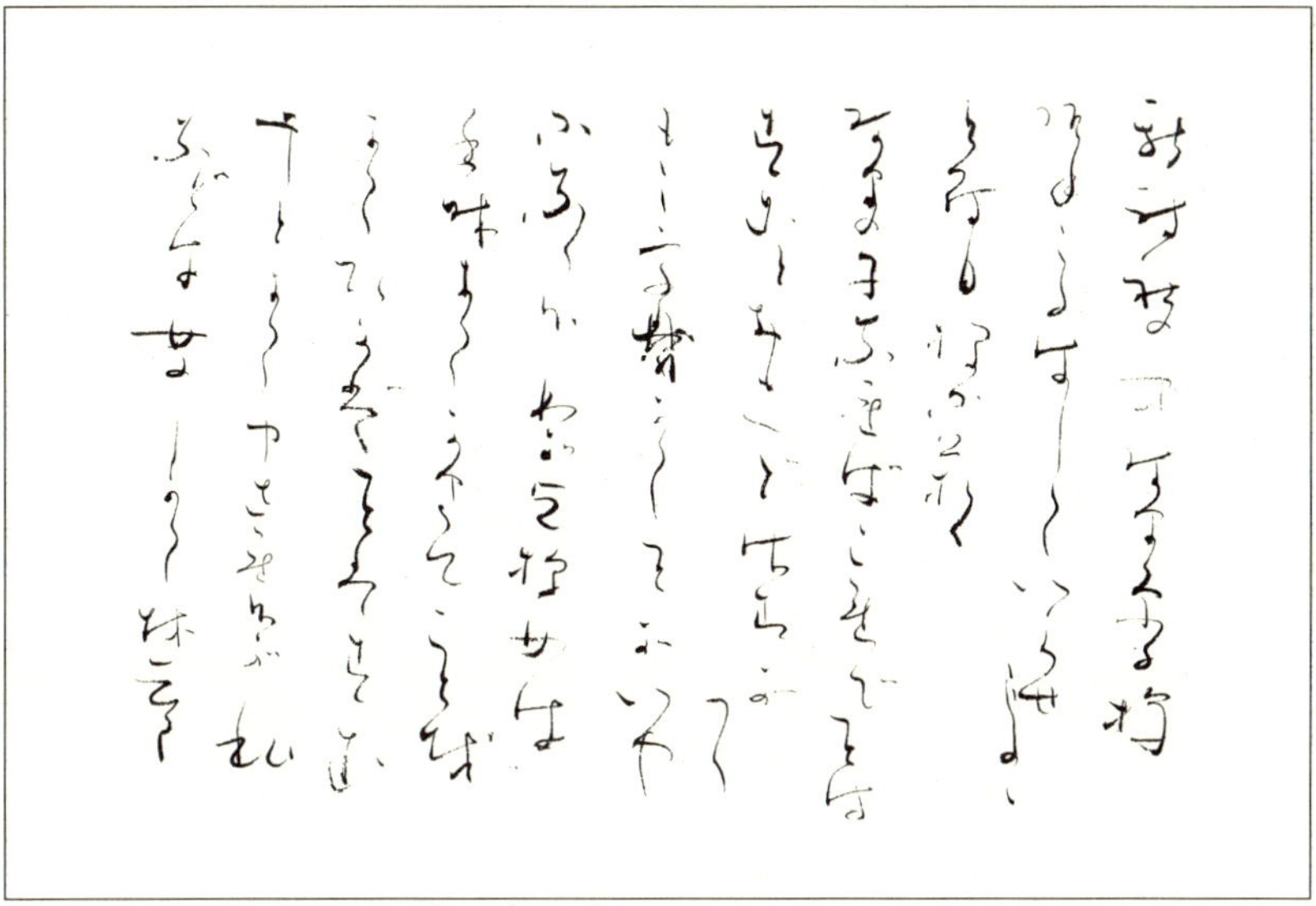

新詩社の中はま糸子様
御手うるはしくいらせ
らる、
と雁月様に承候
あまの子なればこれで
ことは
すむとおもへどさすが
に
もう字を〈□〉かくことがいや
になり候わが兄様女は
手紙よくかきてことを
よくひかばことはすむ
べしとよく申され候が私
などは女のしかくを云々

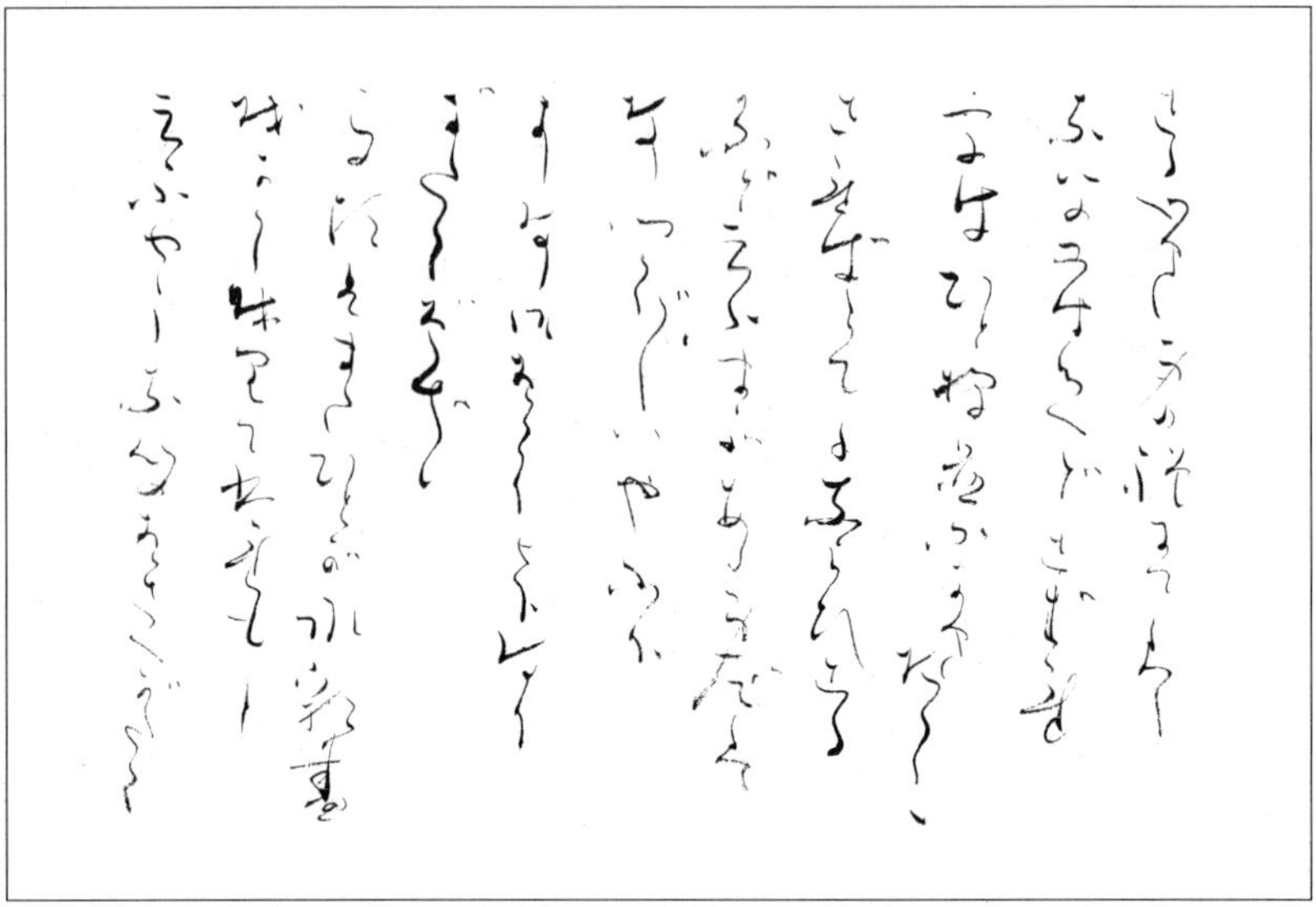

さるべき身の程にては
ないのには候へどさばれ
字はひと様並にかき
たく候
さればとて手ならひする
など云ふまがある身では
なしつくぐいやに候
よしあし御をくり被下あり
がたくぞんじ候
この頃はまたひとが水彩畫
をかくを見てわれもと
云ふやうな心のをさへがたく

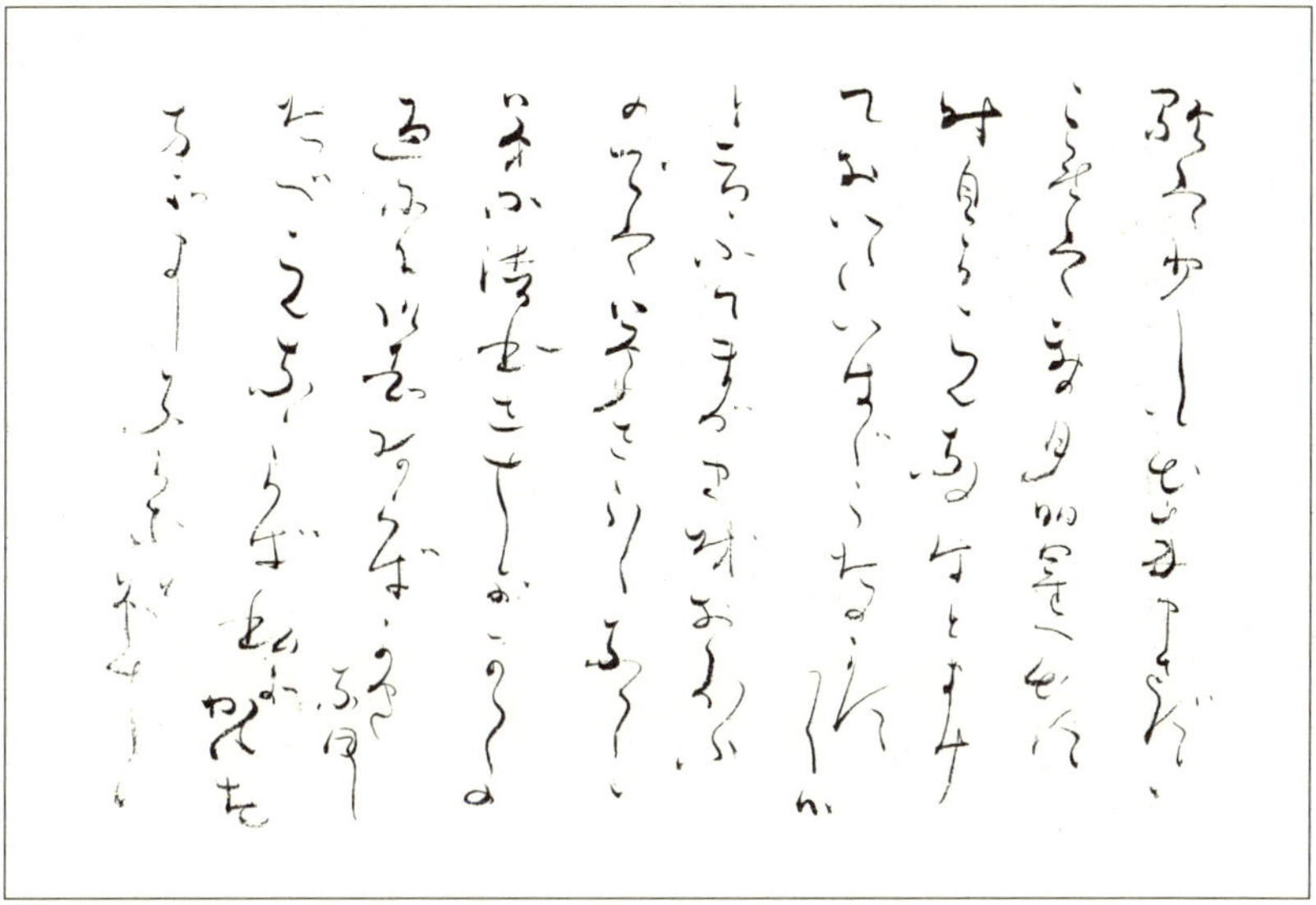

歌は少しも出来申さず候
これは前の月明星へ出す
時自らこんなのはとよけ
ておいたいはゞうたのかす
に候
と云ふてまづきをおほふ
のでは夢さら〳〵なく候
弟に清書させしがかくの
通に候御志あらばかき
なほし
たべこんなゝらば私がかいた
方がましならむと
そんじ候

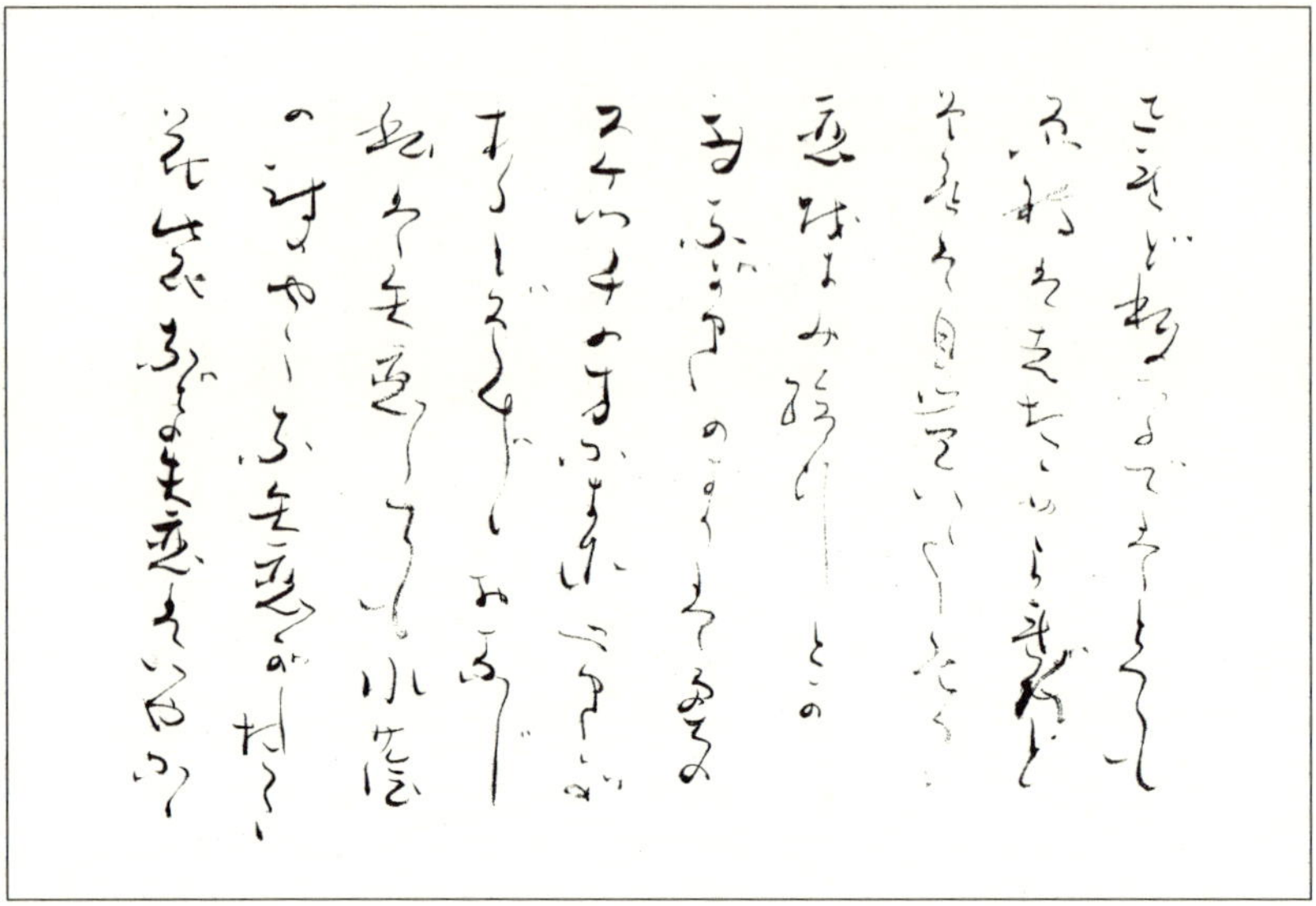

されど私の字ではとても
原稿はしたゝめられず〈□〉と
それは自覚いたし居り候

恋をよみ給ひしとか
前のながきのよりは奥の
スケツチの方によむべきが
あるとぞんじ候おなじ
私は失恋しても水蔭
の詩のやうな失恋がし
たく候
花袋などの失恋はいやに候

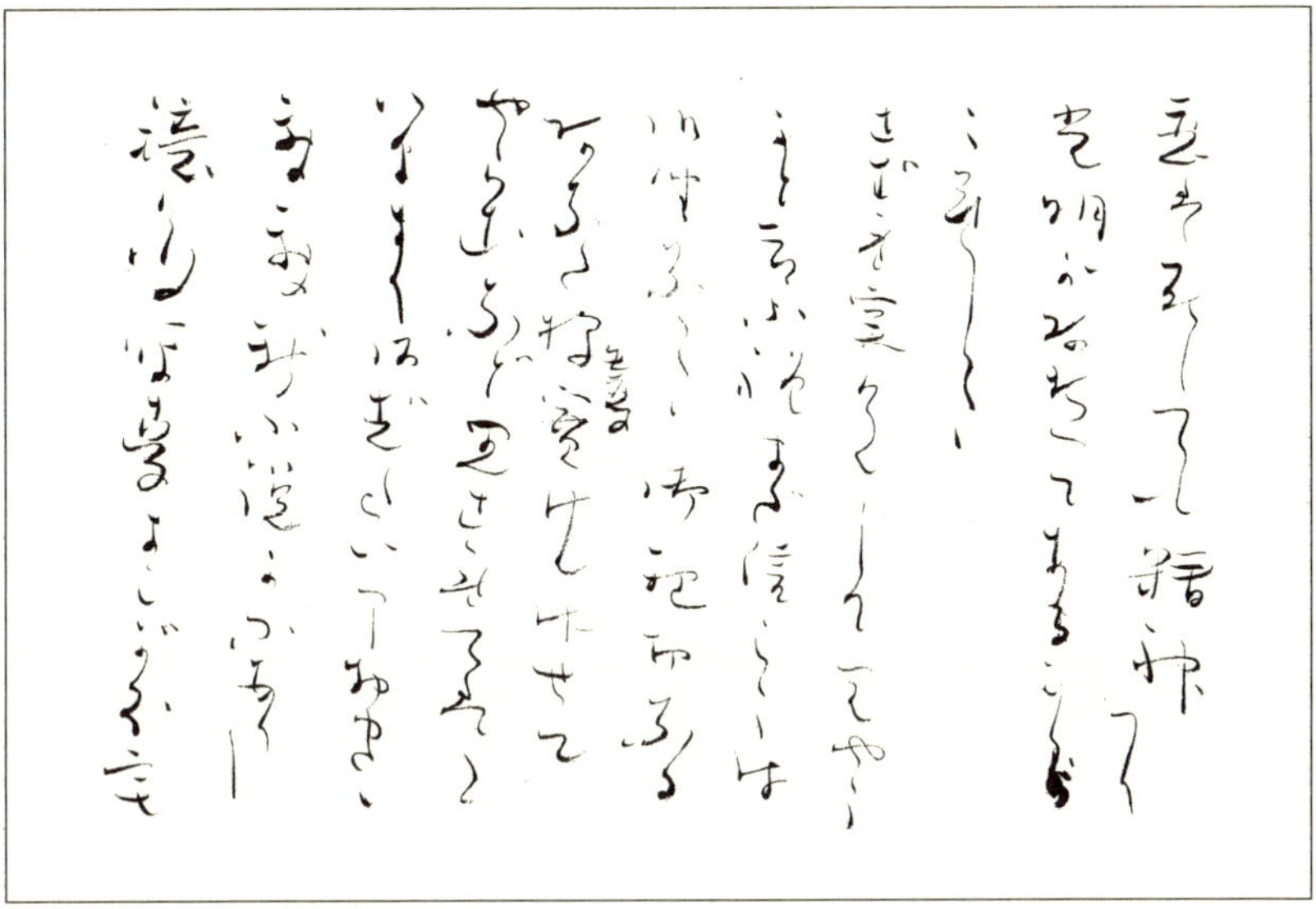

恋は死しても精神
に
光明があたへてあることが
うれしく候
さばれ實けんして見やう
かと云ふ程まだ信こうは
御坐なく候御親切なる
失恋の
あなた様實けんさせて
やらむなど思されてはと
いまより御じたい申おき候
し
前の前の新小説かにあり
鏡花の寫眞のよこがほ宅

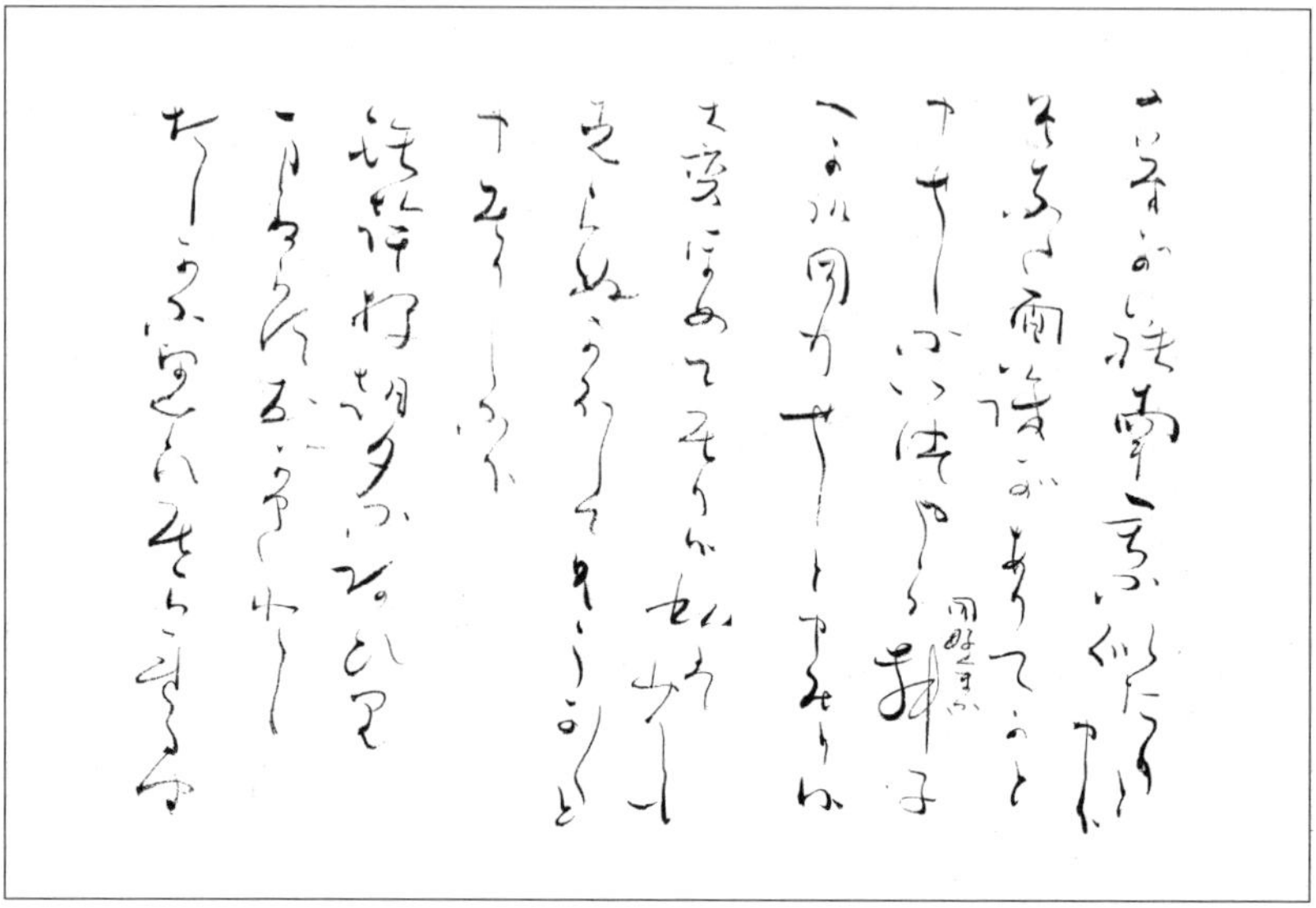

の弟が鉄南君に似たりと
申候
そなた面識がありてかと
同好会に
申せしにいつやら舞子
へか御同行せしと申居り候
大変ほめて居り候私は
少しも
しらぬかほしてそうか〳〵と
申居りしに候
鉄幹様朝夕にあひ見
まゐらす友がきと
たしかに思ひ居られる由

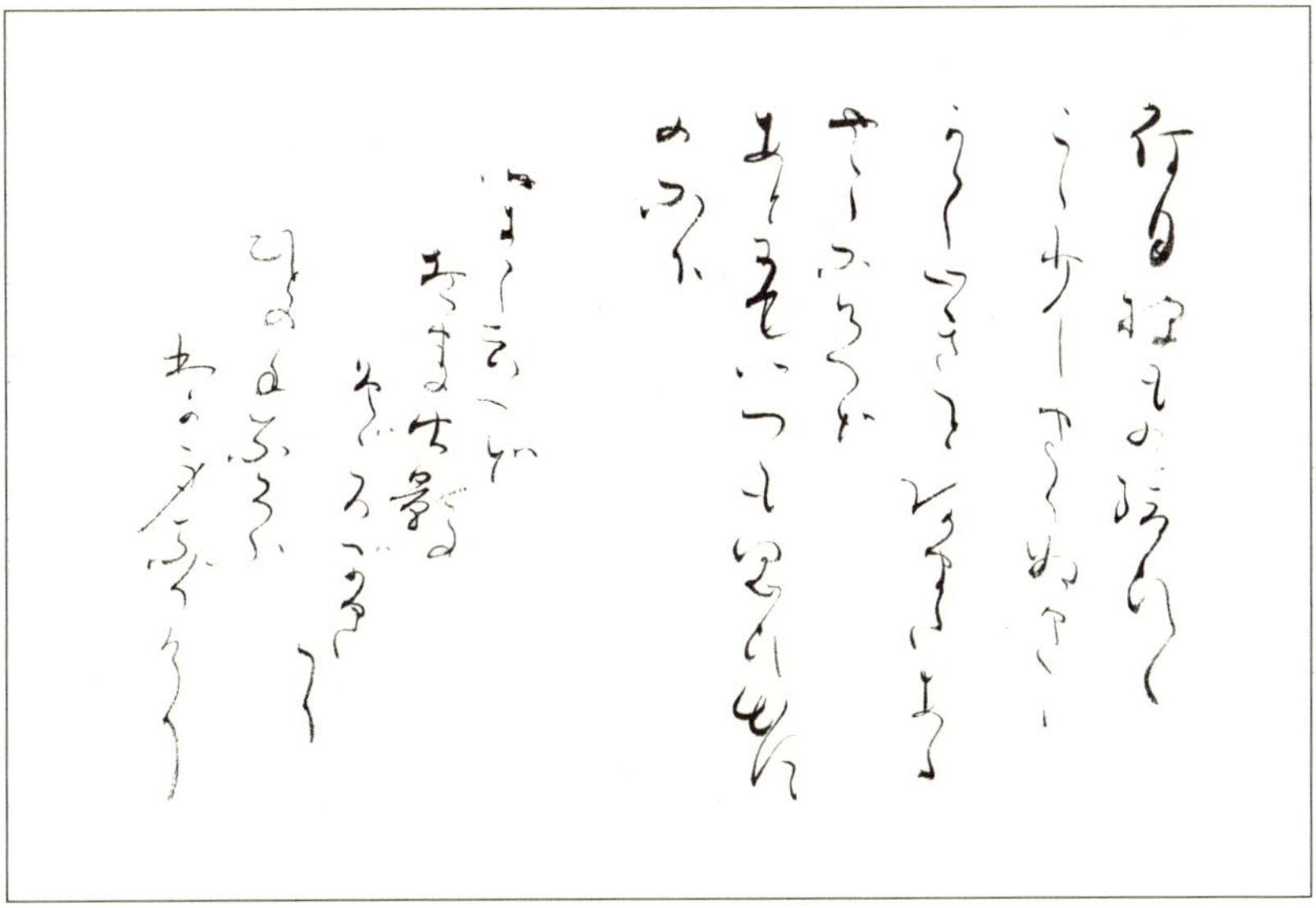

雁月様もの給ひ候
こゝ少しきりぬき候
かくべきことあまたある
やうに候へど
あとにていつも思ひ出す
のに候

つよく云へど
夜半の火影の
そゞろがき
に
ひとの手なろふ
わが身なりけり

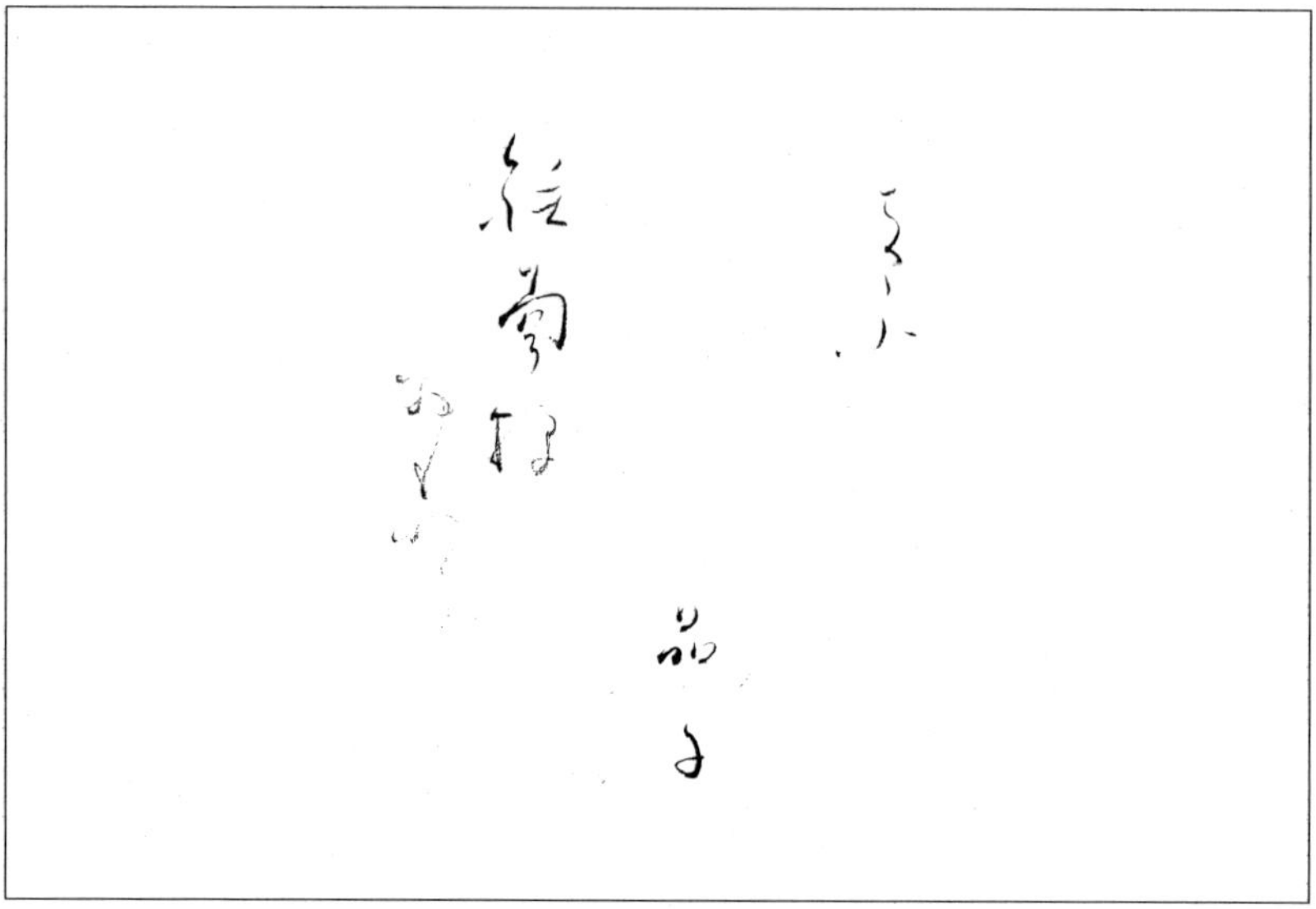

けふ

晶子

鉄南様

おもとに

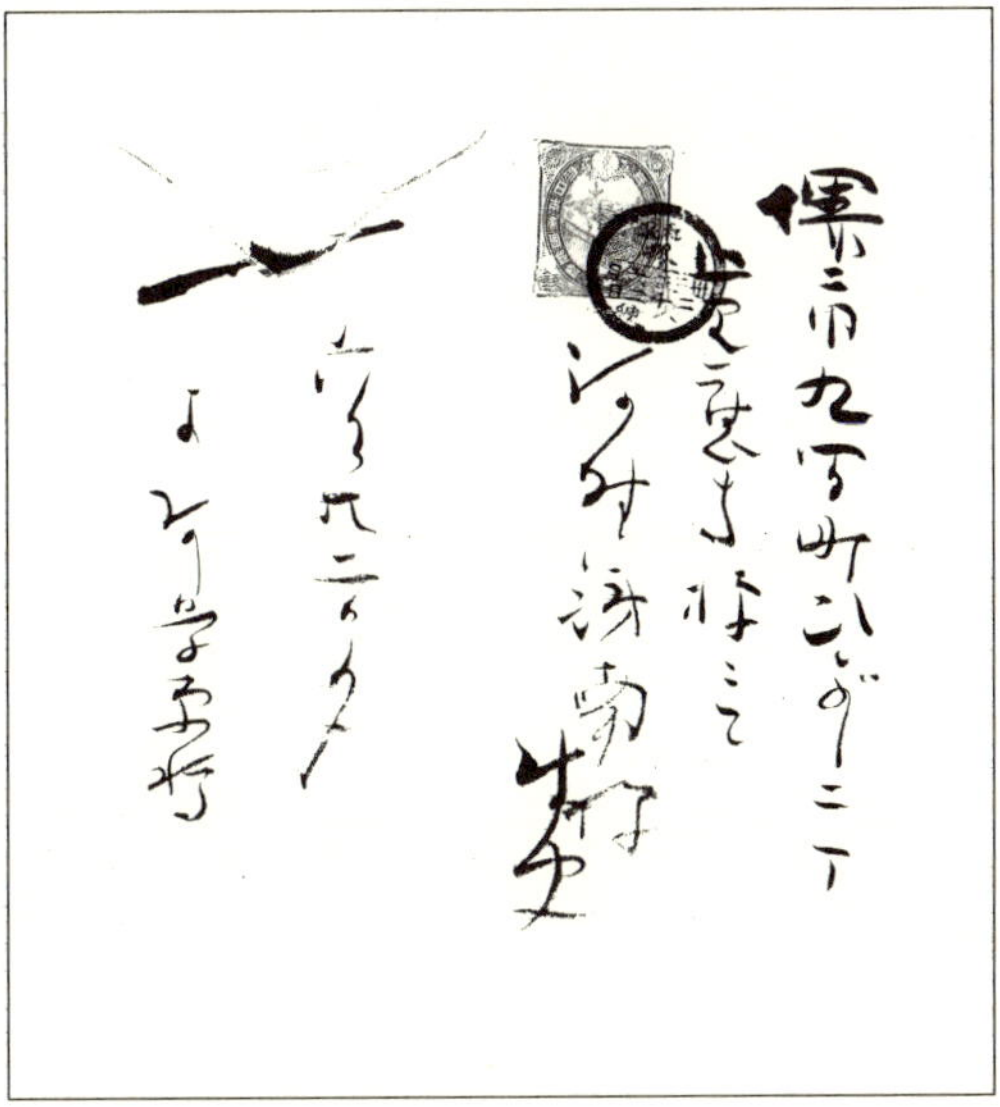

《封筒》

【表】　堺市九間町ひがし二丁
　　　　覚應寺様ニて
　　　　　河野鋏南様
　　　　　　　　侍史

【裏】　六月廿二日夕
　　　よしあし草原稿

⑯

与謝野鉄幹書簡　宅雁月宛〈明治〔三十三〕年十二月三日〉

〔形態〕封書　巻紙（本文 17.6×170.9cm
　表装 21.1×183.7cm）　毛筆

〔封筒なし〕

【備考】封筒は筆跡と差出人名から後出の㉜—Ⅵと推定される。

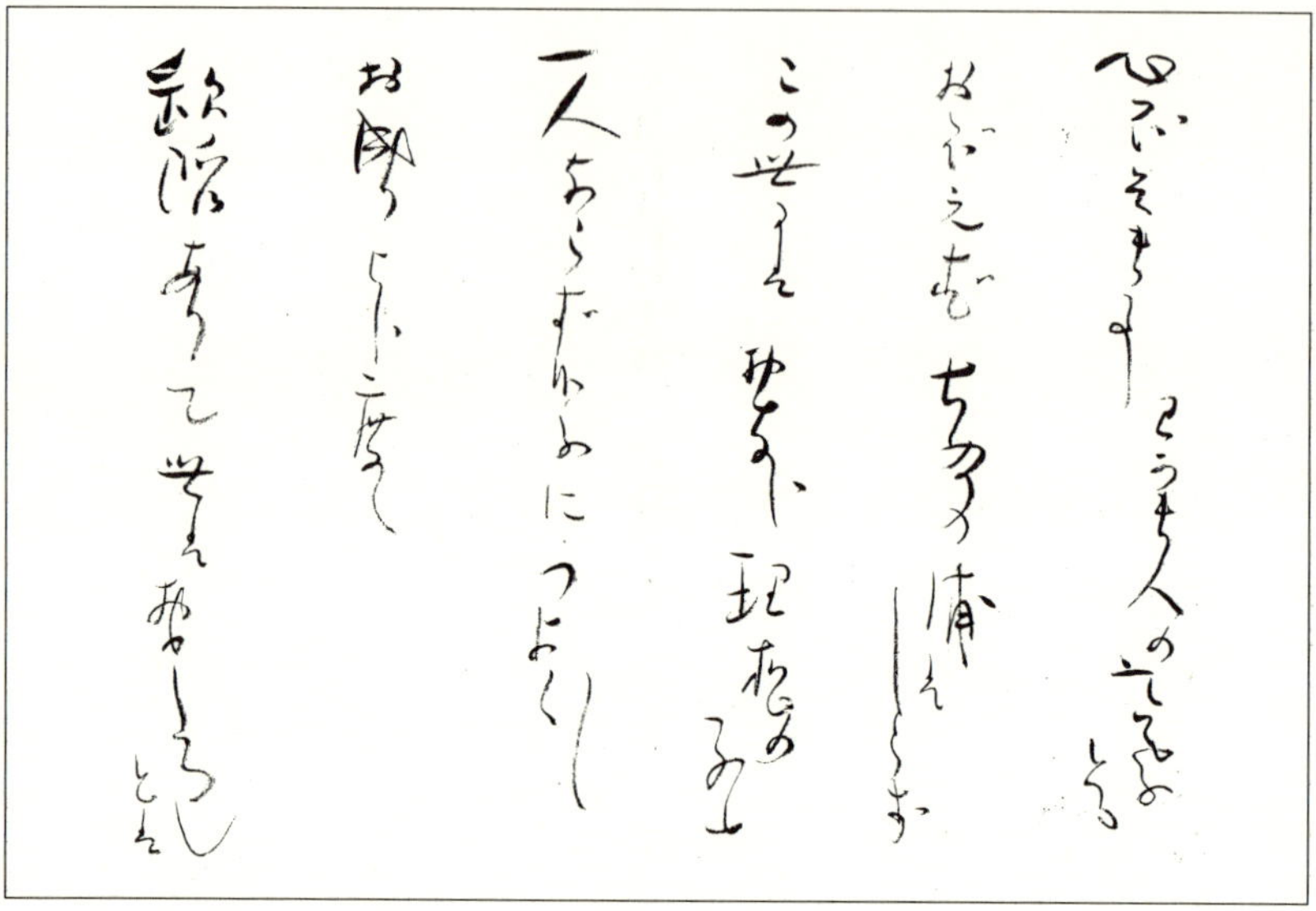

心ぼそき事わかき人の言葉
とも
おぼえずちぬの浦は
しらず
この世にはおなじ理想の
子も
一人ならず候ふにつよく〳〵
相成り被下度候
缺陥ありて世はおもしろし
とは

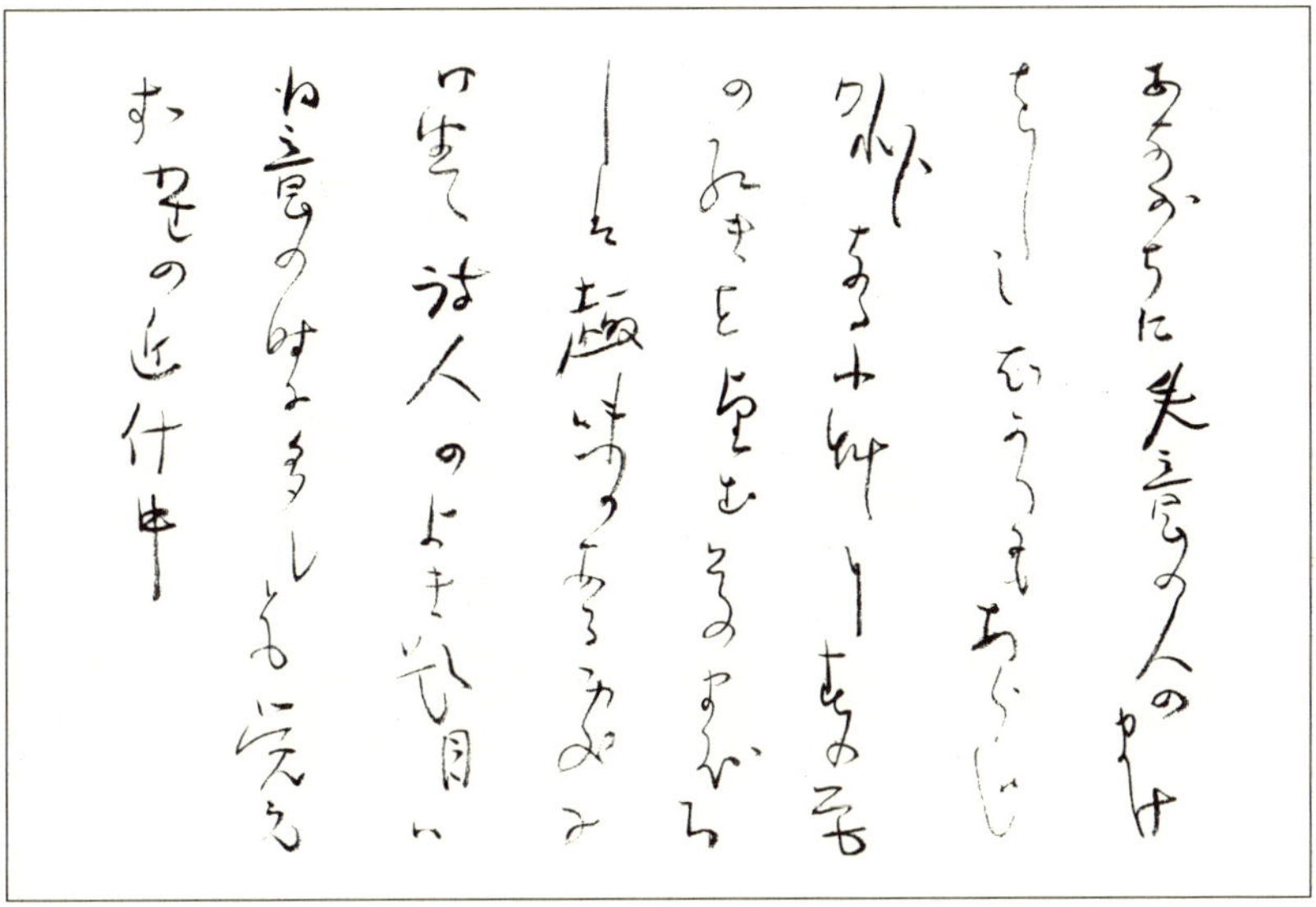

あながちに失意の人の
まけ
をしみばかりにもあらじ
かれ〴〵なる小艸に春の色
の紅きを望むそのまぼろ
しは趣味のある處に
御座候詩人のよき題目
は
得意の時に多し
とも覚え
ず小生の近什中

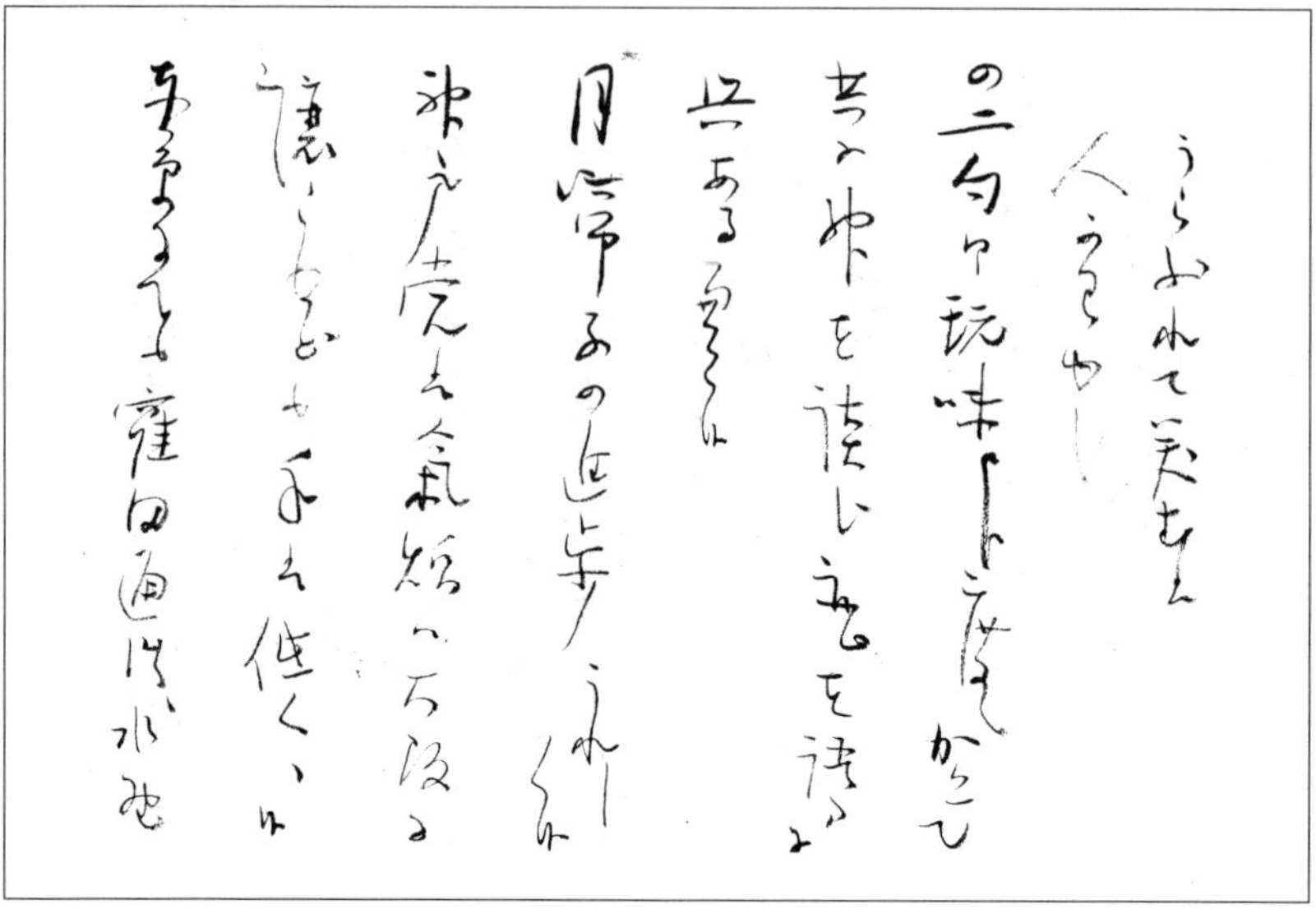

うらぶれて笑むは
人かわゆし
の二句御玩味被下度候
かくて
共に神を談じ恋を語る
に
興あるべく候
月啼子の進歩うれし
く候
神戸党は気焔は大阪に
譲らねども手は低く、候
東京にても窪田通治水野

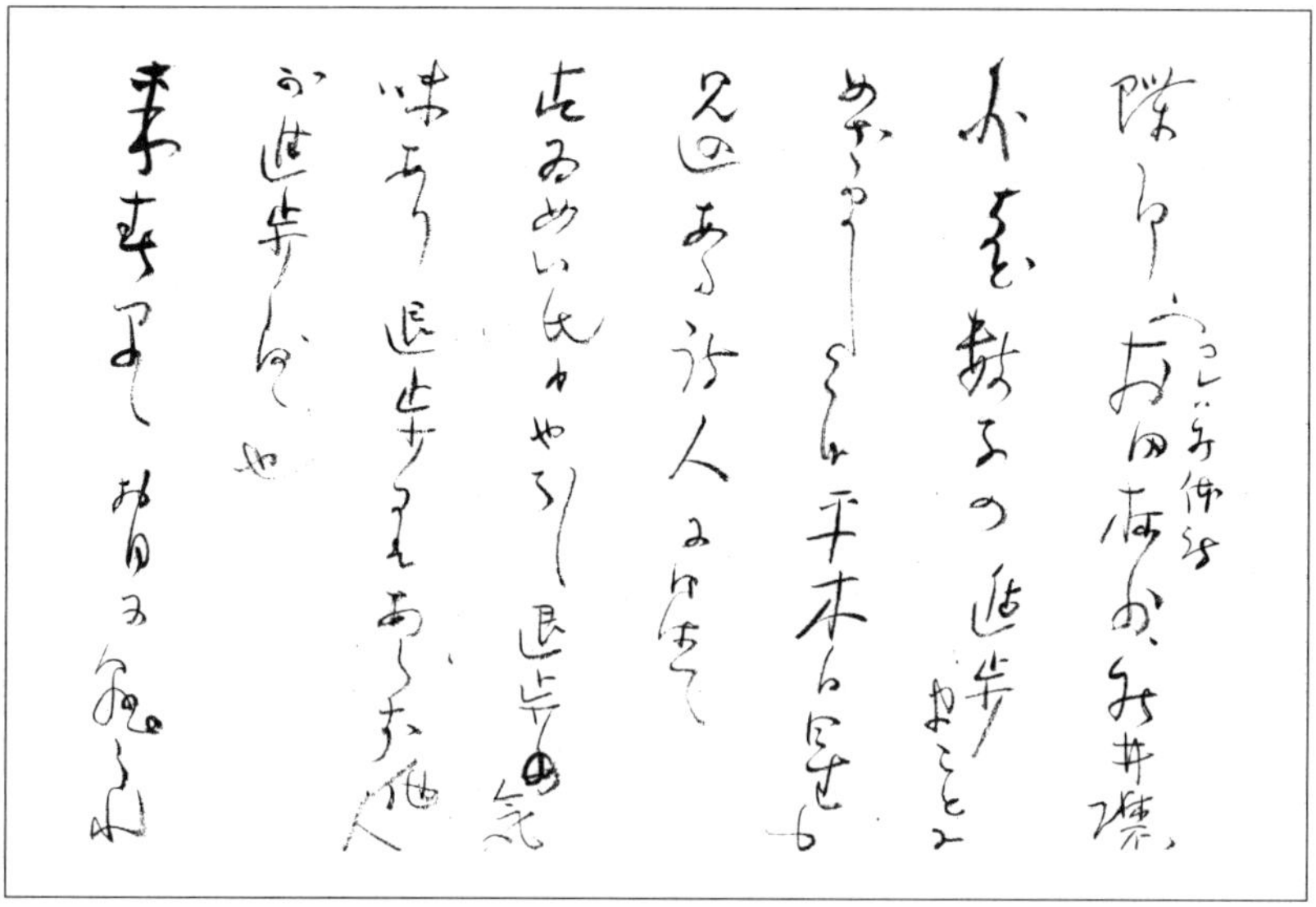

コレハ新体詩
蝶郎前田林外新井礎
外など数子の進歩
まことに
めざましく候平木白星
も
見込ある詩人に御座候
すゐめい氏もやう〱退歩の〈□〉
気
味あり退歩にはあらず他人
が進歩致候也
来春早々お目に懸られ

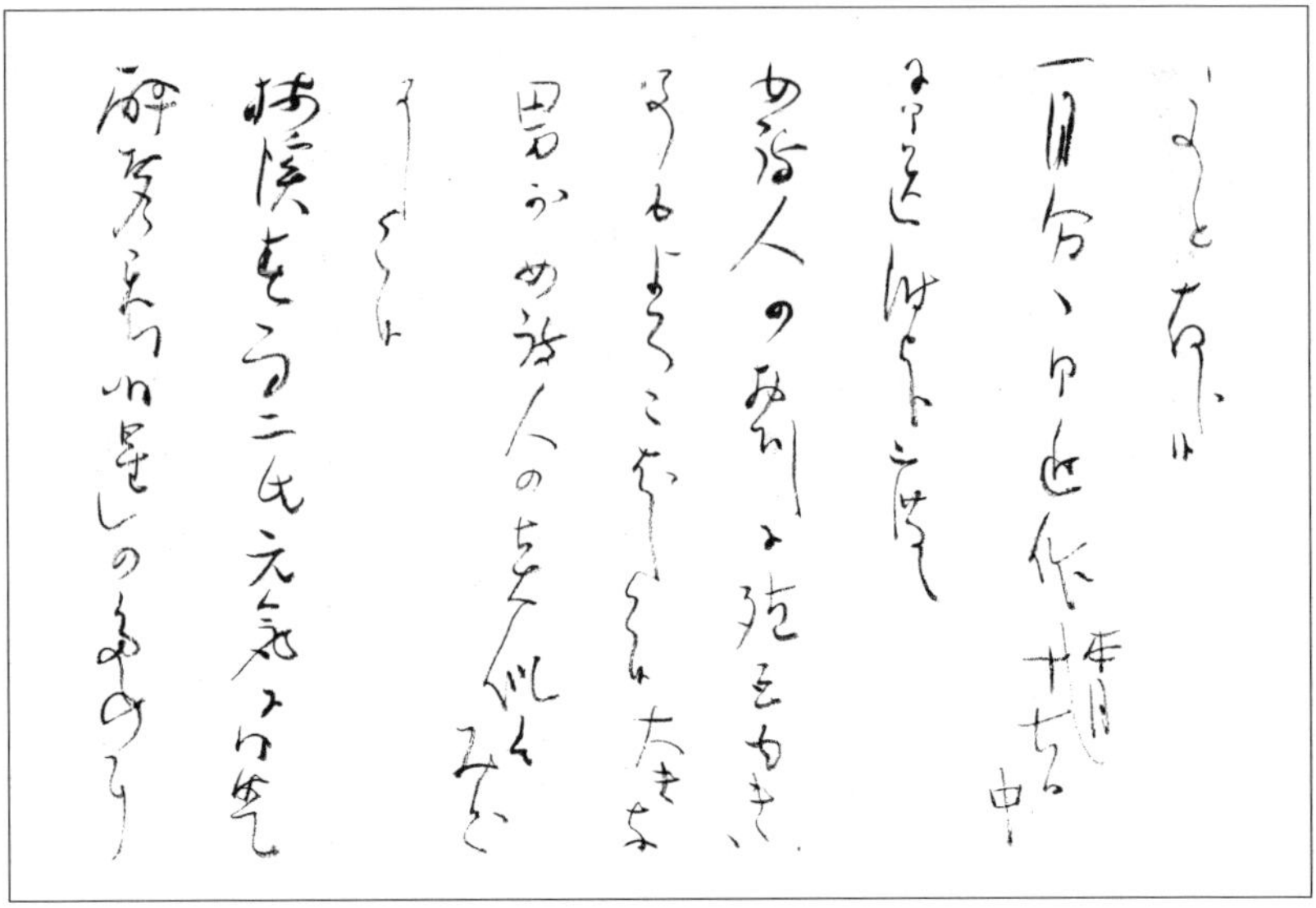

候事と存じ候
一月分へ御近作十七日
本月
中
に御送附被下度候
女詩人のおひ〳〵に殖ゑゆき
候
事もよろこばしく候大きな
男が女詩人の真似は
みぐ
るしく候
梅渓春雨二氏元気に御座候
酔若君「明星」のために

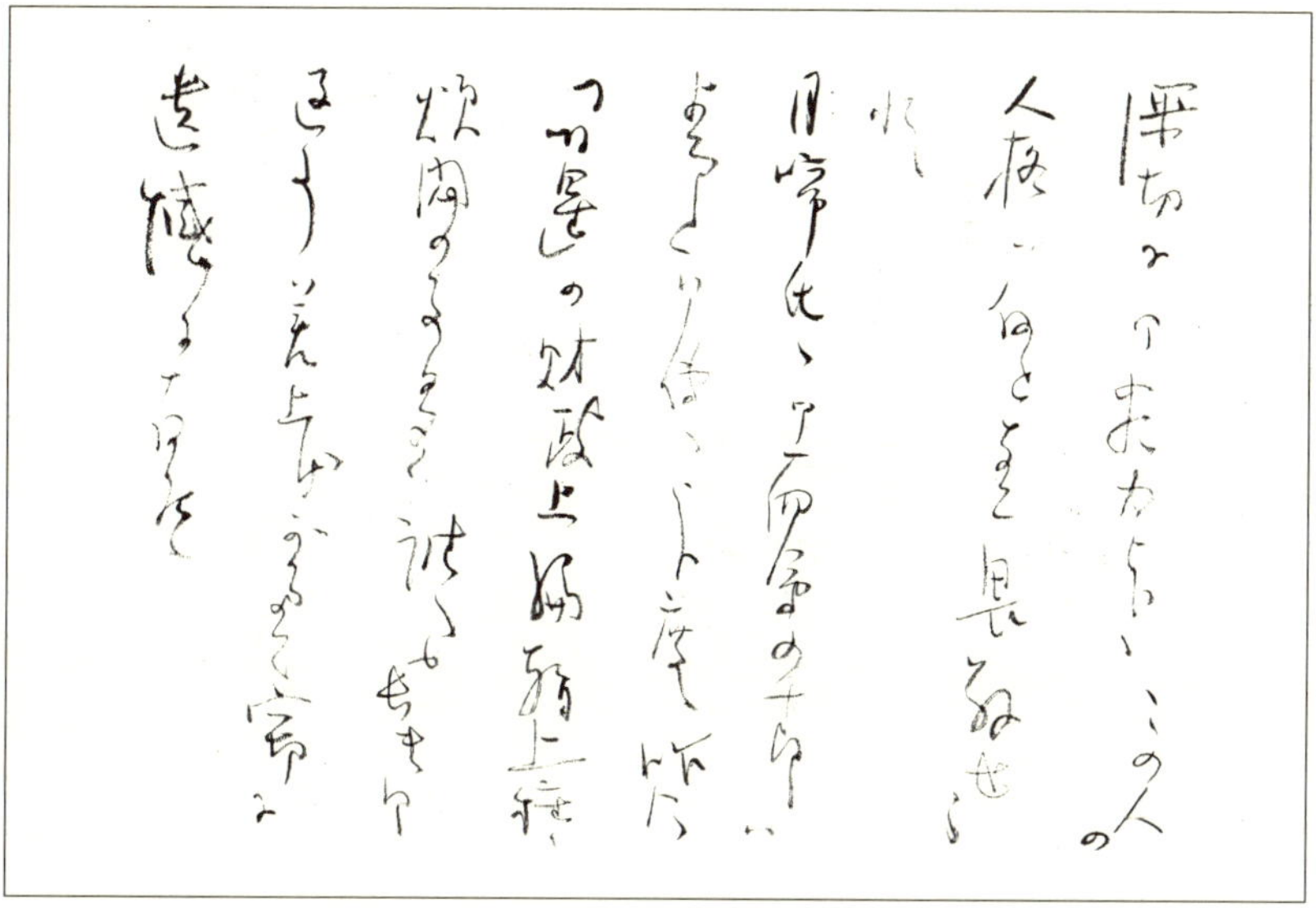

深切に御盡力被下候この人の
人格は何となく畏敬せら
れ候
月啼氏へ御面會の節は
よろしく御傳へ被下度候昨今
「明星」の財政上編輯上種々
煩悶の事多く誰へも長き御
返事差上げがたく窃に
遺憾に存居候

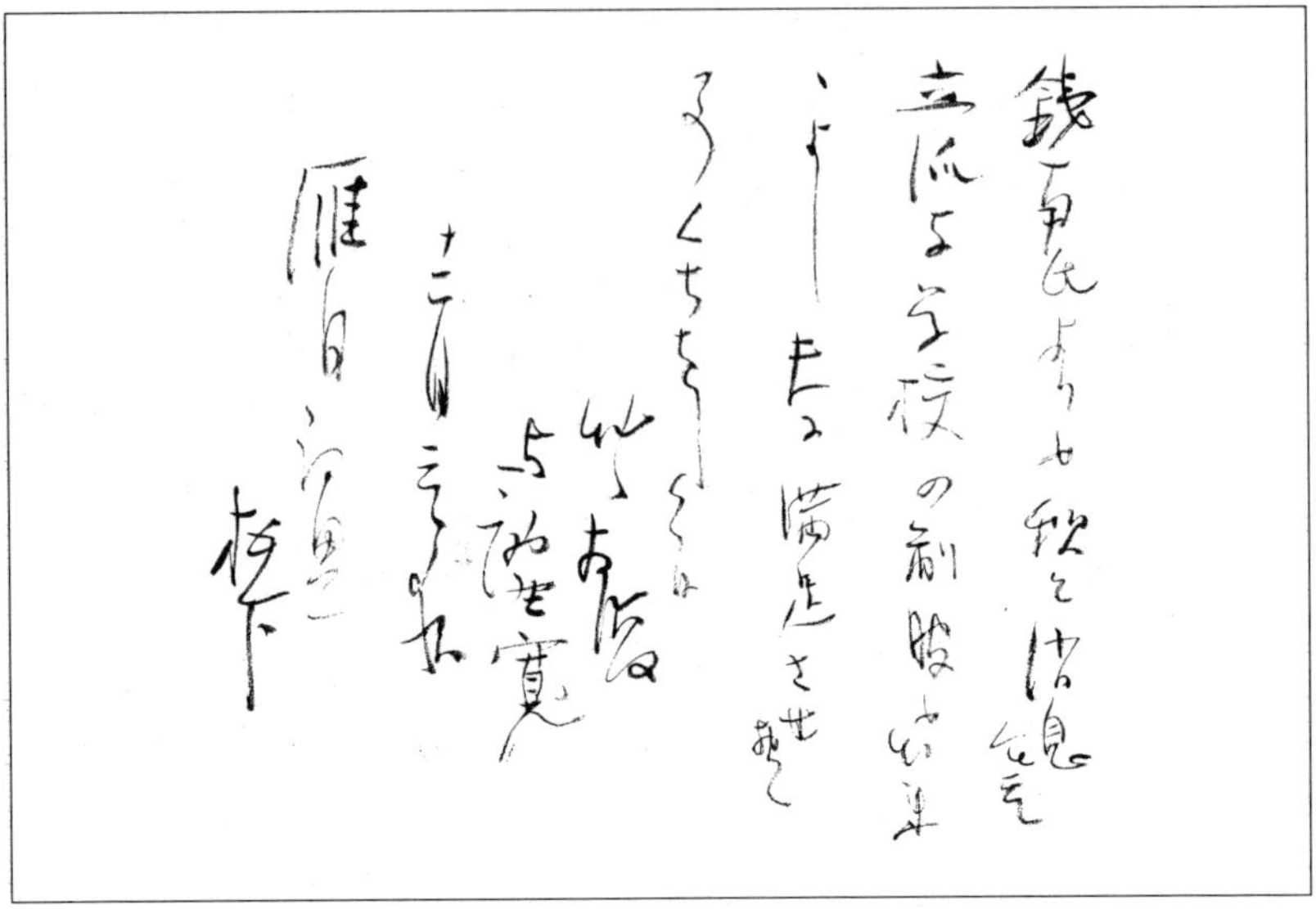

鋏南氏よりも頓と消息
無之候
立派な学校の制服も出来
候よし夫に満足させ
おく
事くちをしく候
艸々拝復
与謝野寛
十二月三日夜
雁月詞畏
梧下

⑰

与謝野晶子書簡　河野鉄南宛〈明治三十三年七月四日〉

〔形態〕封書　巻紙（本文 16.6×104.6cm
表装 20.9×134.2cm）　毛筆

〔封筒〕和封筒（17.0×7.5cm）　毛筆

〔消印〕和泉／堺／卅三年七月／四日／
八便

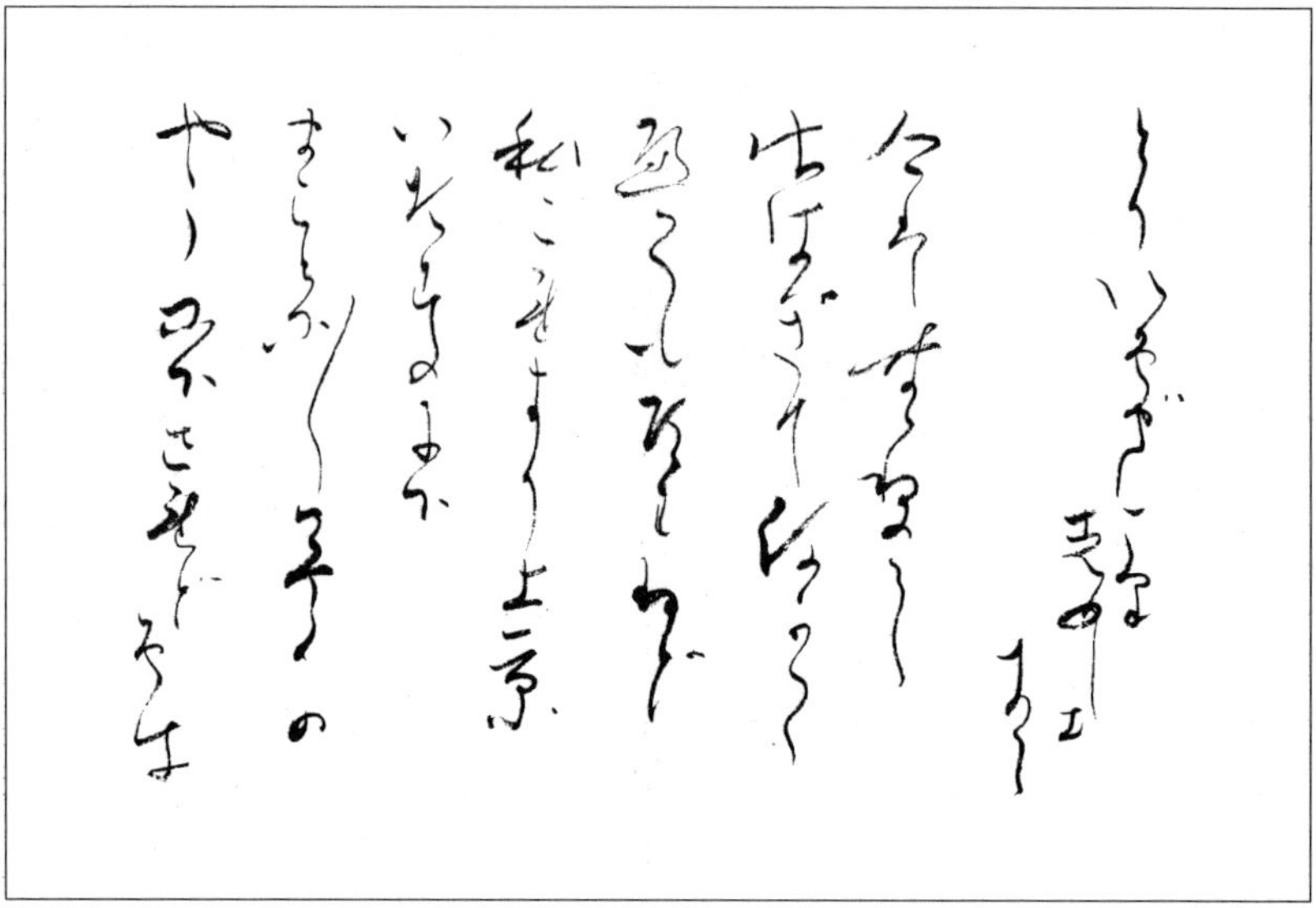

とりいそぎ一筆
しめし上
参候
今はむねのみ
さはぎて何かく
べくも候はねど
私これより上京
いたすのに候
まことに〲夢の
やうに候されど
そは

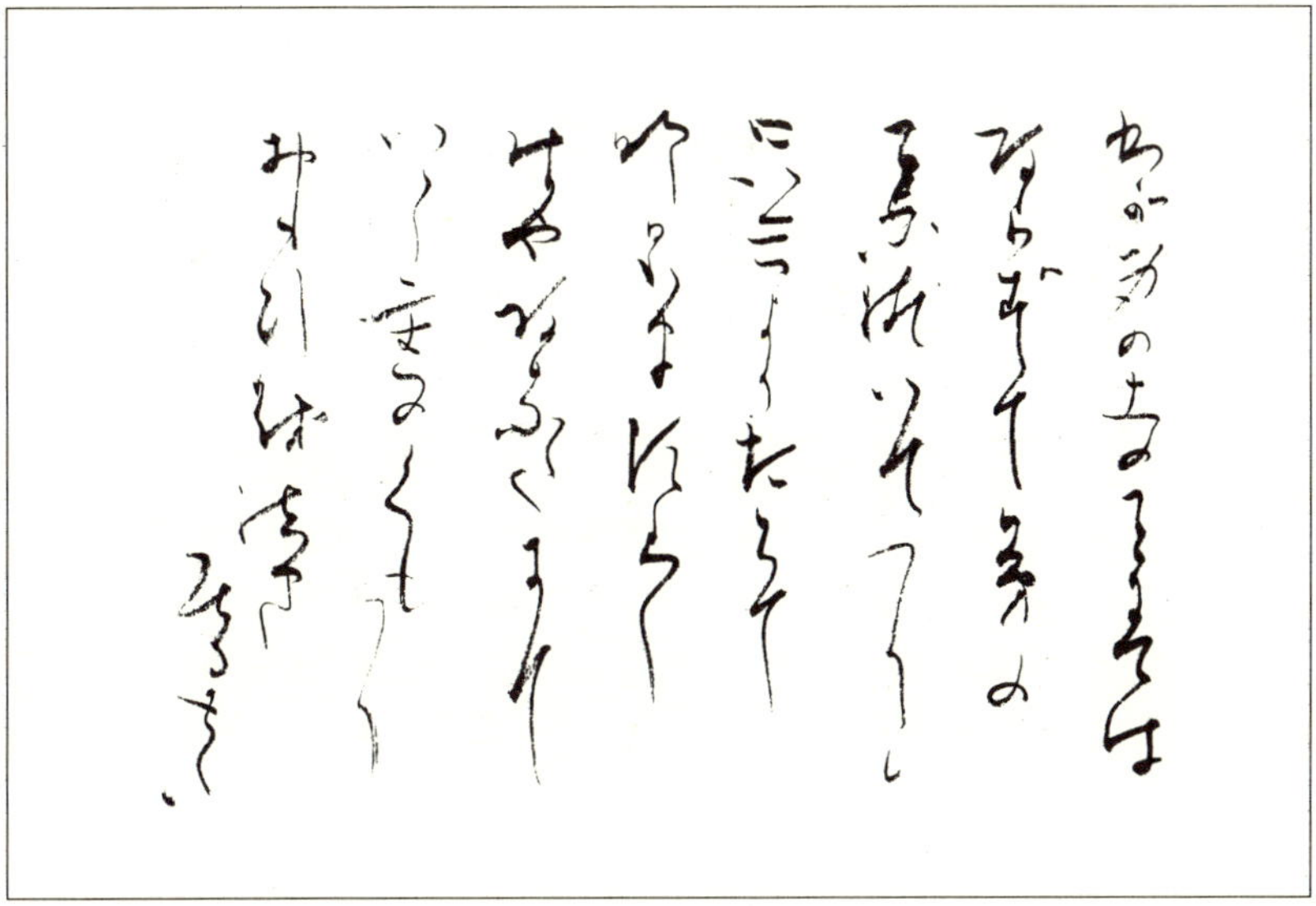

わが身の上のことにては
あらずて弟の
ことについてに候
只今よりたちて
明日いま頃は
はやあなたにて
いく重のくも
に
おもひを泣き
居るべく
候

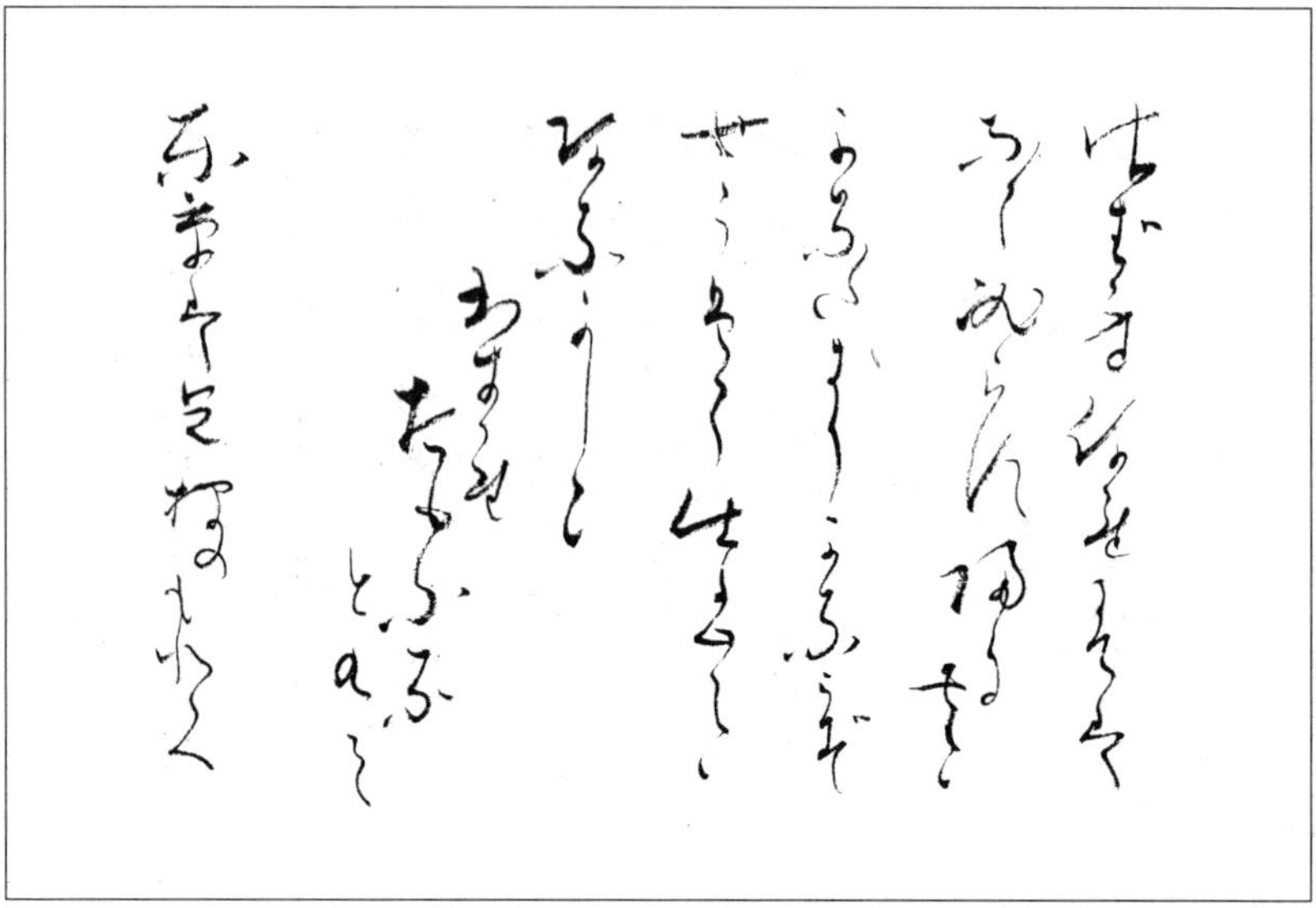

さばれ何れにては
なく必らす帰る
べく候
かなたよりかならず
せうそく仕るべく候
あなかしこ
わすれ
たもふな
とのみ
東京は兄様のもとへ

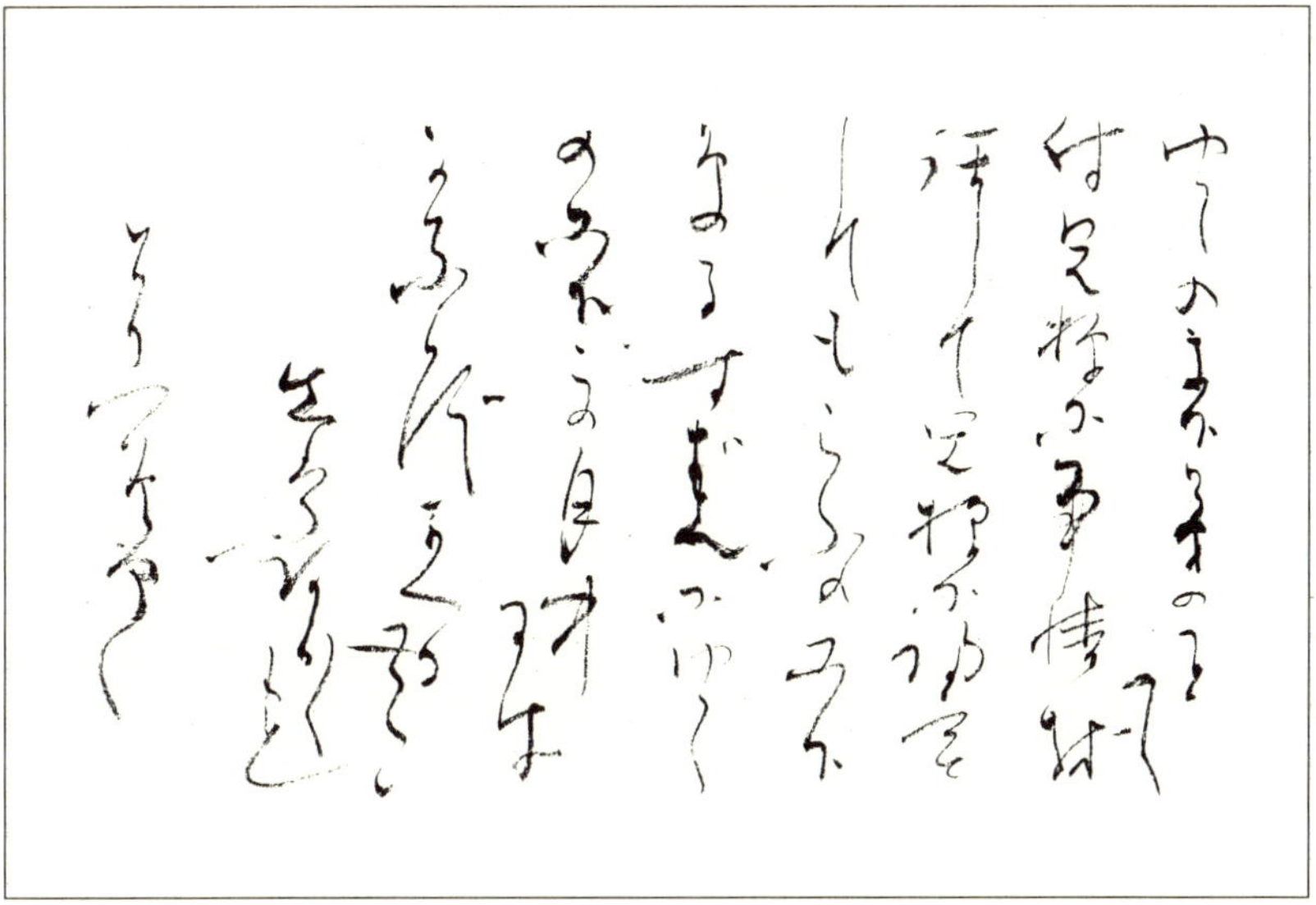

ゆくのに候弟のこと
に
付兄様に事情を
話して兄様に帰宅
してもらふのに候
そのるすば〈□〉んにゆく
のに候この月中
には
かならずかへる
べく候
先はあら〳〵
かしこ
とりいそぎ候

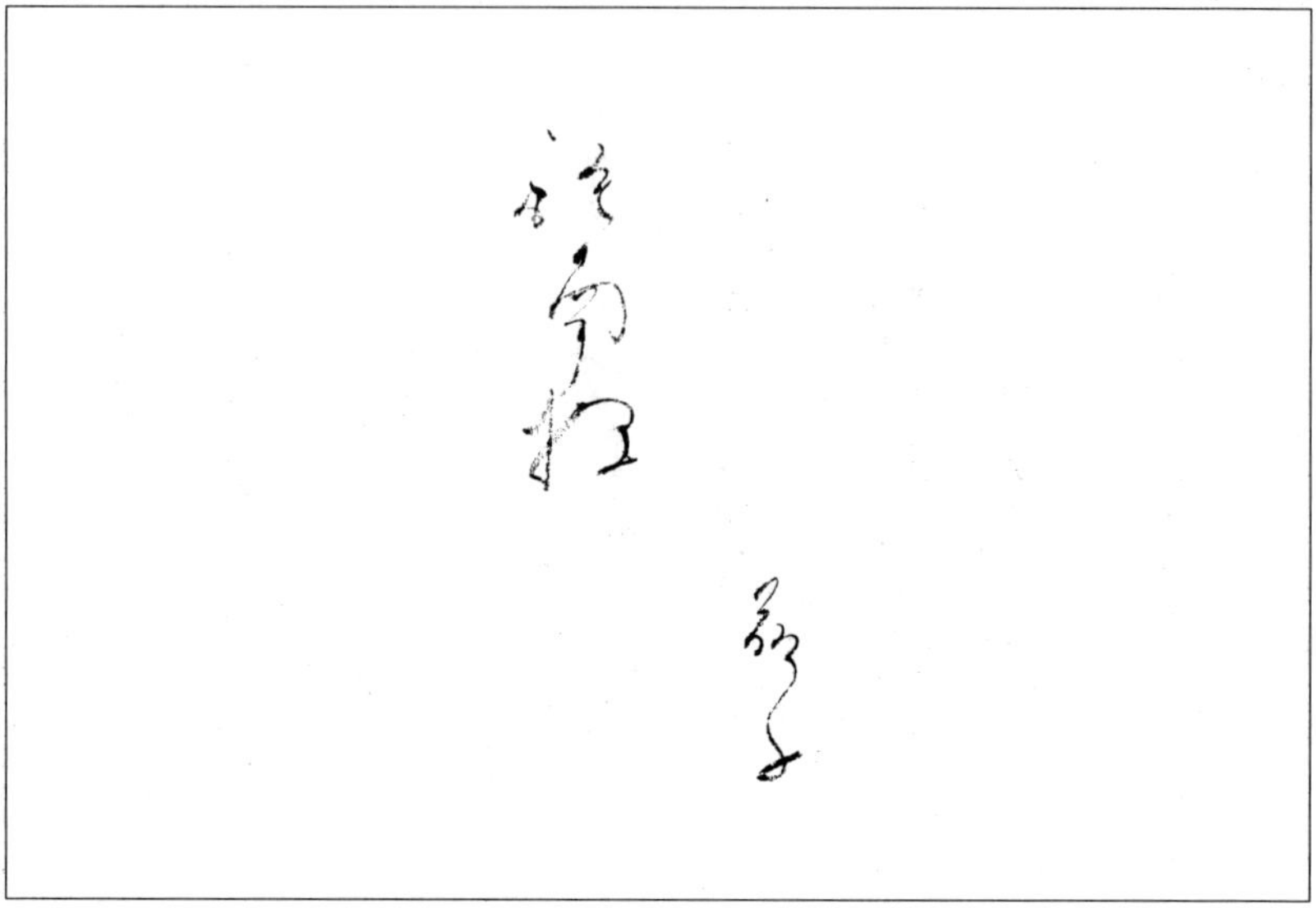

鉄南様

晶子

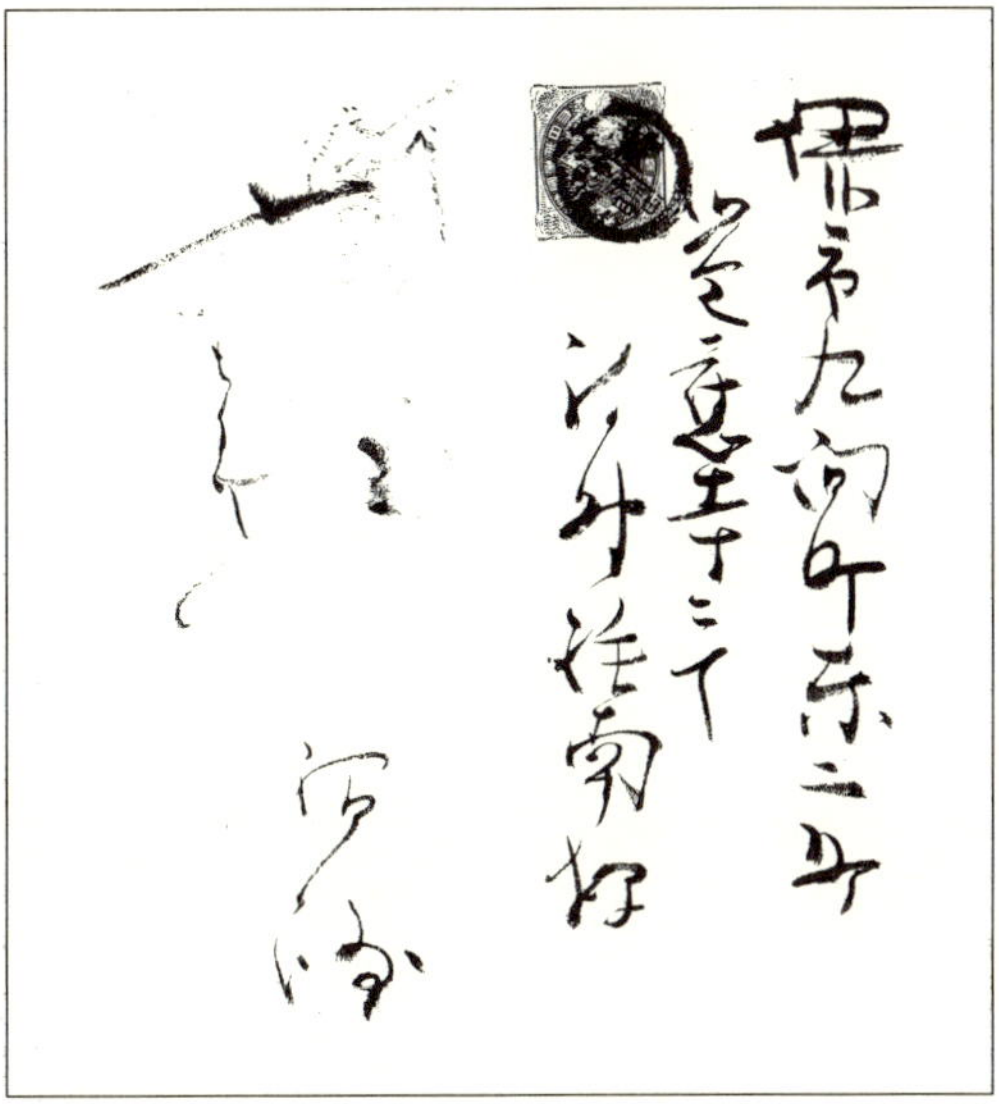

《封　筒》

【表】　堺市九間町東二町
　　　　覚應寺にて
　　　　　河野鉄南様

【裏】　　　　　沼洲
　七月四日

⑱

与謝野晶子書簡　河野鉄南宛〈明治三十三年七月八日〉

〔形態〕封書　巻紙（本文 17.2×97.6cm

表装 21.0×126.4cm）　毛筆

〔封筒〕和封筒（18.2×7.1cm）　毛筆

〔消印〕武蔵／東京駒込／卅三年七月／

八日／ホ便

和泉／堺／卅三年七月／九日／

二便

河野鉄南宛〈明治33年7月8日〉

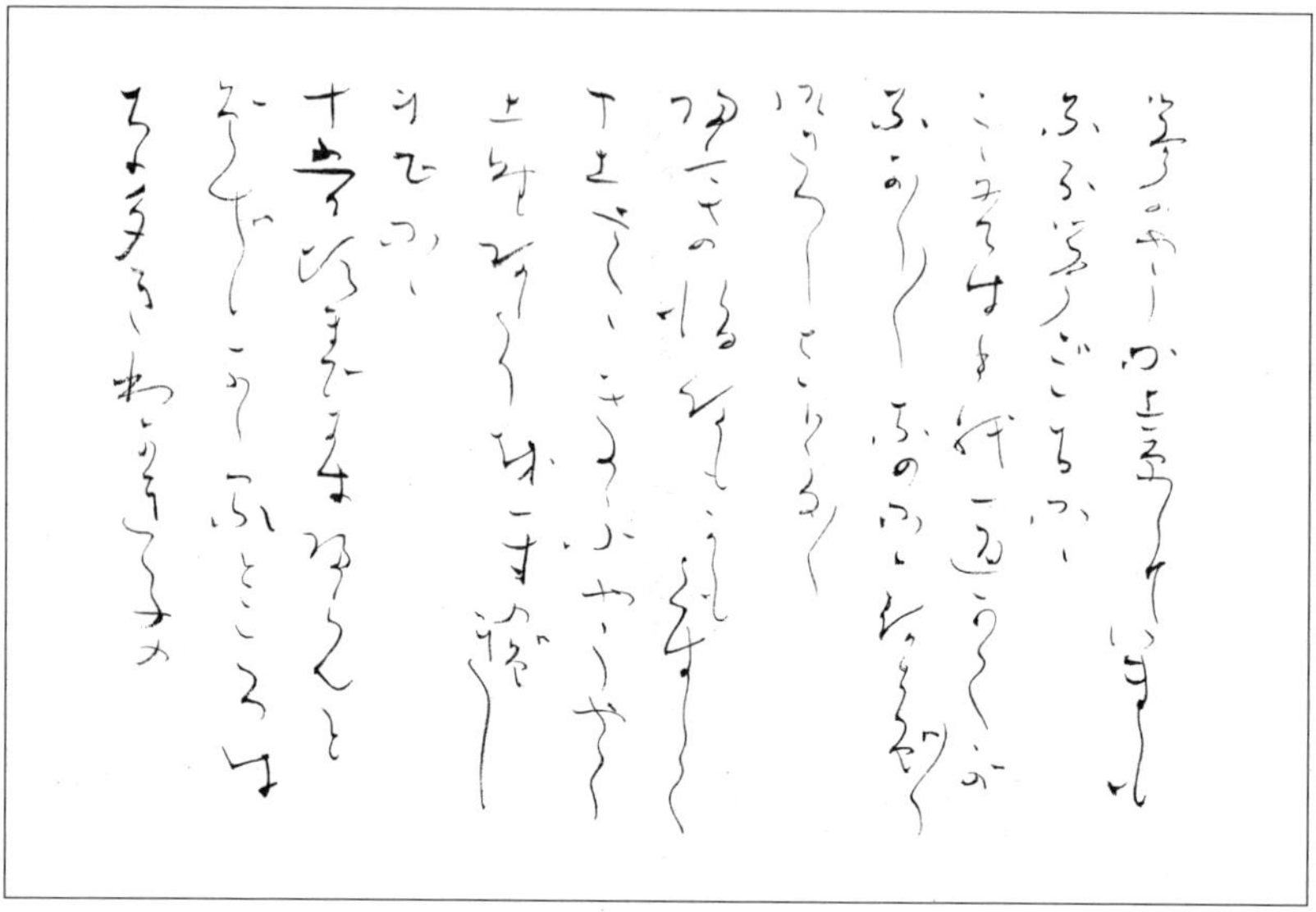

夢のやうに上京していまも
なほ夢ごゝちに候
こゝにては手紙一通かくが
なか〳〵なのに候何とぞ〳〵
御さつし被下度候
帰宅の後何もかも
　　　　　くはしく
申上べく候きのふやうやく
上野あたりを一寸のぞ
　　　　　　きし
までに候
十五日頃までには帰らんと
ぞんじ候かゝるところは
ちの多きわかき子の

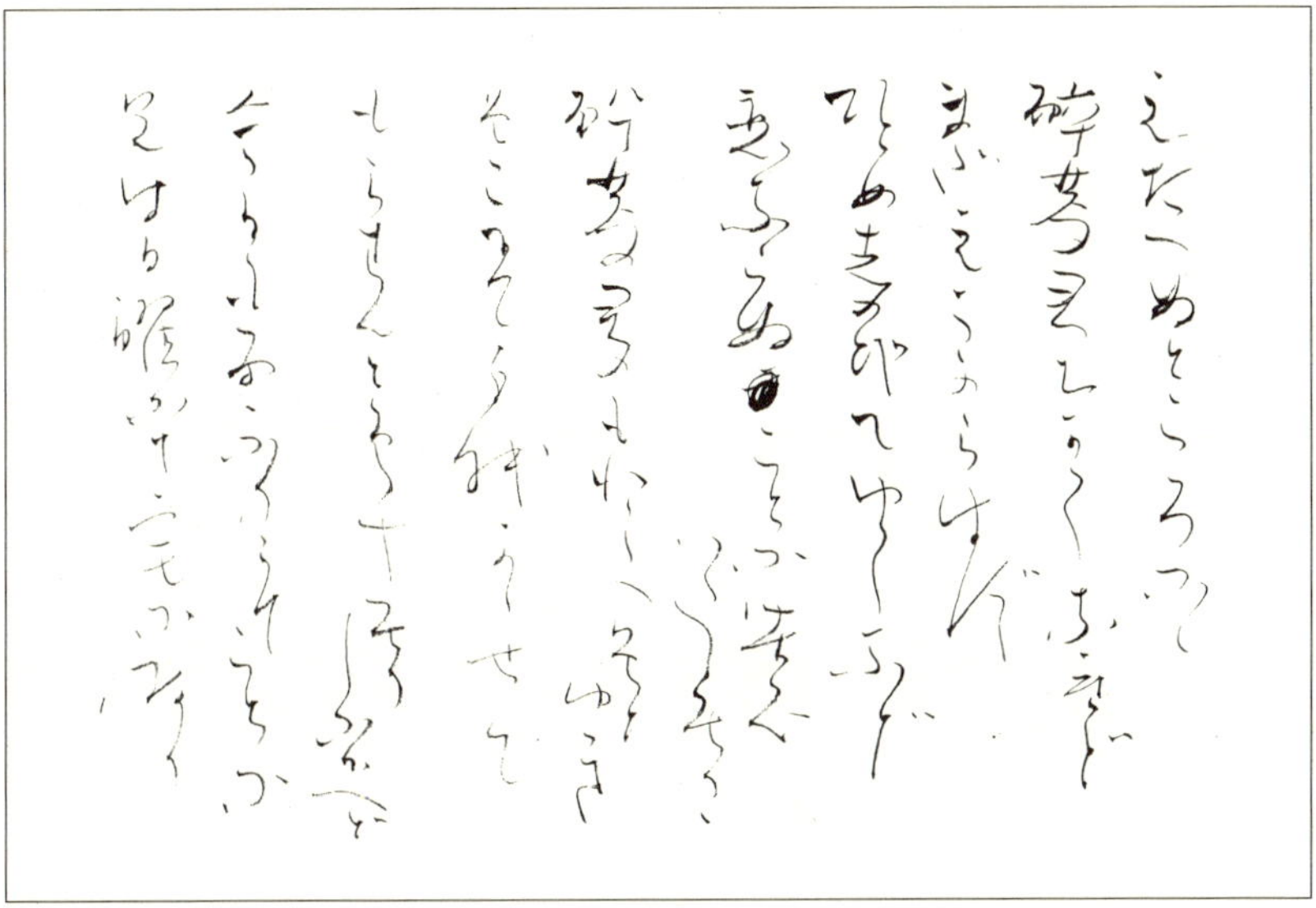

えたへぬところに候
酔茗の君ちかくなれど
まだえうからはず
ひとめしのびてゆくなど
恋ならぬ 〈□〉 ことに苦心
　いたし居り候
酔茗の君のもとへそと
　ゆき
そこにて手紙か、せて
もらはんとそんし居り
　しに候へど
今日も雨ふりにてことに
兄は日曜にて宅にあり

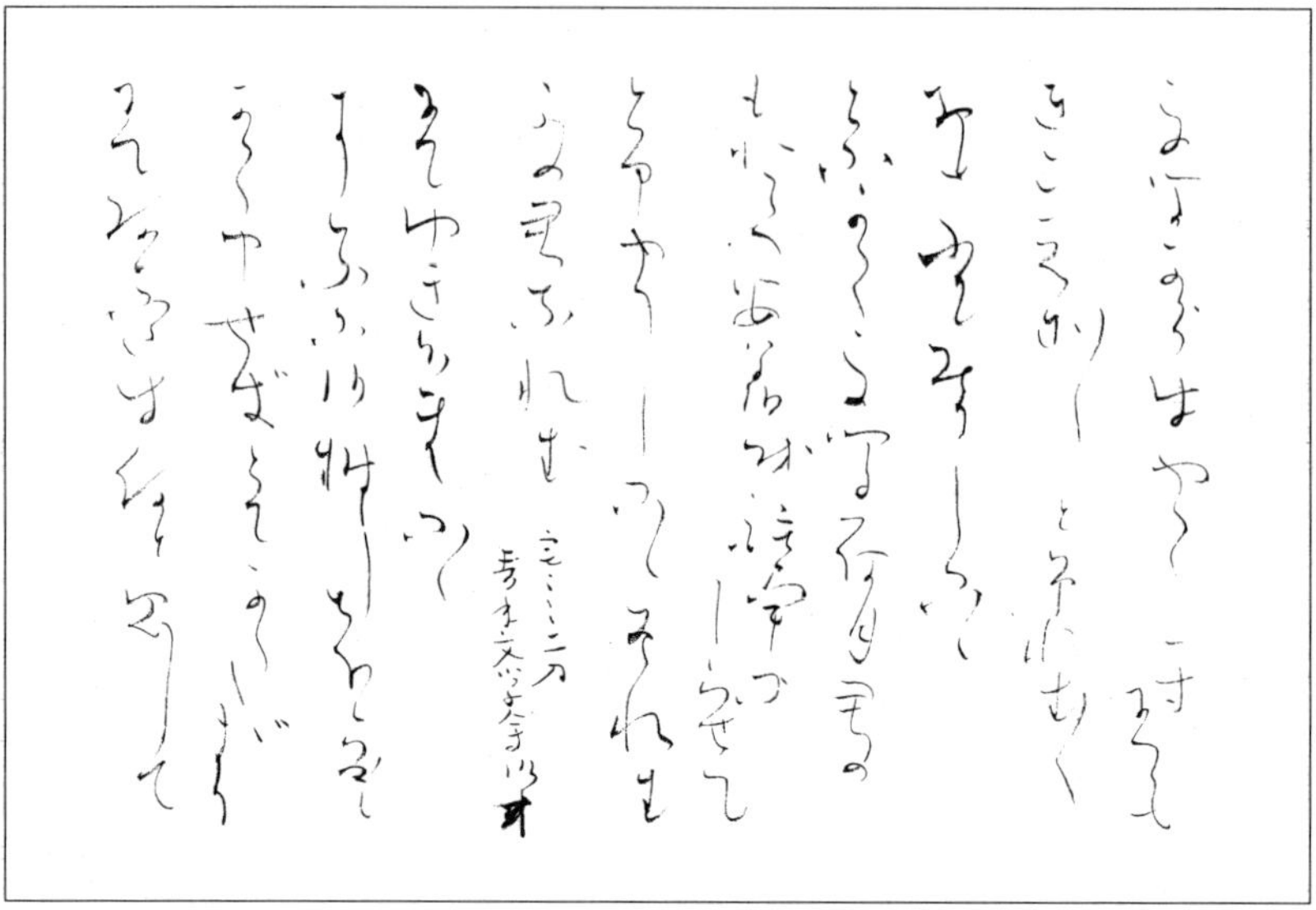

この間からはやく一寸
にても
きこえむ〱とそれは〱
おもふて居りしに候
とにかくこの間雁月君の
もとへ安着を鉄南に
しらせて
と申やりしに候それは
かの君なれば　宅・・・・方
青年文学會御中
にてゆき候まゝに候
よしなに御推し被下度候
かく申せばとてかたゞ
より
にてあなたは何と思して

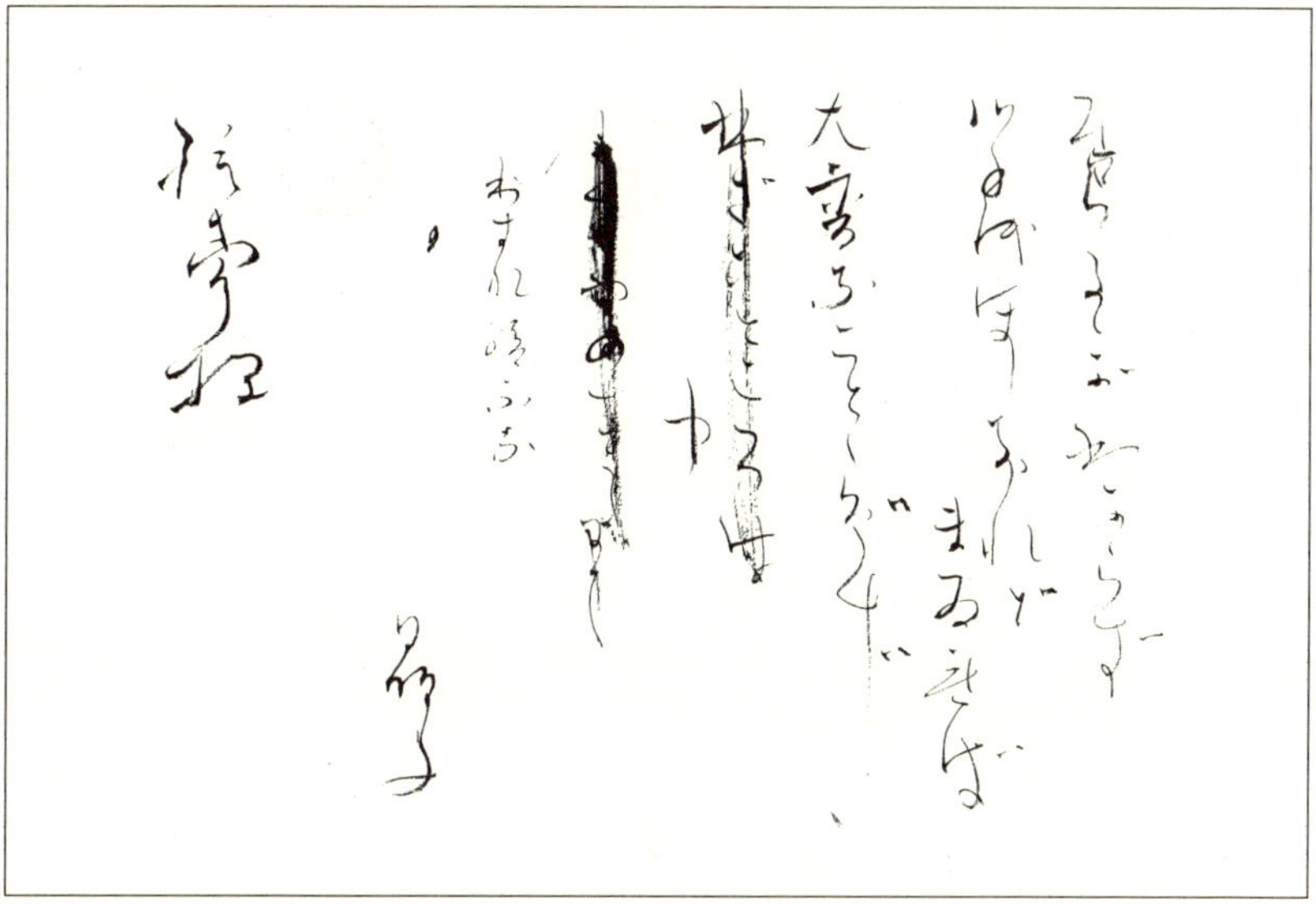

居らるゞがわからず
御手紙ほしけれど
まゐれば
大変なこと、ぞんじ
〈わざとところは〉
申
〈やのすみにて〉
わすれ給ふな
晶子

鉄南様

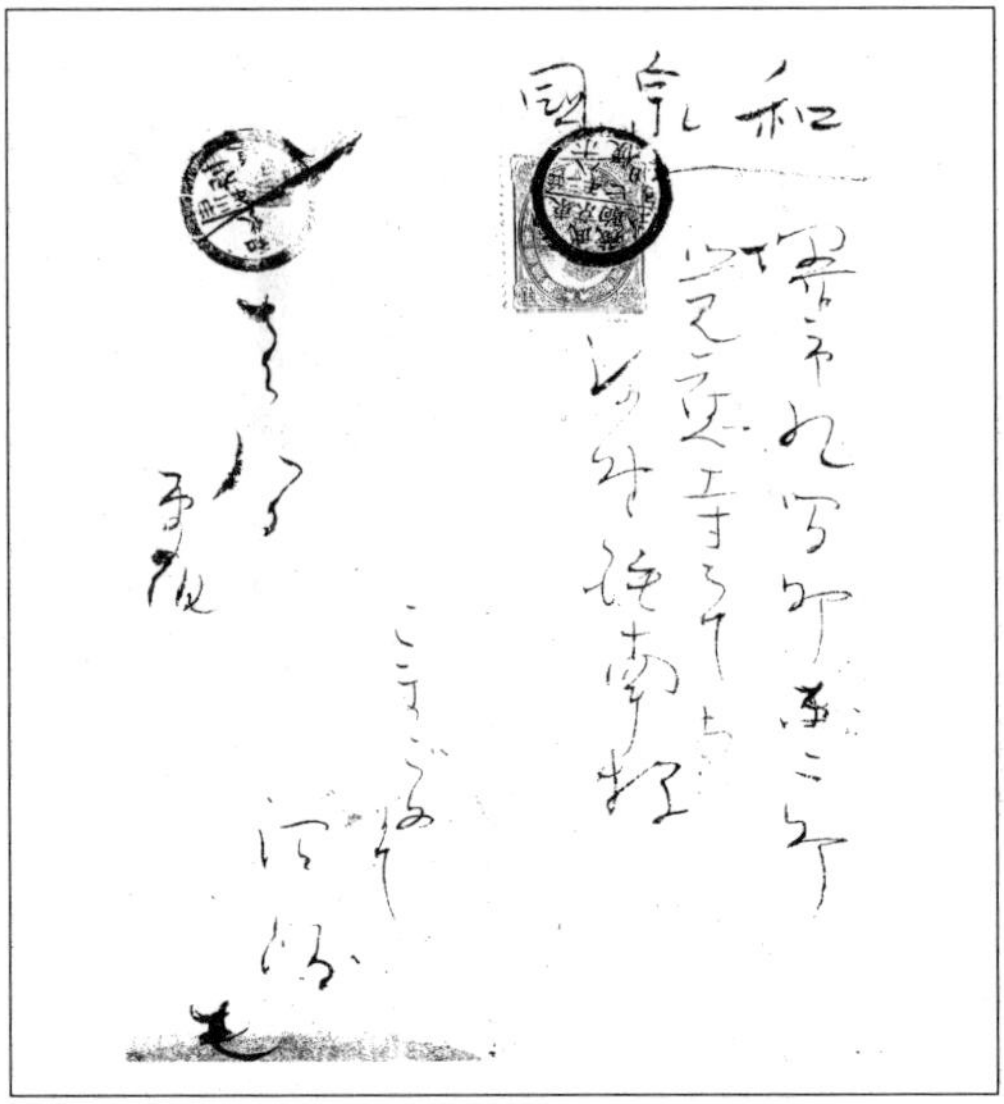

《封　筒》

【表】　和　堺市九間町東二町
泉　覚應寺にて
國　　河野鉄南様

【裏】
こまごめ
にて
沼洲

七月八日
更夜

⑲　与謝野晶子書簡　河野鉄南宛〈明治三十三年七月十一日〉

〔形態〕封書　巻紙（本文 16.6×59.5cm
表装 21.1×88.6cm）　毛筆
〔封筒〕和封筒（18.1×7.1cm）　毛筆
〔消印〕和泉／堺／卅三年七月／十一日
／二便

河野鉄南宛〈明治33年7月11日〉

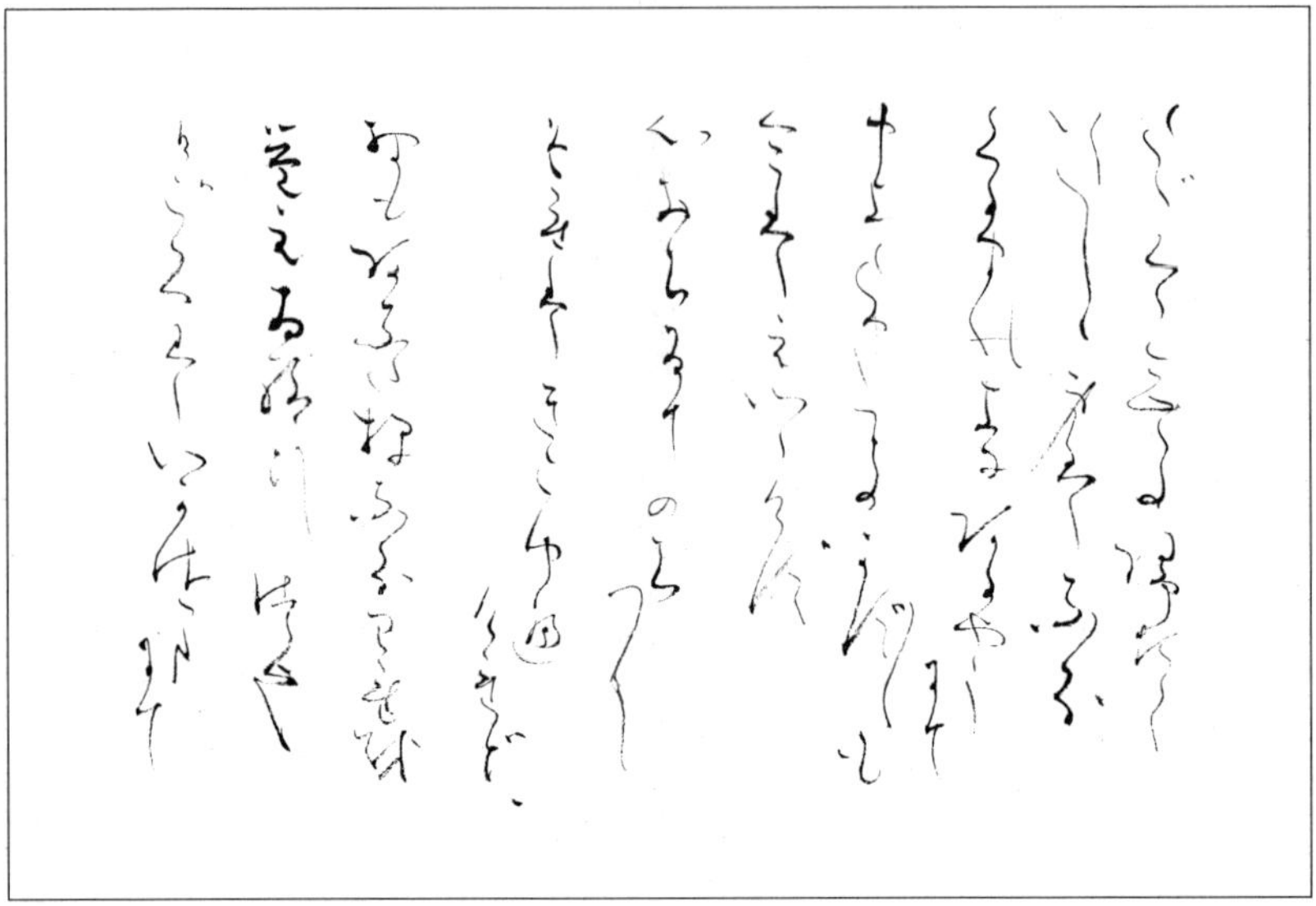

ただ今急に帰たく
いたし候身はなほ
くるまの上にあるやう
にて
申上たきことのかず〳〵も
今はえつゝけず
心おちゐてのち
に
それはきこゆへ
けれど
扨もあなた様なほわれを
覚えゐ給ひつや
日ごろはいかさま
にて

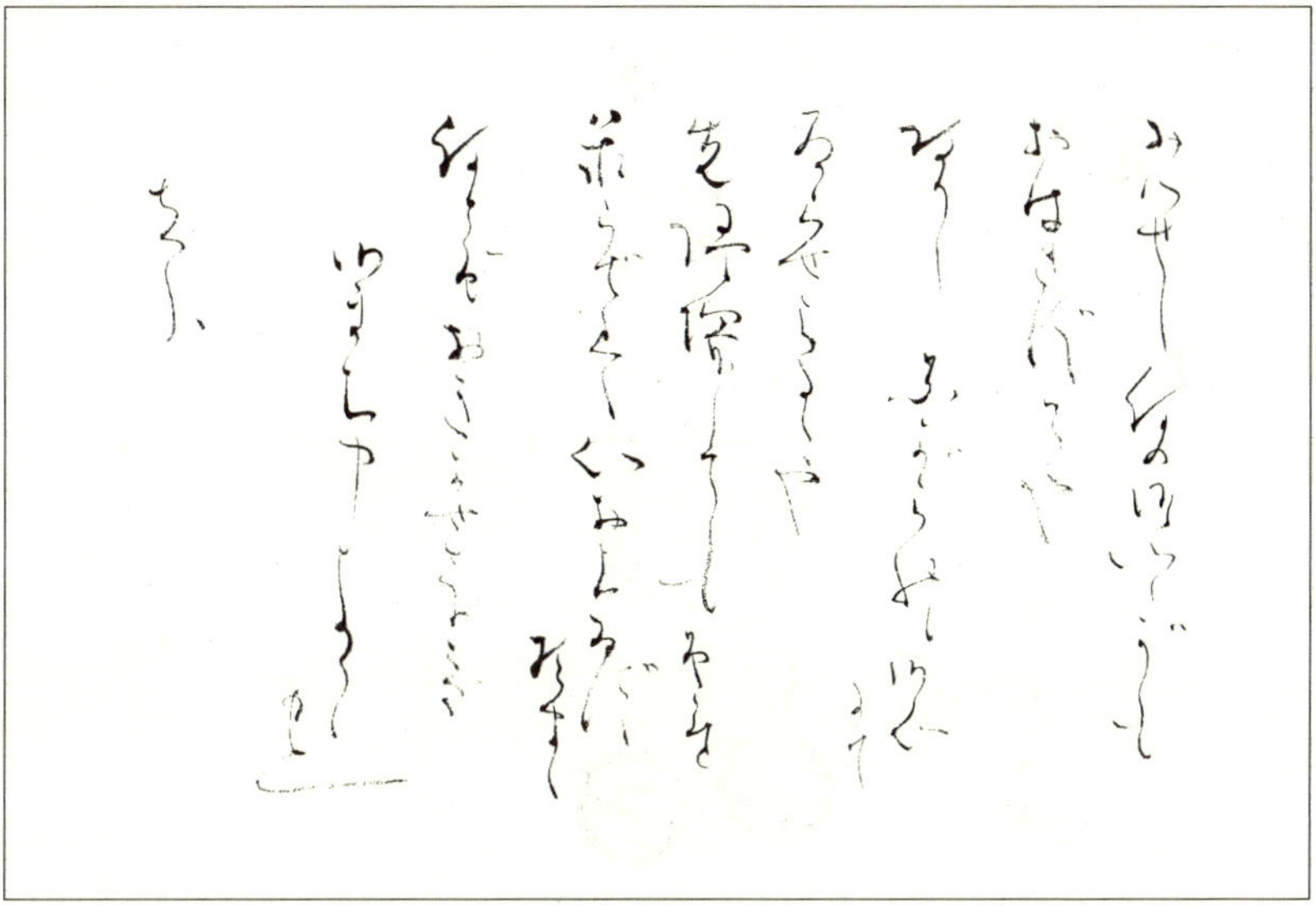

おはせし何の御つゝがも
おはさずてや
ありしながらの御心
にて
ゐらせらるゝや
先帰堺してもそれ
承らでは心おちゐず
居まゝ
何とぞおきかせ被下度
御まち申参候
かしこ
けふ

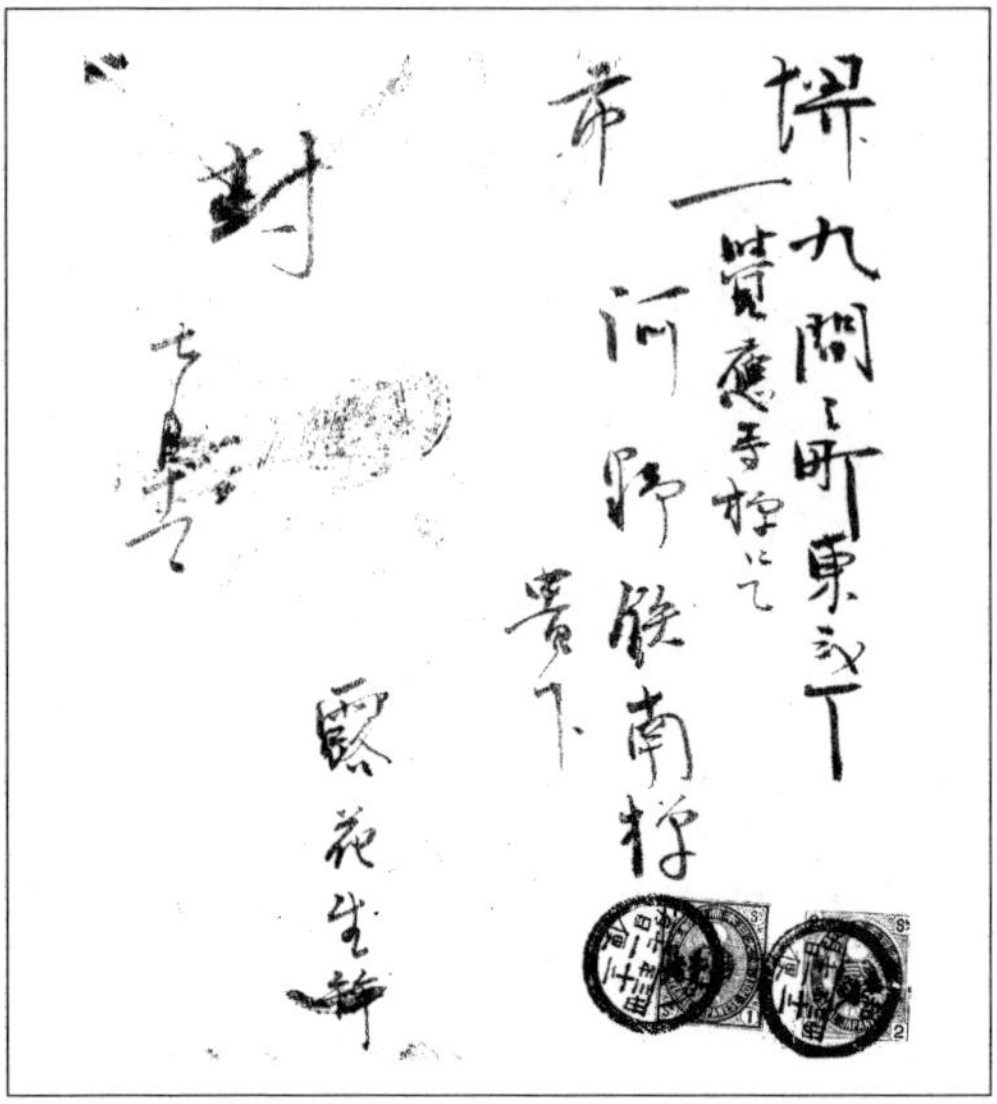

銕南様

晶子

《封　筒》

【表】

堺　九間之町東弐丁

覺應寺様にて

市　河野鉄南様

貴下

【裏】

露花生拝

七月十一日

⑳

与謝野晶子書簡　河野鉄南宛〈明治三十三年七月十四日〉

〔形態〕封書　巻紙（本文　16.6×281.8cm
表装　21.0×311.1cm）　毛筆

〔封筒〕和封筒（16.6×7.2cm）　毛筆

〔消印〕和泉／堺／卅三年七月／十四日
／ハ便

河野鉄南宛〈明治33年７月14日〉

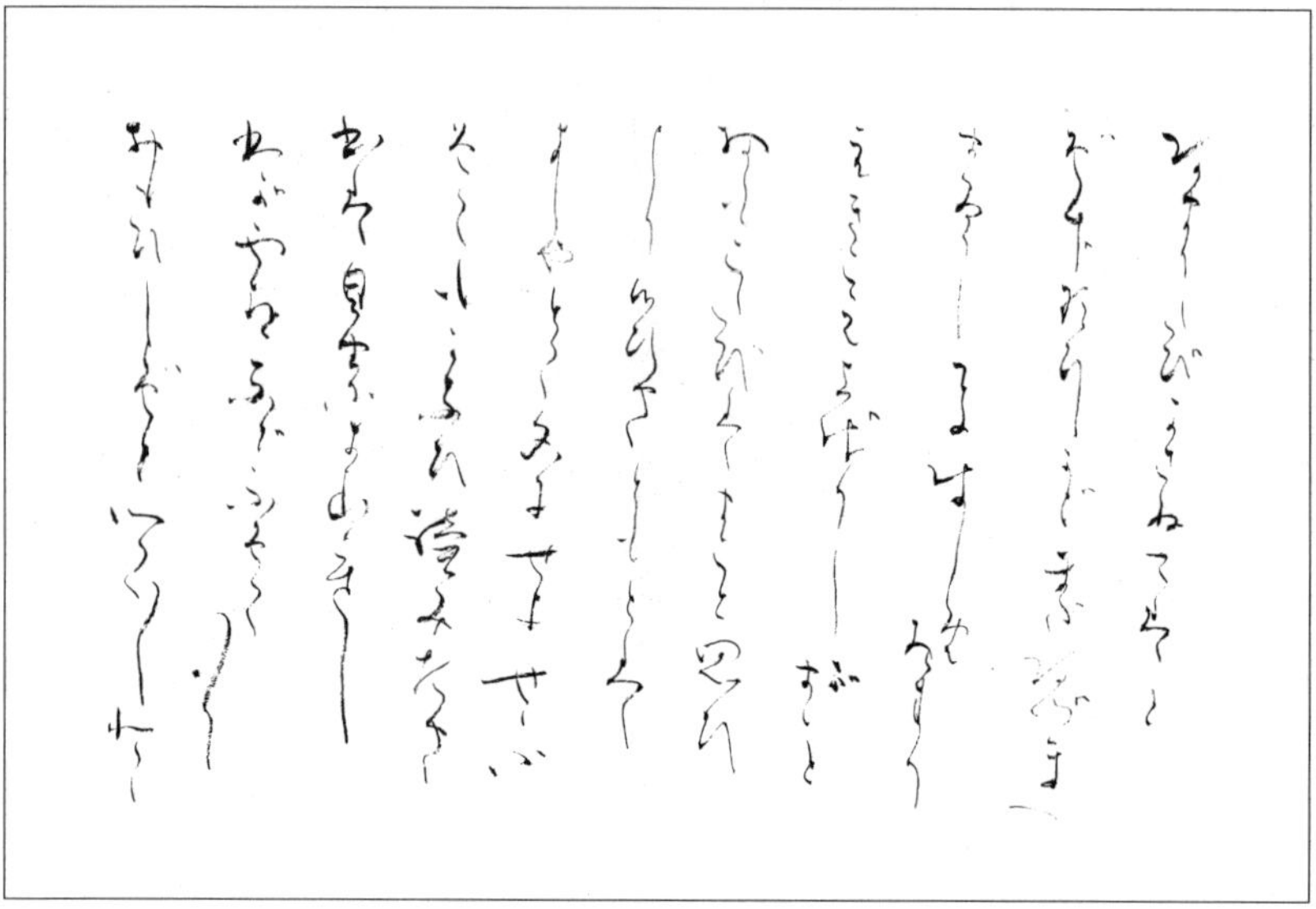

あまりたびかさねてはと
ぞんじ候ひしかどまだあづまへ
まゐりしことのはしめ
をはり
えきこえ上ざりしが
まこと
扱もこたびはまこと思ひ
しり候ひきともとは
よしやとく名にせよせふ
そくもかなひ讀みたき
書は自由によむへし
わがやをなどふそく
に
おもひしぞとつく〳〵と

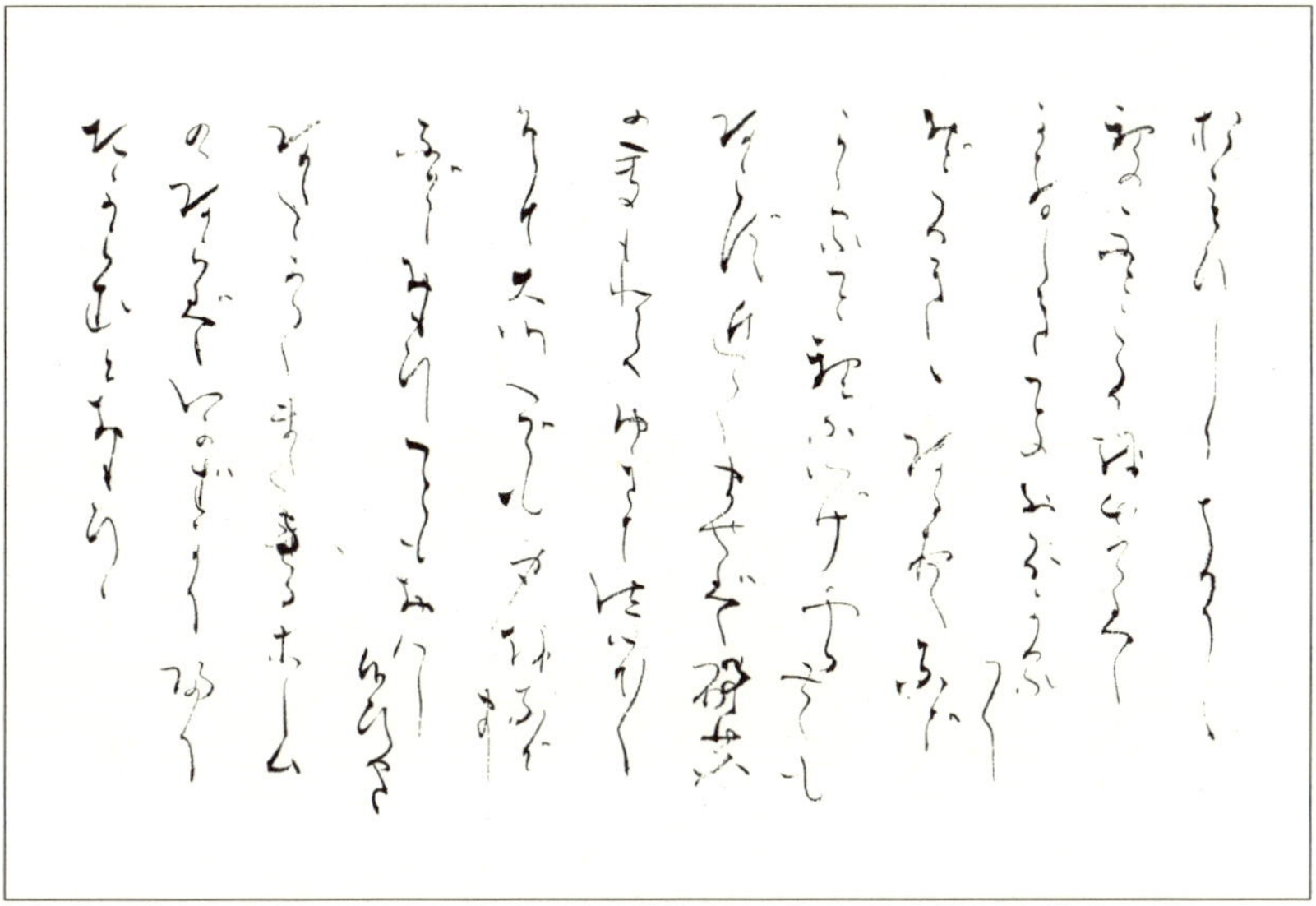

おもひしり参候
親のふところを出ては
かなしきことのおほかる
に
おどろき候ある夜など
かゝること親につげやるべくも
あらず近くませば酔茗
の君のもとへゆきて泣いて〳〵
そして大川へでも身をなげ
まし
などおもひしこともおはし
候ひき
あたゝかくまたるるホーム
のあらばいかばかり帰り
たからむとおもひ候

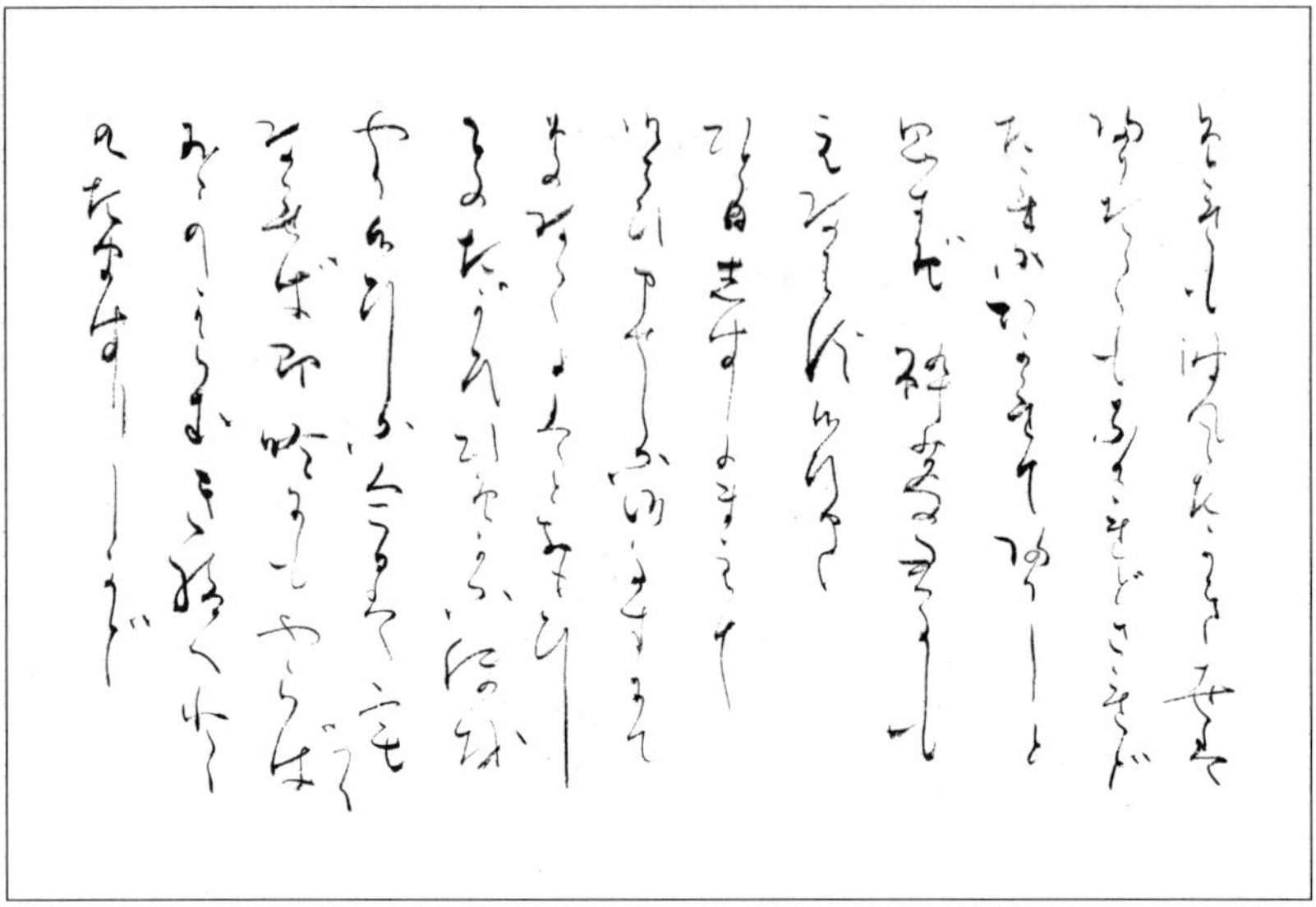

それも波風たかき世は
帰りたくもなけれどされど
たれにひかれて帰りしと
思すぞ酔茗の君にも
えあはず候ひき

ひと日しはしのまえて
御とひ申せしに御るすにて
そのあくるはとおもひし
ことのたがひひそかに使を
やり候ひしに今日は宅
に
あれば即吟にもやらば
をかしからむき給へと
のたまはりしかど

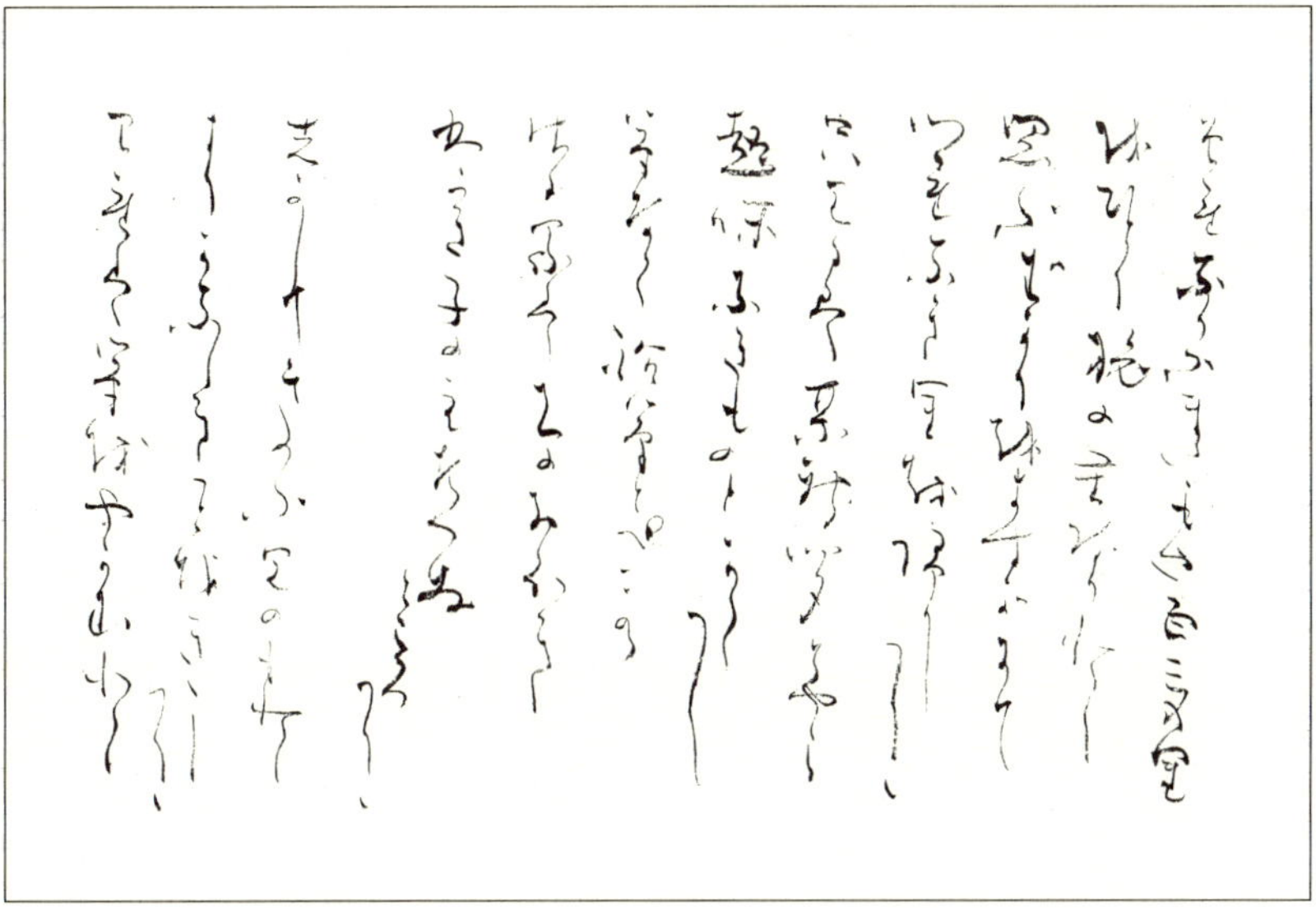

それなりにまたもや百三十里
をひとり旅の君ありと
思ふばかりをよすがにて
つれなき里を帰りし
に候
只見るは某新聞とやら
趣味なきものとかく
に
筆なく鉛筆とペンの
さる罪はちのおほき
わかき子のえたへぬ
ところ
に候
しかしてきのふ兄のもと
よりかなしきことをきゝし
に候
われは筆をやかむと

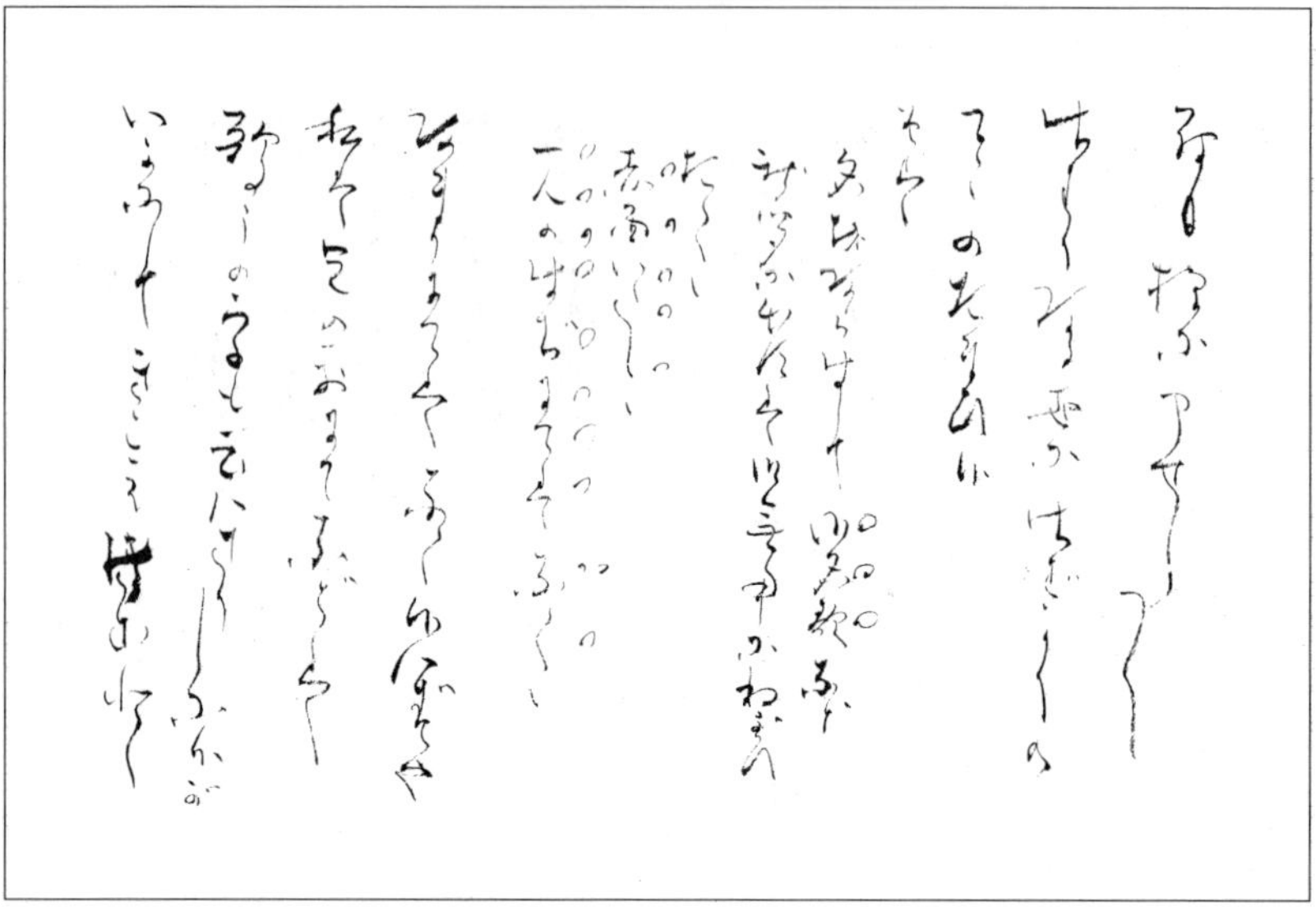

雁月様に申せし
に
さはりある世にさばかりの
こと丶のたまひ候
そは
名をあらはして御名歌など
新聞に出すは御無用にねがひ
たく候
赤面いたし候
一人のはぢにてはなく候
あまりにてはなく候はずや
私は兄の前にてなどは
歌のうの字も云はさり
しに候が
いかにしてきこえけ〈□〉むと

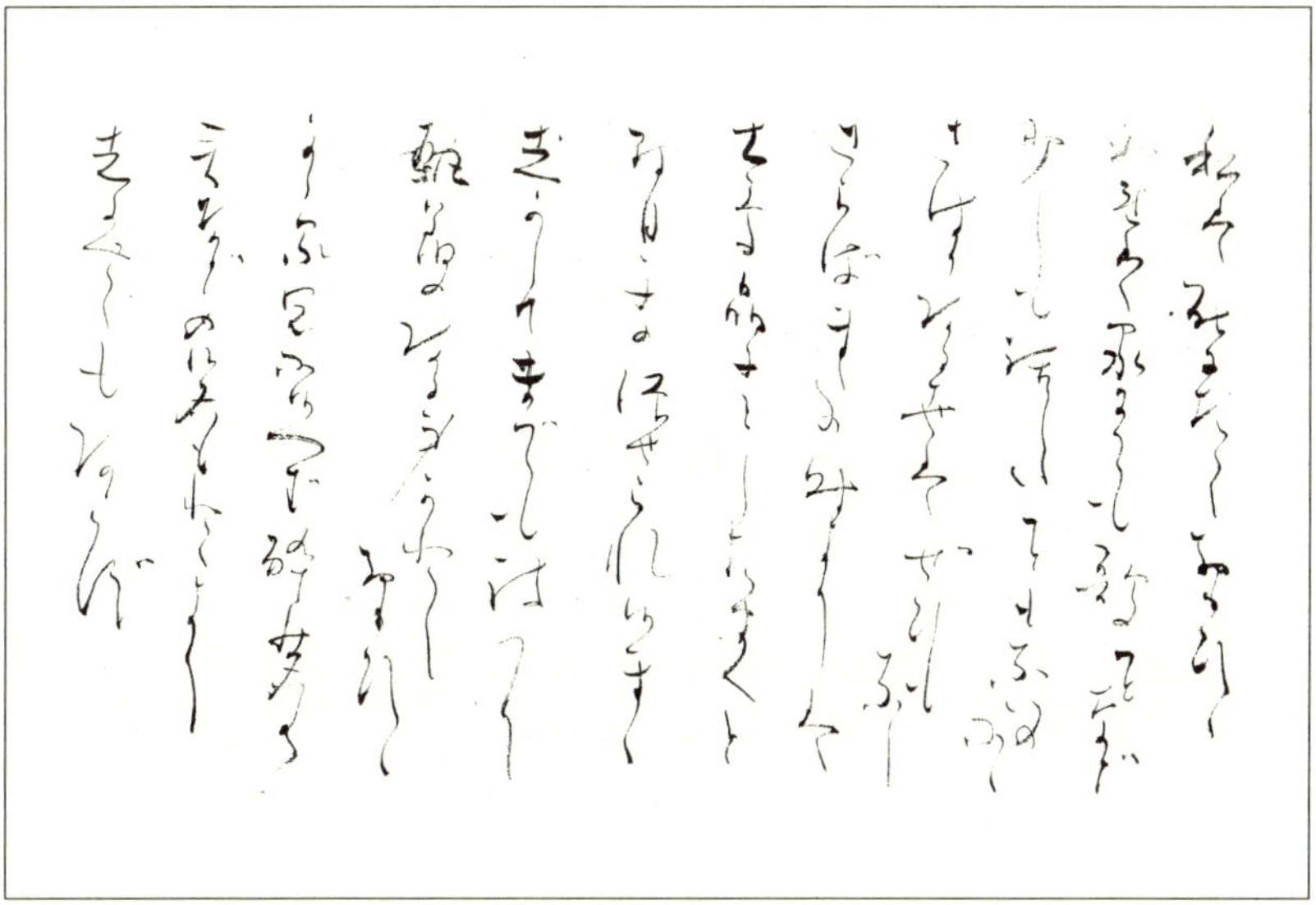

私は死にたくおもひ候
われは家にても歌のことなど
少しも話したこともないの
　　　　　　　　に候
さはりある世はぜひも
　　　　　　　　なし
さらばまたの時よりは
大鳥晶子としたまへと
雁月子の仰せられ候まゝ
しかしてまでも詩に
執着のある身かと
　　　　　　おもひ候
かゝる兄に候へば酔茗の
君などの御名もとより
しるべくもあらず

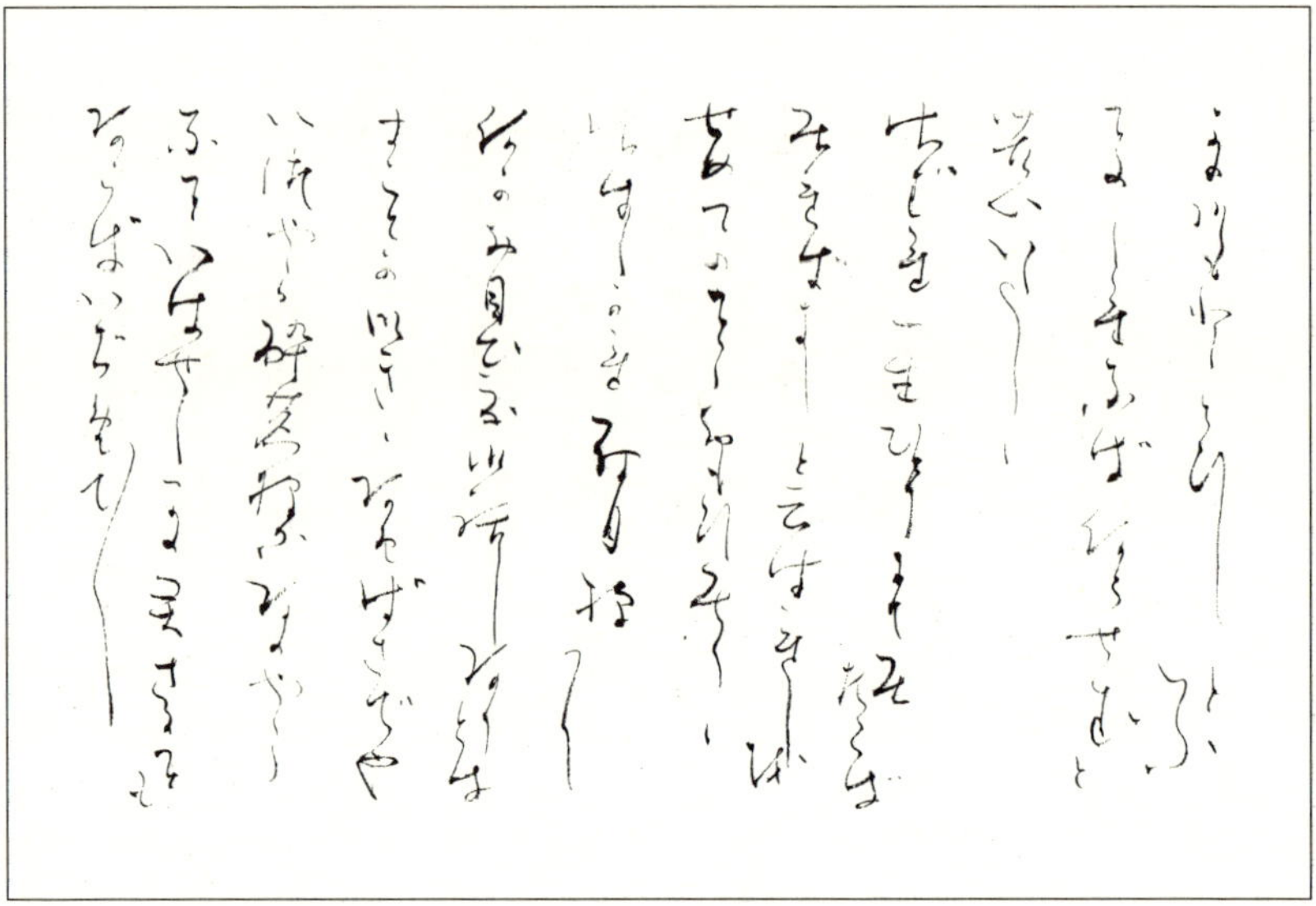

かの御もととひしと
いふ
ことのしられなば何とせむ
と
苦心いたし候
さばれ一生ひとりにて居
たくば
居ればよしと云はれ候
を
せめてのこと、おもひ居り候
さはしかれ雁月様に
何かお目出度御話しあり
とは
まことか御き、あそばさでや
いつやら酔茗様にあのやう
なことといはせしかの君さること
も
あらばいぢめて〳〵

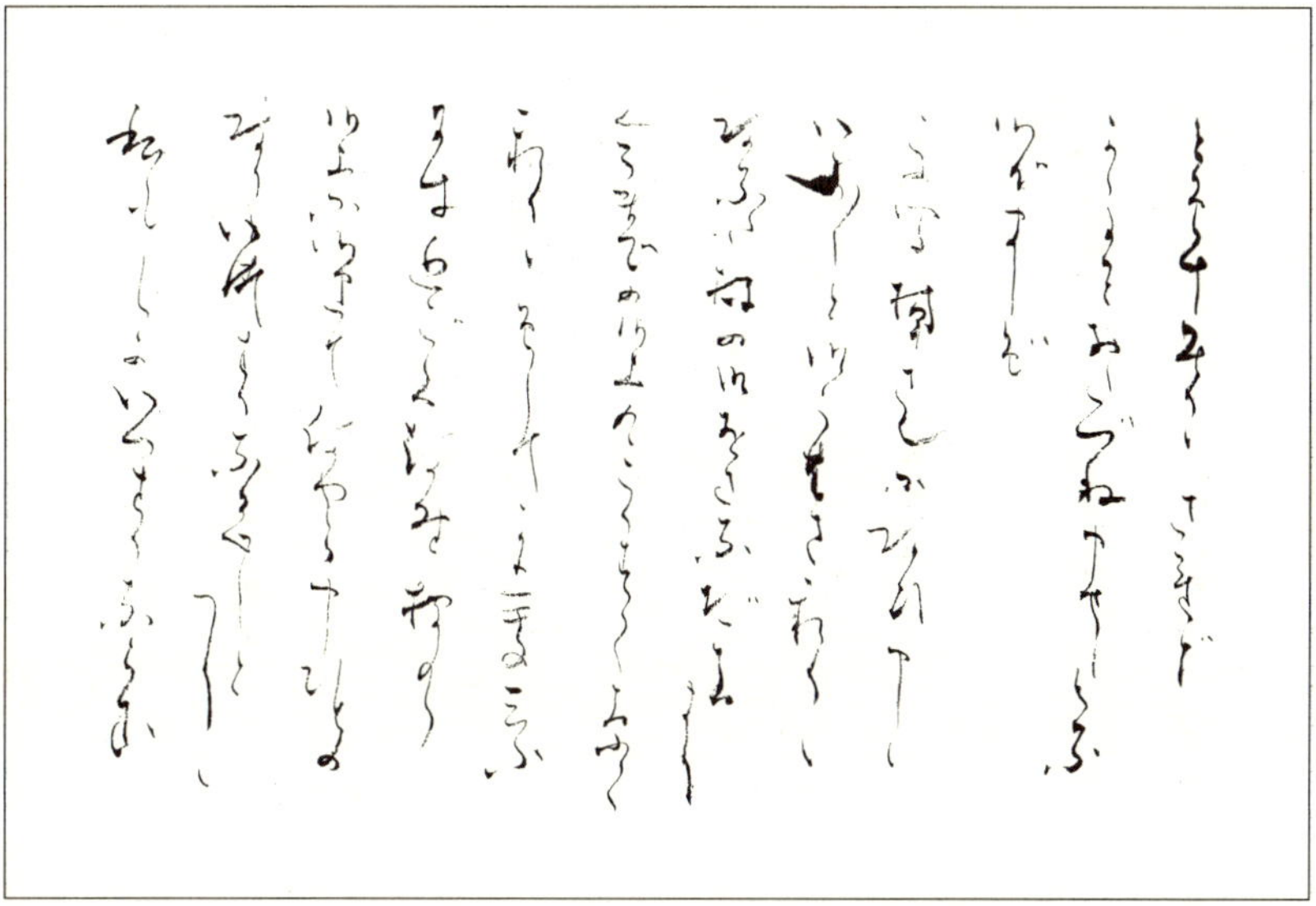

とそんし居り候されど
かゝることおたづね申せしとな
つげましぞ
この間楠さんにあひ申候
いろ〈□〉〱と御うはさ承り候
あなた様の御をさなだち
より
今までの御上のこりすくなく
承り候そしてかの君の云ふ
には近ごろ河野様の
御上につきて何やら申ひとの
ありいつはりなるべしと
に候
私もしかいつはりならむ

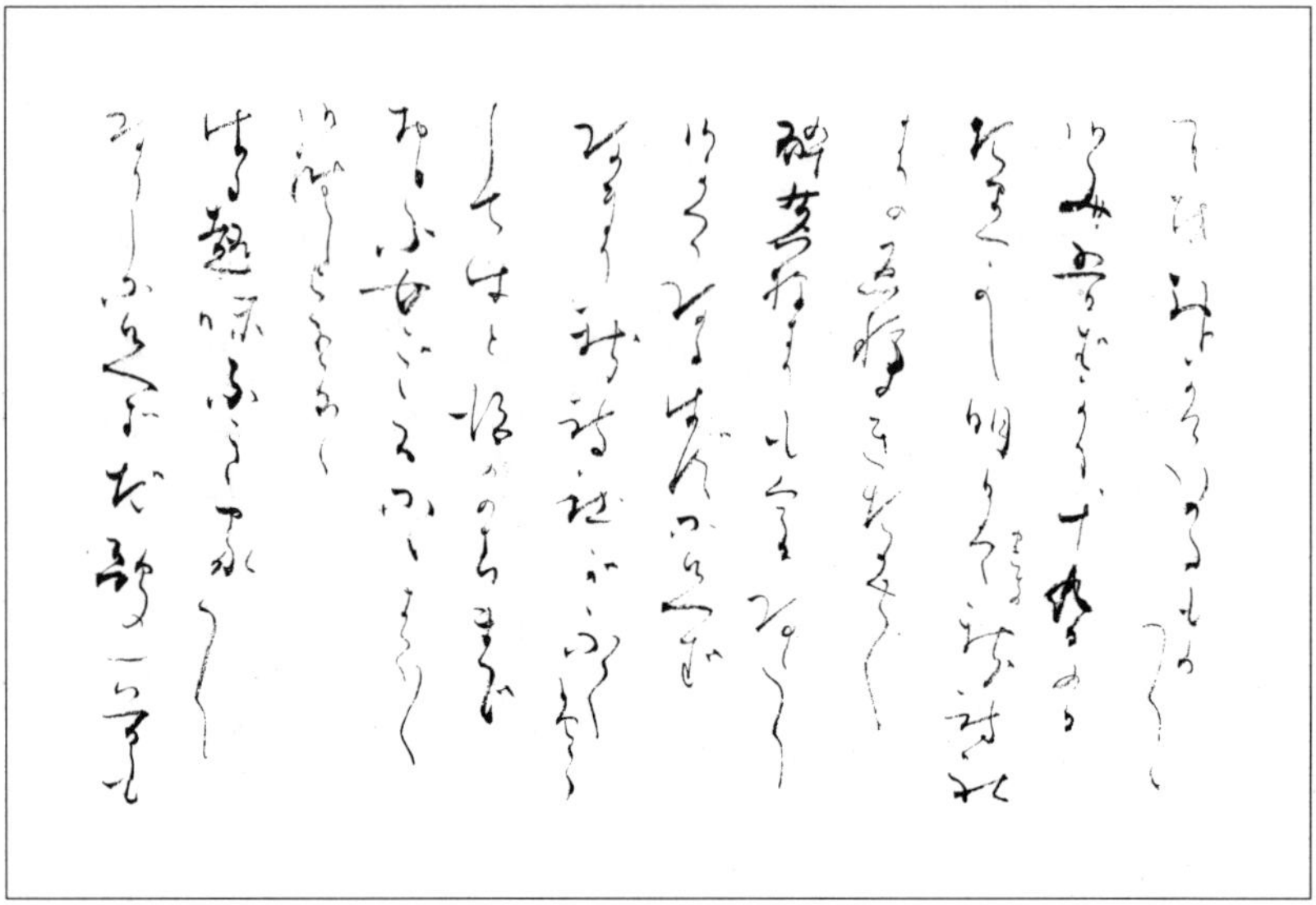

ことを神かけいのるもの　　に候
御文五日ばかり十九〈□〉日の日
まことの
たまへかし明日は新詩社
よりの返稿のきたるべく
酔茗様よりも今日あたり
御かへりあるはずに候へば
あまり新詩社がふく
そう
してはと後ののちまで
おもふ女ごゝろに候よく〱
御推し上被下度候
さる趣味なき家に
ありしに候へばだ歌の一首も

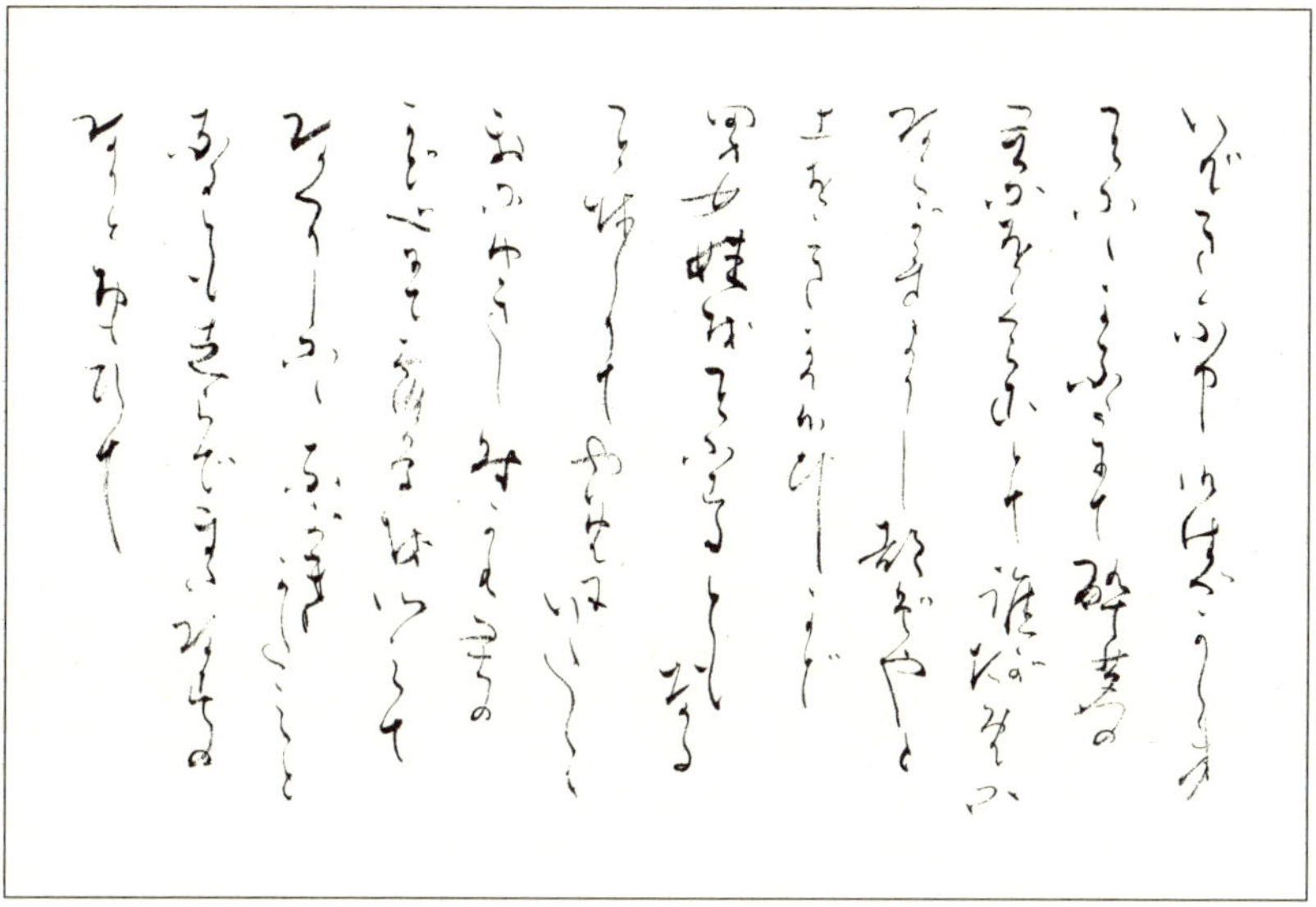

いでき不申御はづかしき
ことに候かなたにて酔若の
君にをくらむとて誰が
ために
あこがれよりし都ぞやと
上をゝきかへ候ひしかど
男女姓をことにするとも
なる
ことをしりてやめに
いたし候
前にゆきし時かの君の
かどべにて露草をつみて
あへりしに候ながき
かたみと
なるともしらでまたあすの
ありとおもひて

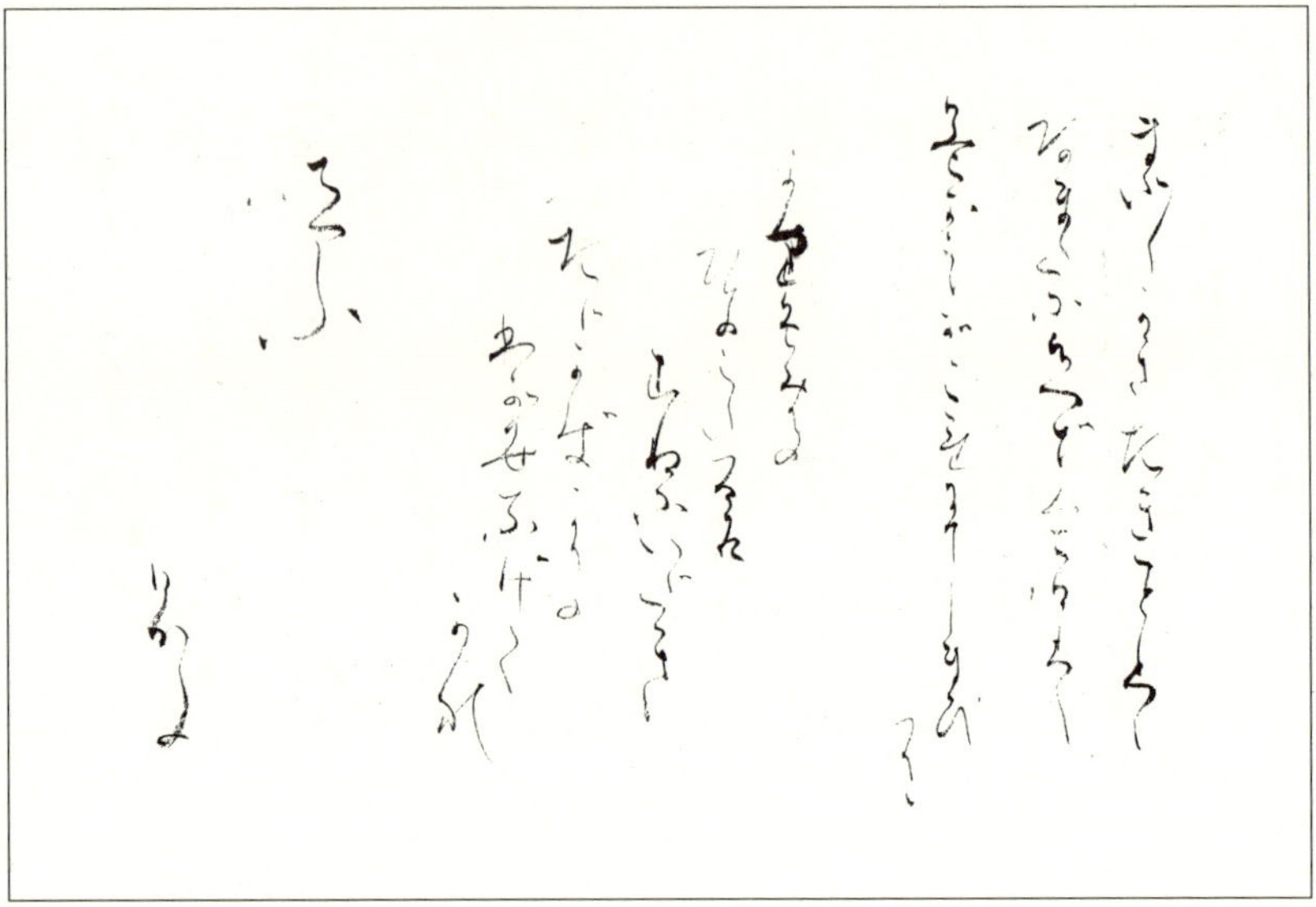

まだ〳〵かきたきことは
あまたに候へど今日は
巻がみがこれにてしまひ
に候

かり〈□〉そめの
ひとのうた反古
むねにいだき
たゞかばかりの
わが世なげく
かな

けふ

晶子

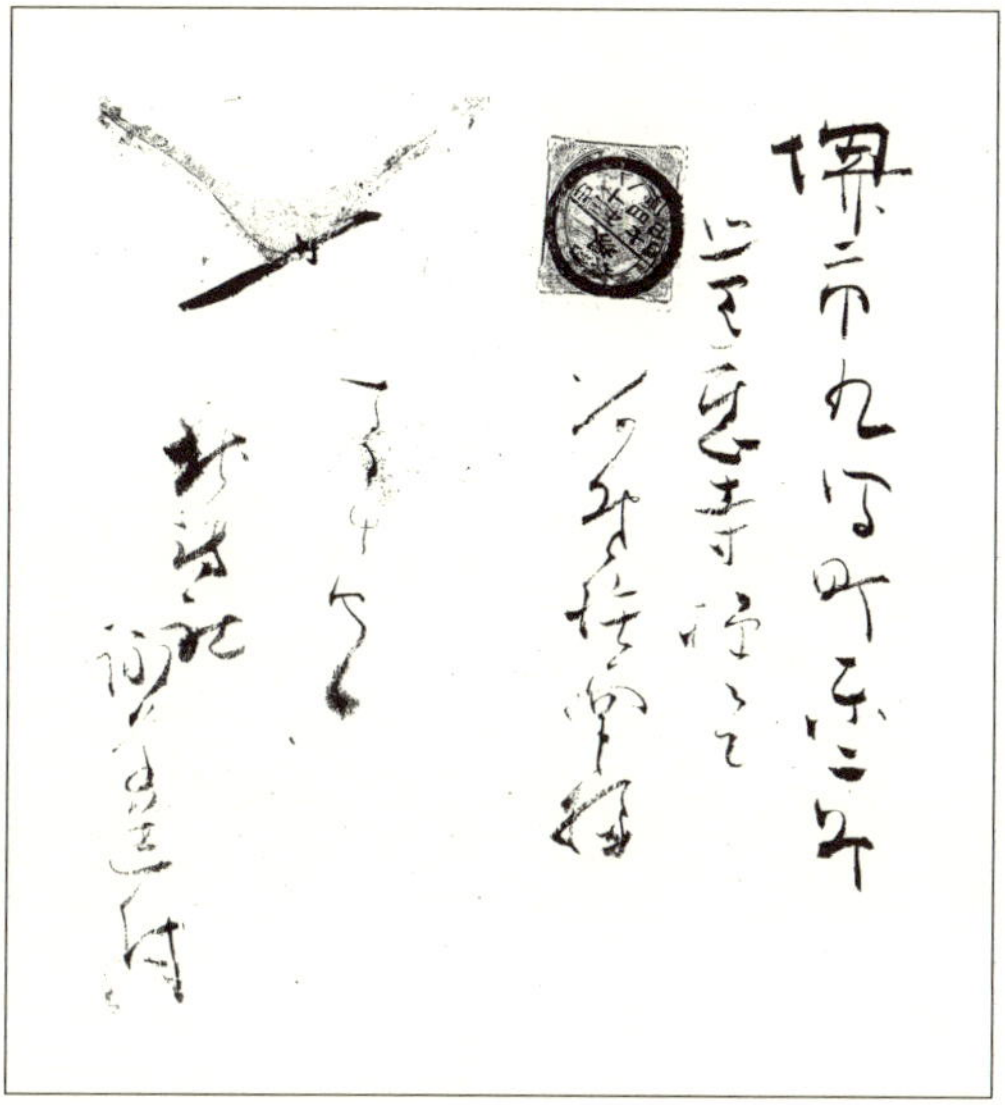

鉄南様

お前に

《封筒》

【表】　堺市九間町東二町

覚應寺様にて

河野鉄南様

【裏】　七月十四日

新詩社

詠草送付

㉑ 与謝野晶子書簡　河野鉄南宛〈明治三十三年八月七日〉

〔形態〕封書　巻紙（本文 16.2×128.7cm
表装 21.0×157.9cm）　毛筆
〔封筒〕和封筒（18.3×7.2cm）　毛筆
〔消印〕□□／堺／卅三年八月／七日／
二便

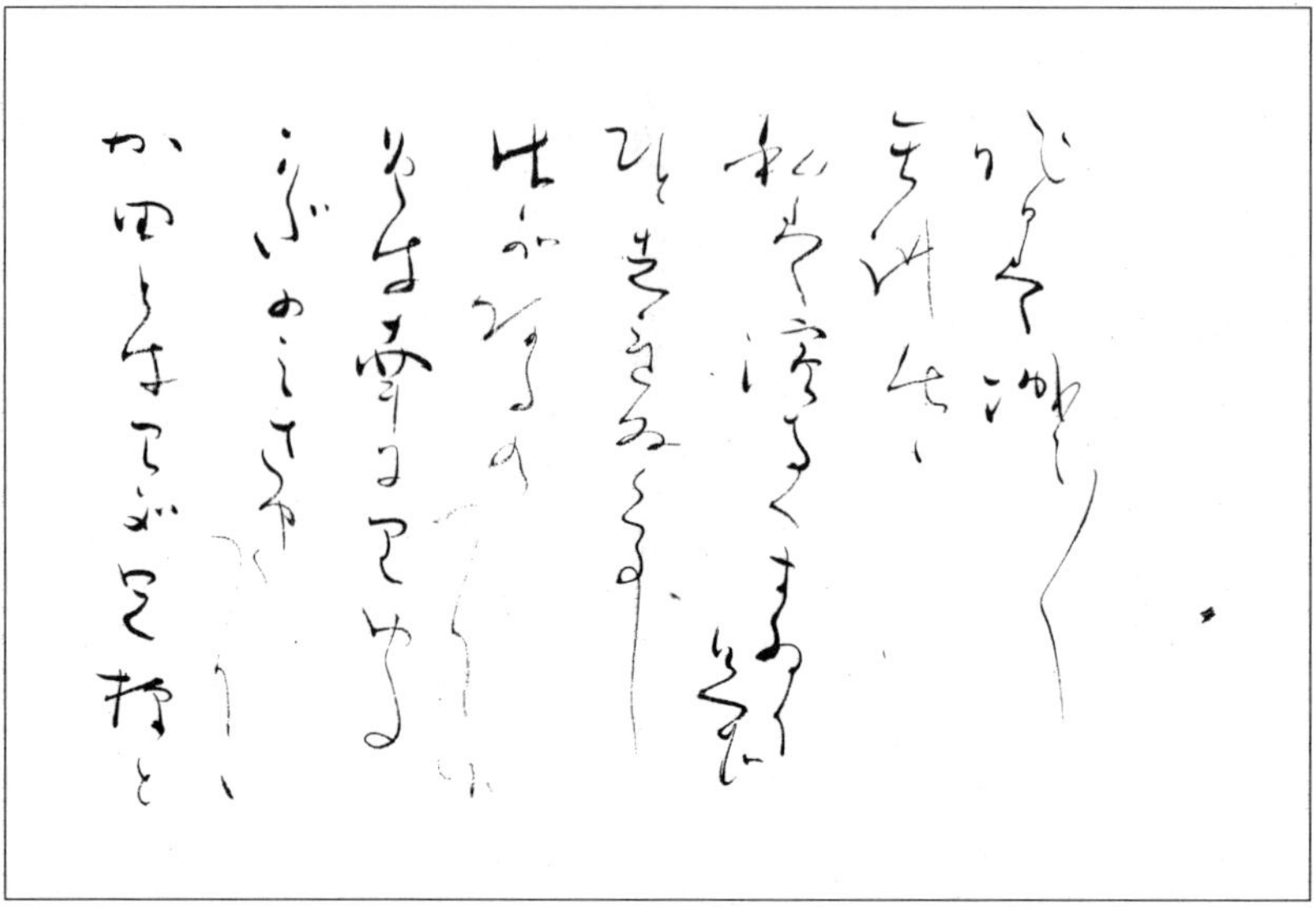

昨日は誠に〱
失禮仕候
私は濱寺へまゐり
候へば
ひとしれぬくるし
さがあるの
に候
そは南に見ゆる
かだのみさき
に候
加田とはわが兄様と

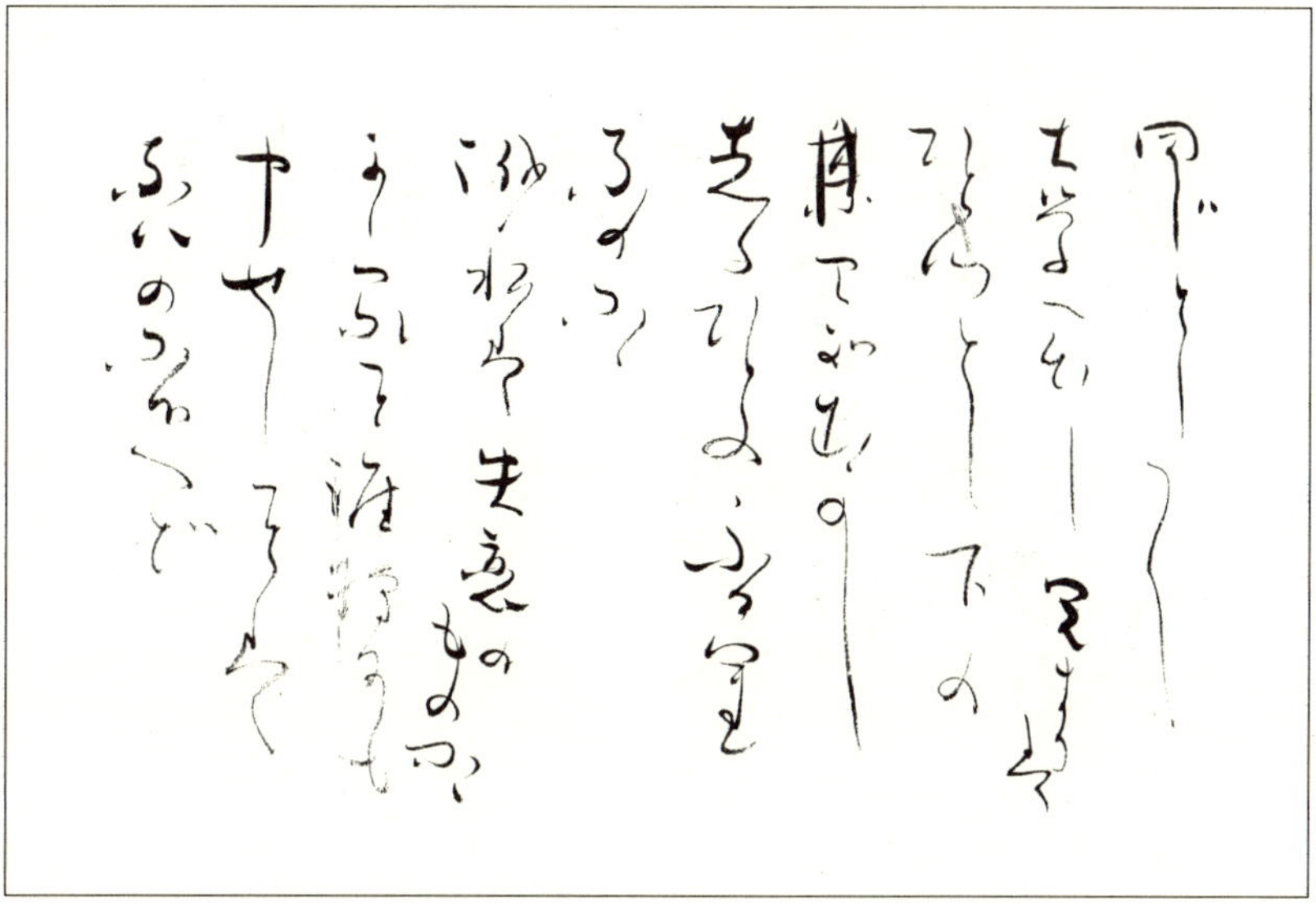

同じとしに
大学へ出し兄より
　　　　　　は
ひとつとし下の
〈□〉わがむかし
しるひとのふる里
なのに候
誠私は失恋の
　　　　　　ものに候
か丶ること誰様にも
申せしことは
ないのに候へど

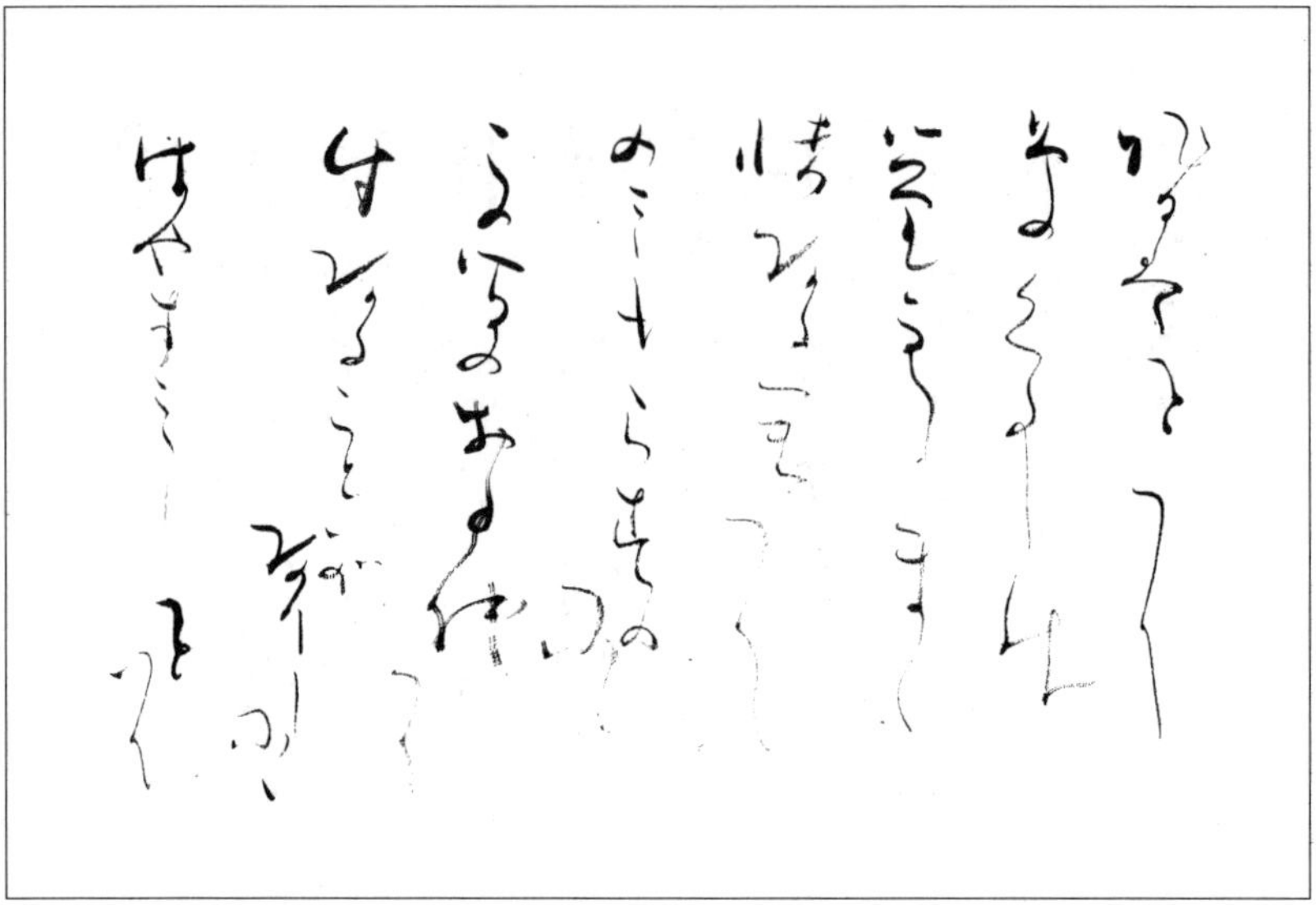

昨日はことに
そのくるしさ
覚えしまゝ
情ある君
に
のみもらすの
に候
この間のお手紙
に
はあることが
ありし
に候
はやすみしこと
に

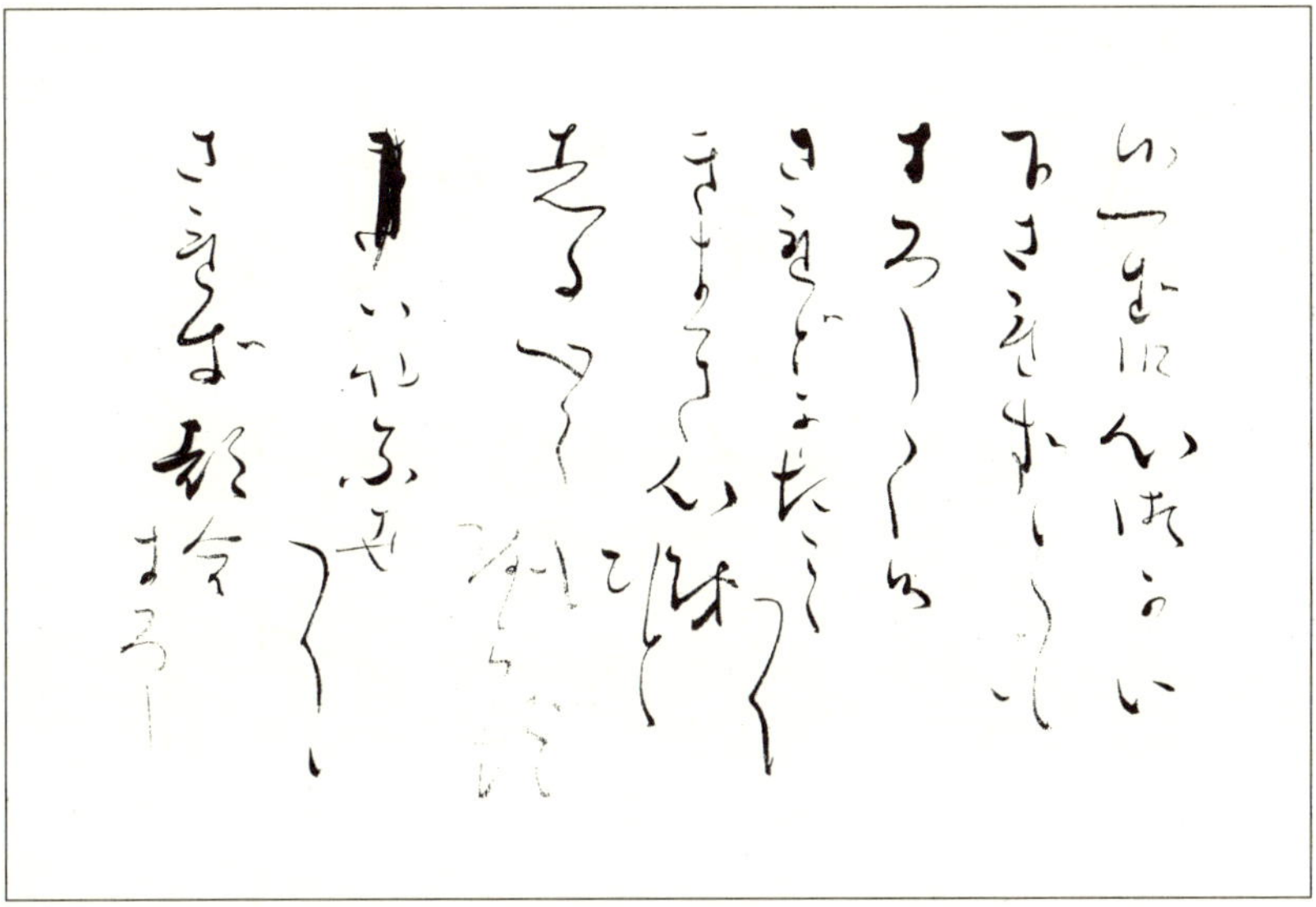

候へば御心つかい
下されずとも
よろしく候
されどかたみ
に
きよき心を
ひと
しるべくも
あらず
〈また〉いやな世
に候
されば都合
よろし

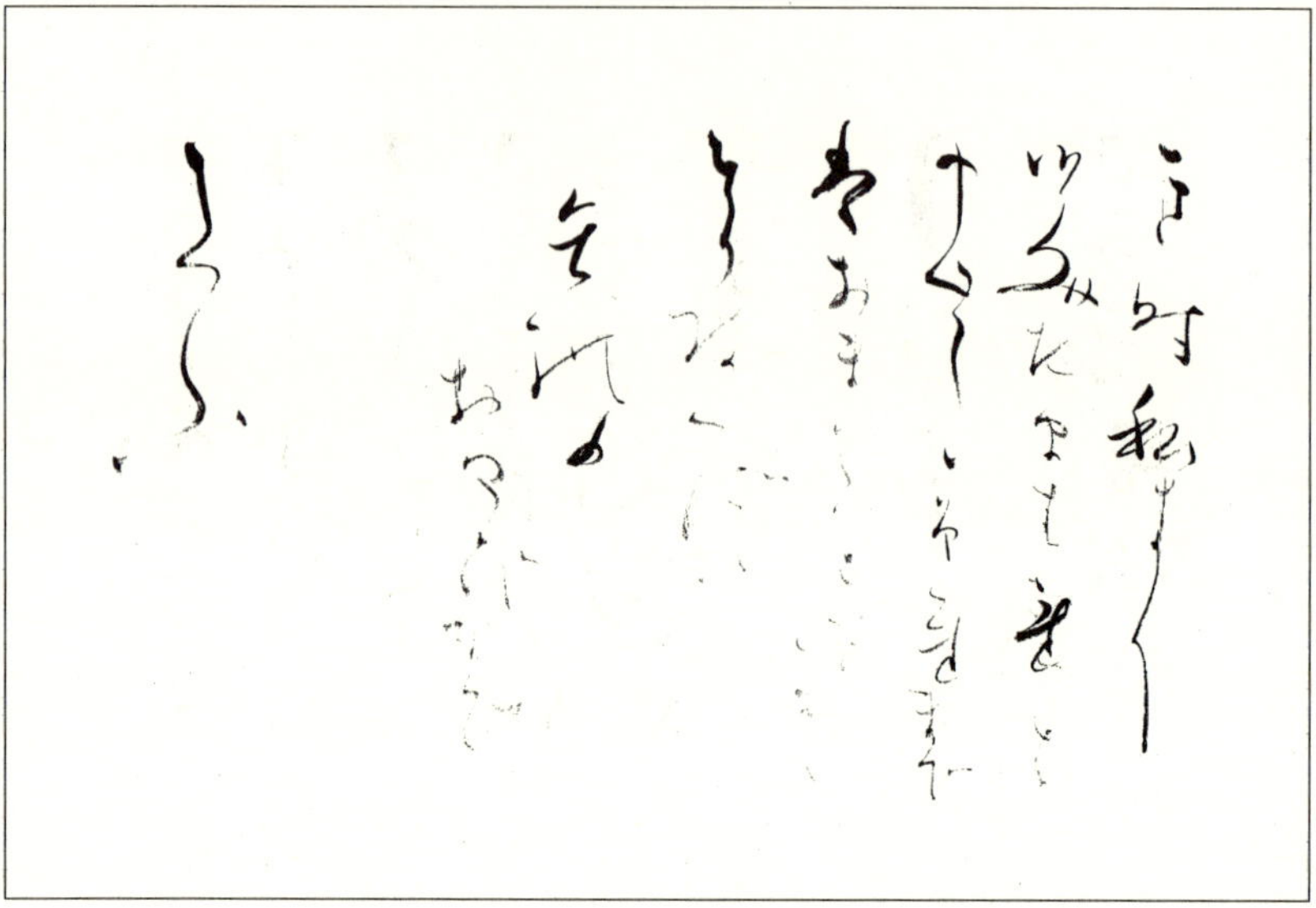

き時私より
御文たまはれ〈□〉と
申べく候それまで
はおまち被下度候
とりあへず
失禮の
おわびまで

けふ

鍈様

しやう

《封筒》

【表】

堺市九間町東二町

覚應寺にて

河野鍈南君

に

【裏】

松風生

八月七日

㉒ 与謝野晶子書簡　広江酒骨宛〈明治三十三年八月二十三日〉

〔形態〕封書　巻紙（本文 15.7×141.0cm
表装 20.9×170.3cm）毛筆

〔封筒〕和封筒（17.3×7.3cm）毛筆

〔消印〕和泉／堺／卅三年□□／二十□
□／□□
摂津／神戸／卅三年八月／二十
四日／ハ便

【備考】本文および封筒は他筆。

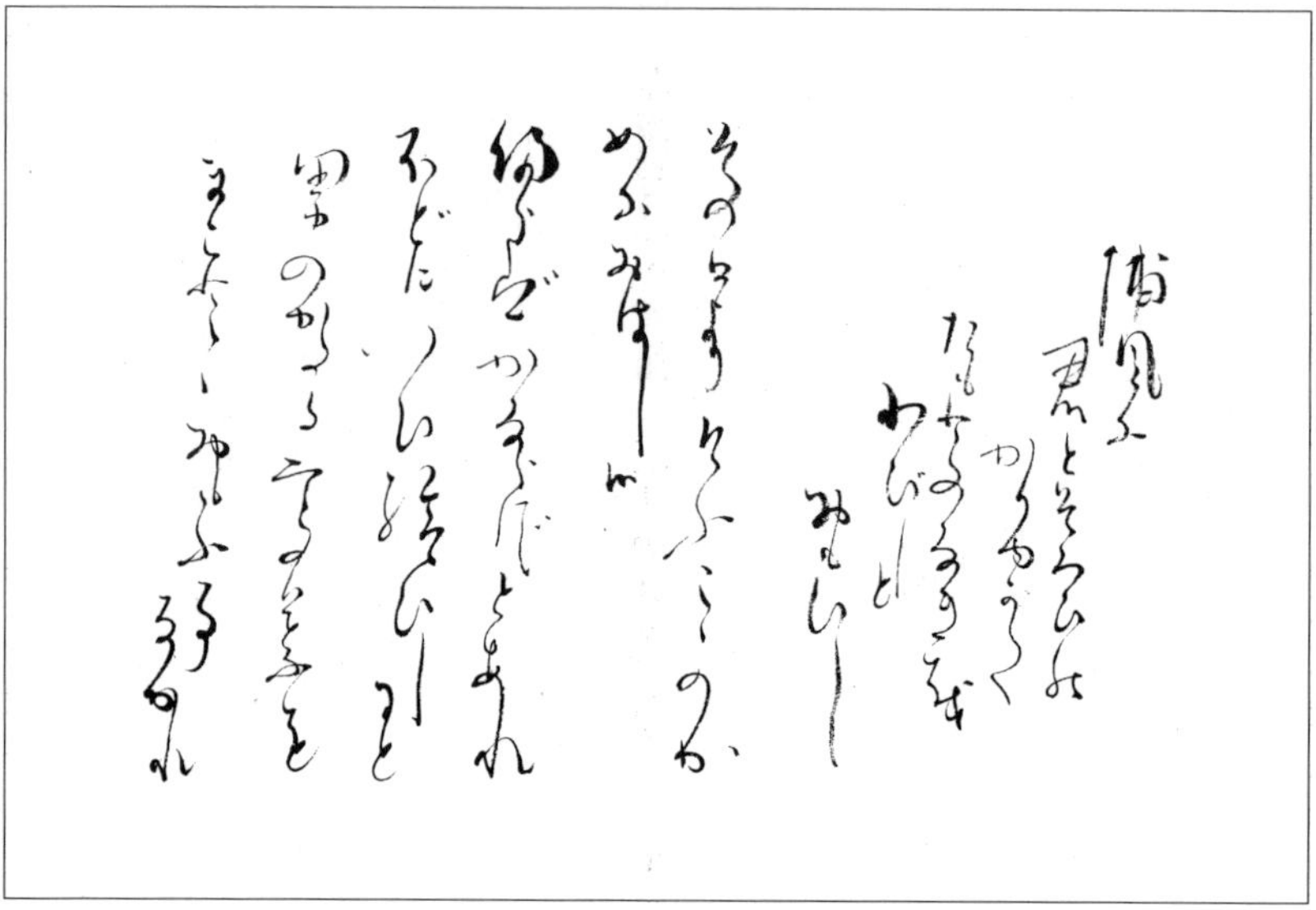

浦風に
君とそろひの
かりゆかた
たもとのなきを
わびしと
おもひし
その日よりけふこゝのか
めにおはし候
帰らばかならずとあれ
ほどにいひ給ひし
にと
男のかたる言の葉を
まことゝおもふ事
なかれ

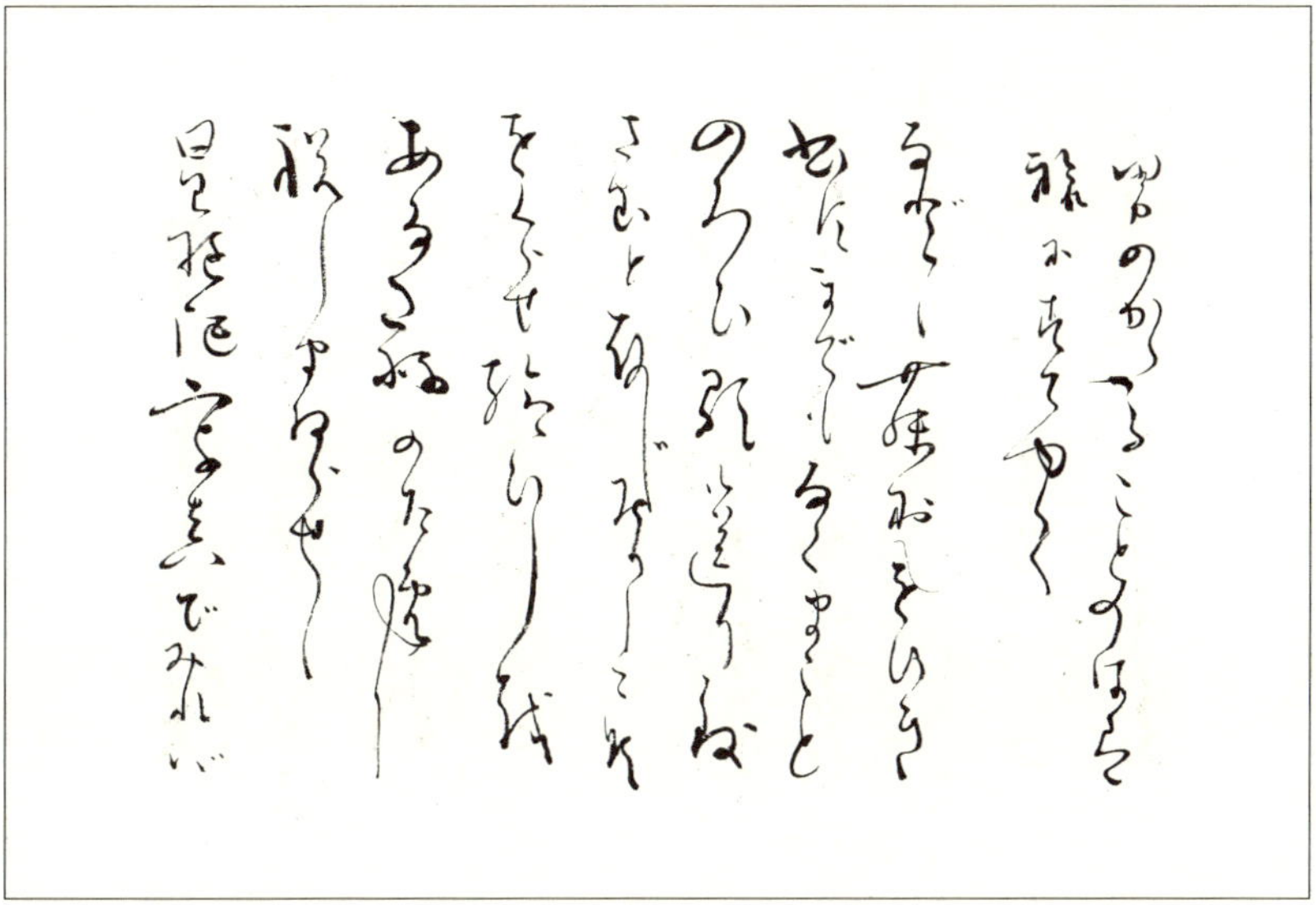

男のかたることのはは
旅にすてゆく
など、藤村をひき
出すまでもなくまこと
のろひ歌御送り致
さむと存じ居りしに候
をくらせ給ひしを
あなた様のため
に
祝しまゐらせ候
星遊記写真でみれば

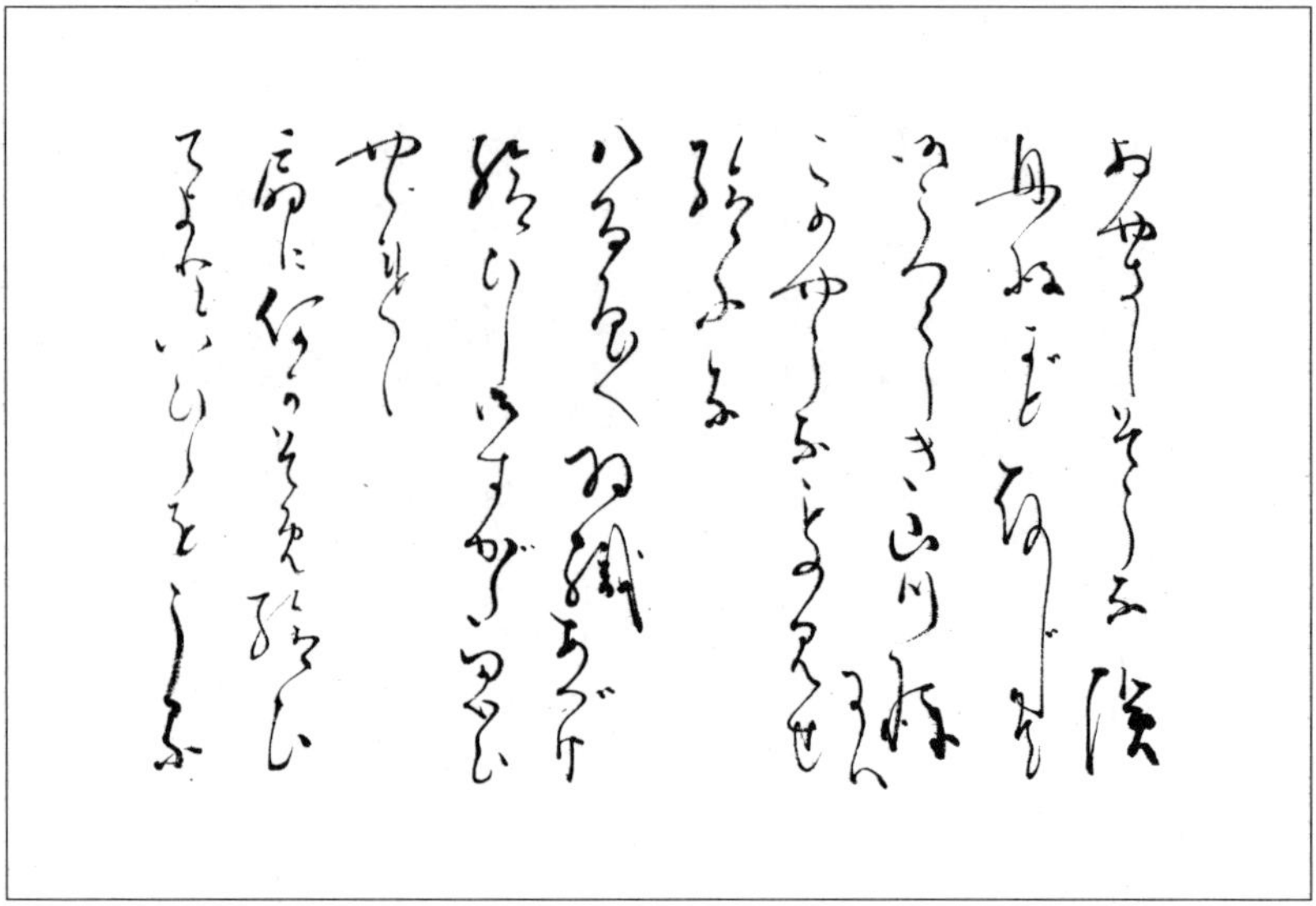

おやさしそうな渓
舟様がと存じ居候
御うつくしき山川様
には
このやうなもの見せ
給ふな
八百屋へ羽織あづけ
給ひし御すがた思ひ
やられ候
扇に何かそめ給ひ
てよといひ候をうる

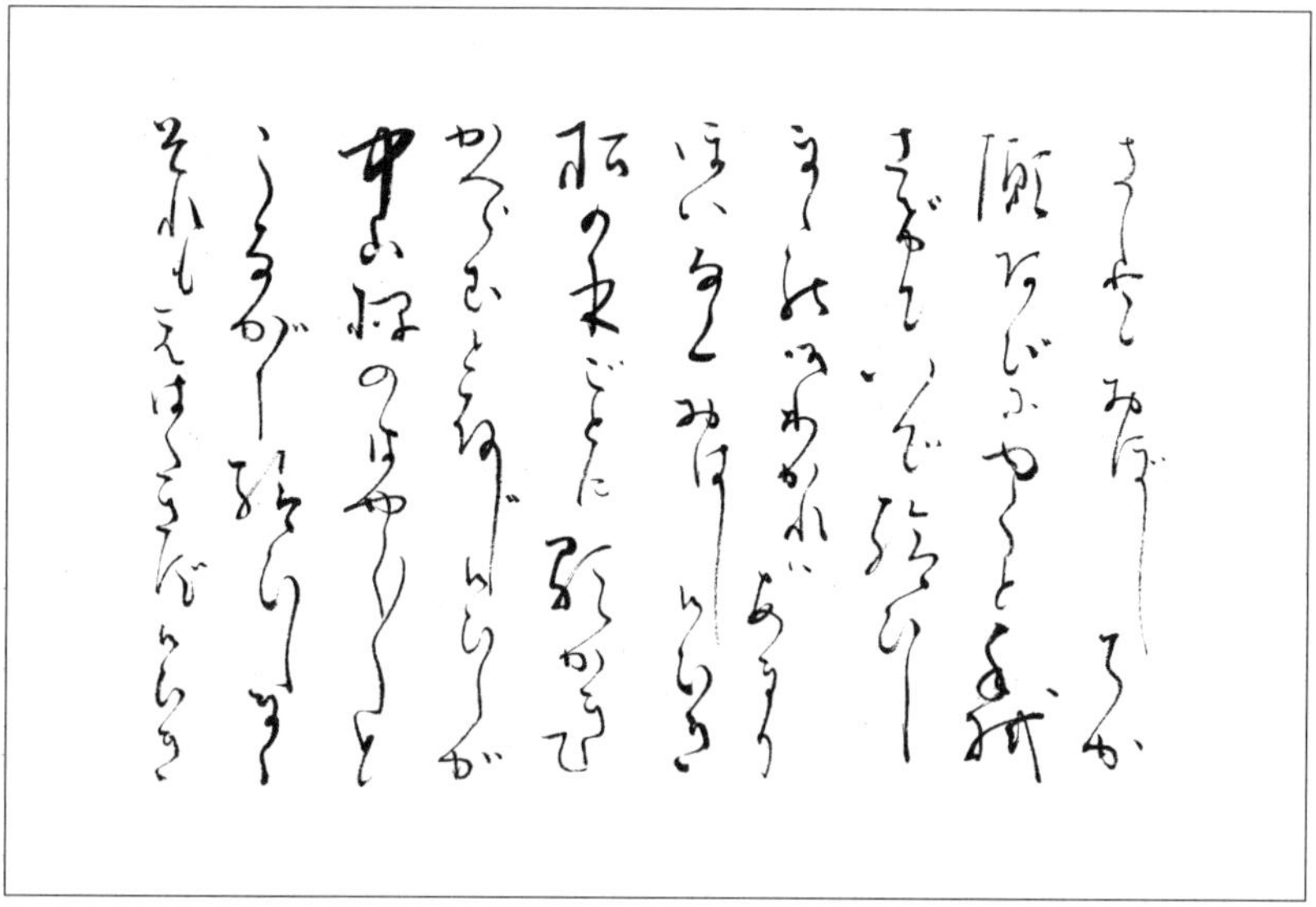

さしとおぼし
てか
潮あびにゆくと手拭
さげていで給ひし
まゝの御わかれは
あまり
ほいなくおはし
候ひき
松の木ごとに歌かきて
かへらむと存じ候ひしが
中山様のはや〳〵と
うながし給ひしまゝ
それもえはたさず候ひき

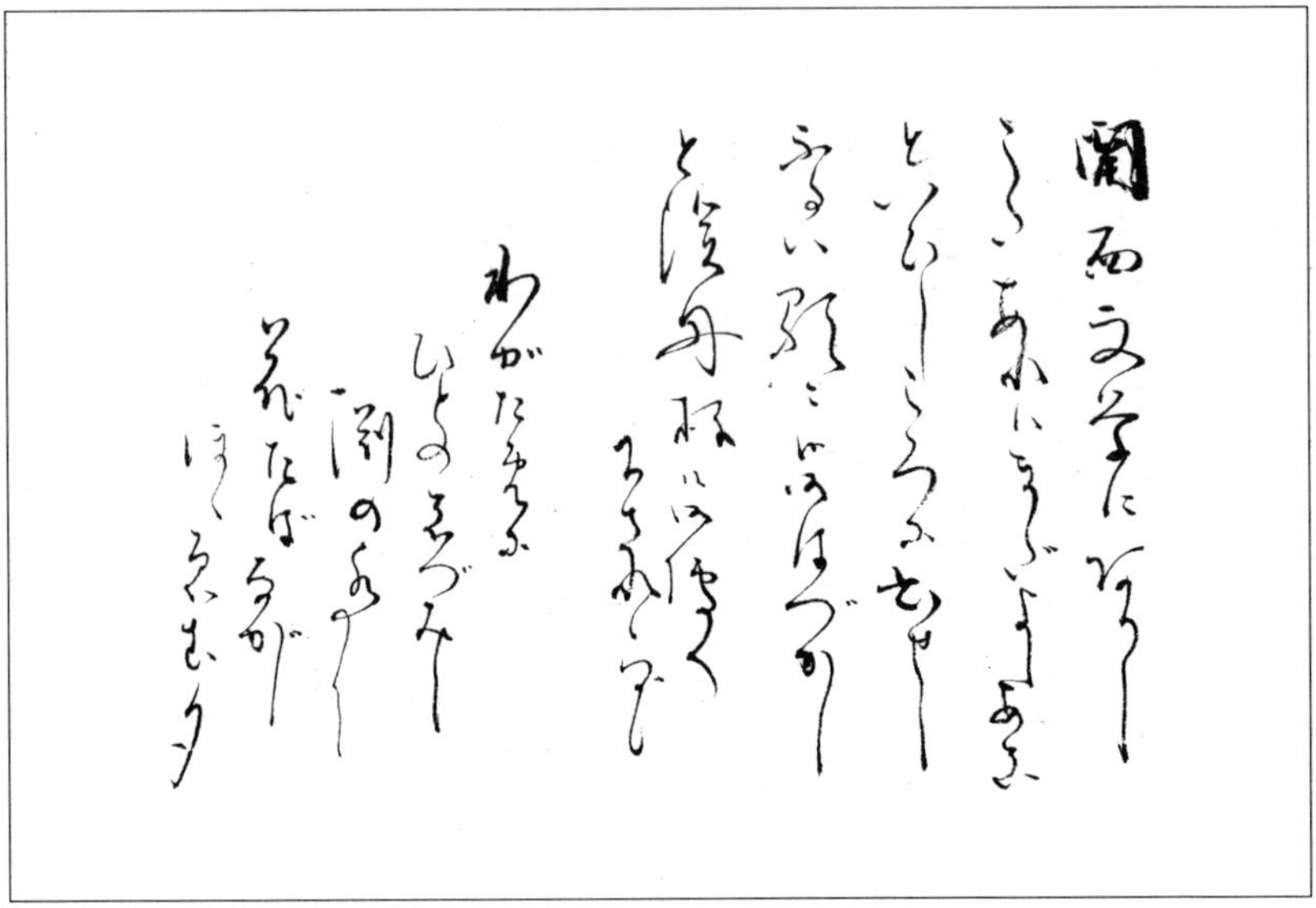

関〈□〉西文学にありし
うたあれはまだよしあし
といひしころに出せし
ふるい歌に候御はづかし
と渓舟様に御傳へ
下され度候

わがために
ひとのしづみし
淵の水に
花たばながし
ほゝゑむ夕

なさけあせし
文みてやみて
おとろへて
かくても君を
おもふなりけり
例のと笑はせ給へ
かし
取りあへず
御禮まで
あなかしこ
おなじ日
晶子

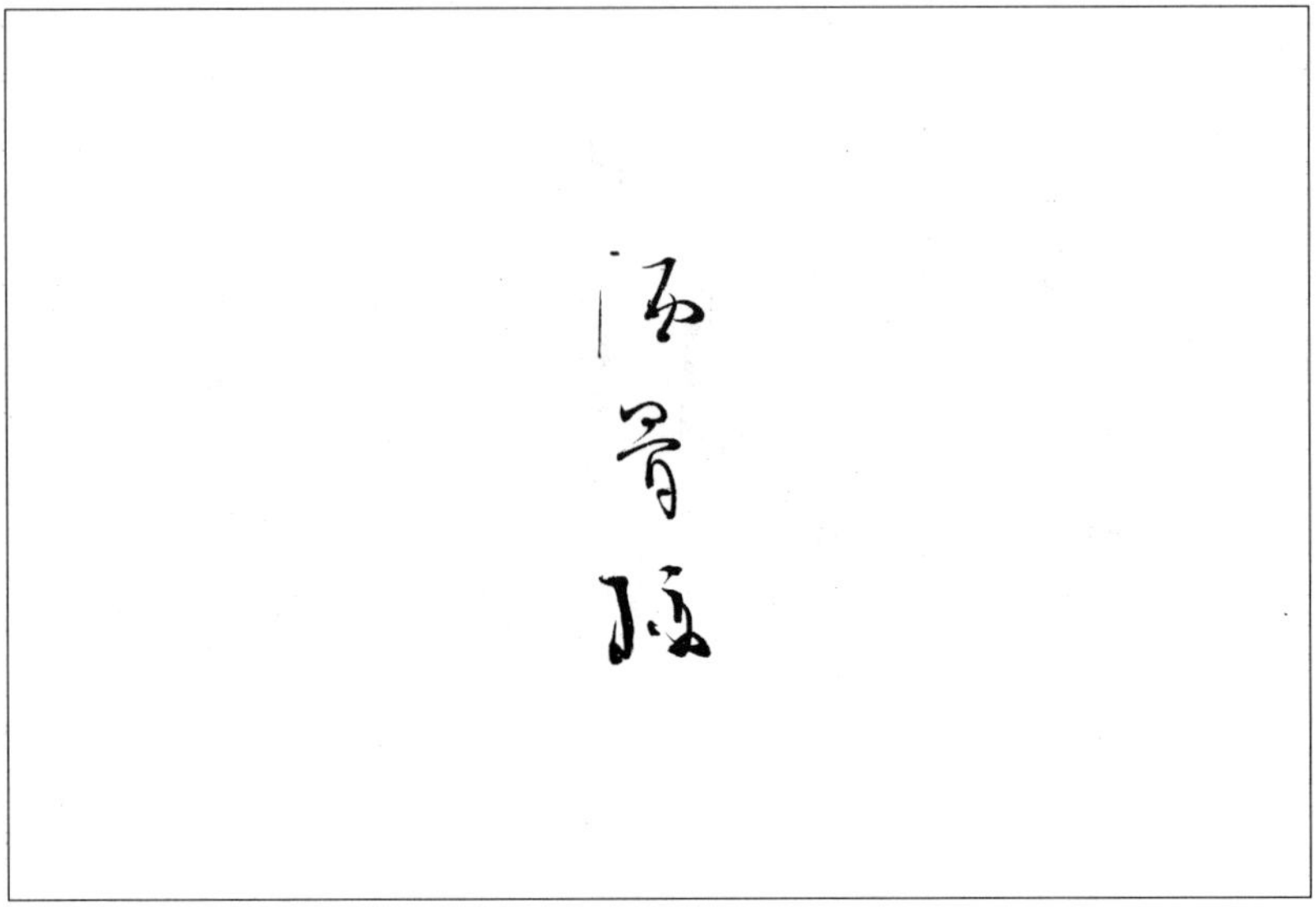

酒骨様

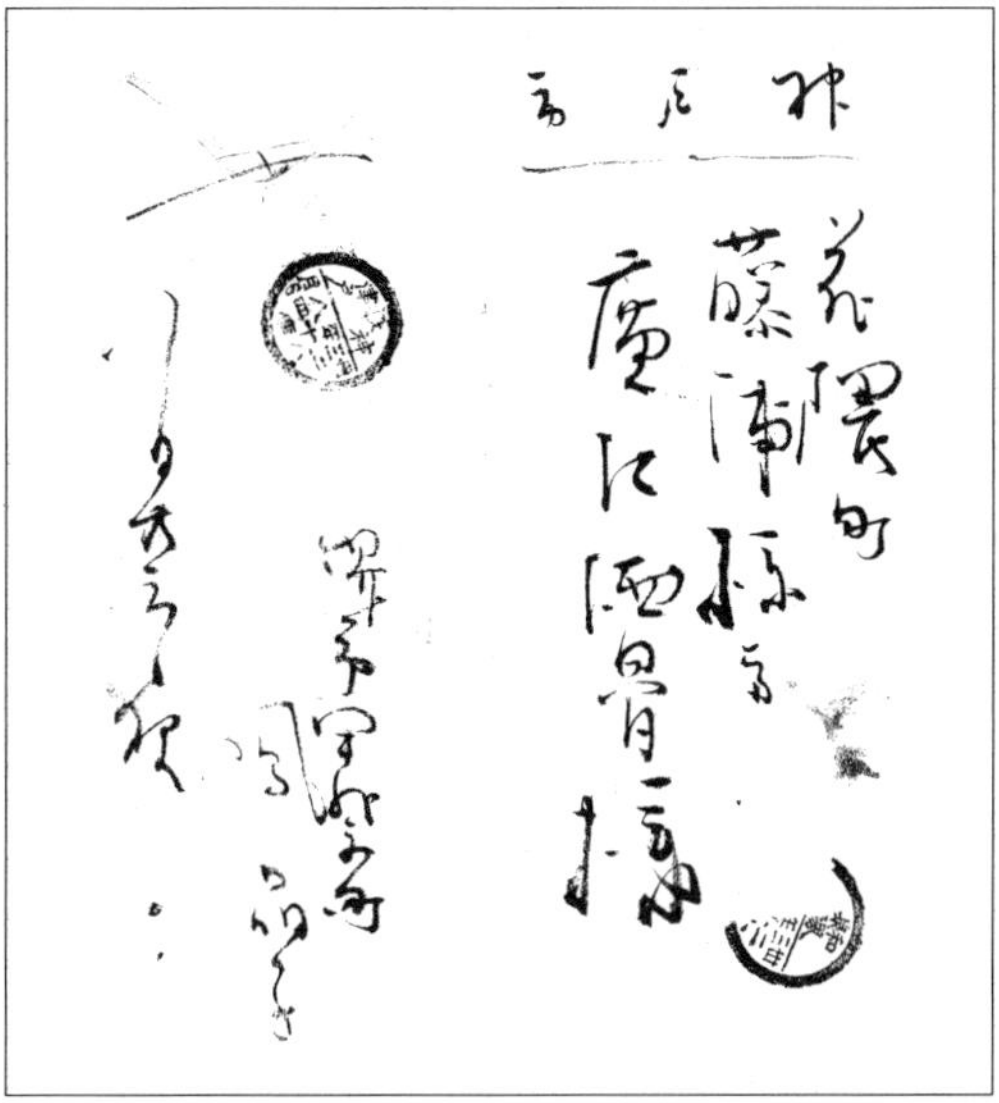

《封筒》

【表】神戸市 花隈町
藤浦様方
廣江酒骨様

【裏】堺市甲斐町
鳳晶子
八月廿三日夜

㉓

与謝野晶子書簡　河野鉄南宛〈明治三十三年九月二十六日〉

〔形態〕封書　巻紙（本文 17.4×82.1cm
表装 20.0×111.1cm）　毛筆
〔封筒〕和封筒（17.8×7.4cm）　毛筆
〔消印〕和泉／堺／卅三年九月／二十六日／八便

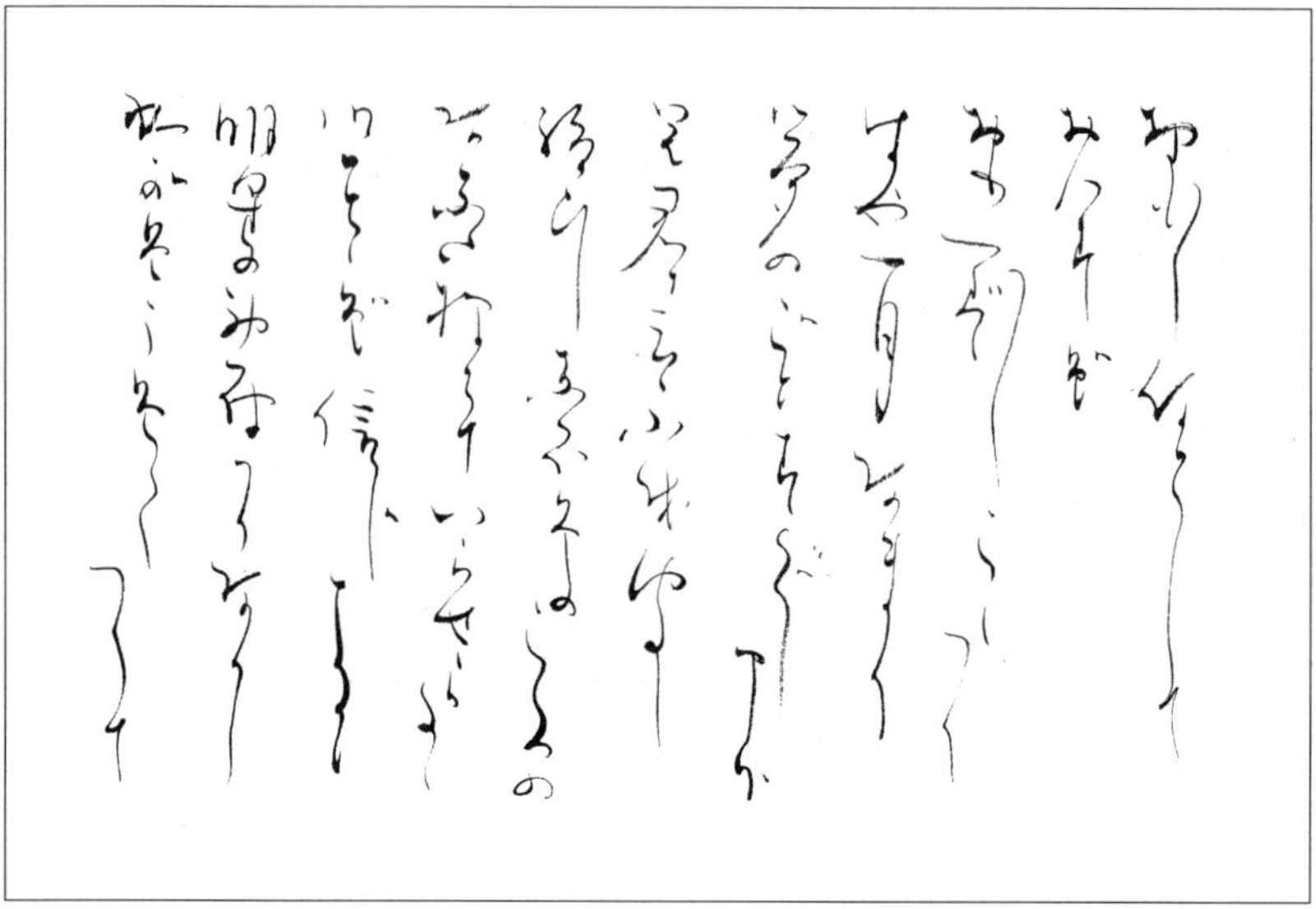

扨も〳〵何として
おはすぞ
おもへば〳〵こゝ
に
はや一月あまり
夢のごとすぐし
申候
兄君と云ふをゆるし
給ひしなほその
ころの
あなた様にていらせら
るゝ
御ことゝぞ信じ参候
明星の初雁にありし
わがそうそく
にて

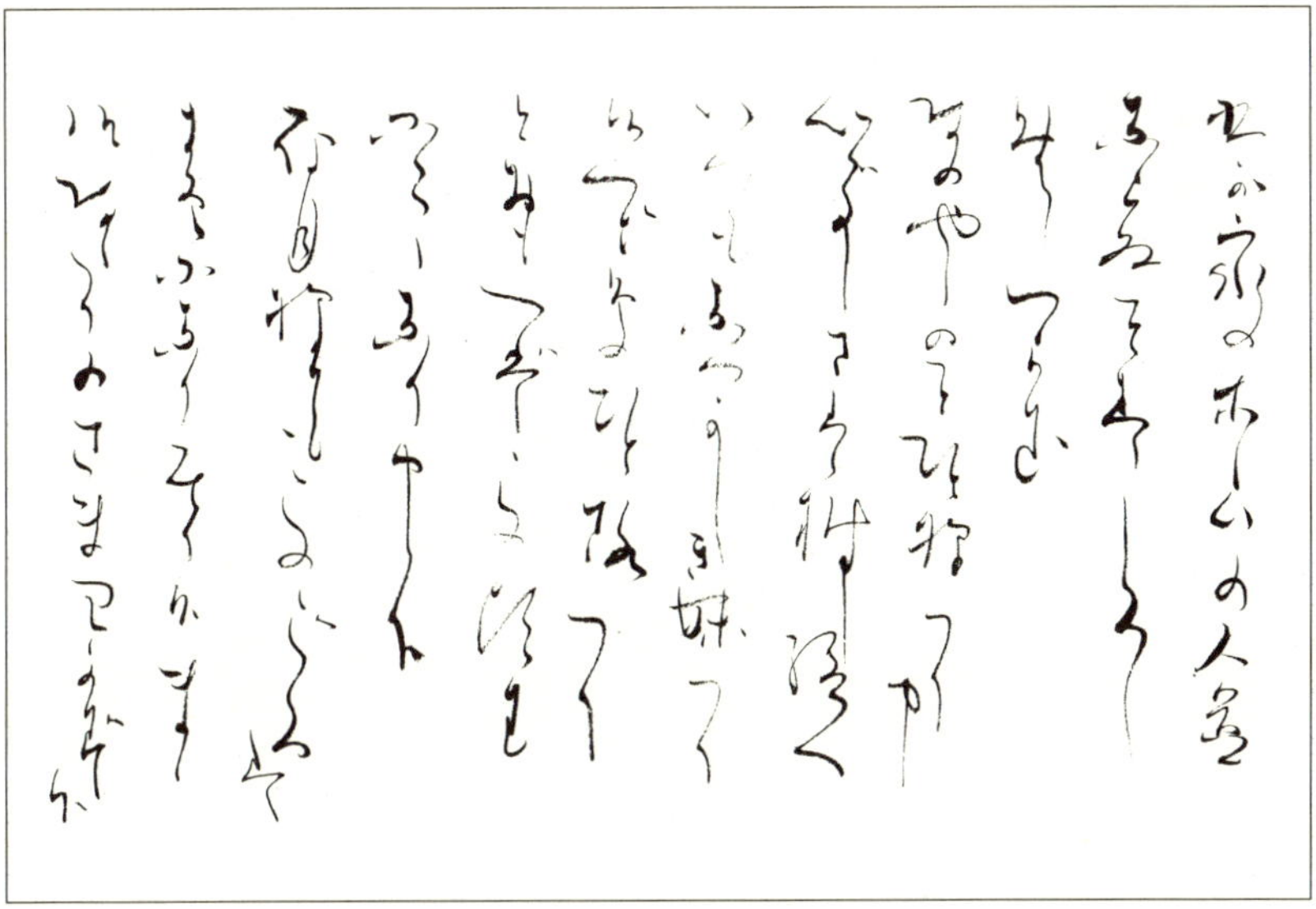

わが家のホームの人並
ならぬことはしろし
めしつらむ
あのやうのことひと様に
申
心ぐるしさは推し給へ
いつもなつかしき妹に
候へどそのひと故に
とおもへばこの頃は
にくゝなり申候
雁月様ともこのごろ
は
よそになり居り候まゝ
御あたりのさまわかず
候

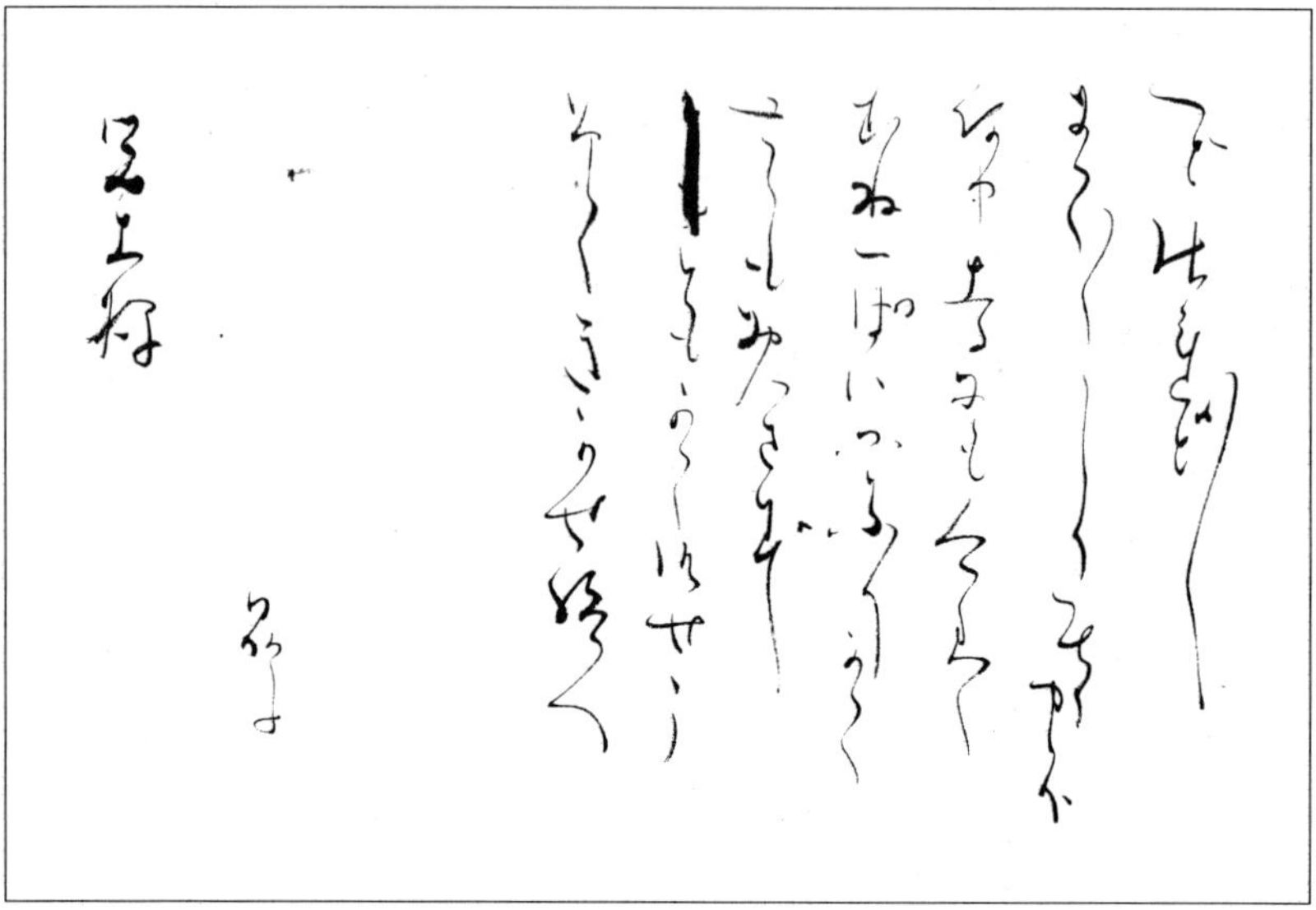

へどされど〳〵
よく〳〵しり居り
申候
何申上るにも今は
むね一ぱいになり
かく
べくもおはさず
〈□□〉ともかく御せう
そくきかせ給へ

晶子

兄〈□〉上様

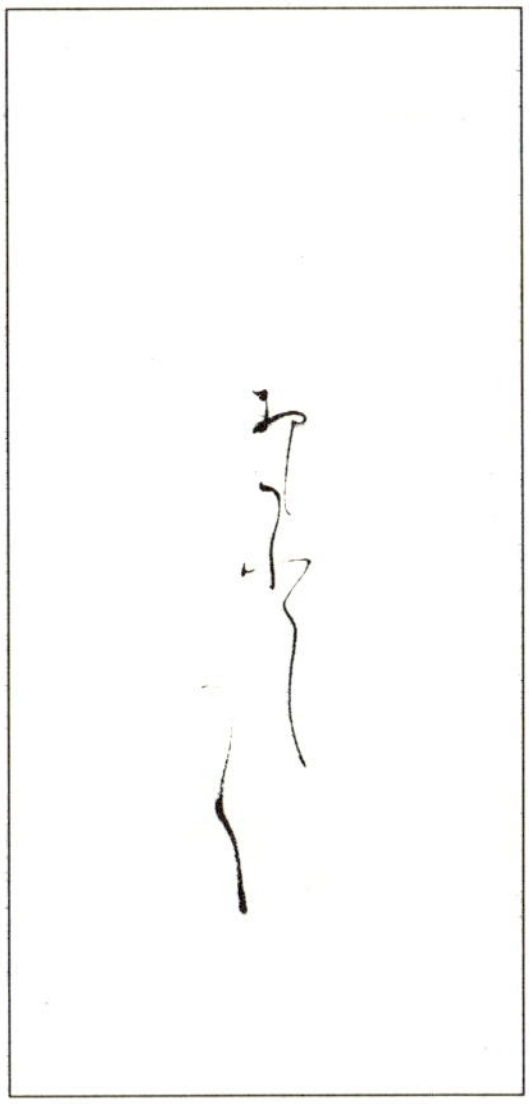

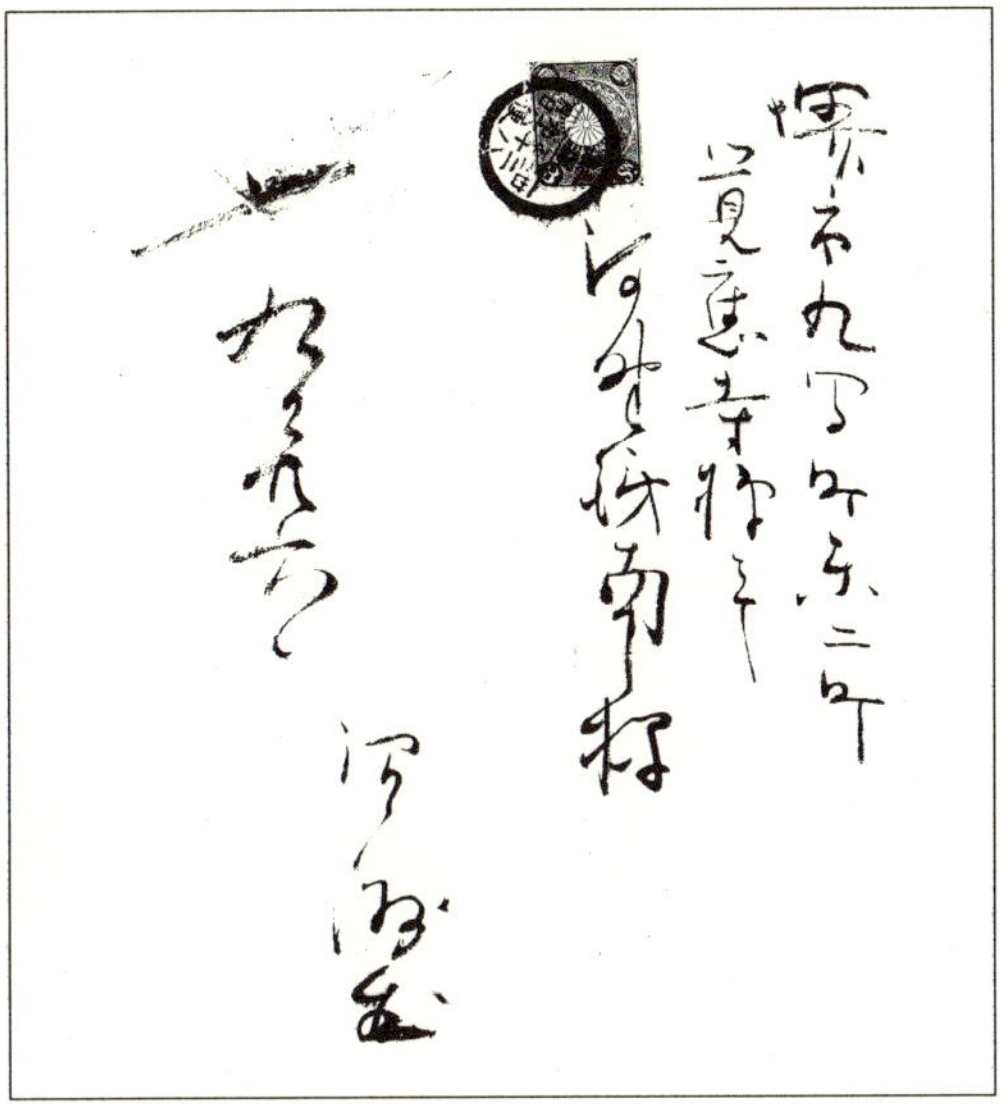

おもと
に

《封筒》

【表】
堺市九間町東二町
覚應寺様ニて
河野鋉南様

【裏】
九月廿六日
沼洲生

㉔

与謝野晶子書簡　河野鉄南宛〈明治三十三年九月三十日〉

〔形態〕封書　巻紙（本文 17.0×119.2cm
表装 21.1×148.7cm）　毛筆
〔封筒〕和封筒（17.8×7.4cm）　毛筆
〔消印〕和泉／堺／卅三年九月／三十日
／ホ便

河野鉄南宛〈明治33年9月30日〉

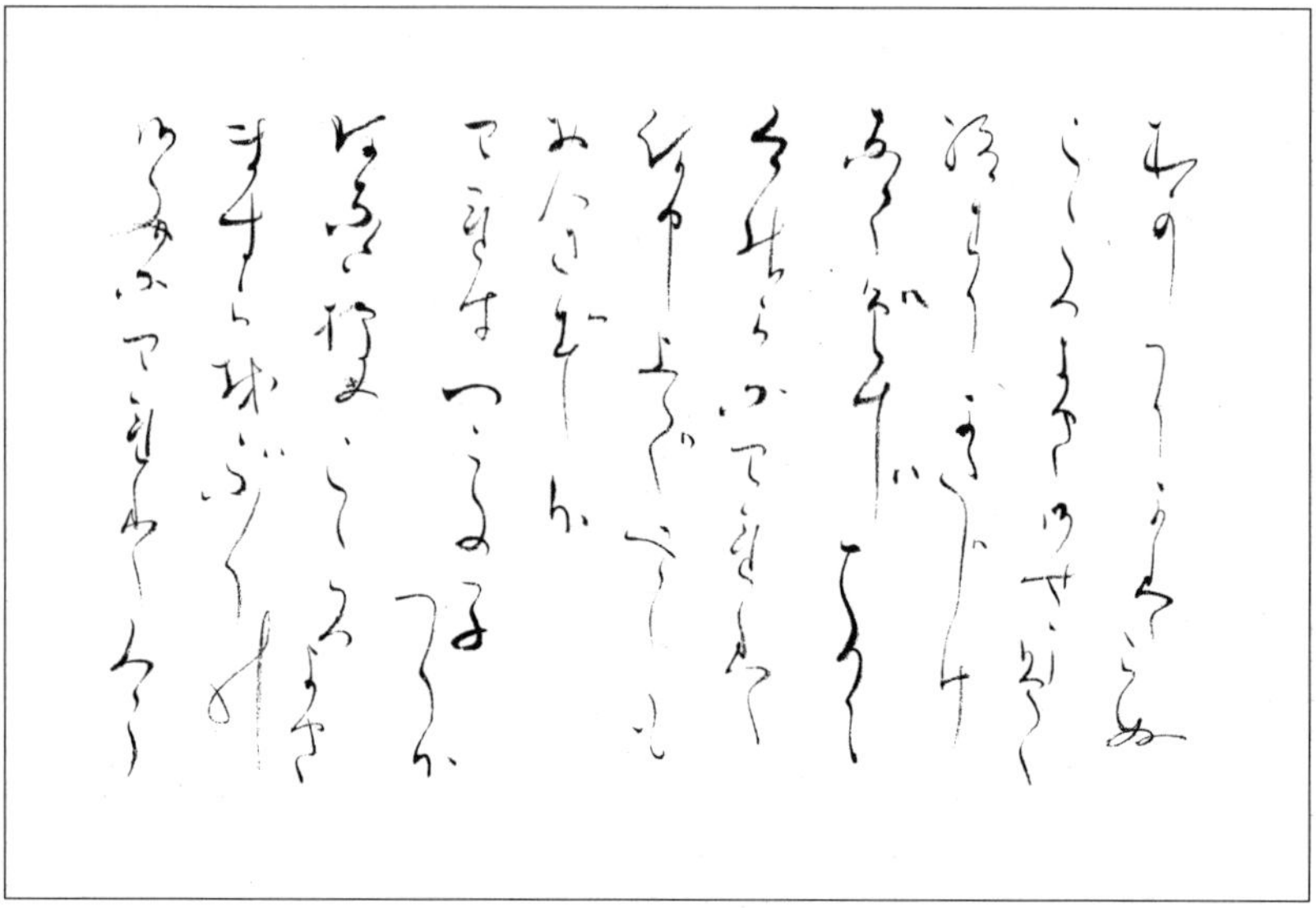

むかしにかはらぬ
こゝろよき御せうそく
給はりかたじけ
なくぞんじ参候
今さらにわれは
何申上ぐべくも
おはさず候
われはつみの子
に候
あなた様のこゝろ
よき
ますらをぶりの
御文にわれは今

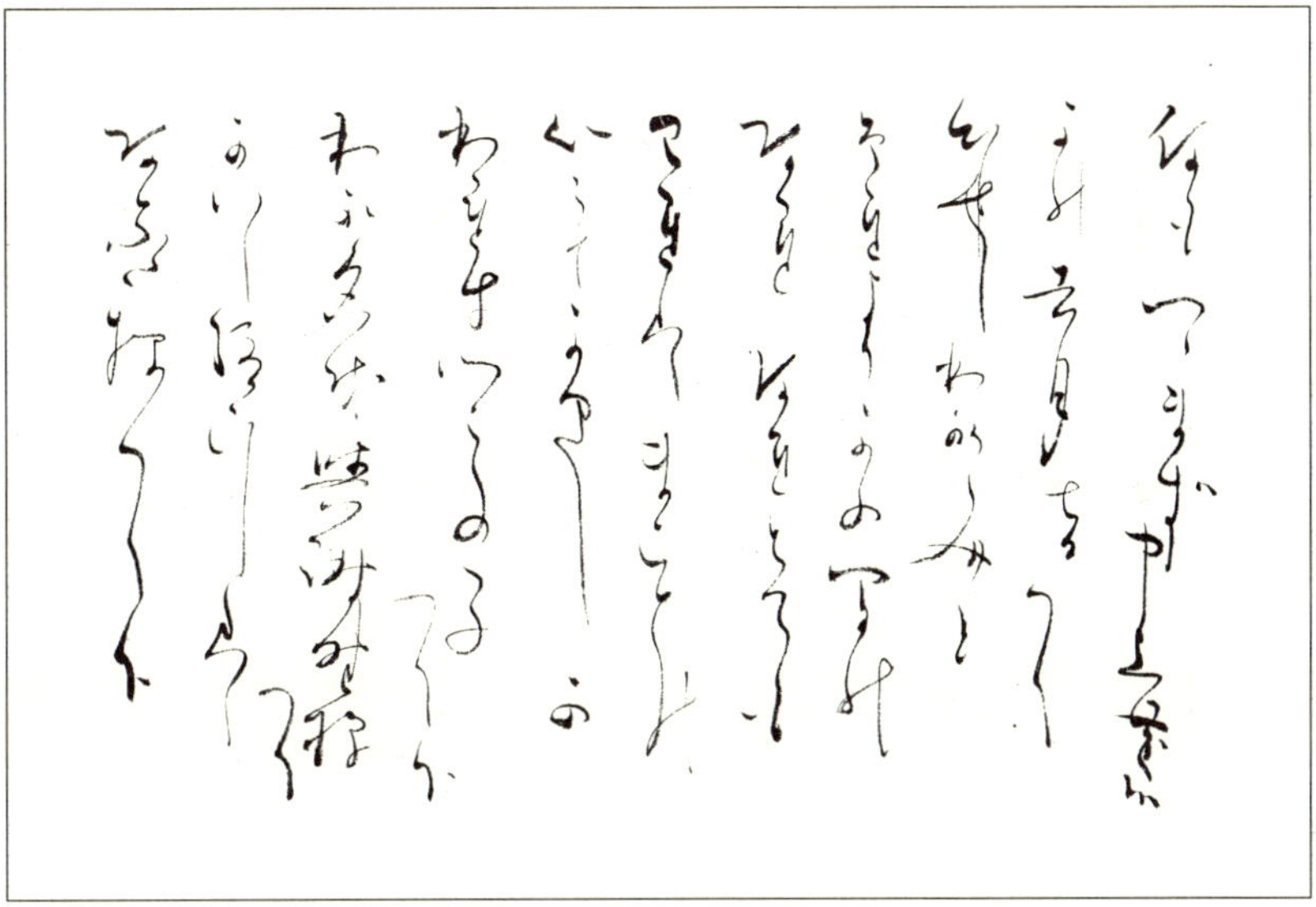

何もつゝまず
申上べく〈□□〉候
かの去月七日に
出せしわが文と
それよりかの間の
あれ　あれとても
われはまことの
心にてかきしか
われはつみの子
に候
わか名を與謝野様
に
かいし給ひしは
あなた様に候

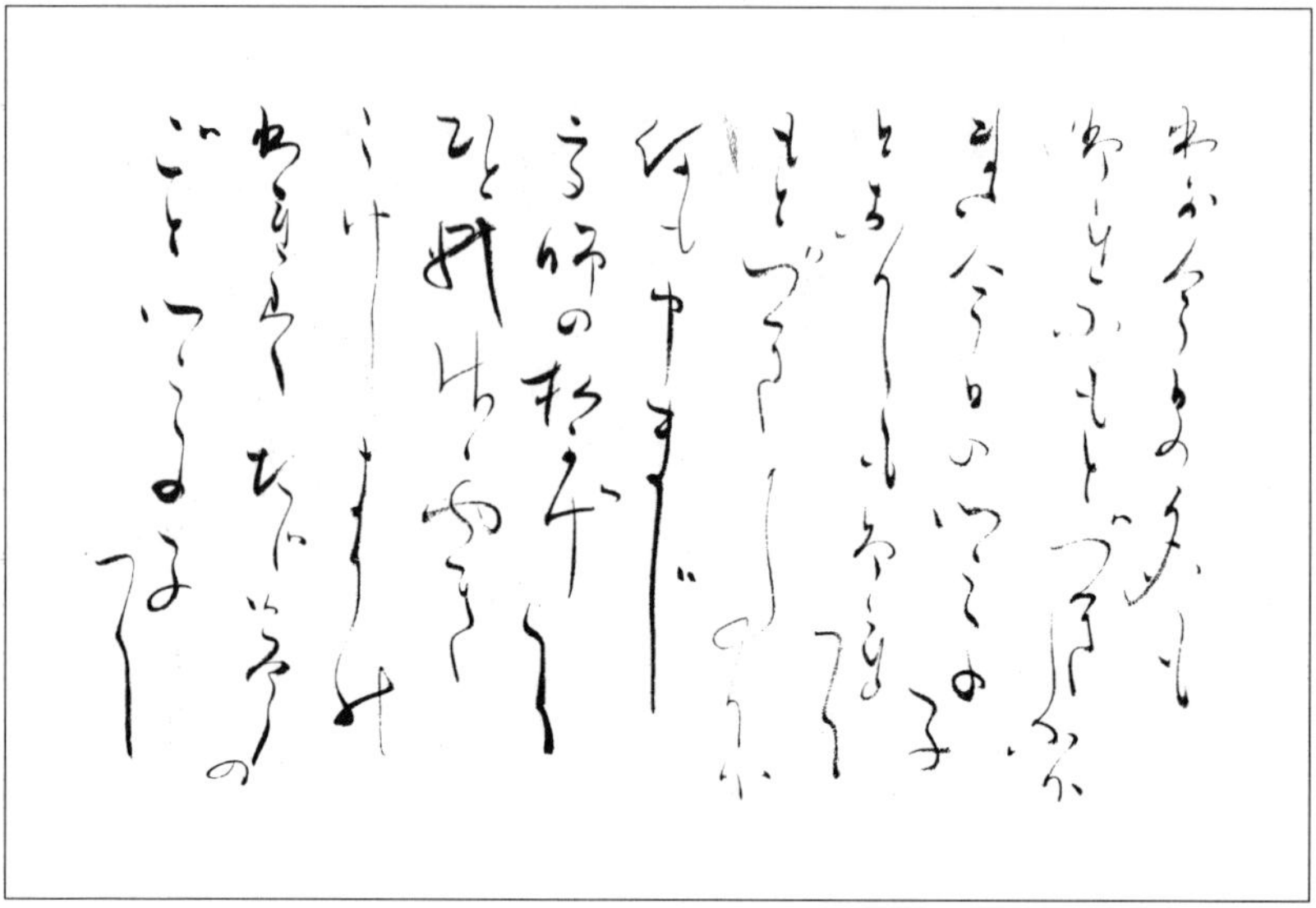

わが今日の名も
それにもとづき
しに候
また今日のつみの
子
となりしもそれ
に
もとづきし
事に候
何も申まじ
高師の松かげに
ひとの〈□〉さゝやき
うけしよりの
われはたゞ夢
の
ごとつみの子
に

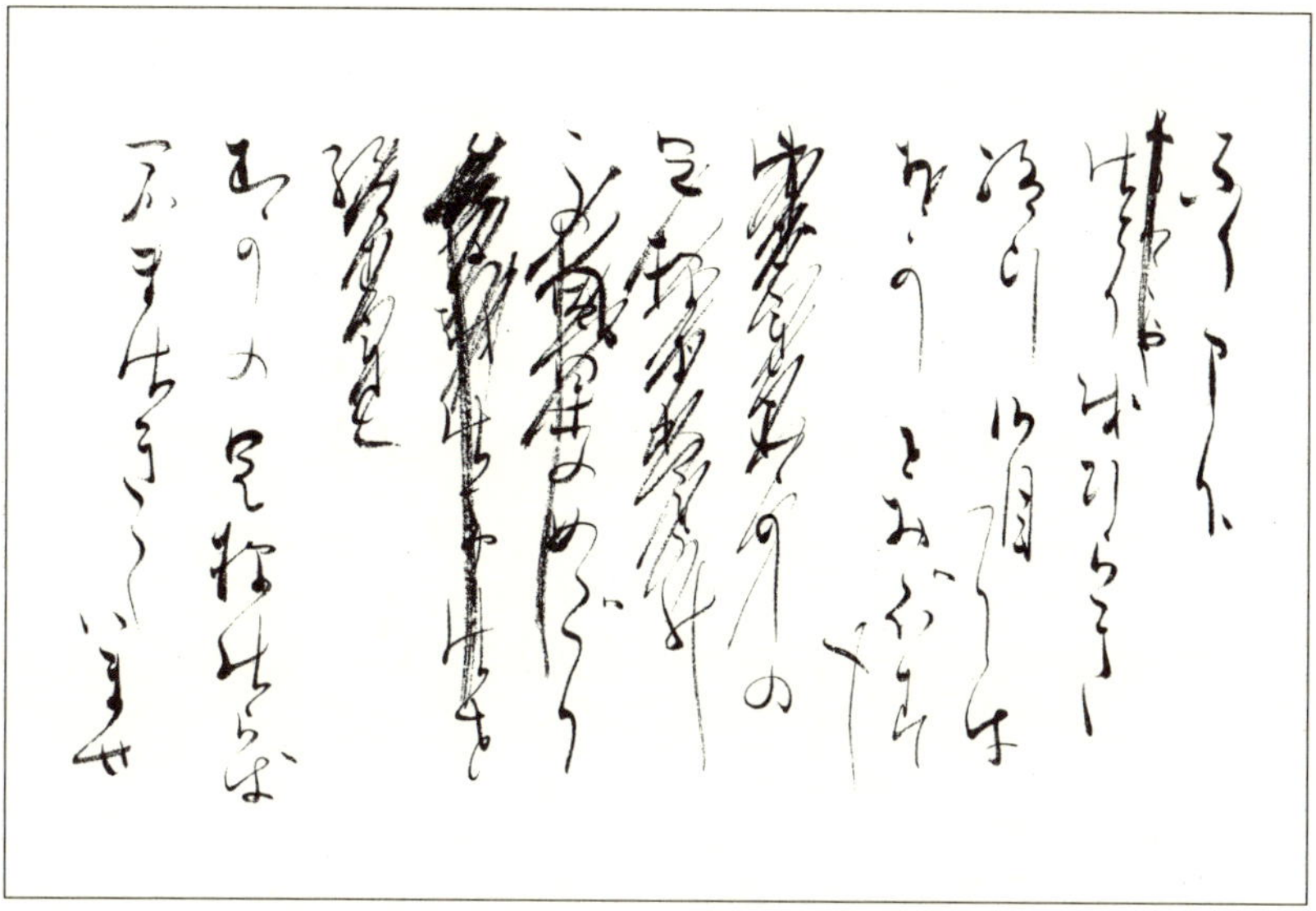

なり申候
〈今は、や〉
さとりをひらき
給ひし御目
には
をかしとおぼす
べし
〈さればむかしの
兄様にわれの
この因果のめぐり
くるをさけさせ
給はれ〉
むかしの兄様さらば
君まさきく
いませ

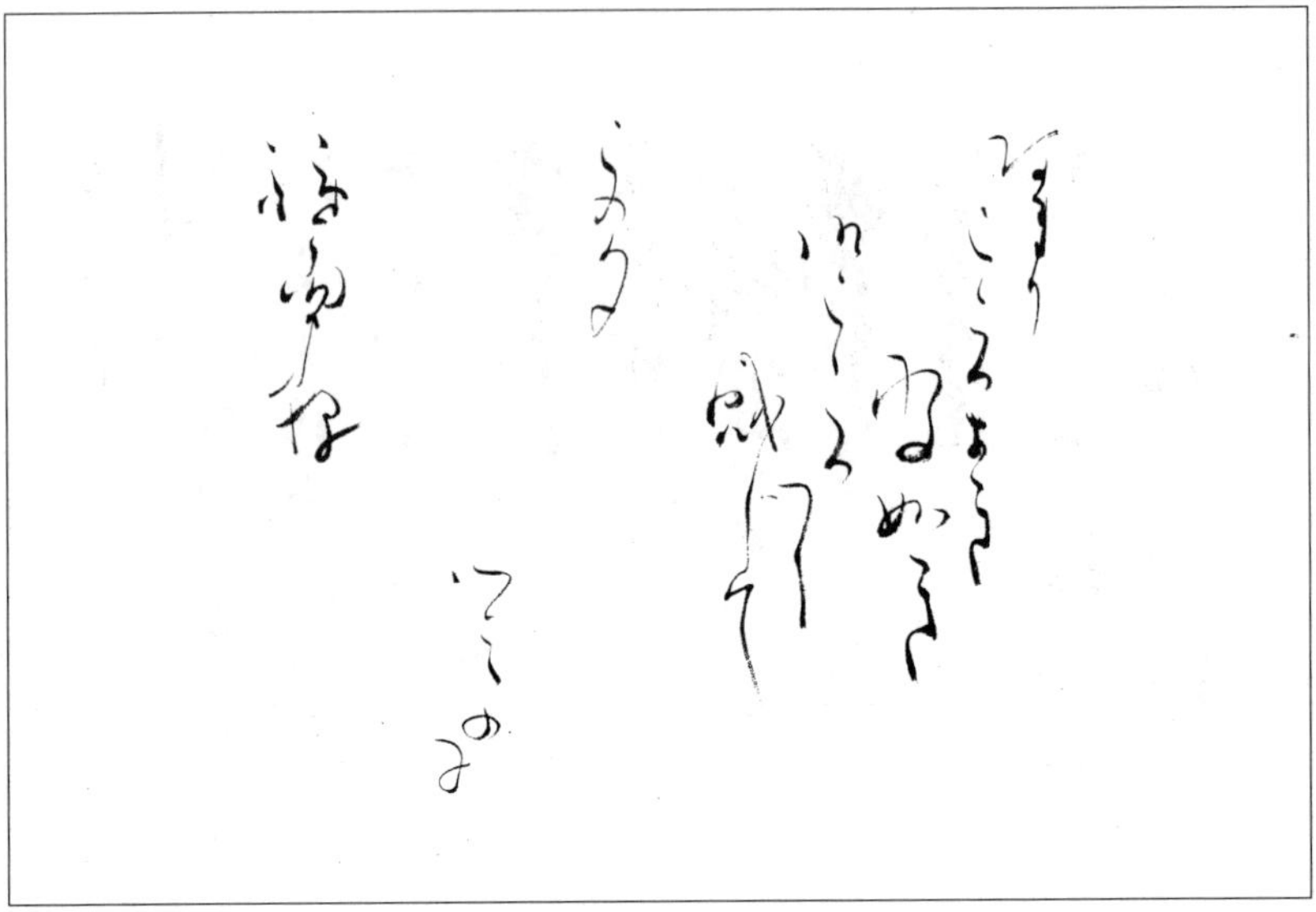

あまり
こゝろよき
水の如き
御こゝろ
に
感じて
この夕
つみの
子
銕南様

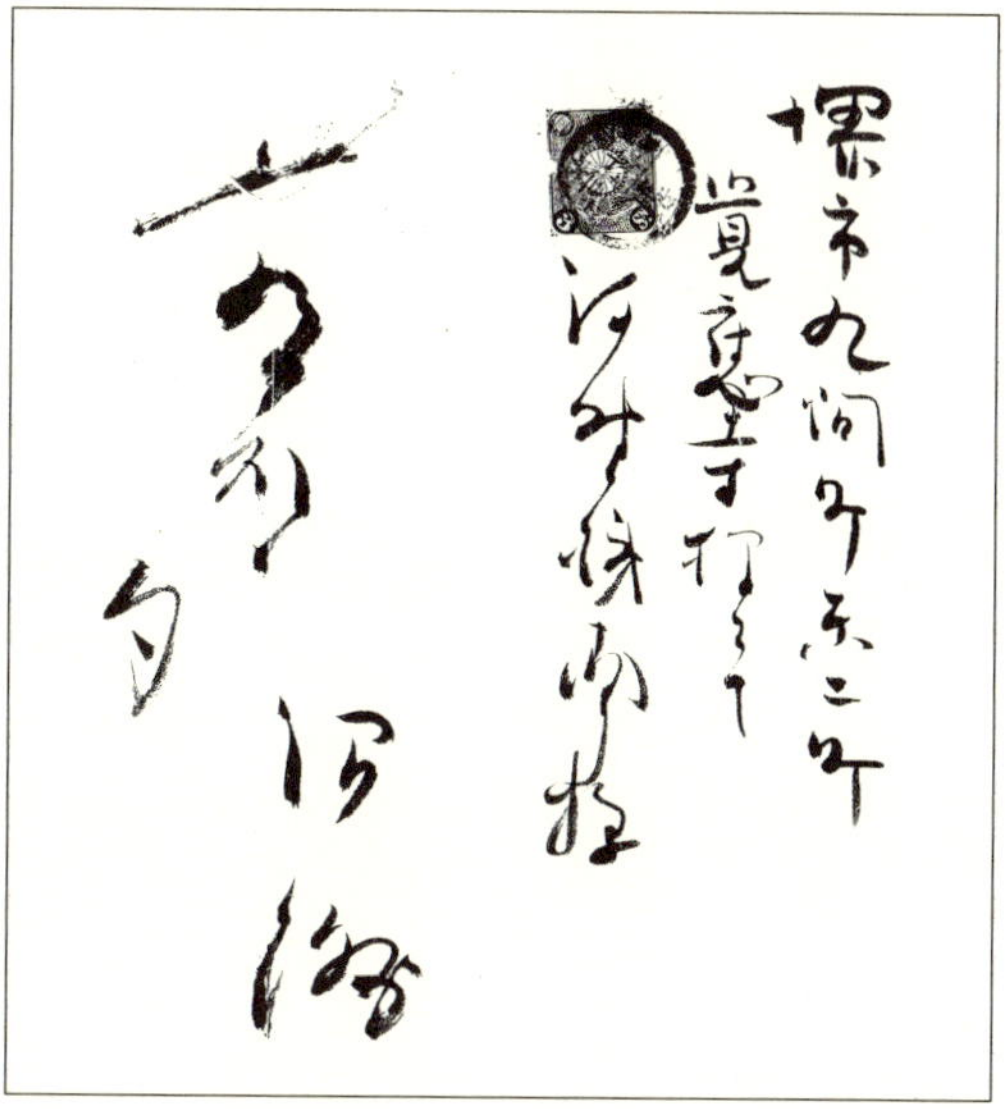

《封筒》

【表】 堺市九間町東二町
覚應応寺様ニて
河野鋲南様

【裏】 沼洲
九月卅日
夕

㉕

与謝野晶子書簡　河野鉄南宛〈明治三十三年十月十七日〉

〔形態〕封書　巻紙（本文 17.2×186.3cm
表装 20.1×215.8cm）　毛筆
〔封筒〕和封筒（17.7×7.2cm）　毛筆
〔消印〕和泉／堺／卅三年十月／十七日
／ホ便

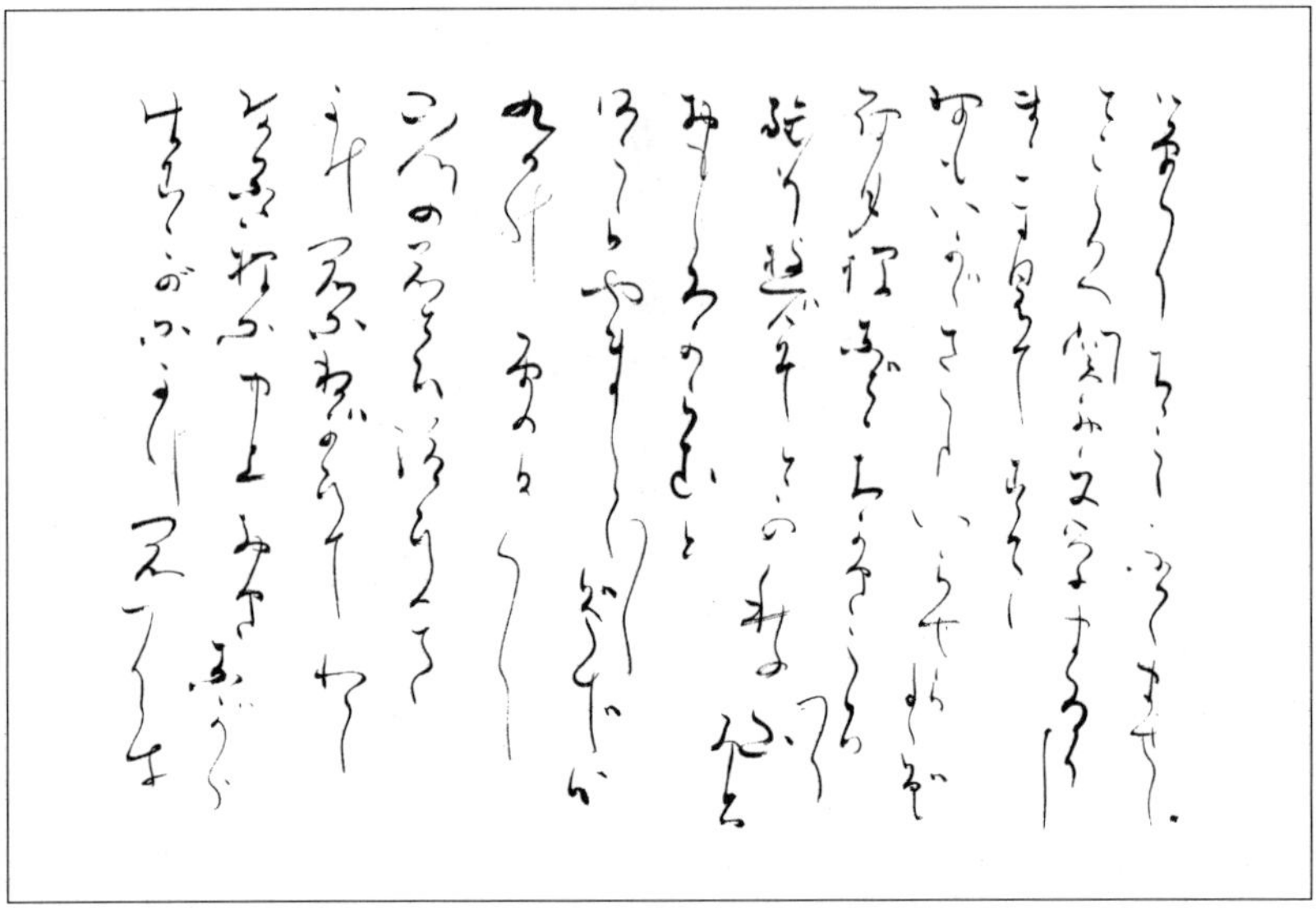

筆にすみふくませし
ところへ関西文学まゐり
し
ま丶一寸見てすて候
扨もいかゞさまいらせら
る丶ぞ
雁月様など丶ちかきうち
に
旅行遊ばすとか秋の山
みち
おもしろからむと
御うらやましく〳〵
ぞんじ候
九日の雨の日に
山川の君とひ給ひき
かの君にねがひてと
あなた様に申上おき
ながら
さすがにかの君には

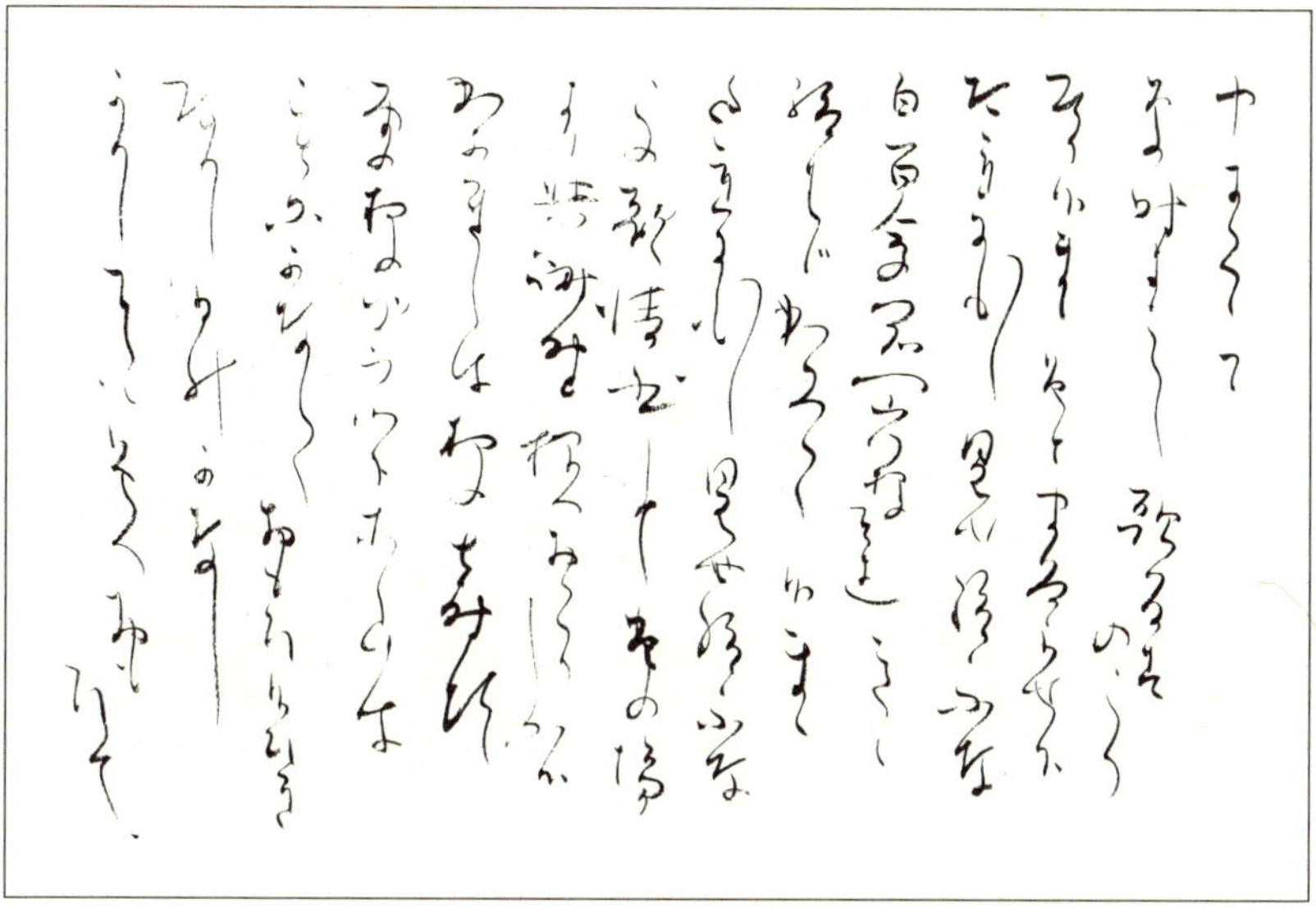

申にくゝて
その時よみし歌反古
のこり
居り候まゝそとまゐらせ候
たれにも〳〵見せ給ふな
白百合の君（山川様のことよ）きゝ
給はゞわろく候まゝ
たれにも〳〵見せ給ふな
この歌清書してその場
より與謝野様へおくり
しに候

わかれしは夜の七時頃
雨の夜のプラツトホームは
ことにかなしくおもひ候ひき
ありし日のかなし
かりしこともそへおも
ひて

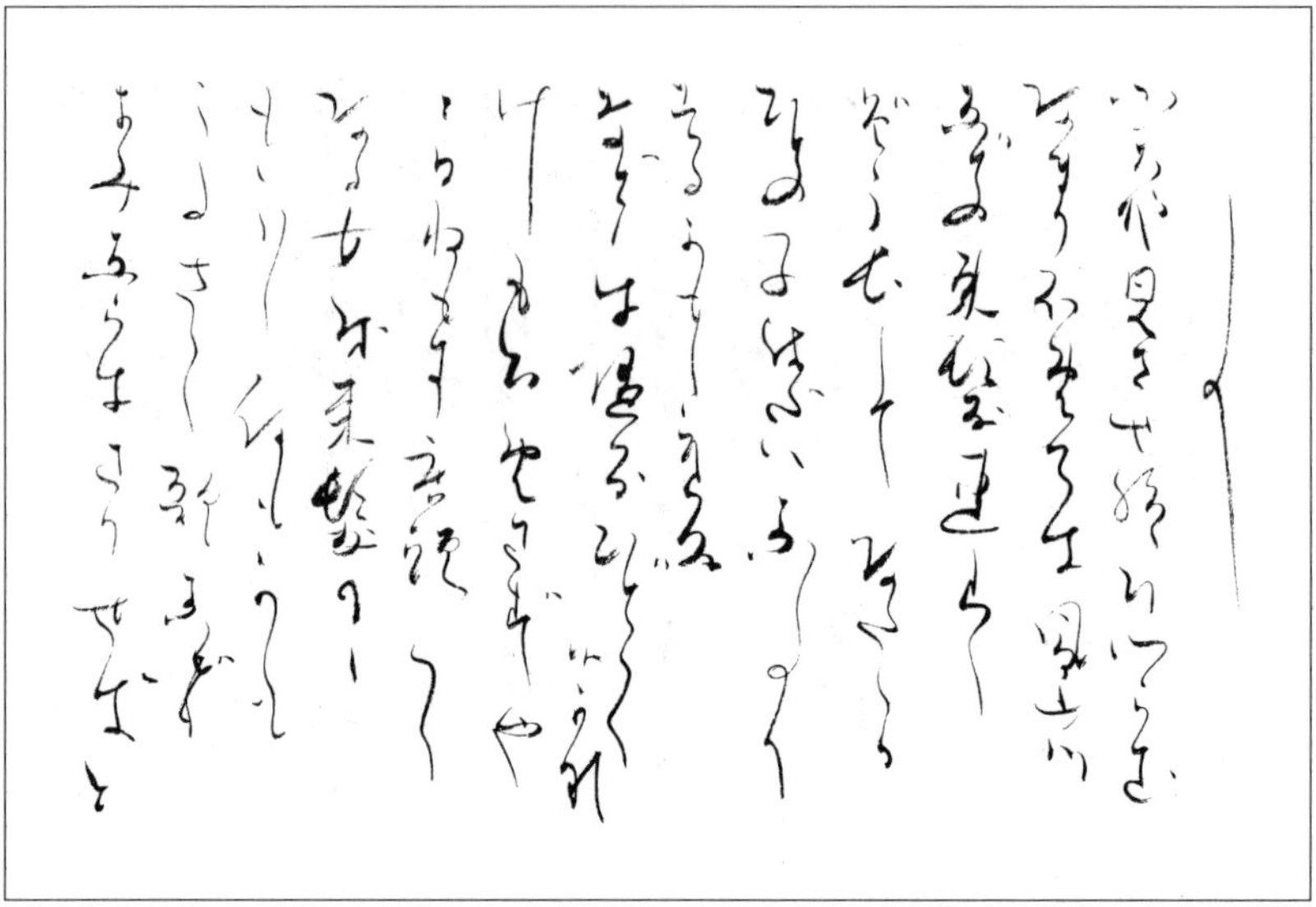

小天地見させ給ひつらむ
あまりほめては鳳山川
などの束髪連は
ぞう長してあたら
ひとの子をだいなしに
するかもしれぬ
など、は随分ひどく
候かな
けしもちめさずや
と日ねもす店頭に
ある女を束髪？
もう〱何もかも
うるさく歌など〈□〉
よみならはさりせば
と

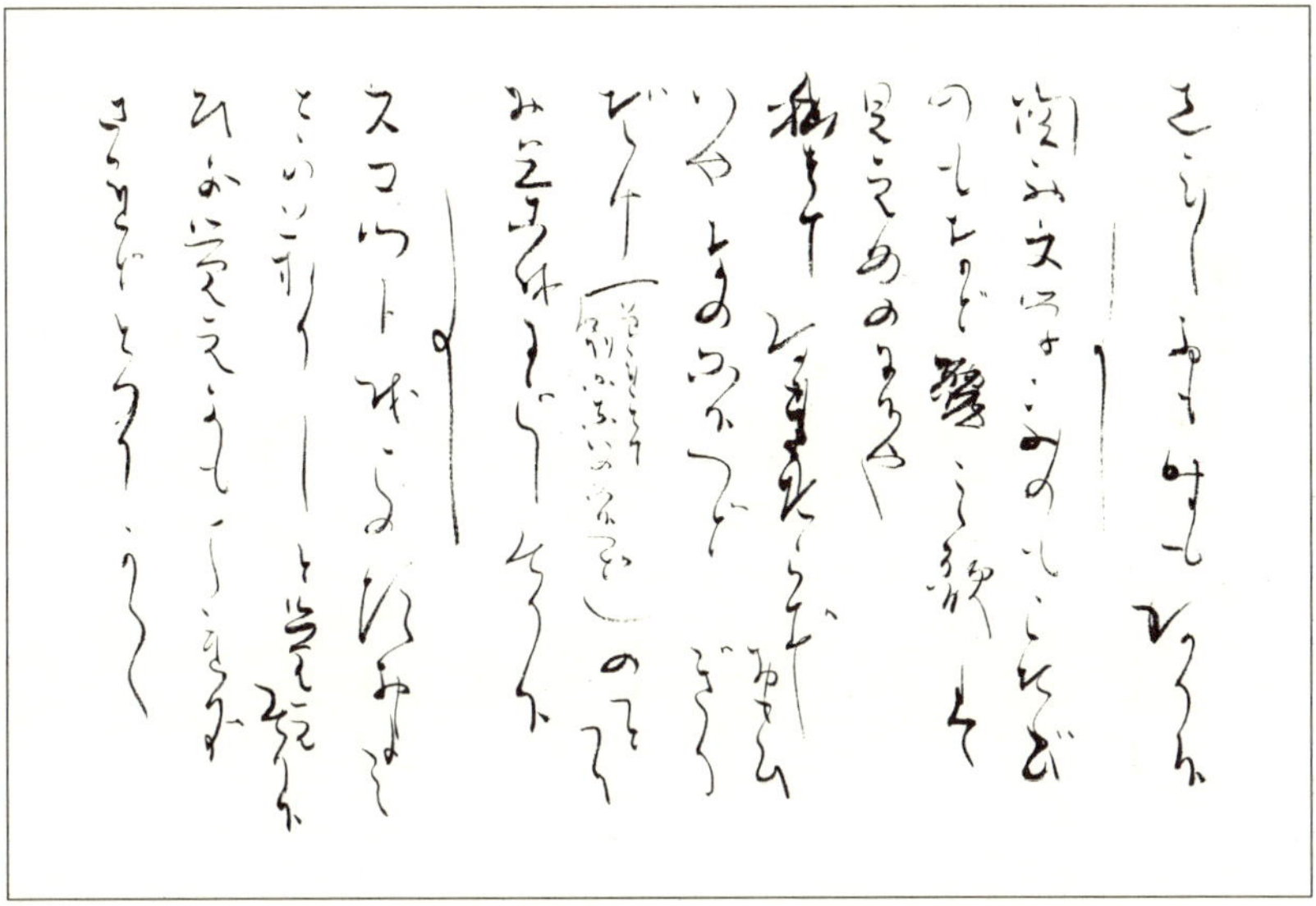

しみ〳〵おも時もあり候
関西文学前のもこたび〈□〉
のもなど〈歌〉み歌は
見えぬのに候や
私〈□〉とてあき〈□□〉たらず
おもひ
いやなのに候へどぎり
だけ（それとて
別にないのに候へど）のこと
に
お茶をにごし居り候
スコツトをこの頃およみ
とか承りしと覚え
居り候
ひが覚えかもしれず
されどとにかく

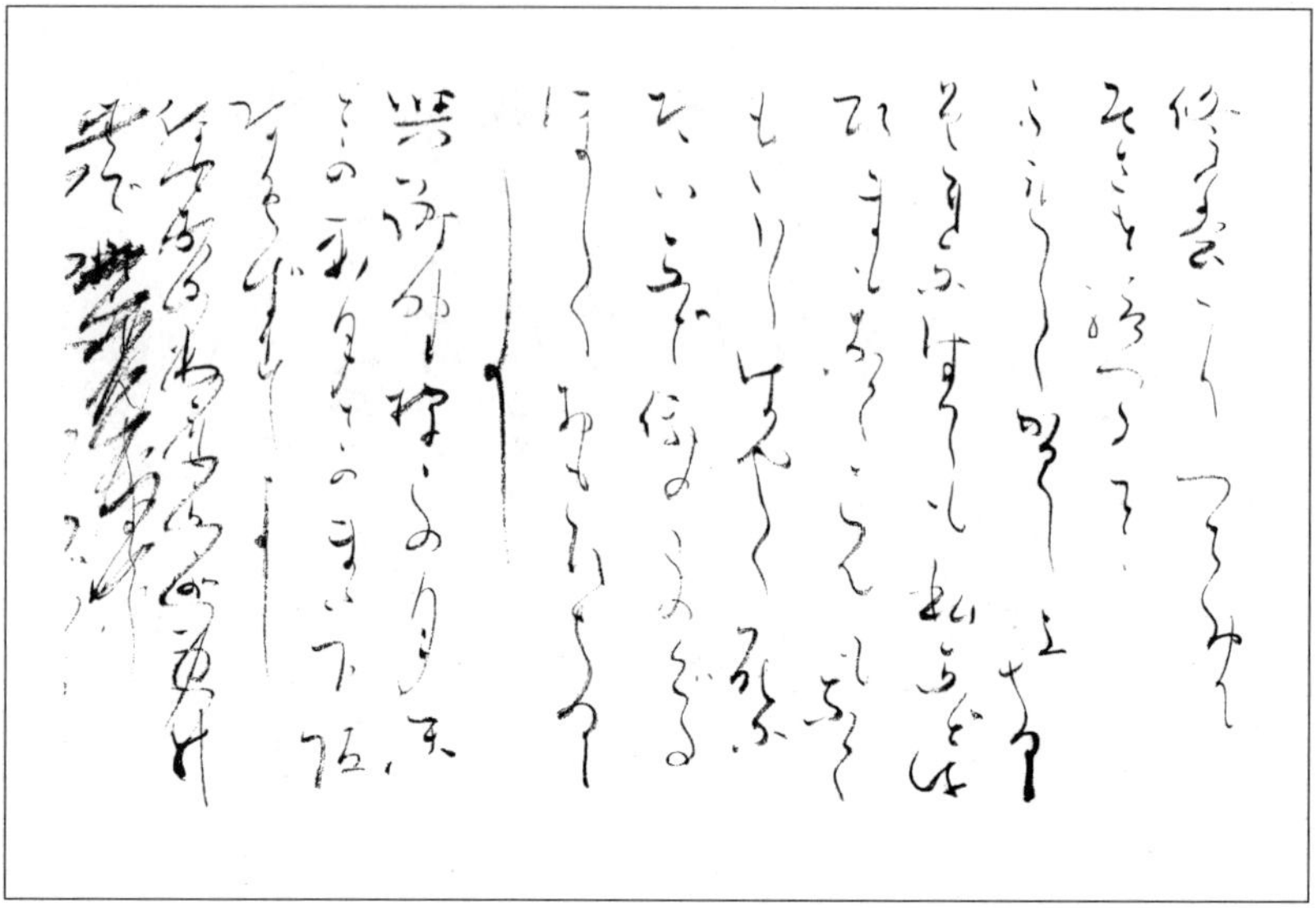

修養につとめ
居させ給へること
うれしく賀し上参候
それに付けても私などは
ひまもなくこんもなく
もう〱はやく死に
たいなど例のものぐる
ほしくおもひ参候

與謝野様この月末
とか来月とかまた下阪
あそばすよし
〈何となるわれらが身の
わで□□□□□

のちもおもはじ末も
おもはじ末も〈□□□□し〉
お父様にならせられし
由
おかしく〳〵おもひ候
〈ありし日の浜にて
夕さ多妻論など〉
あなた様日に二度より
御飯めしあがらぬとき、
参候ひしが朝に候や
おひるに候や

今度の明星にはつま
らむ
歌が沢山出されて
いやに候

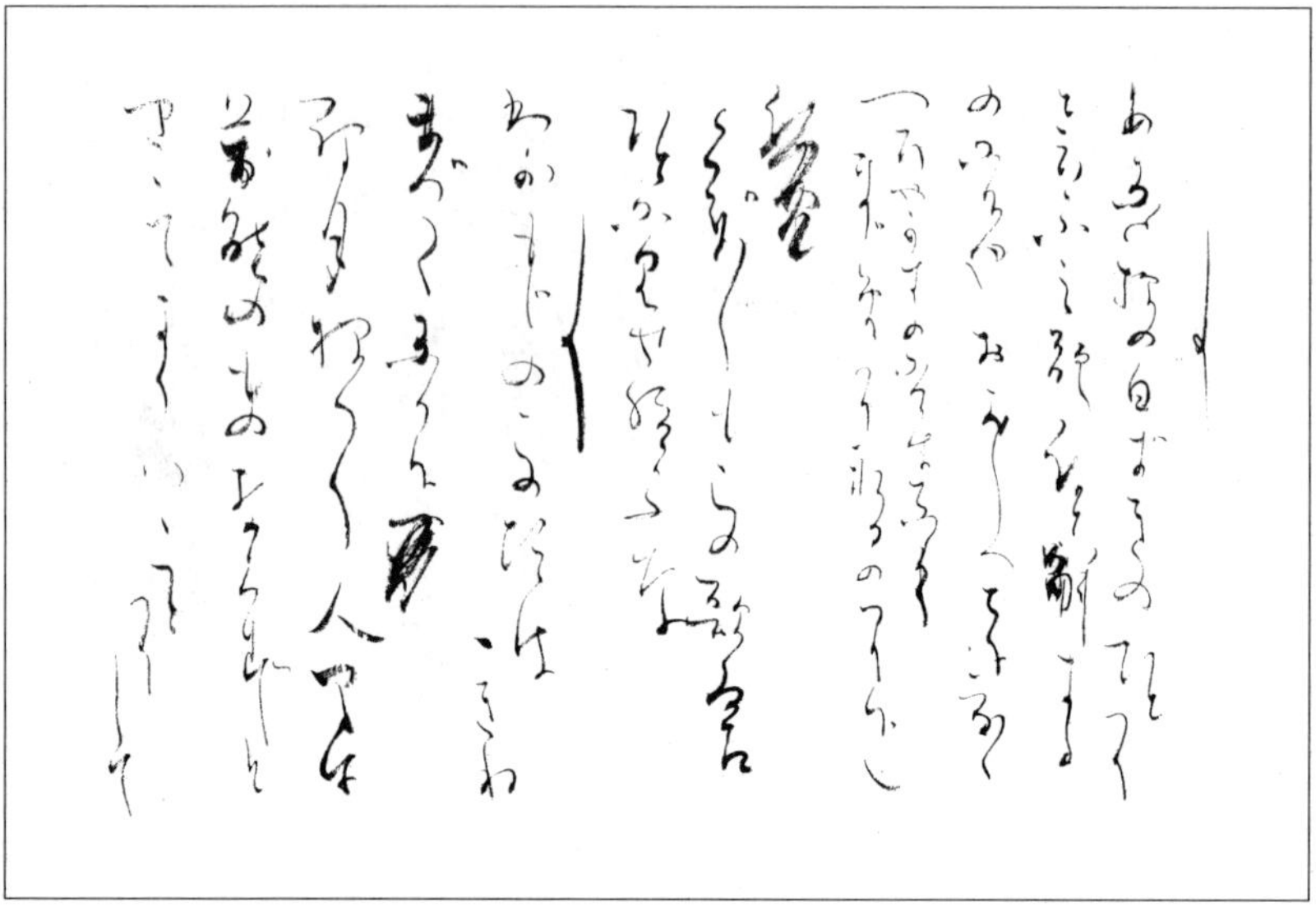

あなた様の白ずきのひと
に
と云ふみ歌何と解〈□〉する
のに候やおをしへ被下度候
（ひやかすのにてはなく
まじめに承るのに候）
〈何□□〉
くれ〱もこの歌反古
ひとに見せ給ふな
わがもじのこの頃は
一きわ
ま〈□〉づくなり候〈へど〉
雁月様に人間は
萬能のものならずと
き丶てよりい丶こと
に
して

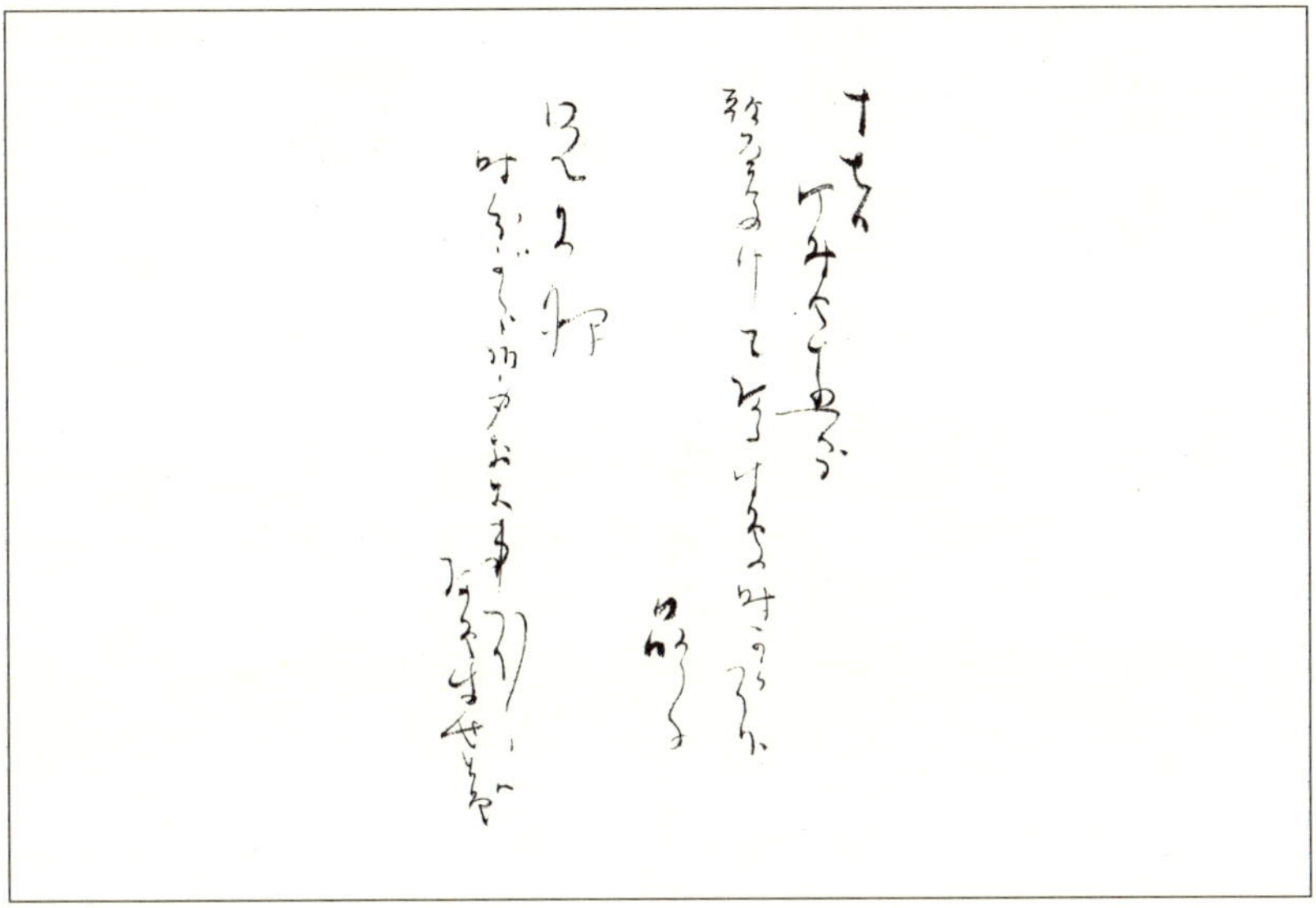

十七日
四時四十五分
歌反古のけしてあるはその時から
に候
晶子
兄上様
時分がら御身お大事に〳〵
あそはせとぞ

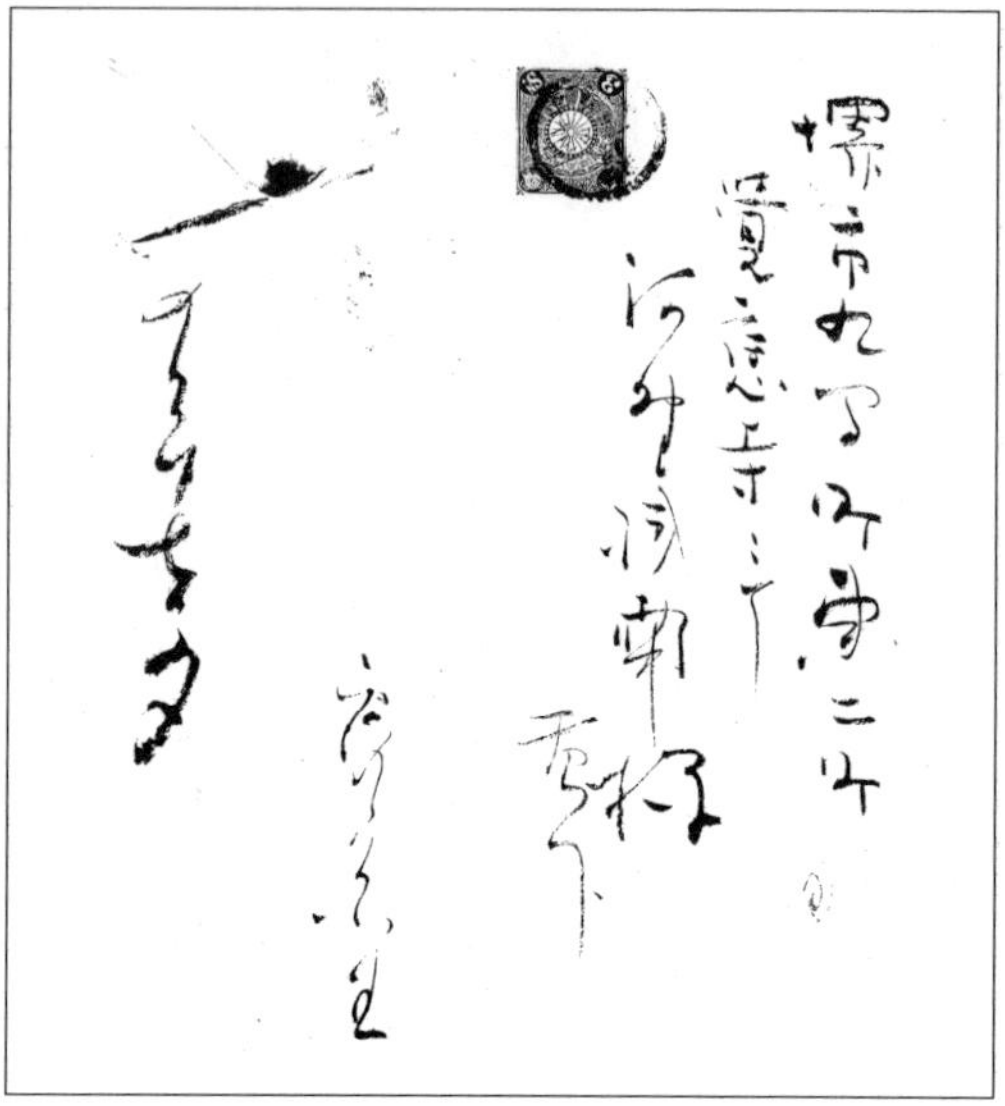

《封　筒》

【表】

堺市九間町東二町
覺應寺ニて
河野銕南様
貴下

【裏】

露花生

十月十七日夕

㉖　与謝野晶子書簡　宅雁月宛〈明治〔三十三〕年〔四〕月〔□六〕日〉

〔形態〕封書　巻紙（本文 16. 3×77. 7cm
表装 21. 0×90. 6cm）　毛筆

〔封筒なし〕

【備考】本文用紙は水色の薄様巻紙を使用。
封筒は筆運びと染みの位置から後出の㉜—Ⅲと推定される。

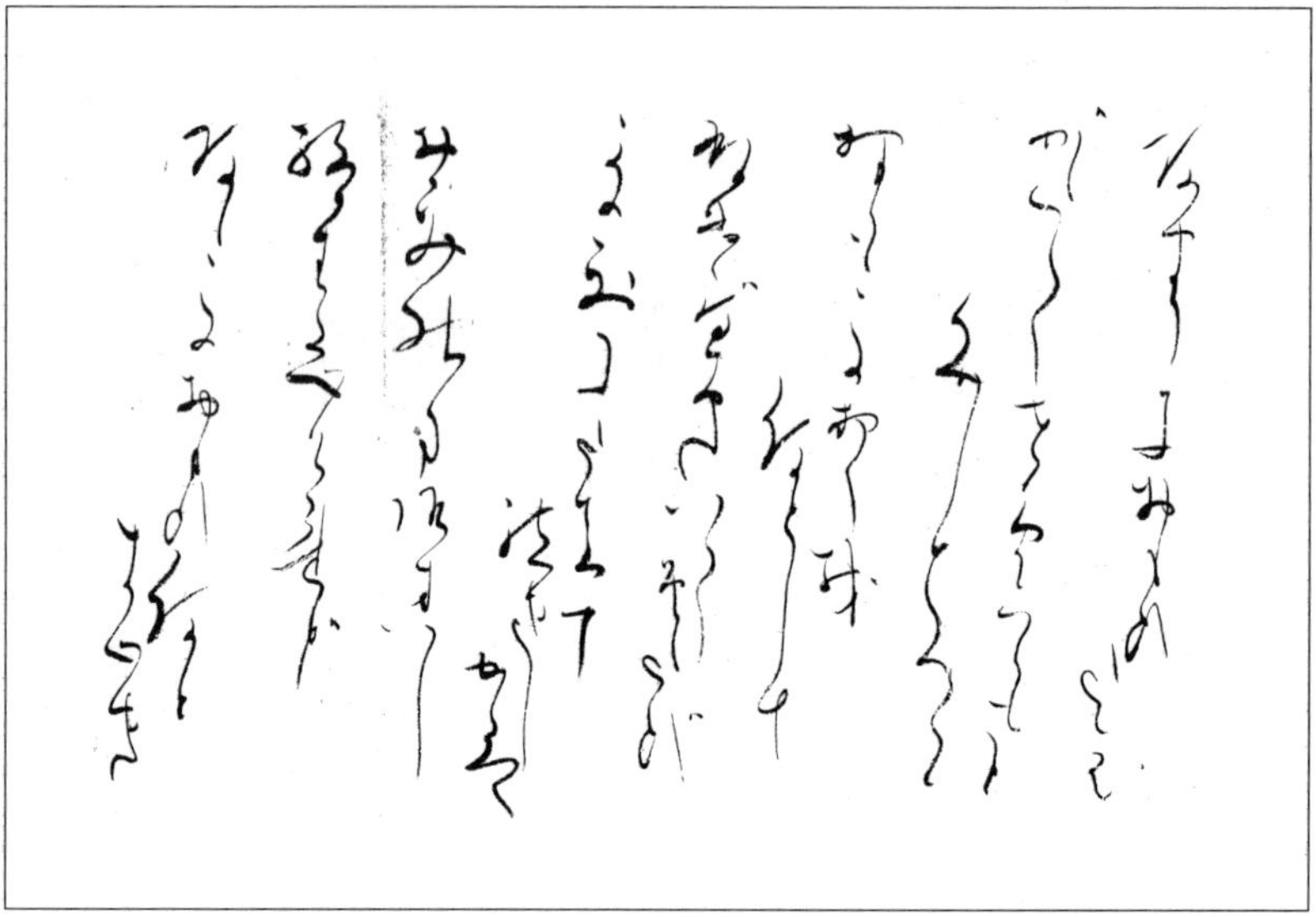

あまりにおもひ
たえ
がたくせめてもと
文し参候
扨もこの夜を
何として
ね候べきいく
そたび
この前にたちて
泣きし
かは
お前さま御すいし
給はるべけれど
あゝこのおもひ何と
すべき

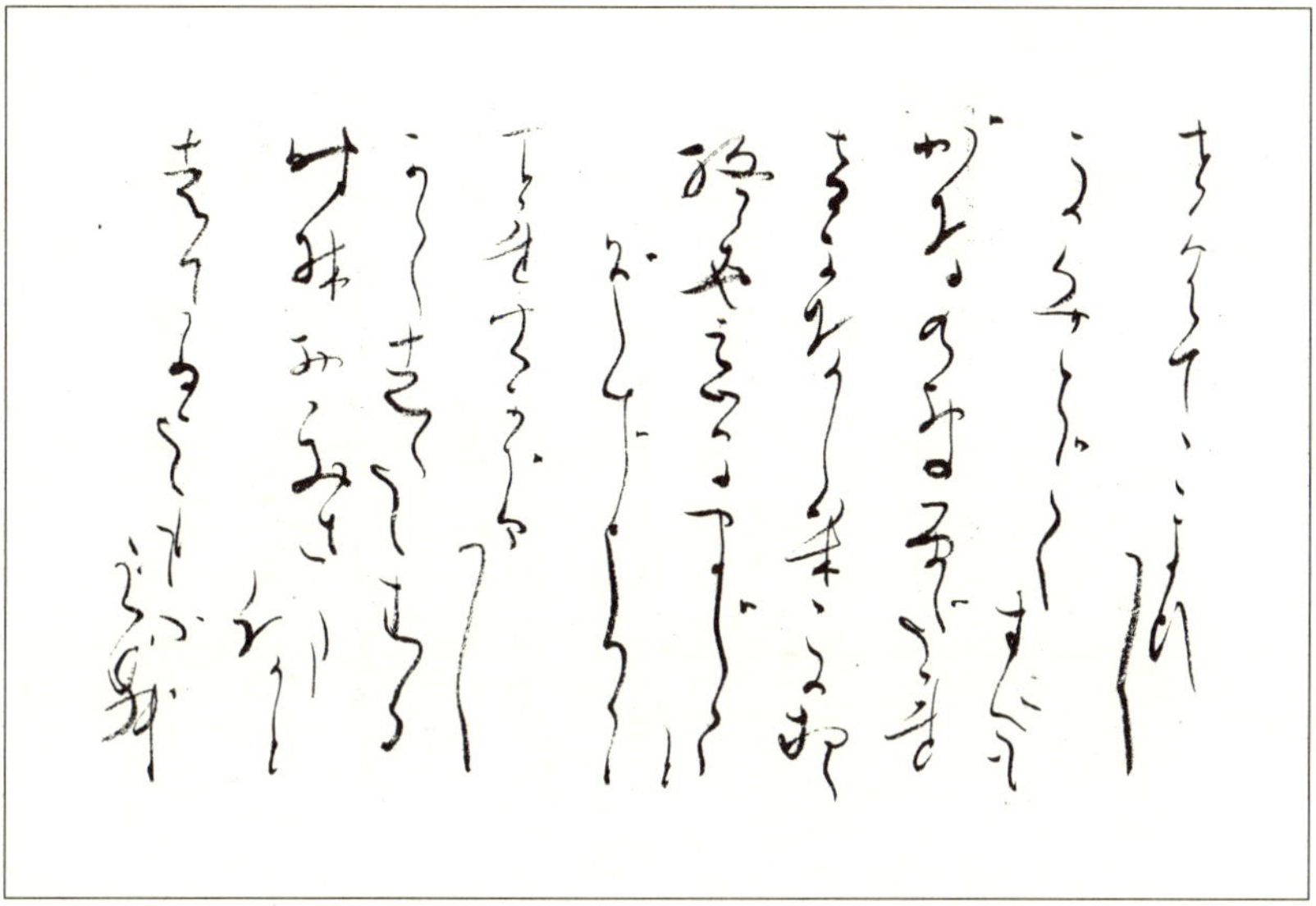

せめてこよひ
　に
この文とゞく
　すべも
がなの前の雨だれ
音かなしきこの夜
終生忘るまじく
　と
　ぞんじ参候
われ火かげ
　に
かくしたゝむる
時をお前さま
　何と
してゐたもふ
　らむ

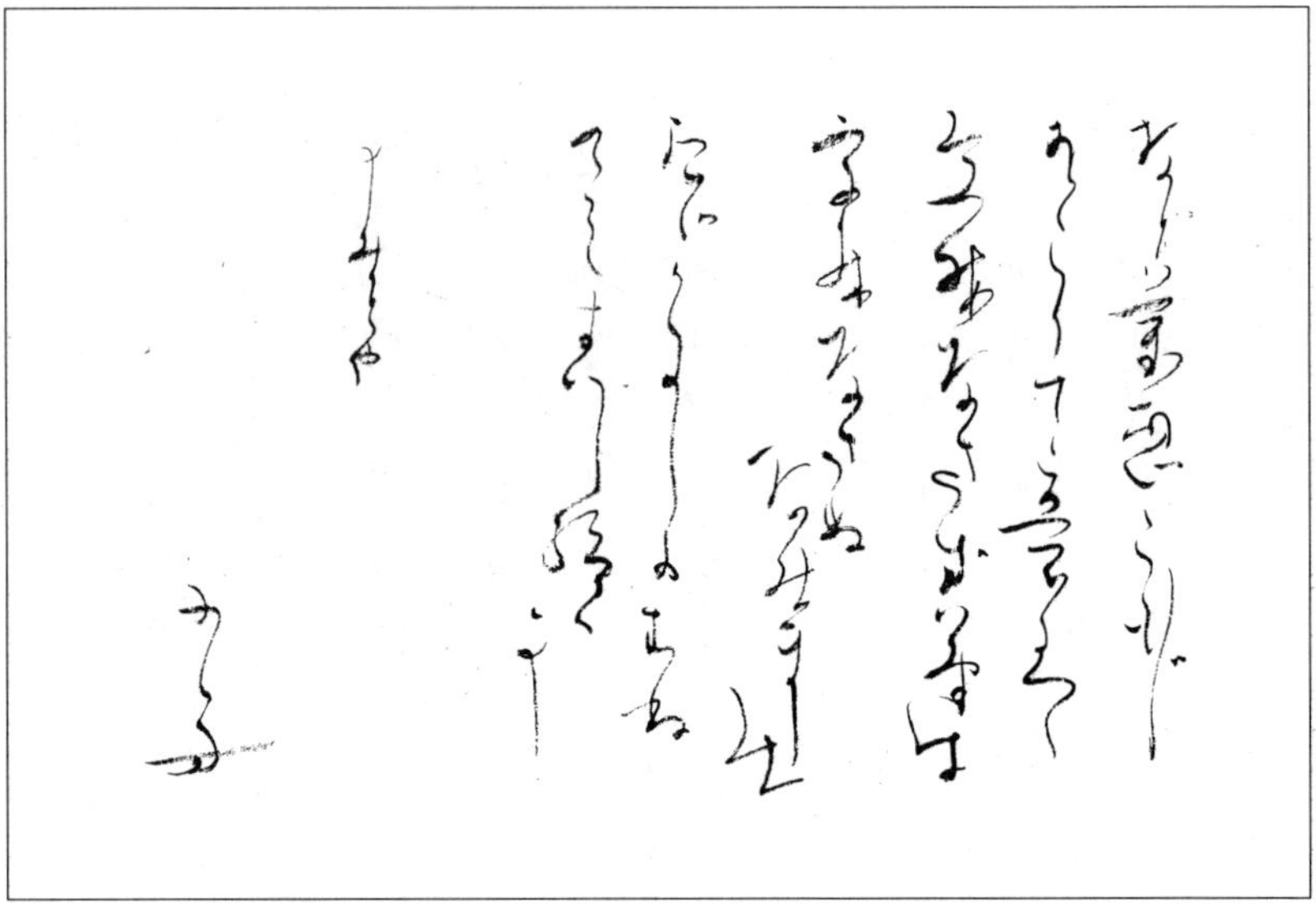

など萬感こも〴〵
をこりて意は
文をなさず筆は
字をなさぬ
あさましさ
たゞくるしのむね
のみすいし給へ
かし

十時とや

小舟

雁月の君
御前に

㉗　与謝野晶子書簡　宅雁月宛〈明治〔三十四〕年〔三〕月〔五〕日〉

〔形態〕封書　巻紙（本文 17.2×63.4cm
表装 21.1×76.1cm）　毛筆

〔封筒なし〕

【備考】本文用紙は水色の薄様巻紙を使用。
本文に押し花の痕跡がある。
封筒は筆運びと染みの位置から後出の㉛―Ⅵと推定される。

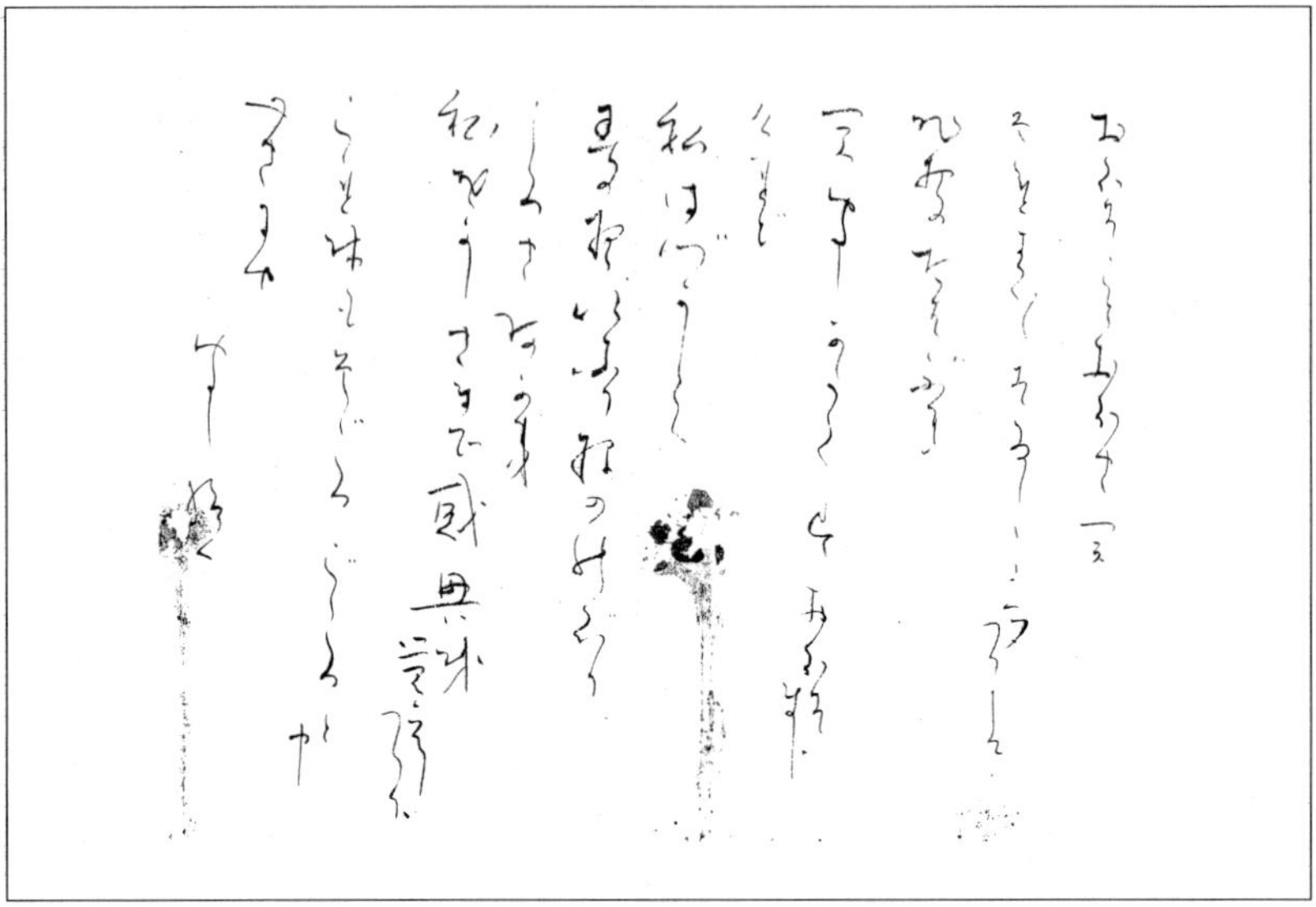

おほすことおほき君
それよく〵〵すゐし候今
にして
昨夜のたはぶれ
君ゆるしかたくはおほす
まじ
けれど
私はづかしく
春の夜いなり様ののぼり
しろきあかき
私をかしきまで感興を
覚えし
に候
これをもそゞろごゝろと
申
べきにや
ゆるし給へ

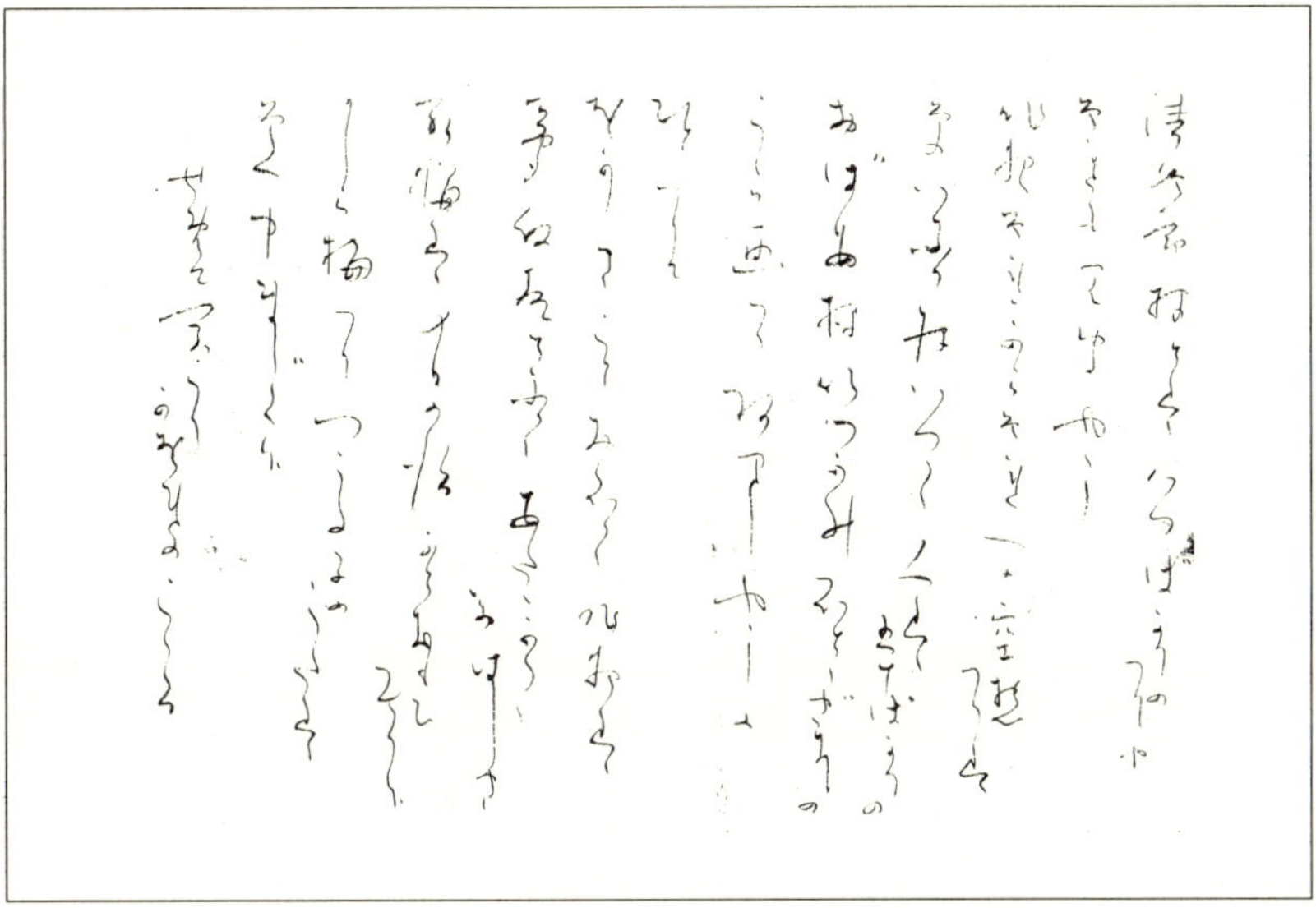

清太郎様とはいつばかりの
にや
それも見ゆるやう
昨夜それからそれへの空想
には
そのいなり様いつく人は
五十ばかりの
おばあ様いつかのほと、ぎすの
うら画にありしやうの
ひとにて
をかしきことおほく昨夜は
夢何故となくあた、かく
おはしき
紅梅は十日の後かとおもひ
居り候
しら梅につみの子の
うたは
そへ申まじく候
せめて君より
かをれのこ、ろ

おなじ日

あき子

雁月様
み前
に

㉘　与謝野晶子書簡　宅雁月宛〈明治〔三十三〕年〔七〕月〔二十九〕日〉

〔形態〕封書　巻紙（本文 17.2×81.8cm
　表装 21.0×94.5cm）　毛筆

〔封筒なし〕

【備考】本文用紙は水色の薄様巻紙を使用。

封筒は筆運びと染みの位置から後出の㉜—Ⅴと推定される。

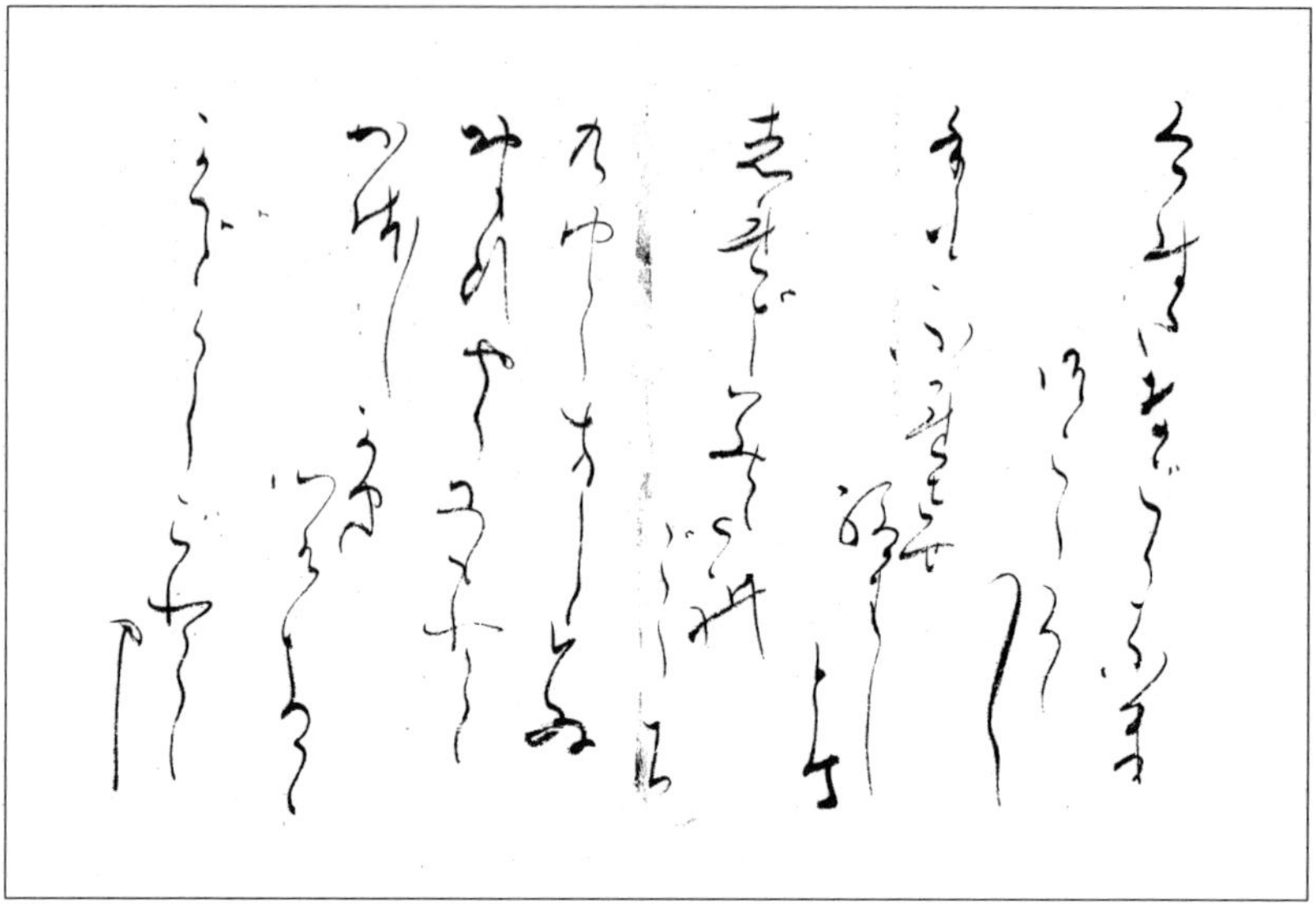

今はたなごりなき
御こゝろ
に
手もふれさせ
給はし
とは
しれどみたれ
ごゝち
のゆく方しらぬ
おもひやりにもと
かつ〳〵かき
つけ参候
かごとくりごと
申

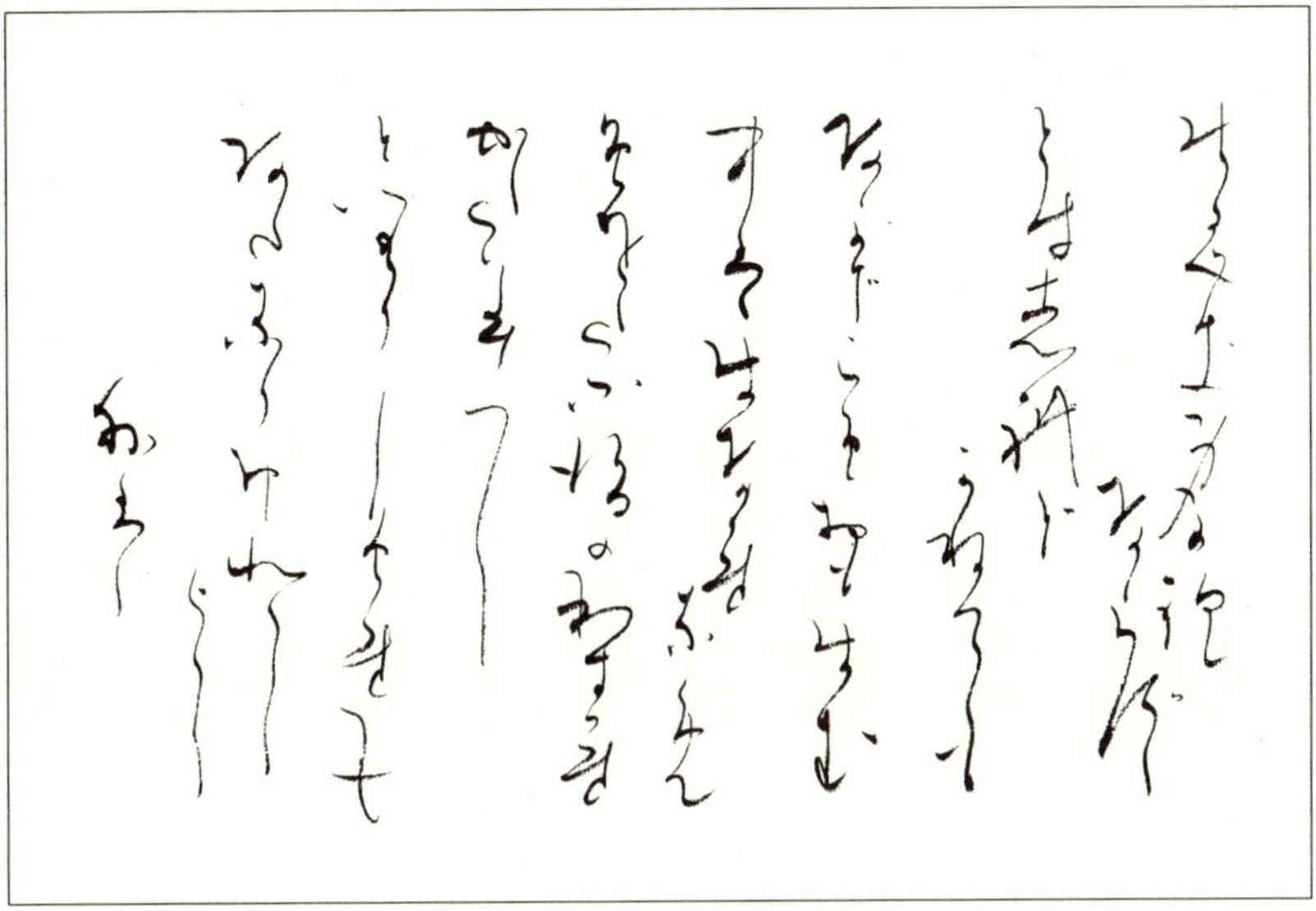

さるべき身の程
ならず
とはしれど
かねても
あかでこそおもはむ
中ははなれ
なめ
そをたに後のわすれ
かたみに
といのりしそれも
あたなりけれと
より候
外は

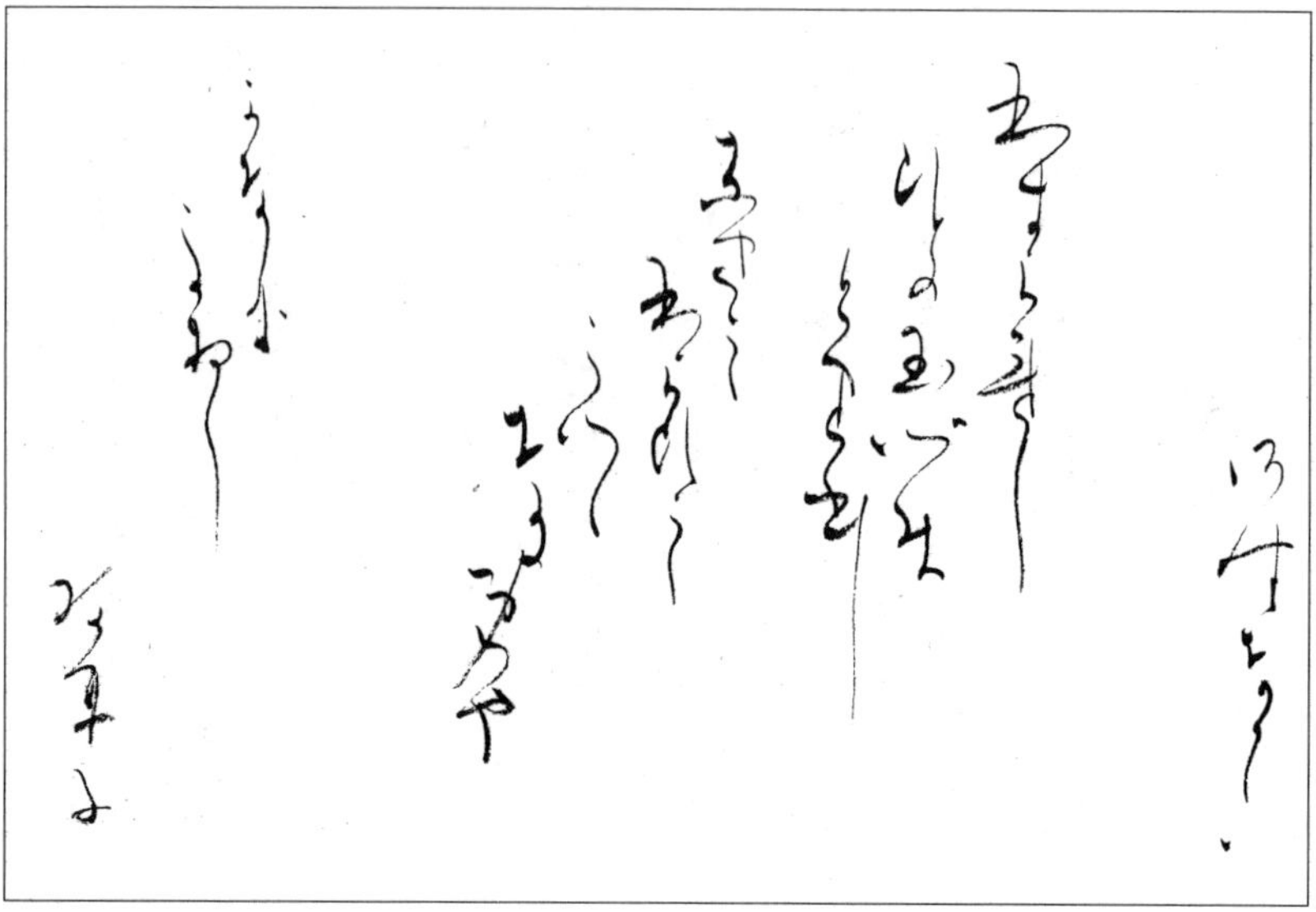

御座なく候

わすられし
ひとの玉づさ
とり出し
なきみ
わらひて
うつ、
なる
身や

かなしき
、この夜

あき子

雁月様
まゐる

㉙　与謝野晶子書簡　宅雁月宛〈明治〔三十三〕年〔四〕月〔十三〕日〉

〔形態〕封書　巻紙（本文 17.3×85.4cm
表装 21.0×98.3cm）　毛筆

〔封筒なし〕

【備考】封筒は筆運びと染みの位置から
後出の㉜―Ⅱと推定される。

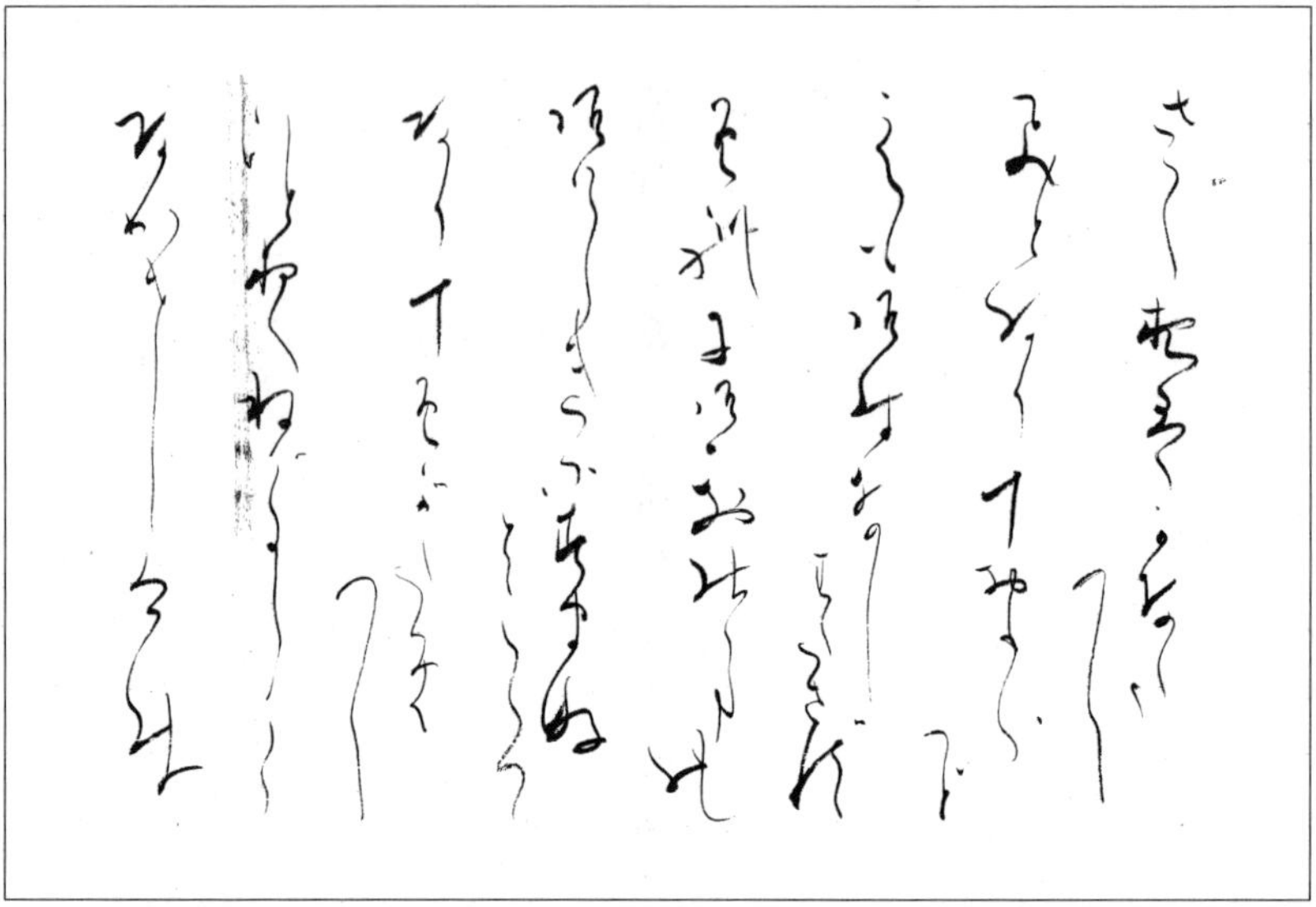

さく夜はかなた
に
ひとありておもふ
こと
えも御はなし
はたさず
それに御前さまの
御けしきにすまぬ
ところ
ありてそがため
に
ひと夜ねぐるしく
あかせしけさ

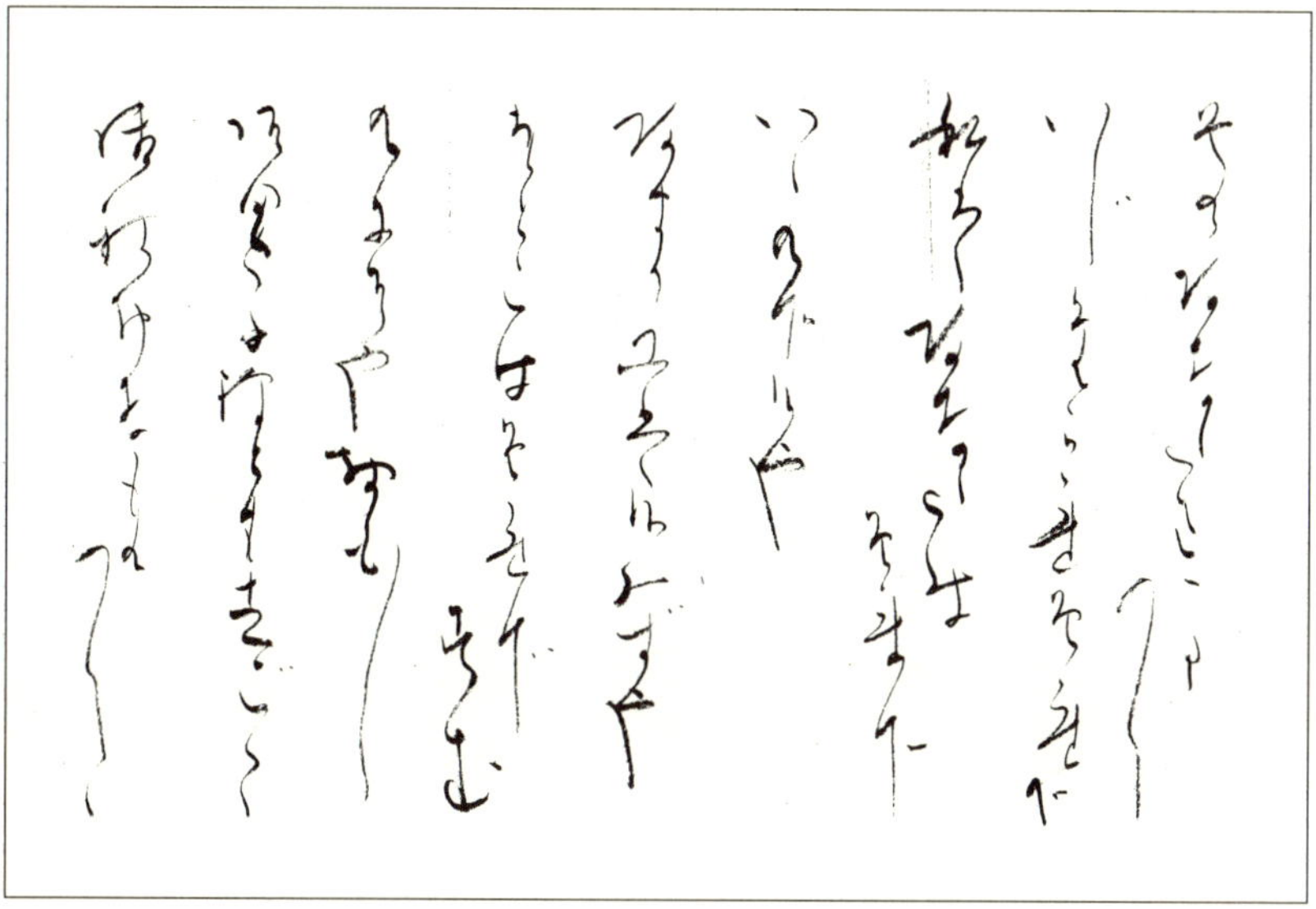

そのあなたさま
に
いじめられそれで
私はあなたは
それで
い、ので候や
あまりには候はずや
をとこはそれで
すむ
のに候や扱もく
御男子様とはしごく
御親切なもの
に候

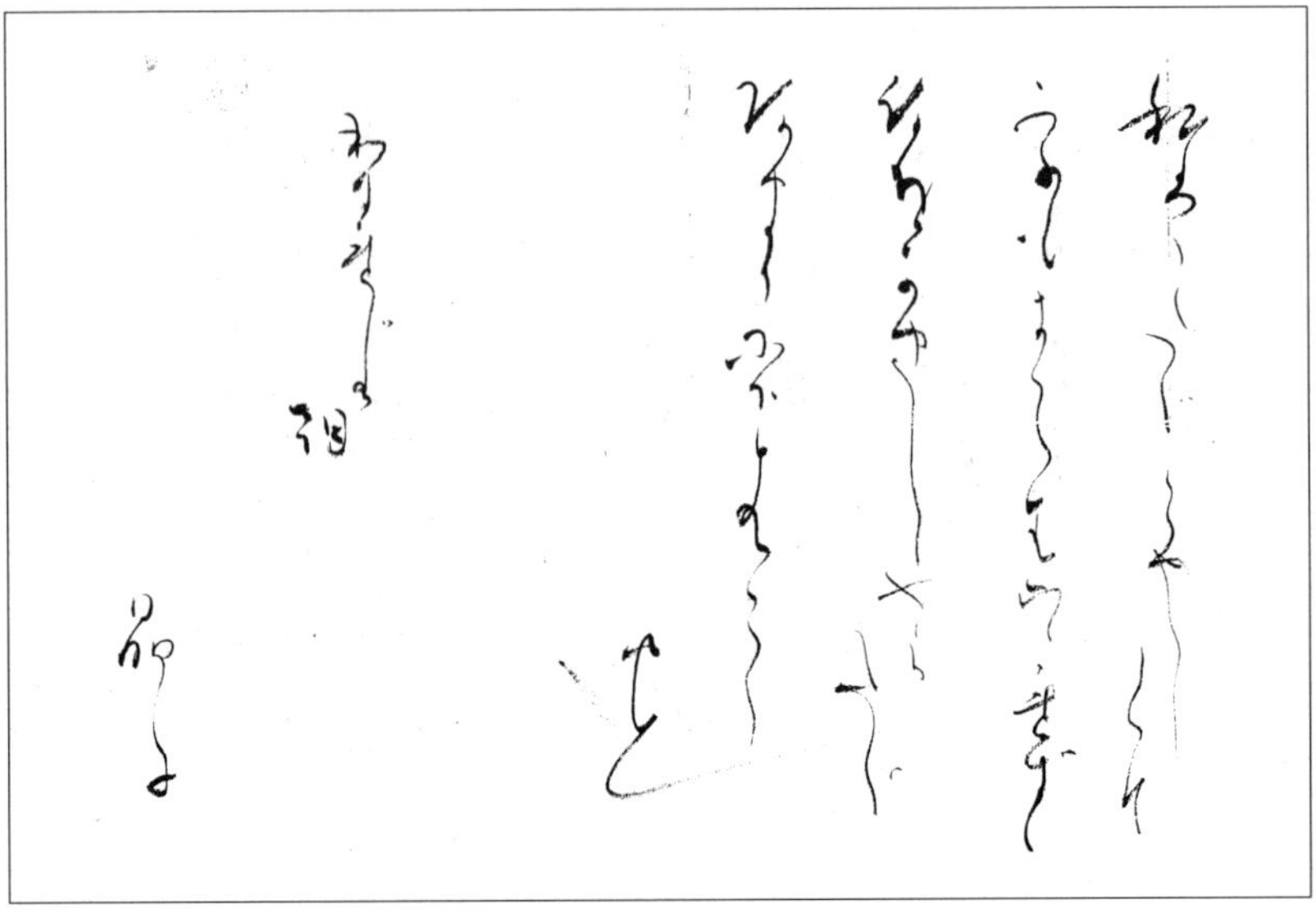

私はたゞくやし
くて
字もよくはかゝれず候
何をかきしやら
たゞ
あまりに候とのみ
かしこ

わすれじの
朝

晶子

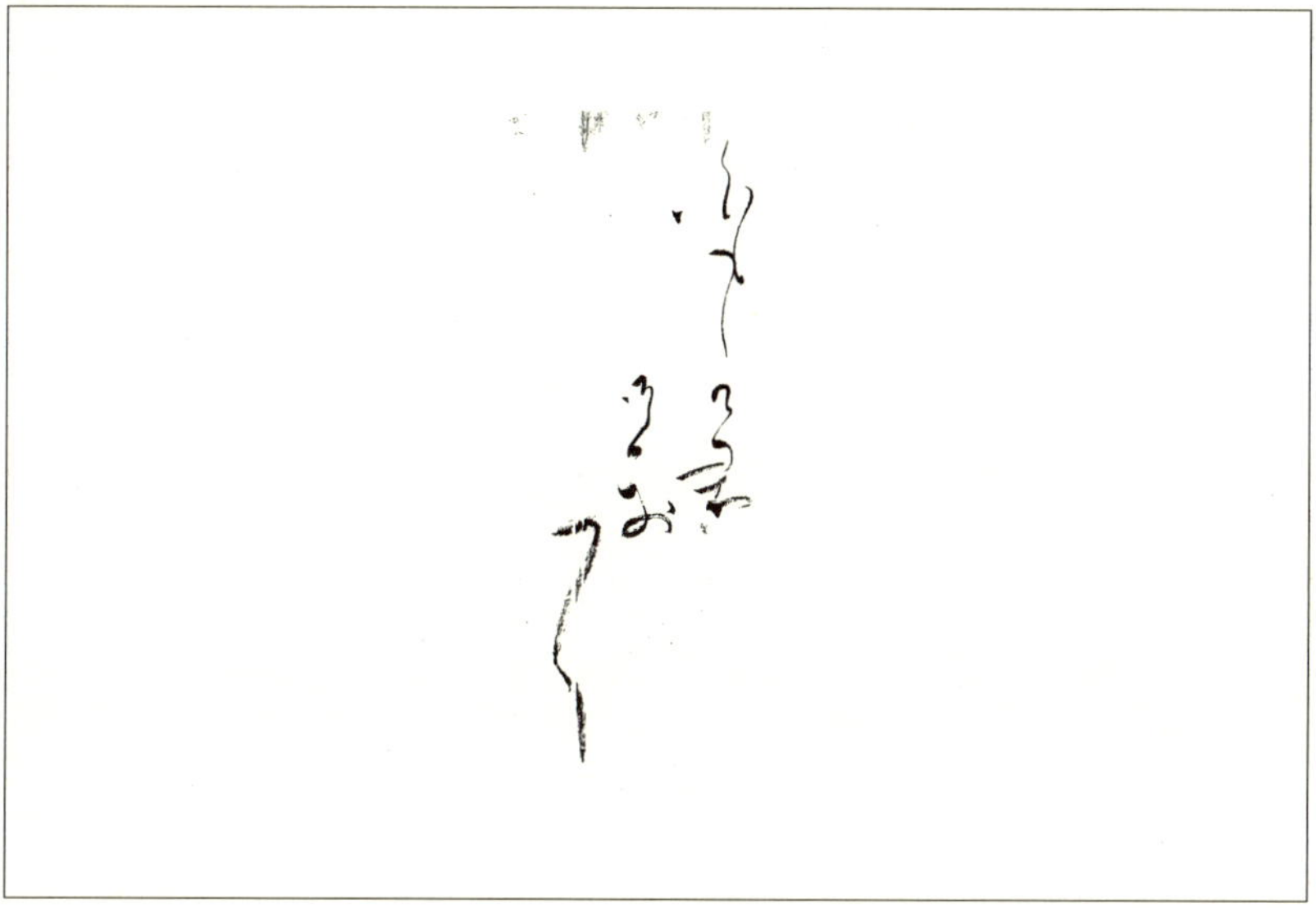

白もゝの君
御前
に

㉚

与謝野晶子書簡　宅雁月宛〈明治〔三十三〕年〔五〕月〔四〕日〉

〔形態〕封書　巻紙（本文 16.5×81.3cm
表装 21.1×94.0cm）　毛筆

〔封筒なし〕

【備考】本文用紙は水色の薄様巻紙を使用。
封筒は筆運びと染みの位置から後出の㉜―Ⅳと推定される。

宅雁月宛〈明治〔33〕年〔5〕月〔4〕日〉

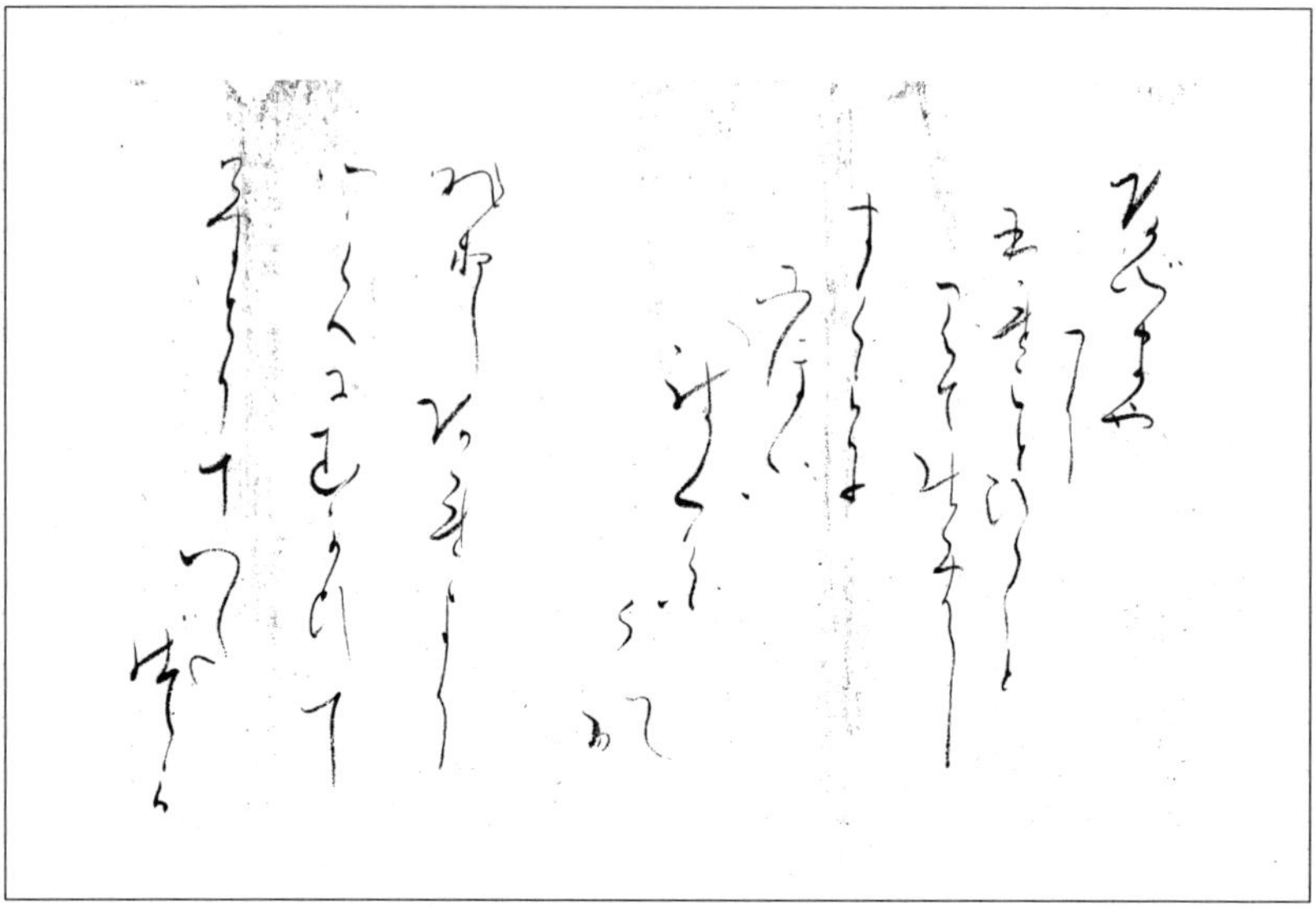

あづまや
に
われことひくと
見てさめし
まくらに
にほふ
さく花
かな

昨夜あれより
つくへにむかひて
筆とりていた
づら

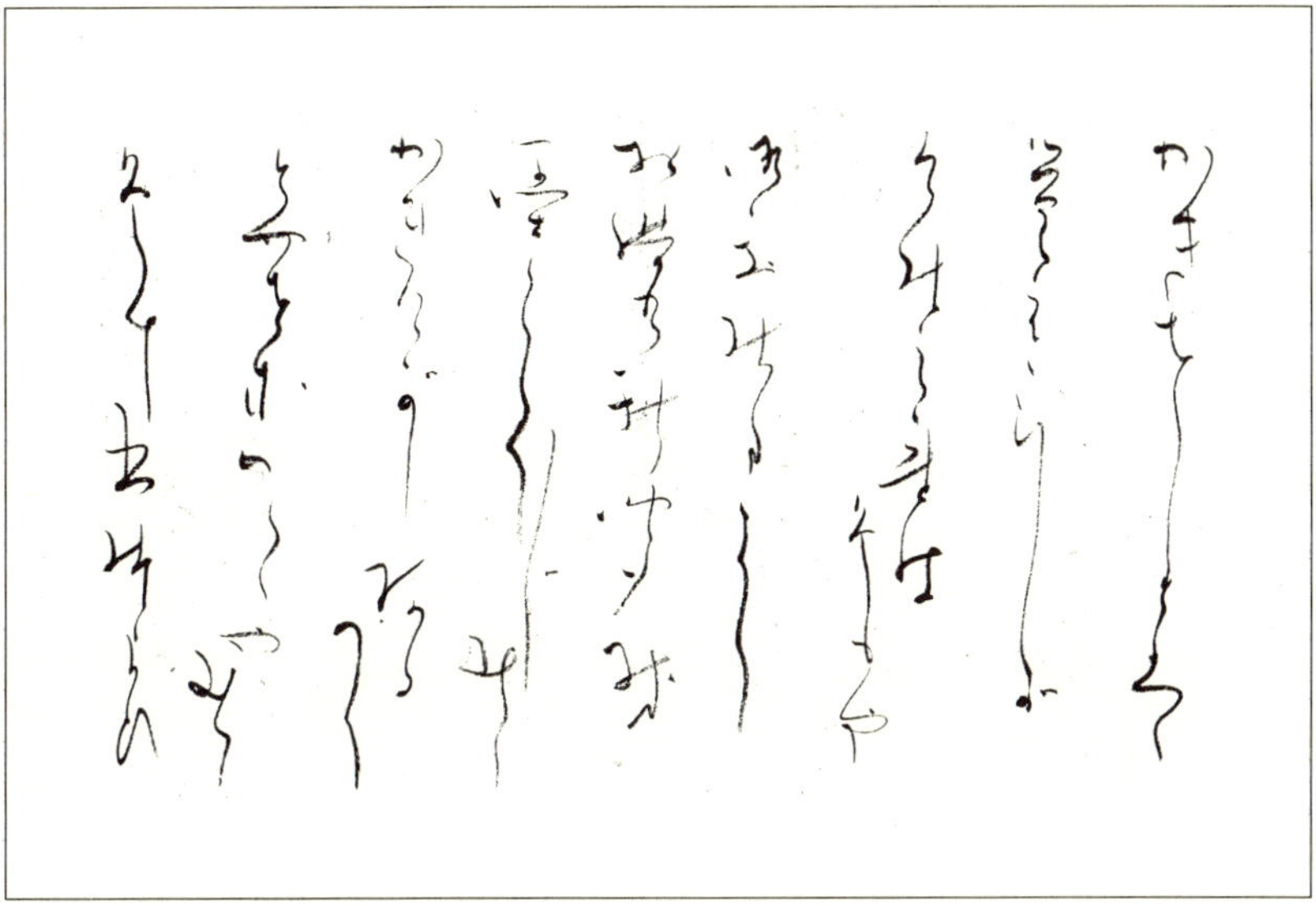

かきせしとは
覚え候ひしが
けさみれは
そもや
御前さまより
拝借の新聞を
墨くろ〴〵
と
かきけがしある
に
とやせむかくや
と
そんしわつらひ

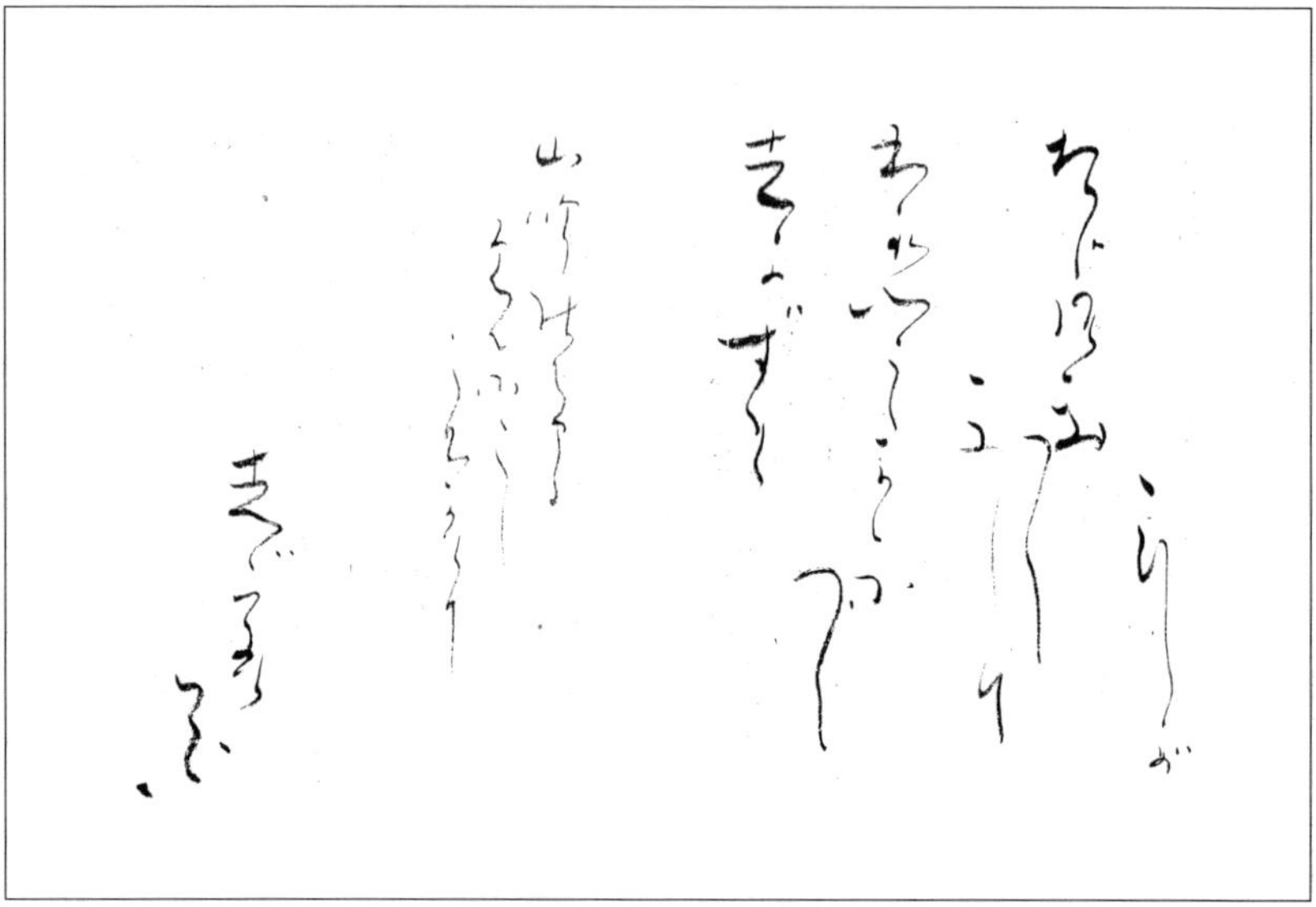

候しが
たゞ御前
に
ふして
わがつみかふ
に
しかずと

山吹のはゆる
ゑんにこし
うちかけて

しゞみ
花

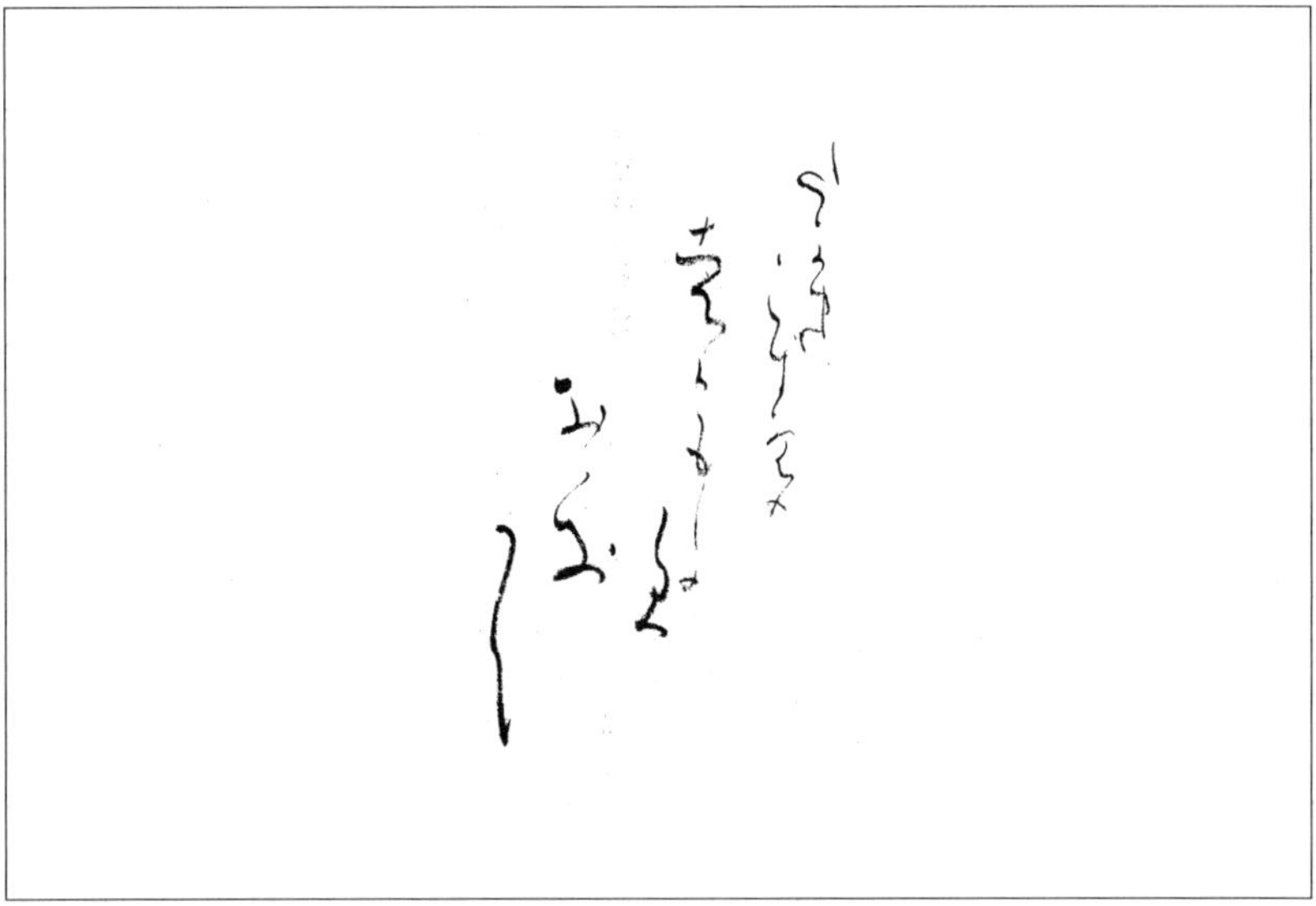

たかき
こずゑの
しらもゝの
君
お前
に

㉛ 与謝野晶子書簡封筒

■本項目は次の八封筒で、Ⅰ～Ⅷの順に掲げる。

㉛―Ⅰ　宅雁月宛〈明治三十三年三月十六日〉
〔本文なし〕
〔封筒〕和封筒（17.2×7.2cm）　毛筆
〔消印〕和泉／堺／卅三年三月／十六日／ニ便
【備考】該当する本文は不明。

㉛―Ⅱ　宅雁月宛〈明治三十三年四月十二日〉
〔本文なし〕
〔封筒〕和封筒（17.1×7.1cm）　毛筆
〔消印〕和泉／堺／卅三年四月／十二日／ニ便
【備考】該当する本文は不明。

㉛―Ⅲ　宅雁月宛〈明治三十三年五月一日〉
〔本文なし〕
〔封筒〕和封筒（17.1×7.4cm）　毛筆
〔消印〕和泉／堺／卅三年五月／二日／イ便
【備考】本文は筆運びと染みの位置から後出書簡㉝―Ⅰと推定される。

㉛―Ⅳ　宅雁月宛〈明治三十三年五月二十五日〉
〔本文なし〕
〔封筒〕和封筒（17.0×7.5cm）　毛筆
〔消印〕和泉／堺／卅三年五月／二十五日／ホ便
【備考】本文は筆運びと染みの位置から後出書簡㉝―Ⅳと推定される。

㉛―Ⅴ　宅雁月宛〈明治三十三年六月一日〉
〔本文なし〕
〔封筒〕和封筒（17.1×7.3cm）　毛筆
〔消印〕和泉／堺／卅三年六月／一日／ホ便
【備考】本文は筆運びと染みの位置から後出書簡㉝―Ⅱと推定される。
裏が赤の二重封筒を使用。
記念切手「東宮御婚儀祝典」を使用。

㉛―Ⅵ　宅雁月宛〈明治三十四年三月五日〉
〔本文なし〕
〔封筒〕和封筒（17.1×7.2cm）　毛筆
〔消印〕和泉／堺／卅四年三月／五日／ニ便
【備考】本文は筆運びと染みの位置から前掲書簡㉗と推定される。
裏が赤の二童封筒を使用。

㉛―Ⅶ　宅雁月宛〈明治〔三十三〕年四月十七日〉
〔本文なし〕
〔封筒〕和封筒（17.1×7.2cm）　毛筆
〔消印〕和泉／堺／□□年四月／十七日／ホ便
【備考】本文は筆運びと染みの位置から前掲書簡⑨の後半と推定される。

㉛―Ⅷ　宅雁月宛〈明治三十三年三月十二日〉
〔本文なし〕
〔封筒〕和封筒（18.2×6.7cm）　毛筆
〔消印〕和泉／堺／卅三年三月／十二日／ニ便
【備考】本文は筆運びと染みの位置から後出書簡㉝―Ⅴと推定される。
花模様のある封筒を使用。

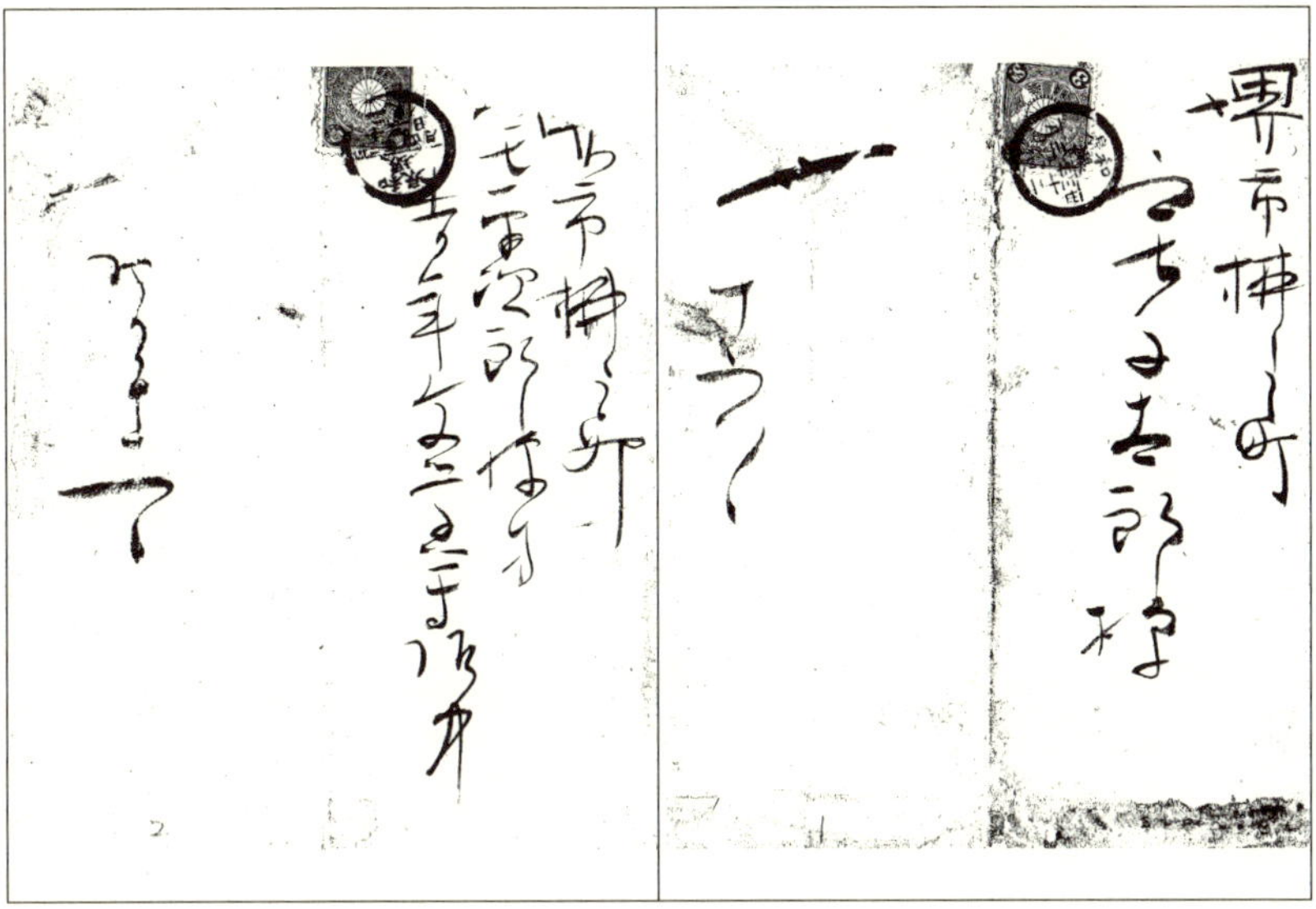

Ⅰ　宅雁月宛

【表】　堺市柳之町
宅千太郎様

【裏】　十六日

Ⅱ　宅雁月宛

【表】　堺市柳之町
宅平次郎様方
青年文学會御中

【裏】　四月十二日

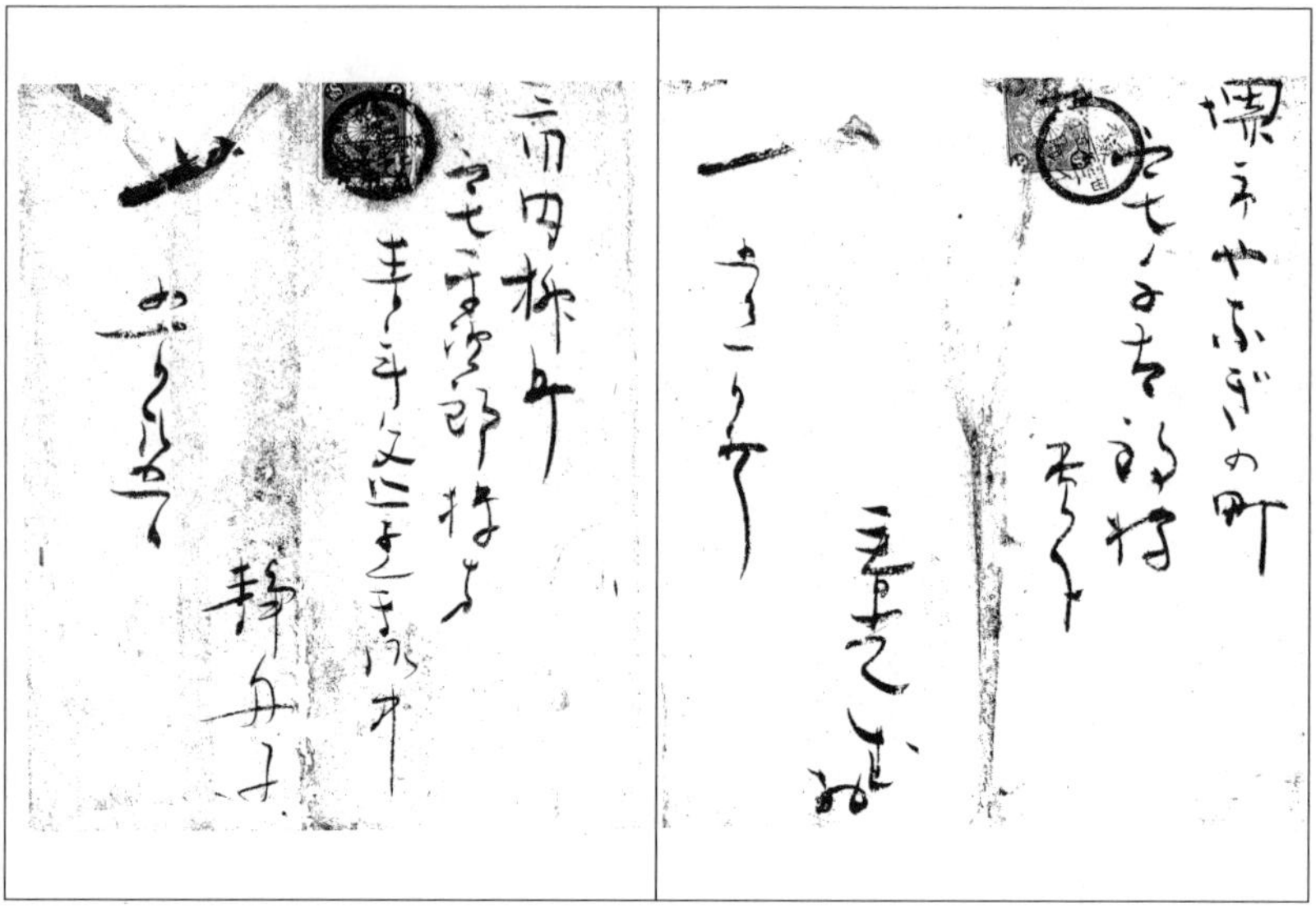

Ⅲ　宅雁月宛

【表】

堺市やなぎの町

宅千太郎様

貴下

【裏】

春光生

拝

五月一日夜

Ⅳ　宅雁月宛

【表】

市内柳町

宅平次郎様方

青年文学會御中

【裏】

静舟子

五月廿五日

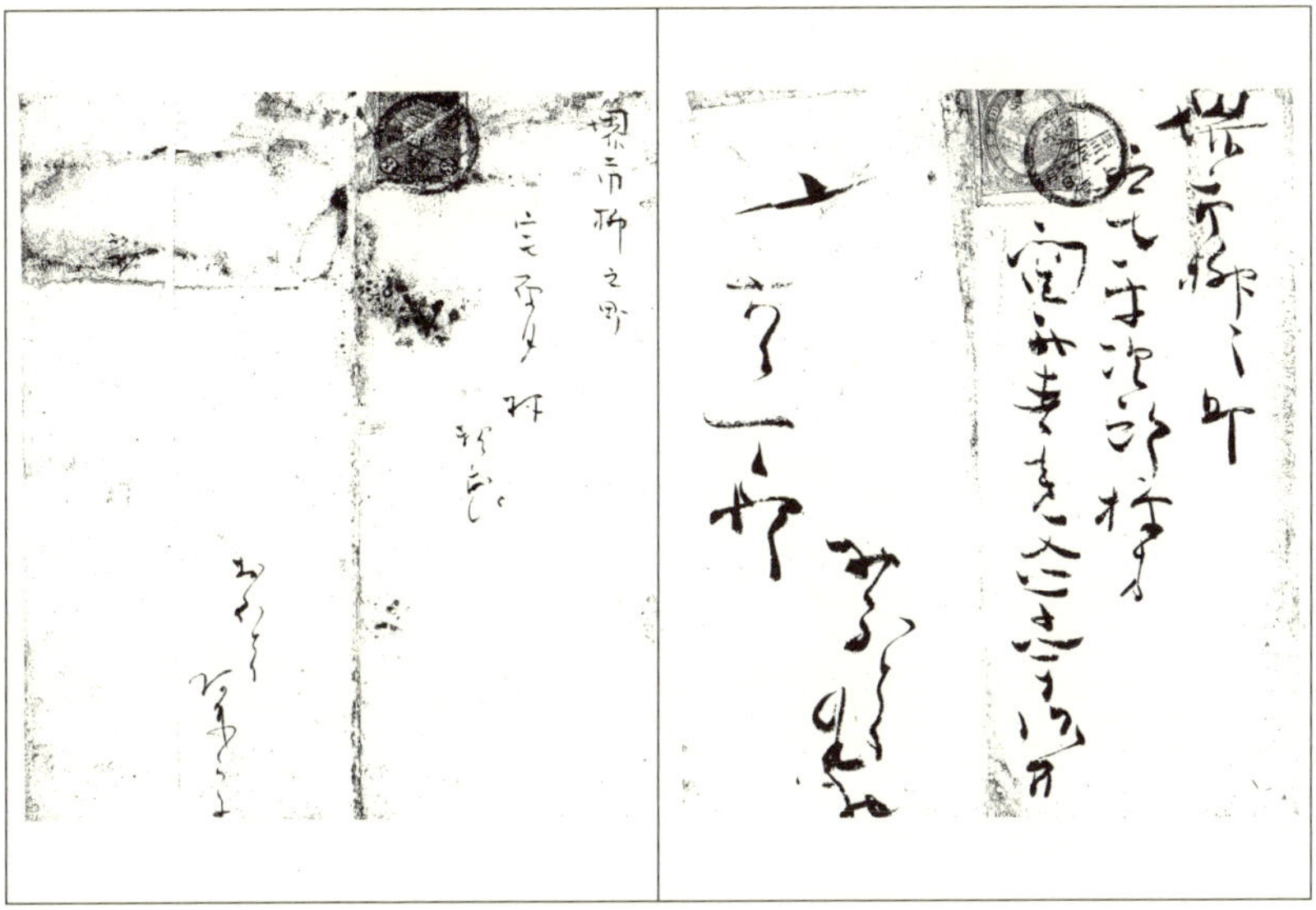

Ⅴ　宅雁月宛

【表】　堺市柳之町
宅平次郎様方
關西青年文学會御中

【裏】　おほとり
生拝
六月一日夜

Ⅵ　宅雁月宛

【表】　堺市柳之町
宅雁月様
親展

【裏】　おほとり
あきら子

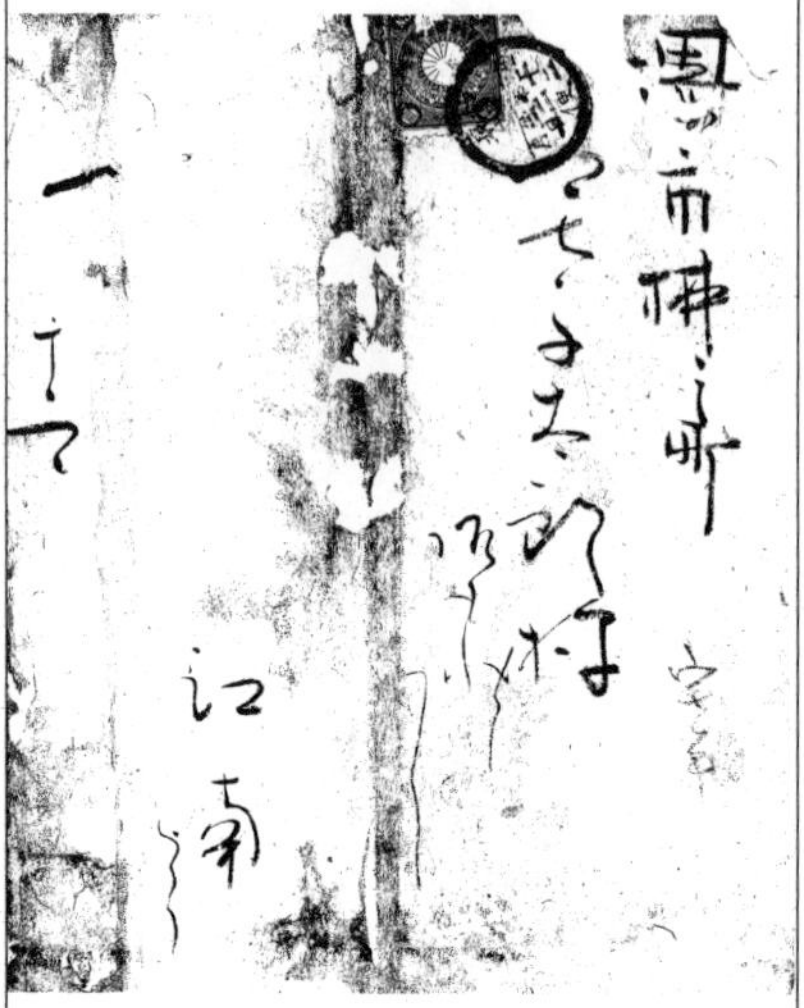
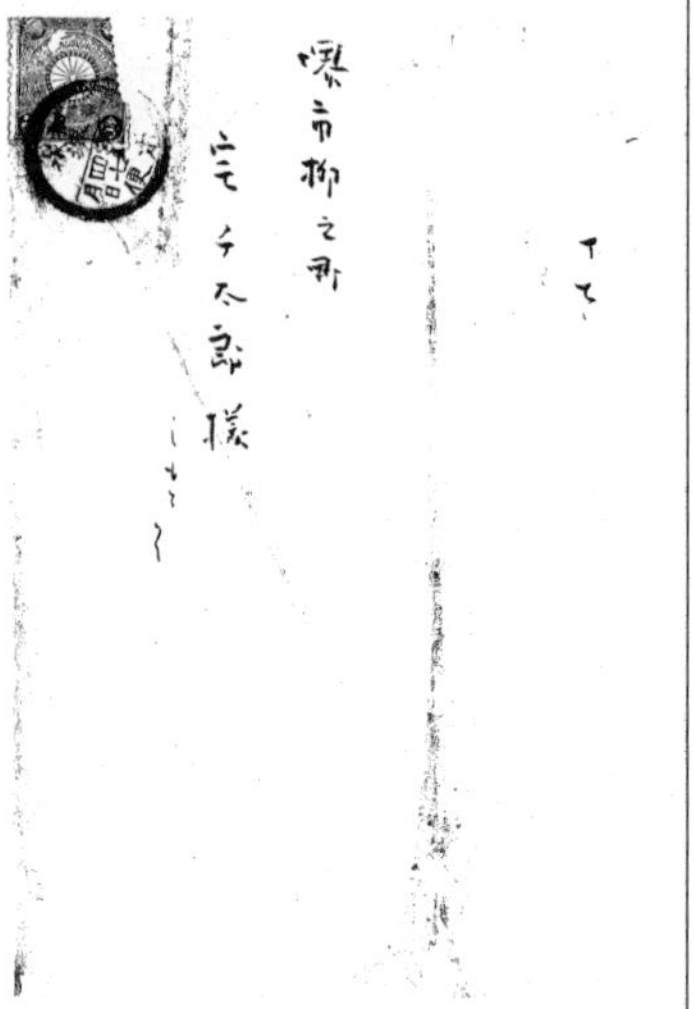

Ⅶ　宅雁月宛

【裏】　十七日

【表】　堺市柳之町
　宅千太朗様
　　しもと
　　に

Ⅷ　宅雁月宛

【表】　堺市柳之町
　宅千太朗様
　　御おもと
　　に

【裏】
　　江南
　　より
十二日

㉜

与謝野晶子書簡封筒

■本項目は次の六封筒で、Ⅰ～Ⅵの順に掲げる。

㉜―Ⅰ　宅雁月宛〈明治〔三十三〕年三月二十一日〉
〔本文なし〕
〔封筒〕和封筒(17.1×7.7cm)　毛筆
〔消印〕和泉／堺／□□年三月／二十一日／ホ便
【備考】本文は筆運びと染みの位置から後出書簡㉝―Ⅲと推定される。

㉜―Ⅱ　宅雁月宛〈明治〔三十三〕年四月十三日〉
〔本文なし〕
〔封筒〕和封筒(17.1×7.2cm)　毛筆
〔消印〕□□／□／□□□四月／□三日／□便
【備考】本文は筆運びと染みの位置から前掲書簡㉙と推定される。

㉜―Ⅲ　宅雁月宛〈明治〔三十三〕年四月□六日〉
〔本文なし〕
〔封筒〕和封筒(17.0×7.3cm)　毛筆
〔消印〕和泉／堺／□□□四月／□六日／□□
【備考】本文は筆運びと染みの位置から前掲書簡㉖と推定される。

㉜―Ⅳ　宅雁月宛〈明治三十三年五月四日〉
〔本文なし〕
〔封筒〕和封筒(17.1×7.4cm)　毛筆
〔消印〕和泉／堺／卅三年五月／四日／ロ便
【備考】本文は筆運びと染みの位置から前掲書簡㉚と推定される。

㉜―Ⅴ　宅雁月宛〈明治三十三年七月二十九日〉
〔本文なし〕
〔封筒〕和封筒(17.0×7.4cm)　毛筆
〔消印〕和泉／堺／卅三年七月／二十九日／ト便
【備考】本文は筆運びと染みの位置から前掲書簡㉘と推定される。

㉜―Ⅵ　与謝野鉄幹書簡封筒
宅雁月宛〈明治三十三年十二月〔三〕日〉
〔本文なし〕
〔封筒〕和封筒(17.0×8.1cm)　毛筆
〔消印〕和泉／堺／卅三年十二月／五日／イ便
【備考】本項目に収められた理由は不明。
本文は筆跡と差出人名から前掲書簡⑯と推定される。
封筒裏面に「東京麹町區上六番町四五／東京新詩社」の朱印がある。

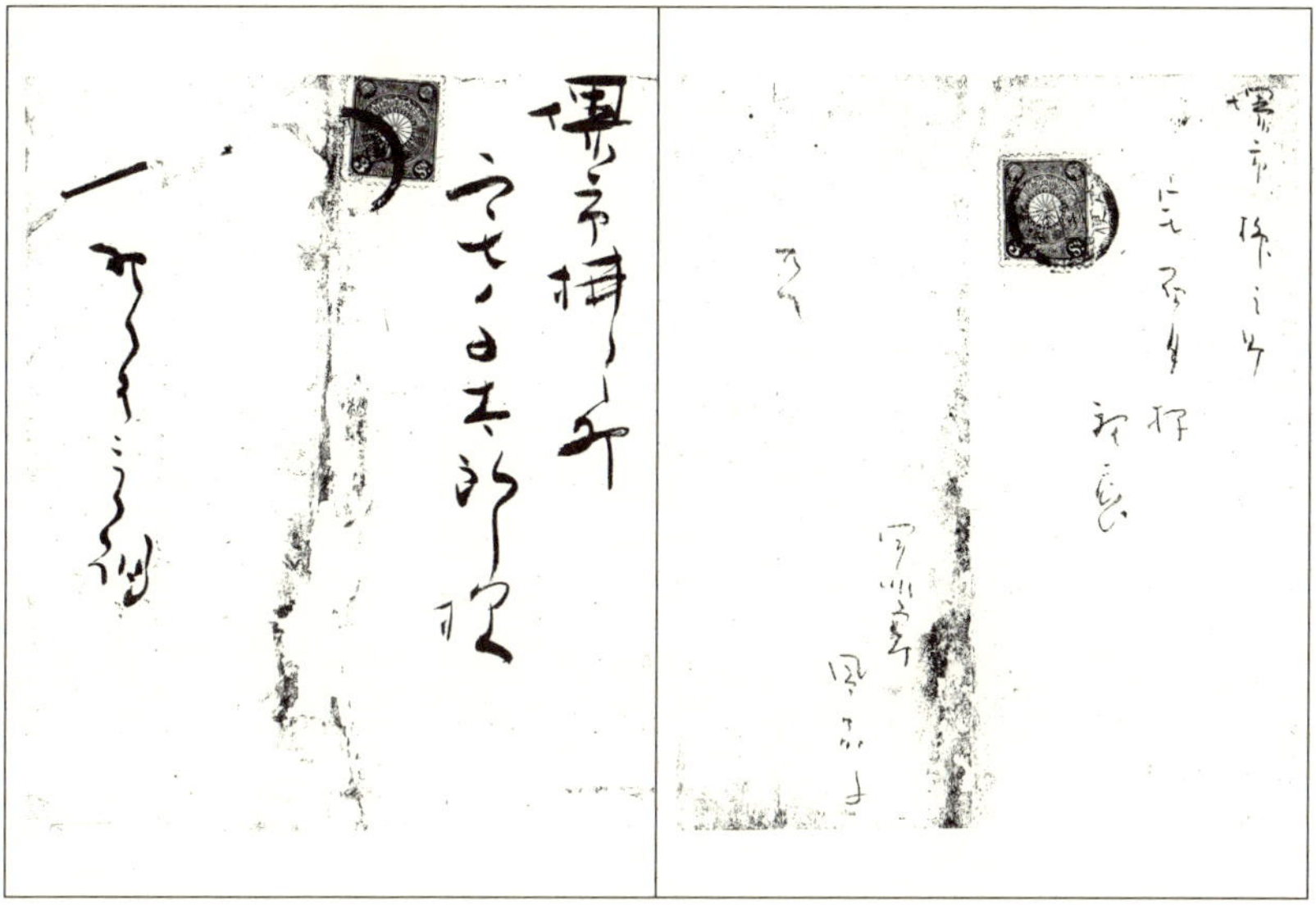

Ⅰ　宅雁月宛

【表】　堺市柳之町
宅雁月様
親展

【裏】　甲斐町
鳳晶子
廿一日

Ⅱ　宅雁月宛

【表】　堺市柳之町
宅千太朗様

【裏】　四月十三日朝

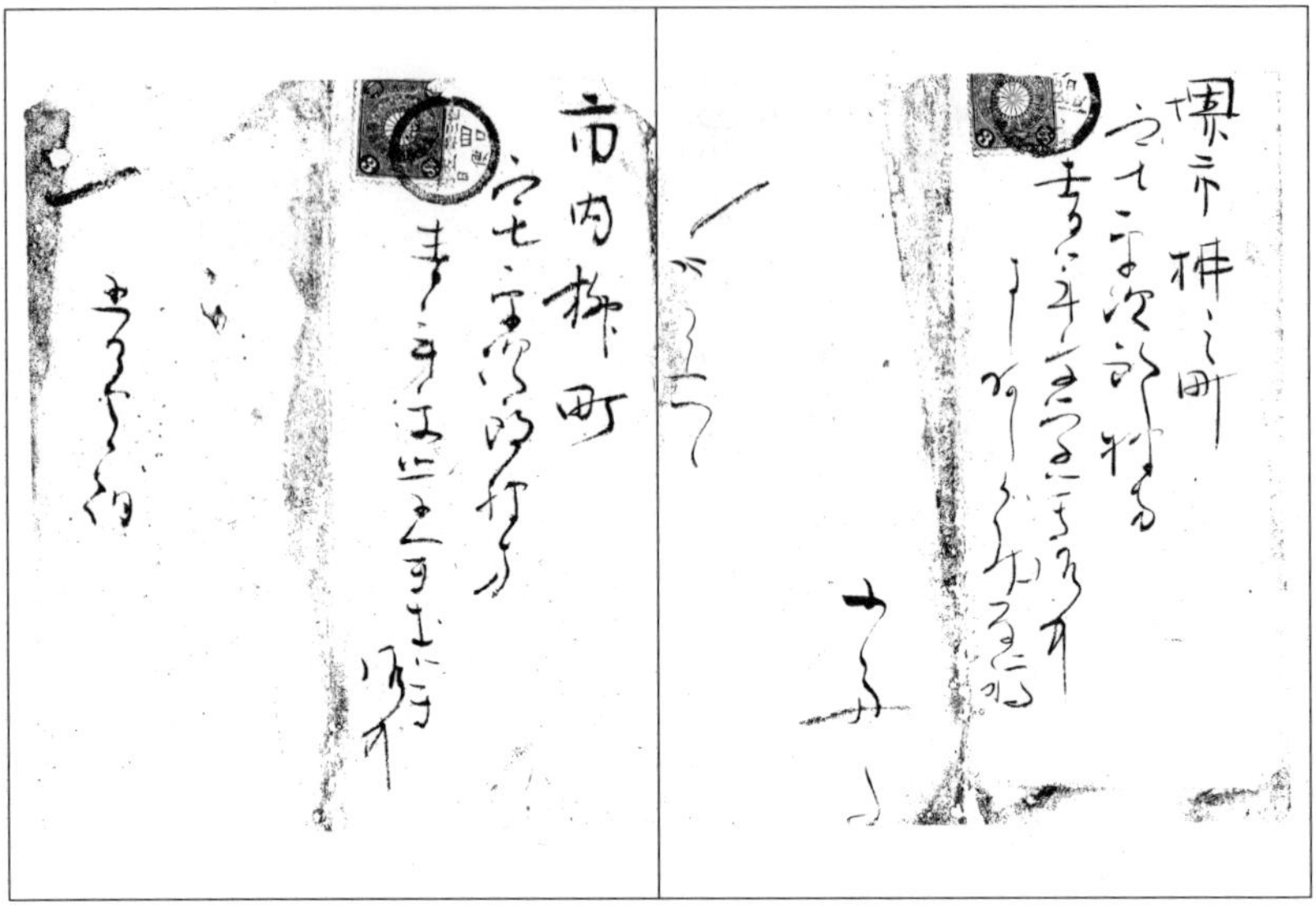

Ⅲ　宅雁月宛

【表】　堺市柳之町
宅平次朗様方
青年文学會御中
よしあしぐさ原稿

【裏】　四月（□）六日
小舟子

Ⅳ　宅雁月宛

【表】　市内柳町
宅平次郎様方
青年文学會お會
御中

【裏】　五月四日朝

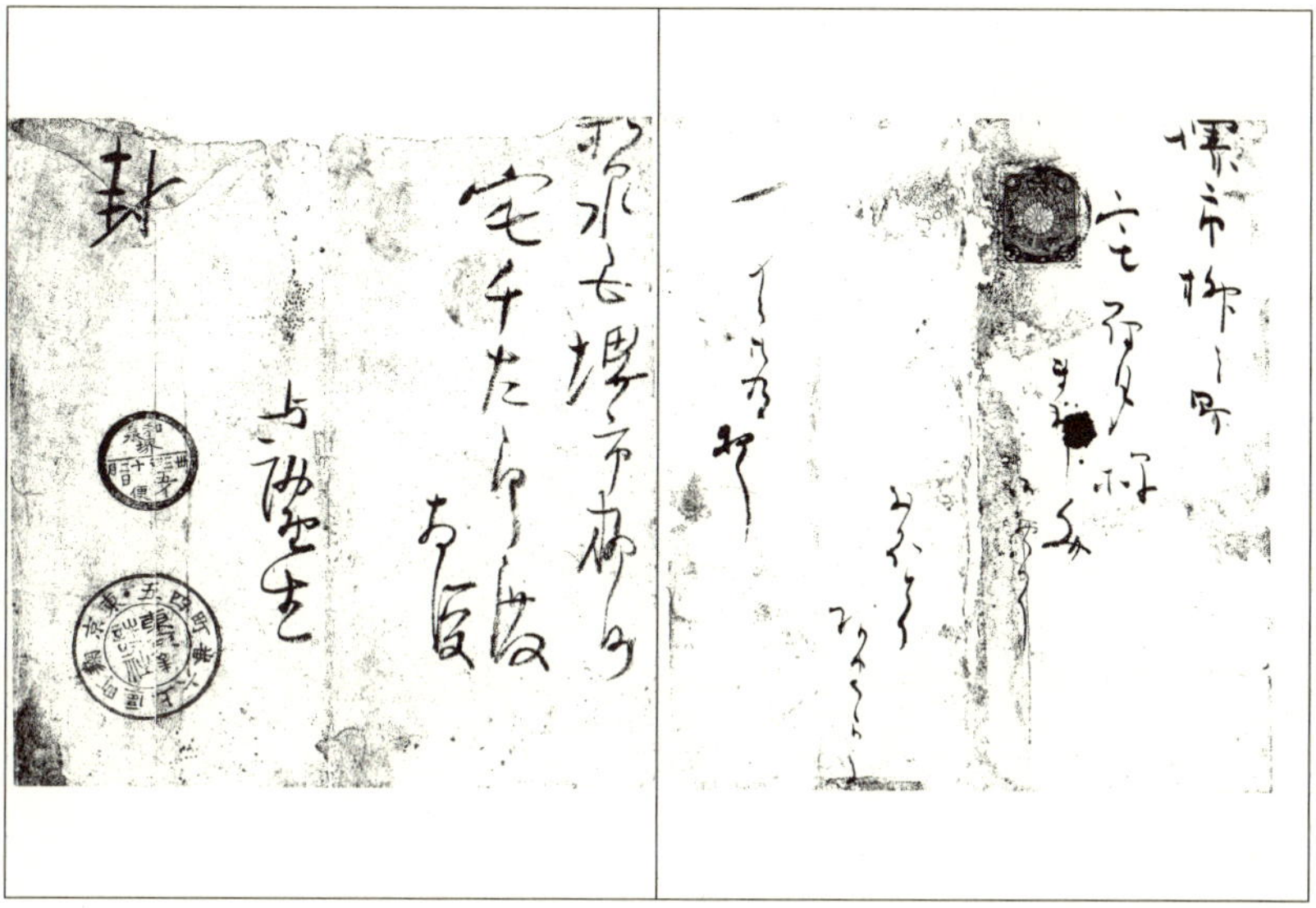

Ⅴ　宅雁月宛

【表】

堺市柳之町
宅雁月様
まわし文
御おくに

【裏】

おほとり
あきら子
七月廿九日
夜

Ⅵ　与謝野鉄幹書簡封筒　宅雁月宛

【表】

和泉国堺市柳町
宅千太朗殿
拝復

【裏】

与謝野生

㉝ 与謝野晶子書簡

■本項目は紙質の異なる書簡五通で、Ⅰ～Ⅴの順に掲げる。

㉝—Ⅰ　宅雁月宛〈明治〔三十三〕年〔五〕月〔一〕日〉
〔形態〕封書　巻紙（本文 17.3×124.0cm　表装 21.0×132.3 cm）毛筆
〔封筒なし〕
【備考】封筒は筆運びと染みの位置から前掲㉛—Ⅲと推定される。

㉝—Ⅱ　宅雁月宛〈明治〔三十三〕年〔六〕月〔一〕日〉
〔形態〕封書　巻紙（本文 17.2×214.0cm　表装 21.0×216.1 cm）毛筆
〔封筒なし〕
【備考】本文用紙は薄桃色の薄様巻紙を使用。
封筒は筆運びと染みの位置から前掲㉛—Ⅴと推定される。

㉝—Ⅲ　宅雁月宛〈明治〔三十三〕年〔三〕月〔二十一〕日〉
〔形態〕封書　巻紙（本文 17.3×53.2cm　表装 21.1×55.5 cm）毛筆
〔封筒なし〕
【備考】封筒は筆運びと染みの位置から前掲㉜—Ⅰと推定される。

㉝—Ⅳ　宅雁月宛〈明治〔三十三〕年〔五〕月〔二十五〕日〉
〔形態〕封書　巻紙（本文 17.2×119.0cm　表装 20.9×121.1 cm）毛筆
〔封筒なし〕
【備考】封筒は筆運びと染みの位置から前掲㉛—Ⅳと推定される。

㉝—Ⅴ　宅雁月宛〈明治〔三十三〕年〔三〕月〔十二〕日〉
〔形態〕封書　巻紙（本文 17.2×113.8cm　表装 21.1×120.5 cm）毛筆
〔封筒なし〕
【備考】封筒は筆運びと染みの位置から前掲㉛—Ⅷと推定される。

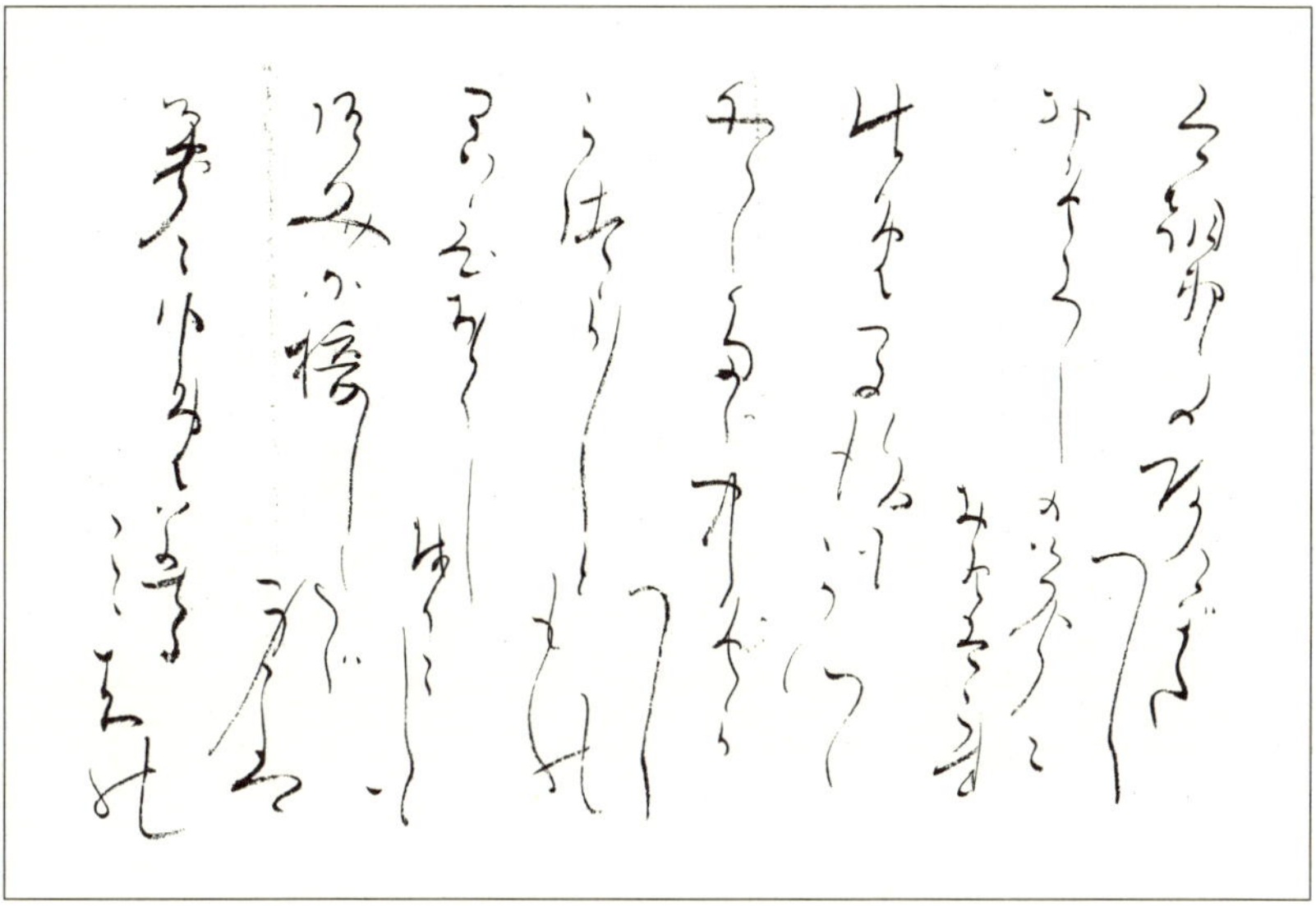

I　宅雁月宛

今朝夜のあけがた
に
おそろしの夢に
おそはれ
さめつる後も
うつゝ
なくたゞ中ぞら
に
うつら〳〵ともの
思ひをりし
をりに
しも
御文に接したゞ
身は
夢にゆめみる
こゝちの

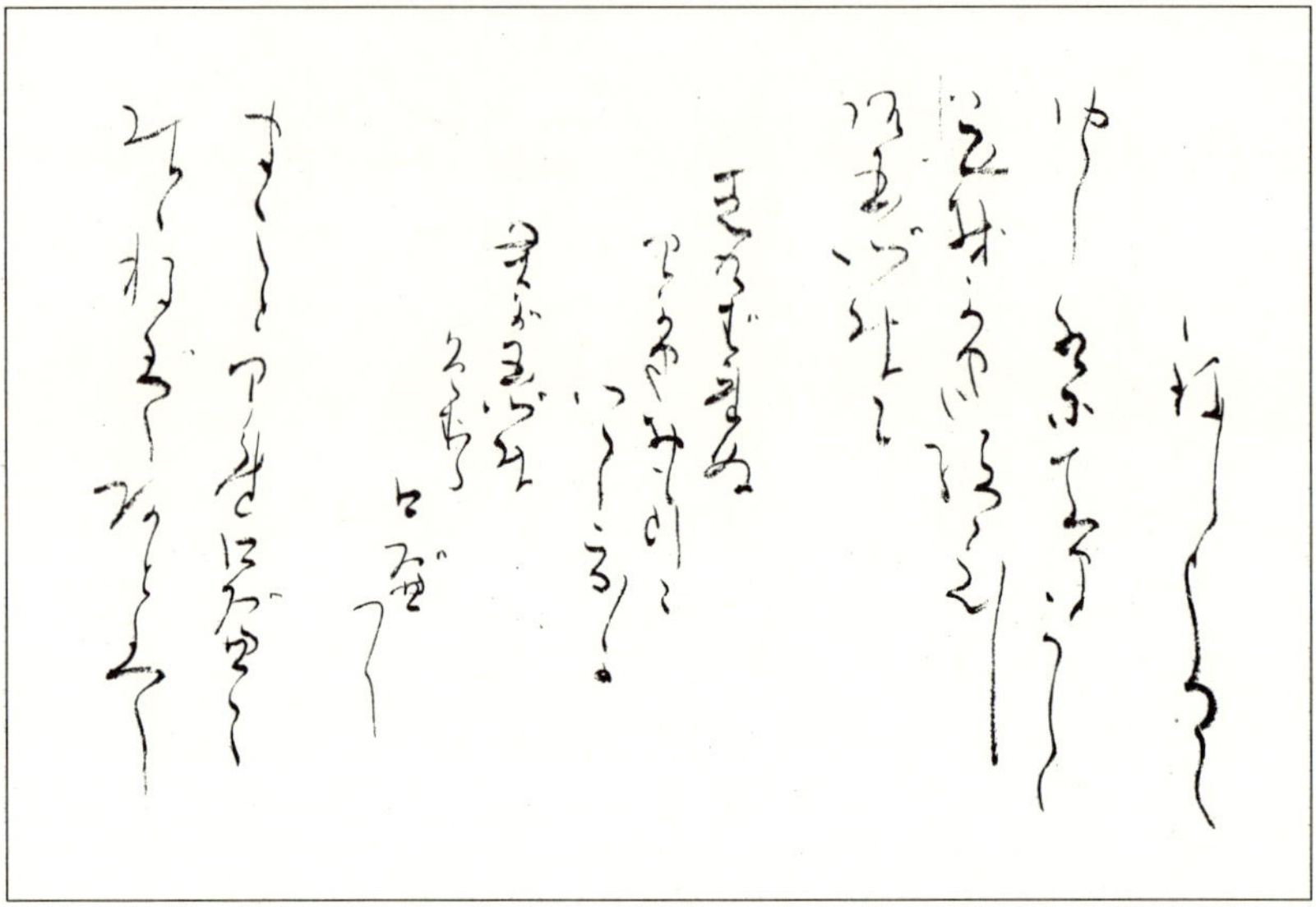

致し参候
ゆく水にちりうく
花をかき給ひし
御玉づさに

しのばれぬ
わかきおもひに
いく度か
君が玉づさ
そむる
口べ
に

まことわれ口べに
さゝねばあとは

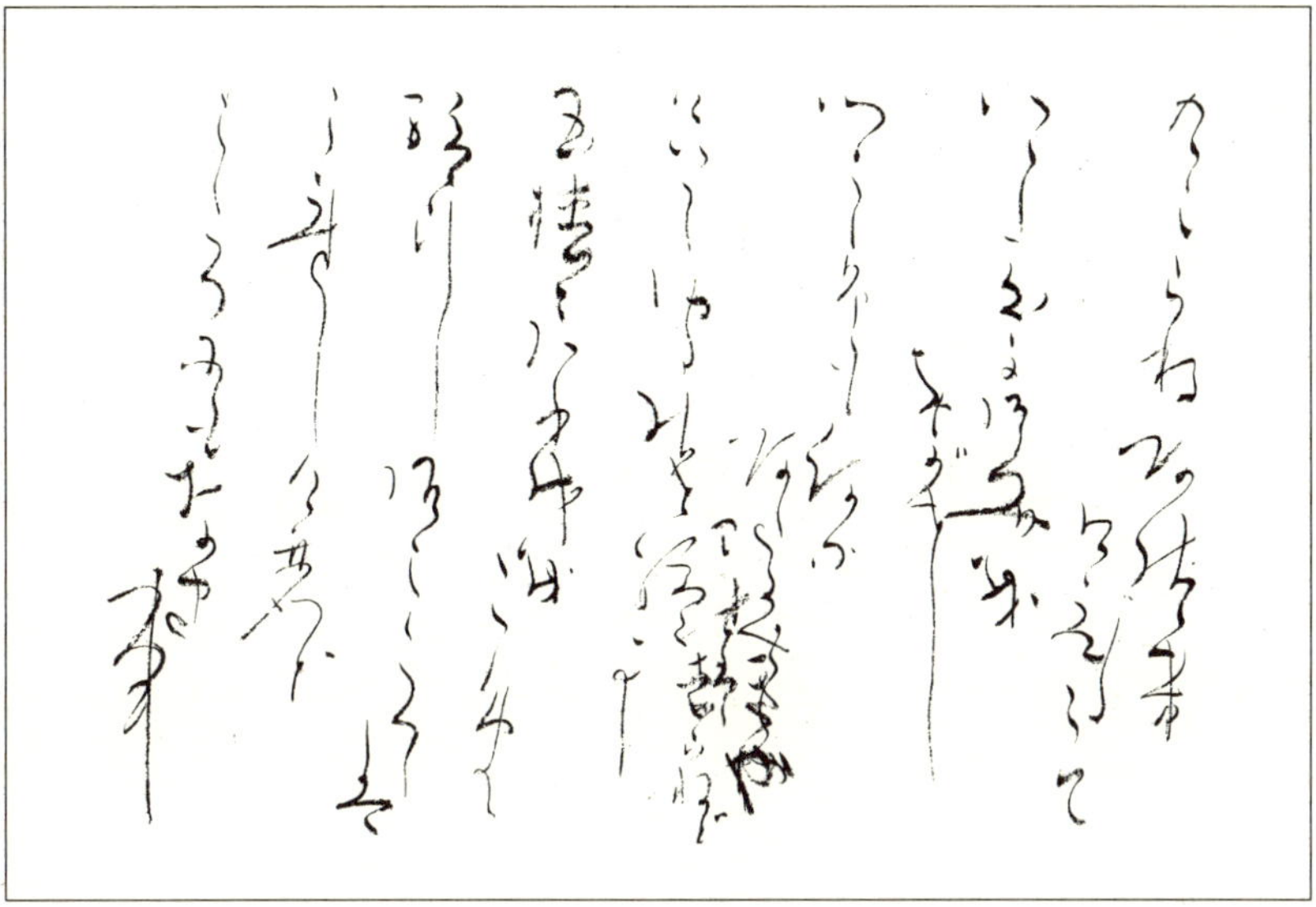

のこらねあさき
口びるにて
いく度か御文を
けがせし
つみそも何に
あたるべくや〈きや〉
われは
しらねど
只々ゆるさせ給へ
かし
玉情に八千代を
こめ
給ひし御こゝろ
は
うれしけれど
こゝろにもなき
事

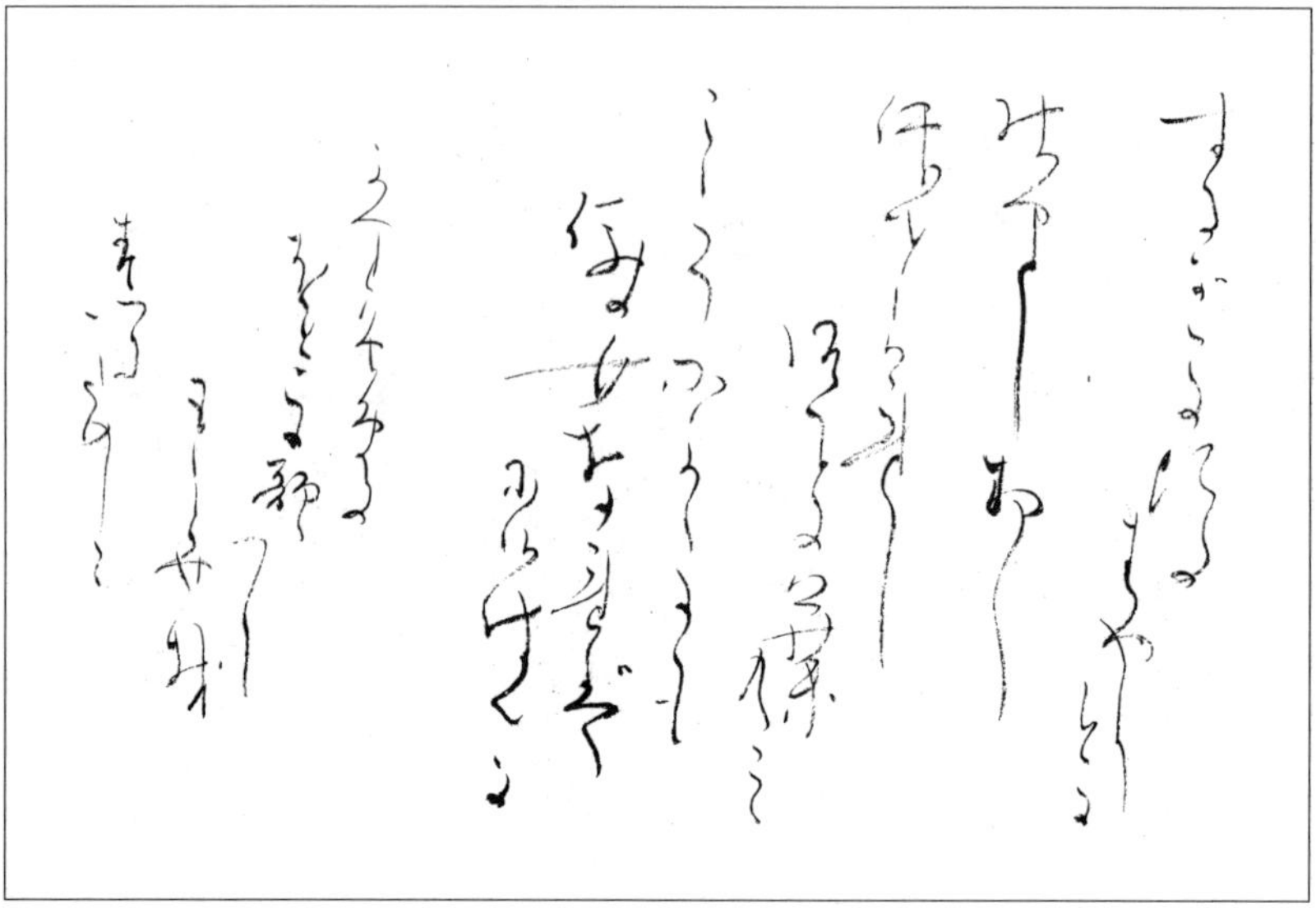

するがこの頃の
はやり
とか
さりし夜
仰せられし
御ことの葉
のみ
こゝろにかゝるも
例の女なれば
に候はんか
かりそめの
をとこの歌
に
もゝとせを
すつる
ためしに

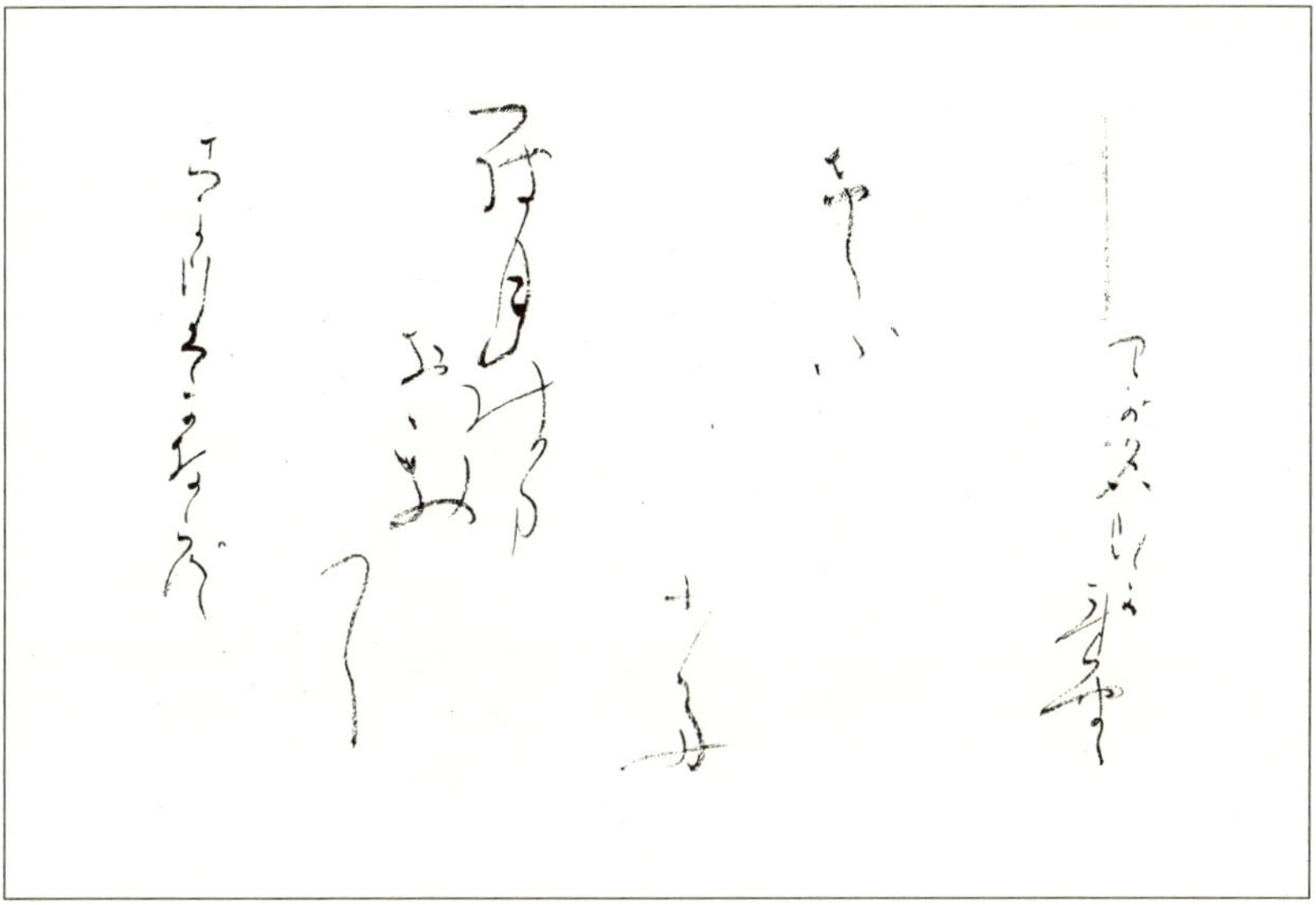

わが名ひかれむ

けふ

小舟

雁月さま

お前

に

こよひはかならず

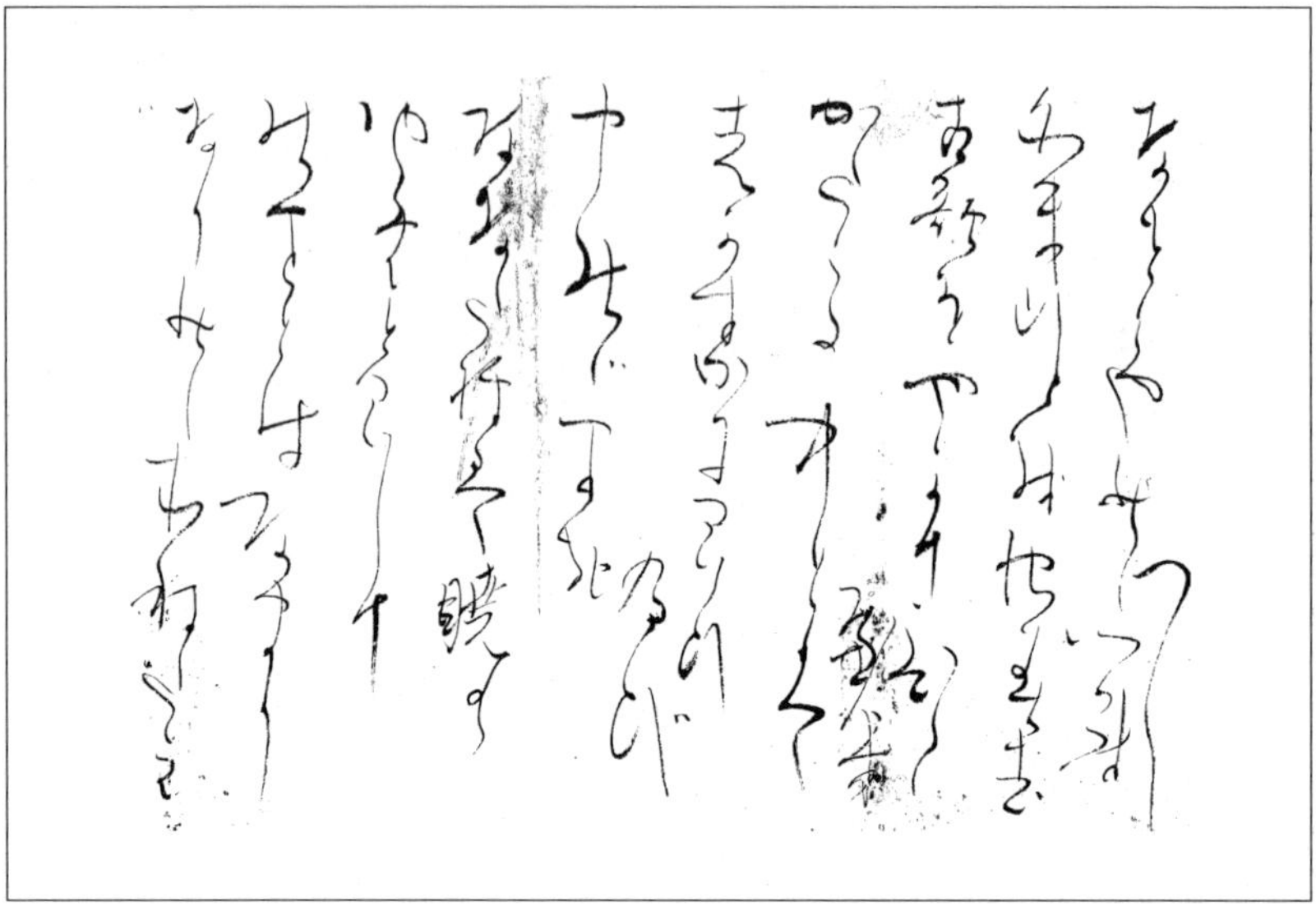

Ⅱ　宅雁月宛

なせにやとにつれ
なきひとを恨みし
古歌をやかてひく
　　べき
かたみの中とは
しかすかに思ひ
　　及び
申さゞりき
あなた様は暁の
ゆめと思して
さりとはあまり
なりとむねたえ

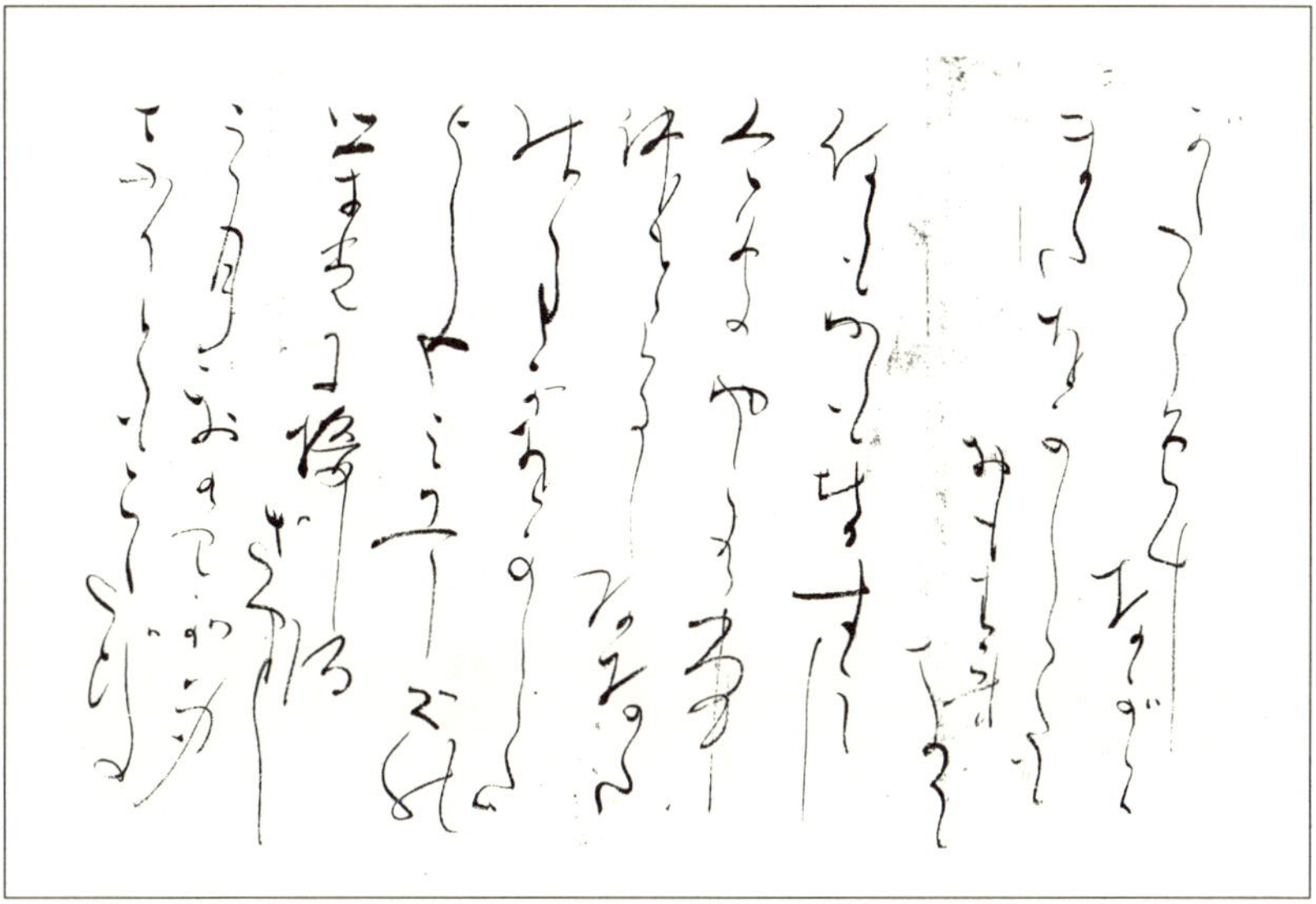

がたくそんし
ながら
またをかしくも
おもはれ
参候
何もかも皆すみ
し
今そのやうの事
仰せらるゝ、あなた
さまがをかしく候
よしやミユーズの
栄光に接し得
ざりし
三月前のわが身
なりともこたびの

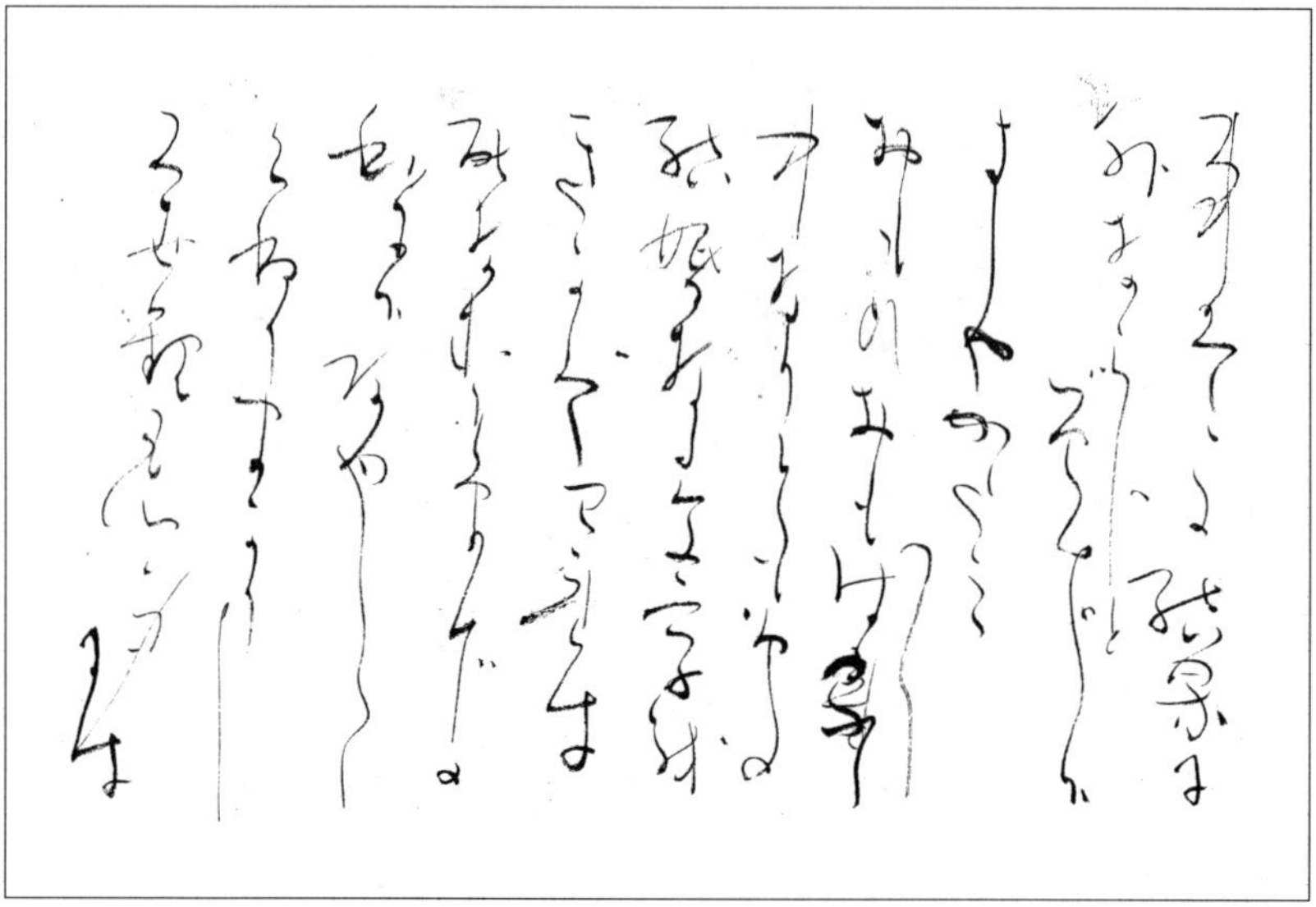

事はこの結果に
外ならじと
　ぞんじ候
よしやかたみ
　　に
おもひおもはる、〈□□〉
中なりともその
結婚なる文字を
きかばわれは
死なむとまでの
私に候あやしく
くねりまかりし
人世観もつ身
　には

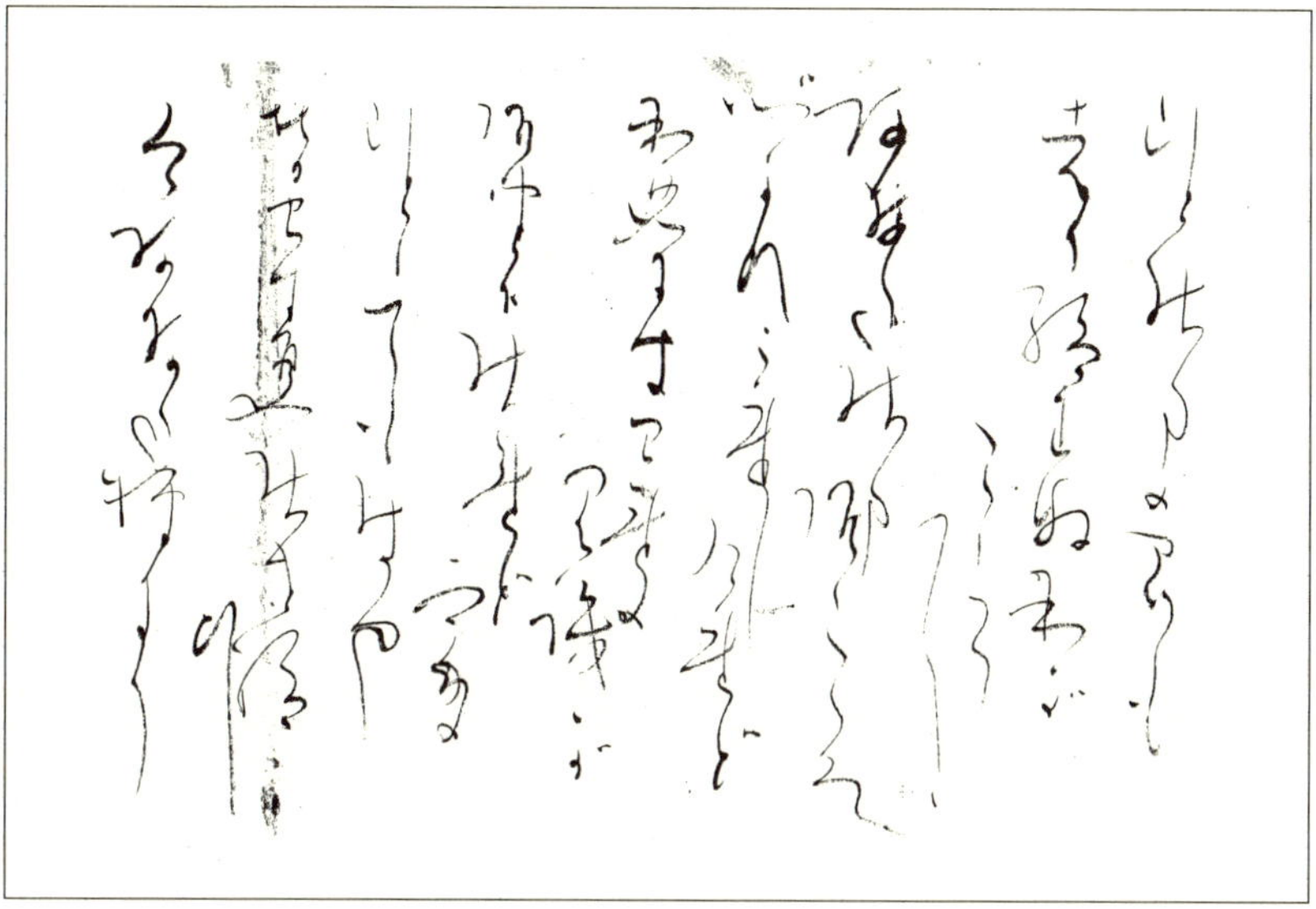

ひとさまの思も
しり給はぬわが
こゝろ
に候
あなたさま
御こゝろ
づかひうれし
けれど
われにはわれの
見識が
御座候されど
家の
ひとゝてもはや
皆わすれさせ給
ひし
今あなた様より

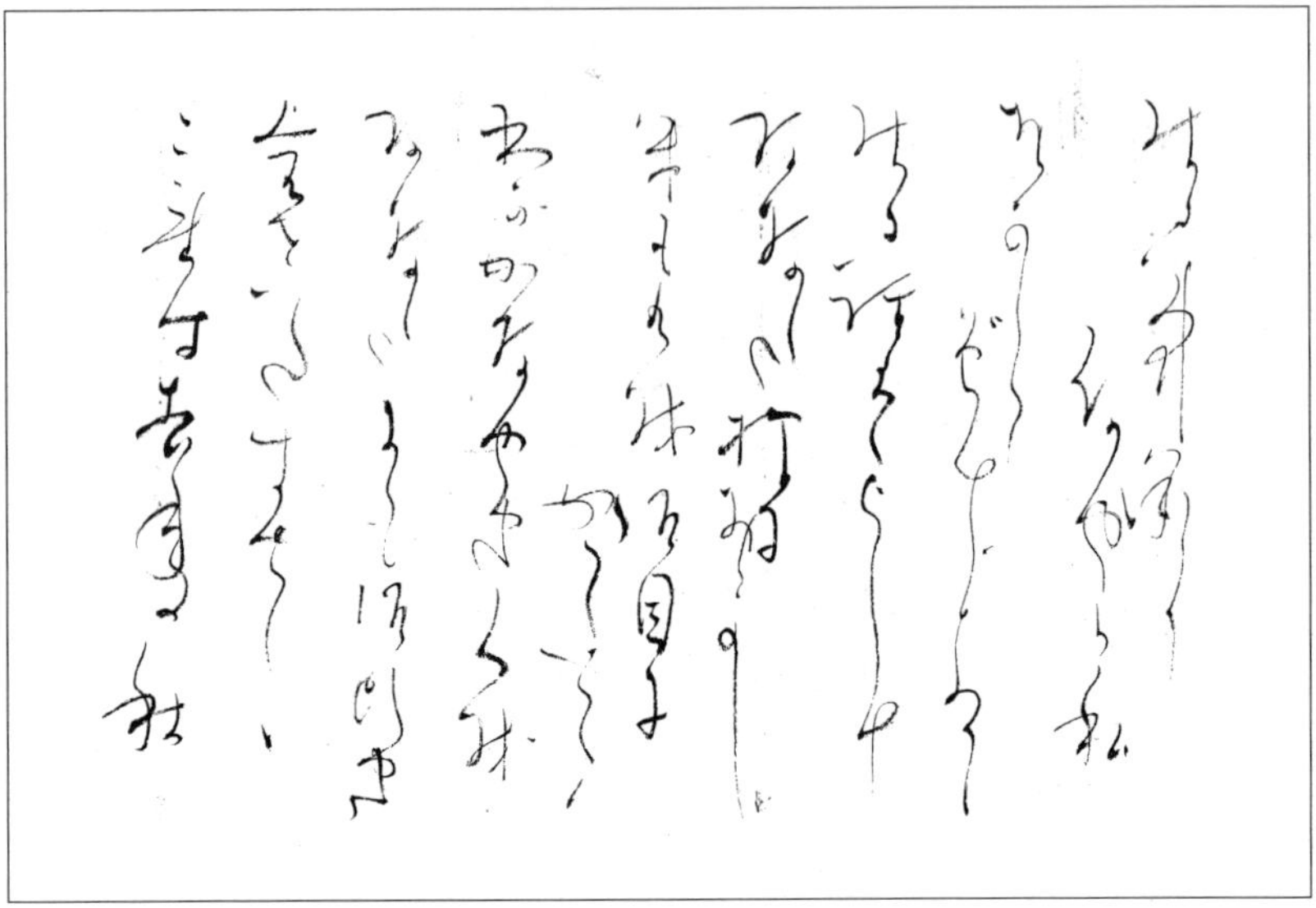

去る事承り
　何やら私
をかしく
　ぞんじ参候
さる話はよして
あなた様に
　　をかし
きものを御目に
　　かくるへく候
わがかなやきくを
あなたにも御ひき
会せいたすべく候
これは去年の秋

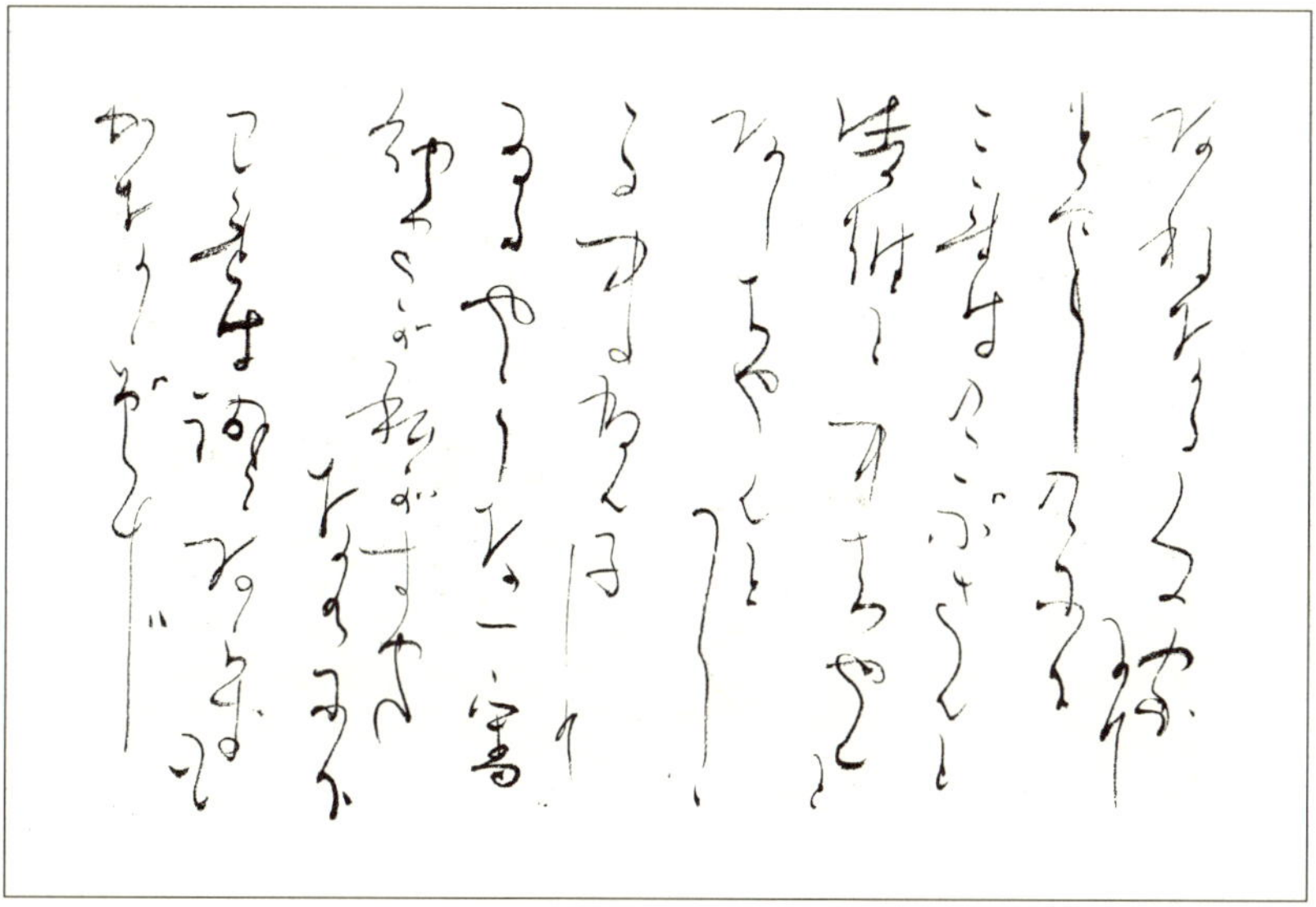

あねなる人の家
にて
とりしのに候
これはのぶさんと
清雄と中ちやん
と
あしちやんと
に候
この中のねん子
して
ゐるやうな一番
幼きが私がすき
なのに候
われは誠にあらず
も
かなとぞんじ

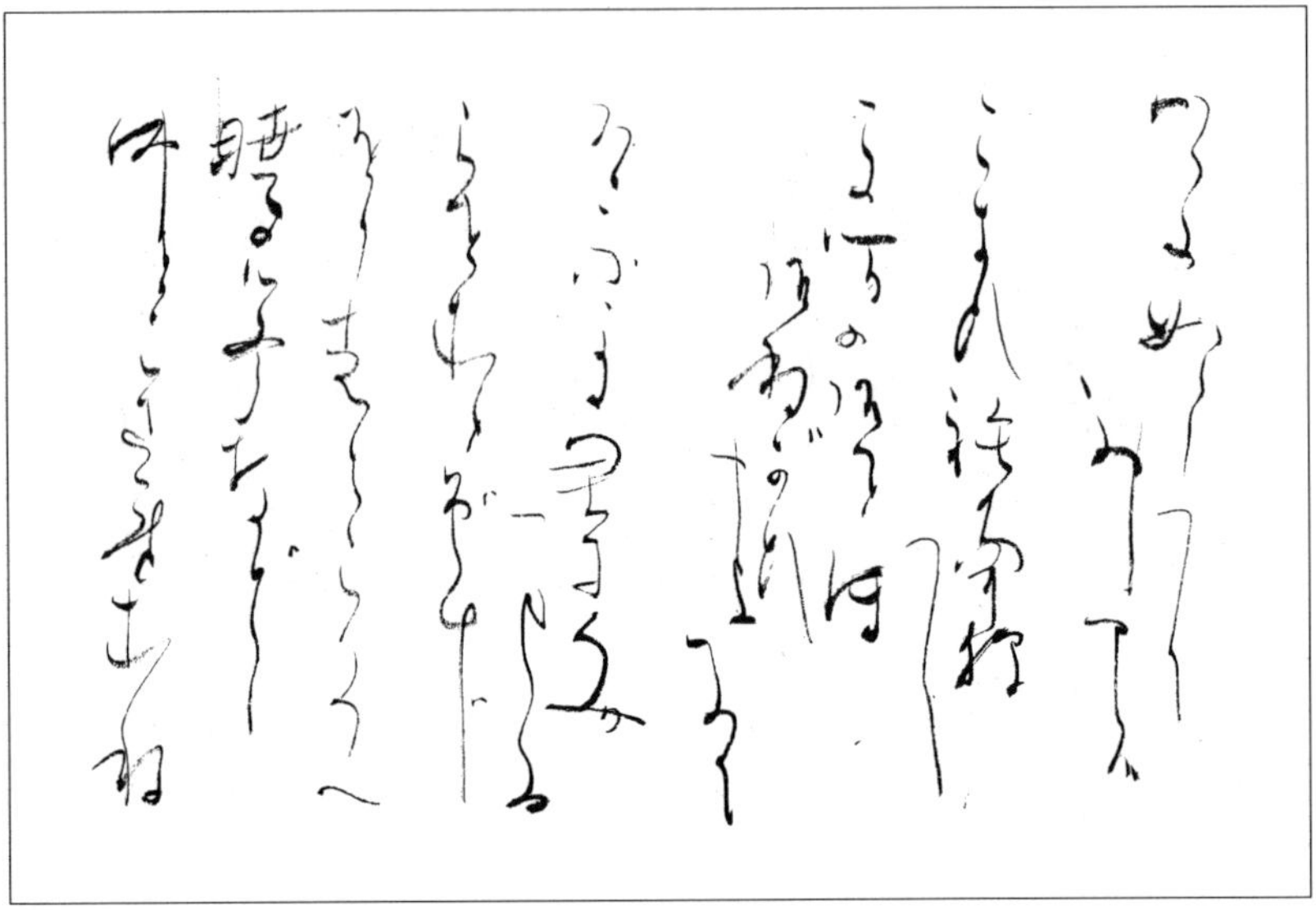

かくの如くに
　拝し申候
こよひ鉄南様
　に
この間の御こと傳
　御ねがひ
　申上
　参候
けふかの君に文
　まゐ
らせむとぞんじ
をりしところへ
暁の夢など、
仰せこされむね

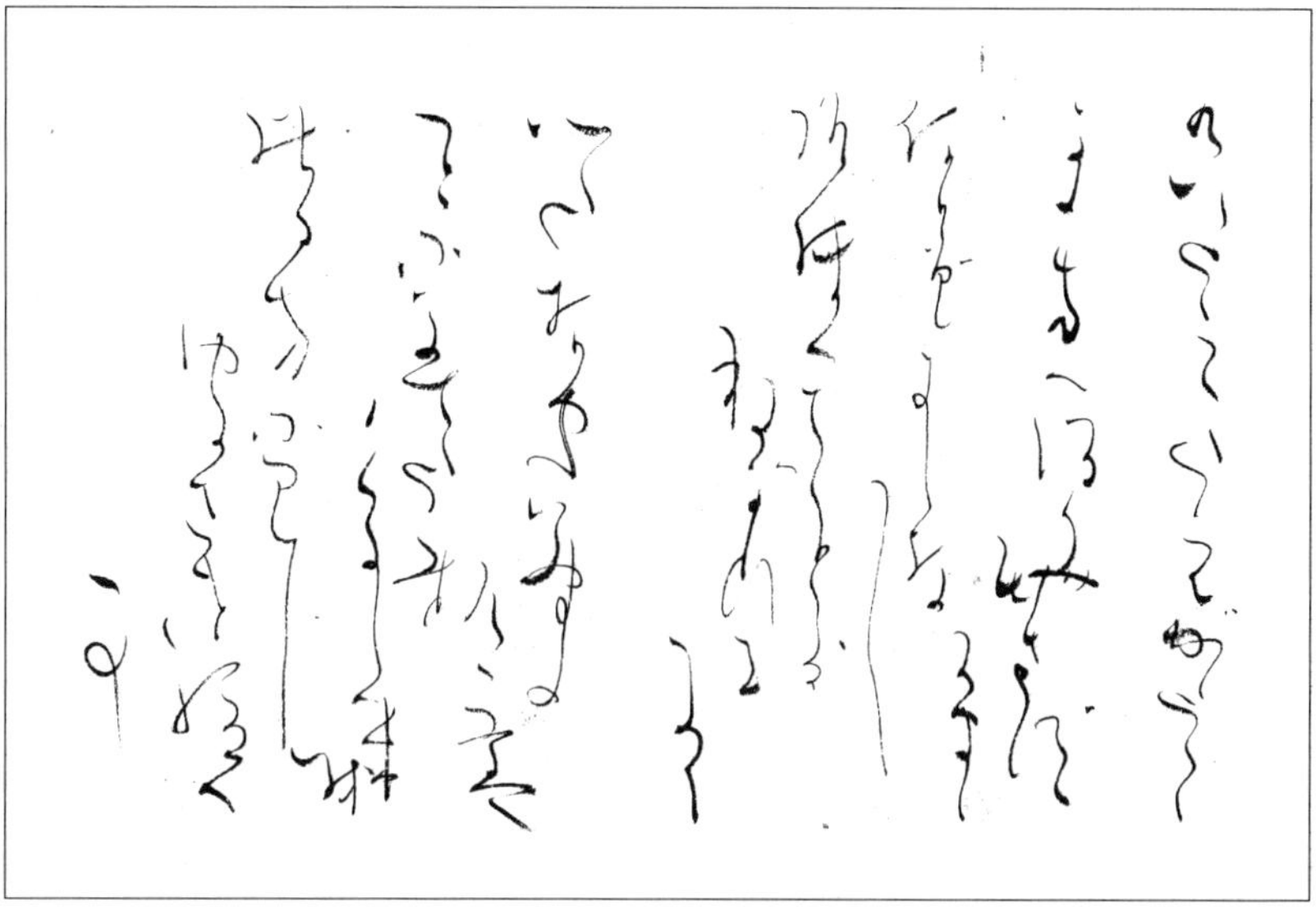

のいたみたえがたく
かの方へ御文
出さず
候まゝ
何とぞよしな
に
御傳へ被下度
ねがひ上
参候
つたなき筆の
けふは
ことにみたれ
くるしき
を
さる方に思し
ゆるさせ給へ
かし

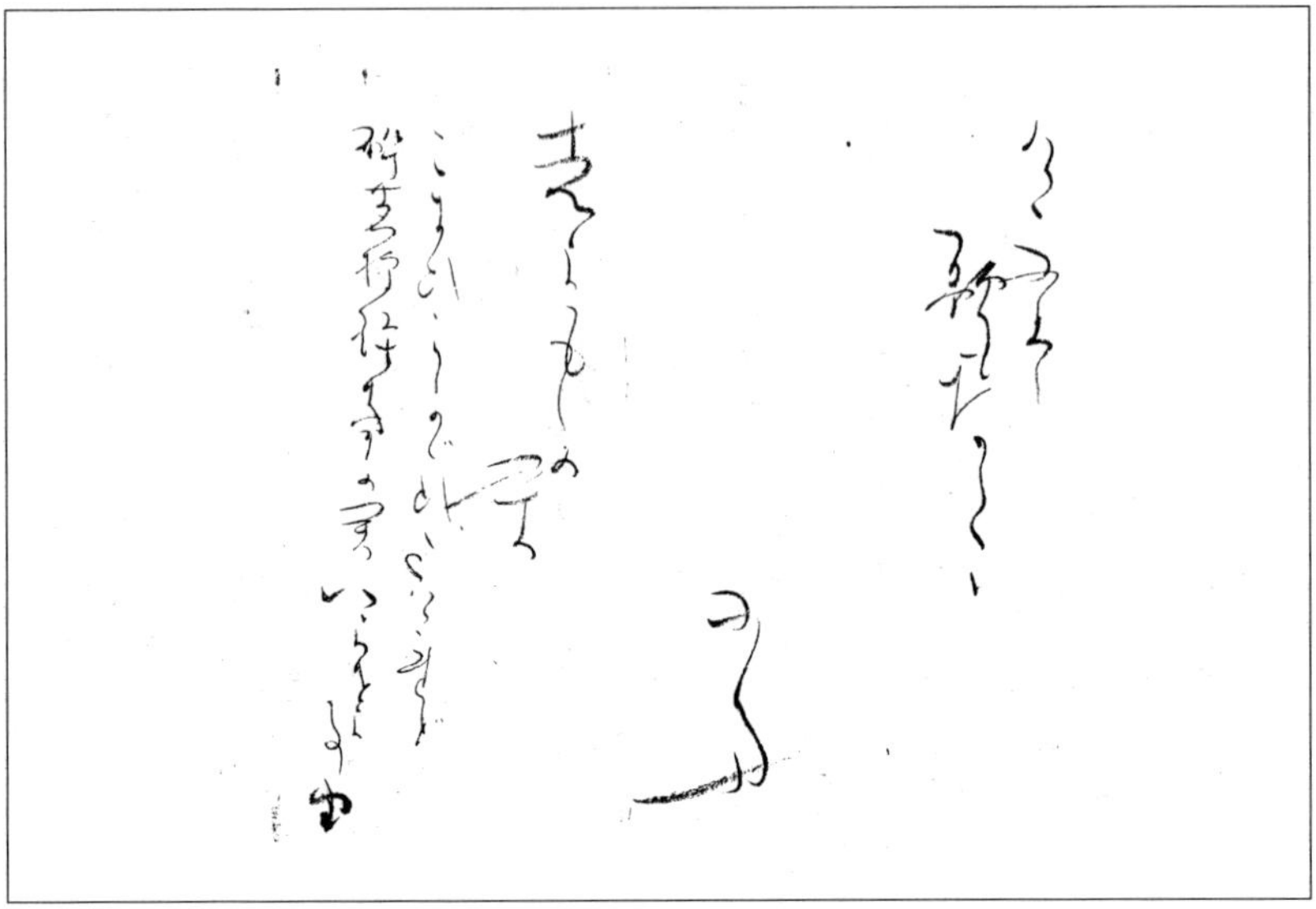

けふは
歌もなく候

小舟

しらもゝの
君
こよひうかゞひたけれど
酔茗様鉄南の君いらせら
るゝ由

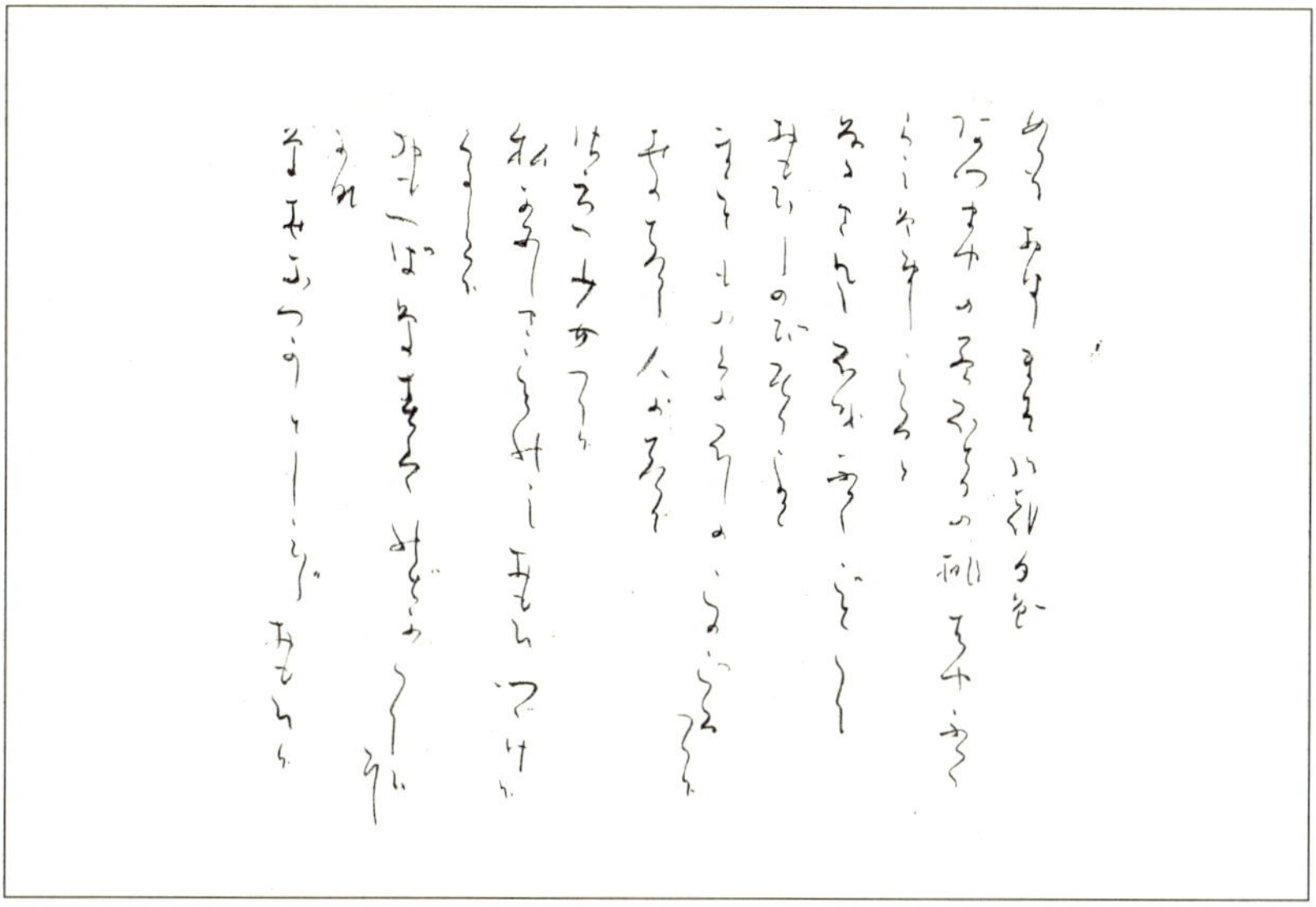

Ⅲ　宅雁月宛

如何おはします御朝夕ぞ
あつまやの夢ほとりの桃はやふく
らみそめしころと
ぬるき風ほをふくごとに
おもひしのび居り参候
まことものくるほしのこのごろ
に候
世の聲人の聲
さ云へ少女に候
私かなしきことのみおもひつゞけ候
くるしく候
おもへばその春はのどかに候
ひし
かな
その世なつかしとしみ〴〵おもひ候

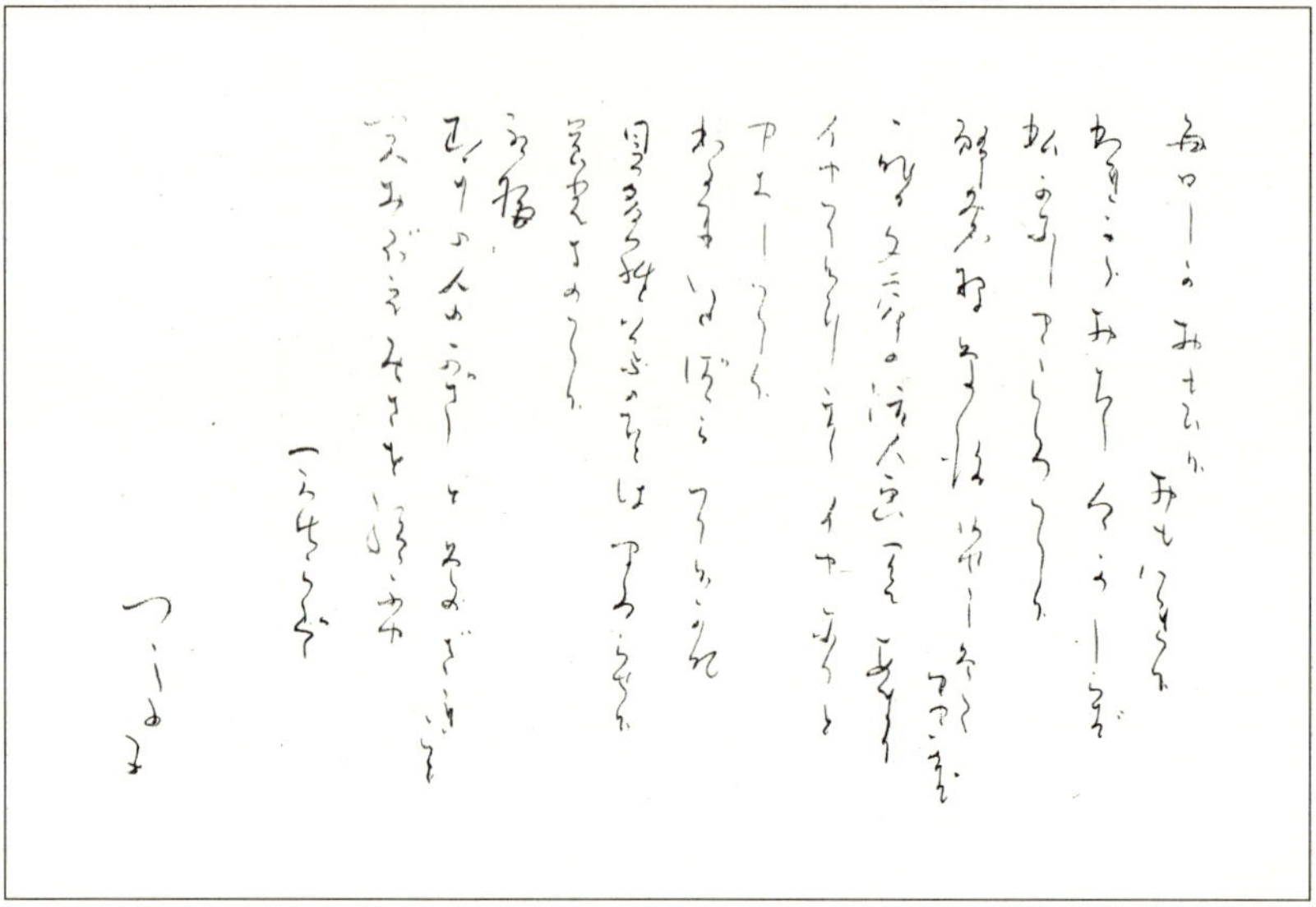

毎日しかおもひ候
　　　　おもはれ候
われからおちし今かしらず
私かなしきころに候
酔茗様その後御せうそく
　　　　来らず
一昨日文二郎の活人画見てあまり
イヤに候ひしまゝイヤなりと
申上しに候
わるきいたずらに候かな
貝多羅葉のひとはまゐらせ候
慈光寺のに候
紅梅
むかしの人のかざしとそのざれ
　　　　ごと
君おぼえ居させ給ふや
　　君さらば
　　　つみの子

雁月様
みもと
に

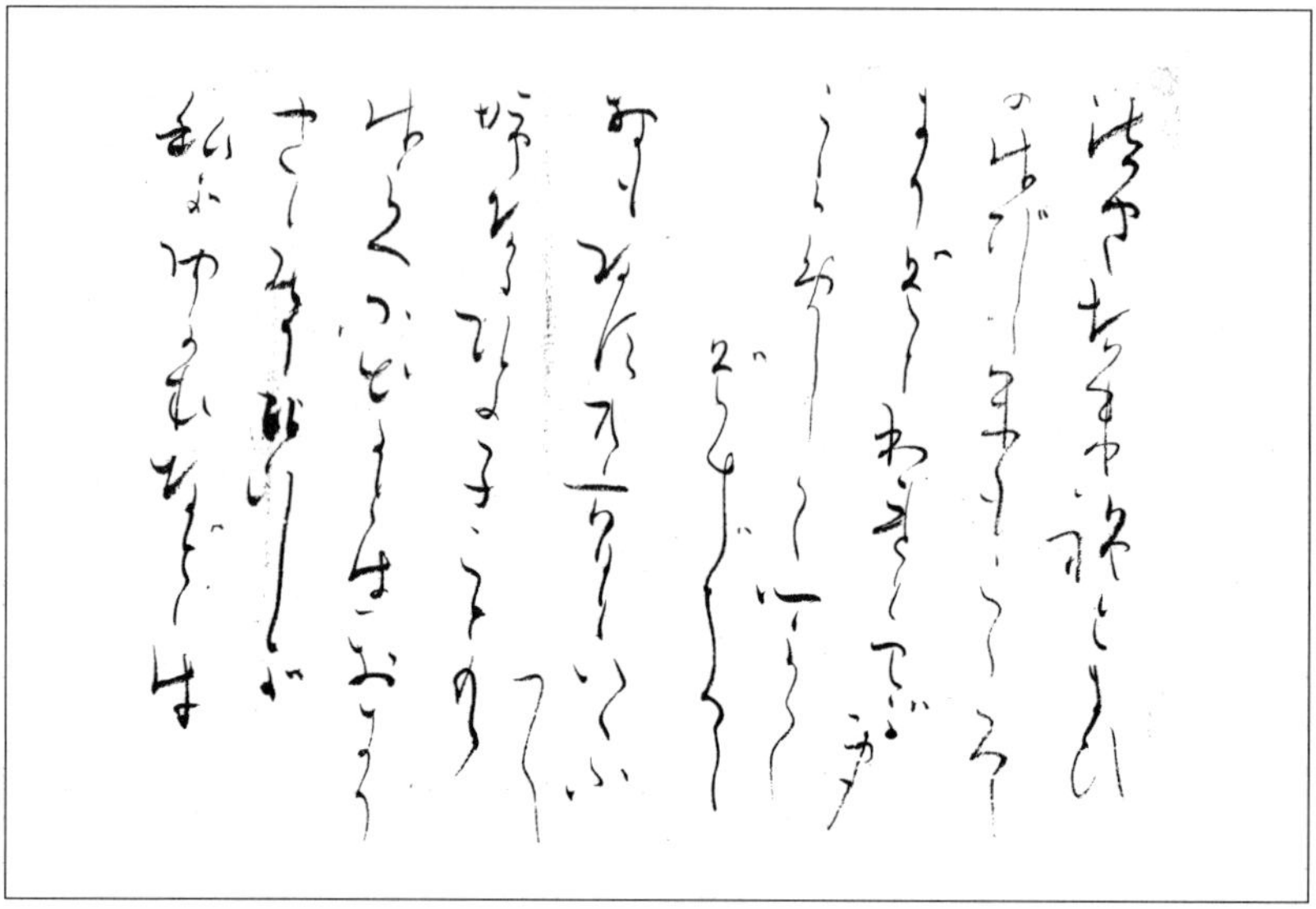

Ⅳ　宅雁月宛

つきなき程こよひ
のさびしきもこゝろ
よりぞとわれとわが
身
うらめしくつらく
ぞんじ参候
扨もあす廿六日といふ
に
姉なるひとの子ことの
さらへに出るとは前より
きゝ居り候ひしが
私がゆかむなどゝは

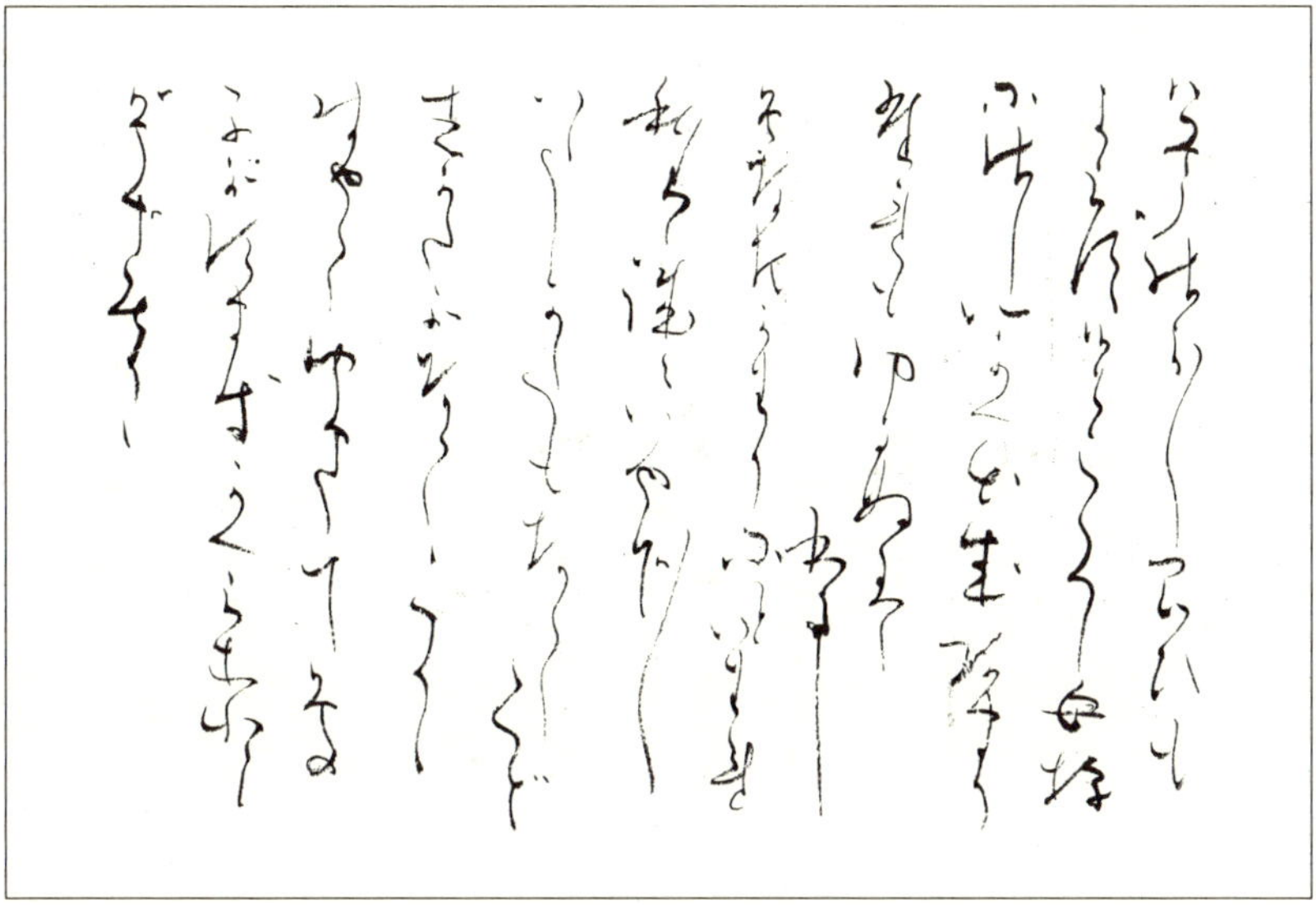

夢さら〳〵思ひも
よらず候ところ母様
にさしつかへ出来あまり
たれもゆかぬは
わるし
そなたかはりにと
いはれ
私は誠にいやで〳〵
いたしかたもなく
候へど
しかたがなく候に
はやくゆきてその
子がすまばかへらむと
ぞんじ居り候

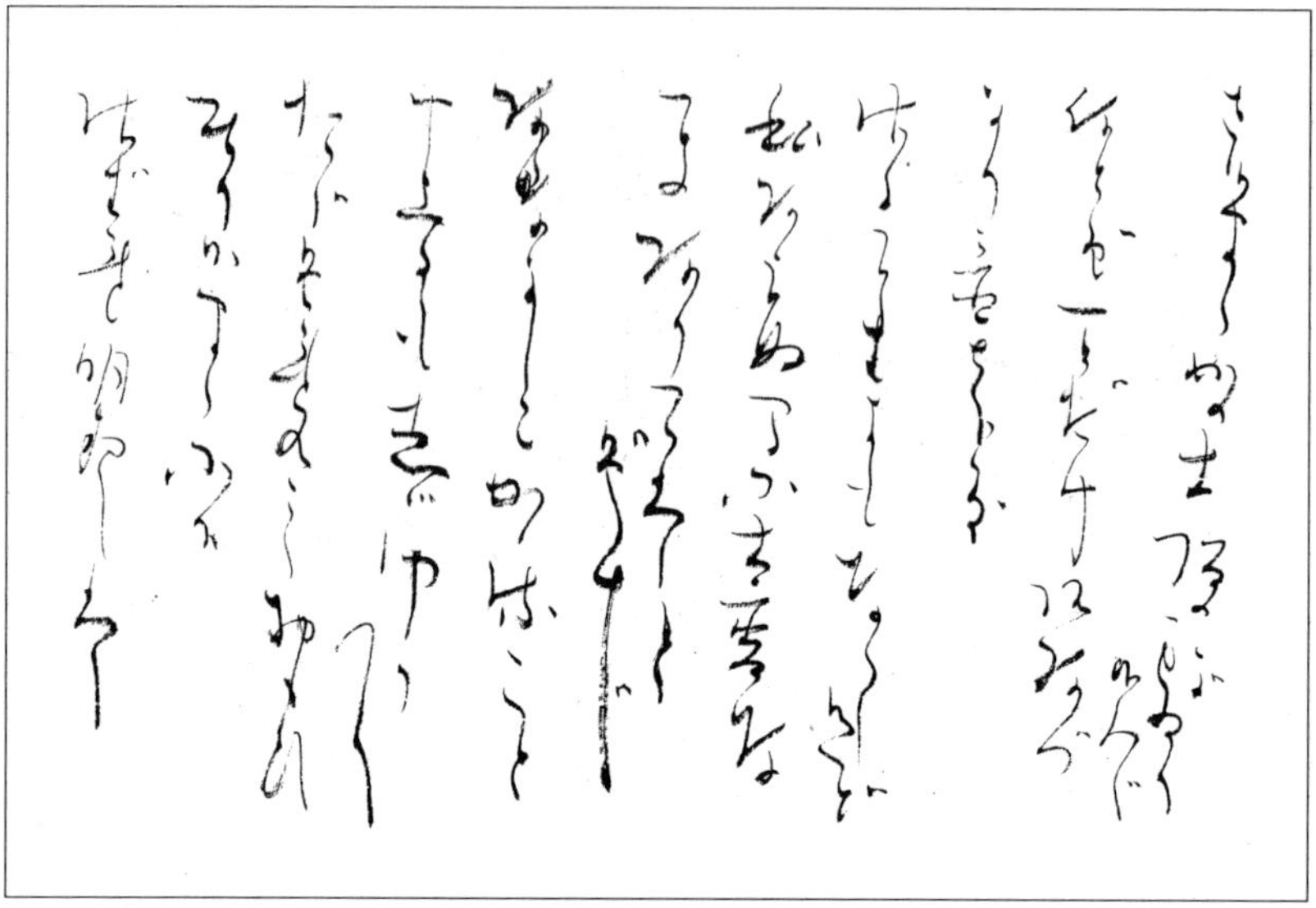

さ候まゝかの大阪のが
まゐり
候はゞ
何とぞ一日だけ御あづ
かり置被下度
さることはよもなく
候へど
私あらぬ間に大變な
ことのありてはと
ぞんじ
あなかしこかゝること
申上るもしゞゆう
に
たゞそれのみおもひ
居り候まゝに候
さばれ明夜は

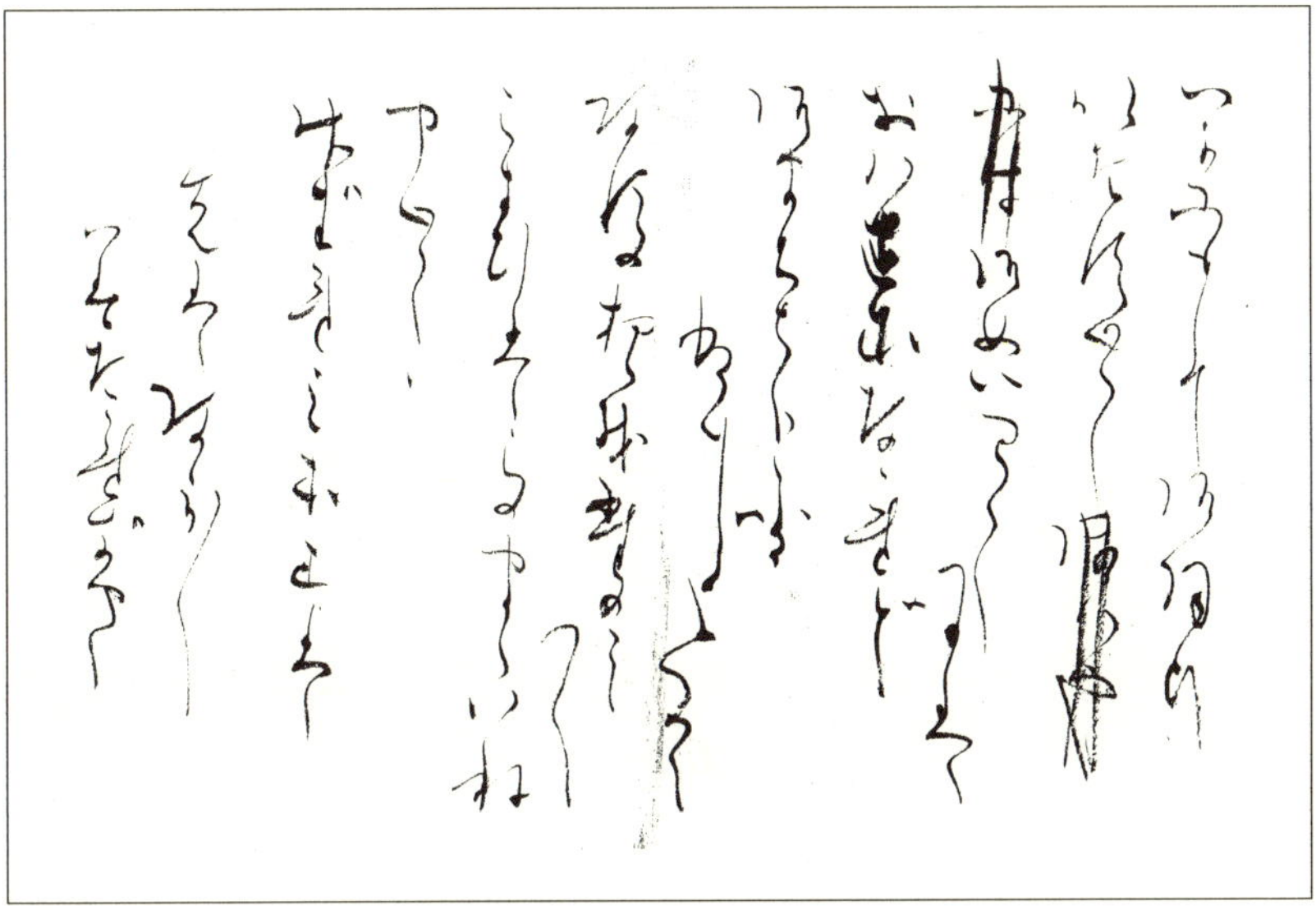

いかにもして御伺ひ
いたすべく〈御はや
に付〉御めいわく
には
おはさ〈□〉むなれど
御まち被下度
ねんじ上参候
あすの夜をたのみ
に
こよひはこのまゝいね
申べく候
さばれ三本木は
先はあら〱
みたれがき

つとに
けふは
きのふ
イ、ダ姫
雁月様
御前
に

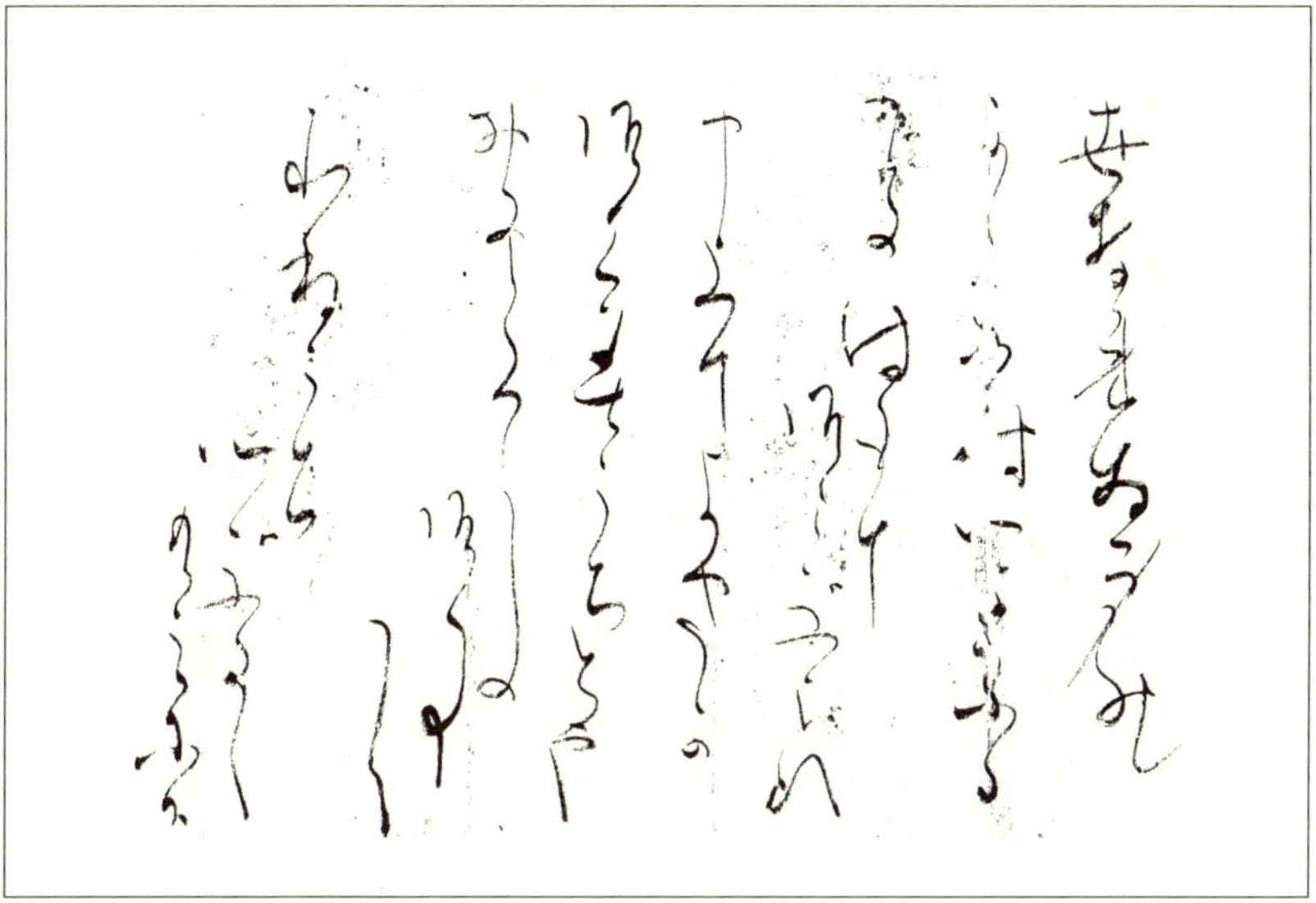

Ⅴ　宅雁月宛

世なれぬ身の
か、る御時いかなる
ことのはもて
　御とぶらひ
申上てよきか
御くみうちとや
おそろしの
　御事
　に
むねうち
　つぶる、
のみに候

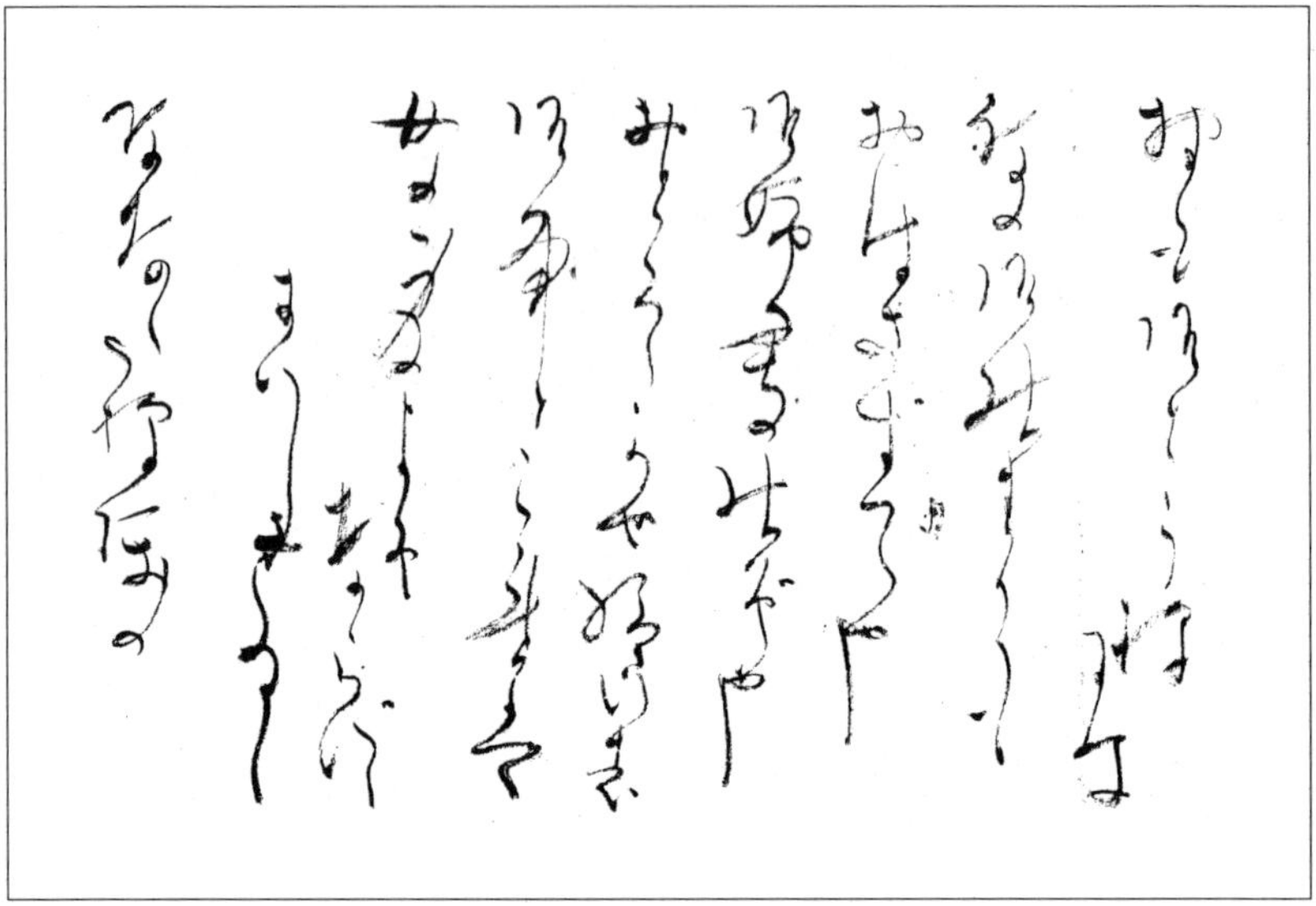

扨も御とう様
には
何の御さはりも
おはさずてや
御姉君のさぞや
おとろかせ給ひし
御事とこれは
女の身のよそ
ならず
すいし上参候

あなた様例の

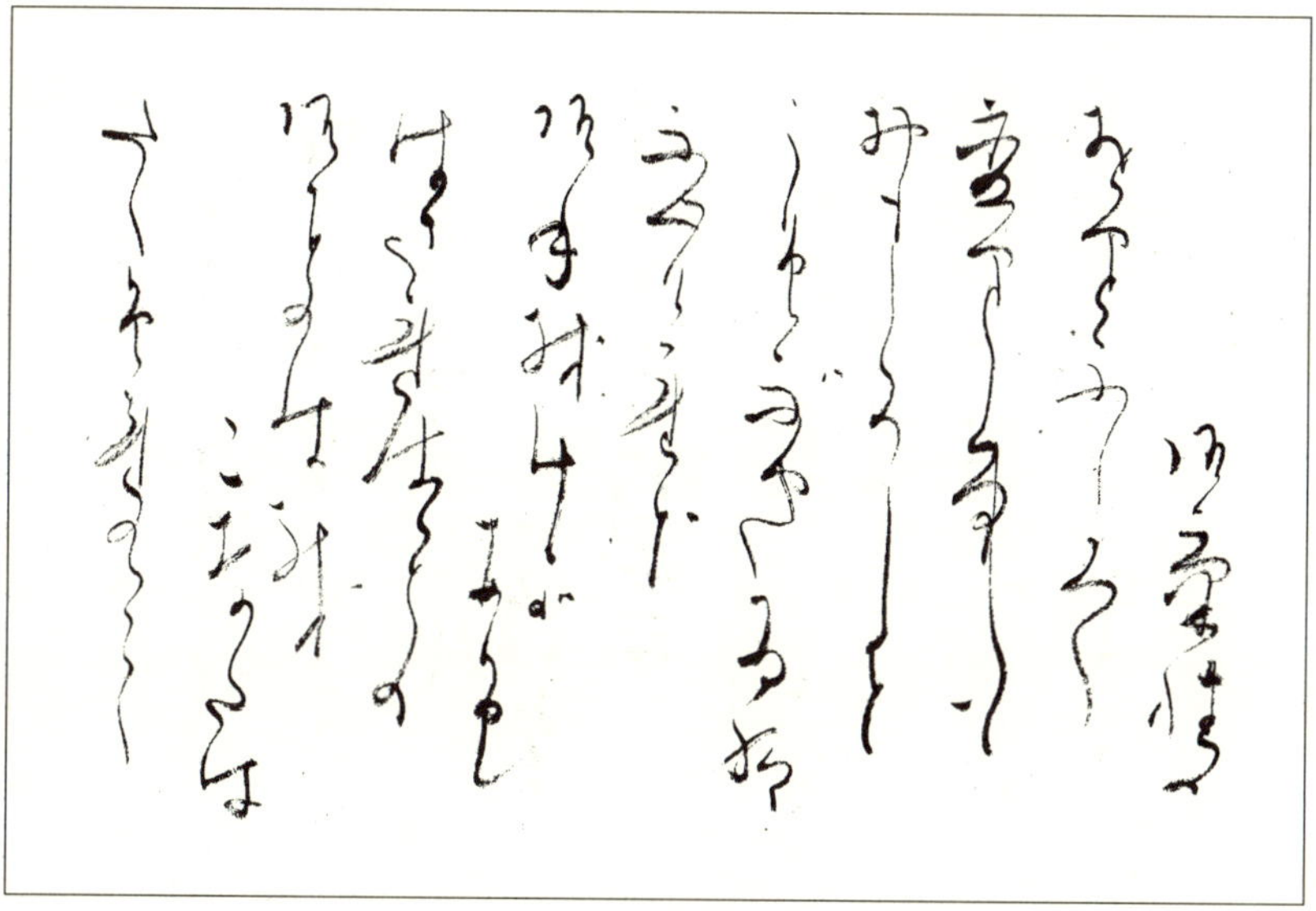

御気性の
をりふしは
変りし事も
おもしろしと
うそぶきゐ給
ふべけれど
御手をけが
あそ
はされ仕候との
御ことのはを
こなたは
たゝそれのみ

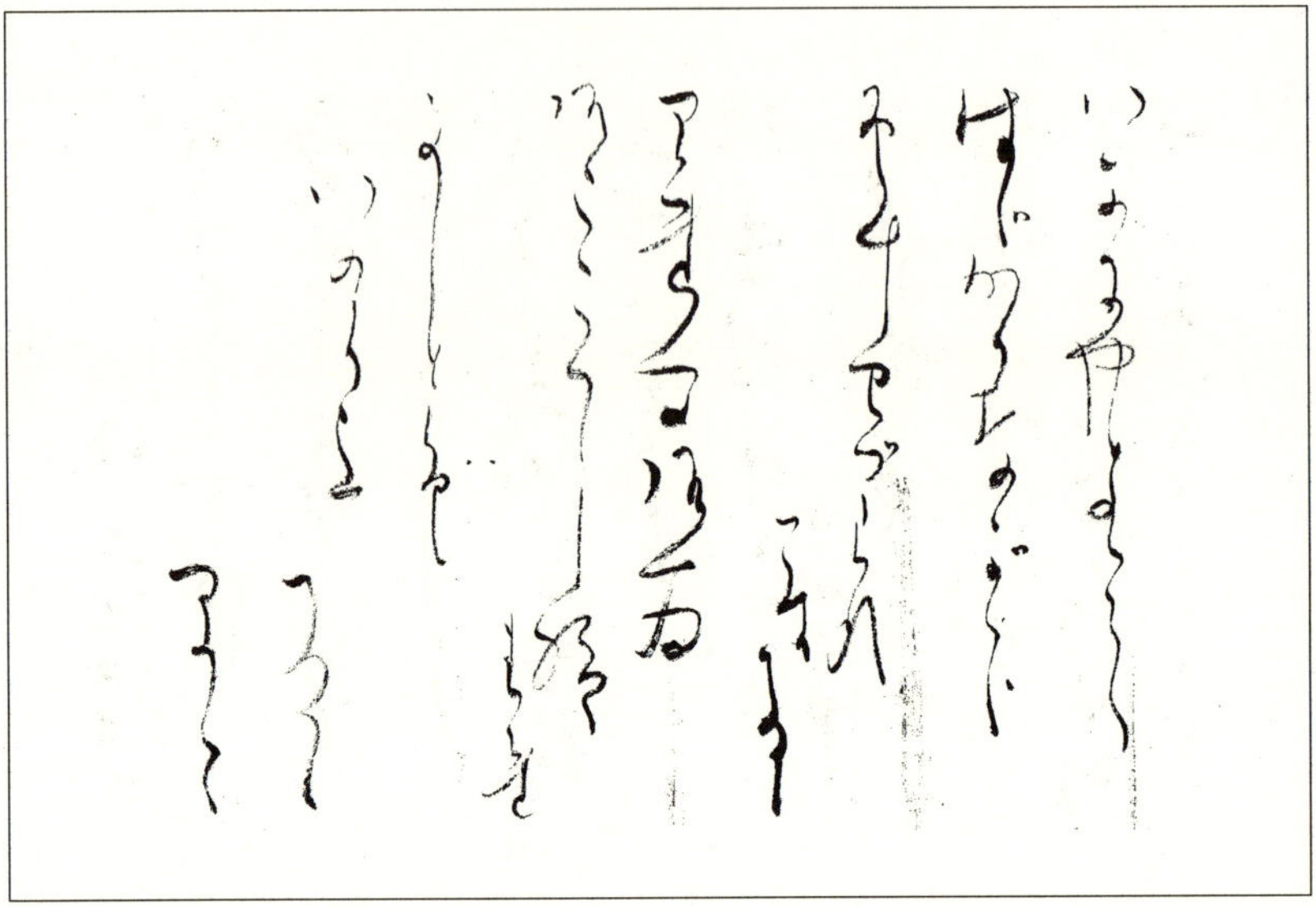

いかにやとのみ
はゞかりながら
そんしわづらひ
　居参候
われへの御為
御こゝろし給
　はれ
かしとぞ
いのり上
　参候
早々

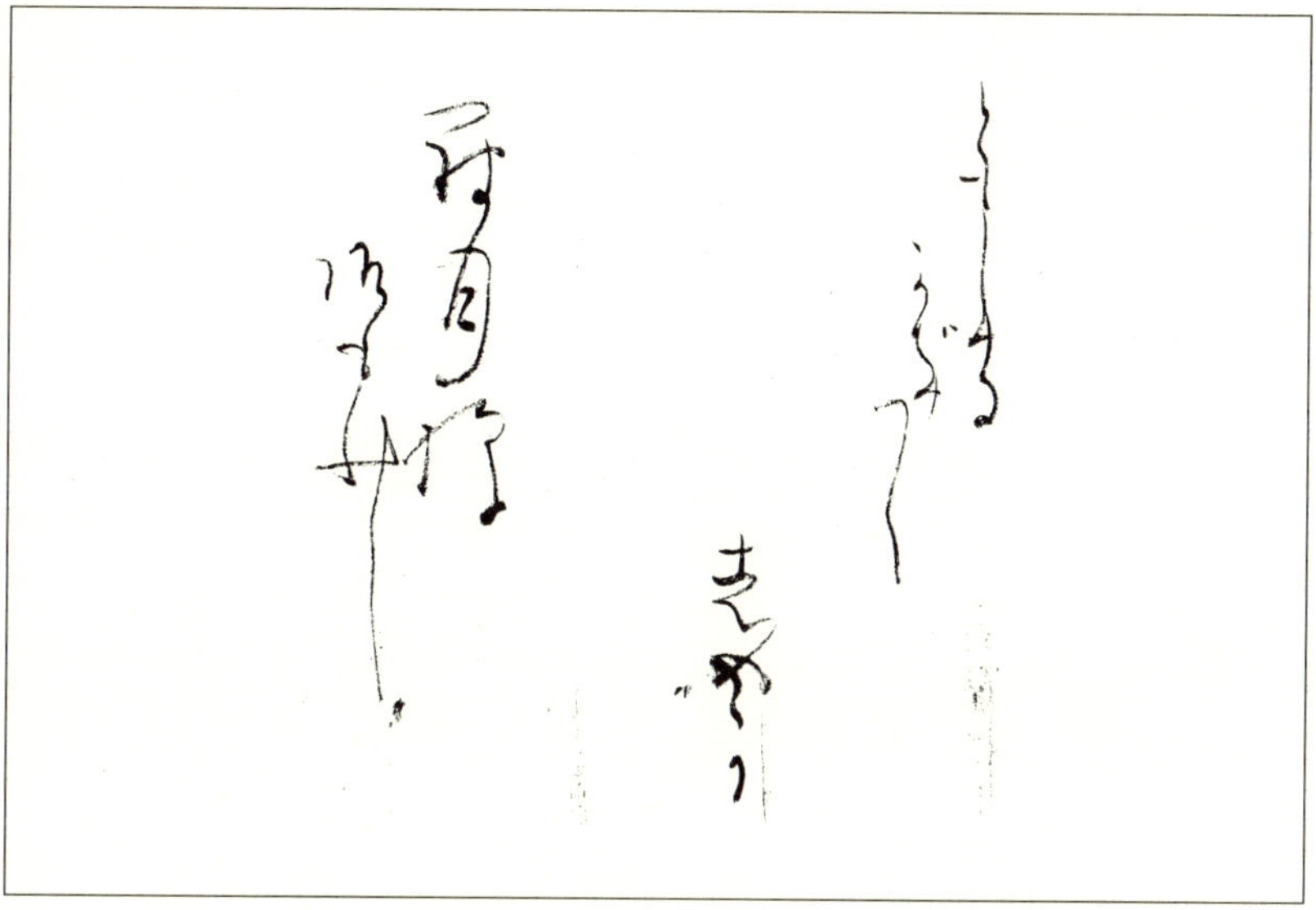

ともし火の
かげ
に
しやう

雁月様
御もと

㉞　与謝野晶子書簡　河野鉄南宛〈明治〔三十三〕年三月十五日〉

〔形態〕封書　巻紙（本文　17.1×452.1cm　表装　21.2×481.6cm）　毛筆
〔封筒〕和封筒（17.1×7.7cm）　毛筆
〔消印〕和泉／堺／□□年三月／十五日／ホ□
【備考】封筒に紅葉の絵模様がある。

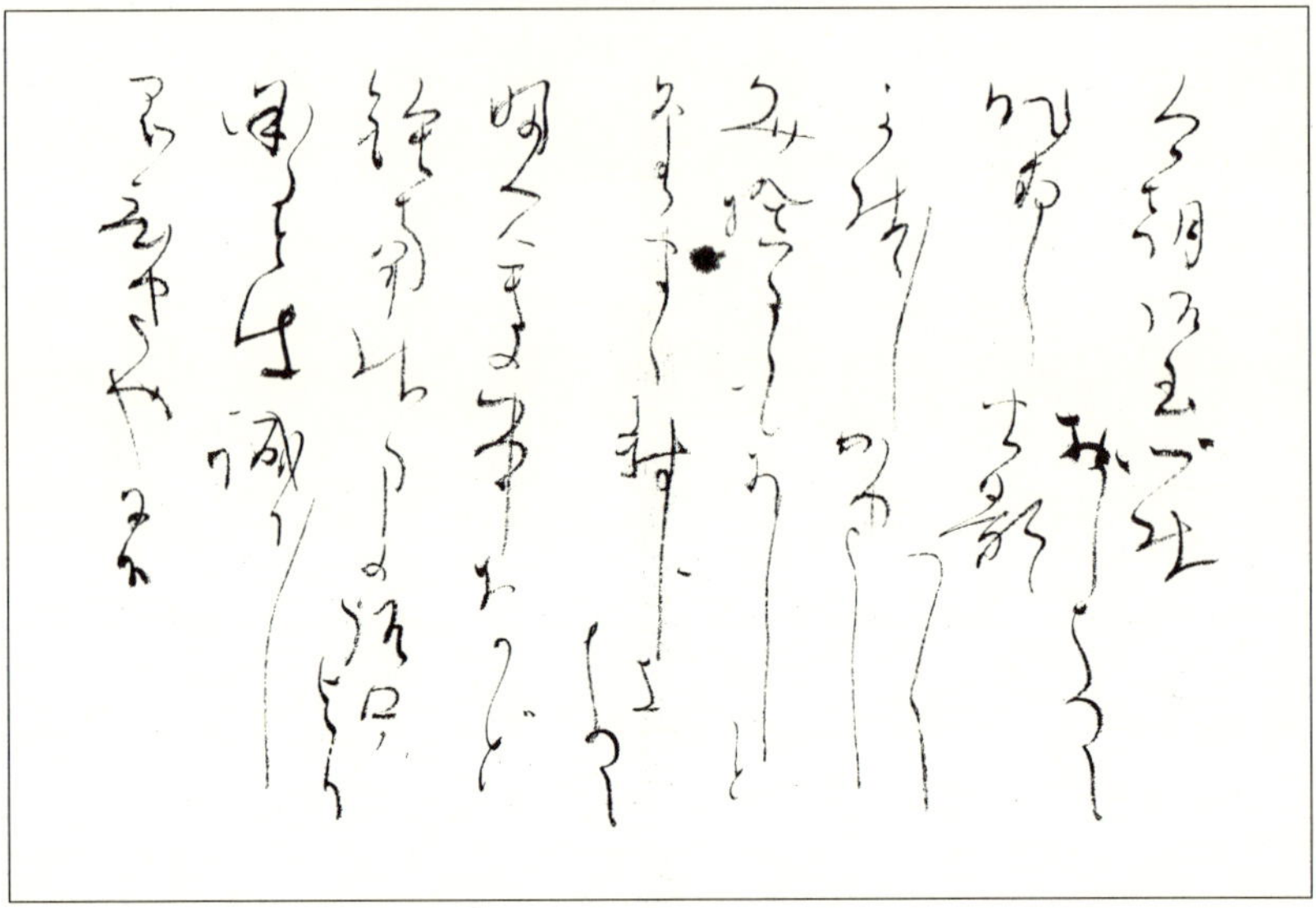

今朝御玉づさ
拝し参候
昨夜火影
に
かつ〳〵かきし
文捨るもおし
と
そのまゝ封じ上
参候
婦人會の事など
鉄南さまの御口
より
承るとは誠に〳〵
思ひきやに候

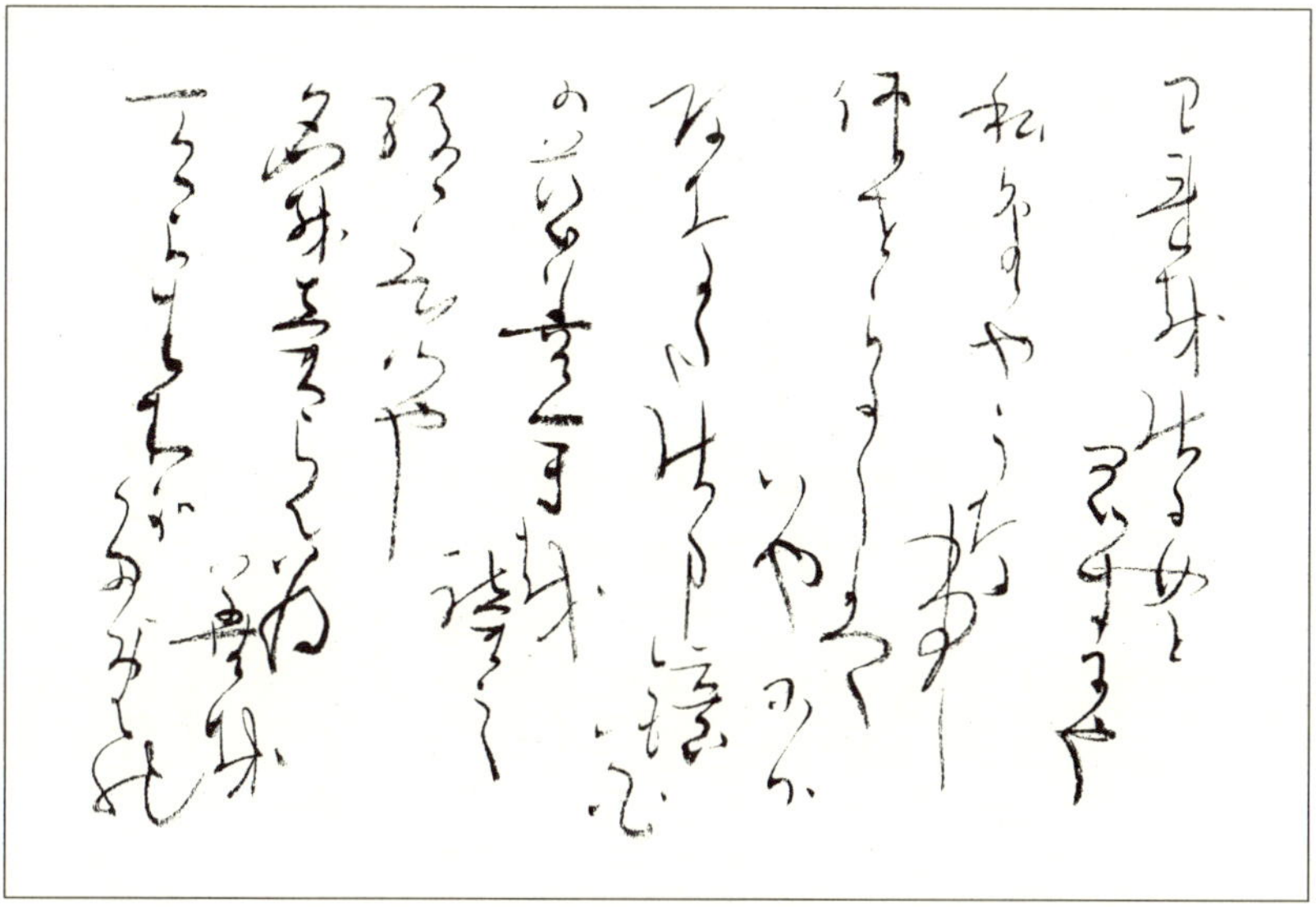

われをさる女と
思すにや
私そのやうな
事
仰せらるゝは
いやに候
あなたさま鏡
花
の慈善會を
讀み
給ひつや
名を賣らん為
善を
てらはむが
ための

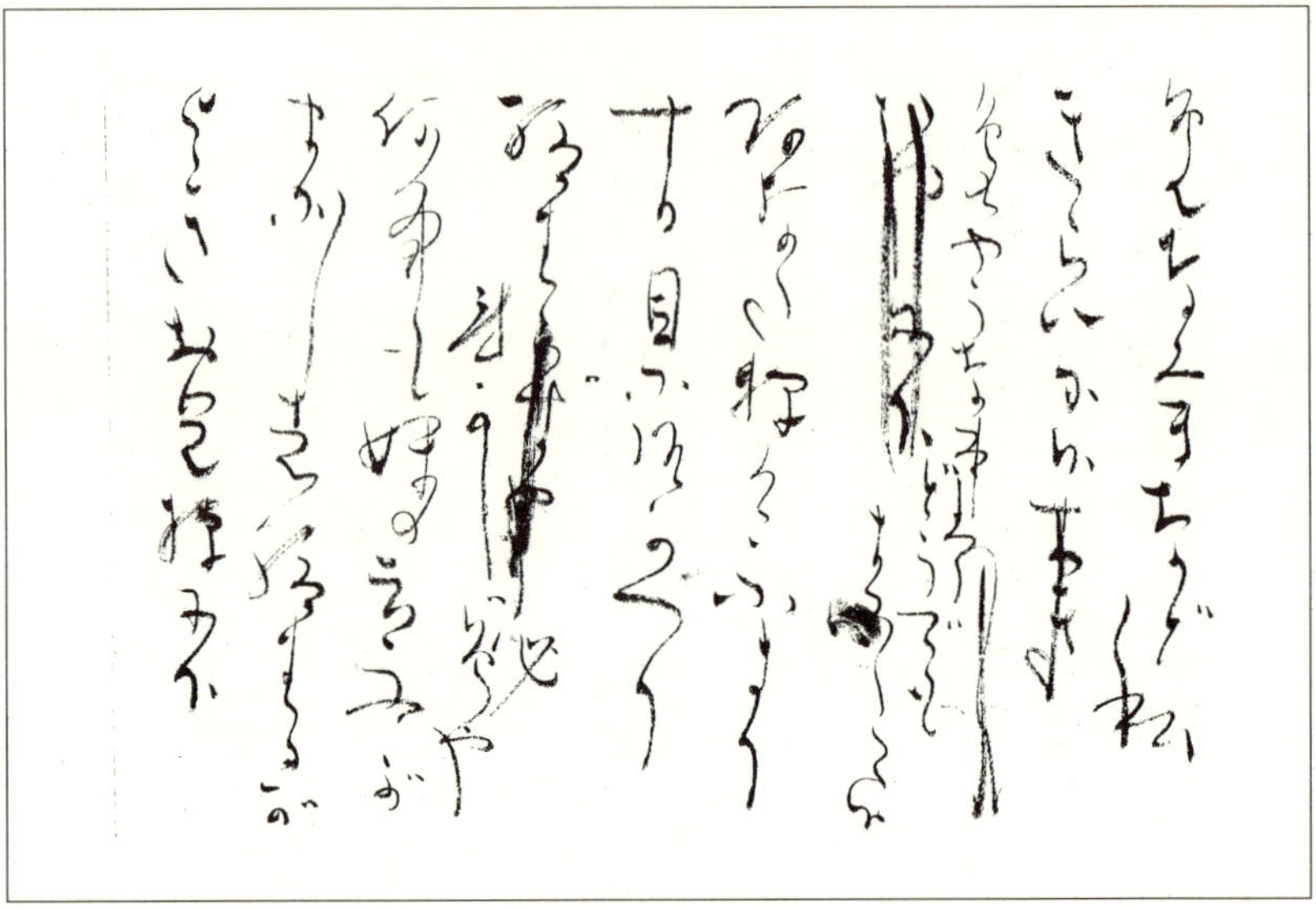

そんな會など
私
きらいに候〈□□〉
そのやうな事〈〳〵〉
は
どうでも
〈いやに候〉よろしく候
あなた様けふより
十日目に御かへり
給は〈らずや〉
必
れかしぞや
何事も妹の云ふが
まに〳〵し給はるが
よきお兄様に候

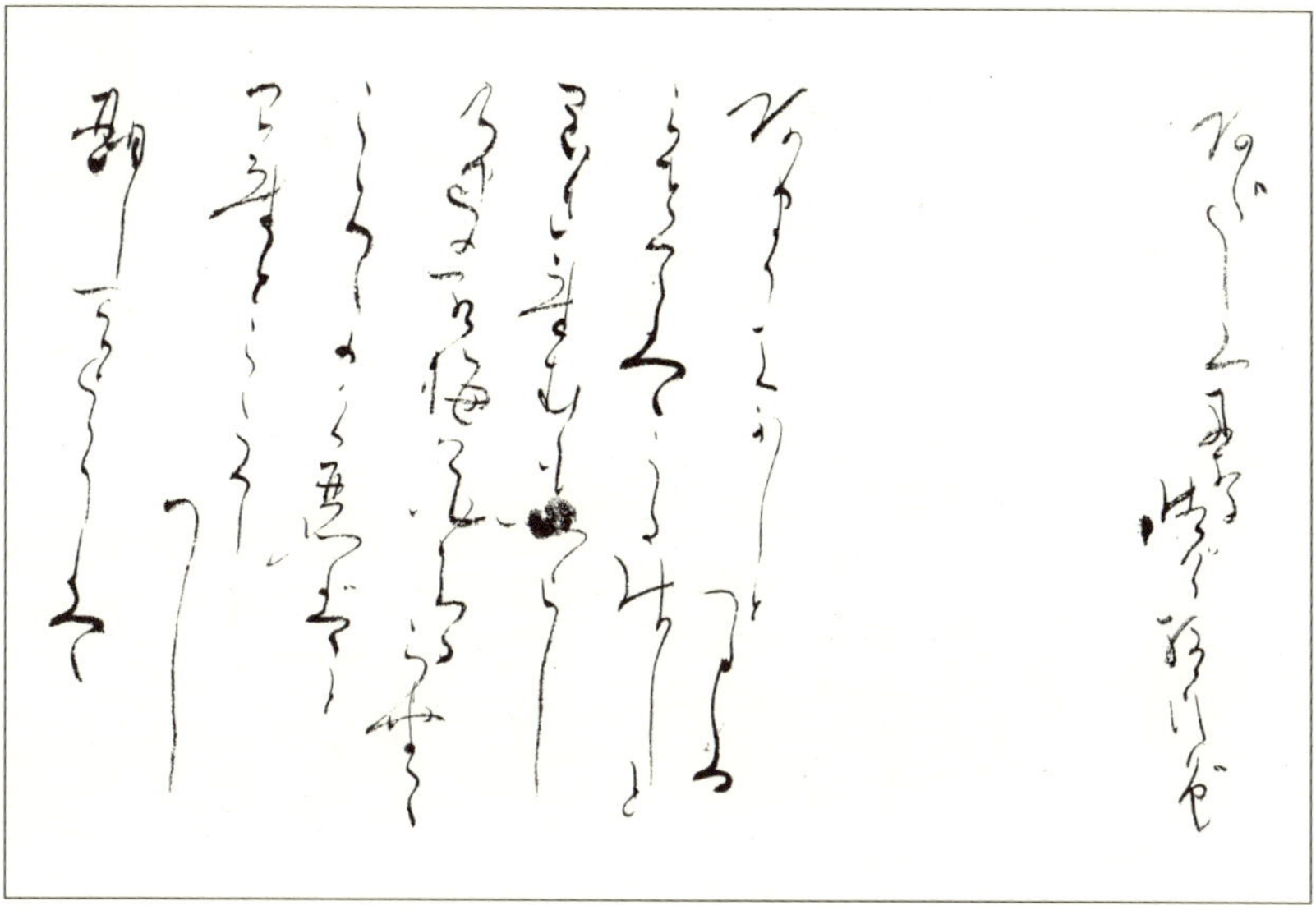

あだし人にな
つげ給ひぞ

あまりちか〳〵と
まゐ
らせてはうるさしと
思されむもつらし
けさの紅梅花ちる
らむ
ころのくればと
われとこゝろ
に
期して居りしは

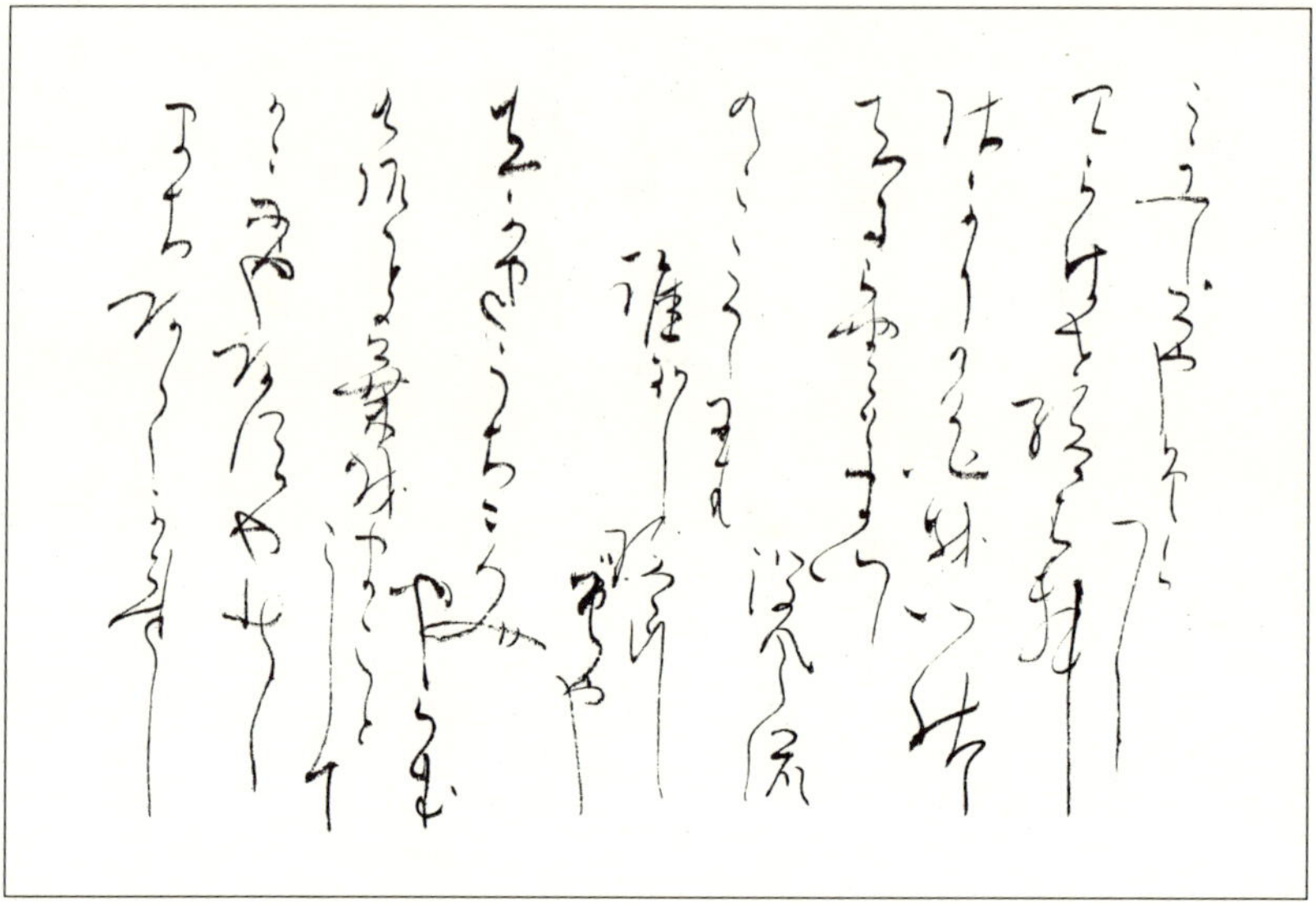

ミユーズやそら
に
わらはせ給はむ
さかりの花をいつ
ちるらむとまつ
没風流
のこゝろには
誰がし給ひし
ぞや
ちかきうちに文
やらむ
の御ことの葉をまこと
にして
のみにやあすやと
まちあくかれし

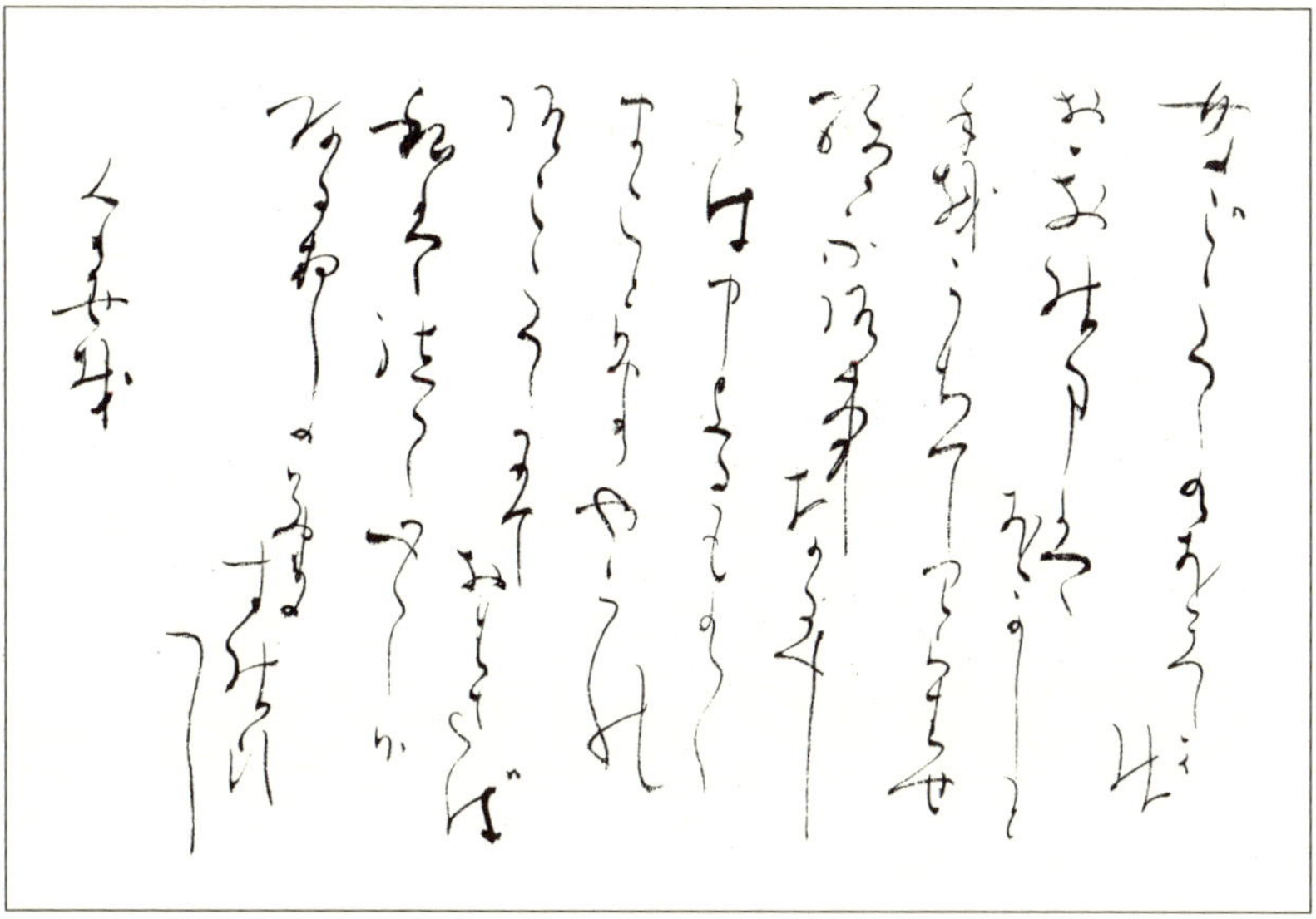

女のごゝろのをろか
さ
お前さまは
をかしと
手をうちてわらはせ
給ふ御事
なるべし
とは申上るもの、
まことそのやうの
御こゝろにて
おはさば
私は泣くべく候
ある夜の筆の
すさび
に
人も世を

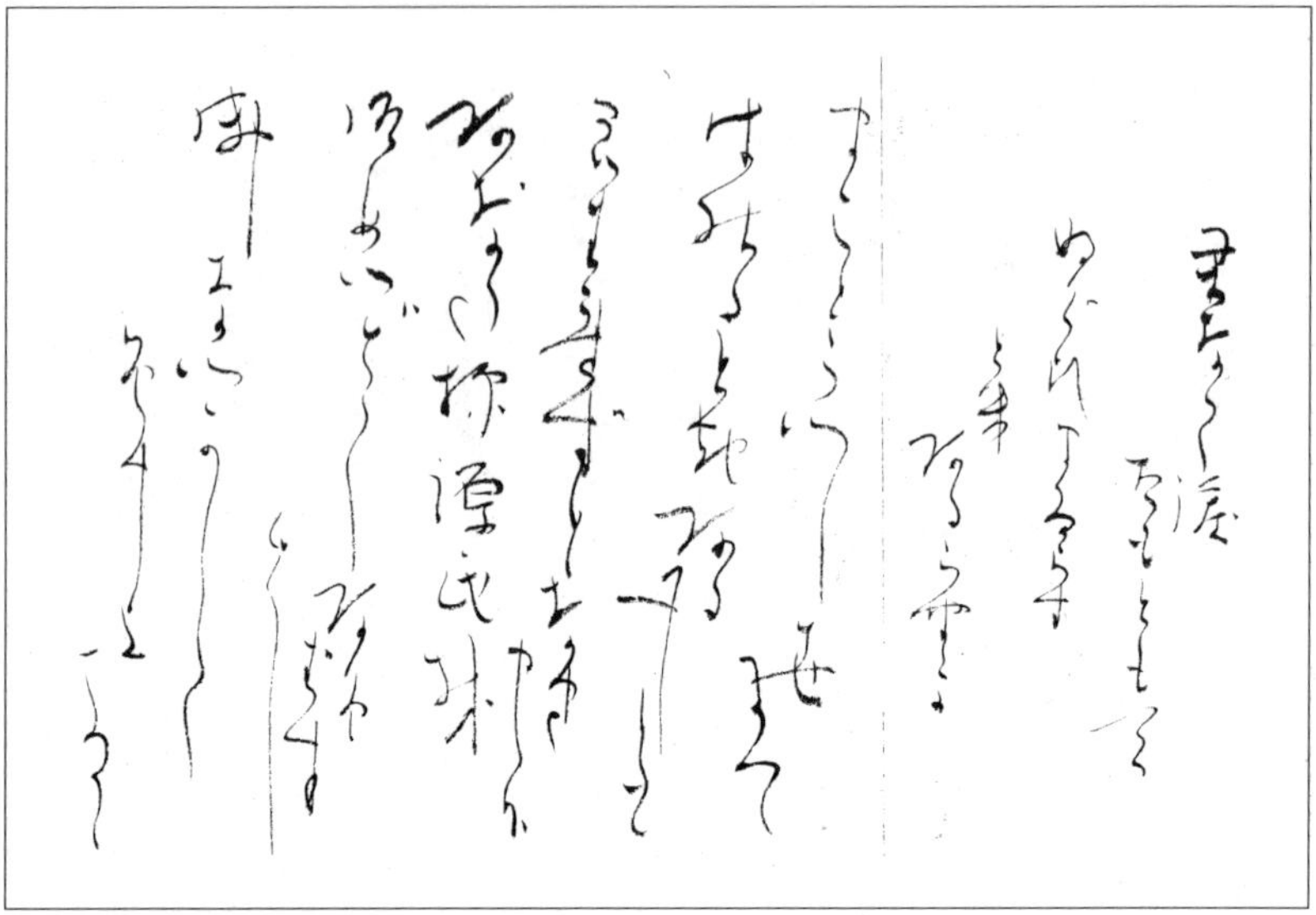

君なく涙
たもともて
ぬぐひまゐらす
とき
あるらむか
まことうつし世
にて
はさるときある
べしとも
思はれずとなき
申候
あなた様源氏を
御あいどくあそ
ばす
よし
御なつかしく
ぞんし上
参候

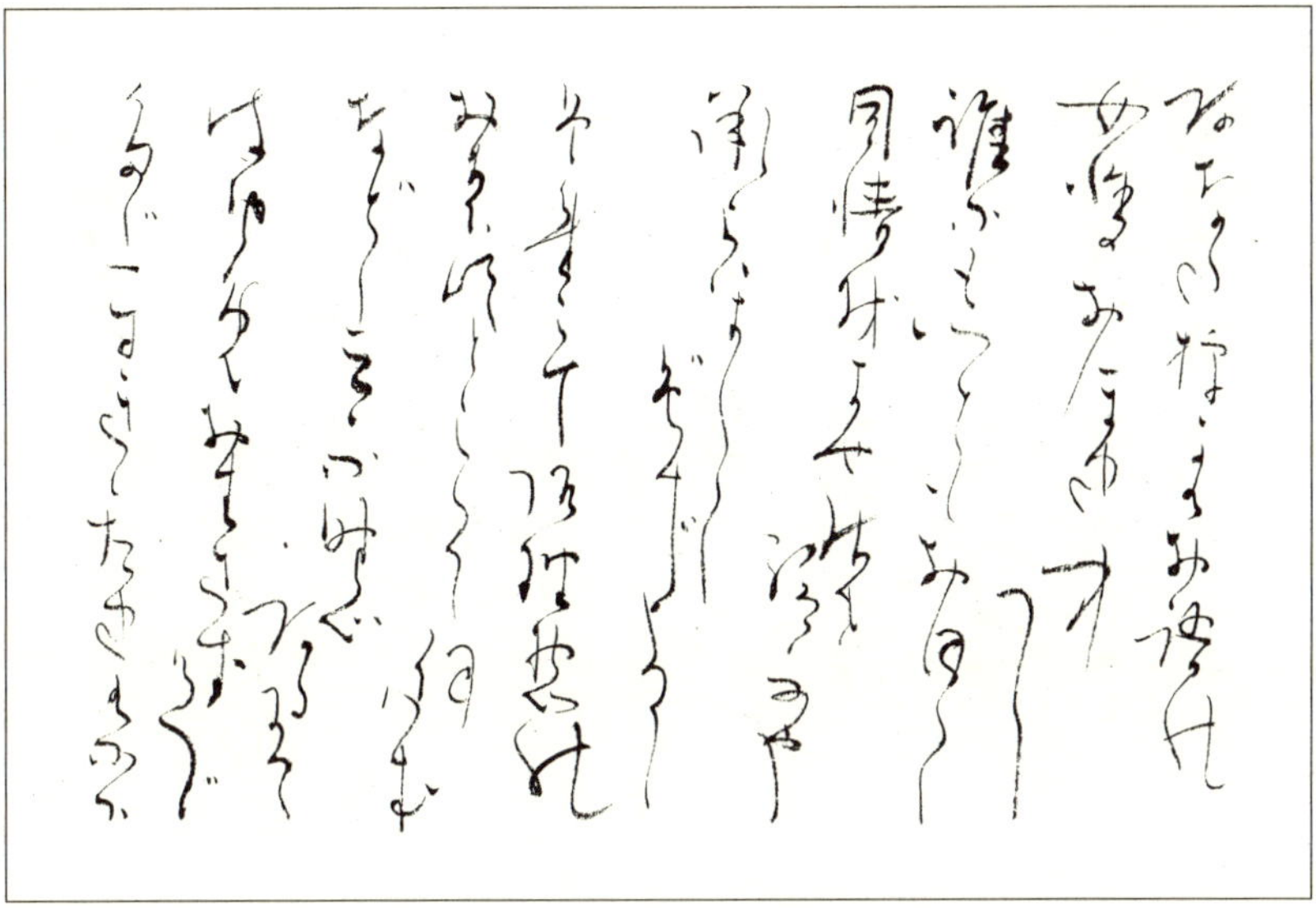

あなた様かの物語の
女性のおほき中
に
誰にもつともおほく
同情をよせさせ
給にや
承らほしく
ぞんじ参候
それにて御理想の
おはすところ伺
はむ
など云ふ野心
あるにて
はゆめおはさず
候へど
たゞ一寸き、たきのに候

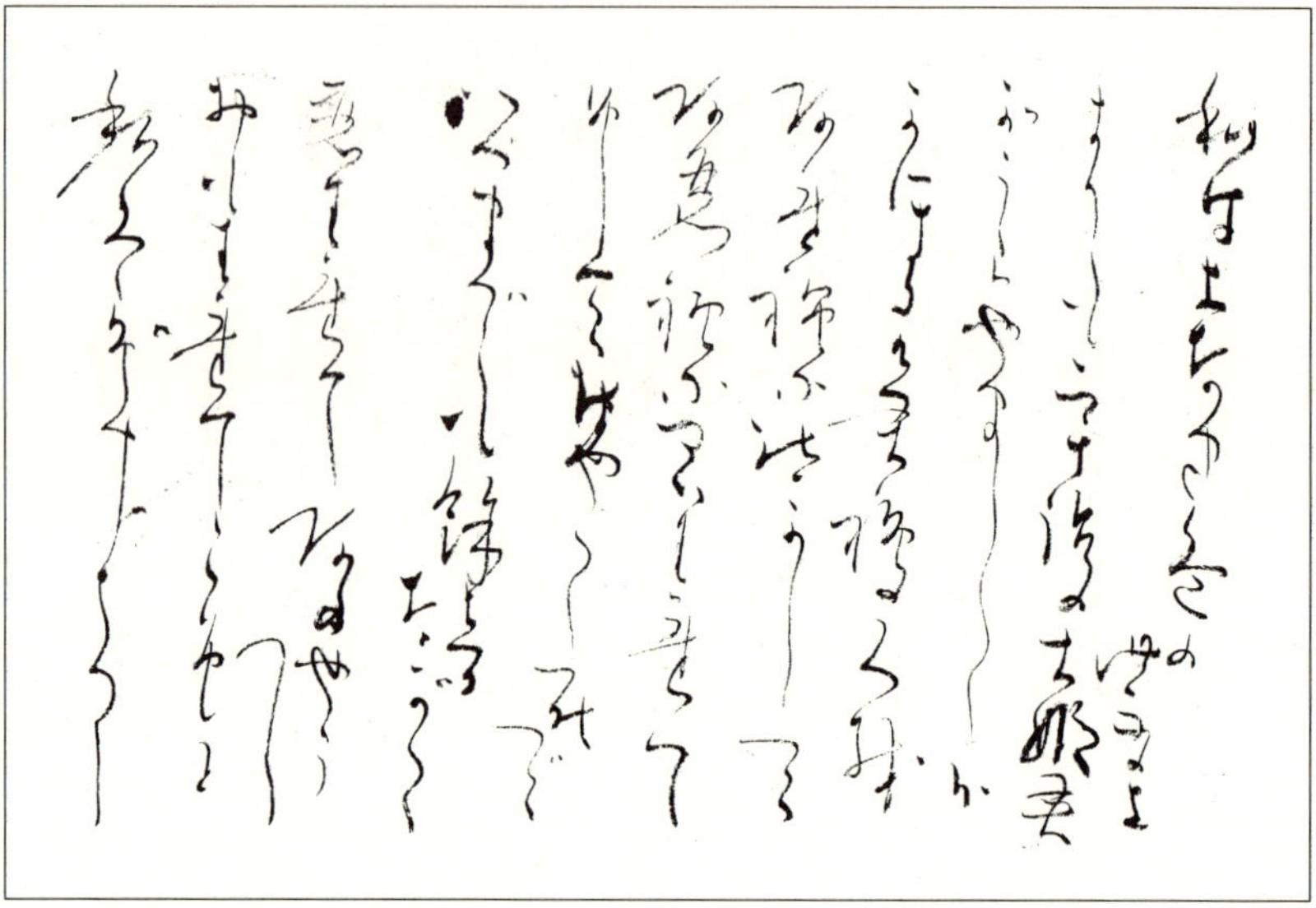

私は上なき色の
紫の上
よりも宇治の大姫君
がうらやましく候
かほるの君程の人を
あれ程に泣かして
あれ程に思はれて
そしてはや〈□□〉く死
で
いつまでも餘音
ながく
恋はれてあのやう
に
おもはれてこそと
私はぞんじ参候

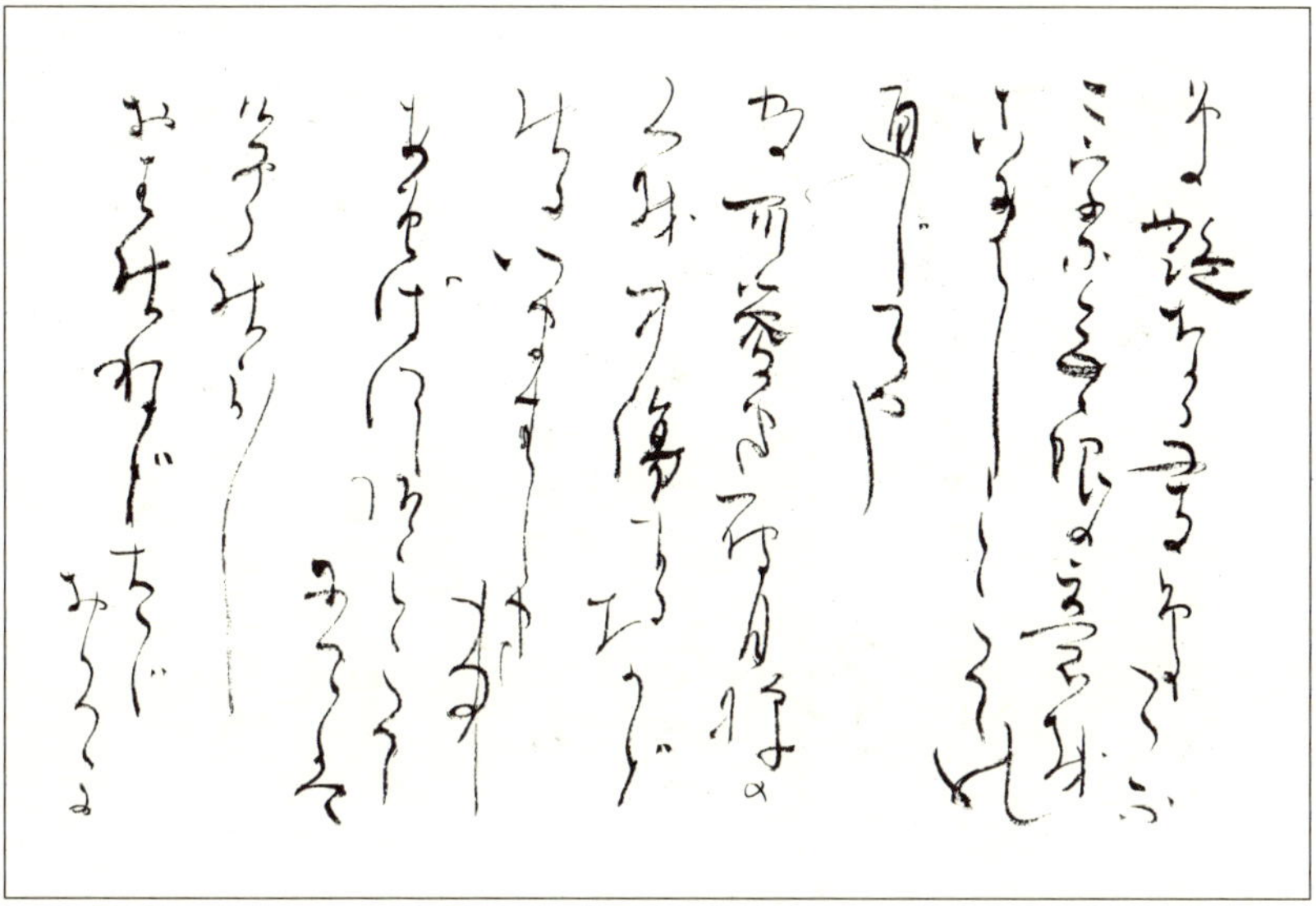

その艶なる君のその
こふ
二字に無限の意を
こめしこゝろの
通じてや
かの可愛き雁月様の
人を中傷する
など
さるいまはしき
事
あそばす御こゝろ
にては
夢さら／＼
おはさねどたゞ
おろか

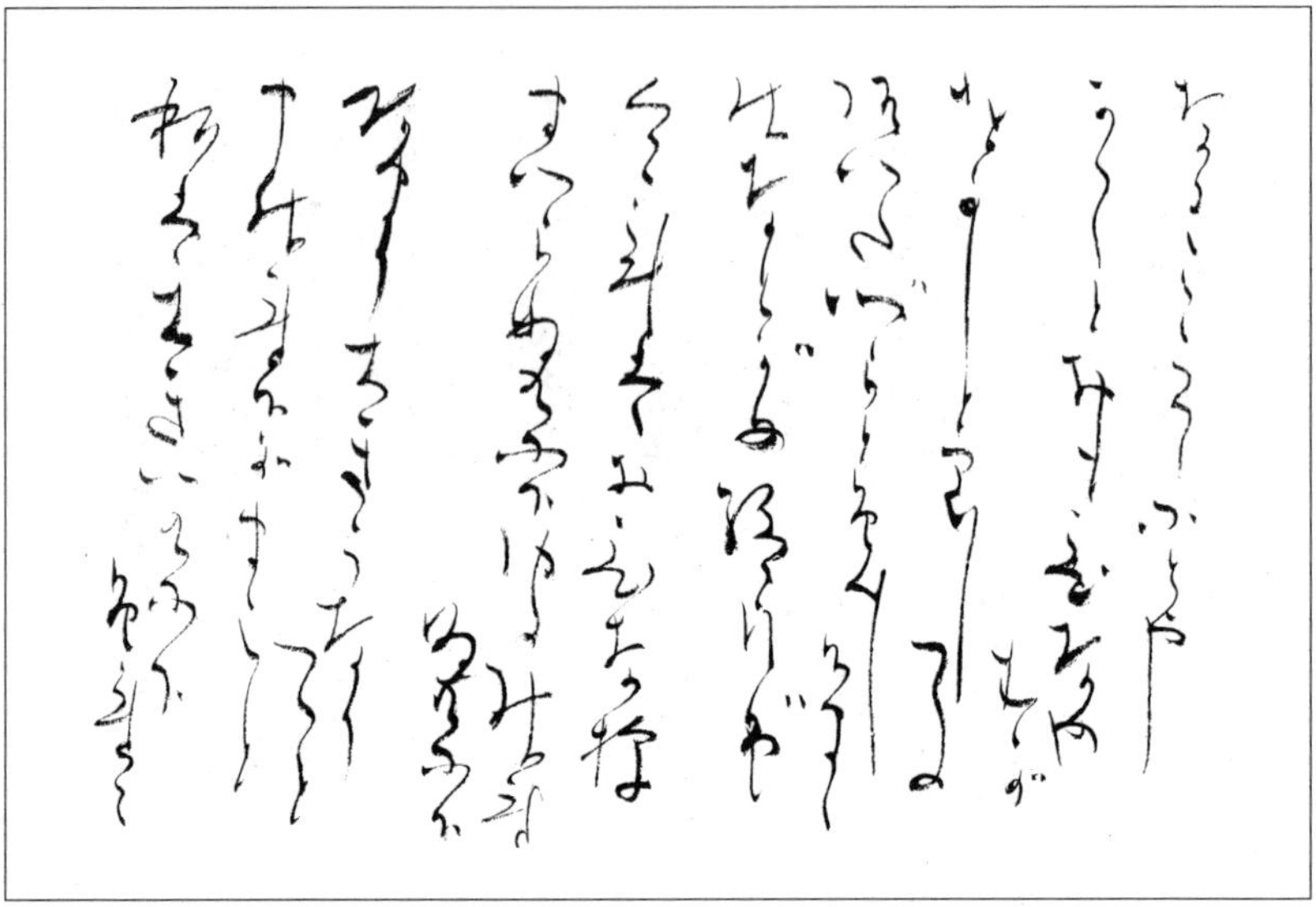

なるこゝろにとや
かくとおもひなや
むが
をかしと思しての
御いたづらとそんし
候まゝ
さなとがめ給ひぞ
今年はおひな様
まつらぬのに候ゆるされ
ぬのに候
あまり大きうなり
てと
申され候がまこと
私は大きいのに候
それに

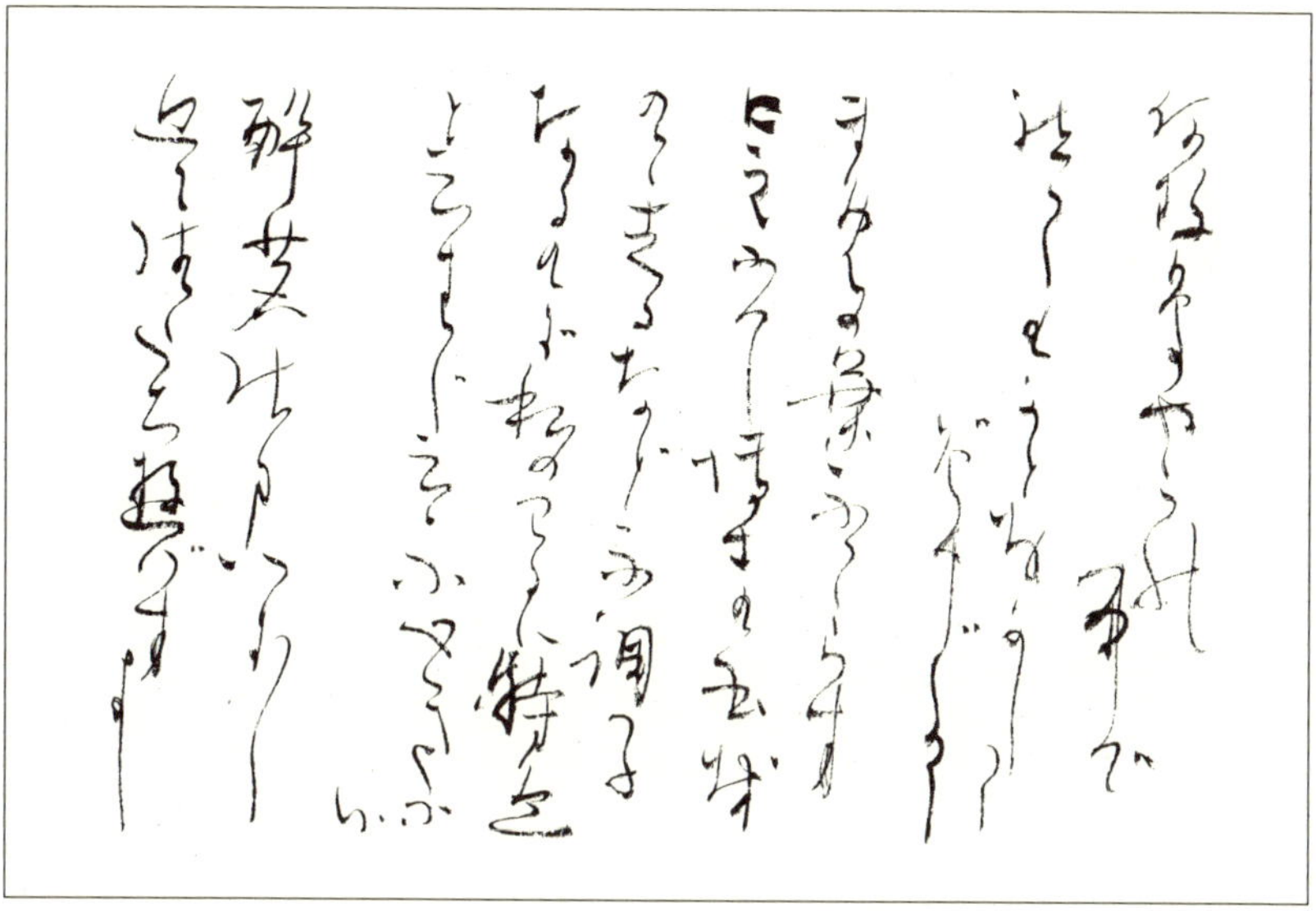

何故そのやうの
事で
泣くのかとをかし
く
ぞんじ参候
まめの葉ふくらす
口元にて博士の書を
の、しるなど不調子
なるのが私のわるい特色
と云はゞ云ふべきに
候
酔茗さまいよ〳〵
近々御たち遊ばす
よし

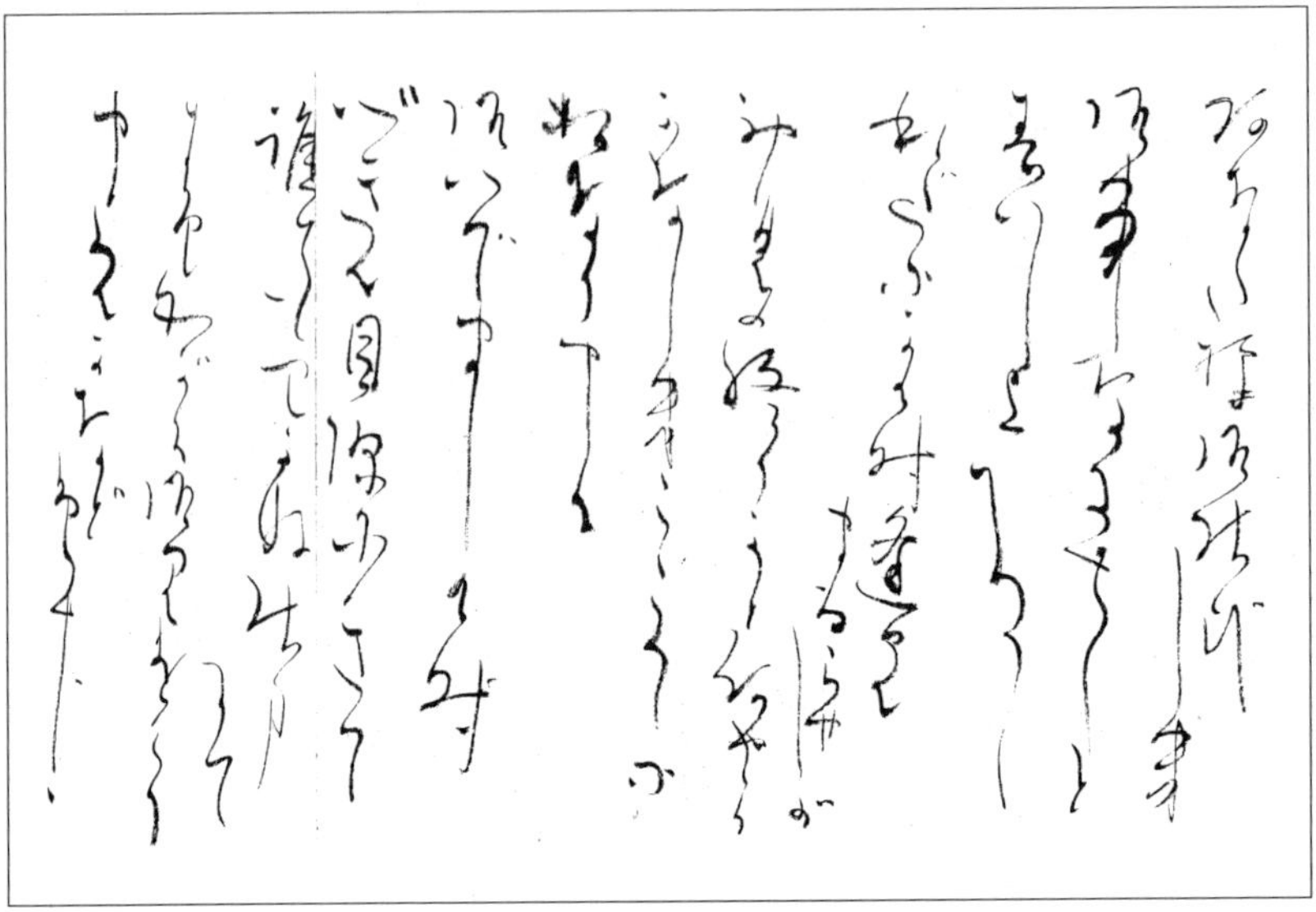

あなた様御さび
しき
御事なるべしと
すいし上参候
私だにかの時逢見
まゐらせ
しが
初めの終りかと何やら
かなしきこゝろに
相なり申候
御いでましの時
づきん目深にきて
誰ともわかぬさま
にて
よそながら御見をくり
申上んかなど
ぞんじ候

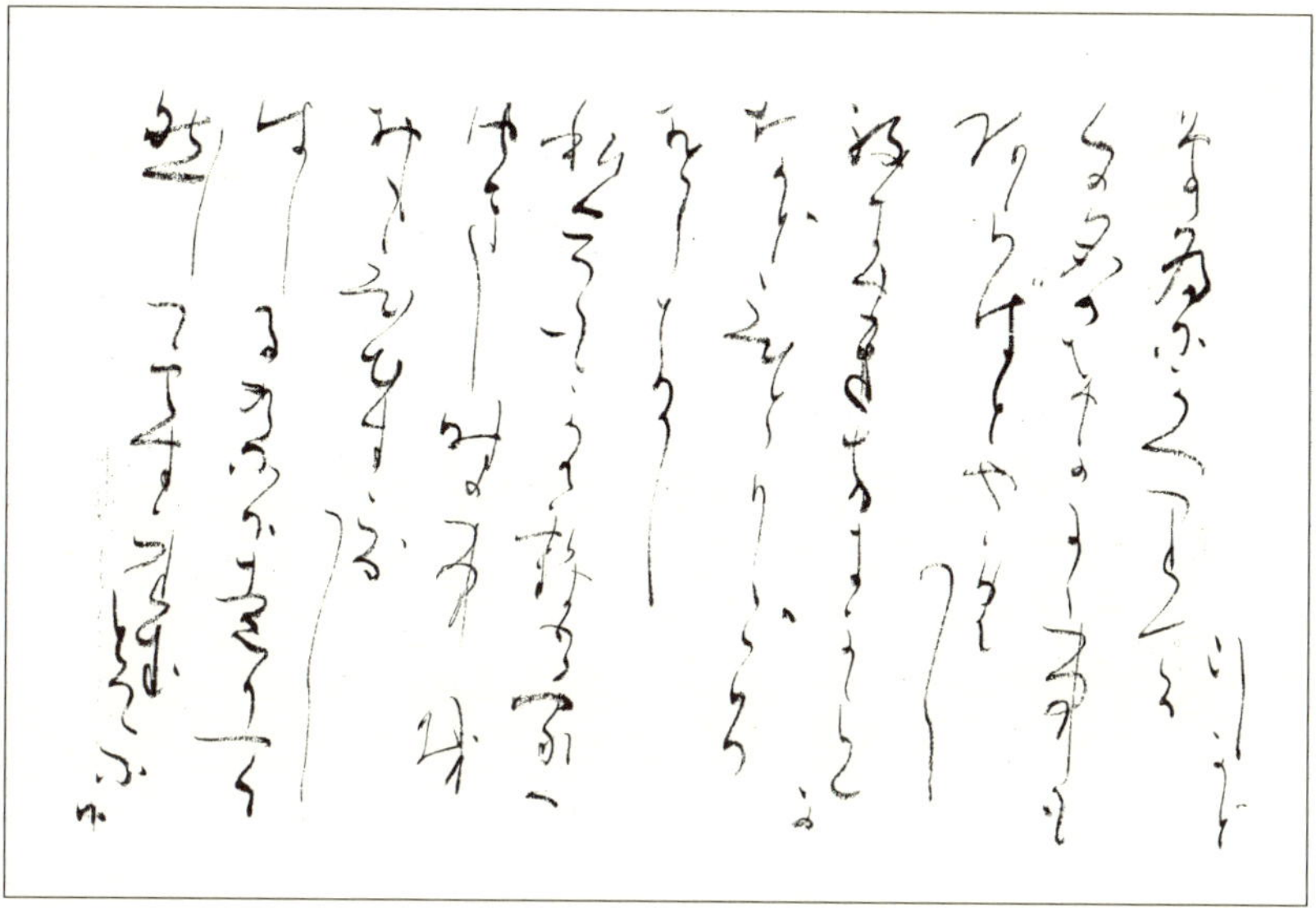

ひしかど
その為にかへりて
人の名のけかる、事も
あらばとやめ
に
致すべき方よからん
か
などひとりごち
をし参候
私今もかの鶴の家へ
ゆきし時の事を
おもひ出す度
に
はしるのに候走りて
然してわすれむ
とてに候

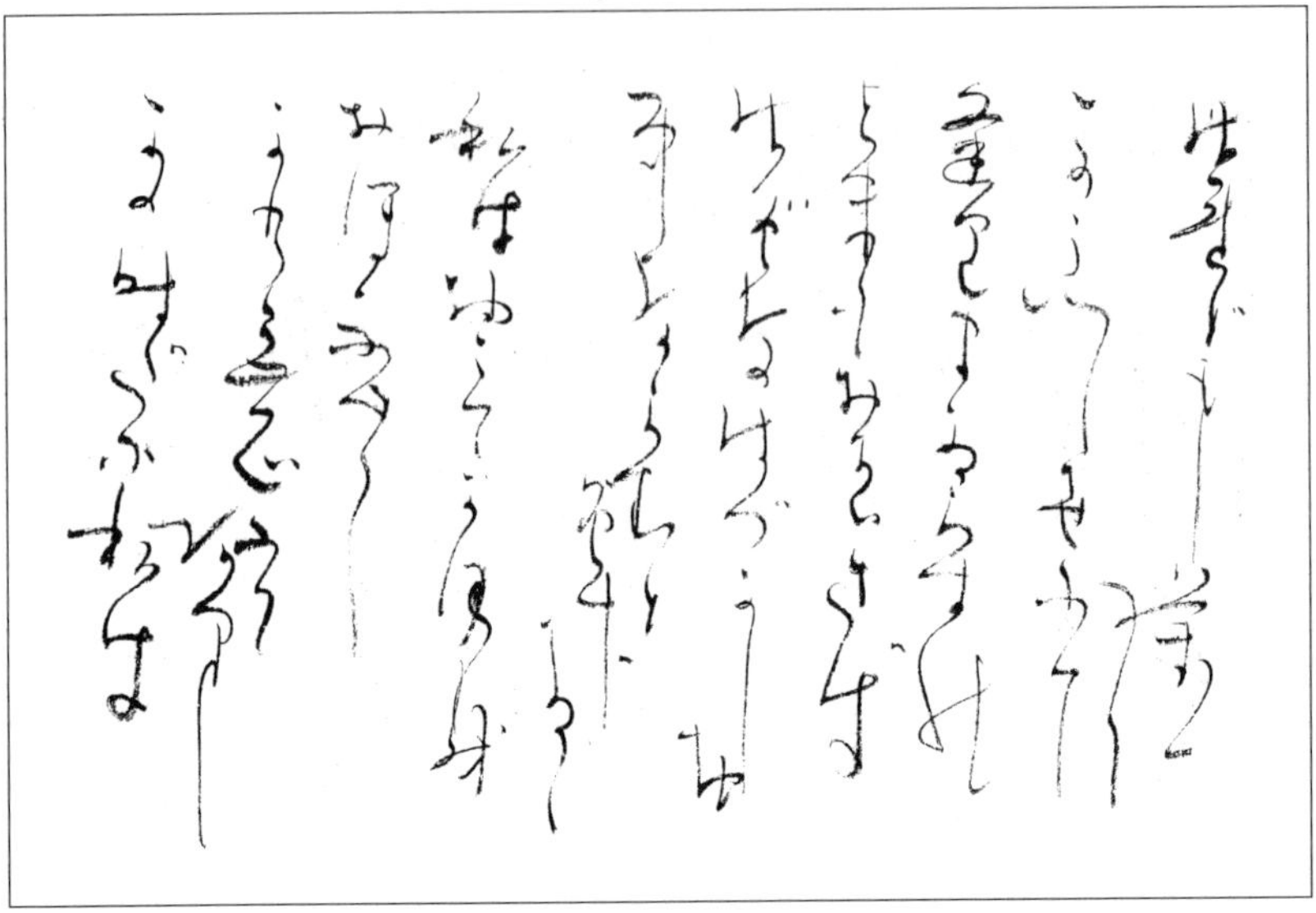

されどもし萬一
に
このうつし世にて
逢見まゐらすの
ときもおはさば
さぞなはづかし
き
事ならむと
ぞんじ
参候
私は袖にてかほを
おほふべく
かの無心にて
ありし
かの時だに私は

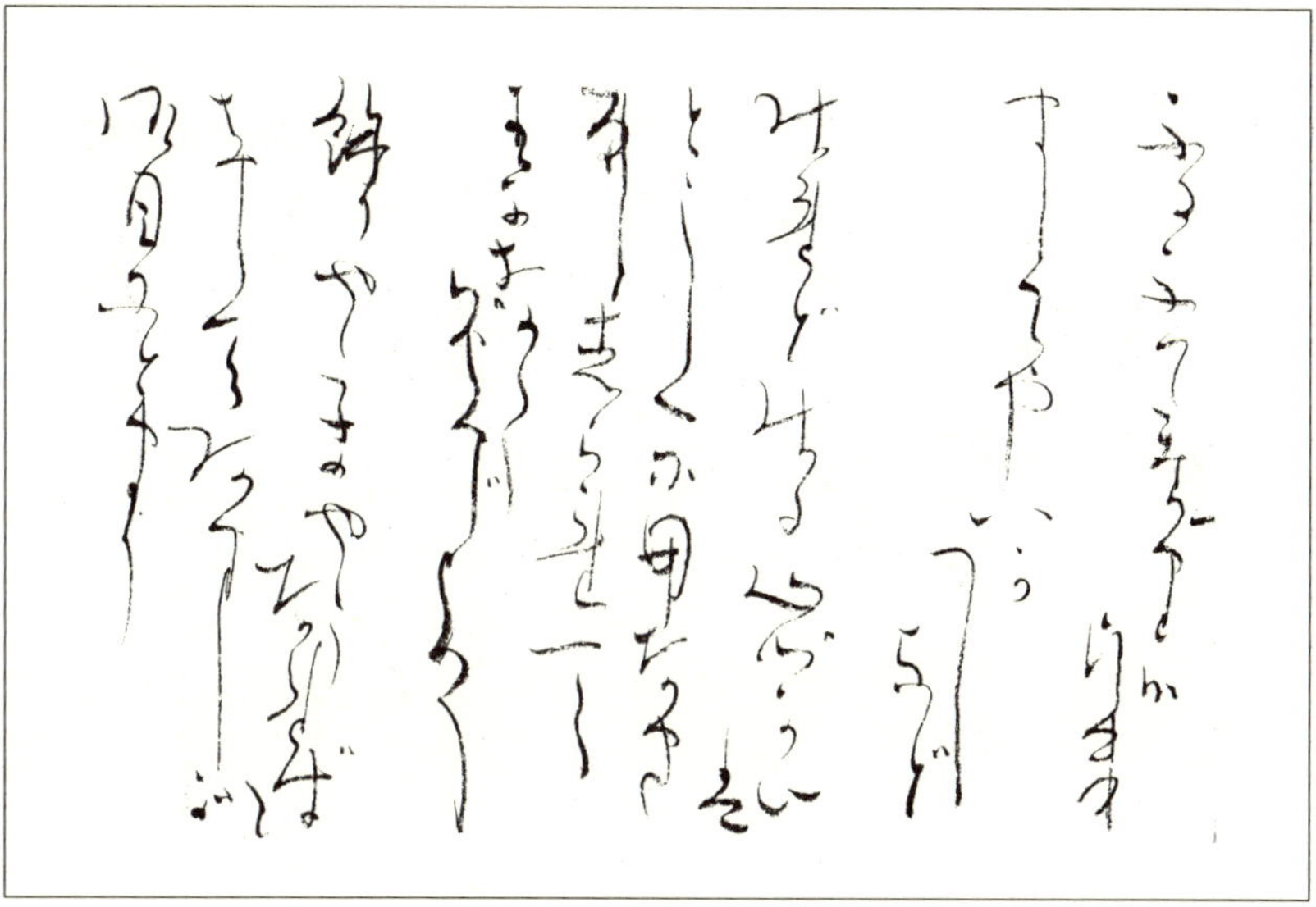

ふるふて居り候
ひき
ましてやいか
に
など
されどさる心づかひ
は
とこしへに用なき
事としられて
すまなく
ぞんじ参候
餘りや、子のやう
なれば
と
けしてありしが
御目にとまり

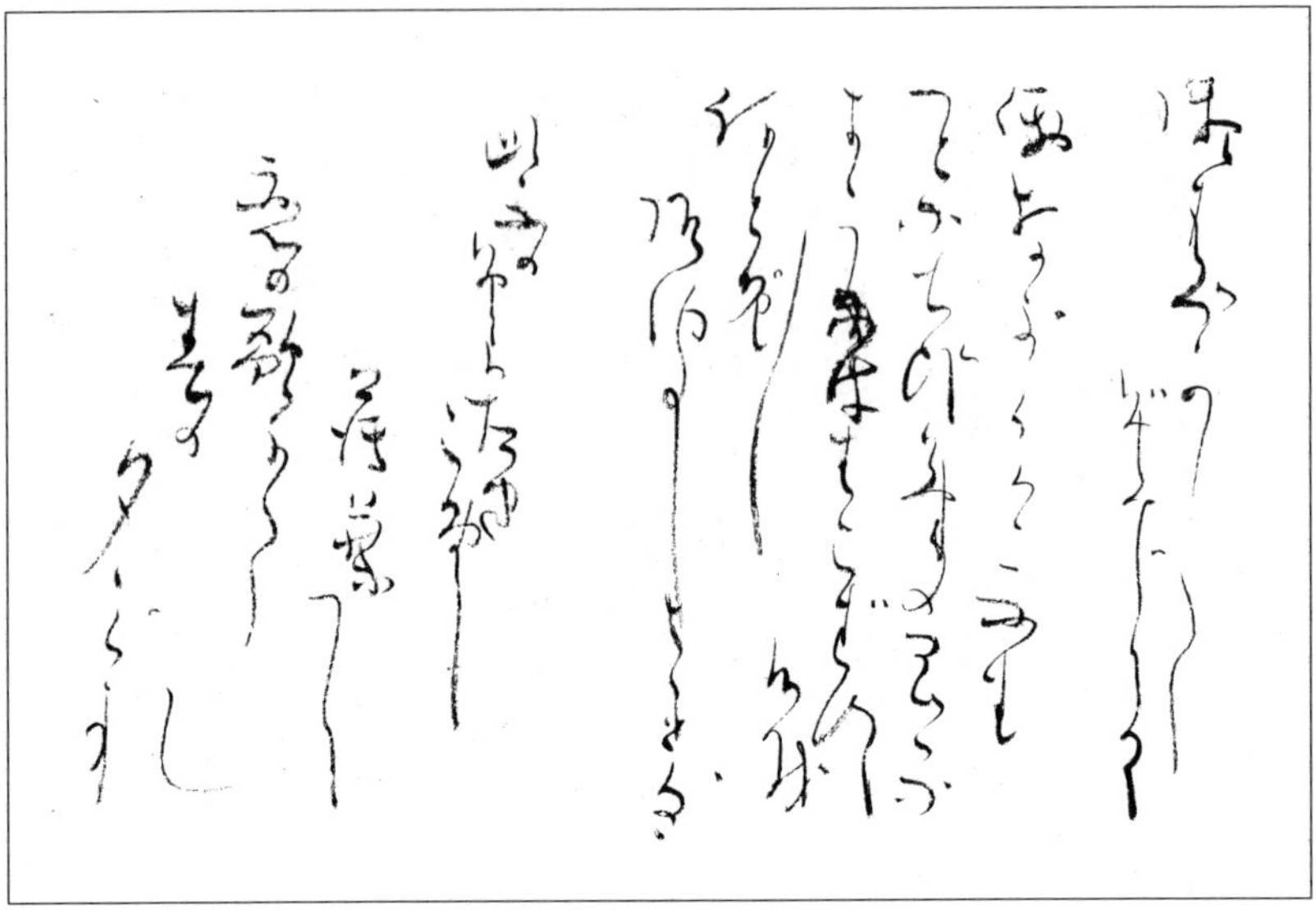

御はづかしく
ぞんじ参候
例ながらけふは
つとにちび筆の思ふ
まゝに〈□□〉ははこばす
候を
何とぞ〳〵
御ゆるし被下度
紫の
そらたき
こめし
薄葉
に
恋の歌かく
春の
夕ぐれ

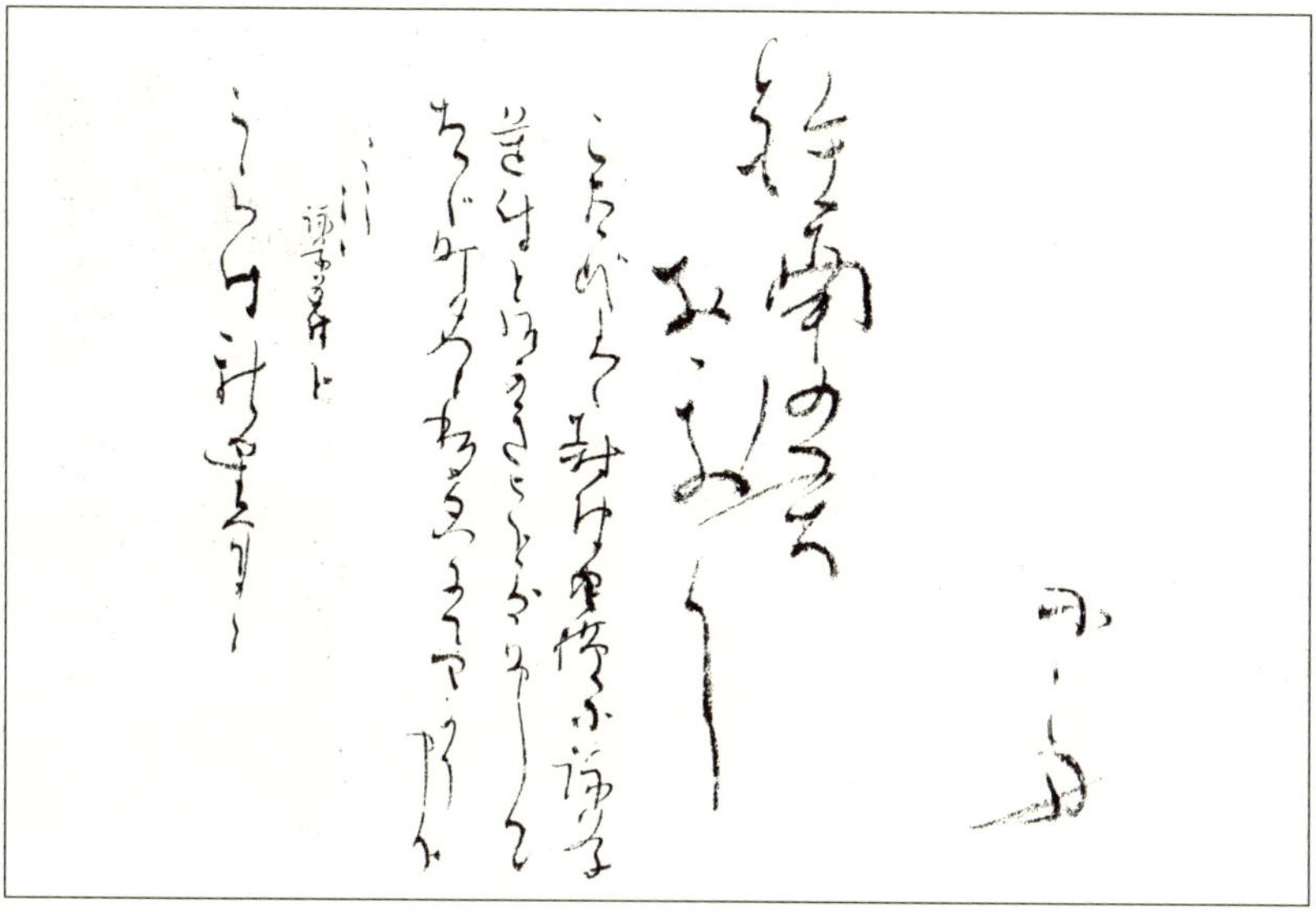

小舟

鉄南の君
お前に
こたびは封皮の横に詠草
送付と御かき被下度そして
たゞ町名と私の名にてわかり
申候
詠草送付と
うらは新星會と

《封　筒》

【表】　堺市九間之町東二町
　　　卅四番
　　　　河野鉄南様
　　　新星會詠草御送付

【裏】　三月十五日

㉟　与謝野晶子書簡　河野鉄南宛〈明治三十三年十月一日〉

〔形態〕封書　巻紙（本文 17.0×140.1cm
表装 21.1×170.0cm）　毛筆
〔封筒〕和封筒（17.3×7.5cm）　毛筆
〔消印〕和泉／堺／卅三年十月／一日／
八便

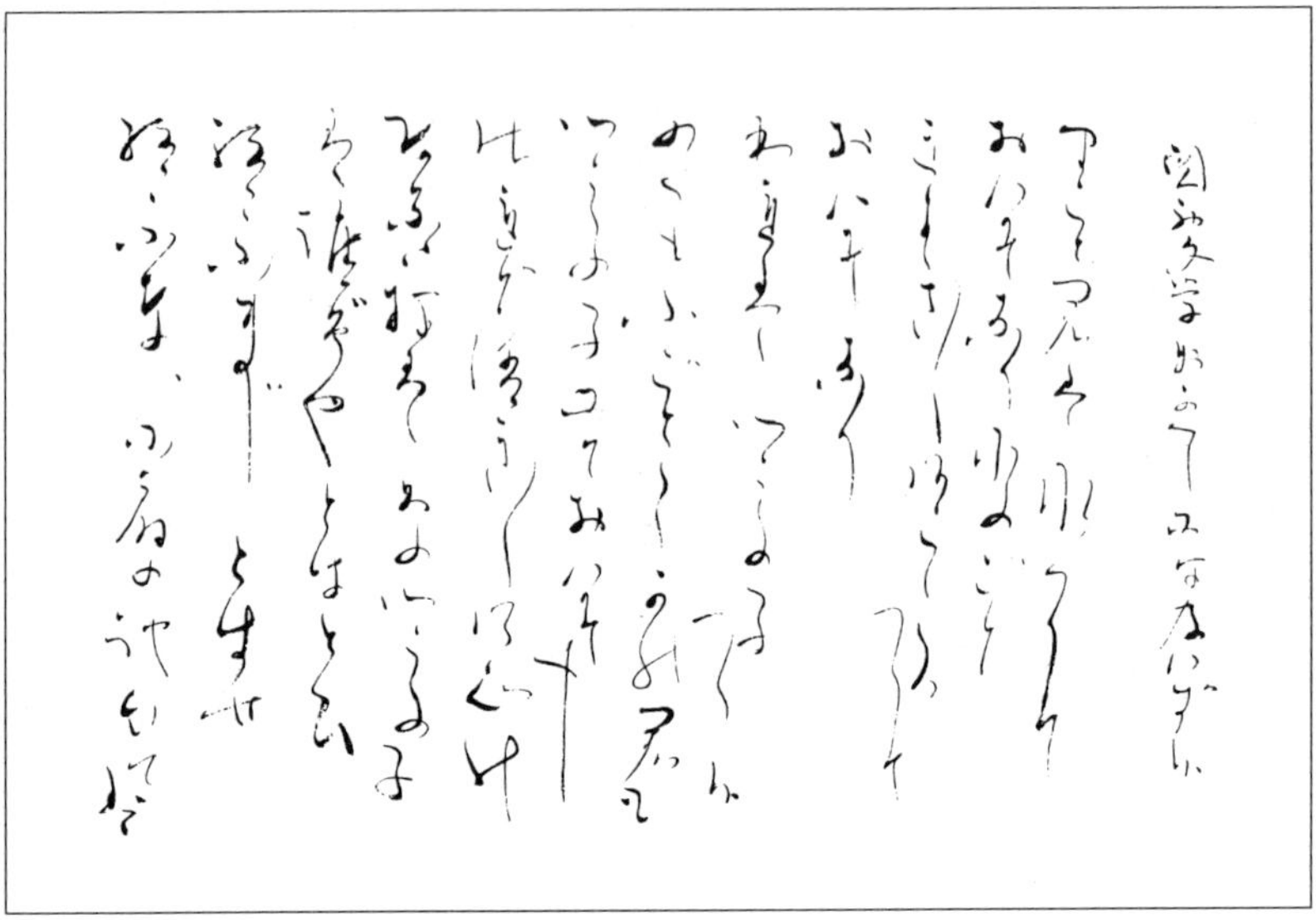

關西文学おかえしには及はず候

まこと君は水にて
おはすなり水のごと
きよき〳〵御こゝろ
にて
おはすなり
われはつみの子
に候
のたもふごとくかの君も
つみの子にておはす
べし
されど清き〳〵御心の
あなた様はそのつみの子
は誰ぞやとはとひ
給ふまじとはせ
給ふな小扇の評出てば

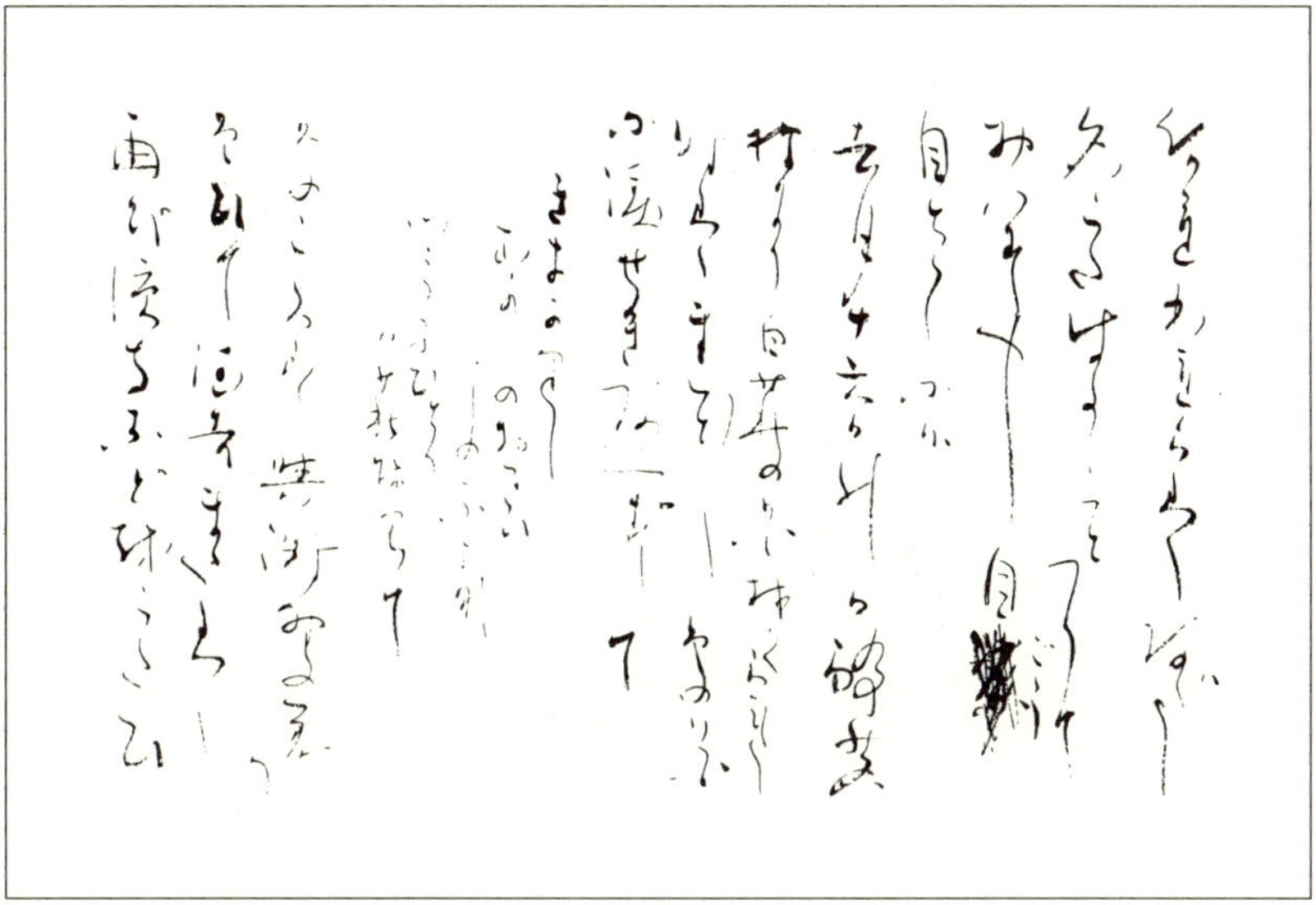

何れわれらはあだし
名うたはる、こと
にて
おはすべし自ごう〈業〉
自とくに候
去月十六日の日酔茗
様より白萩の花をく
られし
時はまこと〳〵その花
に涙せきあへずて
きよかりし
むかしのおもひ
しのふかな
つみの子ひとり
白萩を見て
そのころは與謝野の君
に
そひて住吉または
再び濱寺などをうたひ

河野鉄南宛〈明治33年10月1日〉

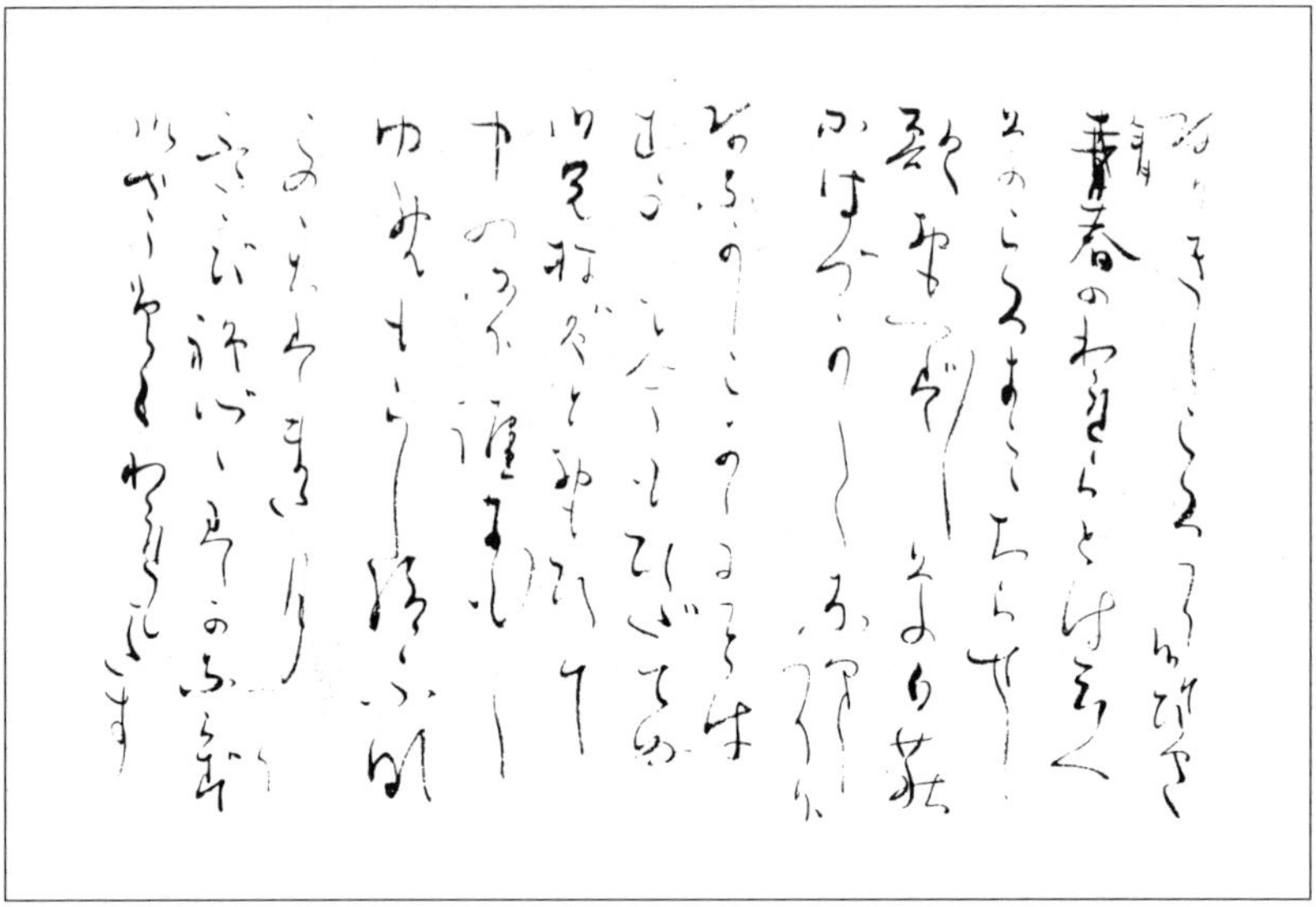

ありきしころに
候ひき
青〈青〉春のわれらとは云へ
そのころよみちらせし
歌おもへば〳〵その白萩
にはづかしくなりし
に候
あなかしこか丶ることは
むかしも今もひだてぬ
御兄様ぞとおもひて
申のに候誰にも〳〵
ゆめもらし給ふな
この丶ちはまた月に
ふた丶び程づ丶はかならず
御せうそくわれも
いたす

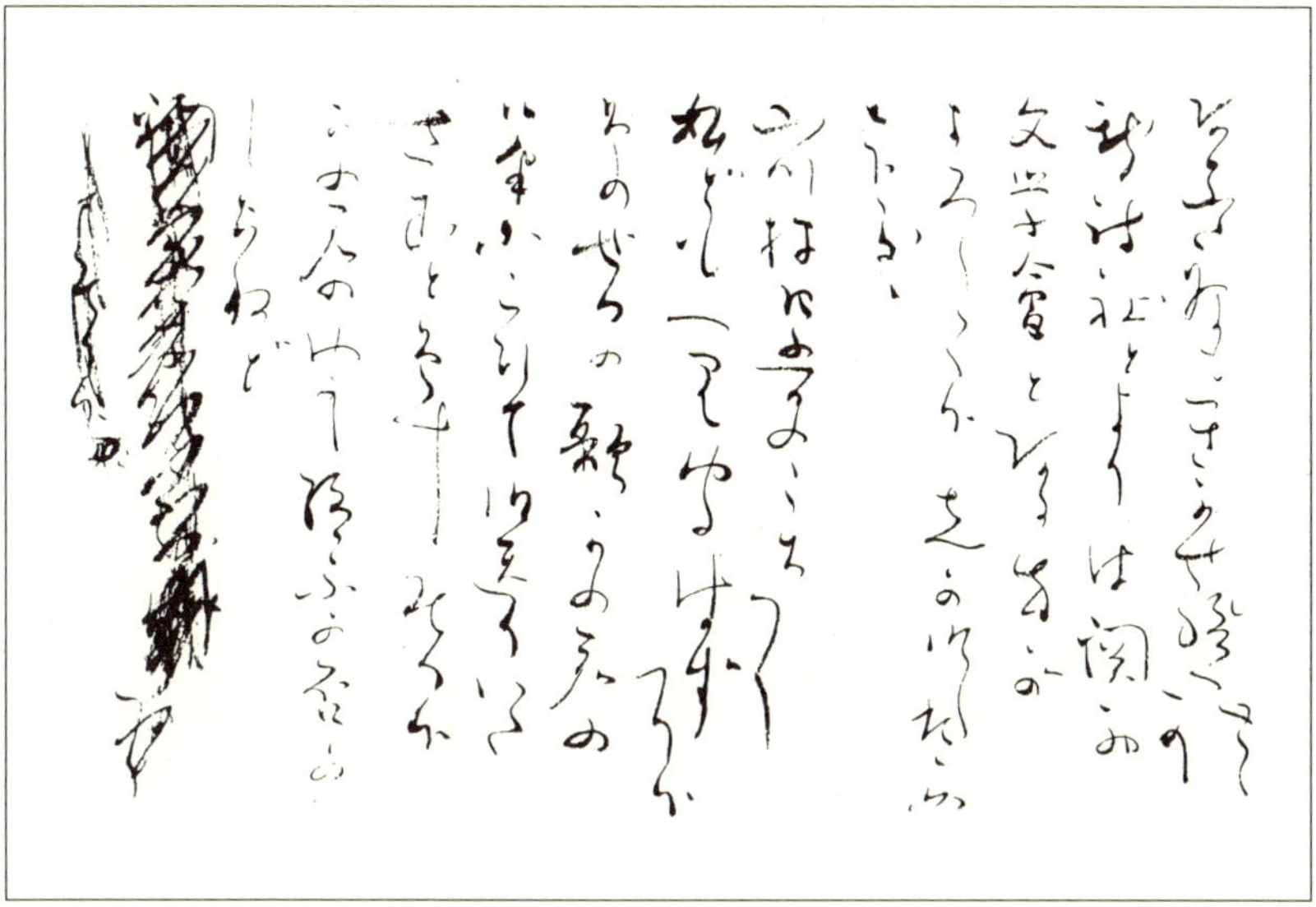

べく
あなた様もきかせ給へ
かし
新詩社とよりは關西
文学會とある方が
よろしく候しか御し
たゝめ
被下度候
山川様四五日のうちに
私どもへ見ゆるはず
に候
そのせつの歌かの君の
筆にこひて御送りいた
さむとそんし居り候
かの君のゆるし給ふか否か
しらねど
〈關西文学ひとをばかに
して居り候歟〉

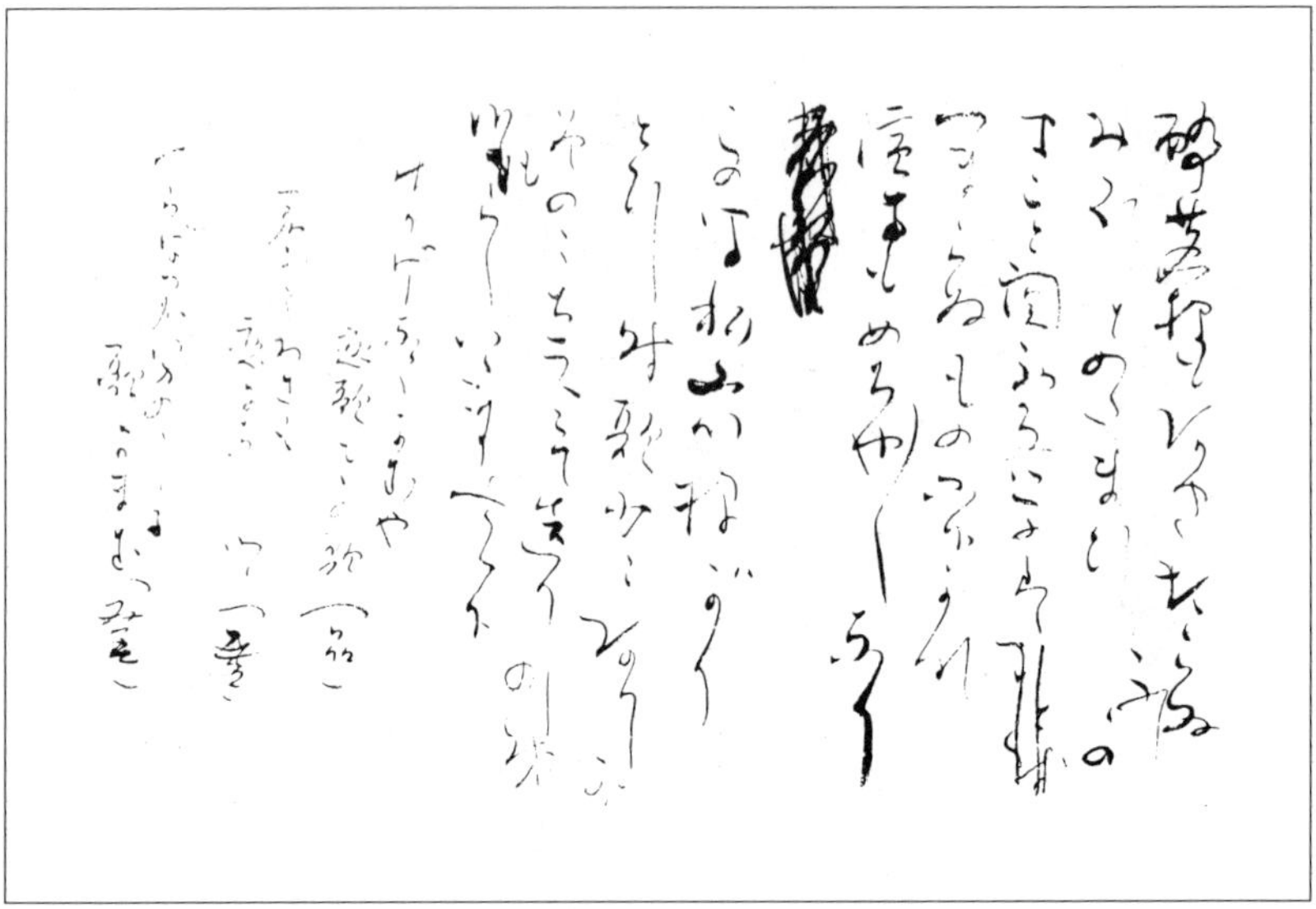

酔茗様もあきたらぬ
ふし
おほしとのたまひしか
まこと關西文学は（ひとを）
つまらぬものに候かな
濱寺もめちや〳〵なり
〈わが歌〉
この間私山川様がり
とひし時歌少々ありし
が
そのうち二人にて造りし
のを
御も〈□〉らしいたすべく候
さりげなくよむや
恋歌もゝの歌　（晶）
君がうわさも
恋になしつゝ　（登）
さらば君男のゝしる
歌よまむ　（登）

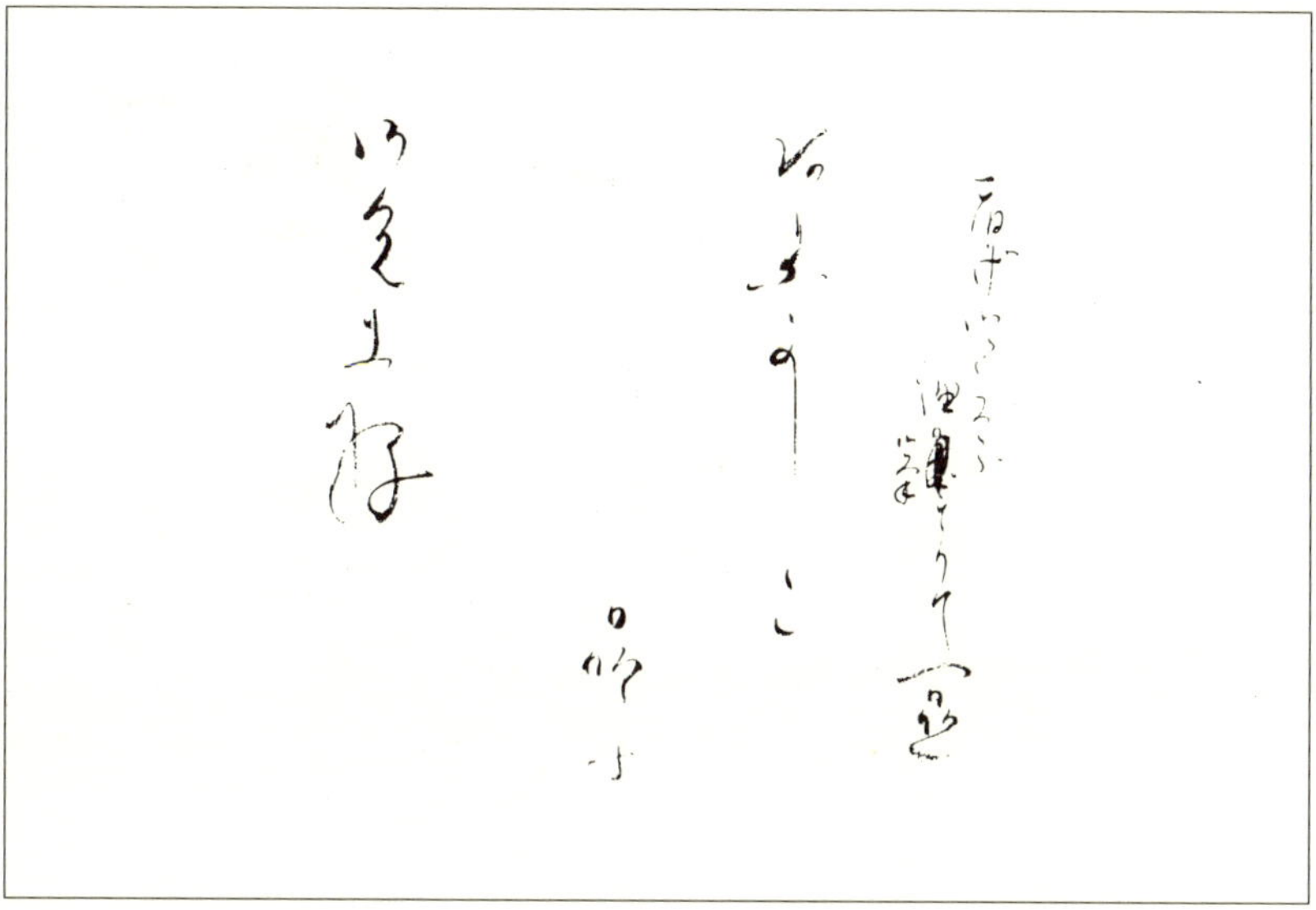

眉毛つくろふ
細筆〈□〉とりて（晶）
あなかしこ
晶子
御兄上様

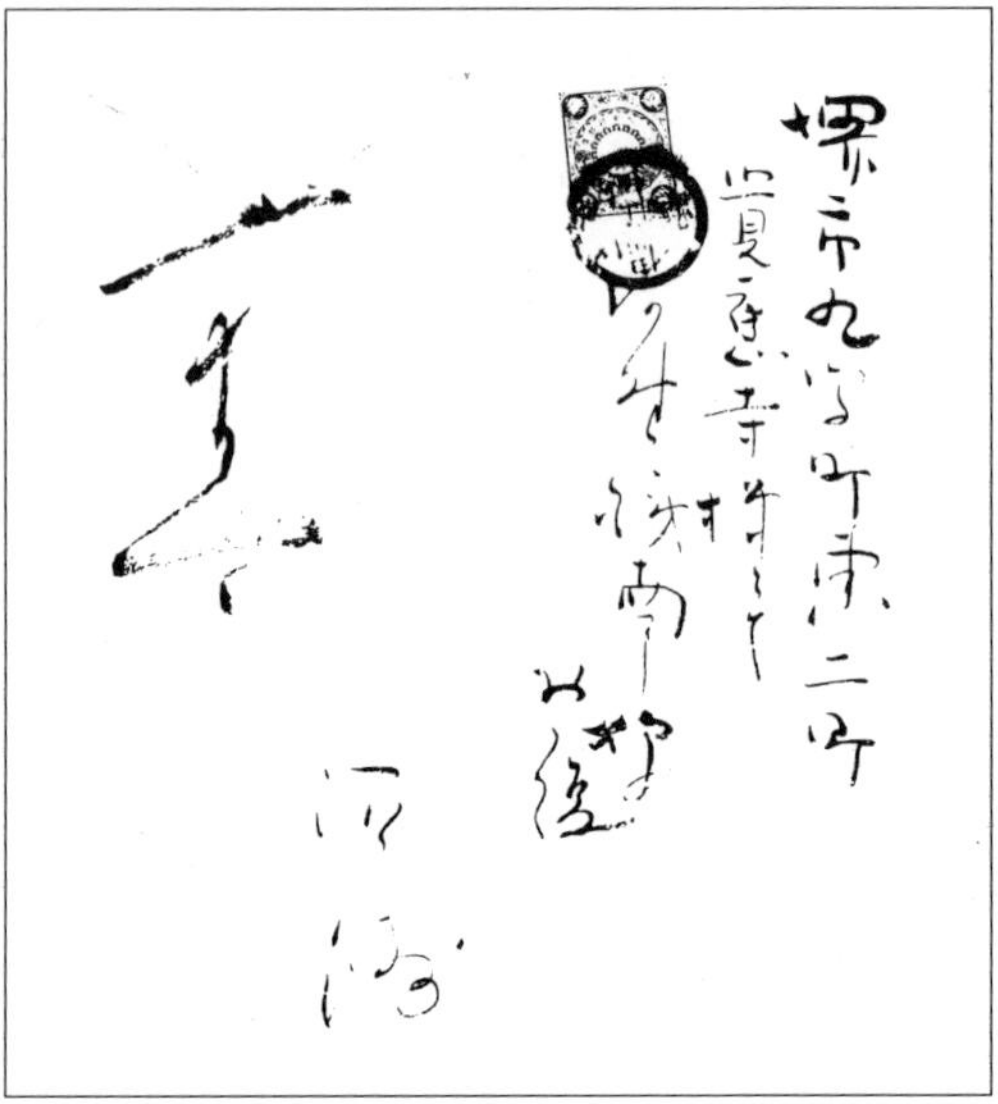

《封筒》

【表】
堺市九間町二町
覚應寺様ニて
河野銕南様
拝復

【裏】
沼洲

十月一日

㊱

与謝野晶子書簡　河野鉄南宛〈明治三十三年十一月八日〉

〔形態〕封書　巻紙（本文 16.6×101.5cm　表装 21.1×135.8cm）　毛筆
〔封筒〕和封筒（17.3×7.3cm）　毛筆
〔消印〕和泉／堺／卅三年十一月／八日／へ便
【備考】封筒末尾に持戻しの付箋（11.6×4.8cm）が貼付されてある。この付箋には「再□」の朱印と「和泉／堺／卅三年十一月／□日／イ便」の消印がある。なお付箋の「集配人」の下にある印字は判読不可。

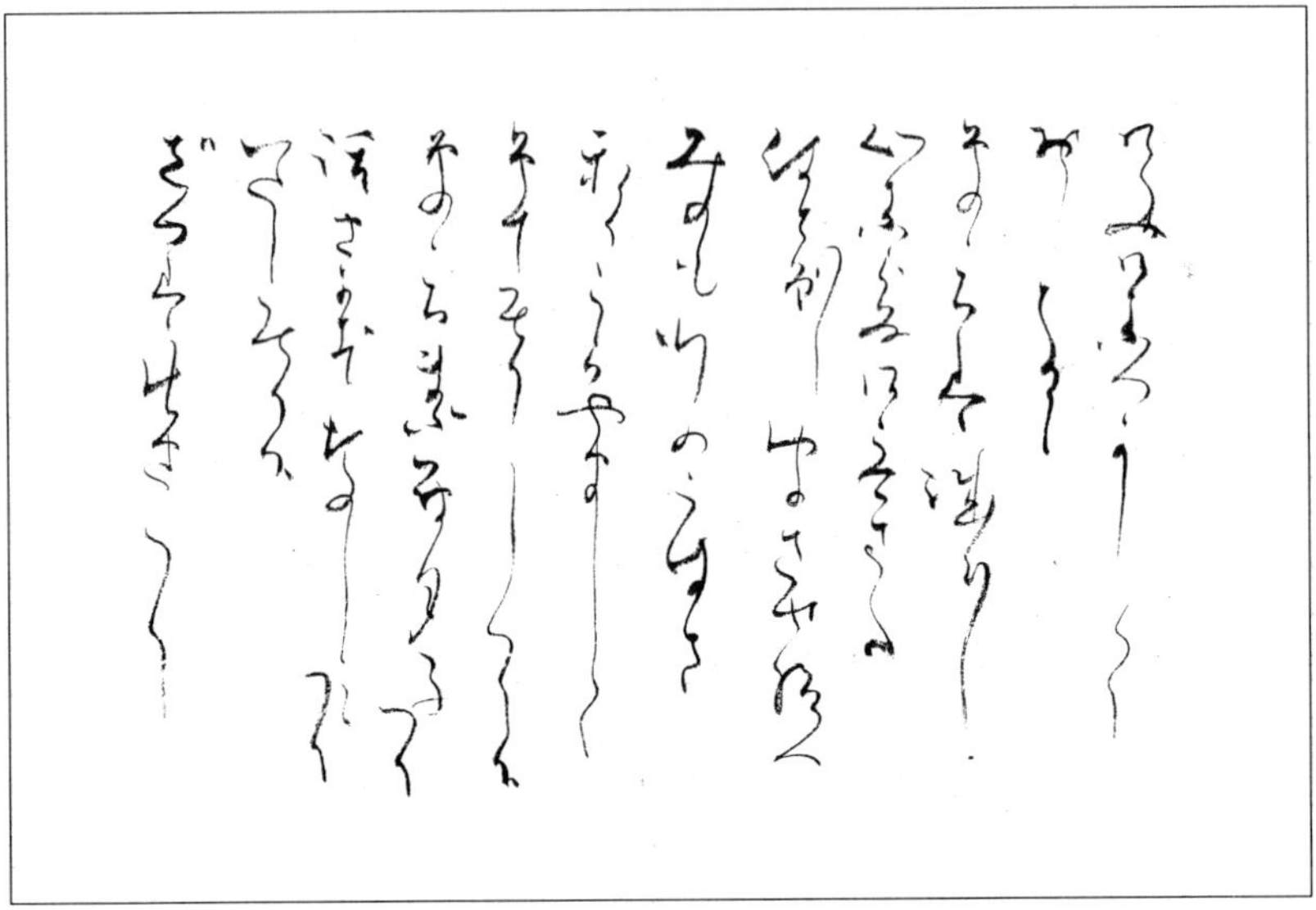

御文御なつかしく
拝し参候
その、ちは誠に〳〵
心ならぬ御無さた
何とぞ〳〵ゆるさせ候へ
みのも行のうはさ
承りうらやましく
そんし居りしに候
その、ちまだ雁月子
に
話きかずたのしみ
に
いたし居り候
じつはさきに

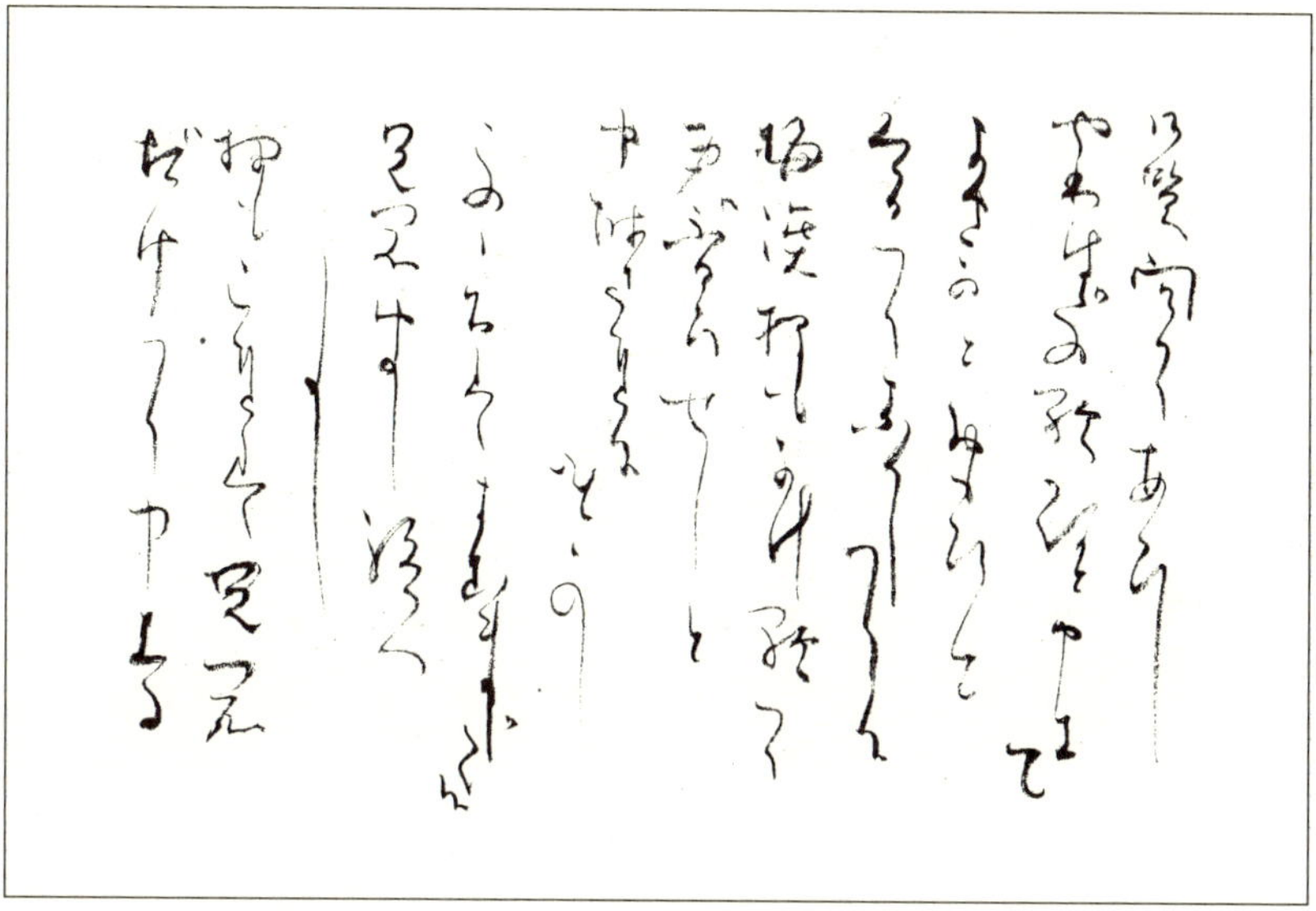

御質問にあひし
やわはだの歌何と申上
て
よきかとおもひて
今日になりし
に候
梅溪様もかの歌に
身ぶるひせしと
申越され候
をかし
このゝちはよむまじ
く候
兄君ゆるし給へ
扨もこれは兄君
だけに申上る

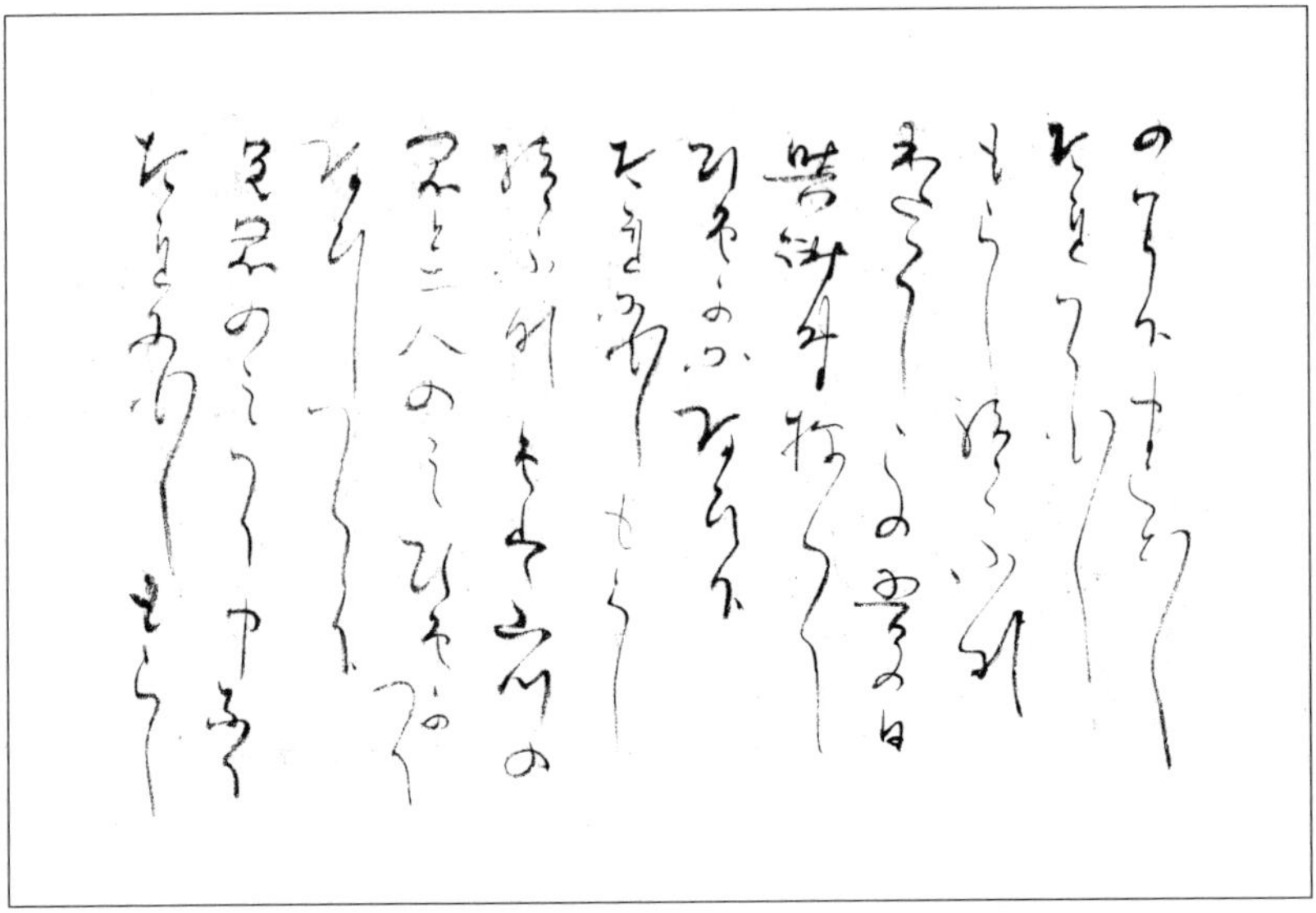

のに候まこと〳〵
たれにも〳〵
もらし給ふな
わたくしこの五日の日
與謝野様に
ひそかにあひ候
たれにも〳〵もらし
給ふなそは山川の
君と二人のみひそか
に
あひしに候
兄君のみに申なり
たれにも〳〵もらし

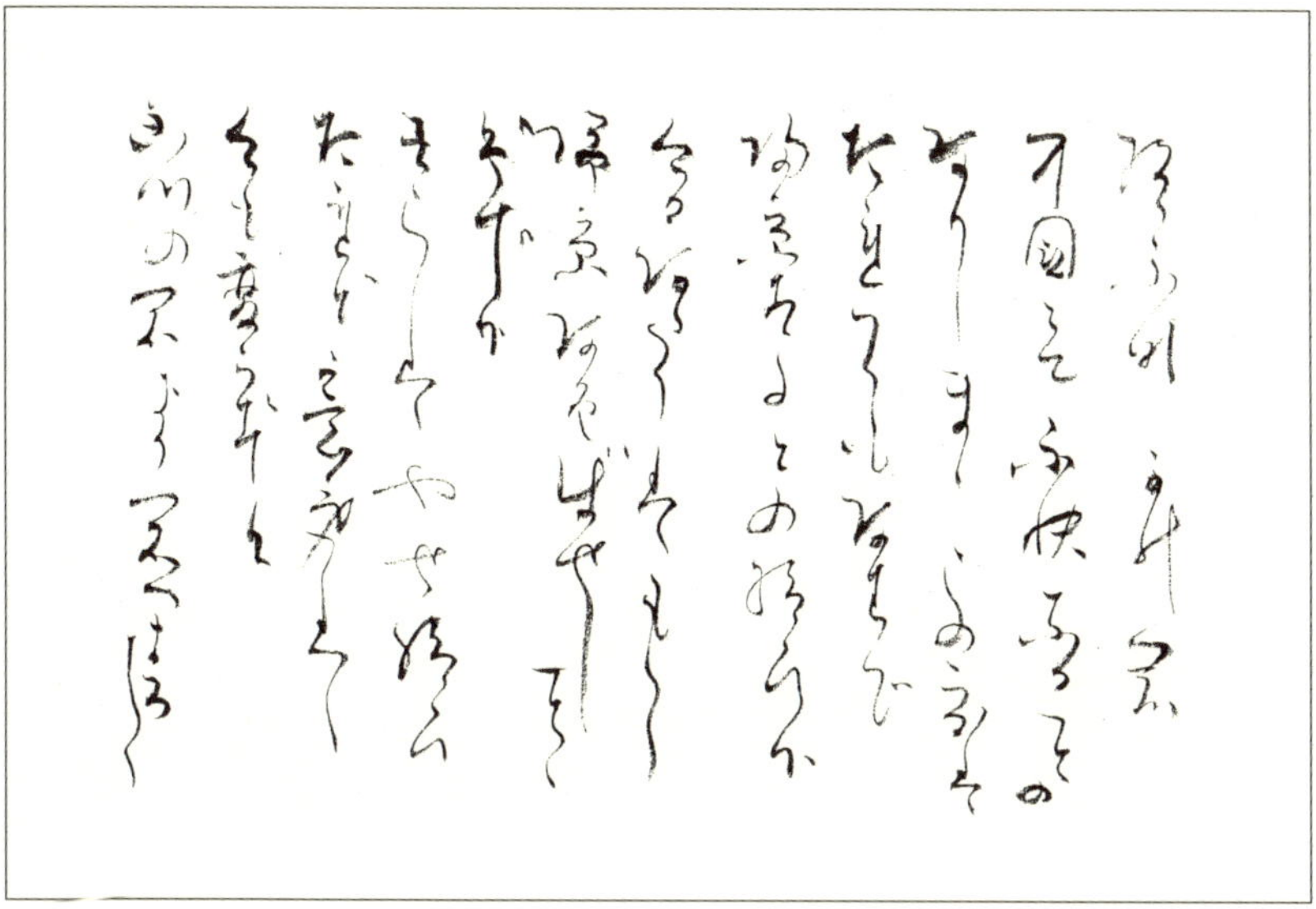

給ふなかの君
中国にて不快なること
の
ありしま丶この度は
たれにもあはで
帰京するとの給ひ候
今日あたりはもう
帰京あそばせし
こと丶
ぞんじ候
すこしはやせ給ひ
たれど意気は
今も変らず候
山川の君より君へよろ
しく

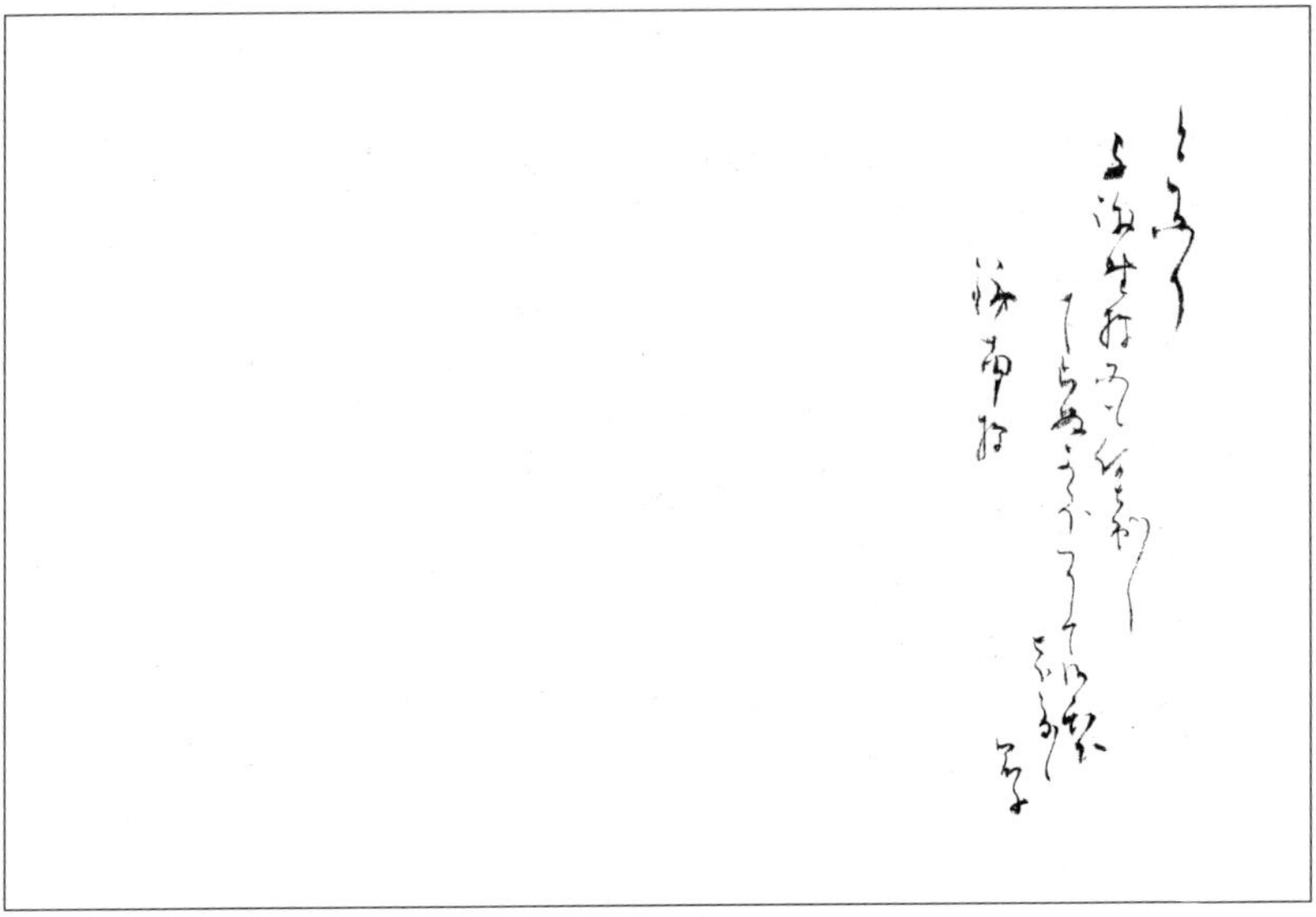

となり
与謝野様にも何とぞ〳〵
しらぬかほにて御出で
被下度候
晶子

銕南様

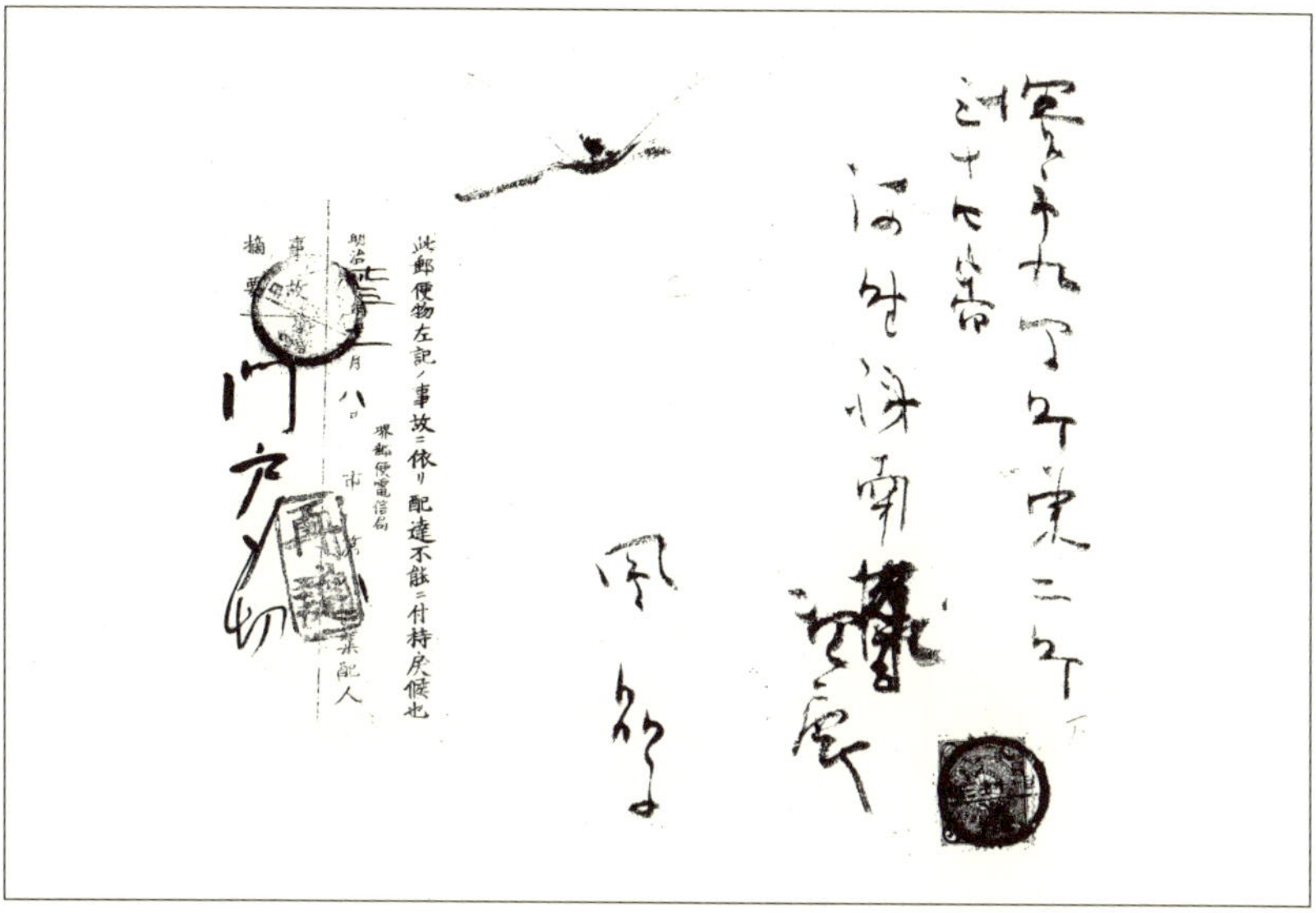

《封　筒》

【表】

堺市九間町東二町

三十四番

河野銕南様〈先生〉

親展

【裏】

鳳晶子

此郵便物左記ノ事故ニ依リ配達不能ニ付持戻候也

堺郵便電信局

明治卅三年十一月八日　市第八區集配人〈(印)〉

事故

摘要　門戸〆切

㊲　与謝野鉄幹書簡　河野鉄南宛〈明治二十五年三月二十九日〉

〔形態〕封書　便箋（16.3×23.5cm）三枚
　表装なし　毛筆
〔封筒〕和封筒（19.2×8.3cm）　毛筆
〔消印〕周防／徳山／廿五年三月／二十九日／ハ便
　和泉／堺／廿五年三月／三十一日／ト便

【備考】便箋には青色の罫線（13.0×19.3cm）がある。

本項目には、宅雁月宛の晶子の和歌が毛筆で書かれている薄桃色の包み紙（和紙、24.4×37.0cm、押し花の痕跡あり）と、台紙（18.8×6.2cm）に押し葉を載せて包んだ和紙（24.8×16.2cm）とを封入した紋様付きの封筒（20.9×6.8cm）とが一緒にある。

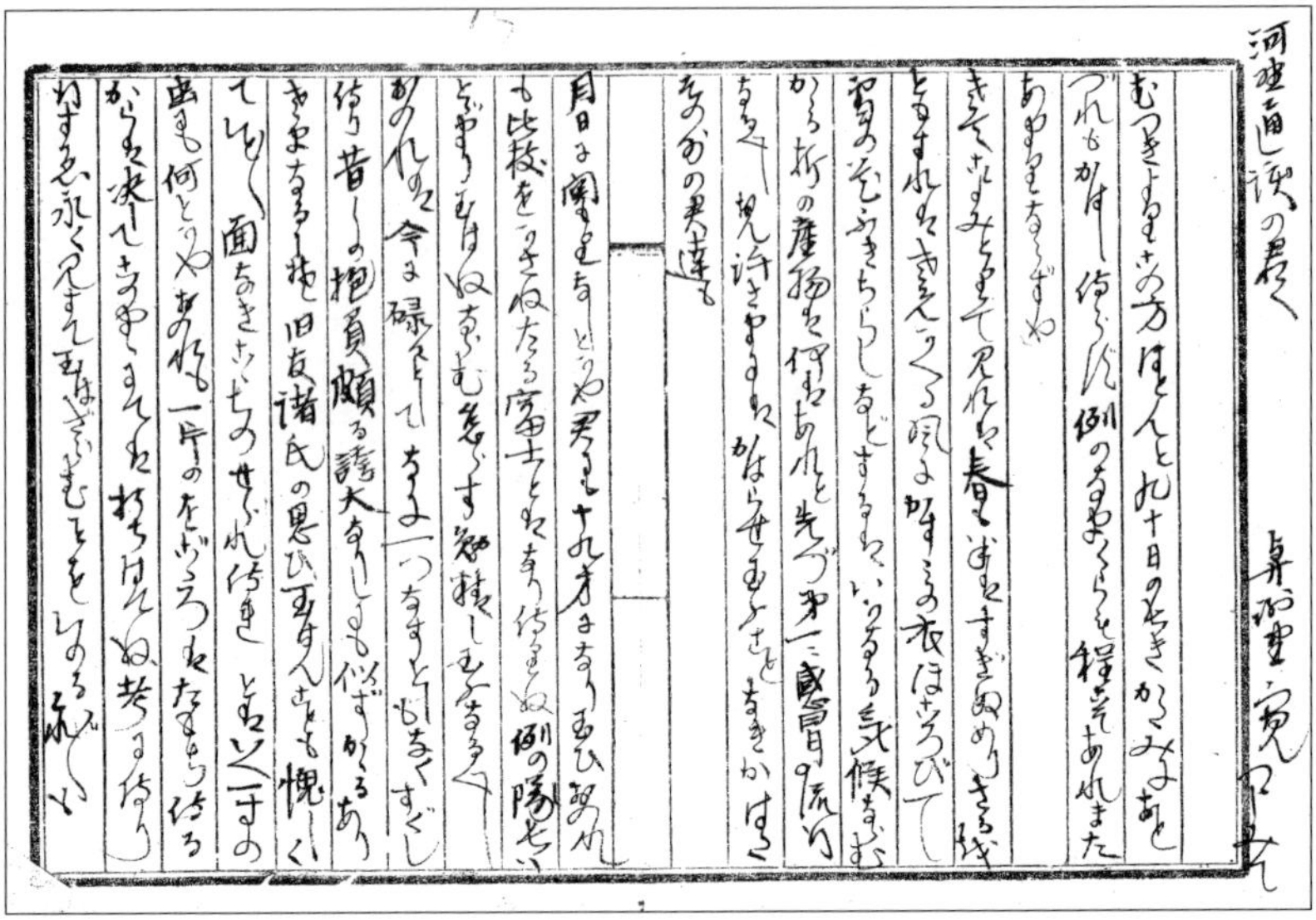

河野通該の君へ　　与謝野寛つゝしみて
むつきよりこの方ほとんと九十日の長きかたみにおと
づれもかはし侍らず例のなまくらも程こそあれまた
あまりならずや
さてこよみとりて見れは春も半はすぎぬめりさるを
ともすれはさへかへる風にかすみの衣ほころびて
雪の花ふきちらしなどするはいかなる気候ならむ
かゝる折の産物は何はあれと先づ第一に感冒の流行
なるべし御許さまにはかはらせ玉ふことなきかはた
その外の君達も
月日に關もりなしとかや君にも十九才になり玉ひおのれ
も比枝をかさねたる富士とはなり侍りぬ例の隊長は
とゞまり玉はぬならむ怠らす勉精し玉ふなるべし
おのれは今に碌々としてなに一つなすとしもなくすぐし
侍り昔しの抱負頗る誇大なりしにも似ずかゝるあり
さまなることを旧友諸氏の思ひ玉はんことも愧しく
ていと〱面なきこゝちのせられ侍れ　とはいへ一寸の
虫にも何とかやおのれも一片のをごゝろはたもち侍る
からは決してこのまゝにては打ちはてぬ考に侍り
行するゑ永く見すて玉はざらむことをいのるくれ〲も

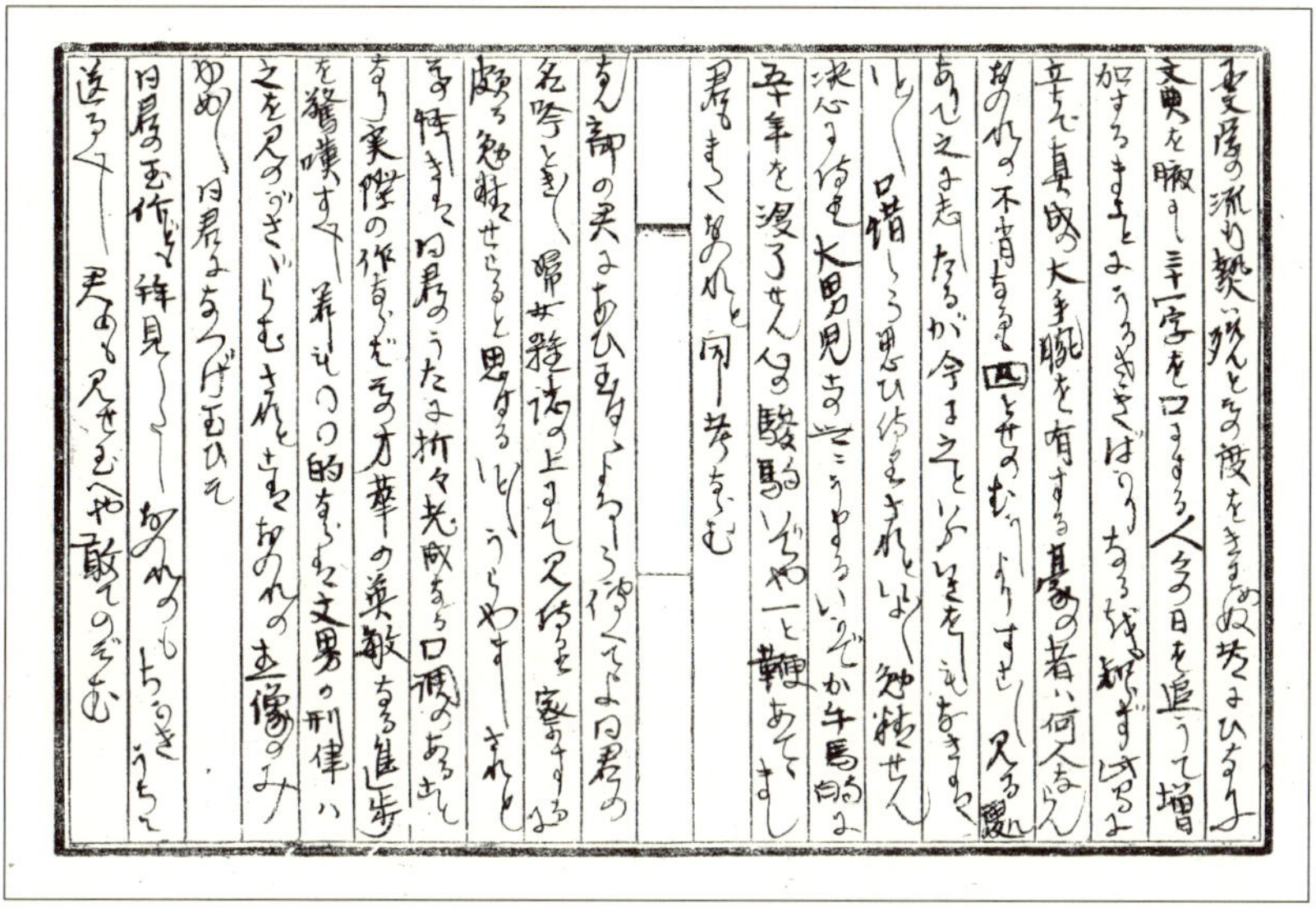

国文学の流行熱は殆んとその度をきはめぬ都にひなに
文典を腋にし三十一字を口にする人々の日を追うて増
加するまことにうるさきばかりなるを知らず此間に
立ちで真成の大手腕を有する豪の者は何人ならん
おのれの不肖なるも四とせのむかしよりすこし見る處
ありて之に志したるが今に之といふいさをしもなきは
いと〳〵口惜しう思ひ侍りされといよ〳〵勉精せん
決心に侍り大男児この世にうまるいかでか牛馬的に
五十年を没了せん心の駿駒いでや一と鞭あて、まし
君もまたおのれと同し考ならむ
なん部の君にあひ玉は、よろしう傳へてよ同君の
名吟とき〳〵婦女雑誌の上にて見侍るは察するに
頗る勉精せらると思はるいと〳〵うらやましされと
その怪しきは同君のうたに折々老成なる口調のあること
なり実際の作ならばその才華の英敏なる進歩
を驚嘆すべし若しも○○的ならは文界の刑律は
之を見のがさゞらむされとこはおのれの想像のみ
ゆめ〳〵同君になつげ玉ひそ
同君の玉作ども拝見したしおのれのもちかきうちに
送るべし君のも見せ玉へや敢てのぞむ

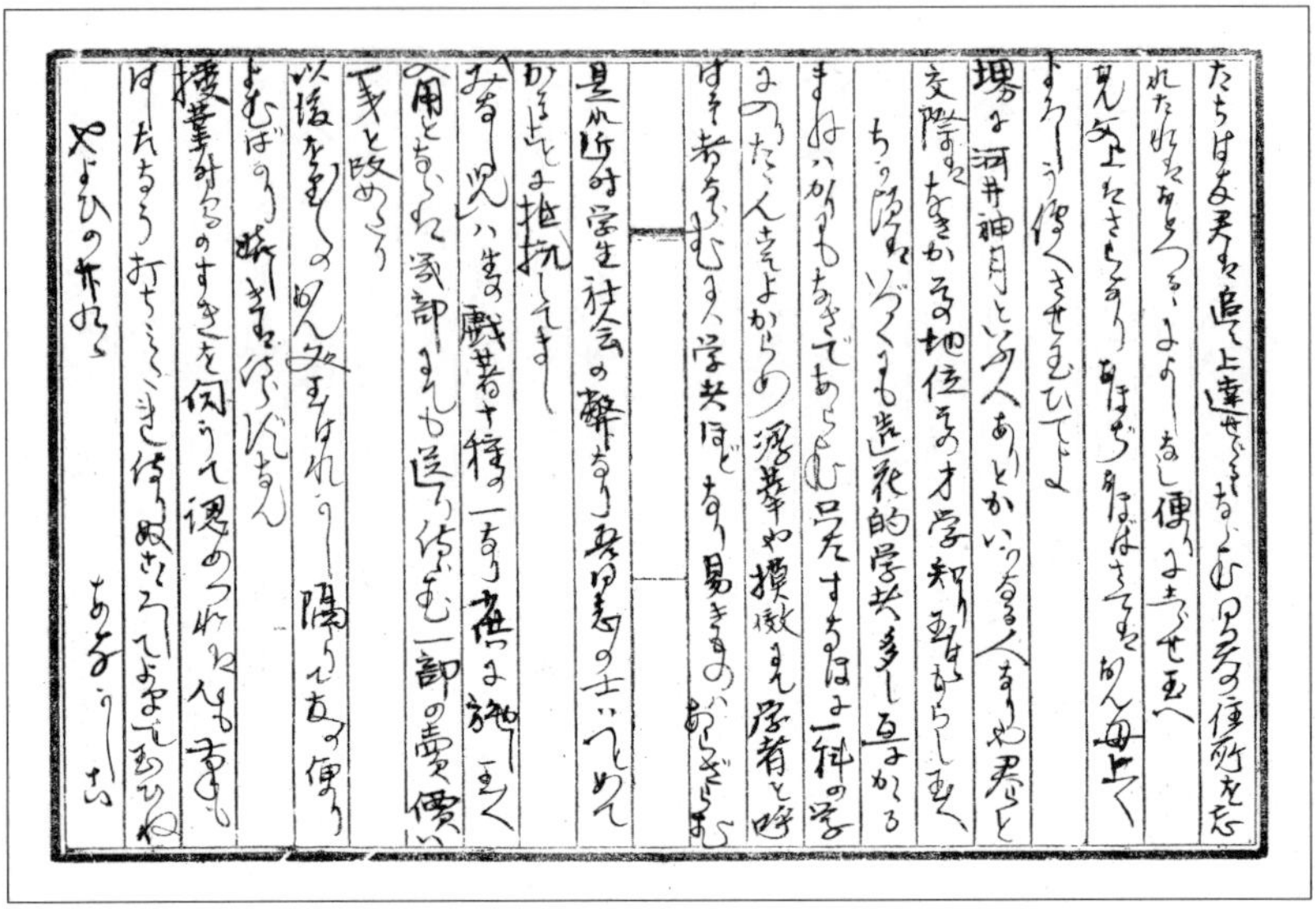

たちはな君は追々上達せらる、ならむ同君の住所を忘
れたれはおとつる、によしなし便りにしらせ玉へ
おん父上はさらなりおほぢおほばさてはおん母上へ
よろしう傳へさせ玉ひてよ
堺に河井紬月といふ人ありとかいかなる人なりや君らと
交際はなきかその地位その才学知り玉は、もらし玉へ
ちか頃はいづくにも造花的学者多し互にか、る
まねはかりにもなさであらむ只々すなほに一科の学
に入りた、んこそよからめ浮華や模倣にて学者と呼
ばる、者ならむには学者ほどなり易きものはあらざらむ
是れ近時学生社会の弊なり吾同志の士はつとめて
か、ることに抵抗してまし
「みなし児」は生の戯著十種の一なり小供に施し玉へ
入用とならは幾部にても送り侍らむ一部の責價は
一戔と改めたり
以後をり〳〵のおん文玉はれかし隔りて友の便り
よむばかり嬉しきは侍らずなん
授業時問のすきを伺うて認めつれは心も筆も
はしたなう打ちみたれ侍りぬこ、ろしてよませ玉ひね
やよひの廿九日　あなかしこ

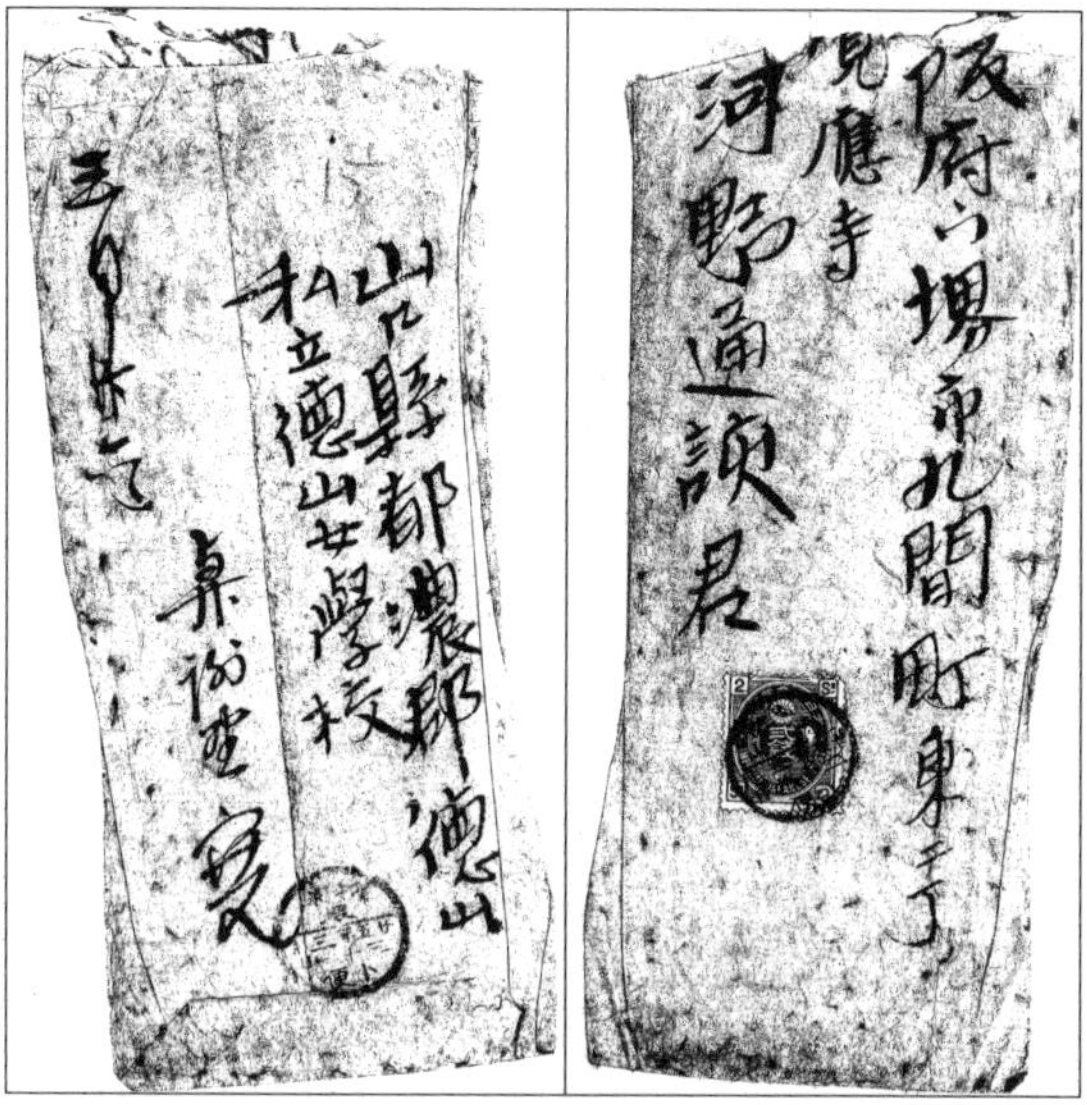

《封　筒》

【表】　大阪府下堺市九間町東二丁
覚應寺
河野通該君

【裏】　山口縣都濃郡徳山
市立徳山女學校
與謝野寛
三月廿六日

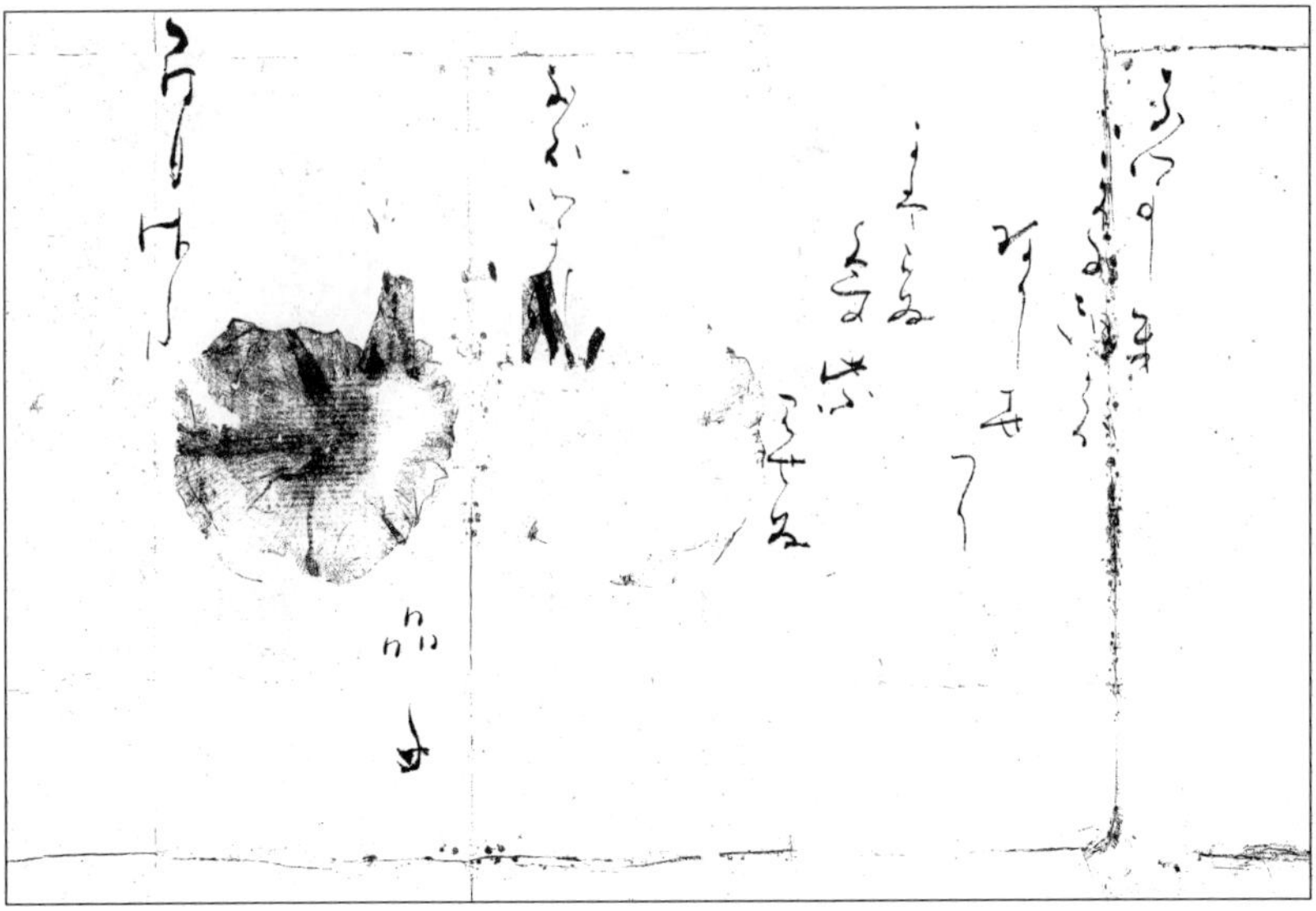

《包み紙》

なつかしき
かほる朝かほ
あかし世
に
かはらぬ
くにの紫
みせぬ
おほつかな

晶子

雁月さま

㊳

与謝野晶子書簡　河野鉄南宛〈明治三十三年七月二十七日〉

〔形態〕封書　半紙（22.3×29.8cm）四枚
表装（27.4×148.4cm）毛筆
〔封筒〕和封筒（18.7×7.4cm）毛筆
〔消印〕和泉／堺／卅三年七月／二十七日／ホ便

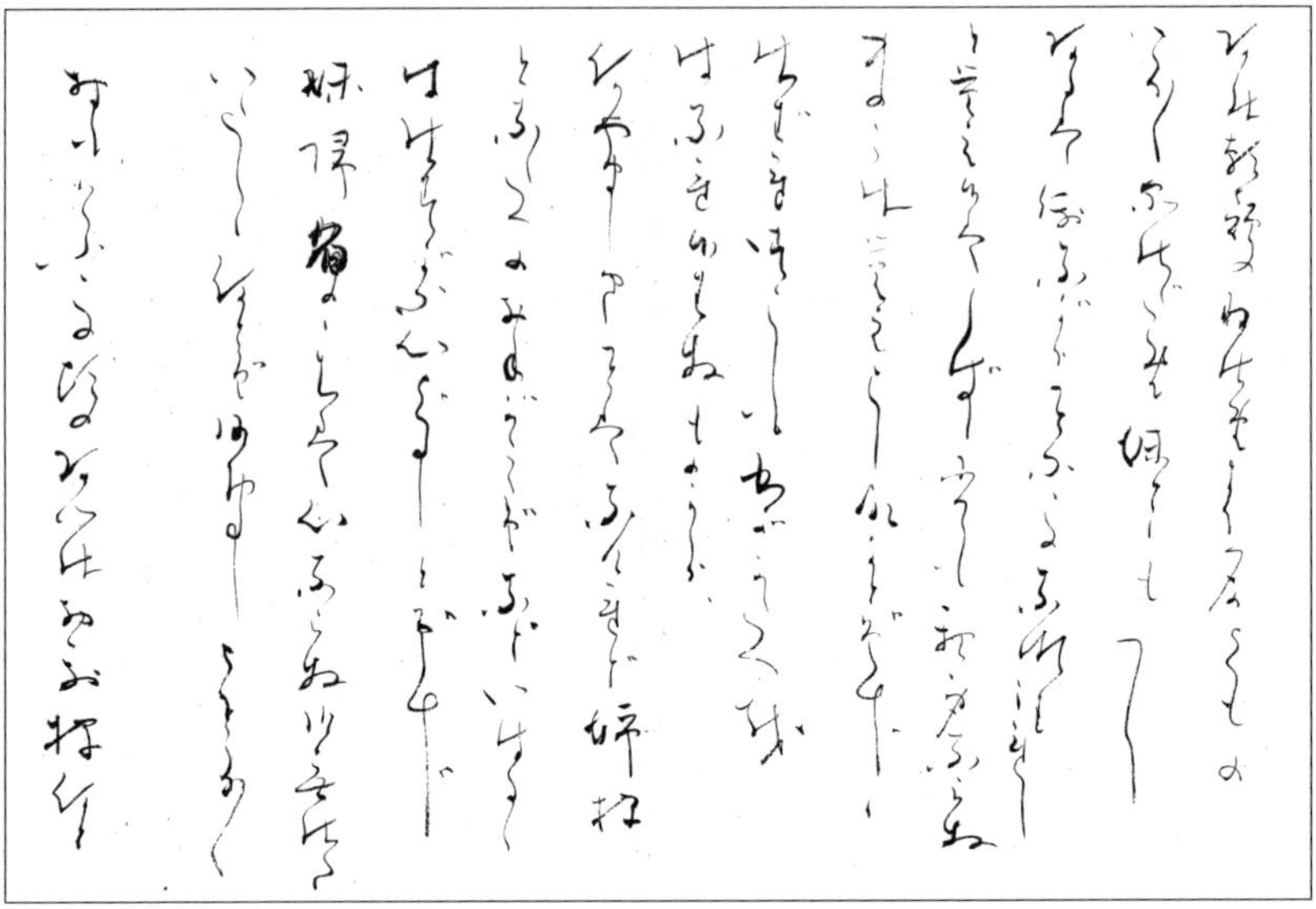

あさ朝顔のねさめより夕のくもの
いろ〳〵品さだめ妹とゝもに
あるは例ながらことにこのなつは
うれし
と覚え候はしばしにても親身ならぬ
中のうさ覚えこし故かとぞんじ候
さばれすこしもわがかたへを
はなれ候はぬものから
何やましきことはなけれど姉様
となたへのお手がみぞなどいはるゝ、
はさすがに心ぐるしとぞんじ
妹帰省〈□〉のゝちは心ならぬ御無さた
いたし候何とぞ御ゆるし被下度候
扨もけふこの頃のあつさお前様何と

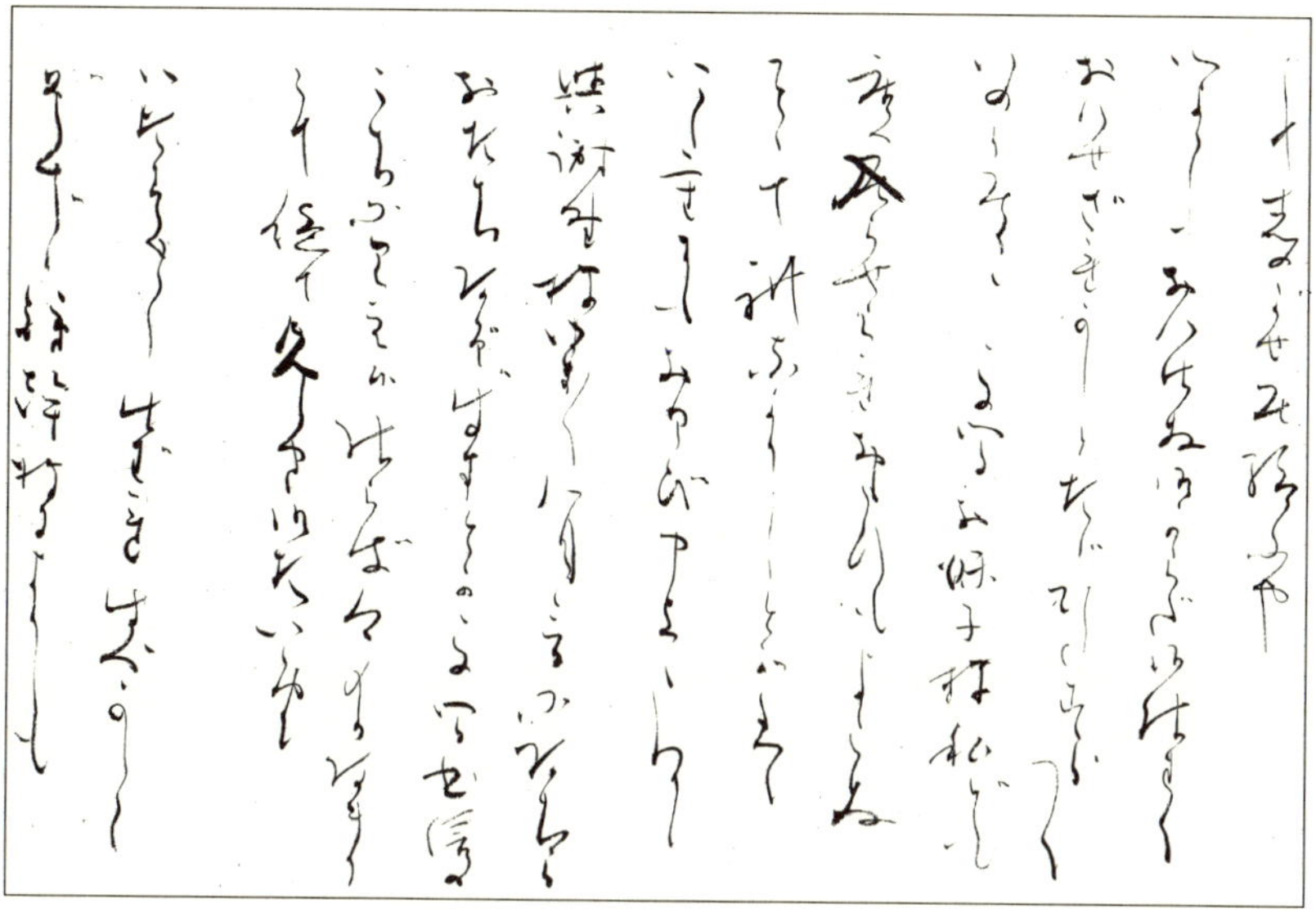

してしのがせ居給ふや
つよくもおはさぬ御からだ御さはり
おはせざれかしとたゞひたすら
に
いのり居り候この間お妹子様私ども
店へ入（居）らせられおもひもよらぬ
ことゝて禮なかりしとがは
いく重にもおわび申上参候
與謝野様いよ〳〵八月三日にあちら
おたちあそばすとかこの間書信の
うちに見え候さらば今十日あまり
にて絶て久しき御たい免
いたすべくさばれはづかしく
ぞんじ候鉄幹様によりも

河野鉄南宛〈明治33年7月27日〉

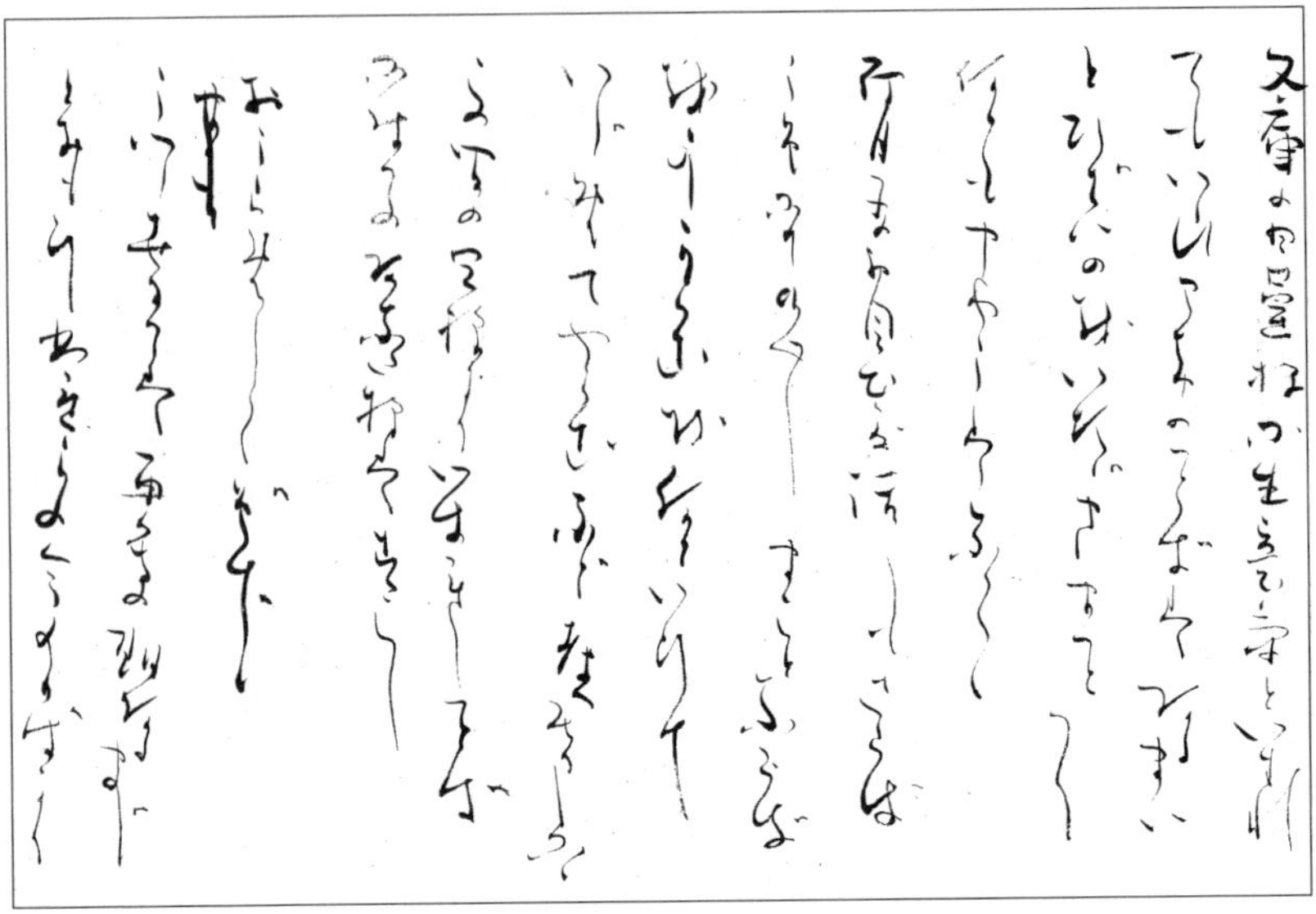

文庫の白蓮様に生意氣といはれ
てもいひわけのことばはあるまい
とひどいのをいたゞきまこと
に
何とも申やうはなく候
雁月子のお目出度話もさらば
こそにて候べしまことならば
をかしからむを何といひて
いじめてやらむなど考へ居りしに候
この間の兄様よりいはれしことば
に付てのあなた様はすこし

おうらめしくぞんじ候
〈まこと〉
うつし世にては再會の期あるまじ
とおもひしわれらの今十日ばかり

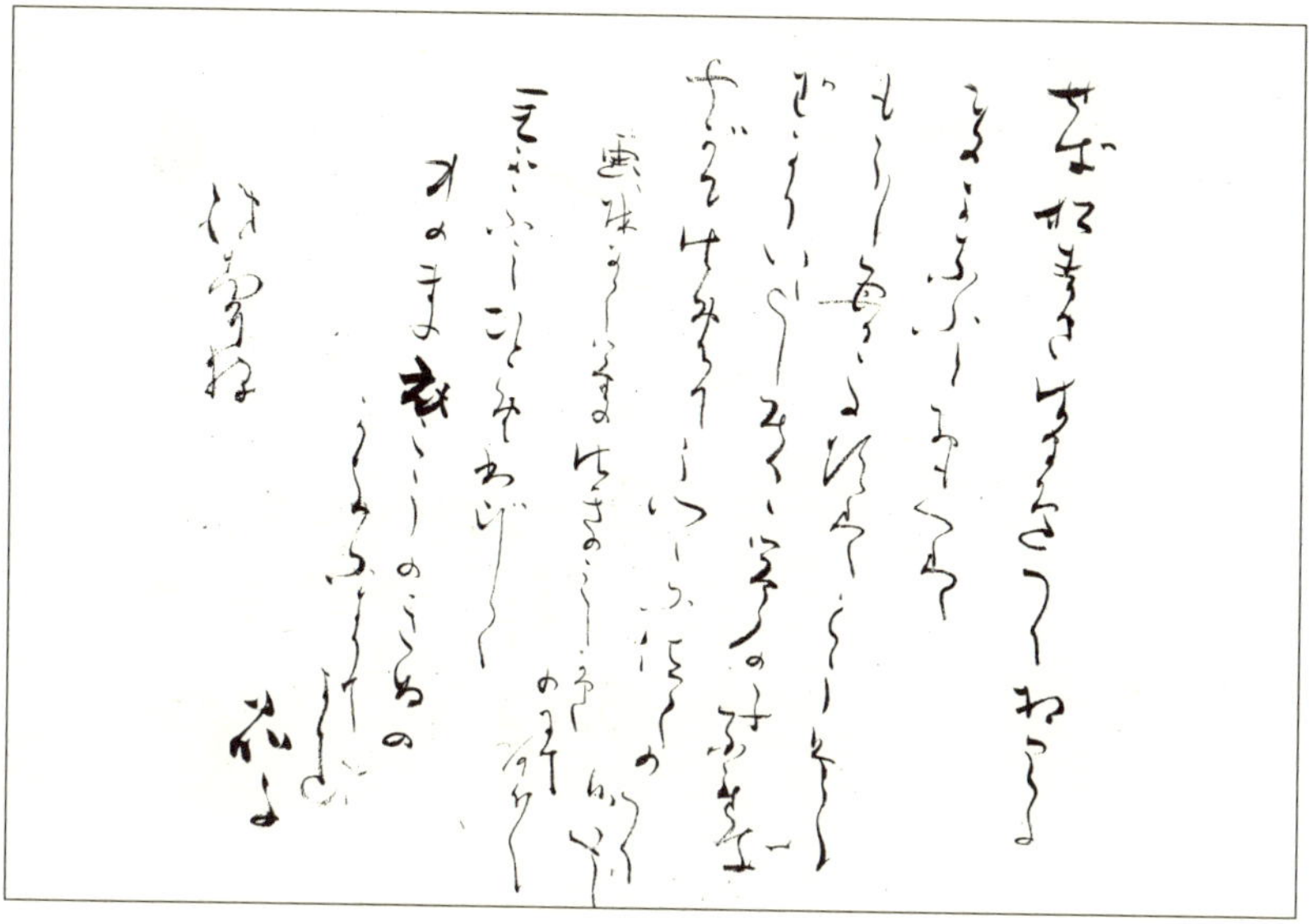

せば松青きはま邊に相見る
ことのかなふとおもへは
もう〳〵毎日この頃はくうそう
ばかりいたし居り候夢の子
なれば
やがてさめてうつゝに泣くの
に
候べし
画をかく筆のさきのみしかき
のにて
あら〳〵
君がふみひとめわびしく
中のまの衣〈□〉こうのきぬの
かけによりて
よむ
晶子
鍥南様

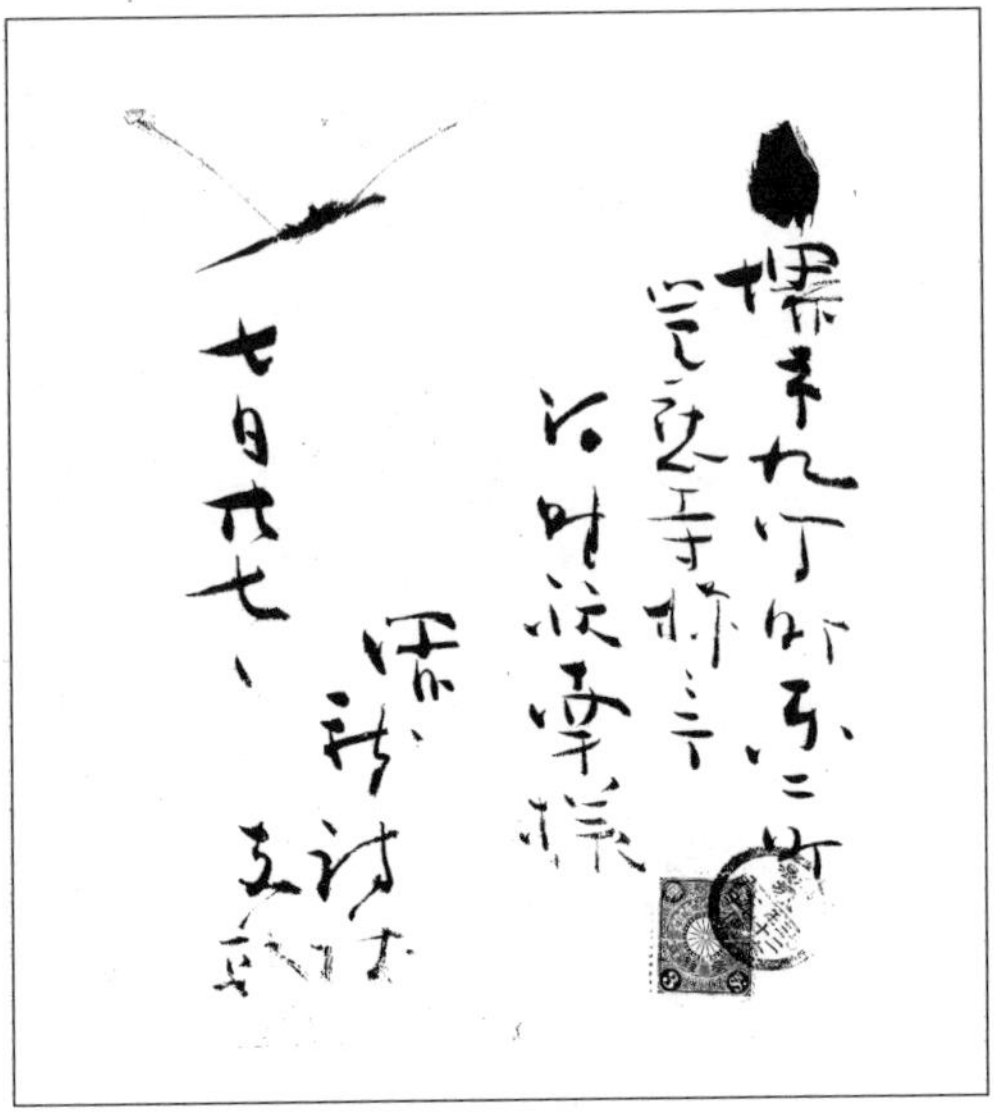

《封　筒》

【表】　堺市九間町東二町

覚應寺様ニテ

河野鉄南様

【裏】　堺

新詩社

七月廿七日　支部

㊴ 与謝野晶子書簡　河野鉄南宛〈明治三十三年五月八日〉

〔形態〕封書　半紙（22.8×31.6cm）六枚　表装（27.3×219.6cm）毛筆

〔封筒〕和封筒（18.1×7.5cm）　毛筆

〔消印〕和泉／堺／卅三年五月／八日／ホ便

【備考】本項目は内容上、半紙一枚目「わがかりそめの～弟がよぶ聲に目をあきしに」と二枚目「けさあけがたの～まことその日かへりまゐり候」（四一三頁四行～四一四頁四行）とを入れ替えて表装されたと思われる。

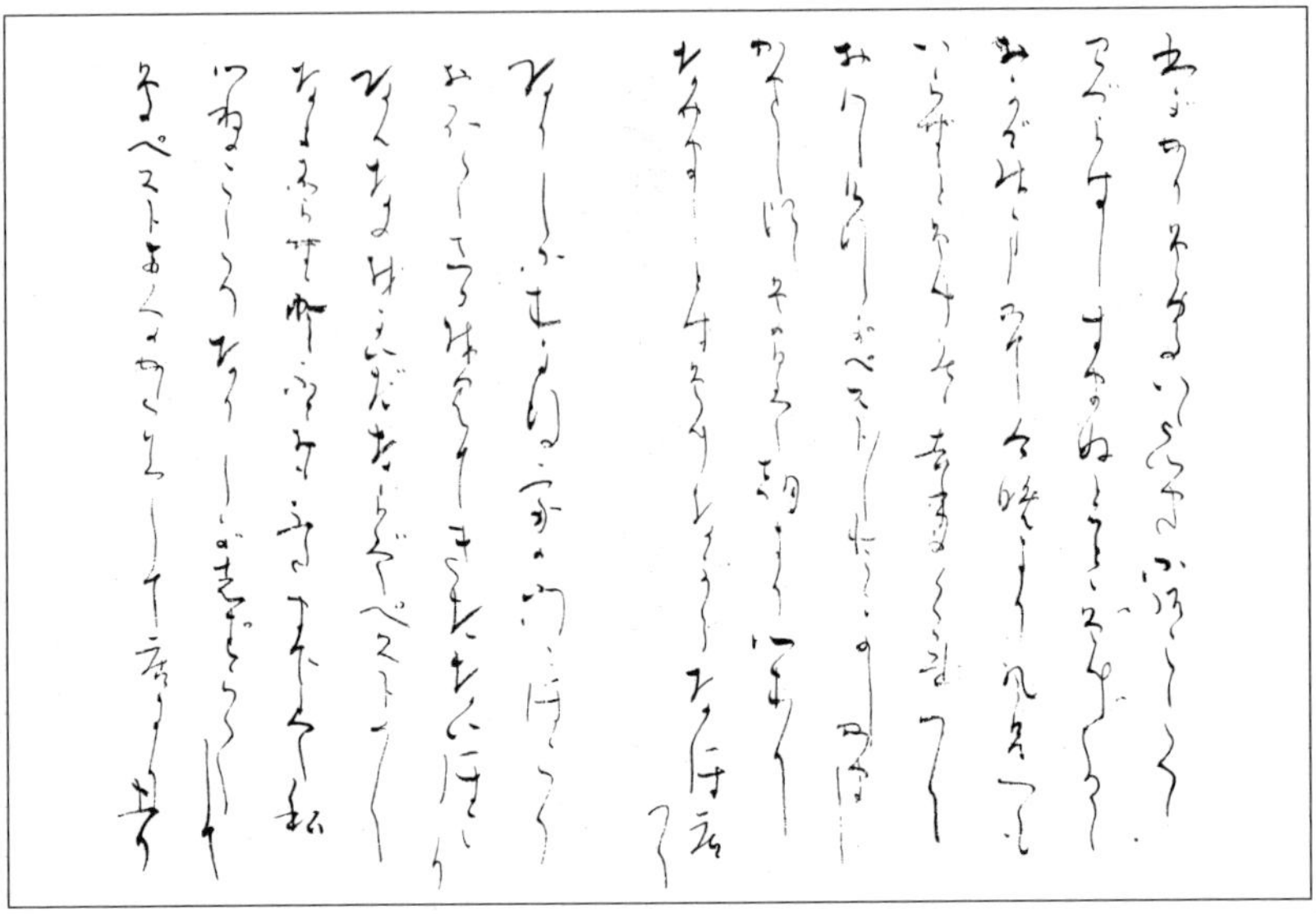

わがかりそめのいたつきに御こゝろ
わづらはしすまぬとことゝぞんじ参候
おかげさまにて今晩より風呂へも
いらむとそんし居候去年のくれに
おはし候ひしがペスト〳〵とかし
かまし
かりし頃その日は朝よりつむり
なやましとはそんしながらなほ店
に
ありしにむかひの家の門にほこり
おほく立つを見てきたないほこ
り
あんなのをかいだならばペストに
なるならむとふとおもふたまでは私
つねのこゝろなりしがしばらく
して
そのペストか人のかたちして店より
上り

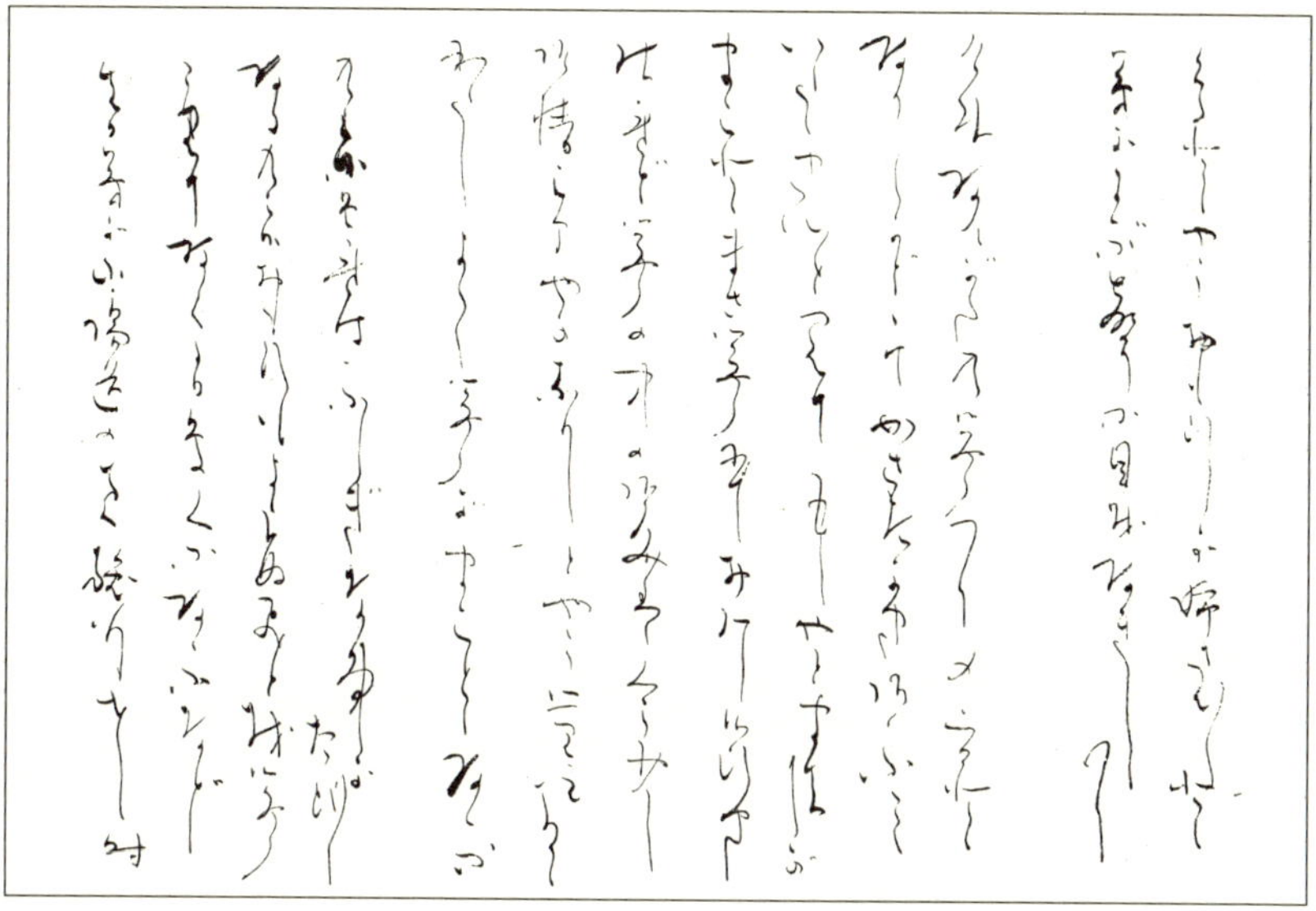

くるとやうおもひしが姉さん〳〵と
弟がよぶ聲に目をあきし
に
けさあけがたの夢に十二日と
ありしかど、てかさたかき御ふみ
いた、きつと見てもしやとまち
しが
まことまさ夢にておはし候ひき
されど夢の中の御文は今少し
御情こまやかなりしとやう覚え
参候
わたしよく夢がまこと、あふ
のに候（□）それはふしぎな事が
たび〳〵
あるのに候おもひもよらぬひとを夢
に見てあくる日その人にあふなど
先日弟が山陽道の方へ旅行せし時

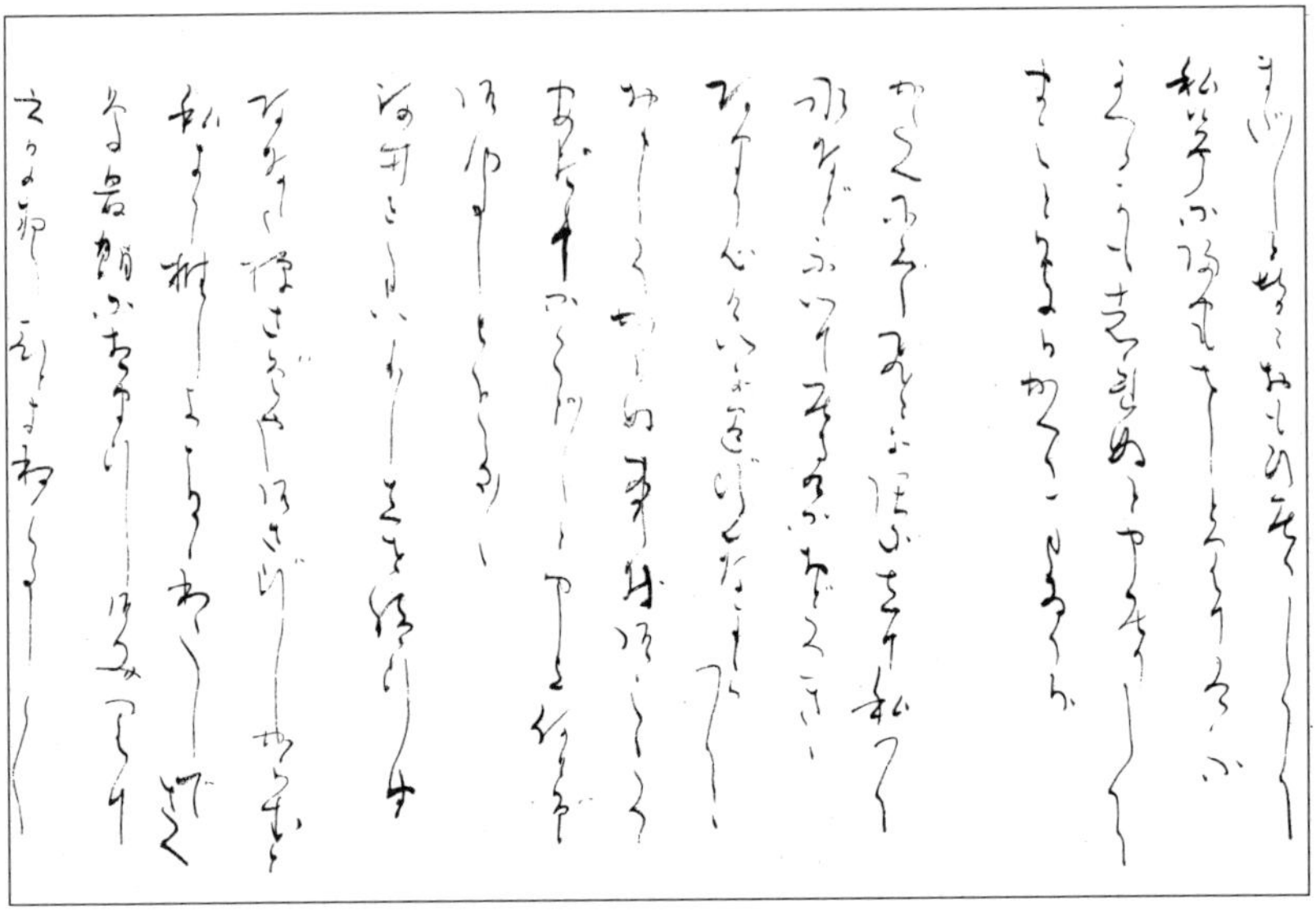

まだ〳〵と皆々おもひ居りしに
私夢に帰宅せしと見てけふ
かへるかもしれぬと申居りしに
まことその日かへりまゐり候

かたへにはひとが沢山立て私に
水などふいて居るのにおどろき候
あまり心けいが過びんなから
に候
おもしろからぬ事を御こゝろ
安だて（□）にくど〳〵と申上何とぞ
御ゆるし被下度候
河井さまいよ〳〵立せ給ひし由
あなた様さぞや御さびしからむと
私より推し上参候わたしで
さへ
その最期にたまひし御文見て
六日の夜ひとよねくるしく

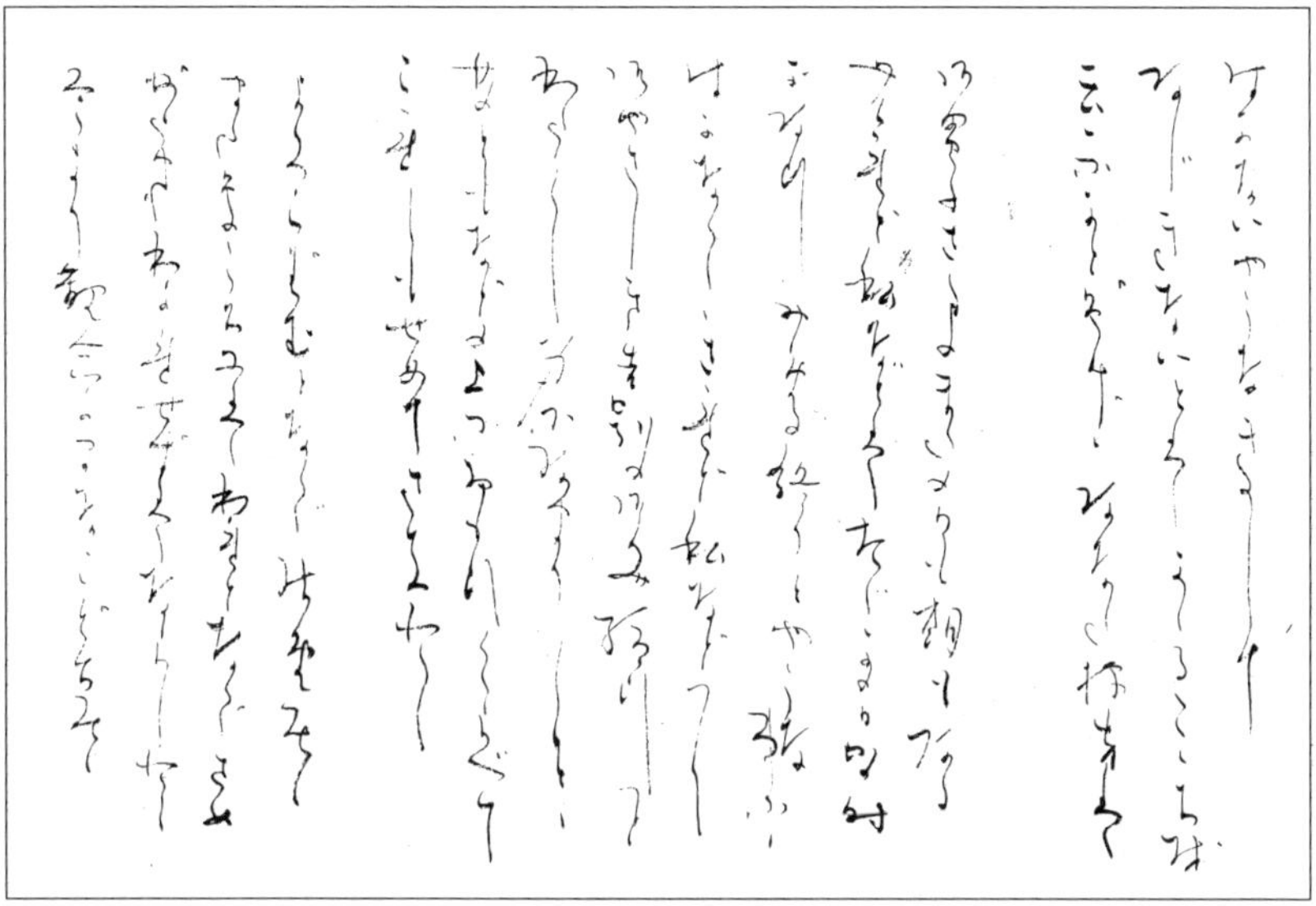

はかないやうなきのして
あじきないとはかゝるこゝちを
云ふかとぞんじ候あなた様方は
御男子さまのまたの日も朝もある
べけれど私などはたゞかの日かの時
があひし初めの終りとやうな
事に候
はかなく候されど私などに
御やさしき告別の御文給ひしこと
わたくし身にあまりしことゝ
女のともなどの上におもひくらべて
これしもせめてさちと
よろこばむとなぐさめて居候
またそのころにはわれとなぐさめ
がたきわかれせずはあらしと
今より観念のまなこどち居候

私はかくていつまでも〱変り
なき身なれどをとこのあなた様
世の中に出で給はむ暁にはかく
かひなきあまの子をなほ
わすれ
ずに居させ給はるや否や夕の
雲のそれにてはおはさずや
われは世のひとより見れば不幸
よと
申かはしらずある事情のもと
に
身をはるまでひとりにて
あるのに候何故など、御とひ
下さるは
御ゆるし被下度候
この間雁月君に新詩社の話を
おぼろげながら承りそれでは

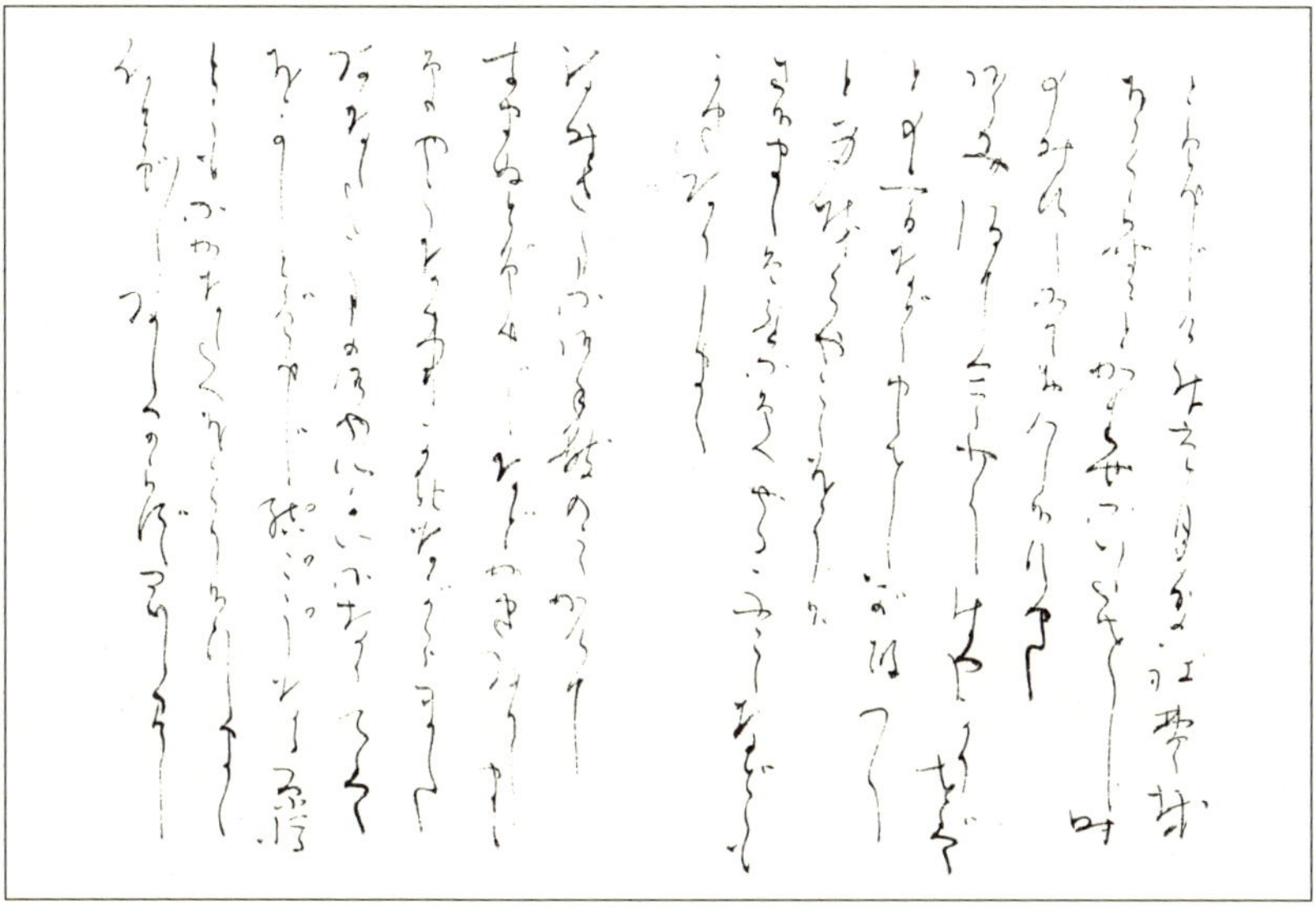

とぞんじけさ六ヶ月分の社費を
おくらむとかはせにいたせし時
十時頃にておはし候ひき
御文得て今少しはやかり
せば
と十二日など申せしが故に
と身をくやみをり候
さ候まゝそれにそへやるふみなども
かきありしまゝ

河野さまに御手数のみかけて
すまぬとぞんじなどかきありし
まゝ
そのやうな事かきながらまた
あなたさまの御やつかいになりては
をかしとぞんじ結こうなる原稿
とゝもにかなたへをくり候ひしまゝ
何とぞ〳〵あしからず思し召し

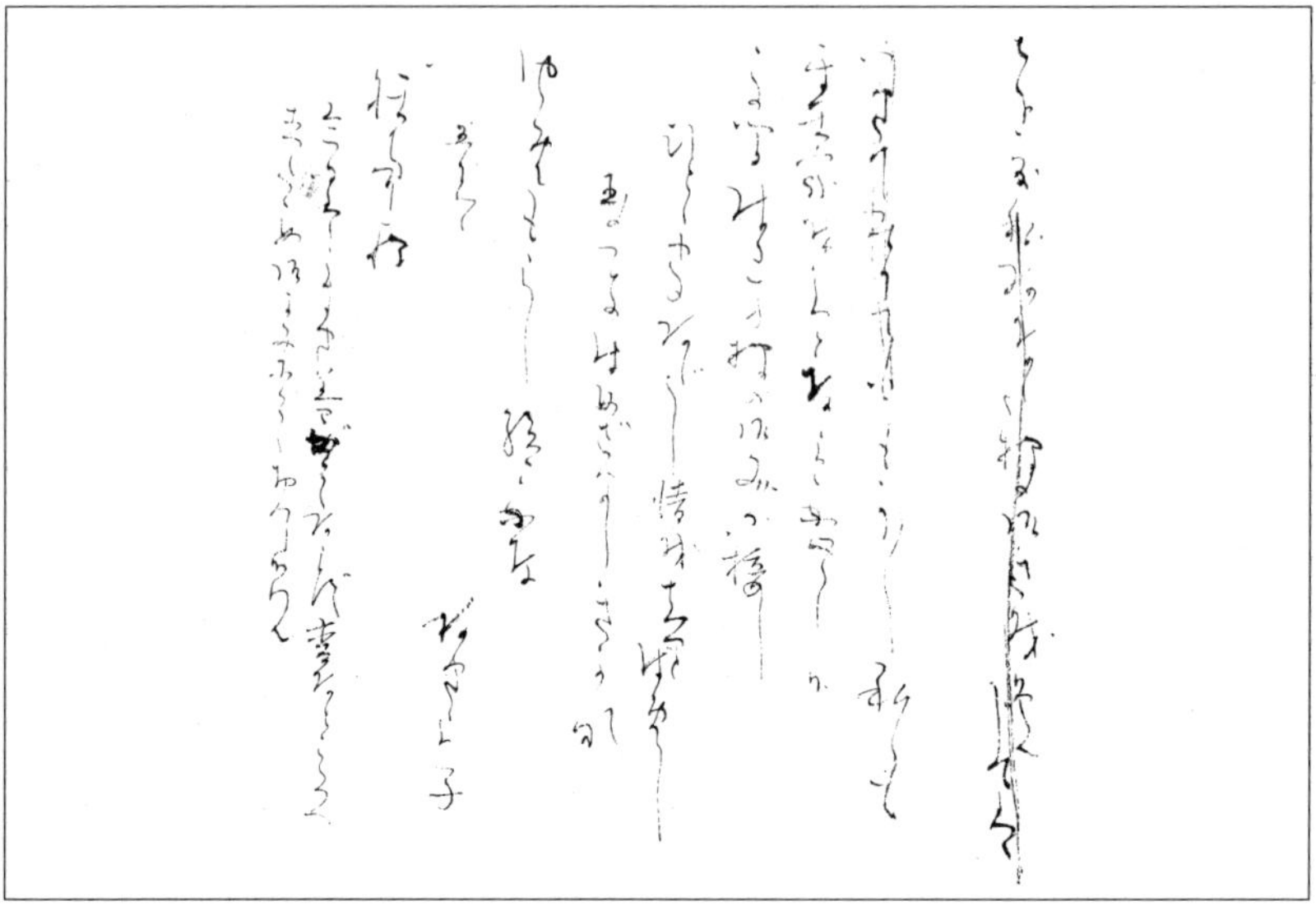

被下度〈私あなた様の御きをそん
じては
いきて居りても〉もう〳〵私も
楽天家をちとならふべく候
この間さる方様の御文に接し
ひとゝきのあだし情をちり
ばめし
玉のことのはめざましきかな
ゆめもらし給ふ〈□〉な
五月八日
あきら子
鉄南様
今日はうすき巻が〈□〉みあらず変なところへ
した、め御よみにくゝおはし候はん

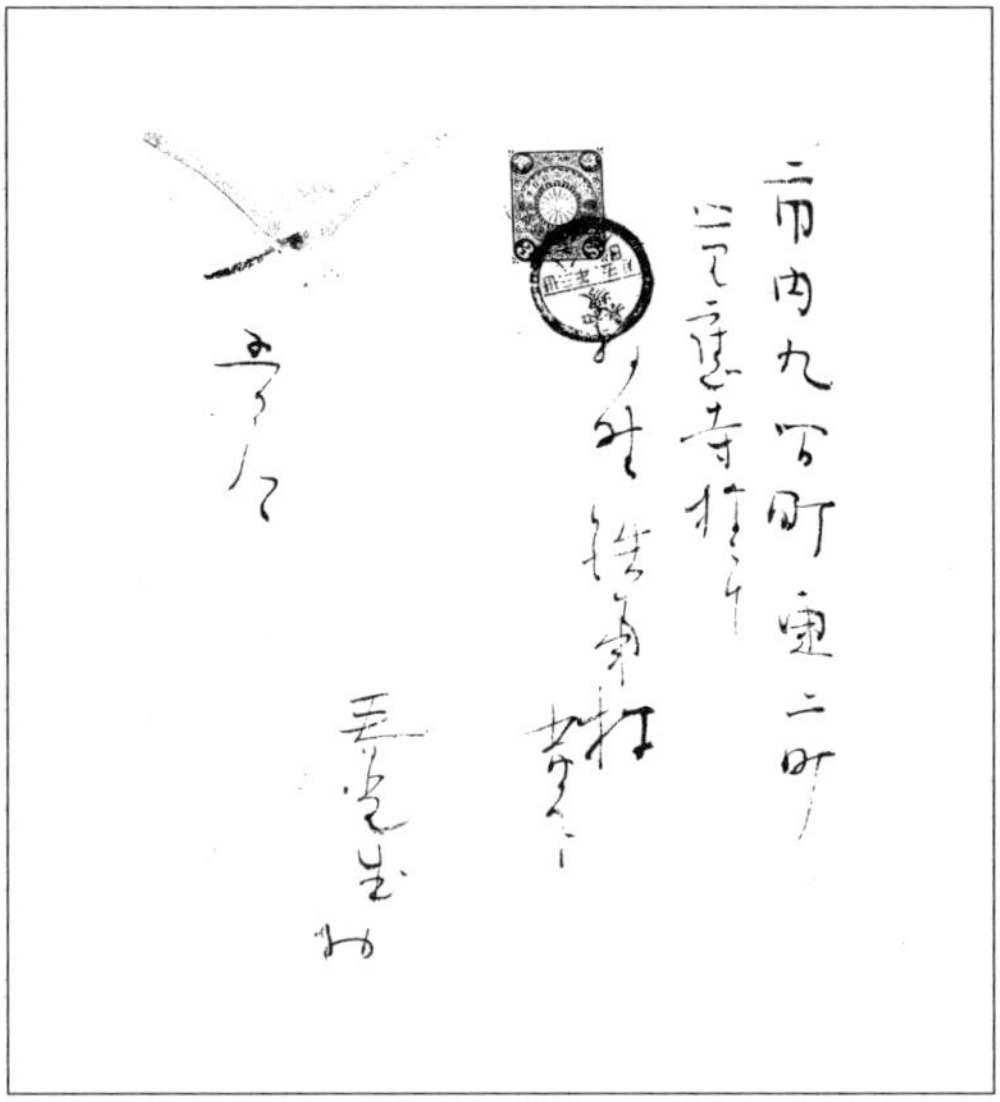

《封　筒》

【表】

市内九間町東二丁
覚應寺様にて
河野鉄南様
貴下

【裏】

春光生
拝

五月八日

あとがき

本書簡集は原書簡四十三通の写真版、見せ消ち等の削除文字を含む翻刻、書誌的事項を併載した。大正大学図書館が所蔵していた与謝野晶子関係書簡の一括公刊である。

収録した書簡の大半が明治三十三年に執筆されており、晶子が本格的に歌作を始め、やがて『明星』に投稿し出した経緯が鮮明である。そしてこれらに伴う対人関係と屈折した心情も窺える。本書簡集が『みだれ髪』成立の背景を究明するに一助とはなるであろう。今後の研究成果に期待したい。また若い研究家には原書簡に接する楽しみを味わっていただければ幸いであり、本書簡集がさまざまな分野で活用されるよう願っている。

なお本書簡集の校正段階で、本書簡集収録書簡とは別に、河野鉄南および宅雁月宛の与謝野鉄幹書簡・河井酔茗書簡・伊良子清白書簡等約三十二通が大正大学図書館に所蔵されていることを知った。管見する限り先行研究では触れていない書簡のようだが、全く未整理の状態にあり、また晶子書簡が収められていない上に全体の件数が多いことから、本書簡集に収録することを断念した。近時に、本書簡集関連書簡として刊行したい。

本書簡集公刊にあたり、大正大学の図書館および出版会の皆様には何かとお手数をわずらわせた。

末尾ながら、関係した全ての皆様に謝意を呈します。

平成十四年十月

編者識

【著者紹介】

清水宥聖（しみず　ゆうしょう）
略　歴／1962年、日本大学豊山高等学校卒業。大正大学で中世文学・仏教文学を専攻。同大学院文学研究科国文学専攻博士課程単位取得満期退学。その後、大正大学文学部助手を経て、1998年4月より同学文学部教授。
主な著書／『安居院唱導集』等。

千葉眞郎（ちば　しんろう）
略　歴／1946年岩手県生れ。76年、大正大学大学院文学科国文学専攻・博士課程単位取得満期退学し、目白学園女子短大専任講師。その後、目白女子短大助教授・教授、大正大学講師を経て、2000年4月より大正大学文学部教授。
主な著書／『展望　近代の評論』(双文社)、『近現代の文学』(おうふう)、『石橋忍月全集』全5巻編纂（八木書店）等。

与謝野晶子書簡集――影印・翻刻――

二〇〇二年十一月十五日　印刷
二〇〇二年十一月三十日　発行

定　価　一二〇〇〇円〈本体〉＋税

編　者　清水宥聖・千葉眞郎

発行者　松濤誠達

発行所　大正大学出版会
〒一七〇-八四七〇
東京都豊島区西巣鴨三-二〇-一
電　話　〇三-三九一八-七三二一（代）
ＦＡＸ　〇三-五三九四-三〇三八

編集製作　株式会社文化書院
印刷製本　亜細亜印刷株式会社

ISBN4-924297-10-0